皇帝与卖艺儿子

长篇喜剧电视连续剧文学剧本

胡世均 著

中国戏剧出版社
CHINA THEATRE PRESS

图书在版编目（CIP）数据

皇帝与卖艺儿子：长篇喜剧电视连续剧文学剧本 / 胡世均著. -- 北京：中国戏剧出版社，2024.11.
ISBN 978-7-104-05535-8

Ⅰ.Ⅰ235.2

中国国家版本馆 CIP 数据核字第 2024SG6692 号

皇帝与卖艺儿子：长篇喜剧电视连续剧文学剧本

责任编辑：杨秋伟
责任印制：冯志强

出版发行：	中国戏剧出版社
出 版 人：	樊国宾
社　　址：	北京市西城区天宁寺前街 2 号国家音乐产业基地 L 座
邮　　编：	100055
网　　址：	www.theatrebook.cn
电　　话：	010-63385980（总编室）　010-63381560（发行部）
传　　真：	010-63381560

读者服务：010-63381560
邮购地址：北京市西城区天宁寺前街 2 号国家音乐产业基地 L 座

印　　刷：	北京九州迅驰传媒文化有限公司
开　　本：	787mm×1092mm　1/16
印　　张：	38
字　　数：	590 千字
版　　次：	2024 年 11 月　北京第 1 版第 1 次印刷
书　　号：	ISBN 978-7-104-05535-8
定　　价：	228.00 元

版权专有，违者必究；如有质量问题，请与出版社联系调换。

目 录

第一集…………001

第二集…………019

第三集…………039

第四集…………057

第五集…………076

第六集…………089

第七集…………105

第八集…………121

第九集…………137

第十集…………154

第十一集………169

第十二集………184

第十三集………204

第十四集………219

第十五集………236

第十六集………253

第十七集………269

第十八集………283

第十九集 ……… 295	第三十集 ……… 479
第二十集 ……… 314	第三十一集 ……… 492
第二十一集 ……… 329	第三十二集 ……… 509
第二十二集 ……… 346	第三十三集 ……… 523
第二十三集 ……… 364	第三十四集 ……… 538
第二十四集 ……… 380	第三十五集 ……… 554
第二十五集 ……… 399	第三十六集 ……… 571
第二十六集 ……… 415	第三十七集 ……… 585
第二十七集 ……… 431	第三十八集 ……… 596
第二十八集 ……… 450	后　记 ……… 601
第二十九集 ……… 463	

唐朝灭亡以后，中华大地分崩离析，进入了五代十国时期。这是中国历史上极为混乱、动荡、黑暗的时期，政权频繁更迭，长期分裂割据，小国林立无定数，设立国君就像委任小吏一样随意，改换国家就像换店一样轻率，正所谓"置君犹易吏，变国若传舍"（《新五代史》序）。

本剧的故事正是发生在这个纷乱时期，历史上名不见经传的叫"边国"的小国。时空虽然遥远，现实中却似曾相识。

第一集

1. 皇宫

喜喜跟随赵甲、王乙朝后苑走去，他惊异地望着富丽堂皇的宫殿。

2. 书房

张公公进门："禀皇上，赵甲、王乙、喜喜求见。"
"喜儿也来了！"皇帝喜，"快传。"
"传赵甲、王乙、喜喜——"
赵甲、王乙、喜喜走进书房。
赵甲、王乙："叩见皇上。"
喜喜看着陌生又熟悉的皇帝，愣住了。
"快叩见皇上。"赵甲命令道。
喜喜扑通跪下。
"平身，平身。"皇帝说道。
随着熟悉的声音，喜喜抬起头来，"哎呀！真是你呀！"他跳起来，跑近龙椅，摩挲着皇帝的光头，嘻笑道："你原来是冬天卖醋——一副穷酸相，怎么现在变得又白又……"
"呔！"内侍大声呵斥。
喜喜吓得摔倒在地。

"休吓着我儿。"皇帝离座,弯腰扶起喜喜。

众人诧异。

"怎么啦?一个个呆若木鸡似的。"喜喜得意道,"说给你们听,让你们长长见识,我们这是黄豆煮豆腐……"

众人:"什么意思?"

"父子会!"

众人吃惊。

"变脸、变色干什么?"喜喜指着皇帝郑重地宣布:"我是他的儿子,他是我用两贯钱买来的父亲!"

这一爆炸性的宣布顿时摧毁了宫殿的威严,室内、室外的侍从、卫士、宫娥们交头接耳:

"世上只有买儿买女,哪有买父亲的?"

"皇帝被人卖了?"

"皇帝才值两贯钱?"

……

众人交头接耳声由小变大,在宫廷四周的红墙壁上回响,在天地间震荡……

(屏幕上映出:一年前……)

3. 松林坡

铁骑奔驰,尘土飞扬,三皇子的部下张将军率领将士追捕皇帝一行。

皇帝、皇妃、皇子等人扮作老百姓,王忠、李贵等文臣、武将、军士保护着皇帝一行惊慌逃跑。

玉叶公主受到惊吓,歇斯底里地哭喊着。宫女金娥拖着她逃跑。

皇帝惊慌中踩虚了脚,掉进沟里,他声嘶力竭地呼喊:"李贵!李贵!快来救我!"

跑在前面的李贵清楚地听见了皇帝的呼叫声,却佯装不闻,反而加快脚步逃跑。

"父皇在呼救。"十皇子欲转身回去救皇帝。

"有人会救你父皇。"十皇子的母亲拉起儿子直跑。

"快去救你父皇!"皇后拉住太子的衣襟道。

"皇儿现在是泥菩萨过河——自身难保。"太子扯脱衣襟,一溜烟跑了。

二皇子、六皇子欲去救皇帝，忽见追兵杀来，急忙抱头鼠窜。

王忠听见皇帝的呼叫声，拉起李贵返身去救皇帝。

王忠、李贵从沟里救出了皇帝。

张将军人马追了上来，王忠让李贵保护皇帝逃跑，自己留下来断后。

李贵、皇帝急急逃跑。

张将军杀气腾腾追来，王忠举弓射伤了张将军所骑的马，张将军坠落在地。

王忠趁机追上皇帝一行，搀扶着皇帝脱离险境。

叛军又追上来，乱箭如雨般射来。

王忠威武地挥舞双剑，拦截飞来的矢雨。

皇帝被这险恶残酷的场面惊吓得失魂落魄，软如泥土般瘫在地上。王忠提着皇帝的衣领速跑，就像提着一个木偶似的。跑了一段路，王忠干脆背起皇帝跑，李贵尾随其后。他们巧妙地躲过了叛军的视线，进入密林之中。

张将军一行赶来，迷失了追踪目标，忙吩咐将士寻找。

4. 皇宫后苑

周妃被关在破旧的平房里。

三皇子得意忘形地朝平房走去，淫笑道："江山、美人！哈哈哈！"

看守为其开了门。

三皇子色眯眯地望着蜷缩在角落里的周妃："周姨娘，周美人！"说着，就要拥抱周妃。

"三逆子！你竟敢对你姨娘如此非礼！"周妃呵斥。

"什么姨娘不姨娘，看你娇嫩的脸就像一个小姑娘，小宝贝。"三皇子又欲动手动脚。

"滚开！"周妃躲避。

"周美人，当我第一眼看到你，就好像天仙下凡勾走了我的魂；去年在御花园我偷偷摸了你的纤纤玉手，更叫我相思入骨呀！"说着，他抱着周妃亲吻。

周妃拼命挣扎，大声呼叫："来人啊！救命呀！"

三皇子阴冷地说："老头子完了！这里全是我的人了，即使你叫破嗓子也没人来救你。跟着我吧，周美人，再过几天，我就要登基坐龙位了！"

"三逆贼！你败朝纲，乱人伦！"

"哼！我自幼聪明好学，在众皇子中出类拔萃，如今战功赫赫，威震四方，可老头子偏要立一个无能的人为太子，我被逼得无路可走了，才替天讨伐！"

"皇上是万民拥戴的圣君，励精图治，体察民情，自即位以来风调雨顺，百姓安居乐业，立太子是奉行立嫡立长。"周妃指着三皇子骂道："你目无祖宗法典，妄图篡权夺位，天理难容，人神共愤！"

"你……"三皇子恼羞成怒，拔剑欲杀周妃。

侍从急急跑来，在三皇子耳边道："禀三殿下，张将军回来了。"

三皇子按下剑，恶狠狠地对周妃说："你不要敬酒不吃吃罚酒！"说完，急急朝寝宫走去。

看守刚锁上门，三皇母及众宫女来到。

三皇母命令道："把门打开。"

看守犹豫。

三皇母道："皇姐妹中，我和周妃最好，如今她落了难，我想看看她。"

宫女艳娥不由分说，夺过看守手中的钥匙，开了门。

三皇母、艳娥等宫女一进去，就将门"砰"地关上，看守不知趣地将额头碰了一个大包。

"三皇姐！"周妃悲伤地扑在三皇母肩上抽泣。

"现在不是哭的时候，快换装。"三皇母小声道。

艳娥从衣襟下拿出衣服，与自己身上穿的一模一样，急忙与周妃换上。

三皇母将换装后的周妃推到门口，高声吩咐："艳娥，周娘娘的被子太薄了，快回房里将我的那床牡丹锦被拿来，与你周娘娘盖。"

艳娥急忙跑到周妃身边答应："是。"边说边开了门。

三皇母走出门，拿出一袋银子交与看守："你要好生侍候周娘娘。"

看守感激道："多谢三皇娘。"

周妃在众宫女的掩护下，侧身从看守面前走过。

看守欲细看。

"看守。"三皇娘又拿出一只金簪交与他，"这只金簪代我送给你夫人。"

看守又一次感激道："我代我老婆感谢三皇娘。"

三皇母见化装的周妃已远去，便吩咐艳娥："艳娥，时候不早了，我们该回去了。"

"是，娘娘。"艳娥等宫女跟随三皇母出了门。

看守见房内已空，急上前抓住艳娥等宫女看。

"不得了！不得了！"艳娥及众宫女哭喊道，"三皇娘呀，三皇娘，您要为奴婢做主呀！"

"胆大奴才！光天化日之下，当着我的面，你竟敢对我的宫女非礼！来人呀！"三皇母施淫威道。

"奴才在。"几个侍卫应声跑来。

"与我打！"三皇母下令。

两个侍卫上前狠揍看守。

看守痛得直叫："不是，不是，我怕周娘娘跑了，所以就抓她……"

侍卫质问："周娘娘在哪儿？她是周娘娘吗？"

看守蒙了："是呀，周娘娘在哪儿呀？"他转身清查了平房的里里外外，就连猫狗也不放过，可周妃却无影无踪。他惊恐道："周娘娘！周娘娘！……"

5. 宫墙外

周妃急急行走，转瞬就消失在人流中。

6. 皇宫后苑偏殿

张将军颓丧地站立在殿前。

三皇子迫不及待地问："昏君在哪儿？"

张将军诚惶诚恐道："启禀殿下，我等眼看就要抓住昏君，可恨松林坡一带，山高林密，岩洞遍布，犹如蜂窝，昏君一伙，十分狡猾，钻进密林一转眼便不见了人影，我们分头寻找了一天一夜也没找着。"

"废物！"三皇子飞起一脚，将张将军踢倒，"眼下局势已乱，暗流涌动，昏君就是张王牌，掌控了他，就会减少阻力，施展抱负，成就伟业。你掘地三尺，也要找到昏君！"

张将军站起来，擦干了脸上的血迹，对主子说："禀殿下，昏君定是投奔七皇子去了。末将愿带人马到江东将昏君和七皇子一并拿获，请殿下恩准。"

三皇子："好！你戴罪立功，事成之后，我定会重赏。"

7. 山野

皇帝坐在大树下，肚子饿得咕咕直叫，他捂住肚子感叹："唉！怪不得历朝历代，灾荒年间饥民要造反啊，原来饿肚子比生病还难受呀！王忠、李贵，你们找到食物没有？怎么还不回来呀？"

8. 山村

李贵在一个中年男子家门前讨到一碗米饭，他狼吞虎咽地吃完。

王忠向一位老妇人讨到一碗玉米粥，他饥饿难当，在碗边舔了舔，又忍住了。

王忠："大妈，请给我一碗水喝。"

老妇人端来一大碗水，王忠接过来咕咚喝下，递回空碗，再次讨水；老妇人又盛满一碗水走来，王忠接过来喝下后，满意地拍着自己的肚子："这下可把你喂饱了。"他端着一碗玉米粥，犹如端着一碗圣水，小心翼翼地朝着山上走去。

9. 山野

周妃在山路上行走，远远看见了树下的皇帝，她惊喜地欲喊，却又忍住，兴冲冲朝着皇帝奔跑。

皇帝发现有一女子，急忙躲进了草丛中。

周妃跑来，四处寻找，终于发现了像鸵鸟般藏在草丛中的皇帝，暗中好笑，她跪下说："臣妾拜见皇上。"

草丛中的皇帝连连否认："我不是皇上，不是皇上，我是草民！"

李贵空手归来，发现周妃，惊呼道："周娘娘！"

"周妃！"皇帝欣喜地从草丛中出来，拉住周妃的手，"爱妃，你装扮成这副样子，朕都认不出来了。"

"臣妾有罪，让皇上受惊了。"

皇帝转身望着李贵，渴望从他手上看到食物。

李贵："皇上，下官无能，我到村中连要了几家都不肯给饭，我怕耽搁久了，皇帝悬望，就赶回来了。"

"唉！"皇帝长叹一声。

"王忠！"周妃指着山路喜叫。

王忠捧着玉米粥跑来："皇上，请用膳。"他见到周妃，高兴道："周娘娘，您找来了，太好了！皇上天天都念着您。"

周妃笑了笑，她见皇帝望着王忠手上的碗直吞口水，便接过碗呈给皇帝：

"皇上请用膳。"

皇帝饥不择食,接过碗正要喝,"啪"一声,树枝上小鸟拉的屎端端正正地落在碗里。

王忠气愤地拾起石头打飞了树上的小鸟,夺过皇帝手上的碗就要倒……

皇帝急忙蹲下阻拦:"不要紧,不要紧,把鸟屎挑去还可以吃。"

王忠噙着泪水挑去碗里的鸟屎。

皇帝狼吞虎咽地吃着玉米粥。

王忠跪下:"皇上,当今各国的权贵争权夺位,相互杀戮,血流成河,百姓生命如蝼蚁。天佑我边国有皇上这样的圣君,励精图治,严惩贪官污吏,革除弊政。在这乱世中,皇上审时度势,善于外交,致使我边国兵戎少见,五谷屡丰,百姓安居乐业。有皇上在,国家就在,老百姓就享太平;皇上要是不在,我边国就会分裂,老百姓就会饱受战乱之苦。护卫好皇上,是属下应尽的职守。可属下没有侍候好皇上,让皇上挨饿,属下有罪呀!"王忠说着,泪水长流。

"起来,起来。"皇帝说。

周妃悲伤道:"七皇子,你快来救救我们吧。"

李贵安慰大家:"这里离江东城不远了,等找到七皇子,聚集人马,讨伐三逆贼,皇上很快就会返回京城,重振朝纲。"

10. 皇宫后苑

"哎哟!哎哟!"看守被绑在树上,卫士用皮鞭狠抽,鞭落肉绽,鲜血直流,看守发出了撕心裂肺的叫喊。

三皇子愤愤地骂道:"你七尺男儿汉,连个女人都看守不住!"

看守:"哎哟!我也不知是怎么回事,一眨眼周娘娘就不见了。我想来想去,终于明白了。皇帝既然是真龙天子下凡,那周娘娘肯定是仙女下凡,周娘娘被关在这里,神仙还不来救她呀?我这凡胎肉眼,怎敌得过神仙腾云驾雾?"

"一派胡言!来人呀!与我推出去斩了!"三皇子命令。

"遵命!"卫士推着看守往外走。

"慢!"三皇母半路上杀出来,"此事与他无关,是我放走的周姨娘。"

"你?"三皇子又气又惊地望着母亲。

"你们都退下。"三皇母命令。

侍从、卫士、宫娥退下后，三皇母语重心长地对儿子道："皇儿呀，周娘娘是你的姨娘，你怎么可以乱伦呢？"

"什么姨娘不姨娘，我只知道她是个美女。老头子的江山都归我了，老头子的女人也该归我享用呀。"

"无耻！想平日你父皇是何等地疼爱你，羊有跪乳之恩，鸦有反哺之义，你身为皇家子弟，应懂得道德、伦理，怎么连禽兽都不如呀？"

"哎呀呀！这历朝历代，为了争夺江山，亲人相杀，骨肉相残。子杀父、父杀子、兄杀弟、弟杀兄，还有母亲杀亲生儿子呢！这有什么奇怪的？远的不说，就说当今大大小小的国家，皇帝像走马灯一样换来换去，那朱温篡唐建立后梁，后被他的儿子朱友珪杀死称帝，再后来朱友珪的弟弟朱友贞又杀死了朱友珪称帝。后梁才十六年，一朝三皇帝，老子篡位自立，儿子杀父亲，弟弟杀哥哥，有什么伦理、道德呀！皇娘呀，你又何必假充正神呢！"

"畜生！你是要遭报应的！五雷要轰劈你！魔鬼要来活捉你！我恨不得杀了你这畜生！"

三皇子气得牙齿咬得"咯咯咯"响。

三皇母越骂越气，竟一头朝三皇子撞去……

三皇子惊慌之中，抽出宝剑朝母亲刺去……

一剑刺中了三皇母的胸膛，三皇母倒在了血泊中。

11. 乡间戏台

喜喜正在表演变脸。他一边表演一边唱：

　　　　说变脸，就变脸，人人头上有张脸。
　　　　可恨有的人，为名为利为了权，
　　　　一张脸，就像六月天气常变幻。
　　　　时而献媚露笑脸，时而狰狞露凶脸。
　　　　他求别人时，满面春风三冬暖。
　　　　别人求他时，一脸冰霜六月寒。
　　　　奉劝世上人，要有善心，有善脸。
　　　　人与人，要温暖，应该是，笑脸对笑脸。

表演完毕，观众报以热烈的掌声。

侯伯在台下也热烈地鼓掌。

站在台角的喜母与台下的侯伯眉目传情，侯伯用手势示意在河边约会，喜母会意。
　　喜母走下戏台，朝厨房走去。
　　观众甲："太好了！"
　　观众乙："人家是祖传的变脸绝活。"
　　观众丙："这个变脸大王的绝活还没亮完，最神的时候是变谁像谁！"
　　"啊！"观众惊叹。

12. 县城

　　张将军率领的人马踏过街市，掀翻了摊位，踢倒了人，还抓了几个中年男子捆绑押走。

13. 驿道

　　徒弟惊慌飞跑。

14. 戏台下

　　喜喜正在卸装。
　　徒弟慌忙跑来："师傅，不好了！京城大乱，皇帝逃跑了，军队到处找皇帝。看见可疑人就抓去，县城闹得个鸡飞狗跳！"
　　喜喜："这么说县城不能去演出了？"
　　徒弟："不仅县城去不得，这儿也不能久待了，官兵朝这边开来了。"
　　喜喜思索一会儿，对众人道："大家收拾东西，我们就先回梨树湾老家去吧。"喜喜不见母亲，急叫："妈！妈！"
　　秋云回答："喜妈挑水去了。"
　　喜喜："你怎么又让我妈挑水去呀？"
　　秋云没好气道："你怎么又怪我了？是她自己抢着要去的。"
　　"啊！"喜喜笑道，"我是顺口说了一句。"
　　师兄："喜喜，你快去把师母找回来。这里由我们收拾东西。"
　　喜喜急忙朝河边跑去。

15. 河岸边

芦苇丛生的河边，侯伯与喜母偎依在一起。

侯伯从兜里拿出玉簪送给喜母。

喜母幸福地看着玉簪，说道："你又破费了。"

"下月初三是你的生日，你们戏班到处演出，我卖货也走乡串村，我怕到时候碰不到面，提前将生日礼物送给你。"

喜母感伤道："一年三百六十天，我们有几天在一起呀，而且，还是这么偷偷摸摸。"

侯伯抚摸着喜母的头，发现了白头发："别动。"说着，他为喜母拔下白头发，轻轻地搁在喜母的手心上："上次是三根白发，这次是四根了。"

喜母："管他的，长一根就拔一根吧。"

"可岁月是拔不回来呀。"

"怎么，我老了？"

"不老，不老。"侯伯从井边的草地上摘下一朵红花，戴在喜母头上，"在我眼里，你比西施还要年轻。"

喜母撒娇地倒在侯伯怀里。

侯伯鼓励道："你给喜喜说清楚了，我们就能正大光明，天天在一起。"

喜母长叹了口气："唉！我何尝不想天天在一起呀！可喜喜这孩子，一提到你就像爆竹一样炸开了。"

侯伯垂着头："只怪我名声不好哇，花货郎，花货郎，谁愿意让一个花货郎做父亲呢？"

喜母："唉！你是为我才背的黑锅呀！这样，给喜喜说清楚，那次在山洞里和你鬼混的女人就是我！"

"不行！不行！"侯伯急了，"我一个男人都难抵挡这些闲言碎语，你一个女人怎能抵挡众人舌头下面的利剑呀！"

一阵风吹来，地上发出了声响，喜母、侯伯惊吓得像兔子似的急忙分开。

待惊魂稍定，二人走近一看，是一片树叶落地，两人自觉好笑。

侯伯叹了口气："我们俩结婚的事，我爱你，要听你的；你爱喜喜，又要听你那宝贝儿子的，转来转去，这父母结婚，要听儿子的了！"

喜母苦笑。

远处传来喜喜的声音，侯伯、喜母赶紧分开。

喜母将头上的红花摘下来扔在地上。

喜喜跑来，只见喜母在侯伯的货郎担上选购东西。

喜喜上前夺过母亲手上挑选的东西，甩给侯伯，转对母亲道："妈，你怎么买这个花货郎的东西？小心惹得一身骚。"

"什么花货郎，不许胡说！"喜母严厉制止。

"妈呀，这方圆几十里，谁不知道，那年他和一个女人在山洞里乱搞，被人发现，那个女人溜走了，他被大家吊起来差点打死，就是不说出那个女人是谁。"接着，喜喜用鄙视的口气对侯伯道："想不到你这花货郎还讲义气，死都不肯供出那个骚女人的真实姓名来。不过呀，纸是包不住火的，总有一天那个骚女人会原形毕露，到时候会遭千刀剐，万刀……"

喜母羞得低下了头……

"你这不孝之子！"侯伯低声骂道。

喜母急向侯伯示意制怒，忙拉住喜喜离去。

16. 山路上

皇帝、周妃、王忠、李贵急急朝七皇子领地江东城走去。

张将军率将士也沿山路向江东城行进。

喜喜及戏班人员向梨树湾老家奔去。

三队人马一前一后沿着弯弯曲曲的山路走着。

李贵突然发现了后面的张将军一行人，惊呼道："追兵来了！"急忙逃跑。

王忠保护着皇帝、周妃逃跑。

张将军发现了前面逃命的皇帝等人，急忙命令军士："昏君！昏君！快追！快追！"

张将军的队伍追赶皇帝一行，就像猛虎追赶着小羊羔。

徒弟看见张将军的队伍，对喜喜道："师傅！你看，在县城，官兵乱抓老百姓，在山区，他们也抓老百姓。"

喜喜："走！想法让那几个百姓安全逃脱。"

秋云阻拦："不关你的事，我们还是赶路吧。"

喜喜："君子仗义救人，小人才只顾自己。"

秋云语塞。

喜喜带着师兄、徒弟等人抄近路朝山隘口跑去。

17. 山隘口

皇帝一行刚跑过山隘口，喜喜一行便赶到。眼看张将军一行追来，喜喜及徒弟、师兄等人使出浑身解数，从山崖上推下一块巨石，拦住了张将军一行人。

张将军望着消失在树林中的皇帝一行人，又气又急。

张将军发现了崖上的喜喜等人，咬牙切齿地命令军士："把崖上的人给我抓来，撕成碎片。"

喜喜一行人闻风而逃。

官兵望尘莫及。

张将军阴险地说道："哼！既然追不到狡兔，我就来个守株待兔。"他命令军士："快下山走驿道！迅速朝江东城进发！"

军士们跑步行军，朝江东城开进。

18. 梨树湾老家

喜喜胜利归来，喜母笑逐颜开，戏班同伴，皆大欢喜！

喜喜见秋云，笑脸迎上，秋云却扭头不理。

喜喜："噫！把我当成四两猪头肉，凉拌（办）起来了。"喜喜跟随秋云走进厨房，赔着笑脸："你还在生我的气呀？"

秋云："我是小人，你是君子。"

喜喜笑道："我是顺口说了一句。"

秋云："又是顺口说了一句，哼！反正你看我总是不顺眼。"

"什么顺眼不顺眼。"徒弟闻声进来，指着窗外，"你们的新房都粉刷一新了，下月就要拜堂成亲，夫妻恩爱胜蜜甜！"

"吃饭，吃饭。"喜喜拍了拍徒弟的头，拿了碗去盛饭。

秋云还想说什么，见喜喜狼吞虎咽，只得把话咽了回去。

19. 深山老林

山林间布满了军帐，七皇子人马从江东城撤退到深山躲避。

七皇子焦急地在帐内踱步。

化装成百姓的刘校尉等人风尘仆仆进帐禀报："启禀殿下。"

"父皇他在哪儿？"七皇子急问道。

"皇帝、皇后、嫔妃及众皇子逃到松林坡，就被三逆贼的人马追赶前来冲散了。"

"啊！那父皇逃到哪儿去了？"

刘校尉："我们四处打听，在柳村，一位中年汉子说，三天前有一个京城口音的男人曾经向他讨过饭。"

七皇子："如此看来，父皇他们确实是到江东城来投奔于我。只因三逆贼欲害于我，我只得弃江东城隐藏在这深山里。刘校尉——"

"在。"

七皇子贴身叮嘱："三逆贼野心勃勃，残暴，凶狠。他追捕父皇，是要效仿当年曹操挟天子以令诸侯，掌控父皇，让父皇成为他的提线木偶；一旦达不到目的，就会杀害父皇。你等今日休整后，明日即出发去寻找父皇，千万不能让父皇落在三逆贼手里。"

"遵命！"刘校尉回答。

20．羊肠小道

王忠搀扶着皇帝、周妃，在曲折山路上艰难行走。

李贵在后面哭丧着脸。

皇帝气喘吁吁，大家只得坐在路边歇歇。

皇帝："给我拿水来。"

"奴才就去给皇上……"

"皇上不是让我们改口叫'黄伯'吗？"李贵小声道。

"是，黄伯，我这就去找山泉水。"王忠说道。

王忠拿着破碗遍山寻找山泉，就在他登上山顶时，忽然发现了远处的城郭，就像溺水之人发现了救生船，他高声叫道："皇……黄伯，我看见江东城了！江东城快到了！"

也不知哪来的劲，皇帝、周妃不要人搀扶，跑着登上了顶峰，眺望着远处的城郭。众人欢腾雀跃。

皇帝指点着河山："三逆贼呀，三逆贼，你的死期……"话还没完，一只白狐狸从皇帝脚下窜过，皇帝惊骇不已，急问："这是什么东西？"

"禀皇……黄伯，这是一只狐狸。"王忠答道。

"啊！"皇帝惊慌，"狐狸乃狐精，是妖精也，不祥之兆呀。"

李贵忙趋前道："黄伯，狐狸虽是妖精，可刚才过去那只狐狸，却是只白狐狸。民间信奉'日见白狐，民富国丰'。"

"啊。"皇帝如释重负。

"黄伯。"李贵指着远处天空，"皇上请看天边那朵云彩，下官活了三十多年还从来没见过这样的云彩。那就是祥云，是太平之兆。此番到了江东城，聚集起人马，平定了三逆贼叛乱，皇上重振朝纲，江山社稷，稳如磐石；黎民百姓，永享太平。煌煌功勋，彪炳千秋。"

正好树上几只小鸟叽叽喳喳叫，李贵又即兴拍马屁："皇上，您听，树上的小鸟叫得多欢。有道是'小鸟合欢，国泰民安'。"

皇帝一扫心中的阴云，顿觉阳光灿烂。他命令道："王忠，李贵，你们快快去见七皇儿，传他快来迎接朕。"

"下官、属下遵命。"李贵、王忠答道。

王忠环视左右，扶着皇帝朝一山洞走去："皇上，娘娘，你们就在这山洞里避一避，我们去传七皇子前来接驾。"

21. 江东城

张将军率领人马威风凛凛地镇守在江东城头。

中军上城楼禀报："启禀张将军，我们抓住一个打更人，他说七贼昨晚三更时分，带着家眷、兵马弃城而去。好像是往山里去了。"

张将军："哼！跑得了和尚跑不了庙，昏君肯定要来这里投奔七贼，老子就在这里坐钓大鱼。"

22. 江东城郊

王忠、李贵急急朝着江东城走来。

23. 山洞

皇帝坐在洞中。

周妃在洞口的灌木丛中采摘了野果，捧着进来："皇上，您不是口渴了吗？这红果可以解渴。"说着将红果喂进皇帝嘴里。

皇帝推开周妃的手。

周妃吞进一个野果："皇上，没有毒。臣妾进宫以前，和丫鬟一同上山玩，丫鬟就曾摘这红果与臣妾吃。"

皇帝接过周妃的红果，慢慢吃了下去。他紧握周妃的手，爱怜道："这些天来，苦了朕的爱妃了。"

"苦了皇上了。"

皇帝："爱妃，那天你吞吞吐吐地说，三逆子对你怎么了？"

周妃："皇上，眼下正在逃难，何必再添烦恼。以后臣妾再慢慢禀告陛下吧。"

皇帝："我贤德的妃子呀！"

周妃："皇上，三皇姐比我更贤德。臣妾有一个请求，平叛以后，不要因为三逆贼的罪恶，而牵连到三皇姐。"

"朕答应你的请求。"

"谢皇上。"

皇帝与周妃亲热地偎依在一起。

24．江东城

王忠、李贵兴冲冲来到城下，高声叫道："城头上的兄弟！请你们速速禀报七殿下，皇上驾到，传他接驾！"

城门打开，张将军带着人马出了城门，急向两人奔来。

王忠迎上："七殿下在哪里？"

"不好！是三皇子的人马！"李贵惊叫一声，拔腿就跑。

张将军带着人马追赶两人。

25．城郊

王忠、李贵巧妙地躲过了追兵的视线，钻进庄稼深处。

张将军带着人马追来，四处寻找两人。

王忠悄声对李贵道："我出去调虎离山，把叛军引走。你去到山洞，保护皇帝和周娘娘速速逃离此地，我们在柳村那棵大树下会合。"

"是，是。"

王忠钻出庄稼地，朝着皇帝、周妃所潜伏山洞的相反方向逃跑，边跑边故意高声喊："皇上！三逆贼的追兵来了，快跑！快跑！快快跑……"

张将军闻声，急指挥人马掉转方向追赶王忠。

躲在庄稼地里的李贵宛如老鼠般地蜷曲着身子。

李贵的内心独白画外音："我该怎么办？我该怎么办？原指望跟随皇上逃跑，等平定三皇子叛乱以后，我就成了保驾功臣。可现在连七皇子也逃离江东城了，三皇子夺取江山，已成定局，我……我不如将皇帝献与三皇子，事成之后，肯定会少不了我的荣华富贵……"

正当李贵内心进行着剧烈斗争时，几个叛军发现了他，他们悄悄走到李贵身后，抽刀架住了李贵的脖子。

李贵："禀军爷，我知道昏君躲藏在什么地方，我带你们去捉拿。"

中军："哈！你想骗我们？"说着，拔出刀怒对李贵。

李贵吓得跪地求饶："禀军爷！禀军爷！小的说的是真话，不信，你们就跟着我来。"

"好吧，反正你这条命在我手里。"中军转对众士兵道："兄弟们，盯紧点，不能让他跑掉了。"

众士兵："对，我们都盯紧点，等抓住昏君大家都有赏！"

26．山洞

皇帝、周妃你喂我一颗红果，我喂你一颗红果，十分亲热。

皇帝："唉，我身为天子，却让爱妃娇嫩的身子，忍饥挨饿，担惊受怕，你看，跑到这山洞里来吃野果了。"

周妃："皇上，臣妾愿过这样的生活。"

"妃子，你受惊糊涂了吧？"

"皇上，我不糊涂，我清醒得很。"周妃拉过皇帝的手，摸自己的额头，"皇上，我的头没有发烧。"

27．密林中

李贵带着中军等人潜行，一步步逼近皇帝所在的山洞。

28．羊肠小道

王忠在弯弯小路上飞跑着，后跟着张将军等将士，与皇帝所在的山洞南辕北辙地奔跑。

王忠一边跑，一边呼叫，以提醒皇帝："三逆贼占领了江东城！三逆贼占领了江东城……"

29. 山洞

远远传来王忠的呼叫声。

周妃警觉道："皇上，听！王忠的声音！"

皇帝侧耳一听，笑道："这是松涛声呀。哈哈！爱妃果真是受惊了，天上神仙府，人间帝王家，在宫中锦衣玉食，呼奴使婢。你却说喜欢过这逃亡的日子。"

"皇上，这些天来，臣妾沐浴皇恩，胜过我入宫三年。"

"妃子，此话怎讲？"

"想当初在皇宫，皇上日理万机。后宫佳丽甚多，皇后娘娘母仪威严。臣妾难得有幸陪王伴驾，皇上也难得驾到寒宫。那时候，我就天天盼望变成奏折。"

"变成奏折？"皇帝莫名其妙，爱抚道，"爱妃呀爱妃，朕说你糊涂，你还不信，好端端一个美人，竟想变成一本奏折？"

"皇上有所不知，在宫中时，只因皇上天天要批阅奏折，我如变成奏折，皇上不就天天捧着我了吗？"

"爱妃！"皇帝激动地握着周妃的手。

30. 密林中

李贵带领中军等人急急行走，离山洞越来越近。李贵向中军指着山洞的位置，自己却躲在人后面，暗中使坏。

31. 山洞

一对鸳鸯仍沉湎在爱河中。

皇帝："爱妃，有道是'夫妻本是同林鸟，大限来时各自飞'。后宫虽有佳丽三千，三逆贼追兵一来，皇后她们都跑到哪儿去了？只有你才历尽艰辛找着我，又陪着我餐风饮露，死里逃生。"皇帝说着，竟从贴身处取出玉玺，端起昔日的架子："等平定了叛乱，朕定要封赏你。"

周妃惊："玉玺！皇上，兵荒马乱中带着玉玺多危险呀！"

"可这象征权力的玉玺不能随便给……"

"三逆贼占领了江东城！三逆贼占领了江东城……"王忠的声音随风飘来。

周妃警觉地跑出山洞，猛见中军带着人马逼来，周妃惊叫："不好了！赶快跑！"

皇帝急将玉玺藏在腰间，跑出洞口，乍见前来追捕的军士，惊得拔腿就跑。

周妃也跟在后面急跑。

中军发现从洞口逃走的一男一女，厉声呵斥道："昏君往哪儿逃？"转身指挥众军士："快追——"

第二集

1. 山野

皇帝拉着周妃急跑。

中军等人紧追。

李贵躲藏在人后,不显山不露水。

"站住!站住!再跑我们就要射箭了!"中军高声叫道。

皇帝、周妃仍继续往前跑。

"嗖",一支箭从皇帝、周妃两人中间穿过,像棒打鸳鸯一样使两人分开。叫喊声越来越大,追兵就要赶上来。皇帝、周妃惊慌逃命。

2. 河边

周妃拼命逃跑,跑着跑着,追杀声渐渐变弱,渐渐变小,渐渐消失。周妃气喘吁吁地停下来,才发觉孤身一人被抛到了荒郊野外,她惊慌地寻找皇帝。

3. 村庄

皇帝为找周妃进了村庄,猛见前面一个女人竟是周妃,他急忙上前,扶着女人的肩膀,亲昵道:"妃子,你找得我好苦哇!"

陌生女人惊叫一声:"流氓!"

女人的丈夫回转身来,欲揍流氓。

皇帝吓得急忙逃身。

4. 柳村大树下

李贵带着张将军一行人来到柳村。

张将军指着村头的大树问:"你敢肯定昏君要来这里?"

李贵："昏君来不来我不敢肯定，但王忠肯定要来，是他让我在这里会合的。王忠是昏君的贴身卫士，找到他，肯定会找到昏君。"

张将军："好吧，我们在周围埋伏起来，该动手时，你就高叫一声，我们立刻冲出来将昏君捉住。"

"遵命。"李贵乖乖地回答。

张将军率人分散到四周隐藏起来。

李贵在树下盼望着来人。

"李大人！……李贵！"王忠高兴地叫着跑来。

"王忠！"李贵很庆幸等来了猎物。

"皇上在哪里？"两人见面，几乎同时相问。

"唉！"李贵长叹一声，"我照你的吩咐，到洞里救出了皇上和周娘娘。可贼兵追了上来，我让皇上和周娘娘先跑，我留下来断后。可能是皇上先祖显灵，我竟一口气撂倒了十几个贼兵，其余贼兵不敢上。我见皇上、周娘娘他们跑远了，赶快去追，可追了好长一段路，也没见皇上和周娘娘，我以为他们到这里来了。"

"没有啊！"

李贵哭道："皇上、周娘娘，你们在哪儿呀？呜呜呜……想平日皇上待我恩重如山，可到用我的关键时刻，我却没有把你们侍候好。皇上……呜呜呜……我有负皇恩呀！我有罪呀……呜呜呜……"李贵越哭越"伤心"。

王忠反安慰李贵："李大人，这事怨不得你，你也是为了保护皇上和周娘娘才与他们失散的。要怪，就要怪三皇子逆贼！他才是罪魁祸首！"

"对！"李贵擦干了眼泪，同仇敌忾道，"等平定了叛乱，我要把那个三逆贼千刀剐，万刀割！"

王忠发现远处走来几个人，忙说："此处不可久留！快走！"他拉着李贵离开。

李贵："我们还是分开去找皇上吧，这样能多找几个地方。"

"也好。"王忠同意道，"每逢'五'我们在这里碰头，无论找着没有，都要在此碰头。"

"好。"

王忠告别李贵先离去。

李贵转了一圈又回到了大树下，他拍了拍手，张将军等人走出了埋伏地。

张将军责怪李贵:"你怎么把他放走了?"

李贵:"留着他才好钓着大鱼呀。"

张将军会意地一笑:"啊!哈哈哈!"

5.松林

暮色苍茫,寒鸦归巢。

周妃孤零零穿行在林中,寻找着皇帝的身影。

"仙女!仙女!"从树上跳下来一个傻子,拍手高叫,并向周妃扑来。

周妃惊慌失措地逃跑。

傻子一边追,一边欢笑:"仙女!我的媳妇!谢苍天保佑!谢玉皇大帝!"

6.女贞观

周妃在前面跑,傻子在后面叫,眼看傻子就要追上来,周妃发现了松林掩映的女贞观,便急忙跑了进去。

傻子也紧追进了观门,"仙女!媳妇!"傻子抱住周妃就要亲嘴。

周妃挣扎叫喊:"来人哪!抓流氓!"

陈老道赶来,一掌将傻子掀倒在地上:"傻子,你又犯想媳妇的病了。"

傻子:"我没有犯病,昨晚玉皇大帝托梦给我,说要派一个仙女下凡给我当媳妇,我就在这神仙出入的地方等了一天,眼看太阳快落山,我正想骂玉皇大帝说话不算数,这不——"傻子指着周妃,"媳妇真的就下凡了。"

周妃又羞又气。

陈老道:"傻子,玉皇大帝还说了一件事。"

傻子赶快迎合:"对,对,还说了一件事。噫,我怎么想不起来了?"

陈老道:"玉皇大帝命我痛打你一顿,告诫你别再乱想女人!"说着抄起扫帚朝傻子打去。

"哎呀!妈呀!我不乱想女人了!"傻子被打得嗷嗷直叫,连滚带爬地逃出了观门。

"谢谢老姑姑相救。"周妃感激陈老道。

"女善人,你年纪轻轻又漂亮,怎么孤身在这深山老林行走?"

"老姑姑,只因京城大乱,我和夫君前来此地投靠他的亲戚,不料被官兵冲散,我四处寻找夫君,糊里糊涂就转到这深山来了。"

陈老道双手合十:"菩萨保佑。"

"老姑姑,天色已晚,夫君也不知在何方。我想在此借宿,不知老姑姑允许否?"

陈老道:"请女善人随我去见观主。"

7. 梨树湾喜喜家

雄鸡报晓,天边露出曙光。

戏班男女分睡在各房间。

男人们所睡的房间里,雄鸡的啼声叫醒了喜喜,他睁眼就催促大家道:"快起床!快起床!不练功了,先排戏。"

徒弟揉着惺忪的双眼问道:"你不是说官兵四处抓人,等躲过这阵风再演出吗?"

喜喜:"后天是你师奶奶的生日,这深山村里没有官兵来,我们就在村头搭个台子演出《八仙拜寿》,给你师奶奶祝寿。"

师兄称赞:"喜喜老弟可真是个孝子。"

"我爹死得早,我妈守寡将我拉扯大。我要不孝顺我妈,该遭五雷轰顶了。"

"演出完了要吃寿面!"徒弟忙穿衣服,高兴地说道。

喜喜爱抚地拍打着徒弟的头:"好吃。"

喜喜刚走出门,秋云迎上来说:"喜妈的偏头痛又犯了,叫你给她拔火罐。"

"知道了。"

8. 东厢房

喜母躺在床上。

喜喜走近床边,准备给母亲拔火罐。他顺手拿起柜上的纸准备搓成纸捻点火。

喜母急忙叫道:"别乱搓,那是秋云的鞋样。"

喜喜急忙放下,接过母亲递给他的纸捻,点燃后开始给母亲拔火罐。

喜喜:"妈,后天是你的生日,你什么也别做,就等着大家给你拜寿。"

喜母叹了口气:"真是光阴似箭,日月如梭。你爹丢下咱娘俩一晃就近十年了。"

"妈,你又想我爹了。"

"少时夫妻老是伴。"喜母弦外有音地说,"三十年前睡不醒,三十年后睡不着。你们年轻人瞌睡好,一觉就睡到天大亮;我们上了年纪的人就常常半夜醒来,想找个说话的人都没有。"

"妈,我不是让秋云陪着你睡觉吗?你有话找她说呀。"

"唉!"喜母长叹了口气,又向儿子暗示,"这人一老,皮就干,背常痒。你爹一走,连给我搔痒痒的人都没有。"

"这……"喜喜思索片刻,"这好办。"

喜母又进一步向儿子暗示:"喜儿,那个侯货郎其实人很好。"

"好个屁!"喜喜一听说侯伯,就跳了起来,"这方圆几十里,都知道他是有名的花货郎!"

喜母只好闭嘴。

拔完火罐,喜喜给母亲盖上被子:"妈,你好好睡一觉,厨房里的事有秋云。"

喜喜出去拉上了门。

喜母又一次感到失落,她下了床,从柜子里取出侯伯送给她的生日礼物,深情地玩弄着。

秋云正欲进屋,从窗户看见喜母亲吻、抚摸玉簪,脸上露出了幸福、羞涩,秋云似有所悟。

9. 山村小路

侯伯挑着货郎担喜滋滋赶路。他口中不是叫卖小百货,而是哼着《八仙拜寿》。

10. 山口

中军领着人把守着进山的路口。

军士甲跑来:"禀大人,我们搜遍了整座山,还是不见昏君的人影。"

中军直逼李贵:"你一会儿说他们在柳村大树下会合,一会儿又说昏君就在这一带,我们搜了十多天,怎么还是不见昏君?"

李贵:"禀大人,昏君和妖妃在这里逃散,肯定要回到此地来寻找。这一带山洞很多,说不定昏君就藏在哪个山洞里。只要把好各隘口,不许闲人出入,细细搜查,定会找到昏君。"

中军吩咐道:"把好各隘口,不许闲人出入。"

"是。"众士兵回答。

几个过路人走近隘口，士兵阻拦。

过路人甲："禀军爷，我媳妇就要生孩子了，我得赶回去。"

中军厉声道："我们在封山抓罪犯，你们绕着走！"

过路人乙："这一绕，就要绕大半个县，起码要多走两天路。军爷，小的给掌柜只请了两天假回家看老母，求军爷放我过去吧。"

士兵甲挥鞭驱赶着过路人："滚开！不许在此纠缠！"

侯伯兴冲冲走来，见此情况，犹如一盆凉水从头浇到脚跟。眼看硬的不行，侯伯只好改弦易辙了。

11. 山腰上

侯伯将树枝叶插满货郎担，头上戴着树枝叶编成的圈，在绿色的掩护下，慢慢移动。

两个搜山的士兵发现了伪装的侯伯，亦步亦趋，紧跟其后。

侯伯只顾往前行走。

两个士兵轻轻抽去了侯伯身上伪装的树枝叶。

侯伯暴露在外，却丝毫没有感觉，就像鸵鸟将头藏在荒漠的沙里自鸣得意一样。眼看要到达山顶，就要与老情人相会，侯伯好不高兴！

侯伯的内心独白画外音："这些军士真傻，这些过路人也真傻，看我略施小计就……"话音未落，侯伯猛抬头发现了士兵，惊慌之中，连人带货郎担滚下了山坡。

12. 梨树湾村小舞台

台上正演出《八仙拜寿》，喜母端坐在台中，喜喜、秋云、师兄、徒弟等人扮作八仙给喜母拜寿。

张果老高擎千岁韭菜，曹国舅捧着寿面，韩湘子献牡丹，何仙姑进灵丹，蓝采和舞动着长袖献蟠桃，铁拐李拄着拐杖，还有汉钟离、吕洞宾都来给喜母拜寿了。

喜母的两眼却很不专注，直往台下寻找侯伯，却始终未见心上人的身影。

13. 山下

侯伯小腿骨折，货郎担散了架，商品散落在坡上。侯伯好不容易挣扎起来，欲收拾残局，可刚走了几步，就摔倒了。

14. 梨树湾村小舞台

《八仙拜寿》演出完毕。

喜母卸完装，躲在台角窥视台下，仍不见侯伯，十分惆怅。

锣鼓声声，丝竹悠扬，喜喜换了装，重新登台表演变脸。

喜喜一边歌唱，一边像魔术师变出了一张张脸：

说变脸，就变脸，父母养儿路漫漫。

人在长，脸在变，儿童变少年，少年变大汉。

父母却两鬓斑白皱纹添，背也驼，腰也弯。

做儿子，千万不要娶了媳妇就变脸，要有孝心，有笑脸。

喜喜表演完毕，观众鼓掌欢迎。

喜喜下了台，秋云帮他卸装。

喜喜得意道："今天的《八仙拜寿》演得真好，我妈一定很高兴。"

"高不高兴你看吧。"秋云指着站在台角的喜母。

喜喜见母亲神态抑郁，忙走到衣箱处取出一件物品，藏在身后。他走到母亲身边，亲热道："妈，你不是说你背常痒痒吗？"

"是，是。"

"你想不想'它'给你搔痒痒啊？"喜喜淘气地问道。

"想，想，想，他在哪儿？"喜母到处寻找侯伯。

"'它'在这儿。"喜喜从身后拿出搔痒之物。

"妈呀！"喜母哭笑不得。

15. 喜喜家院子

月亮挂上了枝头。

喜喜闷坐在院子里。

秋云端着土钵走来："在这里参禅哪？跟你说的事忘了？"

"什么事？"

秋云指着钵里的泥土："给新房补老鼠洞。"

"嘿！还有一个多月才办事，慌啥。"

"现在不出外演出，有时间。"

"好，好，好。"喜喜随秋云朝新房走去。

16. 新房

秋云递土，喜喜填补老鼠洞，补着补着，他若有所思。

"走什么神呀。"秋云责备。

"今天全戏班的人都给我妈拜寿，我妈怎么会不高兴？"

"你妈老不正经，想老公了。"秋云直率地说。

"别胡说！"喜喜蒙住秋云的嘴。

"前天我从门缝里亲眼看见喜妈拿着玉簪翻来覆去地玩弄，那个神态呀，就像戏里演的小姐收到公子送的定情物百看不厌，舍不得放下一样。"

喜喜自作聪明："玉簪嘛，我知道，那是我爹爹送给我妈的定情之物。我小时候抢着玩，不小心掉在地上，差点打碎，我爹从来舍不得打我，这一次可狠狠地打了我一耳光。"

"是吗？"秋云将信将疑。

老鼠洞补完了，秋云欣赏着新房。"这里放床，这里放柜子，这里摆梳妆台……"她高兴道，"终于有自己的梳妆台了！"想到这儿，她偏着头故意问喜喜："你说你爹常用细木棍烧成炭，给你妈画眉毛？"

喜喜点头。

秋云娇羞道："你可要向你爹学。"

"当然，当然。"

"你爹长相一定比你好看。"

"是比我好看。我爹长得很斯文，他中等个儿，眼睛很大，很有神，鼻子挺直，一张嘴不大也不小，正好搭配在他那长方形的脸上……"

（随着喜喜的讲述，屏幕上出现了扮演皇帝的演员扮演的喜喜父亲……）

17. 破庙

皇帝躺在草堆里打呼噜、酣睡。

丐七、丐八各从南北方向归来，两人一边走一边念。

丐七:"手拿狗棍头顶瓢。"

丐八:"每日长街去乞讨。"

丐七:"不管柴米价多高。"

丐八:"这样的日子真逍遥。"

两人在庙门相遇。

丐七:"八弟,我看见你和二哥在一起讨饭,讨到什么好吃的没有?"

"昨晚我就梦见和二哥一样讨到了一只鸡腿。"

丐七:"怎么,二哥讨到了一只鸡腿?"

"他和我一样,也是做梦。"

丐七打了丐八一下:"你又来哄我。"

丐七、丐八往庙内走。

丐八边走边说:"七哥,你我兄弟,沿街乞讨,尽挨别人的骂。回到我们的窝里来,还不乐一乐呀。"说完,就势往草铺上一躺,正好压在皇帝身上。

"哎哟!"皇帝惊醒过来,大叫一声。

丐八也惊得弹跳起来。两个乞丐定睛一看,是个半老头子强占了他们的窝,正要将这不速之客轰走,一个威慑的声音却将两人给镇住了。

"到底来人了,还不给我倒杯水来。"皇帝发话。

丐七竟乖乖地用土碗给皇帝端来水,皇帝接过去咕咚咕咚地喝完,他抬头猛见眼前的陌生人,惊吓得急往外跑,不料跑了几步便摔倒在地。

丐七上前搀扶起皇帝,仍将他安置在草铺上。

皇帝叫唤:"饿……饿……饿……"

丐七拿出讨来的一张饼递给皇帝。

皇帝接过来狼吞虎咽地吃完,还叫道:"饿……饿……"

丐七对丐八道:"这老头好像几天没吃东西了,把你讨的也给他吧。"

丐八犹豫地从兜里拿出包子皮。

皇帝接过包子皮,很快又吃完了。

丐八好奇地问:"你从哪儿来?我看你这样子像是贵人。"

"不是,不是。"皇帝急忙否定,"我是药材商人,来这里收购药材。不料途中遇到强盗,把我的钱和物抢了个精光。我又气又急,餐风饮露,染上了疾病,只得在贵庙暂时栖身,感谢二位兄弟照顾,日后我定要报答。"皇帝掏遍全身,也没有掏出一文钱,他只得摘下身上的玉佩交与丐七。

丐八拿过玉佩看了看："这玩意儿能值几个钱？"

"别卖，千万别卖。好好保存它，以后会给你们带来好运的。"

丐七将信将疑地收藏好玉佩。

"你还有宝贝。"丐八指着皇帝刚才撩衣服时露出的玉玺。

皇帝急忙遮掩："这是我的内人在庙里为我乞的护身符，还有她千针万线为我缝的香囊。"

"夫妻恩爱情意长，贴身之物，外人是不能随便碰的。"丐八调侃。

皇帝："我有一事相求。"

丐八："说，尽管说。"

皇帝："京城大乱，官兵到处抓人，一听京城口音的人就要抓。如有官兵找到这里来，请二位小哥千万不要把我供出来。"

丐八："你放心，丐帮里也很讲义气的。"忽然他发现皇帝的光头很特别，便摩挲着他的光头玩。

皇帝想发火，却又忍住了。

丐七："老头，你姓甚名谁？"

"我叫皇——"皇帝发觉走漏了嘴，急忙改口："我姓黄。"

丐七："啊，黄伯。"

丐八嘲笑道："哦，黄伯！和村头那位捡狗屎的黄老头一样的姓！"

18. 驿站

中军率士兵们扫兴而归。

李贵惴惴不安地尾随其后。

中军生气道："又是封山搜查，又是挨村严查，这个昏君未必上了天，或者钻进地里去了。"

李贵献媚道："中军放心，昏君肯定逃不出你的手掌心，他就是死了，我也把他的骨头捡得出来。"

"你连昏君的骨头都能检出来？"

"这个昏君我太熟悉他了，荒淫好色，都死到临头了，还舍不得那个周妖妃。连逃命都要成双成对。"

中军点头。

李贵又进一步献媚道："昏君倒行逆施，众叛亲离，连亲生骨肉都要大义灭亲，足见昏君是多么不得人心啊！"

中军不语。

李贵又指着门口田里的衰草道："昏君执掌江山，权奸当道，民不聊生。看——田园荒芜，杂草丛生。"

中军笑道："李大人，你是不识货，还是眼睛不好？这田里的草是农夫栽的，用来编席子、草帽、扇子、椅子……这一亩田草的卖价比种稻谷卖的价还要高呀。"

"啊，我眼睛不好，眼睛不好。"李贵十分尴尬，连连解嘲。

19. 破庙

清晨，太阳高高升起，皇帝仍躺在草铺上睡觉。

丐七叫醒丐八："该起来了。"

丐八推了推皇帝："捡狗屎的黄伯，快起来讨饭了。"

皇帝翻了一下身，又睡着了。

丐八抱怨道："我们俩是冬瓜皮做领子——霉起了圈圈。天上不给我们掉馅饼，天上却掉下来一个老头要我们供养。"

"我不是天子！"皇帝倏地坐起来辩解。

"你是梦见你当天子吧！"丐八嘲笑道。

丐七劝丐八道："算了吧，黄伯还在发烧。"

丐七、丐八一边收拾出门讨饭的家什，一边唱。

丐七："叫声黄伯听端详。"

丐八："我们去到长街上。"

丐七："你守在家里要提防。"

丐八："谨防老鼠咬蚊帐。"

皇帝坐起来："你哪来的蚊帐？"

丐八指着余烟未尽的蚊烟："蚊烟就是我们的蚊帐。"

皇帝笑了。

丐七："谨防牛来把被盖尝。"

皇帝再次坐起来："你们哪来的被盖让我看守？"

丐七指着谷草："这就是被盖。"

丐八："谨防黄犬把蒸笼撞。"

皇帝又欲质问，丐八赶紧指着砂锅。

皇帝嘲笑道："看你们把这个破窝说成了一个富家。"

丐七："黄伯，我们这叫黄连树下弹琵琶——苦中作乐呀。"

丐七、丐八相继出了门，皇帝却再无睡意，他皱着眉头想着心事。

皇帝的内心独白画外音："两个乞丐上无片瓦，下无立锥之地，可他们却生活得很快活；我们皇家的人住在雕梁画栋的房里，过着锦衣玉食的生活，可嫔妃、公主，整天愁眉苦脸；皇室兄弟，互相仇恨，总是快活不起来……"

20. 山野小道上

丐七、丐八朝着村里走去，远远看见一队官兵走来。

丐八："不好了！七哥，官兵！"

丐七："黄伯一人在家，快回去！"

丐七、丐八抄近路抢在官兵前跑回了破庙。

21. 破庙

丐七吩咐皇帝道："快！快！快躺下。官兵来了！"

皇帝一时慌了手脚，还是丐八将他硬按在草堆里，用破草席盖上，又抓了一把灰往皇帝脸上一抹，叮咛道："别出气，装死。"

官兵跨进门，厉声说道："看见昏君没有？赶快交出来！"说着，就命令部下搜查。

丐八："别乱动！别乱动！我们这里没有昏君，倒是有一个害麻风病刚去世的老乞丐，众位来帮帮忙，把他抬去埋了，免得传染人。"说着，将破席揭开。

众军士一见脸色土灰、身体僵硬的皇帝，吓得连连后退。

丐八："人家都说麻风病要传染人，我就不相信，来，来，搭个手，把他抬出去。"边说边拉军士。

丐七上前拉领头的官兵，头头吓得拔腿就跑。

众军士也跟着头头跑出了庙门。

官兵走远了，皇帝坐起来，舒了口大气。

丐八："黄伯，看你这么怕，你莫非就是皇帝？"

皇帝一愣，自嘲道："我哪像皇帝？你不是说我和村里捡狗屎的老头一样的姓吗？"

丐八:"我想也是。"

皇帝笑了。

丐七、丐八同笑。

22. 梨树湾喜喜家

师兄打柴归来,递给徒弟一包桑葚,徒弟津津有味地吃起来。

师兄又递给秋云一束山花,秋云高高兴兴地摘下一朵,斜插鬓边。

喜母端来饭菜,众人围坐在院中的桌子四周吃饭。

喜母吃了半碗饭便离开了桌子。

喜喜:"妈,你怎么才吃这么点?"

"饿了就吃,饱了就不想吃嘛。"喜母说着朝厨房走去。

师兄望着喜母的背影,将喜喜拉到一边,悄声道:"听秋云说,喜妈半夜想找个人说话。"

喜喜点头。

师兄:"喜妈可能是想找个老伴。"

喜喜固执道:"我妈是想我爹了。"

23. 白云深处人家

侯伯躺在床上,透过窗户望着远方,他思念喜母心切,下床朝门外走去,刚走了几步便摔倒在地。

江猎户忙进门搀扶起侯伯:"伤筋动骨一百天,你怎么就下床了?"

"多谢大哥救我,我说好的要给她过生日,她一定在等我。"

"就你这个样,爬到半路准给野兽吃掉。"

正说着,猎户之女山花提着一筐草药归来。

"你采了什么草药?"猎户问道。

山花高兴道:"可多哩。"她从筐里依次拿出草药:"舒筋活血的三七,补养身体的沙参、黄精、地黄……"

猎户:"你到哪儿采到这么多好药?"

"猴子坡。"

猎户嗔怪道:"男人都不敢上的猴子坡,你个女孩子竟敢爬上去。"

山花:"大哥的伤急用药,不入虎穴,焉得虎子?"

侯伯感激道："大叔、大姐相救之恩，我永世难忘。"

"我这就用三七给你泡酒、炖鸡。"山花提着筐进了厨房。

侯伯问猎户："大姐是回娘家看父亲吧？"

"什么娘家，我女儿还没出嫁。"

"啊！"侯伯惊奇道，"大姐……她……该……"

"我知道你要说她到了该出嫁的年纪了，可我小女命苦，五岁就死了娘，是我拉扯她长大，父女相依为命。小女脾气犟，发誓不离开我，就是要嫁，也得找个上门女婿，就这么日出日落，春夏秋冬，小女出嫁的事就耽误了。"

"啊。"侯伯同情道，"大姐是个孝女，好人有好报，有些福总是来得晚。"

猎户："借你的吉言。"

24. 破庙

丐七、丐八讨饭归来，刚跨进庙门，皇帝就吩咐道："水，给我倒水来。"

丐七拿过水罐给皇帝，皇帝接过来咕咚喝下。

丐七："黄伯，你饿不饿？"

皇帝："早就饿了。"

丐七将讨来的饭食递给皇帝。

皇帝闻了闻气味，摇头道："我不想吃残羹剩饭。"

"你想吃什么？"丐七没好气地问道。

"我想吃鸡。"

"吃鸡？"丐八想了想，"有，有。"

"在哪儿呀？"皇帝问道。

"跟我来。"丐八说道。

皇帝喜滋滋地跟着丐八出了庙门。

丐八指着垃圾堆里的臭鸡毛："在那儿……"

皇帝唰地变了脸："你敢欺骗朕……真假不分！"

"我欺骗你又怎么样？"

"我杀了你！"皇帝咬着牙说道。

"你敢！"丐八一拳将皇帝打倒在地。

"好哇！你目无王法！目无天……"皇帝指着丐八骂。

"你跑到我们这里来白吃白喝白住，这又是哪条王法？"丐八说着，又朝皇帝扑过去欲揍他。

丐七忙将他拉住:"他是个病老头。"

丐八将丐七拉到一旁:"七哥,常言说宁分数斗,不添一口。我们是泥菩萨过河——自身难保呀!讨到一口吃一口,讨到两口吃两口,讨不到就没吃的。这几日我们把讨来的好东西都留给他吃了,他还要嫌这嫌那。快把这老头打发走吧。"

丐七转问皇帝:"黄伯,你家在什么地方?我们送你回去。"

皇帝急坐起来:"我不回去,我不回去,我就在这里等着,我的人会来找我的。"

丐八讽刺道:"哼!癞蛤蟆打哈欠——好大的口气啊!"

皇帝又说:"你们对我好,我将来封你们官职。"

丐八:"封我们官职?你真是搭起戏台卖豆腐——买卖不大架子大呀!"

皇帝诚恳道:"我说的是老实话。"

丐八摸了摸皇帝的额头:"不发烧呀,哎呀,是个疯老头呀!七哥,你我运气不好,跑来一个隔年的蚊子……"

皇帝不解:"我怎么成了蚊子?"

丐八:"老食客。"

皇帝:"啊!"

丐八:"七哥,这个疯老头在我们这里,我们一没钱给他治病,二没钱给他买肉补养身子,要是死在这里了,他的家人还要来找我们算账。不如将他送给一个有吃有穿的人家,或许还能救这老头一条命。"

丐七默认。

25. 梨树湾喜喜家

喜喜在房里收拾,换上出门的衣服。

喜母进来,郑重地将钱交给儿子:"这贯钱是戏班积蓄,你去添点行头。这贯钱是我的积蓄,你和秋云下月就要办事了,扯点红布回来。"

"妈,你给我安排这么多事,我去县城看一看还乱不乱,要是不乱,我们就开始出外演出。那么多张嘴要吃饭,再不演出,只有喝山风了。"

"县城离这里几十里,去一趟不容易,办一件事,少一件事。"

"行,行,行。"喜喜收拾完毕出了门。

"早点回来。"喜母又叮嘱儿子。

秋云在院门外等着给喜喜送行。

喜喜问秋云:"我妈这几天晚上睡得好吗?"

秋云:"不好,常常对着月光拿起玉簪反复看。"

喜喜愈加坚定了自己的看法:"我妈对我爹的感情真是太深了!爹爹呀,你怎么不新生、不复活呀?"

26. 破庙内外

丐八对草铺上的皇帝道:"黄伯,你老躺着也不好,今天太阳好,起来到门外晒晒太阳吧。"

皇帝懒洋洋地坐起来。丐七将他扶到庙门外。

皇帝怕见陌生人,坐在庙门槛上,脸朝内,背朝外。

丐八情不自禁道:"叫花子拨算盘——穷有穷的打算。"

丐七:"你打算什么?"

"啊,没什么。"丐八有意将丐七支开,"七哥,该吃中午饭了,你是不是到村里要点饭菜回来?要不,黄伯又要喊饿了。"

丐七犹豫片刻,只得拿了要饭的家什出了庙门。

丐八见丐七远去,从地上拾起一根稻草,做成草圈,插在皇帝的背上。皇帝却全然不知。

皇后及太子从此经过,发现一个老头坐在破庙的门槛上,皇后急拉太子躲在草丛细看。

"真是皇……"皇后还未叫出来,太子急忙捂住了她的嘴。

皇后悲痛难忍,眼泪涌出了眼眶,欲上前相认……

太子拉住了她:"母后,这些日子,你我颠沛流离,以往的亲朋好友怕受牵连,都不敢收留我们。若带上他,麻烦更多了。"

"他是你父皇,如今被人插上草圈,像卖牲畜一样出卖,你于心何忍?"

"那是他自作自受!他宠爱老三,将兵权也交给了他,所以老三才敢篡权。你我母子受冷落,听说他嫌我懦弱,想废掉我这太子。哼!他有十多个儿子,别的儿子不管他,我为什么要管他?"

"别的儿子没有看见呀!"

"你把眼睛闭上,不就看不见了吗?"太子说着,硬拉着皇后离去。

皇后几度回头,泪如雨下。

少顷,喜喜朝破庙走来。他见一老头插着草圈,甚觉好奇,走近一看,惊得差点叫出声来,眼前的老人竟和他故去的爹爹一模一样。

喜喜不经意地上前摘下皇帝背上的草圈,扔在地上。

"哈哈哈!"躲在一旁的丐八走出来,摊手向喜喜道,"一手交钱,一手交货!"

喜喜:"凭什么我要给你钱?"

丐八:"你又不是瞎子,你摘了草圈,就要买货。"

喜喜:"世上只有卖儿卖女,老伯这么大岁数了,做人就该怜孤惜寡,敬老尊贤。"

丐八:"哎呀!我好不容易找到一个怜孤惜寡的人,快把他买回去。"

喜喜:"我买回去干吗?他人老了,又没有力气,买个财神当父亲还差不多,买他干吗?"

丐八:"当父亲呀。"

皇帝:"什么?你们要把我卖了?"

丐八生气道:"不卖你怎么办?你天天赖在我们这里,要我们管吃管喝,小孩还能管好自己,你连裤腰带都系不来,还整天尽说疯话。你要不跟着他走,你就滚,滚!"丐八将皇帝推倒在地,拖出门外。

喜喜怜悯之心油然而生,他扶起皇帝。

喜喜的内心独白画外音:"这老伯长得和我父亲一样,买回去给我妈做个伴,我妈半夜醒来,就有人陪她说话了,背痒了,也有人给她搔痒了。"

喜喜转问丐八:"你要多少钱?"

"三贯。"

喜喜掏空了口袋:"我只有二贯。"

"二贯五。"

"实在没有了。"

丐八见钱眼开:"行,反正是个张口货。说好,其余的先欠着。"

喜喜对皇帝道:"老伯,从今以后,你就是我爹,走,我们回家去。"

皇帝叫道:"我的鞋子,我的鞋子在哪儿?"

喜喜帮助寻找,最后恍然大悟:"爹,不就在你的脚上吗?"

皇帝:"亏你看见了,要不我就会光着脚走路。"

喜喜哭笑不得。

丐八幸灾乐祸道:"看见了吧,就是这么个疯疯癫癫的老头。快走!快走!再待一会儿,我怕你反悔。"

喜喜扶着皇帝离开了破庙,向梨树湾走去。

27. 羊肠小道

喜喜搀扶着皇帝爬山路,走一段路,皇帝总要小歇一会儿。

皇帝:"你刚才说你叫什么……"

"我叫喜喜。"

皇帝:"喜儿,你家里有什么人?"

"我家里有我妈,我妈有一个孩子。这个孩子……不是我兄,也不是我弟,更不是我姐和妹。"喜喜狡黠道,"你猜猜,这个人到底是谁呀?"

皇帝纳闷道:"不是你兄弟,也不是你姐妹……你妈这孩子到底是谁呢?"皇帝摇头道:"我猜不出来。"

"笨蛋!这个孩子就是我呀!"

皇帝恍然大悟:"对!对!对!我怎么没想起来呢?"

喜喜搀扶着皇帝,刚走了一段路皇帝又要歇了。喜喜干脆背起皇帝走。

皇帝:"喜儿,这里离你们家还有多远呀?"

喜喜指着远处的山:"翻过那座山,再翻一座山就到了。"

皇帝的内心独白画外音:"唔,他家地处深山,是个安全的地方,喜喜这孩子也老实,就暂在这里避避吧。"

喜喜背着皇帝,越走越沉。

喜喜的内心独白画外音:"眼下京城大乱,戏班无法演出,几张嘴坐吃山空;我又背回去这个老小孩,往后的日子怎么过呀?"

喜喜气喘吁吁地放下皇帝:"自己走吧。"

皇帝:"你给我叫辆轿子来吧。"

喜喜没好气道:"你就在这里等着轿子来抬你吧。"说着,扔下皇帝,独自朝前走去。

皇帝急得直呼叫:"喜儿!喜儿——"

呼叫无应,喜喜反而加快脚步朝前走。

28. 山村

身着老百姓服装的刘校尉等人四处寻访皇帝。

三娃兴冲冲跑来："禀大人，找到皇上了！找到皇上了！"

"在哪儿？"刘校尉一行人格外兴奋。

"随我来。"

三娃带着一行人急急奔去。

29. 农家院

老者端坐在院中的椅子上。

青年走上前："参见皇上。"

老者："平身。朕命爱卿到河东一带联络勤王军队，讨伐叛贼，所办之事如何？"

青年："禀皇上，河东一带，勤王之师，伐鼓咚咚……"

刘校尉急扑上前跪下："皇上！可找到你了！"他热泪滚滚，心潮澎湃。

"参见皇上！"三娃等人或跳墙，或推门进来，齐跪在老者的面前。

"哈哈哈！"老者、青年笑了，"我们叔侄喜欢看戏，忙完了农活，闲着没事，就学着戏台上的人，装模作样比画几下，自个在哄自个乐！"

"啊！"刘校尉跳起来，冲出院门，责骂三娃："都怪你！"

三娃委屈道："大家都没有见过皇上，怎么个找法？至少也该有张皇上的画像吧。"

"兵荒马乱之中，哪儿去找画像？"刘校尉说道。

"就这么瞎找，没准还要错。"三娃尽管说得很小声，也被刘校尉听见了。

"你再胡说，我要惩罚你！"刘校尉威胁道。

30. 羊肠小道

喜喜在前面走。

皇帝一面追，一面大声哀求："喜儿！喜儿！你不是说要怜孤惜寡，敬老尊贤吗？你就忍心将你父亲扔在山里喂狼呀！"

真是"鸟之将死，其鸣也哀；人之将死，其言也善"。喜喜斗争几个回合，无可奈何地折回来，背起皇帝朝梨树湾走去。

31. 梨树湾喜喜家

喜喜背着皇帝回到家里。

徒弟好奇地问道："师傅，你怎么背了个老头回来？"

"闲话少说，师奶奶呢？"

"在河边洗菜。"

喜喜急朝河边跑去。

32. 河边

喜母正在河边洗衣服。

喜喜兴冲冲跑来："妈！妈！你不是说半夜醒来，没有人说话，背痒了没人搔痒吗？"

喜母连连答道："是呀，是呀。"

"妈，半夜跟你说话的人，给你搔背的人，我给你背回来了。"

"啊！"喜母惊喜，"他在哪儿？在哪儿？"

"在我们家院内。"

喜母扔下衣篮，飞快往家跑去。她的脑海里闪现出了侯货郎的身影。

喜母的内心独白画外音："老侯呀，我们相爱了这么多年，今天终于能正大光明在一起了。"

33. 梨树湾喜喜家

喜母跑进院子，满屋满院寻找："他在哪里？他在哪里？"

喜喜将皇帝推到母亲面前："妈，我爹在这儿——"

"啊！！！"喜母惊得差点晕过去。

第三集

1. 梨树湾喜喜家

喜喜将皇帝推到母亲面前:"妈,我爹在这儿——"

"啊!!!"喜母惊得差点晕过去。

众人也吃惊。

喜母又羞又气,返身跑回了自己的房间。

2. 北房

喜母进了房,"砰"地将门关上。

喜喜尾随在后,头撞在了门上。

喜喜急敲门:"妈,你开门呀!"

喜母埋怨儿子:"喜儿,你怎么不跟妈说一声,就把这人给带回家来了?"

"妈,给你找老伴又不是买东西,好比买双鞋,这个店没有合适的,还可以到另一家店去买,可找人就不一样了。我看见这个老头长得跟我爹一模一样,所以就赶紧把他买回来了。要不,到哪儿再去买一个像我爹的人呀?"

喜母:"喜儿,你一点也不明白我的心事。"

喜喜:"妈,知母莫若儿,这世上除了我,还有谁明白你的心事?那天给你祝寿,你就因为爹爹不在,闷闷不乐,吃不好,睡不好,就跟掉了魂似的。"

喜母哭笑不得:"哎呀!你想到哪儿去了。"

"妈呀,你还跟我说,半夜醒来没有人跟你说话,背痒了也没有人给你搔痒痒。开始我还不明白你说的啥意思,后来我才知道你这是'哥哥的岳母,嫂子的娘'——在绕着说。原来你是想我爹爹再世,想有个伴。"

喜母:"喜儿,你这是帮倒忙。"

喜喜:"妈呀,像我这样有孝心的儿子你哪里去找啊!"

喜母嘲笑："是呀，你这样的傻儿子到哪里去找啊！"

喜喜："妈呀，我和黄伯还没吃午饭，你快出来给我们做点吃的吧。"

喜母犹豫一会儿，终于开了门，朝厨房走去。

3. 喜喜家院子

皇帝尴尬地坐在院中的石凳上。

喜喜走过去，拍了一下皇帝的肩膀："看见我妈了吧，我妈长得端庄、秀丽。"

皇帝点头。

喜喜："那就择个吉日，你和我妈拜堂完婚。"

"不行！不行！我父亲刚去世，我有热孝在身。"

"好吧，推迟婚期也行。急着拜堂，我妈也不答应。先吃饭，再洗个澡，我给你找身衣服换了。"

皇帝感谢道："谢谢喜喜。"

4. 女贞观厨房

陈老道背着背篓准备下山。

周妃走来："陈姑姑又要下山了？"

陈老道："买点米，买点油盐。"

周妃取出一支金簪递给陈老道："老姑姑下山，麻烦打听一下皇帝的下落、京城的情况。"

陈老道板着脸："女善人，你这可是门缝里看人——把人看扁了。城门失火，殃及池鱼。天下大乱，遭殃的是百姓，王室安则百姓安。贫道帮你打听皇帝的下落，也是贫道希望皇帝平安，早日聚集天下人马，平定叛乱，百姓好安居乐业呀！"

周妃收回金簪："日后皇帝重振朝纲，定要重谢老姑姑。"

陈老道："又来了，行善积德，给人帮忙是应该的。又不是做买卖，非要半斤八两地交换。"

周妃不好意思地笑了。

5. 女贞观大门

王忠忍饥挨饿，四处寻找皇帝。他来到女贞观，重重地敲着大门，半晌无人应，王忠只得在观门外徘徊。

"吱呀"一声，观门打开，陈老道背着背篼出了大门。

王忠上前悄声问："老姑姑，可有外乡人借住在你们观内？"

陈老道板着脸："你个男子汉跑到我们女贞观门前转悠干吗？你这是城隍娘娘害喜——怀的鬼胎。还不快滚！"

王忠欲辩解上了台阶。

陈老道一掌将王忠推倒在地，警告道："你要不走，我叫人来抓你！"

王忠怕事情闹大，只得爬起来，急急离开此地。

周妃出来："老姑姑，刚才我好像听见一个熟人的声音。"

"啊，有个汉子向我打听观里可有外乡人，我看他鬼鬼祟祟的，就把他轰走了。"

"啊！"周妃忙中出错，竟朝着与王忠相反的方向追去。

6. 山林

周妃追赶王忠。她跑了好一段路，气喘吁吁，始终不见王忠的身影。

"仙女！仙女！"傻子又从树枝上跳下来，朝周妃扑来。

周妃又是惊慌逃回。

7. 喜喜家院

深夜，皇帝借助月光起了床，从枕下取出玉玺，出门拿了铁铲，朝屋后竹林走去。他选好了一笼竹子，在下面用铁铲挖坑。

喜喜半夜上厕所，听见响动，走近一看："爹，你在干啥？"

皇帝一惊，继而镇静："明日我要随你们到外地演出，我怕东西丢了，把它埋在这里。"

"什么宝贝东西？"喜喜问。

皇帝："我做生意时，商铺刻的章，还有账本。天下太平后，我还要接着做我的生意，这都是我的宝贝呀。"

"嗨！你交给我妈给你锁在柜子里，不就保险了吗？"

皇帝摇摇头，继续挖坑："还是埋在这里保险。"

喜喜夺过铁铲，挖了两铲停住："你要埋账本？"

"不是——"皇帝赶紧改口，"是，是，是。"

"这怎么行,万一下雨,不就泡汤了。"喜喜说着,朝屋内跑去,转瞬点着灯,提着一个坛子走来,他从皇帝手里夺过包裹仔细观看,"蓝布底、白菊花,用黄丝线缠着……"喜喜笑了笑:"爹爹包得还挺严实。"他将包裹装进坛子,待坑挖好后,将坛子埋进坑内,再填平。

喜喜掌灯,让皇帝看了看四周。

皇帝满意地点点头。

"以后再有这种事,你吩咐一声,别再半夜三更自己干了。"

皇帝点了点头,说道:"喜儿,这是为父的命根子,你可不能给别人说呀。除了你我,不能让任何人知道。"

"听爹爹的,决不会让第三个人知道。"喜喜搀扶着皇帝朝新房走去,"天快亮了,明早就要出外演出,抓紧时间睡一觉。"

8. 梨树湾

侯伯跛着脚,挑着货郎担,一瘸一拐,边走边叫喊:"卖花布、花伞、花夹子——卖梳子、篦子、糖饼子——卖针线、针头——"

侯伯来到喜喜家门前,只见院内空荡,没有人迹。

侯伯向邻居打听:"请问这喜喜班的人到哪儿去了?"

邻居:"三天前他们就离家出走了,说是多张嘴天天要吃饭,眼看就要揭不开锅了,全班人马又开出山去找饭钱了。"

侯伯:"他们到哪儿去了?"

邻居:"戏台是石头,戏班是流水。谁知他们到哪儿演出去了。"

"谢谢大伯!"侯伯告别了邻居,重新登上了寻找喜母的路程。

9. 乡镇郊外

张将军带领中军等人走在路上,边走边搜寻、打探皇帝的下落。李贵夹在中间,他拉下帽子,遮着脸庞,外人看不清其面孔。

刘校尉等人化装成百姓迎面走来,也是边走边寻找皇帝。

两队人马在镇口相遇,定睛一看,仇人相见,分外眼红,刀枪铁拳拼杀,拼个你死我活,异常激烈。

刘校尉因为寡不敌众,下令撤退。

张将军却率领人马紧追其后。

10. 乡镇上

街边围成了一道人墙，喜喜正在表演变脸。

喜喜载歌载舞：

说变脸，就变脸，人人头上有张脸。

可恨有的人，为名为利为了权，

一张脸，就像六月天气常变幻。

时而献媚……

"轰"的一声，人墙被冲垮，围观百姓四处逃命。

刘校尉率人马且战且逃。

张将军人马如老虎下山，横冲直撞而来。

喜喜忙收拾家伙，拉住徒弟，招呼着师兄，急急而逃。

11. 七皇子营帐

刘校尉进帐："拜见殿下。"

七皇子："找到父皇没有？"

"禀殿下，属下等化装成百姓四处寻找皇上，不见皇上身影，却与三逆贼的人马相遇，看样子他们也在找皇上，因他们人马多，我们只好暂时回避。"

"三逆贼欲挟天子以令诸侯，必然会撒下天罗地网追捕父皇。决不能让他阴谋得逞，尔等务必找到父皇！"

"遵命！"刘校尉转身欲走。

"慢！你没有见过皇上，千万不要认错人了。"

"殿下，我没有吃过猪肉，还没见过猪跑呀……"

"唔！"

"属下失言，罪过，罪过。"

"继续说。"

"属下记住了殿下给我讲的皇上的身材、相貌，属下会仔细向百姓打听，还会根据皇上的穿戴、身上的佩物来识别皇上。"

"好！事成之后，我定会重赏！"

"谢殿下。"刘校尉退下。

少顷，七皇子叫道："曹五！"

曹五："在！"

"随我微服观察地形，以利布阵。"

"遵命！"

12. 山村小路

天气异常闷热，皇后与皇太子艰难地跋涉。

太子一屁股坐在地上："热死人啦！"

皇后："皇儿呀，暴雨就要来了，这四周没有一个遮雨处，前面有一个村庄，好歹也可以找到一个屋檐挡挡雨呀。"

"母……妈，你那干娘离这儿到底有多远呀？"

"不远了，再过两条河就是。"

太子嘟嘟囔囔地抱怨道："你那亲舅舅都不理我们，你那干娘还肯收留我们呀？唉！人情冷暖，世态炎凉呀！"

"干娘不是势利眼，他十分疼爱我。找到干娘有了落脚地，我们就不会再颠沛流离了。"说着，皇后拉起太子继续赶路。

13. 朱家大门

皇后、太子冒着暴雨在泥泞的路上奔跑，来到朱家门前，见屋檐宽大，便躲在下面避雨。

朱小元主仆归来，见皇后及太子，怒斥道："滚开！要饭到别处去要！"

皇后乞求道："我们在这里避雨。"

朱小元："躲雨也到别处去！别把你们的晦气传给我们。"

皇后："公子，等雨停了我们就走。"

朱小元怒目圆睁："再不走，我就要放狗咬了！"

太子："你敢！你知不知道我们是谁？"

朱小元："厕所里的石头——又臭又硬。小二，放狗！"

范九将狗放出来，"汪！汪！汪……"凶狗如狼似的朝皇后母子扑来，皇后与太子惊慌逃走。

皇后跌倒在地，仰天叹息："说什么江山属于皇家，可怜我母子竟找不到一个避风雨的地方。"

14. 山洞

玉叶公主坐在山洞内，呆呆地望着洞口银纱似的雨帘，她的眼前又现出了昔日情景……

15. 后宫新房（幻觉）

红色的"囍"字，红色的鸳鸯，红色的罗帐，红色的枕被，新房红红火火，喜气洋洋。

准驸马魏学士跟着七皇母前来观看新房。

玉叶公主躲在屏风后偷看魏学士。

七皇母对魏学士道："你和玉叶的婚期就要到了，看看这新房布置得怎么样，要是觉得不合适，还来得及改。"

"多谢皇帝和七皇母如亲生父母般关爱，后生感恩戴德，永世难忘。"

七皇母："婿为半子，一家人就不用客气了。"

魏学士观看新房，连连称赞："好！好！好！"

屏风后的玉叶公主如痴如醉地看着准驸马，幸福甜蜜。

金娥："公主，魏学士是状元，才学好，又有人品，他就像你读书时，念出的'玉树临风，风度翩翩'。公主，你是前世修的福呀……"

16. 山洞

"公主，公主！"

"啊！"玉叶惊醒。

"公主又在想魏学士了吧？唉！三皇子叛乱，不早不迟，偏偏在你和魏公子要举行婚礼的时候叛乱。"

公主遥望京城："今天是我们举行婚礼的日子。"

金娥："公主记得清楚。"

"可是……"玉叶悲伤道，"魏公子他在哪儿呀？"

"公主别急，先到我家住下，再慢慢寻找魏公子。天放晴了，我们就赶路。"

17. 山间小路

雨过天晴，玉叶公主与宫女金娥离开了山洞，行走在羊肠小道上。

玉叶："金娥，你们家离这里还有多远？"

"不远，再翻一座山就到了。"

"怎么又是再翻一座山？"

金娥暗笑。

树上的蝉"吱呀、吱呀"地叫着。

玉叶听着蝉声，学着蝉叫。

金娥："公……小姐，自逃难以来，还没有见你这么高兴。"

"金娥，这蝉是官家蝉还是私家蝉？"

"小姐，有树的地方都有蝉，还分什么官家和私家哟！"

两人又默默地走了一段路，玉叶发现了路旁的白土，她好奇地问道："金娥，这土怎么是白色的呢？"

"这叫观音土。我没有进宫前，有一年天大旱，庄稼颗粒无收，老百姓连清汤粥都喝不上，只好挖这土来填肚子了。"

玉叶费解道："土怎么能吃？没有粥喝，他们可以吃肉呀。"

"吃肉？"金娥哭笑不得，"小姐，贫苦百姓一年吃不上一顿肉，哪还能以肉充饥呢？"

"啊！"

"小姐，到了我家，可别这么乱说，要不，别人会笑掉牙的。"

玉叶唰地变了脸："谁敢笑我，我就打掉他的牙！"

金娥只好噤声。

18. 朱小元书房

朱小元捧着圣贤书，却无精打采，昏昏欲睡。

春英从窗前经过。

朱小元发现春英的身影，急忙出了房门。他拦住春英："春英呀，一刻不见如三日兮！来，来，快到我书房来。我有一件重要事告诉你。"

"啥事？"春英被朱小元硬拉进了书房。

朱小元色眯眯地看着春英，殷勤道："你的腰和西施的腰一样细。"

"你又胡说了。"春英讥笑道。

"不信？那我们就试试看。"

"怎么试？"

朱小元神秘道："我们书友聚会，把记载西施的书查了一本又一本，得出了西施腰围最准确的尺寸。又量了我的手臂，正好和西施的腰围一样。"说着，朱小元伸出手臂，欲搂春英的腰……

春英就势一闪，朱小元一个趔趄，摔倒在地。

朱小元拉起武功架势，一蹦便跳了起来。

春英笑着说："大少爷，我觉得你的武功练到家了。"

"是吗？"朱小元十分得意，"你是怎么看出来的？"

春英伸出手，"啪"，一巴掌狠狠地抽打在朱小元的脸上。

"哎哟！"朱小元痛得两眼直冒火星，正要发火……

"哎哟！哎哟！"春英故意夸张地捂着手，好像痛得钻心似的，"大少爷，你的功夫可练到家了，练得刀枪不入，浑身比铁还强硬。刚才我一巴掌打在少爷脸上，少爷一点不痛，可把我痛得钻心呀！"

朱小元打肿脸充胖子："是的，是的，一点不痛，就像蚊子咬了一下。"

春英窃笑着溜出了书房门。

朱小元追出门外，正好撞在朱老夫人的怀里。

"干啥？"朱老夫人怒斥道。

"母亲大人！我……我要上茅厕。"

朱老夫人："茅厕在那边。"

"儿子听见母亲的脚步声，前来接母亲。"

朱老夫人讥笑道："你这是在接人，还是在抢人呀？儿呀……"朱老夫人拉着朱小元的手进了书房，谆谆教导："书中自有黄金屋，书中自有千钟粟。你要好好读书呀。"

"哼！"朱小元不屑道，"什么书中自有黄金屋，什么书中自有千钟粟。我看是做官自有黄金屋，做官自有千钟粟。"

"儿呀，你好好读书，考取了功名，不就做官了吗？"

"走这条路去做官，那得花多大的力气、吃多大的苦呀？水井旁住的那位八十多岁的老秀才，几十年来，寒窗苦读，把板凳都坐穿了，还没有考取功名，仍然是个白丁。黄金屋在哪儿？千钟粟在哪儿？前任知府的儿子，出了十万两银子买了一个县官，黄金屋、千钟粟都有了。妈，你看儿子读书读得好苦呀，你就拿钱给儿子买个官当嘛。"朱小元缠着母亲撒娇。

朱老夫人生气道："没有出息！"

朱小元悄声道:"跟我爹学的。"

19. 朱大富家客厅

朱大富正在喂鹦鹉。

春英捧茶进来:"老爷,茶来了。"她将茶放在茶几上,转身欲走。

朱大富眼勾勾地看着春英:"来,过来。"

春英极不情愿地走过去。

朱大富指着鹦鹉说:"春妹子,你愿不愿意变成鹦鹉呀?"

春英:"当然愿意呀!鹦鹉不侍候人,不挨打受气,一天到晚就待在架上,靠人喂养,学人说话还被人夸奖。"

朱大富:"我也愿意变成鹦鹉。"

"老爷,你有这么多田地、家产、妻妾儿女,你舍得他们吗?"

"怎么舍不得?"朱大富靠近春英。

春英赶紧离开。

朱大富:"我变成这只鹦鹉,你变成那只鹦鹉,我们俩就是一对了。"

"老爷,你的眼睛长到哪儿去了?这两只鹦鹉都是红嘴,只有女人才抹口红,你要变成丫头荷花,才和我是一对。你和朱老夫人才是一对。"

"朱老夫人,母老虎!"朱大富厌恶地说道。

"朱老夫人,母老虎!"

"朱老夫人,母老虎!"

……

……

两只鹦鹉竟学着朱大富的口吻喋喋不休地叫起来。

春英急忙逃走,忽又惊慌转身:"老爷,快制住鹦鹉别乱叫,朱老夫人来了。"

朱大富忙制止鹦鹉叫唤,谁知越制止鹦鹉叫得越起劲。朱大富只得掐着两只鹦鹉的嘴,不让出声。

朱老夫人进来见状,骂丈夫:"该死的!你要把它掐死呀!"

"掐死算了,谁让它乱说话。"

朱老夫人:"那鹦鹉说的话你也当真呀?快松手!这是花了二十个元宝才买来的好品种。"

朱大富无可奈何道:"松手就松手,你听了鹦鹉的话可千万别生气。"

朱老夫人宽厚地一笑:"就算我是鼠肚鸡肠,也不会跟鹦鹉生气呀。"

"好吧,你都不生气了,我还掐着干吗?"朱大富刚一松手,那两只鹦鹉竟争先恐后叫着:"朱老夫人,母老虎!""朱老夫人,母老虎!"……

"好啊!你敢骂我!"朱老夫人扯下鹦鹉架,狠狠地摔在地上。

"你不是说鹦鹉说的话你不生气吗?"朱大富反诘。

"我不跟鸟生气,我跟人生气!"朱老夫人怒吼。

20. 喜喜家院

戏班开饭时间已到,众人拿着碗筷,盛了稀粥,夹了咸菜,津津有味地吃起来。

徒弟晚到,他用饭勺在盛粥的盆里一搅:"我以为演出回家,要吃顿干饭。"接着又俏皮道:"哎呀呀!要是放两条鱼下去,都可以看见鱼在粥里摆尾了。"

喜母训斥道:"黑娃,你别不知好歹,这个月我们一演出就被官兵冲散,有这清汤粥喝就不错了。"

秋云正好端着白米饭、炒菜从此经过。

徒弟垂涎欲滴地望着饭菜。

喜母不满道:"这不,新添了一张嘴还要吃好的。"

21. 新房

皇帝皱着眉头,望着秋云端来的饭菜:"怎么天天、顿顿都吃白菜、萝卜,有鸡汤没有?"

"没有。"秋云没好气地回答。

皇帝只得夹了一口菜往嘴里一送,又埋怨起来:"怎么没有味?"

秋云将饭菜端回厨房,搁了盐又端回来。

皇帝吃了一口,又放下了筷子:"太咸了。"

徒弟在窗外看见,说道:"师爷爷,你要不吃,我吃。"

皇帝:"拿去吧,拿去吧。"

秋云只得端起饭菜出了门。

徒弟迎上:"我吃。"

秋云骂道:"你好吃!"

喜喜走来："爹爹不吃米饭，那就给他吃黄金馍、灵芝草。上次他吃得好香啊。"

"喜喜，你少来骗我。黄金馍不就是玉米馍吗？灵芝草不就是野菜吗？上次我被你骗了，今天你又想来骗我呀？"皇帝听见喜喜与秋云说话，竟在屋里大声责备起来。

喜喜吐了吐舌头，解嘲地笑了笑。

秋云生气道："不吃算了！饿死活该！"

喜喜搔首道："爹爹想喝鸡汤，这哪有钱去买鸡呢？"他望着母亲的房间，主意油然而生。

22. 北房

喜喜趁母亲不在，溜进房内，从柜子里拿出一串钥匙，开了锁，翻箱倒柜寻找，终于找到了一对玉镯，他刚要拿起来……

"你干啥？"母亲出现在门口。

喜喜赔笑道："我……妈……是这么回事，爹爹想喝鸡汤，我想把这镯子拿去换点钱。"

"我打你这败家子儿！"母亲打了喜喜一拳，"你乱用银子买回来一个疯老头，将你们的新房子给他住，我们吃稀他吃干，他还要挑剔。他想喝鸡汤，你就要用镯子给他换！这镯子是我过门时，我婆婆，也就是你奶奶给我的，她又是她婆婆，也就是你曾奶奶给她的，你曾奶奶……"

"行了，行了，说一大堆干什么？"

"我就简单说，这镯子是我们家婆婆传媳妇依次传下去的，是传家宝，我是要传给秋云的。"

"你传，你传。"喜喜烦躁地出了门。

院内树上的小鸟叽叽喳喳地叫着。

喜喜抬头一看，喜上眉梢："有了！屋后那棵树上有个鸟窝，肯定有鸟蛋，我去掏来。给我爹煎着吃，蒸着吃，不又可以对付两天了吗？"

23. 树林

林中一棵大树上有鸟窝。

喜喜攀上了大树掏窝中的鸟蛋。

秋云在树下关注着喜喜的安全。

喜喜欲掏窝中的鸟蛋，可就差那么一点才够着鸟窝，喜喜一踮脚，不小心一滑……

"啊！"秋云在下面惊叫一声，摊开双手接着……

喜喜幸好抓住了一根细枝，在空中荡来荡去。秋云望着树枝一晃一晃，发出了"吱吱吱"的断裂声，心都提到了嗓子眼上。

喜喜纵身一跃，终于抓住了树干，纵身上了树。

秋云松了一口气。

喜喜从鸟窝里掏出了七八个蛋，如获至宝，他下树以后，将蛋交与秋云："给我爹煎着吃，蒸着吃，又可以对付几天了。"

秋云没好气道："你开口一个爹，闭口一个爹，我看你对这买来的爹，真比亲爹还要亲。"

喜喜亲切道："秋云，你我从小定了亲，你的父母就是我的父母，我的父母也就是你的父母。爹爹生在京城，又是做生意的人家，肯定过的是锦衣玉食的日子，乍一到我们这样的人家，自然不习惯，日子长了，爹爹就会习惯的，你就耐心一点。"

秋云点了点头。

秋云拿着鸟蛋往厨房走。

"秋云！"喜母从北房探头叫。

"就来。"秋云将鸟蛋放到厨房，朝北房走去。

24. 北房

喜母："刚才到哪儿去了？"

秋云："喜喜给他买来的爹掏鸟蛋去了。"

喜母："掏到了吗？"

秋云："掏到了八个蛋，要我给黄伯煎着吃，蒸着吃。"

"哼！他对我都没有对他买来的爹那样孝顺。"喜母将玉镯戴在秋云手上，"这镯子是祖上传下来的，我把它戴在你手上，你就是我们家的媳妇了。"

"谢谢喜妈。"

喜母叮咛："本来说你们办喜事时给你，可喜喜惦记用它给买来的老头换鸡汤喝，我怕喜喜又来找，就提前给你，放在你那里他不知道。"

秋云点头："喜妈放心，我藏好，让喜喜找不着。"

25. 山村小路

侯伯挑着货郎担，边走边吆喝："卖花布、花线、花夹子——卖梳子、篦子、糖饼子——"

侯伯时时向路边的人打听道："请问大哥，看见一个变脸戏班演出没有？"

中年男子："十天以前，我看见他们在镇上演出，后来被官兵冲散了，不知到哪儿去了。"

侯伯："谢谢大哥。"

26. 梨树湾村头

喜母来到村头，望着弯弯曲曲的田间小路通向远方。

一农妇走来："喜妈在等什么？"

"绣枕头用完了金丝线，在盼货郎。"

农妇："我也想给女儿扯件花袄，也不见有货郎来。真是！你越盼他来吧，他偏不来；你要不盼他来吧，他倒天天来了。"

喜母自言自语："是呀！越盼他来，他偏不来；我要是不盼他，说不定明天他就来了。"

27. 新房

秋云端着一盘炒雀蛋、一碗白米饭进来："黄伯，吃饭了。"

"吃什么？"

"炒雀蛋。"

"端走，端走。"皇帝厌恶地说。

"黄伯，这可是你的孝子喜喜爬上几丈高的树，给你掏来的雀蛋呀。"秋云说着，将蛋和饭递到皇帝面前。

"我说了多少遍，我要喝鸡汤。你是聋子呀？"皇帝手一挥，将秋云手中的碗、盘打翻在地。

"啊！"秋云拾起碎碗、碎盘出了房门。

28. 厨房

秋云抹着泪，满腹委屈。

秋云的内心独白画外音："还没有拜堂，就遇上这么个刁钻的公公。要是我和喜喜真成了亲，这往后的日子怎么过呀？"

秋云越想越伤心，泪水像断了线的珠子一样流下来。

师兄在门外发现秋云抹泪，便拉来喜喜要他相劝。

秋云一见喜喜，满肚的火气朝喜喜发泄："我实在受不了！你这买来的爹实在难侍候。我要走！我要走！你另外找人侍候他吧。我要离开这里！"

喜喜："说得对！就是该离开这里。你赶快去收拾东西，我们俩一同远走高飞！"

"你……"秋云扑哧一声笑了。

喜喜却"哇"的一声哭了。

"喜喜，你怎么啦？"

喜喜："我不配当儿子，爹爹说了好久想喝鸡汤，可我就是端不出来。我……我羞愧。"

29. 喜喜家院

喜喜教徒弟变脸。

徒弟认认真真地学。

徒弟变出了一张红脸。

喜喜望着徒弟的红脸，突然变成了"红鸡冠"，再一变又成了一只"红冠鸡"。喜喜猛扑上去，徒弟吓得慌忙逃走。

喜喜在后面急追，终于逮着了"红冠鸡"，喜喜狠掐着"红冠鸡"的脖子。

"师傅！师傅……"徒弟叫唤道。

喜喜定睛一看，不好意思道："我把你看成'红冠鸡'了。"

徒弟嘟嘟囔囔地说："师傅想鸡真是想出了毛病。"

喜喜："休息去吧。"

30. 竹林

喜喜为镇定自己的情绪，漫步来到竹林。

一只老母鸡"咯咯咯……"地觅食走来。

喜喜望着鸡,望着望着,脑子里冒出了一个惊人的主意。他将鸡引入竹林深处,然后猛扑上去,抓住鸡,塞进衣服内,飞快地跑出竹林,朝住地跑去。

31. 厨房

喜喜跑进厨房,用刀杀了鸡,很快拔了毛,收拾干净,放入砂锅,生上火炖起来。

32. 竹林

农妇遍寻竹林,"咯咯咯……"地呼唤着自家的鸡。

33. 厨房

喜喜正在炖鸡。他远远听见农妇高声问:"刘大娘,你看到我的鸡没有?"

喜喜赶快将砂锅取下来,搁在阴暗角落里。

34. 竹林

农妇找不到自己的鸡,急得骂起来:"谁偷吃了我的鸡,嘴上要生个大疔疮!"

喜喜听在耳里,痛在心里。

农妇:"偷鸡贼!偷鸡贼!我要是逮着你呀,非把你朝死里打!"

喜喜生气。

农妇:"偷鸡贼呀偷鸡贼!你这没良心的贼!你这黑心烂肺贼!"

喜喜听得怒火燃烧,举拳欲揍农妇,忽又强作笑脸道:"大嫂呀,你把口骂干了还得自己回去烧水喝,何苦呢?"

"我的鸡被人偷了,我不该骂呀?"

"鸡不见了,你再骂,也骂不活……"喜喜忽然发觉说漏了嘴,急忙改口道:"也骂不出来。常言说,破财免灾。一只鸡算什么?捡几个鸡蛋,老母鸡一孵就是一窝,几个月又长成会下蛋的鸡了。"

农妇的气果然消了一半。

"那个孝子把你的鸡逮去……"

"你怎么知道是孝子偷了我的鸡?"

"我……"喜喜赶紧遮掩,"我这不是猜想吗?大嫂,我们就顺着猜想说,那个孝子逮了你的鸡炖给他的父亲吃,虽然来路不正,可去路正呀;如果大嫂把鸡提上街去卖,卖给一个杀人不眨眼的强盗吃了,来路倒正了,可去路不正呀!大嫂是明白人,响鼓不用重敲。两相比一比,你就觉得鸡虽然被孝子逮……假如被孝子逮去了,比卖给强盗吃了要合算。"

农妇细细地咀嚼着喜喜的话:"来路不正,去路正;来路正了,去路不正……"

喜喜趁机溜走。

35. 厨房

喜母走进厨房,见炉火熊熊燃着,抱怨道:"秋云到哪儿去了?这火白烧起,不费钱呀?"她四处寻找砂锅,终于在角落里找到了砂锅。她提起砂锅,又一阵抱怨:"这上顿饭的脏水还留在这里干啥?"

喜母提着砂锅出了门,举起砂锅就往臭水沟里倒……

喜喜得意扬扬地走回来,正撞上母亲要倒掉炖鸡,惊呼道:"妈!别倒!"

已经来不及了,喜母"啪"地一下,将砂锅里的鸡和汤都倒进了臭水沟里。

喜喜气得跺脚捶胸。

36. 乡村小路上

侯伯走乡串村,一边走,一边高叫:"卖花布、花线、花伞——卖梳子、篦子、糖饼子——卖针线、针头——"

37. 喜喜家院内外

喜母听见那熟悉的声音,异常兴奋,她急忙走出院子,发现皇帝也朝着侯伯走去,便躲在树丛中。

38. 小路

侯伯见皇帝走来,忙迎上去:"大哥,你要买啥?我这里有治老人偏头痛的丸药、治风湿的膏药,女人要的胭脂、针线、头绳,小孩子吃的麻糖、饼子……"

皇帝:"你从哪儿来?"

"从山那边来。"

皇帝小声道："你看到军士没有？"

"到处都是。"

皇帝："他们是叛军，还是七皇子的兵？"

侯伯摇头道："见到军队我躲还来不及，谁敢去问他们。"

"爹！你怎么一个人乱跑？"喜喜叫着跑来，拉起皇帝便走。

一声"爹"重击侯伯，他愣住了。

喜喜边走边悄声对皇帝说："这是出名的花货郎，别理他！"

秋云拎着菜篮子迎面走来。

喜喜："淘菜呀？"

"唔。"秋云回答，声音是从鼻子里哼出来的。

喜喜和皇帝一走远，侯伯急追上秋云问："姑娘，刚才那个大哥是小伙子的什么人？"

"是他爹！人家是比亲爹还要亲的爹！"秋云没好气地说。

"啊！"犹如五雷轰顶，侯伯靠着货郎担，才没有倒在地上。

喜母望着秋云的背影远去，才放心地从树丛里出来，朝侯伯走去。

"老侯。"喜母亲热地叫道。

侯伯气愤地将头扭到一边。

喜母："老侯，你怎么啦？"

侯伯："我早就让你把我俩的事给喜喜说明。你总是吞吞吐吐，含含糊糊，原来你是另有心上人了。"侯伯说完，挑起货郎担就走。

喜母忙拉着货郎担："老侯，你听我给你说明白……"

侯伯讥笑道："我明白，你那个心上人，是你儿子比亲爹还要亲的爹，是你比原来的丈夫还要亲的丈夫。"

"不是我……"喜母欲辩。

"不是你和他成亲，难道是我？"侯伯说完，挑着货郎担气冲冲地走了。

"老侯！老侯！"喜母在后面急追。

第四集

1. 后山

侯伯挑着货郎担气冲冲地走着。

"老侯！老侯！"喜母在后面急追。

侯伯装着没听见，反而越走越快，将喜母远远甩在后面。

喜母追到山弯处，只见茫茫群山，不见侯伯身影，好不沮丧。

2. 朱大富客厅

朱大富在喂养笼内的鹦鹉，对鹦鹉道："春英，倒茶！"

鹦鹉："春英，倒茶！"

春英端茶进来："老爷，请喝茶。"

朱大富不悦："我给你说过多少次，别叫我老爷。"他装着小伙子的声音和形态："你看我这样子'老'吗？"

春英抬头一看，差点笑破肚子，朱大富紧勒挺肚，穿了一身年轻人的花衣、花裤，头发梳得光光，脸上还抹了胭脂。

朱大富亲昵道："你要叫我小富，或者大富。"

"奴婢不敢。"

朱大富眼睛一鼓："唔！"

"是……是……老……小富。"

"哎。"朱大富嗲声嗲气地回答，他硬拉着春英走到鹦鹉架前，指着两只鹦鹉，悄声对春英说道："上次那两只鹦鹉被母老虎摔死了，我又叫人去买了这两只回来。我特别叮咛，要买只公的，要买只母的，正好是我和你。"

春英又羞又气，说道："老爷，请您尊重。"

"好吧，这大白青天的，人来人往，要叫母老虎知道了，又要发虎威了。今夜三更时分，我到你房间里来，记住，不要插门。"

"老爷，奴婢不敢。夫人知道了，要掐死我的。"

朱大富怒目狰狞道："你就不怕我掐死你？"

春英委屈、愤怒。

3. 梨树湾河边

秋云在河边洗衣服。

牛哥从山上背柴归来，他痴痴地看着秋云映在水中的倒影，看着看着踩虚了脚，扑通栽进水里。

秋云惊，呼救："有人落水了……"

"别叫，别叫！"牛哥自己游出了水面。

秋云帮助牛哥上岸。

"牛哥，你怎么走路不小心，幸好这河水不深。"

牛哥擦着脸上的水问："你们这次出外演出，这么快就回来了？"

秋云说："唉！只说天高皇帝远，谁知京城大乱，也闹得镇上不安宁，好不容易围成圈演戏，官兵横冲直撞又给你冲散了，挣不了几个钱，在外开销大，只好回山里来挣点小钱了。"她望着牛哥打捞起来的柴，关心道："你一大早就打了这么多柴呀？"

"唉！我牛哥单身一人，四处飘零，好不容易在张老财家找了个帮工活，虽然苦一点，累一点，总算有了落脚的地方。再说，又能经常看到你。"说着，牛哥从贴身处掏出一把梳子递给秋云，"这是我在集上给你买的。"

秋云的脸唰地红了："我不要！我不要！"她急忙提起篮子："我们要到周村唱堂会，给一个富人家的老母做七十大寿。"说着，她收拾好衣服篮子，急急朝家里走去。

牛哥拿着梳子，呆呆地站在那里，望着秋云的背影。

4. 梨树湾喜喜家

师兄、徒弟等人收拾行头，准备出外演出。

喜喜挑水归来，将水缸装满。

秋云归来。

喜喜拿过秋云的篮子，对皇帝道："爹，我们中午就在东家吃寿面了。灶头上有现成的饭和蛋，你自己炒蛋炒饭吃。想吃青菜也给你洗好了。"他又指着院旁的水缸："水也给你挑满了，烧火的时候千万不要让火苗蹿出灶来。"

"饭怎样炒？我炒不来呀。"皇帝为难。

"昨天我不是教过你了吗，简单得很。"喜喜说。

皇帝："你们都要走？"

"都走。"

"屋里不留人？"

"就你一个人。"

"好，好，好，我正好办我的事。"

"什么事？"

皇帝发觉说漏了嘴，急忙遮掩道："没什么，你不是说我自己吃饭的事吗？"

5.春英住房

春英心事沉沉回来，推开房门，吓了一大跳。

朱小元踩在高凳上欲上吊。

"少爷，你干什么？"

"我不想活了！"朱小元说着，就要投缳。

"别，别，好好说，好好说。"春英将朱小元扶下高凳，"什么事闹得你不要命了？"

"我要娶你，我妈开始不同意，经不住我软磨硬泡，她让我刻苦攻读，考取秀才后，就同意我纳你为妾。可我那老不死的爸就是不答应，这条老牛想吃嫩草，他想占有你。我思前想后，终于想出了一条妙计，我们来个先斩后奏，你我暗中结婚，等你怀上了我的孩子，生米煮成熟饭，木已成舟，我看那老东西还好意思跟儿子争媳妇。"

"不行！不行！"春英又羞又气。

"你不答应我，我活着还有啥意思。"朱小元攀上凳子，又欲上吊。

"少爷，你不能这样！"春英急上前欲拉朱小元下凳。

朱小元借机死死地抓住春英的手。

春英硬抽不回自己的手，情急之中，妙计顿生。她对朱小元道："少爷，这大白天的，你我男女待在房里，别人看见了多不好。这样，今晚三更时分，我在这房里等你，你要准时来哟！"

朱小元腾地跳下来："你要早说这句话不就好了吗？三更等得久，二更来吧？"

"说好三更就三更。"春英斩钉截铁地说。

"是，是，三更，三更。"

春英厌恶地将朱小元推搡出门。

朱小元一只脚不肯跨出门槛。

春英狠狠用力一关门……

朱小元痛得嗷嗷直叫，急忙缩脚。

春英将门关上，独自伤心流泪。

6. 梨树湾喜喜家

皇帝躺在床上，肚子饿得咕咕叫，望着窗外盼望道："喜儿，你们怎么还不回来？为父肚子饿了。"

叫声无应，皇帝只得起了床，走到厨房，自己做饭。

他拨开灶灰，点燃了干草，笨拙地将柴草塞进灶内，又往锅内倒了灶头上的冷饭。

灶内浓烟蹿起，呛得皇帝直咳嗽，他耐不住烟熏，呛着跑出了厨房。

伴随着灶内冒出的浓烟，一股火苗蹿出了灶门，引燃了皇帝搁放在灶前的柴草。

站在水缸旁边的皇帝发现着了火，他没有舀身边的水去扑灭烈火，而是颐指气使地命令道："快来人呀！快来人扑火！"

周围邻居都下地干活去了，尽管皇帝一遍又一遍地下令，仍然没有人来灭火。

火势越燃越大，火舌先吞没了厨房内的柴草，又吞没了木柜，蹿上了房顶……

皇帝仍然站在水缸旁不舀水灭火，一遍又一遍重复说："快来人灭火！快来人灭火！……"直到火苗烧着了他的衣服，他才跑出院子叫道："快来人！快来人！……"

7. 山坡地

正在山坡地里干活的村民远远看见喜喜家屋顶上冒出的浓烟，又隐隐听见皇帝的声音："快来人灭火……"

村民："不好了！着火了！……"

庄稼人纷纷扔下锄头、扁担跑回村里，又从家里拿起盆和桶，从沟里盛满水朝喜喜家跑去。

8. 朱大富家后院

春英晾晒完朱老夫人的衣服，转回自己房间，插了门闩，紧张而有序地收拾包袱。

9. 朱小元书房

朱小元捧着书，念道："关关雎鸠，在河之洲。窈窕春英，小元好逑……"

他望着太阳，埋怨道："太阳呀太阳，你怎么还不偏西呀？"朱小元举起尺子，对着天空和树枝比着："嘻嘻嘻！偏落一寸了，又偏落五分了，再偏……快偏……"

10. 梨树湾喜喜家

厨房及旁边的西厢房、新房被烧成了灰烬和炭条。

喜喜、秋云等戏班成员痛惜地望着还散发余烟味的房子。

喜母在一旁哭泣："天哪！你叫我死后怎么去见列祖列宗呀？这是喜家祖传的房子呀……"

秋云悲伤道："新房也烧了，还结什么婚，结个脑袋婚！"

皇帝像做错事的孩子一样蹲在角落里，见喜母伤心，走近喜母安慰道："大姐，休要难过，等平定了叛乱，我就接你们到京城去住。"

喜母扭头不理。

皇帝进一步讨好道："如果你们不愿意到京城，我就在这里给你们盖一座富丽堂皇的大院……"

"你又在说疯话了！闭上你的嘴吧！"喜喜说。

皇帝只好闭嘴。

秋云冲着喜喜抱怨："都怪你，买了这个疯老头回来，架子比皇帝还大，吃东西又挑，干点事连三岁小孩都不如，让他自己炒碗饭吃，他就把祖传的房子给你烧了。你骂他是疯老头，我看你比他还疯！"

"我疯！我疯又怎么样？！"喜喜跳起来说，"看得惯就看，看不惯就走！"

"你……"秋云委屈地掉下泪来，"好，我走，我走！"

"走就走！"喜喜说。

秋云哭着蒙着脸朝北房走去。

喜母见状，气咻咻道："你要赶秋云走？好，我也走！秋云，我娘俩一同走！"喜母走进房间，和秋云一道收拾包袱。

众人慌成一团，急忙进屋去劝喜母和秋云。

皇帝也进屋劝说："都怪我给你们添了麻烦，惹得你们一家吵闹。我走，我走。"

"爹爹不能走，不能走！"喜喜说。

"喜儿，为父有一事相托。"

"爹爹请说。"

皇帝将喜喜拉到后院，指着刻有记号的竹子，悄声说："那晚你帮我在那里埋下的宝贝，眼下天下大乱，我带着它上路不安全，等天下太平了我再来取，你一定要为我保管好。记住：是蓝布白菊花的布包着，用黄丝线缠了又缠。喜儿，这件宝物是我们家的命根子，你一定要为我保护好，这比天还大的秘密你不能告诉任何人。"

"爹爹放心。"

皇帝说完，在新房的废墟中，拾起简单的行李出了院门。

"爹爹！"喜喜欲追回皇帝，师兄拉住了他，指着尚在擦泪的秋云和喜母。喜喜只好止步。

11. 朱大富家后院

夜色浓浓，谯楼打二更。

春英提着包袱，蹑手蹑脚来到后花园，攀上临墙的大树，踏上墙头，纵身跳到墙外，犹如小鸟出笼，飞跑而去。

12. 春英住房

朱小元跑来，迫不及待地推开了春英的房门，像饿狼一般扑到床上，他揭开被子，发现是空床。

失望中的朱小元自我安慰道："可能是上茅厕去了吧，我就在这里等她。"

朱小元脱了衣服躺在床上。

谯楼敲打三更。

朱小元非常兴奋，随着一声响动，一个黑影钻进来。朱小元像饿狼一样扑了上去，两人搂着亲吻起来。

朱小元亲着亲着，感到对方胡子扎脸，才知来人非春英，一拳将对方打倒在地。

黑影跳起来，也给朱小元一拳。

两人扭打在一起。

毕竟朱小元年轻，他几拳便将对方打倒在地，还用脚踩。

"来人哪！救命！救命呀！"黑影为了保命，竟无所顾忌叫喊起来。

家丁们举着灯火踢开门一看，众人惊呆了。

朱小元尴尬道："爸，是你呀？！"

朱大富："狗东西，你怎么跑到这里来了？"

朱小元："爸，你怎么也到这里来了？"

朱大富语塞。

朱老夫人揪着儿子的耳朵道："你半夜三更跑到这里来干吗？"

"哎哟！"朱小元叫唤道，"是……是……是春英叫我来的。"

"也是春英叫你来的吧？"朱老夫人质问丈夫。

朱大富默认。

"给我抓春英！"朱老夫人河东狮吼道。

13. 山野

春英深夜潜行，气喘吁吁，她欲坐下来歇歇，忽闻马蹄声声，急忙躲进了路旁的灌木丛中。

朱小元骑在马上，问范九："你敢肯定春英跑到他舅舅家去了？"

范九："禀少爷，春英自幼父母双亡，是她舅舅把她抚养大的，她一个女子，孤身一人，不去投靠她舅舅，还能往哪儿去呢？"

朱小元一挥鞭："快赶路。"

朱小元一行远去后，春英轻轻出了灌木丛，望着茫茫黑夜，自言自语道："舅舅家不能去了，我又到哪儿去呢……"春英一时没了主意，最后一跺脚："天无绝人之路！"说完，朝着与朱小元一行相反的方向走去。

14. 梨树湾喜喜家

深夜,东厢房内,徒弟等人睡觉正酣。

喜喜好不容易入睡,梦中忽见——

一群狼追赶着皇帝……

一群狼突然变成穷凶极恶的人追赶着皇帝……

一群人又突然变成狼追赶着皇帝……

皇帝在狼群、人群的追逐下仓皇奔跑,跌倒再爬起,爬起又跌倒……他被追赶到水流湍急的河边,眼看狼群即将追上,皇帝战战兢兢地踏上了横在河面上的独木桥。

人群紧追而来,皇帝一紧张踏虚了脚,摔下河里,被汹涌的波涛吞没……

"爹爹——"喜喜惊叫着醒来,环顾左右,想起梦中情景,心有余悸。

"喜儿,喜儿。"北房的喜母被叫声惊醒,来到了东房。

"没事,做了一个噩梦,梦见爹爹被狼群、恶人追得掉下河里去了。大家都去休息吧。"喜喜安慰众人。

大家又钻进被窝里重回梦乡。

喜喜却披上衣服漫步到院中,他的脑海里时时闪现出梦中皇帝被狼群、人群追逐的情景。

喜母站在北房的窗前,忧心忡忡地望着儿子。

15. 山路

黎明,皇帝沿着山路行走,他走走停停,漫无目的地走了一夜,总希望天上会掉下周妃、王忠、李贵。他仰天问道:"李贵、王忠、周妃、七皇儿,你们在哪儿……"

朱小元一行急急行走。

皇帝迎面走去,在山的转弯处与朱小元骑的马相撞。马嘶叫蹦跳,朱小元差点跌下马来。

皇帝被撞倒在地,他吩咐朱家的家丁:"还不赶快扶我起来。"

朱小元骂道:"何方狂徒,竟敢来撞我的马!"

皇帝:"呵!真是恶人先告状,明明是你的马撞了我。"

朱小元因急着追春英,只得忍下气,催促道:"快让道!"

皇帝："快来人将我扶起来。"
朱小元怒道："快与我打！"
皇帝："呔！你若将我扶起，我饶你无罪！"
朱小元："你若再不让道，我将你打死！"
皇帝："你这小子，做事不要后悔。"
朱小元："大丈夫做事，从不后悔！来呀！与我朝死里打。"
皇帝发威道："来呀！与我拖下去斩首！"
"与我朝死里打！"
"与我拖下去斩首！"
……
……

家丁们被交错、急促的发号声弄糊涂了，毕竟皇帝的声音威慑力大，家丁竟稀里糊涂地将朱小元拖下马来打。

"哎哟！哎哟！"朱小元被家丁们打得直叫，怒骂道："狗东西！你们干啥？"

众家丁方清醒过来，赶快跪下磕头请罪。

范九："少爷，只因这方圆百里，朱家势力最大，说话最有威风。小的侍候老爷、少爷多年，养成了习惯，听话时不管有理无理，听最有威风的声音照办，准不会错，准不会吃亏。谁知今天就吃了亏……"

朱小元怒气冲冲，用鞭子狠抽皇帝。

范九劝解道："少爷，少爷，追赶春英要紧。"

朱小元狠狠道："回头我再找你算账！"

皇帝："回头只怕你不敢来找我算账！"

"你……"朱小元又欲抽打皇帝。

范九急拉过朱小元："少爷，别跟这疯老头一般见识。"

朱小元终于忍气上了马，与众家丁扬长而去。

皇帝愤愤地望着朱小元的背影。

16. 梨树湾喜喜家

喜喜无精打采地和戏班人员收拾被烧毁的西厢房。

秋云在临时砌成的灶上忙碌完后，大声喊："吃饭了。"

众人停了工，陆续盛饭吃。

喜喜却进了东房，闷躺在床上。

喜母看在眼里，急在心上，思前想后，她终于盛了碗饭递给徒弟，说："给你师傅端去，让他吃饱了，你陪着他去把他买的疯爹找回来。"

"哎。"徒弟高兴地将饭端到喜喜面前，转达了喜母的意思。

喜喜高兴地接过徒弟端来的饭，大口大口地吃起来。

17. 山间小路

喜喜、徒弟一路走，一路打听"黄伯"的下落。

18. 柳村大树下

李贵带领叛军来到柳村，他指挥众人埋伏四周，自己站在大树下等候鱼儿上钩。

王忠急急跑来。

李、王一见面，都失望地摇了摇头。

李贵痛哭起来："皇上，皇上，您在哪儿呀？若能找到您，下官愿去死！"

王忠安慰李贵："李大人，皇上有神灵保佑，我们肯定会找到皇上。你也别太难过了，为找皇上，你都瘦成这样了。皇上英明呀，皇上英明！有了英明的皇上，才有李大人这样的忠臣；有了李大人这样的忠臣，皇上定能平定叛乱，重振朝纲！"

李贵："我做梦都在盼望着这一天哪！到时候我要亲自杀死三逆贼！"

风一吹，草一动，王忠发现了埋伏在草丛中的人，急对李贵道："不好！有伏兵，我来掩护你，你快跑！"

伏兵既已被发现，冲出来欲抓王忠。

王忠武艺高超，打得伏兵嘴啃地。

李贵却挨了不少打，他悄悄对打他的士兵道："谁叫你来真的？"

士兵："不来真的，谁会相信呀？"说着，又朝着李贵狠狠地打。

王忠上前，救出了李贵："快跑！"

李贵趁机溜掉。

王忠打倒了扑上来的军士，拔腿就跑。

李贵"哎哟、哎哟"地从草丛中爬起来。

张将军走来，笑着赔礼道歉："李大人吃苦了。"

"吃点苦算什么，只是不能在这里守株待兔了。"

"李大人放心，我已在这一带布下了天罗地网，各路口设了关卡，昏君插翅也难逃！"

"张将军高明！"

"李大人过奖了。"

二人同笑。

19. 荒郊

准驸马魏学士化装成庄稼人，四处寻找玉叶公主，他望着前方："玉叶，你在哪儿呀？……"茫茫山野无应，魏学士只得继续赶路，走着走着，眼前竟出现幻景……

20. 京城庭院（幻觉）

魏学士住地。

王公公宣旨："皇帝诏曰：新科状元魏春林，品学兼优，仪表堂堂，为治国能臣。朕有意结亲，命春林与爱女玉叶择日成婚，并赐二人龙凤玉佩，祝愿新人龙凤呈祥。钦此。……"

21. 山路

一个趔趄，魏学士被一土块所绊清醒过来，他从怀中拿出玉佩，看着手中龙飞的玉佩，向往着与凤舞的玉佩合在一起。

"咳！咳！咳……"寂静的山林传来咳嗽声，魏学士见一打柴人在山路旁休息，有礼貌地问道："大叔打柴？"

"唔。"打柴人说着，起身背柴赶路。无奈柴捆太沉，他弯腰背了几次柴捆也不离地，魏学士急忙上前往上提柴捆，打柴人终于将柴捆背了起来，"谢谢小伙子。"

"不用。"

打柴人走了几步，转问魏学士："这荒山野岭，你怎么一个人在此行走？"

"不瞒大叔，我是寻找在京城大乱中失散的妹妹。"

"啊！上次打柴，遇到两个外乡姑娘向我打听山外边的情况，莫非她们就是你要找的失散的妹妹？"

"她们在哪儿?"

打柴人指着远处:"翻过那垭口就是。"

"多谢大叔。"魏学士朝着垭口狂奔而去。

22. 山野金娥家

玉叶公主惆怅地走出房子,金娥追了出来:"公……小姐,你又要到哪儿去?"

"闷得很,散散心。"

"小姐,你等我把饭做完,我陪你去散心吧。"

"不用,我想一个人清静清静。"

"你别走远了,就在附近转转。"

"知道。"

23. 山野

玉叶信步沿着羊肠小道走,情不自禁拿出凤舞的玉佩抚摸着,玩味着……不知不觉迷了路,她茫然地望着四周,见一年轻人飞奔而来,她急忙躲避,年轻人却高声叫道:"姑娘,请问你们这里有没有一个外乡女子?……"

玉叶公主听其熟悉的声音,愣住了。

魏学士跑近一看,天哪!这正是日思夜想的未婚妻。

"公主!"

"魏公子!"

两人久久拥抱,拿出玉佩相合。

望着龙飞、凤舞两块玉佩合在一起,玉叶泪水盈眶:"我……我是在做梦吧?"

"这不是梦,这是真的。"

"你是怎么找到这里的?"

"三皇子叛乱,我先在宫里找你,后听说你和金娥逃到了民间,我四处遍寻你,遇到高公公,他告诉我金娥老家在山阳县,我赶到这里,终于把你找到了。"魏公子说,"我们的婚期给三皇子搅黄了。走,回我们老家去,在我们家举行婚礼。"

玉叶犹豫。

"啊，你是说要带上金娥？只要金娥愿意，我们就一同回家。"

"我是怕你父母嫌弃我。"

"你是金枝玉叶，是我们高攀了。"

"眼下三皇子叛乱，到处捉拿父皇和我们全家，我们是逃犯，这时举行婚礼，会连累你们家的。"

"公主，父母从小教育我，亲朋好友要有福同享、有难同当，我们家不知道什么逃犯，只知道你是我们家的新娘子。"

玉叶感动。

"公主。"

"不许叫公主。"

"那叫什么？"

玉叶含羞道："要叫——娘子！"

"娘子！"魏学士高兴道。

"哎！"玉叶又羞又喜回答。

两人相拥，沉浸在幸福甜蜜中。

"公主！驸马！"李贵带着一队士兵走来，发现了二人，忙躲藏树丛中，指挥叛军："公主！驸马！快抓！快抓！"

众叛军朝公主、驸马跑去。

魏学士听见声响，发现扑来的叛军，他拉着玉叶公主就跑。

"抓公主！！抓驸马！！……"叛军叫喊追赶。

魏学士拉着玉叶公主躲进山洞。

叛军朝前追了一段路，不见公主、驸马人影，便返回来寻找："一定是藏在什么地方了。搜！"

洞内的玉叶、魏学士听见搜查的脚步声越来越近，魏学士当机立断："我把他们引开，你赶快跑，记住，我朝东边跑，你朝西边跑，风声平息后，我们在这地方相会。"

"不行，不行！你不是说有福同享、有难同当吗？要死，我们就死在一起。"

"我比你跑得快，容易甩掉他们。"魏学士说着，挣脱玉叶公主的手，冲出洞外。

"公子！"玉叶公主依依难舍地追出洞口。

"快回洞！等我把叛军引远了你再跑。"魏学士飞快跑离山洞。跑了一长段路后，他高声喊叫："三皇子，大逆贼！人神共愤，天理难容！……"

李贵躲在暗处，指挥叛军追赶魏学士："快追驸马，追到驸马，就能找到公主，找到公主，就能找到皇帝。"

叛军追赶魏学士。

玉叶公主出了山洞，朝西边跑去，边跑边回望魏学士。

魏学士跑到了河边，四面叛军扑上来，为保护玉叶，魏学士奋力跳进滚滚滔滔的河水。

跑到山垭口的玉叶公主眼见这一幕，"啊"的一声，晕倒在地。

李贵命令叛军："搜查公主！"

叛军沿山搜查公主。

山路上，喜喜与徒弟寻找皇帝急急行走。

"师爷爷到底在哪儿呀？"

"不耐烦你就回去，我一个人去找。"

徒弟只好噤声，乖乖跟在喜喜后面。

金娥出门寻找玉叶公主。

玉叶昏躺在地上，一叛军寻来，高兴地叫道：

"哈！你准是公主！"

玉叶猛地醒来，见到叛军，跳起来拼命逃跑。

喜喜、徒弟正巧路过，见一叛军追赶姑娘，路见不平拔刀相助，他们将叛军打倒，捆绑在树上。

喜喜："姑娘，你怎么一人在这深山老林？"

"我来走亲戚，观山景一步步就到了这里。"

金娥听到动静也找到这里。

"小姐！""金娥！"两人相拥而泣。

"再见。"喜喜对二人说。

玉叶："请大哥留下姓名，日后好报答。"

"京城大乱，天下不安宁，女孩子别乱跑。"喜喜说完，拉着徒弟重新上了路。

"金娥！"玉叶扑在金娥的肩上，欲号啕大哭，忽克制住自己，"他们发现了我，你们家不能住了。"

"那我们回去收拾好东西，到我外婆家去。"

金娥搀扶着玉叶公主急急朝家走去。

24. 乡村面馆

皇帝与春英都在吃面条。

皇帝狼吞虎咽。吃完后,堂倌前来收账,皇帝却拿不出钱来。

"你个骗子!"堂倌狠揍皇帝一拳。

"哎哟!"皇帝痛得钻心。

"我替老伯付。"春英掏出铜钱,付与堂倌。

皇帝对春英道:"谢谢姑娘。"

25. 面馆门前

春英、皇帝吃完面条相继出了门。

皇帝却紧随春英,春英向左走,皇帝跟着向左走;春英向右走,皇帝跟着向右走。春英停下,皇帝停下;春英走,皇帝也走。

春英耐不住问:"老伯,您怎么啦?"

皇帝:"我做饭不小心烧了房子,老妻和我吵翻了,我就赌气出来了。"

"大伯,你到哪儿去呀?"

"找人。"

"他在哪儿呀?"

皇帝摇头:"他不知道我在哪儿,我也不知道他在哪儿。"

"大伯,我看你是气糊涂了,我送你回家。"

"我不回家,不回家。"

"那你究竟往哪儿走呀?"

"往前走。"

春英:"我也往前走,我就陪你走一段吧。"

皇帝:"对,对,对,我就怕一个人走路。"

春英搀扶起皇帝走出了村口。

26. 驿道

喜喜、徒弟一边行走,一边向路人打听"黄伯"的下落。

27．山路口

三个军士无精打采地把守着路口，他们歪坐在地上，或斜靠在树上。

中军走来，厉声道："打起精神！抓到昏君，三皇子会重赏我们，张将军也会重赏兄弟们！"

军士甲："我们也想抓到皇帝，可一个多月来，弟兄们天天站在这里喝山风，吃冷饭，大家都没见过皇帝，就是皇帝站在我们面前，我们也认不出来呀。"

中军："给你们说过多少遍，对过往行人，严加盘查，发现可疑人，就扣下来，让见过昏君的人来，一眼就能辨出真伪。"

军士乙："搞了半天，我们是隔着口袋买猫呀。"

中军："胡说！我下次查哨，再见你们这个样子，定要重责！"

三军士等中军远去，继续发牢骚："本来就是隔着口袋买猫嘛，就连他也没见过皇帝。"

28．河边小道

皇帝、春英在赶路。

迎面走来几个挑夫，笑着对春英道："姑娘，前面有官兵，你这么年轻漂亮，小心他们把你抓去做媳妇。"

"小心把你媳妇抓去。"春英噘着嘴反唇相讥。

皇帝惊慌道："有官兵！"

春英："大伯，你怎么听说官兵，就像老鼠听见猫叫声一样，怕是气病了吧？"

皇帝实话实说："不瞒你说，我心里是有'病'。"他拉着春英："别走这条路。"

春英只得迁就皇帝走另一条山路。

走着走着，皇帝的"病"又犯了："不好！要是这条路有官兵怎么办？"

春英想了想，说道："黄伯！我有办法了。"

皇帝："什么办法？"

"来，来，来。"春英将皇帝拉到一旁，抖开包袱，拿出一件蓝色的衣服和花围巾，递给皇帝："黄伯，你把衣服脱下来，换上这件。"

皇帝抵触道："这是女人的衣服呀。"

春英强行脱去皇帝的上衣，将自己的衣服给他穿上。

皇帝挣扎。

春英厉声道："你是要命，还是要面子呀？况且也没人看见。"

皇帝只得乖乖地听从春英摆布。

春英为皇帝换上了自己的衣服，又摘下路旁的野红花为皇帝的脸抹上胭脂，再包上头巾，右鬓斜插一朵鲜艳的野花，老伯转眼变成了"大娘"。

春英将皇帝的衣服穿上，卷起头发，戴上皇帝的帽子。她又从地上抓一把灰，往脸上一抹，妙龄少女转眼变成了"糟老头子"。她对皇帝道："黄伯，从现在起，你我就是一对老夫妻去走亲戚。"

皇帝迷惑道："既是老夫妻，你应该装成老太婆呀。"

春英："黄伯，为了逃命，我们不但要在年纪上给它来个混淆，阴阳上也要给它来个颠倒。"

"这……这……这成何体统？"

"黄伯呀，等躲过了官兵的搜查，你再来讲体统吧。"

皇帝无可奈何，只得顺从。

春英："黄伯，你要学女人走路，别太大步了。"

皇帝扭扭捏捏地学女人走路，春英鼓励道："对，对，好，好，走得太好了，比女人还女人。"

29. 山路口

三个军士把住路口，盘查来往行人，

皇帝、春英一步步走近关口，远远看见军士，皇帝欲折回，但已来不及了，军士甲发现了他们。二人只得硬着头皮闯关口。

军士甲阻拦："到哪儿去？"

皇帝脱口而出："只因逆子要追杀我，所以逃命。"

"啊！！"三个军士拔刀横眉冷对皇帝。

皇帝始发觉说漏了嘴。

春英急忙掩饰道："禀大人，老两口有一个儿子，娶了个媳妇是河东狮吼，儿子懦弱不孝。他们要谋取我们的两亩地和三间瓦房，将我们老两口赶出家门，又逼我们交出地契和房契。老两口只得连夜逃出，投奔柳村我表舅家去。"

皇帝如释重负，在旁帮腔："是，是，是。对，对，对。"

春英趁此把戏演得更真实，竟伤心地哭起来："可怜我老两口，辛辛苦苦地将儿子养大，却落得如此下场。"哭着，抹下眼泪、鼻涕朝着军士甩去。

一把鼻涕落在军士甲的嘴上，一把眼泪落在军士丙的脸上。

众军士厌恶地打发春英、皇帝："快滚！快滚！"

春英、皇帝高兴。

皇帝边走边说道："多谢军爷开恩。"

"慢着！"军士乙喝住了二人，走近皇帝左看右看，"这个老太婆说话粗声粗气，像男人说话。"

皇帝又是一惊。

春英从容应变："军爷，我们庄稼人的女人和男人一同下田干活，自然长得壮实，说话也粗声粗气。哪像富家千金小姐，官宦人家的媳妇，住在高楼深宅里，衣来伸手，饭来张口，自然是娇娇滴滴，弱不禁风呀。可怜我老太婆跟着我受苦呀……"春英说着，又一把鼻涕、一把泪地哭起来，抹了鼻涕甩向三军士。

"阿嚏——阿嚏——"皇帝连连打喷嚏，鼻涕竟洒在了军士甲的脸上。

"快走，快走！"军士甲赶快将二人打发走。

春英拉住皇帝急急脱身。

"站住！"军士乙又呵斥道。他转身从过路的一个妇女手上抱过啼哭的孩子，塞给皇帝："哄他别哭。"

皇帝像抱冬瓜一样抱住孩子，孩子手舞脚蹬，又哭又闹。

"不准哭！不准哭！"

孩子拼命哭叫。

"你再哭，我要惩罚你了！"皇帝用下圣旨的口气道。

孩子毫不示弱，两只小手乱抓乱打皇帝，竟将皇帝的头巾抓下来，"老妇"顿时变出了真面貌。

众惊。

军士甲："哈哈哈！我们一个多月的苦没白受，今天可抓到你这个昏君了。"

"我不是昏君，我和老妻吵了架，生气离家的。"皇帝狡辩。

军士乙："不是昏君，你个大老爷们装成老太婆干什么？"又揭去春英的帽子："你个年轻姑娘装成老头子干什么？"

春英:"我到舅舅家去,路上怕遇到流氓;大伯做饭烧了自家房子,与老妻吵架离家,气得晕头转向。既然都有困难,人与人应当互相搀扶,所以,我们就结伴而行。年轻女子外出,常常是女扮男装,我扮男,只好委屈大伯扮老妇了,要怪就怪我。"她望着天:"太阳都偏西了,我们赶快上路。"说着,拉皇帝走。

军士甲抓住了皇帝。

"你们为什么要乱抓人?"春英质问。

军士丙:"我们不是抓他,只是让他在这里等一等,等找人来辨认清楚,真的辨不成假的,假的也辨不成真的。放心。"

军士甲:"你们看着他,我去报告中军大人。"

皇帝恐惧,悄声对春英道:"姑娘,你快走!"

春英:"我不能走,我走了,你一个人,他们更要欺负你。"

30. 乡间小路

喜喜、徒弟寻找着皇帝,沿途向人打听,正好问到抱孩子的妇女,她向二人指了指山路口。师徒二人急忙赶去。

第五集

1. 山路口

黄伯（皇帝）像被严霜打蔫了的庄稼一样蹲在路旁。

军士甲、丙监视着黄伯（皇帝）。

春英望着太阳，不耐烦道："你们去找辨真伪的人，怎么还不转来呀？难道他一天不转来我们就等一天，他一月不转来，我们就等一月呀？"

黄伯（皇帝）一次次重复："我做饭烧了祖屋，和老妻吵了架，生气出走的……"

军士甲警觉道："你说话的口音不像本地人，倒像是京城的人。"

黄伯（皇帝）惊慌："我……就是本地人，就是本……地人。"

春英机灵道："军爷的耳朵真灵，一下就听出了大伯的口音夹杂了京城口音。我们这儿做药材生意的人很多，大伯年轻时也经商，他们将这里盛产的当归、黄芪、天麻运到京城去卖，天长日久，自然就夹杂了京城口音。"

黄伯（皇帝）："对，对，对。"

春英："你们一门心思想着抓皇帝得重赏，想得迷了心窍，瞎了双眼。皇帝是真龙天子下凡，气宇轩昂，哪像这位黄伯像刚喂完猪从猪圈里出来一样。"

黄伯（皇帝）："阿嚏！"

军士乙跛着脚回来。

春英急问："你找到辨认皇帝的人没有？"

军士甲、丙将军士乙拉到一旁问："怎么样？"

军士乙："我找了一圈，也没人见过昏君。还绊了一跤，崴了我的脚。"

军士甲："找中军呀。"

军士乙："中军不知飞到哪儿去了。"

军士丙："飞到镇上的眠香楼里抱他的婊子去了。"

军士甲:"怎么办?"

"放人!"春英拉起黄伯(皇帝)就走。

军士甲、乙拦住。

"这一带都是山路,前无招商,后无旅店,天黑前赶不到太平场,你们给我们找住处,还要管饭。"春英气愤地说着,执意拉黄伯(皇帝)走。

军士甲、乙阻拦,双方争执不下。

"爹爹——爹爹——"

"师爷爷——师爷爷——"

黄伯(皇帝)循声望去,见喜喜和徒弟沿着山路跑来,黄伯(皇帝)像溺水中的人发现了救生船,高声地呼叫:"喜儿——喜儿——"

喜喜跑来,父子抱头痛哭。

"爹爹,我不该让你炒饭……你本来就不会炒饭……房子烧了就烧了,等天下太平了,我们多演出,多挣钱,重新盖房子。我妈在气头上说的话你可别往心里记,你走以后,她挺后悔的,叫我和徒弟来追你回去。"

徒弟望着黄伯(皇帝)不男不女的穿着,奇怪道:"师爷爷,你怎么这副打扮?"

"爹爹,你是气糊涂了吧?"

军士乙:"正经人谁是这种打扮,我看他就是皇帝。"

"他是皇帝?哈哈哈!"喜喜大笑,"他要是皇帝,我不成了皇太子,我妈不成了皇后娘娘了?"

黄伯(皇帝)悄声对喜喜道:"我在生意场中与人结了怨,他们要陷害我,快,快,快想办法救我出去。"

"是这样……"喜喜不动声色,暗中却在琢磨良策。他发现黄伯(皇帝)头上有一块紫青瘢,小声问:"爹爹,你这伤是怎么来的?"

"是吃面条没有钱,店小伙给打的。"

喜喜急中生智:"爹,店小二把你打得好呀!有了这块伤你就有命了。"

黄伯(皇帝)迷惑不解。

"爹爹。"喜喜叮嘱道,"你装着头痛,装痛得越厉害你越有救。"

"哎哟!哎哟……"黄伯(皇帝)抱着头痛得大叫。

喜喜故作惊慌查看病情,指着黄伯(皇帝)头上的伤控诉:"好哇!你们虐待我父亲,真狠毒呀!朝着我父亲的头打。"他又暗示黄伯(皇帝):"痛晕过去。"

黄伯（皇帝）痛得晕倒在地上。

喜喜背起黄伯（皇帝）就走。

军士乙抓住："到哪儿去？"

喜喜："找郎中去。"

军士甲："等验完身份才能走。"

"你们将我爹打成这样，还不让我爹去找郎中！"喜喜哭闹，"我爹要是有个三长两短，我要找你们赔爹！我妈找你们赔夫！我要将你们告上公堂，人命关天，你们三人中，总有一个人该拉出来赔我爹的命！"

军士甲："我没打他！"

军士丙："我连碰都没碰过他。"

军士乙："我找中军去了，这儿发生的啥事，我不知道。"

喜喜暗拉黄伯（皇帝）的衣角，黄伯（皇帝）的疼痛叫喊声又掀起了高潮。

喜喜故作心如刀割，背起黄伯（皇帝），向三军士伸出手："找郎中看病要银两，我和爹都没有钱，你们中到底是谁把我爹打伤了，他就该出看病和抓药的钱。"

三军士又是推诿：

"我没带钱。"

"我一发军饷，媳妇就守在辕门外拿走了。"

"我发的军饷全孝敬老娘了。"

喜喜上前抓住军士丙，指着他项上的长寿锁："你这锁是用银子打的，这就是钱！"

军士丙："去你的！这是我寡母老娘为保我这独生儿子，倾尽家产打的这长寿锁。"

喜喜："那就先拿到当铺去当银子，等有钱了你再赎回来。"说着，就要取军士丙的长寿锁。

军士丙躲闪。

军士甲："这才是猫抓糍粑——脱不了爪爪。"

军士丙拉过两同伴到一旁："中军在温柔乡里抱他那个婊子，让我们来惹这些麻烦，你我就那么点军饷，上有老娘，下有儿子。"

军士甲："我看这人的样子也不像皇帝，让他们滚！"

"慢！"军士乙阻止道，"不能轻易放他们走，要是上司问起来，我们总得有个交代呀。"

"那你说咋办？"军士丙问。

军士乙："看我的。"他转身走近喜喜问道："听说你爹是不小心烧了房子，与你妈吵架生气跑出来的？"

"是，是，是。"

"那好，解铃还须系铃人，叫你妈来把你爹领回去。"

"这……"喜喜感到棘手。

"怎么，莫非你这爹是假的？"军士乙问。

"你爹才是假的。"喜喜以牙还牙。

"那好，你把你妈叫来，当着众人的面叫声'夫君'，我们立刻就放你爹回家。"军士乙道。

"高！高！高！"军士甲低声对军士丙道，"老二这一手可真高呀，老百姓拜干爹、认义父是常有的事。可一女只能侍一夫，要叫'夫君'关系着女人的名节，谁肯乱叫？一声'夫君'断真假，高！"

"你不叫你妈来，我就只有扣下你爹了。"军士乙试探道。

"好吧！"喜喜下了决心，"说话算话，我回去叫我妈来。"他转对黄伯（皇帝）道："爹，站在矮檐下，我们只好把头低。我回去叫妈来接你，你可别乱走。"

"喜儿，你好好给你妈说，要给她讲明道理，千万别惹她发火，她要……"

喜喜唯恐黄伯（皇帝）说漏嘴，赶紧制止："知道，知道。"他又对徒弟道："黑娃，你就在这里陪着师爷爷。"

"是。"

喜喜转身上了路。

"喜儿，我的命就系在你母子身上了。"黄伯（皇帝）悲切道。

"爹……"喜喜欲转回来安慰黄伯（皇帝）。

"大哥，你快去快回来，这里有我和黑娃弟弟照顾大伯，你放心。"春英劝道。

喜喜这才注意到春英，他顾不及问明姑娘的来历，只是向她投以感激的目光，便急急上了路。

2. 梨树湾喜喜家

师兄、秋云、喜母在烧焦、坍塌的房子地基上收拾着焦木、焦土。

喜母时时抬头望着村头："不知喜喜找到那个黄伯没有。"

"找不到才好！"秋云暗中骂道。

师兄望着焦木发愁："这些木头不能再用了。"

"都怪喜喜买回来的疯爹！"秋云又抱怨道。

"烧都烧了，再说也没用。"喜母歉然道，"气头上我也说了些过火的话。黄伯做生意流落到我们这里，兵荒马乱的，回不了京城老家，也怪可怜的。"

"可怜？端起个官老爷的架子，是人家在可怜我们。"秋云噘着嘴道。

师兄："喜妈，我到青杠林里去买几根好树回来当房梁。"

"好吧。"喜母回到房里，拿了钱交与师兄。

师兄出院门上了路。

秋云提了篮子："喜妈，我去洗红薯。"

"去吧，晚上大家还等着吃哩。"

秋云往篮子里装了红薯，朝河沟走去。

喜母继续在焦木堆里忙碌。

3. 梨树湾河沟

秋云提着篮子来到河沟，牛哥突然从芦苇丛中出来。

秋云吓了一跳："你干什么？"

牛哥嬉皮笑脸："我到山上砍柴，知道你要下河洗衣、淘菜，就在这儿等你。"

"等我干吗？"

"你们家烧了房子，心里一定不好受，想宽慰宽慰你。"

"谢了！"

"听说你们家那个疯老头，水缸就在旁边，可他就是不肯动一下手灭火，火才越烧越大。"

"唉！岂止这事，平日端起个官架子，指手画脚。兵荒马乱年月，能填饱肚子就不错了，可他挑三拣四，实在难待候，喜喜却把他当成亲爹孝敬，我上辈子造了什么孽呀！"

"奇怪，奇怪，这个黄伯既然是京城来做生意的，为什么不回自己的家呢？"

"他说京城的父母、老婆都被乱兵杀死了，喜喜看他可怜，又长得像他死去的爹，就将他买回来了。"

牛哥若有所思："那天我去镇上买油、买盐，道口上有官兵把守，搜查行人，说是要搜捕皇帝，你们家那个黄伯……"

"别瞎猜！皇帝是真龙天子下凡，黄伯是和叫花子住在破庙里，被人插上草圈出卖，他怎么会是皇帝？"

"可是……"

"就此打住！这是杀头的事，千万不能乱说。"

牛哥马上变脸："听你的，我不说，我不说，啥事我都听你的。"说着，抢过盛红薯的篮子，走到河沟里忙着淘洗。

4. 喜喜家院门外

喜喜走近家门，却又胆怯起来，自言自语："这事怎么好给我妈说呀？"他思考着计策，抬头看见正房屋顶上的南瓜，眼睛一亮，一跺脚："就这样！"他刚朝前迈了两步，又退回来，却被喜母发现了。

喜母："喜儿，你回来了，怎么不进来呀？"

"我……我在想……"

"想啥也得进家来想呀。"

喜喜进了门。

喜母："黄伯找到了吗？"

"找到了。"

"在哪儿找到的？"

"在牛鼻子山路口。"

喜母出门张望："人在哪儿呀？黑娃怎么没跟你一道回来？"

"就回来，就回来。妈，我先给你告罪了。"

"告什么罪呀？"

"我肚子饿扁了，想吃饭。"

"嗨，这告什么罪呀，妈这就给你做饭去。"

喜喜指着房顶上的南瓜说："妈，我想吃南瓜，只是要搭梯子上去摘。"

"只要我儿子想吃的，就是到鹰嘴崖、猴子坡，妈也要给你摘。"喜母说着搬来梯子搭在房檐上，就要攀上去。

喜喜拦住："妈，这是你自己要上去的。"

"废话！"

"妈，你不要后悔啊！"

"你喝多酒了？"

喜喜摇头。

"尽说些不着边际的话。"喜母说着，沿梯子爬上了房顶。

喜喜猛地抽了梯子。

喜母回头："喜喜，你把梯子抽了，我怎么下去呀？"

喜喜话中有话："就是要把你抽来悬起，才好说话。"

"有啥话，你就说吧。"

"妈，我爹被叛军关起来了，只有你能救他，可是……我怕你不答应。"

"救人一命，胜造七级浮屠。妈年轻时练就了几手剑法，剑就在箱子里，快让我下来，我取了剑就和你一道去救你买来的爹。"

"妈，救我爹不要你硬拼，只消你老动动嘴皮子。"

"动嘴皮子？"喜母将信将疑道，"妈什么时候变得威风起来，可以发号施令了？"她得意道："说，我动什么嘴皮子？"

"你到关押爹爹的地方，当着众人的面，叫……"喜喜没有勇气将后半句话说出来。

"我叫他们快放人！"

"不是。"

"别吞吞吐吐了，叫什么？"

"叫一声'夫君'。"

"混蛋！"喜母震怒，"你在家里胡闹，我忍了。你还要让我到众人面前去丢丑！"

"妈，我今天就给你来个月亮坝耍刀——明砍（侃），你不答应去叫'夫君'，我就不放下梯子。"

喜母赌气道："我就不下来！"

"那好，你就吃喝拉撒都在上面吧。"

"逆子！"

5. 山路口

军士乙不耐烦地问黄伯（皇帝）："你儿子怎么还没把你老婆找来？"

黄伯（皇帝）："就来，就来。"

军士乙："再等一袋烟的工夫，你老婆再不来……"他指着军士甲、丙："你们俩就将他押到行辕去，交给他们处理。"

军士丙："到行辕要走好长的山路，就在这里等中军吧。"

军士乙："等什么呀，等到天黑中军也不回来。"

军士丙："那你们俩去。"

军士乙："你没看见我脚痛吗？"

军士甲："还没到送的时候，你们俩争什么。"

春英、徒弟相视一笑。

6. 梨树湾喜喜家

秋云从河沟里洗完红薯归来，见喜母站在房顶上，喜喜埋头蹲在房下，十分诧异。

喜母见秋云归来，示意她不要出声。喜母脱下衣服包上南瓜，高叫道："喜喜，你这个逆子！你不搭梯子让我下来，我就跳房了！"说着，将南瓜摔下房。

"咚"的一声，南瓜落地。

喜喜震惊，慌忙跑了过去，抱起南瓜哭泣："妈，你不叫就不叫嘛……你的命就这样不值钱……"

喜母沿着秋云搭好的梯子下来，走到喜喜身边，拍着儿子的头道："妈的命值钱着哩！"

喜喜扭头看见母亲，破涕为笑。

喜母指着地上的南瓜道："你不是想吃南瓜吗？妈就去给你煮。"

喜喜拉着喜母："就是山珍海味我也吃不下，爹爹还等着我去救哩！你既然不救我爹，只好自己想办法了。"喜喜说着，进房拿了他变脸的工具，朝门外走去。

喜母情感复杂地望着喜喜的背影："黄伯是被叛军关押的，喜喜硬要救他买回来的爹，我担心儿子会吃亏。不行，我要去看看。"喜母欲出门。

秋云拦住她："你去不方便，我去吧。"

"也好，千万不能让喜喜吃亏。"

"知道。"

"他是被关在牛鼻子山口的。"

"放心。"秋云告别喜母去追赶喜喜。

7. 山间小路

军士甲、丙押着黄伯（皇帝）朝行辕走去。

黄伯（皇帝）一路上磨磨蹭蹭，寻思对策。

徒弟、春英随后。

"快走！"军士甲推搡着黄伯（皇帝），黄伯（皇帝）一个趔趄，差点摔倒。春英、徒弟忙上前搀扶，两人怒眉冷对军士："你对你爹也是这样狠呀！"

军士丙对春英、徒弟道："没你们的事，你们各自走吧。"

徒弟附和着春英道："你们不放黄伯，我们就不走！"

喜喜沿着山路迎面走来，远远看见两军士押着黄伯（皇帝）一行走来，他略加思索便躲进了路旁的草丛中。

军士甲、丙耐着性子押着黄伯（皇帝）走着，喜喜变了一张大侠脸，从树丛中跳出来，站在路中间："我是峨眉大仙的徒弟，云游四方，行侠仗义，你们扣押无辜大伯，本侠替天行道来了！"说着，背起黄伯（皇帝）就跑。

两军士先是一愣，后来醒悟，高叫道："追！"

春英、徒弟拦着道路，掩护喜喜逃跑，一阵扭打，两个军士推开了春英与徒弟跑去追赶喜喜。春英、徒弟紧追其后。

8. 梨树湾喜喜家

喜母忧心忡忡地望着村口通往远方的路，叹了口气："唉！我那傻儿子非要救他买来的爹……"她一转身，发现侯伯挑着货郎担站在院门前。

喜母又惊又喜："你……"

侯伯进了院门，见里外空无一人，说道："听说你未来的夫婿把房子烧了，我来看看。你和黄伯办喜事免不了要重新盖房，我想来当个帮手。"

喜母冷笑："原来你是来看笑话的？"

"哪里哪里，我是来贺喜的。"侯伯从货郎担里取出一块花缎被面，"这鸳鸯戏水的被面，是我从县城最好的绸缎铺买来的，原本准备……算了，现在就送给你和黄伯享用吧！"说着，将被面递给喜母。

喜母气得泪水盈眶，却又强制止住流出来。她的内心独白画外音："侯郎呀侯郎，我们相好这么多年你还不了解我吗？你不问青红皂白就不理我，羞辱我，兔子逼慌了还得咬人！要气我们大家气，我也让你尝尝受人气的滋味！"想到此，喜母接过被面故作高兴的样子："侯货郎，你这做买卖的人想得太周到了。我和喜喜他爹结婚的时候穷，就一条破被子。如今有了你这鸳鸯戏水的被子，洞房花烛夜我们可得好好享受了！"

侯伯气得变了脸色，喜母窃喜，干脆一不做，二不休，继续火上浇油："侯货郎，你送这么重的礼，我一定要请你来喝喜酒。"

"我没空！"

"你不来要后悔的，我要杀猪宰羊，请乡上最好的厨师来做，要摆十桌席，每桌都是九大碗……"

"我不来，把我那份喜酒留给你的新郎官喝，好把他醉死！"侯伯说完，转身欲走，喜母拉住了货郎担："慌什么，我们结婚，还要在你的货郎担上买点东西哩。"

9. 山路上

喜喜背着黄伯（皇帝）沿着山路急跑，春英、徒弟随后。

"站住！站住！"军士甲、丙在后面追。

秋云迎面走来："怎么回事？"

"叛军在追我。"喜喜回答，继续往前跑。

徒弟、春英跟着跑上来，秋云也急忙转身跟着跑。

喜喜与徒弟轮流背着黄伯（皇帝）跑。

两军士在后面气喘吁吁地追赶。

10. 梨树湾喜喜家

"你想买我的东西？对不起，我不卖，收起你的臭钱吧！"侯伯挣脱欲走。

"难道不成亲，便成仇吗？老侯，生意不成仁义在，你我相好多年……"

"恨我有眼无珠！什么山盟海誓，什么白头偕老，原来你嫌我是个穷货郎，嫌这里是穷山乡，你想嫁个商人到京城，去享福！"

"对！"喜母故作得意状，"我就是要到京城去享福！京城好热闹，回锅肉炒得香，担担面味道好，端午看划龙舟，元宵看花灯。京城有钱人多，遍地是黄金，好找钱，我儿子也不再四处漂泊卖艺了……"

"你……你这负心……"侯伯气得晕了过去。

喜母大惊，哭叫道："老侯，老侯……你醒醒，醒醒……"

11. 山垭口

徒弟背着黄伯（皇帝）跑到垭口，不见追赶的军士，他放下黄伯（皇帝）想喘口气，黄伯（皇帝）竟像泥一样瘫在了地上。

"爹爹！"喜喜急搀扶起黄伯（皇帝）。

黄伯（皇帝）："这一天一夜，我又受风寒、又受惊吓。我……我头晕……头痛……"

喜喜摸了摸黄伯（皇帝）的额头："哎呀！烧得发烫！爹爹，你忍一忍，等甩掉叛军，我背你回家，熬点草药给你喝，烧就会退下来。"

春英、秋云跑上来。

黄伯（皇帝）呻吟："哎哟！哎哟！我要喝水……"

喜喜欲背黄伯（皇帝）回家。

春英阻拦："别慌，等追兵退了再走。"

"哎哟！喜儿，我口渴、口干，头痛得钻心……"

秋云冷眼在旁："什么时候了，你就忍一忍吧。"

喜喜："爹，我给你找泉水。"

徒弟："我去。"

12. 山泉

徒弟摘下芭蕉叶卷起来装水。

两军士遍山搜寻黄伯（皇帝），忽然发现远处的徒弟。

徒弟捧着芭蕉叶装的水朝垭口跑去。

两军士盯着徒弟追去。

13. 山垭口

徒弟跑来："师爷爷，快喝水。"

喜喜接过水，正要喂黄伯（皇帝）。

"不好！追兵来了！"春英惊叫。

喜喜丢下芭蕉叶，背起黄伯（皇帝）就跑，众人跟着跑。

"在那儿……"两军士叫喊着追赶。

14. 梨树湾喜喜家

喜母哭着呼叫道："老侯，我是气你的，你别当真……"

"啊！"侯伯醒来。

"老侯，那个姓黄的男人是做药材生意的，京城大乱，他回不了家，又遇强盗抢了钱财，一气之下，病倒在一座破庙里。喜喜路过破庙，看见黄伯可怜，又见他长得像他死去的爹，我那傻儿子就用两贯钱从乞丐那里买回来当爹。我心里早就有了你，哪怕你是只青蛙，我也不嫌你嘴大！所以，根本就不理他！"

"啊！"侯伯大喜，跳起来，"你怎么不早说哩？"

"你说了那么多难听的话气我，我也要气你！"

"嘿嘿嘿！"侯伯尴尬地笑了。

喜母娇嗔地指着侯伯的额头："你呀你，一个大男人，心比针尖还小。我们相好了那么多年，你还不知道我的心？几年相处的感情就因为一场误会吹了，难道人与人之间的感情真如纸薄？"喜母说着，伤心落泪。

侯伯为喜母擦泪，喜母几番扭身不理。

侯伯嬉皮笑脸："娘子，男儿膝下有黄金，我与你跪下了……"侯伯正要下跪，远出传来喜喜的声音："妈！黄伯找回来了！"

一对老鸳鸯惊骇，喜母忙叫侯伯从后院逃走。

侯伯跑出一段路，又折回来，躲在院外的树丛里欲看究竟。

喜喜背着黄伯（皇帝）进了院门："妈，我爹找回来了，他在路上受了风寒，发高烧，你快给我爹熬点青蒿水喝，给他退烧！"

喜母生气道："发烧的应该是你！"

喜喜装着没听见："爹，你坐着休息，我去给你倒水。"他刚转身，发现军士甲、丙进了院门。

黄伯（皇帝）吓得欲躲藏，喜喜拦住了他，向两军士介绍："军爷，这是我爹。"又转对喜母道："这是我妈。少是夫妻老是伴，一对美美满满的老伴！"

"是你爹？"军士甲指着黄伯（皇帝）道，"既然是你爹，那就叫呀。"

"爹！爹！爹！"喜喜大声叫道。

"不要你叫，让你妈叫。"军士甲道。

"这不是一样的吗？我的爹，当然就是我妈的夫君了。"喜喜笑道。

喜母回避进了房间。

喜喜追进来："妈，我爹在生意场中结了仇人，他们要害我爹。妈呀，这'夫君'二字张口就叫了，我爹的性命却重如山呀！"

"我的傻儿子，我怎么能随便叫'夫君'呢！女人的名节比性命还要重要。更何况我……"喜母将自己与侯伯的事咽了回去。

"妈，我从小你就教我要帮助人，记得三岁时，我爹演《赵氏孤儿》中的程婴，你就给我讲戏情，要我学程婴舍生取义。可如今，不要你舍身，只要你张张嘴，你都不干。你才是说一套，做一套！"

"妈有妈的难处呀！"

喜喜跪在母亲面前："妈，我求你了，求你救救我爹。"

喜母矛盾、痛苦。

两军士在外叫道："我们押人走了！"

"你们不能押走我的夫君！"从内屋传出女人的声音。

狡诈的军士甲窜进内屋，是喜喜捂住鼻子学女人的叫声。

"你这个骗子！"军士甲狠揍了喜喜，气愤地出了门，推搡着黄伯（皇帝），"走！是骡子是马，拉出来遛一遛。是昏君是百姓，到行辕中找人看一看就知道了。"

"喜喜妈！救救我！……"黄伯（皇帝）呼叫。

喜喜上前阻拦，军士甲将喜喜推倒在地，两军士将黄伯（皇帝）拉出了门。

"为何要抓我夫君？"喜母站在房门外的台阶上大声质问。

两军士只好松了抓黄伯（皇帝）的手。

躲在树丛中的侯伯，偏偏只听见此话。再次蒙受欺骗又在他心里掀起了怒涛，他拾起一个土块朝树上一对鸟打去，愤然离去。

第六集

1. 厨房

小炉上的药罐飘着药香。

秋云用扇子轻轻地扇着炉火。

春英进来，抢过秋云手上的扇子："姐姐，我来扇吧。"

秋云："你是回家还是走亲戚的路上遇到黄伯的？"

"我父母都死了。"

"啊！"秋云有点紧张。

"我是去舅舅家的路上遇到黄伯的。"

"啊！"秋云舒了口气，"天上的雷公，地上的母舅。父母不在了，舅舅就是自己的家人了。"

2. 东屋

黄伯（皇帝）躺在床上，发着高烧，迷迷糊糊中竟出现了幻觉：

三皇子端着一碗毒药，站在床前，凶恶道："你要喝下这药，还能保身首两全；若其不然，碎尸万段！"

黄伯（皇帝）躲闪："毒药！我不喝！我不喝！"他愤愤地骂道："你这丧尽天良的逆子！"

秋云正好端了熬好的草药进来："吃药了。"

黄伯（皇帝）竟将秋云看成了三皇子，他"啪"地将药打翻在地，指着秋云骂道："毒药！我不喝！你这丧尽天良的逆子！"

秋云哭着跑出了院子。

3. 村间小路

秋云哭着飞跑。

喜喜在后面追。

牛哥正在田间锄草,秋云与喜喜追赶的情景他尽看在眼里。

4. 谷草堆

秋云跑到谷草堆旁躲藏起来。

喜喜径直往前追。

秋云在谷草堆旁哭泣。

牛哥走来关切道:"秋云妹子,喜喜他们欺负你了?"

秋云哭得更伤心了:"世上只有买儿买女,可喜喜不知发的什么疯,从破庙里买了一个父亲回来。这个老头脾气大,架子大,实在难以侍候。辛辛苦苦给他熬好药端去,他竟破口大骂我给他喝毒药。"

"喜喜怎么说?"

"喜喜啥都依着他买来的爹,要我做好媳妇。"

牛哥愤愤道:"他们是在欺负你这个孤女。"

喜喜返回来,发现了秋云:"秋云,我爹离家出走,一路受了风寒,又受了惊吓,烧得迷迷糊糊。快跟我回去。"

秋云不理。

喜喜上前拉秋云。

牛哥上前阻拦:"喜喜,你不要欺人太甚!秋云姑娘还没有过门,你就如此折磨她,让她把一个疯老头当作亲公爹来侍候。"

喜喜:"你才是咸吃萝卜淡操心,我们家的事,不用你管!"

"大路不平就要铲!更何况我还是秋云的哥哩。"

"怪怪怪!秋云什么时候冒出你这个哥来了?"

"你这是少见多怪。"

"你说我爹疯,我看你才像个疯子。"喜喜将秋云拉到一旁,好言相劝:"秋云,我给你说了多少遍,我十三岁爹爹便去世了,爹爹在世时,我调皮、任性,他叫我走东,我偏要走西;叫我赶鹅,我偏要去吆鸡,处处跟他对着干,经常惹爹爹生气。爹爹走后,我感到自责、内疚。如今有了爹爹,我就想好好孝敬老人，补偿一下我的过错。我们快回去吧，爹爹在病中说了些糊涂话，你要多谅解他老人家呀。"

"我谅解他，谁谅解我呀？"秋云挣脱开喜喜。

牛哥上前护着秋云："我告诉你，以后你和你买来的疯老头再欺负秋云，我饶不了你。"

"你再多管闲事，我才饶不了你！"喜喜一拳朝牛哥打去，扬长而去。

秋云急忙扶起牛哥，掏出手绢擦去他脸上的血，抱歉道："牛哥，你是为了我才挨的打。"

"秋云妹，挨打算什么，为了你就是去死，我也心甘情愿。"

秋云感激道："牛哥，你真好。"

牛哥："唉！我们都是苦命人呀。我也是双亲早亡四处飘零。我小的时候，父母给我定了一门亲，那姑娘叫秋菊，长得跟你一模一样，可惜得瘟病死了。我到梨树湾来打工，第一眼看到你，真把我给惊呆了，以为秋菊复活了！秋云姑娘，这是我们的缘分呀。"牛哥说着，靠近秋云，欲亲热。

秋云急忙闪开："你刚才怎么乱说是我的哥哥？"

牛哥："我是为了壮胆，一时说漏了嘴。秋云妹，你要是不嫌弃，就把我作你的哥哥，我把你当作妹子。谁要欺负你，我就去找他算账！"

"牛哥。"秋云真被说动了心。

"哥担心呀哥担心！"牛哥假慈悲，"你和那喜喜真的结了婚，这往后的日子怎么过呀？"

"呜呜呜……"秋云越发伤心地哭起来。

"秋云，秋云！"喜母呼叫着走来。

"喜妈，我在这儿。"秋云忙跑到喜母身边。

喜母爱怜道："我的秋云受委屈了。"

"只要喜妈高兴，秋云再大的委屈也能受。"

"唉！看在喜妈的面子上，你就多担待些吧。"

"哎。"秋云乖巧地回答。

喜母为秋云擦干眼泪："春英姑娘明天要走，你去王家借点细面，烙几个葱花饼，给孩子在路上吃。"

"好的。"秋云回答。

5. 乡村野店

刘校尉、蔡乙等人化装成老百姓，四处寻找皇帝的踪迹。

6. 破庙

丐八见丐七未归，在残羹里夹了一块鸡骨头正要送入嘴里……

"好啊！你又在偷吃了。"丐七出现在门口叫嚷，"今晨出去讨饭时说好的，讨回来的东西合伙吃。"

丐八不好意思地笑了。他夺过丐七所讨的饭菜一看，眉开眼笑："好哇！有红烧肉骨头。"他拿过墙角的酒壶将它仰面朝天，却怎么也倒不出一滴酒来。丐八向丐七伸手："给三文我去打酒。"

"哪有钱。"

"卖黄伯的钱呢？"

"早就打酒喝完了。"

"唉！"丐八叹息道，"要是再来一个老头，我们又可以卖二贯买酒喝了。"

"别来。"丐七制止道，"来了多了个张口货，却再没有第二个傻瓜肯花二贯买回去一个父亲了。"

丐七、丐八只得闷头吃鸡骨头、红烧肉骨头。

李贵、张将军闯入破庙。

李贵抓住丐八："你们这里来过外乡人没有？"

丐八："来过，一个多月以前来过。"

李贵："啥口音？"

丐八："和你一样的口音。"

李贵："多大岁数？"

丐八不出声。

李贵问得更紧了："多高的身材？"

"和……"丐八欲言又止，狡黠道，"你先给我钱，我再说。"

张将军抓住丐八的衣领："你要当钦犯呀！"

李贵劝住张将军，掏出几个钱交与丐八："说！"

丐八接过钱开了口，边说边比画："四十左右，这么高的个儿。"

李贵："啥模样？"

丐八："正方脸。"

李贵高兴地对张将军道："是昏君。"

丐八："对，他刚来的时候是昏晕了，后来就清醒了。"

李贵："是皇……"

丐八："对，是姓黄，叫黄伯。"

李贵："到哪儿去了？"

丐八嬉皮笑脸："你再给我点钱，我就说。"

李贵："你贪心。"

丐八："不给钱，我就不说，反正你也撬不开我的嘴。"

李贵只好又掏出几个钱给丐八。

丐八玩弄着铜钱："这下哥们又有酒钱了。"

李贵及士兵催促道："快说！"

丐八："我说，我说。那个姓黄的老伯，被一个小伙子买去当父亲了。"

"胡说！"张将军发怒道，"世上只有买儿买女，哪有买父亲的？"

众军士欲打丐八。

丐七忙上前护卫："禀军爷，黄伯千真万确是被一个小伙子买去当父亲了。"

李贵："那小伙子姓甚名谁？"

丐七："不知道。"

李贵："他买到哪儿去了？"

丐七："不知道。"

李贵："好啊，原来你们是在骗钱！"

军士："把钱还来。"

"军爷，这钱就送给我哥俩买酒喝吧，我的喉咙里都伸出手来要酒喝了。"丐八边说边跑。

众军士上前抓住丐八。

李贵更是揪住丐八拳打脚踢，一脚踢落了丐八一颗门牙。

丐八满口鲜血长流。

张将军、李贵打完人后，夺回钱，扬长而去。

丐七、丐八擦干了血迹。

丐八抹着眼泪。

丐七愤愤地靠墙拿起了大顶，他头朝下，脚在上，双手支撑着身子。

丐八："七哥，你还有心思拿大顶演戏呀？"

丐七伤悲道："我是笑这世间竟有这样的人，你要老老实实说真话，他说你说假话；你要说假话，他却相信是真的。"

丐八悟出了道理："唔！怪不得你要手脚倒立啊。"他忽然惊叫一声："哎呀！"

"什么事？"

"黄伯好像给了我们一个什么玉？"

丐七忙从土墙缝里掏出玉佩。

丐八接过来："刚才我们要是拿出这块玉，我这门牙就能保住了。"

7. 梨树湾喜喜家

喜喜、徒弟、师兄等人修复完毕烧毁的房子，众人往里搬演出道具箱等东西。

喜喜时时怅惘地望着东厢房收拾行装的春英。

8. 厨房

秋云正在烙饼。

喜喜走进厨房："哟！白面葱花饼，真香！"说着，伸手欲取烙饼。

秋云打了他的手："这是给春英路上吃的。"

喜喜吞吞吐吐道："春英的父母都去世了，这几天，你和春英亲热得像姐妹，你舍得她走呀？"

秋云："舍得舍不得，个人心里明白。"

喜喜被对方的话噎住了。

秋云："等会儿春英走别嚷叫，你那买来的爹知道了，还不知惹出多少麻烦。"

9. 北屋

"收拾好了吗？"喜喜进房问。

"好了。喜喜哥，这些天来给你们添麻烦了。"

"哪儿的话，我还得感谢你一路上对我爹的照顾。这儿也算是你的家，要是舅舅家待不惯就回来。"

"谢谢。"春英从包袱里取出一串钱,交给喜喜,"黄伯烧了好多天了,吃了草药烧也不退,这钱就给黄伯请医吧。"

"不行,不行,哪能用你的钱。"

"喜喜哥,最近你们戏班演出少,坐吃山空。这钱是我当了几年丫头积攒的,钱用了还可以挣回来,黄伯的病是不能耽误的。"

"你……"喜喜捧着钱,感激地望着春英。

"春英妹子,这些饼子你带在路上吃。"秋云进来,将烙饼往春英手上一塞。

"谢谢秋云姐。"

"收拾好了吗?走,我送你。"秋云没等春英回答,拉着她出了房门。

春英欲朝东厢房走去:"我去看看黄伯,向他道个别。"

秋云阻拦:"黄伯正在睡觉,别去打扰他了。"

春英:"这些日子来,麻烦秋云姐了。"

"不用客气。"

10. 院子内外

秋云拉住春英出了院门。

喜喜失神地望着越走越远的春英,"咣"的一声,手中的钱像是在提醒喜喜落在了地上,喜喜拾起钱,高声叫道:"爹爹!春英走了!"

秋云回头急用眼色制止,但已来不及了,东厢房里传来黄伯(皇帝)的叫喊:"春英不能走!喜儿,快把春英留住!"

喜喜急跑上前夺过春英的包袱。

秋云狠狠地瞪了喜喜一眼。

喜喜故意道:"春英,你的人缘真好,我爹不要你走,你秋云姐也舍不得你走。"说着,转问秋云:"是不是呀?"

秋云尴尬道:"是。"

"还愣在这里干什么?"喜喜夺过春英的包袱,拉着春英朝北厢房走去。

秋云从喜喜身边走过时,狠狠地踢了他一脚。

"哎呀!"喜喜痛得大叫。

"怎么啦?"春英关切地问。

"狗咬了。"喜喜笑道。

11. 破庙内外

"手拿竹棍怀抱瓢,不管柴米价低高。走到长街去乞讨,残羹剩饭度终朝。"

丐七、丐八端着讨来的剩饭剩菜边走边唱回到破庙。两人一进庙门,竟傻了眼……

刘校尉、蔡乙等几个大汉叉着腰站在那里。

"众位大哥,这破庙又脏又臭,你们待在这里干啥?"丐八笑着问。

"等你们。"蔡乙回答。

"等我们?"丐七、丐八吃惊。

"两个月前,你们这庙里曾来了个外乡人?"刘校尉问。

"怎么又问黄老头的事。"丐八悄声地对丐七道。

"来过外乡人没有?"刘校尉紧问。

"没有。"丐八一口否定。

"你撒谎!"蔡乙欲揍丐八。

"是来过一个女的。"丐八为免皮肉之苦,撒谎道。

"胡说!"刘校尉厉声喝道。

蔡乙又欲举拳打丐八。

"是来了一个男的。"丐八急忙回答。

"多大岁数?"刘校尉问。

"十四岁。"丐八回答。

"找打!"蔡乙给了丐八一耳光。

"禀大哥,是四十岁的男人。"丐八纠正。

"到哪儿去了?"刘校尉问。

"死了。"丐八回答。

"啊!"刘校尉气急,吩咐手下:"与我打!"

蔡乙及众军士上前打丐七、丐八。

丐七、丐八为躲避拳头,四处乱窜。

丐八:"这是咋的?说真话要挨打,说假话也要挨打?"

刘校尉:"说实话就不挨打。"

丐八:"好吧,我就实话实说吧。两个月前,千真万确有一个四十岁的男人病倒在我们这破庙里,我和七哥是叫花子,泥菩萨过河——自身难保,哪养得起一个男人？所以……就把他……"丐八害怕拳头打来，退后几步说："我们哥俩就来了个黄连树下弹琵琶——苦中作乐。在他的背上插了一个草圈，谁知还真来了个小伙子出两贯钱把他买回去当父亲了。"

丐七见对方将信将疑，急忙从墙缝里取出玉佩，说道："这就是黄伯给我们的玉佩。"

刘校尉与蔡乙拿着玉佩反复观看，两人在一旁小声议论："是宫中之物，是皇帝。"

刘校尉转身对丐七道："你还记得买父亲的小伙子的长相吗？"

丐七："看见就认得出来。"

刘校尉："你二人带我们去寻找那个小伙子。"

丐八："我们陪你们四处找人，就没有时间要饭了。"

刘校尉："我保你们顿顿酒肉。"

丐八："那就先到村里的饭店吃一顿。"

"好吃！"蔡乙举拳欲打。

"行！"刘校尉爽快地答应。

12. 梨树湾喜喜家

喜喜在院中教春英踢腿、下腰、比身段。

春英身段不准确，喜喜托着春英的手臂纠正姿势。

秋云从厨房出来，见状顿生醋意，她拾起石头朝着树枝上的鸟打去。

几只鸟被打得"嗖"地腾飞。

春英、喜喜也受惊，只好停止了练习。

13. 东屋

黄伯（皇帝）高烧未退，迷糊之中又出现了幻觉：

张将军伸出魔手要掐死皇帝……

正好喜喜走近床前，伸手欲摸皇帝的额头量体温……

皇帝惊叫道："奸臣！奸臣！奸臣！"

喜喜耐心道："爹爹呀，爹爹呀，我是丑角演员，在台上演奸臣，那是在演戏呀！"

黄伯（皇帝）愤怒地大喊："你就是奸臣！想害我的奸臣！快给我滚！

滚！！"

喜喜哄着黄伯（皇帝）："好，好，好，我是奸臣，我滚，滚！"边说边出了房门。

春英端来熬好的药，欲进门。

喜喜将她拦住："正在发疯。"他望着药："这是怎么搞的？麻医生的号脉费、检药费加起来花了八十文，怎么爹爹的病还没有好呢？"

春英："病来如山倒，病好如抽丝。麻医生开的药还没有吃完。"

喜喜对着苍天："苍天保佑，吃完了麻医生的药，我爹的病就好了。"

14. 山野

丐七、丐八在前面走，刘校尉等人随后。他们到处搜寻，突然发现一个神色慌张的人躲躲闪闪。

蔡乙指着可疑人问丐八："他是不是买父之人？"

丐八："有点像。"

刘校尉指着小伙子："抓住他！"

众人从四面包抄去捉拿小伙子。

小伙子急忙逃跑。

刘校尉一个箭步上前，抓住了小伙子。

丐七、丐八赶来一看，大失所望，连连摇头："不是，不是。"

刘校尉将小伙子一推："你瞎跑什么？"

小伙子："我找地方撒尿，怕你们看见。"

15. 喜喜家院

东屋的黄伯（皇帝）又出现了幻觉：

三皇子手持大刀要来杀他，他急忙下床逃出房门，却不料刚出房门就摔倒在地。

喜喜赶快将他搀进门，扶他上床。

师兄在院子里高声说："把他关在屋里，别让他往外跑。"

喜喜出门关上了房门。

黄伯（皇帝）又出现了幻觉：

三皇子厉声说："把他关在死牢，听候发落！"

黄伯（皇帝）下床奋力拉门："快放了我，我不会忘记你们的救命之恩，日后我会赐给你们黄金、绢匹，封你们做大官！"

喜喜对春英道："越说越疯了，跟着我们这俩月看戏看多了，尽把戏里的话拿出来说。"

春英忧心道："黄伯像是得了疯病。"

"你们要陷害我，绝没有好下场；你们要救了我，日后定会飞黄腾达！"黄伯（皇帝）在东屋里不厌其烦地嚷叫。

春英对喜喜道："货郎在卖治疯病的药，我去买点来给黄伯（皇帝）吃。"说着欲走。

喜喜拉住了她："别去上当受骗！"

秋云抱怨道："你这买来的爹得的是什么怪病，给他请医买药却越吃越疯。"

喜喜长叹一口气："看来，得请个高明的医生给爹爹看病了。"

春英："龙泉山上有个医生叫骆华佗，医术很高明。去年朱大富中风躺在床上不能说话，吃了骆华佗三服药，就能说话下床了。"

"啊！"喜喜惊喜，忽又为难，"只是……"

春英忙进屋拿出一串钱，递给喜喜。

"怎么又让你拿钱？"喜喜说道。

"钱搁在包里又不会下儿，救人要紧。"春英道。

"也行。"喜喜像是在宽慰自己，"爹爹的病一稳住，我们就出外演出，挣了钱再还给你。"

16. 酒店内

刘校尉、蔡乙早已吃喝完毕，坐在旁边抽烟等候丐七、丐八。

丐七、丐八大碗喝酒、大碗吃肉。

丐八："吃、吃、吃，喝、喝、喝，酒肉是我们的好朋友；今日吃个够，省得喉咙再伸手……"说着，又将空壶递与堂倌："再来一——……"

蔡乙赶快制止："看你俩醉成这样，连自己都认不得了，还认得出买父亲的那个小伙子呀？"

丐八："军爷你放心，那个买父亲的小伙子就是化成灰，我也认得出来。"

17. 乡村小路上

喜喜急步走着，时时向庄稼地里干活的农夫打听："请问大叔，这里离龙泉山还有多远呀？"

农夫："还有三十里地。"

18. 酒店外

丐七、丐八烂醉如泥，躺在地上。

蔡乙推醒二人："快上路了。"

丐八醉眼蒙眬："天还没有亮，慌什么。"

蔡乙："天没亮？你看太阳多高了？"

丐八抬头一看："那不是太阳，那是月亮。"

蔡乙："你睁大眼仔细瞧，那是太阳！"

丐八："你是外地人，当然分不清我们这里的太阳和月亮。"

"你……"蔡乙气得想打丐八。

刘校尉鄙视道："让他们躺着吧，我们也进店打个盹儿。"

19. 酒店内

刘校尉一行人进店就着桌椅、板凳躺下后即入睡。

20. 酒店外

喜喜从店门前经过，见横七竖八躺在地上的丐七、丐八十分眼熟，不由得走近观看。

喜喜的内心独白画外音："他俩好像是卖给我父亲的那两个乞丐。对，就是他俩。"

喜喜欲上前打招呼，忽又犹豫……

喜喜的内心独白画外音："他俩是破庙里的乞丐，怎么穿得这样整洁？还有钱进馆子喝得酩酊大醉……唔，我试一试。"

喜喜走上前去，推醒丐八："小哥，你认得我不？"

丐八睁开蒙眬的双眼："你是谁？"

喜喜："小哥，我们还打过交道呢。"

丐八："谁跟你打过交道？"

喜喜："你忘了，我给了你们钱……"

丐七醒来，反驳道："谁拿了你的钱？"

"你忘了？"喜喜正要说明来由，"啪"的一声，挨了丐八一耳光。

丐八高喊："快来人呀！快来人抓骗子！"

蔡乙领着几个大汉出了酒店门。

喜喜狼狈逃走。

丐七经凉风一吹，突然清醒过来："八弟，刚才那个人是给了我们两贯钱，把黄伯买走了。"

丐八也恍然大悟："对，对，是他买走了黄伯。"

刘校尉哭笑不得，急命众人："追！"

茫茫原野，喜喜已跑得无影无踪了。

21. 山野

张将军带领人马四处搜捕皇帝，李贵始终隐藏在队伍中。

刘校尉一行暗地寻找皇帝。

刘校尉突然发现了迎面走来的张将军一行，鉴于敌我悬殊，刘校尉急命众人躲避。

丐八发现了张将军的人马，他不但不躲避，反而高声叫道："就是他们打人，踢落了我的门牙，军爷，你要给我报仇呀！"

刘校尉、蔡乙欲制止，但已来不及了，叫声暴露了刘校尉一行。

张将军命令军士："七皇子的人马，快追！"

刘校尉带领众人逃跑。

丐八躲在草丛中，单等张将军大队人马过去，李贵尾随时，他跳将出来，横拦着李贵："真是冤家路窄呀！你打落了我一颗门牙，我也要叫你落一颗牙！"说着，他抬脚朝着李贵的嘴一踢……

"哎呀！"李贵惨叫一声，一颗带血的门牙落在地上。

丐八胜利地跑了。

22. 龙泉山骆华佗住处

骆华佗正精心地为一个驼子治病。

驼子痛得"哎哟、哎哟"直叫。

骆华佗:"这背上的骨头是怎么折断的?"

驼子父亲:"都怪他妈带回来一个江湖骗子,说是能治驼背。原来他是把我儿子放在两块门板中一压!只听'咔嚓'一声,儿子背上的驼子没有了,可骨头也断了。"

骆华佗气愤道:"你们怎么不把这江湖骗子扭送官府?"

驼子母亲:"我们正要拉他去见官,可他早跑得不见人影了。"

骆华佗感叹道:"想不到这世上,骗子这么多。"

23. 龙泉山羊肠小路

罗滑头摇着拨浪鼓,边走边自卖自夸:"祖传秘方,妙手回春;华佗再世,赛过神……"

迎面走来一个挑担的小伙子差点将他撞倒。

罗滑头举手欲打小伙子。

小伙子赶快求饶:"千万不要用手打,用脚踢,用脚踢。"

罗滑头:"你这是啥毛病呀?"

小伙子:"大家都说,一经你的手就没命了。"

罗滑头气极道:"滚,滚,滚。"

驼子父母抬着治完病的儿子回来,远远听见了熟悉的声音,急忙走近一看,果真是那个庸医,他们大骂道:"快抓江湖骗子!快抓他去见官!"

罗滑头夹起包袱像兔子般跑了。

24. 山野

喜喜正朝着龙泉山走来。

25. 龙泉山

喜喜与罗滑头相遇。

喜喜:"大叔,你是个医生?"

罗滑头:"小伙子真有眼力,看人看得真准,我是医生。"

"请问大叔,是不是长年在这龙泉山行医?"

"是,是。"

"再请问大叔，尊姓名谁？"

"我姓罗，大家都叫我'罗滑头'。"

"骆华佗！"喜喜差点跳起来，"真是踏破铁鞋无觅处，得来全不费功夫。"喜喜连拖带拉地将罗滑头朝山下拉去。

26. 喜喜家院

喜喜将罗滑头引进了自家院子。

春英迎上。

喜喜介绍："这就是神医骆华佗。"

春英将喜喜拉到一边，悄声道："他真是骆华佗吗？"

喜喜："龙泉山上不就只有一个骆华佗吗？"

春英："当年在朱家，我只看见了骆华佗的背影，可总觉得这人有点不像。"

喜喜自吹："你放心，未必我会带个假的骆华佗回来呀！相信我，我的眼睛看人从来就没有看错过。"

春英还想说什么，见请来的医生走过来，只好作罢。

27. 东屋内外

喜喜走到门前，敲门："爹爹，快开门，吃了骆华佗的药，你的病就会好。"

黄伯（皇帝）在屋内："我才不上当呢。"

"黄伯，人家喜喜跑了老远，给你请来医生，你快开门呀。"春英催促。

黄伯（皇帝）仍然不开门。

罗滑头："不开门也行，我会望气看病。"他走到窗前，左看右看，故作神秘状。

28. 北房

罗滑头走进北房，喜喜、春英随后，罗滑头将二人推出房门，又紧闭窗户，从包里取出灰土、野草，分成小包，往包里吐了几口口水。然后他将门打开，郑重其事地将药包交给喜喜，说道："一包吃下病减轻，二包吃下病消除，三包吃下精神爽。"

喜喜虔诚地接下药包，付给罗滑头三串钱。

罗滑头轻飘飘地在手上玩弄着钱，暗示道："有的医生治病，要讲钱多少。

像我这样的医生,看一次病起码要一贯钱,当然,我不在乎。"

春英从北房里又拿出一串钱,交给罗滑头,罗滑头满意地走了。

29.田野

罗滑头走出了喜喜的视线,像刚偷了东西的贼,拔腿就跑。

30.喜喜家院

喜母、秋云将一包药抖倒在碗里,倒上温开水,秋云端出来。

喜喜接过秋云的碗,走进东屋:"爹,这是神医骆华佗给你开的药,你喝了药病就好了。"

黄伯(皇帝)接过药,放在鼻子下,气味十分难闻,他皱起了眉头。

"爹。"喜喜像喂小孩子药一样喂黄伯(皇帝),一边喂,一边念:"一包吃下病减轻,二包吃下病消除,三包吃下精神……"

喜喜的话还没念完,黄伯(皇帝)却扑通一声晕倒在地上。

"爹!"喜喜惊呼。

"黄伯!"春英、秋云、徒弟、师兄、喜母等人进屋呼叫……

第七集

1. 梨树湾喜喜家

黄伯（皇帝）晕倒在地，众人不知所措。

喜喜伏在黄伯（皇帝）的身上痛哭："爹爹呀！是我害了你！"

秋云斜视春英讽刺道："哼！这个骆华佗确实赛华佗，华佗是把死人医成活人，可这个骆华佗却有本事把活人医成死人！"

徒弟摩拳擦掌："我去把这个骗子骆华佗抓回来！"

"不用你抓，我来了。"骆华佗站在门口说。

还没等众人反应过来，骆华佗奔到了皇帝身旁，从药包里取出葫芦，倒出药丸，喂进黄伯（皇帝）的嘴里。

黄伯（皇帝）慢慢苏醒过来。

"爹！"

"黄伯！"

众人惊喜。

骆华佗又仔细给黄伯（皇帝）号脉，望气色，对众人道："病人受了风寒，加之心情焦躁，急出火来。我开一个方子，检两服药吃了，病自然会好。"

喜喜、春英铺纸研墨，骆华佗开好了药方。

喜喜接过药方，付给骆华佗一串钱："笑纳，笑纳！"

骆华佗接过钱："够了，够了，国家乱成这样，大家都困难。"

喜喜感激道："请问医生伯伯，尊姓大名？又为何及时赶来？"

骆华佗："我是骆华佗，听说有人冒我的名行医，我不容庸医玷污我的名声；更不忍看无辜生命受摧残，所以四处打听，终于找到这里了。"

春英："我看那个庸医，就不像这位真华佗。"

喜喜："我在山上第一眼看见他，也觉得他是冒牌货。"

秋云没好气道："那你把他带回来干吗？"

喜喜尴尬地笑了。他将药方交与春英："快给爹爹检药去。"

春英揶揄道："还是你去吧，你办事从来都不会出错的。"

喜喜笑得更难堪了。

徒弟夺过春英手上的处方："我去给师爷爷检药。"

喜喜调侃道："对，还是我徒弟懂事！"

春英对徒弟道："来，跟我拿钱去。"

喜喜感激春英。

2. 厨房

炉火闪亮，药罐内飘着清香。

春英扇着炉火为黄伯（皇帝）熬药。

3. 北房

喜喜细心地喂黄伯（皇帝）吃药，黄伯（皇帝）渐渐睁开了眼。

"醒了！醒了！"众人高兴地叫道。

"骆华佗真神，一碗药刚吃下黄伯就醒了。"春英说。

"奸臣可恨……逆子胆敢夺江山……"黄伯（皇帝），迷迷糊糊地说。

"又在胡说。"喜喜忧虑。

"再吃几次药，师爷爷就好了。"徒弟安慰师傅。

4. 院子

喜母、秋云站在院子里观察屋内黄伯（皇帝）的病情。

"奸臣可恨……逆子胆敢夺江山……"屋内的黄伯（皇帝）继续迷迷糊糊地说。

喜母纳闷。

喜喜出房门，喜母将他拉到一旁："老黄一病，说话怎么全是皇帝的口气？莫非他真是皇帝……"

"别乱说，他是皇帝，我们不就犯窝藏罪了。"

"可他说话的口气，说的事情，就像真皇帝一样。"

"妈呀，你真是少见多怪，我爹跟着我们戏班到处演出，看的戏也多，如今病得稀里糊涂，分不清台上台下，戏里戏外，就把戏里的台词拿出来说了，你还当真了。皇帝是真龙天子下凡，威风凛凛，气宇轩昂；你没看见我爹在破庙里被那两个乞丐插上草圈卖时，那副可怜相啊！想起来都心酸，他怎么可能是皇帝呢？"喜喜说完，拿着扫帚朝新房走去。

喜母高兴道："这才是你的正事，你和秋云的婚期越来越近了，趁空把新房打扫干净。"

"我的妈呀，你又错了。"喜喜指着院子，"火灾以后，房子都整修好了，该各归各位了，我把新房打扫出来，让爹爹搬过来住，他一个人住清静，病好得快。你回你的北屋，和秋云、春英住，我和师兄、黑娃住南屋。"

"不行！不行！"喜母强硬道，"你和秋云的婚期是专门找人算的黄道吉日，哪能说改就改？"

"人是活的，怎么不能改？"

"你想改到什么时候？"

喜喜调皮地望着母亲："我妈年纪轻轻就守寡，十多年过去了，你仍然孤单一人，半夜醒来连个说话的人都没有，感谢老天送来个黄伯，可你就是不和他圆房。从小你就教我要尊老爱幼，现在我老妈是孤雁一只，做儿子的怎么能成双成对、比翼双飞呢？"

"妈和你是两回事。"

"反正你不和黄伯圆房，我和秋云就不结婚。"

"唉！"喜母气得跺脚，"我怎么遇到了你这个傻儿子！"

"有其母，必有其子。"喜喜反唇相讥。

"你是成心要气我。"

"不敢，不敢。"喜喜安慰完母亲，问："妈，春英到哪儿去了？"

"到山上挖草药去了，说是挖点黄精、山参给黄伯补身体。"

"我也去挖草药！"喜喜丢下扫帚就往山上跑。

喜母望着儿子的背影，若有所思。

5. 山上

春英挎着篮子在山上寻觅草药，突然发现一株黄精，蹲下欲挖。

"春英！春英！"喜喜跑来。

"你来干什么？"

"我来和你一同挖草药给我爹补身体。"喜喜低头一看,"黄精!补气养阴,健脾润肺。"说着,和春英一同挖黄精。

挖完黄精,喜喜发现山参,高兴道:"山参!大补元气。"

两人挖起山参,去掉泥土,装进篮子后,继续寻找草药。

"黄精!"

"山参!"

……

喜喜、春英挖了一棵又一棵。

喜喜痴痴地看着春英。

春英害羞道:"看我干什么?"

"春英,你真好,我不知道怎样感谢你。你拿出自己的积蓄给我爹看病,还挖草药给我爹补身体。"

"孝敬老人是应该的。"春英淡淡地回答,"我爸妈在世时就教我要孝敬老人,可惜他们遭瘟疫早早去世了,我就只能将别人的老人当作自己的父母来孝敬了。"

"春英,你真好!"喜喜激动地握着春英的手。

春英羞涩地缩回了手。

两人埋头挖草药。

春英开口:"你和秋云姐什么时候办喜事?我还留了一些钱给你们买贺礼。"

"钱留着自己买嫁妆吧。我和秋云的事都是父母订下的,与我无关。"喜喜冷冷地说。

"嘻!"春英讽刺道,"都快成新郎了,还与你无关?"

"秋云从小和我在一起长大,我把她当姐姐看待,她也一直照顾我和我妈。可自从我买回来爹爹后,她就像变了一个人,整天抱怨,发牢骚,对爹爹挑剔、嫌弃,家里是三天一小吵,五天一大闹,这样的日子,结婚以后怎么过呀?"

春英同情地点头。

喜喜冒失地说:"我喜欢和你在一起,你孝敬爹爹和妈,一家人和和睦睦——"

"别乱说!你都是订了婚的人。"春英制止。

喜喜尴尬地笑了笑。

两人继续挖草药。

忽然,雷声响,天色暗,大雨说来就来,喜喜脱下自己的外衣,盖在春英头上；春英不忍喜喜淋雨，拉过喜喜，两人支开衣服，权作雨伞，躲在"雨伞"下，朝家跑去。

6. 喜喜家院

喜喜、春英嘻嘻哈哈穿过暴雨跑回家，正好与秋云撞个满怀。

秋云嫉恨地瞪了两人一眼，扭头离去。

喜喜望着春英吐了吐舌头。

7. 驿道

中军骑着马朝营帐走去。

后边跟着一队军士，押着几个中年男子。

"大人！等一等！"几个军士拖着一位中年男子追上来。

被押的中年男子竭力申辩："我是京城来探亲的！你们为什么要抓我？有没有王法？"

几个被押的中年男子纷纷叫嚷：

"我是生意人，来这里买药材！"

"我也是生意人，来此地买稻米。"

"我是读书人，来此地游学的。"

"我是来此地看望姨母的。"

"吵什么！吵什么！"中军厉声制止，"昏君逃到此地，我们奉命搜捕，因为大家都没有见过昏君，上司便令我们把从京城来的四十岁上下的男子带回营帐，让跟随昏君的李大人辨认。你们跟着我们到营帐走一趟，真的说不假，假的不冤枉你们，立即释放。"

"你们连抓的人都不认识，就随便逮人哪？这等于是瞎子摸鱼。"读书人讽刺道。

"不是瞎子，是一群睁眼瞎子！"药材商人附和。

"哈哈哈！"众人笑。

"老实点！"军士甲呵斥，"谁让你们从京城来，又和昏君的年纪相仿。"

探亲者："今早一出门就听见乌鸦叫，我就知道要遇到倒霉事。"

药材商人："你们的营帐离这儿有多远？我交了钱，正要出货，就被你们抓了，时间拖久了，我的钱怕打水漂。"

中军："不远，不远，你们着急就快点走。"

几个被押的人只好跟着军士朝营帐走去。

8. 喜喜家院

新房内，黄伯（皇帝）喝完药粥后，春英接过空碗。

黄伯（皇帝）高兴道："吃了几天药粥，我觉得神清气爽，浑身有劲了。"他在屋里走了几个来回："腿不发软了。"

春英："黄伯，不能老躺着，好人躺久了都要躺出病来。"

"对，是要活动活动。"黄伯（皇帝）走出新房门，望着远山近水，对春英道："我到外面走一走。"

"黄伯，别走远了。"

"知道，我就在附近转转。"黄伯（皇帝）说着，走出院门。

9. 山野

黄伯（皇帝）在山野里散步，与挑着空担归来的牛哥相遇。

牛哥："老伯，你到哪儿去？"

黄伯（皇帝）："散散步。请问小哥从哪儿来？"

"东家叫我到镇上卖小麦，再买点盐和糖回来。"

黄伯（皇帝）紧问："请问小哥，镇上有没有官兵抓人？各个路口有没有官兵把守？京城有啥消息？"

牛哥一边回答，一边察言观色："镇上布满了官兵，三步一岗，五步一哨，各个路口都有官兵严密把守，说是要抓一个人。"

"什么人？"

"皇帝！"

"啊！"黄伯（皇帝）吓得脸色大变。

"大伯，你脸色怎么这样难看？"

黄伯（皇帝）掩饰道："我大病初愈，一吹冷风，头就疼。该回家了，该回家了。"

牛哥："大伯慢走。"他望着黄伯（皇帝）的背影，阴冷地笑了。

10. 喜喜家院

秋云端着药粥进了新房，冷冷道："吃饭了。"

黄伯（皇帝）一见粥，皱着眉头："好大一股药味，顿顿吃药粥，吃得我都没有胃口了。"

"没有胃口就不吃呗！"秋云扭头端粥回到厨房，"爱吃不吃！"她生气地将盛粥的碗放在案上。

春英见状，轻轻端起药粥走进新房，笑盈盈道："黄伯，您想不想身体健壮？"

黄伯（皇帝）："当然想。"

"药粥养人，身体复原得快。"

黄伯（皇帝）："只是吃得多了，闻着药味就没有胃口。"

"黄伯，这粥里的药材，有黄精、山参、何首乌，全是我们到山里现挖的，它们泉水滋养，山风吹拂。您闻闻，这不是药味，这是泉水的甘甜味，是山风的清新味，是树木、花草的精灵气。"春英说着，将药粥递到黄伯（皇帝）面前。

黄伯（皇帝）对着药粥深呼吸。

春英在旁："黄伯，是不是有泉水的甜味，山风的清新味，树木、花草的精灵气？"

黄伯（皇帝）点头："是，有香气。"

春英趁势道："那就趁着香味吃呀！"

黄伯（皇帝）接过筷子，大口吃起来。

房外的秋云看得清清楚楚，一跺脚，挎着菜篮去河边洗菜。

11. 小河芦苇丛中

牛哥打柴下山，假装休息，实际是在等秋云。

秋云挎着菜篮满脸委屈走来。

牛哥迎上："妹子，他们又欺负你了？"

秋云流着泪："这个买来的爹，实在难侍候。"

"你们家的老伯实在可疑，昨天我赶集回来，他向我打听官兵搜捕人的事，我一说官兵搜捕皇帝，他就吓得脸色煞白。我们干脆去报官，把他抓走，省得你麻烦。"

"别乱来！黄伯怎么会是皇帝，他是做生意的。他讨厌是讨厌，可不能害人家的命呀！你若去报官，事情就闹大了，我们一家人都要受牵连，特别是喜喜。"

"喜喜都与那春女子勾搭上了，你还要维护他。"

"可是喜妈待我很好。"秋云恳求牛哥，"答应我，这要杀头的事，你不能乱来。"

牛哥假惺惺一笑："你放心，这事人命关天，伤天害理的事我从来不去做的。"他说着，欲亲热拥抱秋云。

秋云急躲闪，提起篮子："我要去洗菜。"

牛哥扑了个空。

12. 喜喜家院

喜母、春英忙着往北房搬被子、枕头、衣物。

秋云在南房不动。

喜母走来："秋云，几间房子都修好了，我们也该回北房了，你怎么不动？"

秋云任性道："我就住这里。"

喜母："这是堆放道具、戏衣的屋子，你从小就和我住在一起，怎么现在不愿和我住北房？"

"我不愿和她住一起。"秋云指着院中搬东西的春英。

"嗨，你搬过去和她住不了几天，你和喜喜的婚事一办，你们就住新房了。"

"新房是黄伯住的。"

"他能住一辈子？京城一平息，他从哪里来，就回哪里去，我们家可不供养闲人。"喜母说着，抱起秋云的枕头就往北房走，"早点把这间屋腾出来，喜喜他们好往这里搬道具、戏衣。"

秋云极不情愿地抱起被子朝北房走去。

13. 山野

中军骑马，率军士无精打采行走在山野路上，漫无目的地寻找皇帝。

军士乙慢吞吞地落在后面。

军士甲："你怕踩死蚂蚁呀，快点走！"

"我怎么觉得我们是在玩小孩子的游戏，抓了又放，放了又抓。"

"抓来的既然不是昏君,不放他,难道把他养起来?"

军士乙:"好吧,今天我们就继续玩抓了又放,放了又抓,抓抓放放的游戏吧。"

队伍闷声走了一段路,忽然传来叫声。

"军爷!军爷!"牛哥追着中军呼叫。

中军勒马等候。

牛哥赶来,指着远处喜喜家院:"军爷,那里有个京城来的中年人,说话的语气,端的架子,就像你们要找的人。"

"啊!"中军为之一振,指挥军士:"快去那个院子搜查!"

众军士急朝喜喜家院奔去。

徒弟拾柴归来,见中军的人马朝喜喜家奔去,立刻扔下柴火,飞快跑回家。

14. 喜喜家院

"师傅!师傅!不好了!有队官兵朝我们家奔来,像是冲着师爷爷而来!"

黄伯(皇帝)闻声,惊吓,转身哀求喜喜:"喜儿,这些官兵为了抓皇帝,凡是从京城来的中年男子都要被抓去拷问,为父多年经商,生意场中结下了仇人,他们会借此报复。为父大病初愈,是经受不住折磨的,喜儿,你要救我,为父不是皇帝!"

喜喜搀扶黄伯(皇帝)坐下:"你什么都不是,你就是我的亲爹!我不会让我爹受折磨的。"他转向徒弟:"你保护师爷爷从后门出去,到山上去躲一躲,这里由我来应付。"

"走!"徒弟机灵地拉着黄伯(皇帝)从后门出,朝山上跑去。

春英从北房出来:"出了什么事?"

"看我演戏!"喜喜在春英耳旁说了几句,春英点头。

春英关了大门,随喜喜进了新房。

春英帮助喜喜化装,换衣服。

中军带着军士气势汹汹踹门:"开门!开门!……"

"来了!"春英开了院门。

中军等冲进来高叫:"昏君在哪儿?"

"逆贼在哪儿?"喜喜化装成皇帝模样,操着京城腔调问。

"你是昏君?"中军指着皇帝(喜喜)问。

"正是。"皇帝（喜喜）回答。

"你真是昏君？"中军再问。

"反正我现在是皇帝。"皇帝（喜喜）话里有话。

"好哇！"中军得意忘形，"你纵然逃到天涯海角，我们布下天罗地网，叫你插翅难逃！"

"我用得着逃吗？我就是专门等候在这里的！你们来了我才好演戏。"皇帝（喜喜）调侃道。

军士甲呵斥："少在这里装疯卖傻！"然后振臂高呼："我们抓到昏君了！"

众军士欢呼："殿下要给我们记大功！"

"会赏我们银子！"

……

喜喜、春英窃笑。

军士甲："大人，我这就去给张将军报告。"

"呔！你想抢头功呀！"中军说完，严肃吩咐："我去向张将军报告，你押着昏君赶来。"低声道："路上要格外小心。"

"是。"军士甲回答。

中军出门飞马奔去。

军士甲命令皇帝（喜喜）："走！"

皇帝（喜喜）："还要到哪儿去？戏演到这里该收场了！"

军士甲用黑头罩套在皇帝（喜喜）头上。

皇帝（喜喜）高叫："演完了！演完了……"

"对！该收场了！"春英拉过喜喜。

"滚开！"军士甲一掌将春英推倒在地，春英头晕目眩。

一军士将皇帝（喜喜）捆绑，用毛巾堵住了皇帝（喜喜）的嘴，将皇帝（喜喜）推拉出了大门。

15. 张将军营帐

张将军与三皇子使者麻公公谈事。

麻公公："三殿下发怒了，说你们那么多人马是白吃饭的，又有一个李贵投诚，搜捕了那么久，竟连昏君的影子都没见到。"

张将军尴尬道："其实，我们更着急。昏君窜到民间，如滴水汇入大海。军中，除了李贵，我们都没有见过昏君，这就更难了。"

卫士进来："禀大人，中军有急事求见。"

张将军："快快传见。"

中军兴高采烈："禀大人，昏君抓住了！"

张将军欣喜若狂："哈哈哈！皇帝就是江山！就是权力！就是天神！说话可以呼风唤雨，挥手可以平定乾坤。抓到了昏君，三殿下就有了江山，有了权力，我们是有功之臣，三殿下定会赐给我们荣华富贵。"他吩咐侍从："快叫李贵来识别昏君。"

侍从："禀大人，李贵随郑校尉的人马到柳村大树下去钓大鱼了，等候昏君到那里去与旧部会合。"

张将军失望道："啊！"

中军："大人，我看他真是昏君，他说话的语气，站立的派头，活脱脱一个昏君。"

麻公公："那年我随三殿下进宫给昏君拜寿，见过昏君。"

张将军拍手："真是踏破铁鞋无觅处，得来全不费功夫！那就请公公帮我们识别。"

麻公公："在下愿效劳。"

16. 喜喜家院

喜母端着木盆从河边惊慌归来："喜喜！秋云！春英！喜喜！……"

春英从北房出来："喜妈。"

喜母："听说喜喜被官兵押走了，为啥要抓我儿子？"

春英安慰道："喜妈，没事，喜喜在演戏。"

"演的哪出戏？把自己演进去了。"

"等会儿他回来让他自己给你说。"

"喜喜到哪儿去了？我要去看看。"

"喜妈，别着急，你还没赶到，喜喜就回来了。"

"老黄呢？"

"黄伯和黑娃到后山拾柴火去了。"春英端起木盆，"我来晒衣服。"

"晒什么？听说喜喜被官兵抓走，我顾不得洗衣服，端起盆子就跑回来了。"

春英扶着喜母坐下："我去河边洗衣服。"

喜母追上："我和你同去，没事等人着急。"一边走，一边发牢骚："真是乱了套！"

17. 张将军营帐

皇帝（喜喜）被揭去头罩，松了绑，取出口中的毛巾，带进了营帐。

张将军："你就是昏君？"

皇帝（喜喜）谦虚道："正历练哩。"

张将军："你一把年纪，土都埋到半截了，还在历练。"转对麻公公道："公公，你看……"

麻公公走到皇帝（喜喜）面前，从上到下，从左到右，从前到后，睁大眼，眯着眼看了又看……

张将军、中军随着麻公公的视线晃动着头。

皇帝（喜喜）故意端起皇帝的架子，有意调侃这群人。

麻公公经过一番细致的鉴别后，朝张将军点头示意。

张将军、中军欣喜若狂："找到昏君了！"

张将军对军士甲："快！快飞马报告三殿下！"

军士甲："是！"

麻公公起身告辞："我也回去报喜！"

张将军对中军道："快去安排人员，打着昏君已抓捕的横幅，举着彩旗，将昏君关在囚车内，敲锣打鼓将昏君押到三殿下行辕，让天下人知道昏君是我们抓到的，以振我士气，扬我军威！"

"是！"中军转身对皇帝（喜喜），"走！"

"又要到哪儿去？"皇帝（喜喜）问。

"押你到三殿下那里去候审！"

"啥？和你们演戏还要真坐囚车，受审发落？我不演了！"皇帝（喜喜）说着，扯去胡须，揭去头套，霎时变回到小伙子。

中军、张将军等人目瞪口呆。

中军怒指喜喜："你……你这个刁民，竟敢骗人！"

喜喜："谁骗你们了？我们戏班要排演皇宫内争权夺位的戏，我演皇帝，为了把皇帝演好，平时我就装扮成皇帝。哪知道被你们当成了真皇帝。"

"不对！"中军反驳道，"我问你是昏君吗？你回答'是'。"

"你错了！我是这样回答你的：'现在是皇帝。'戏班演戏，装龙像龙，装虎像虎，我都不认为自己是皇帝，那还能演好戏吗？哦，还有这位军爷问我是昏君吗？我回答'正历练哩'，指的就是揣摩皇帝的一言一行呀！"喜喜理直气壮回答。

"你……"张将军、中军气愤至极，却又有口难辩。

"谁让你弄个戏子来？"张将军冲着中军发火。

"混蛋！你演戏演到将军行辕来了！"中军欲揍喜喜。

喜喜机灵躲闪："是你的部下把我押到这里来的！我直说演完了，该收场了！他们罩着我的头，捂住我的嘴，将我绑来的呀！"喜喜叫屈道。

"你……"张将军、中军无可奈何。

"将军！马大人！"军士甲慌忙跑进来，"三殿下听说昏君抓到，高兴得蹦了三尺高，他要亲自到这里来审讯昏君。"

张将军连忙阻止："别来！别来！"转对中军道："你惹的乱子你去收拾，滚！去给三殿下说清楚吧！"

"是。"中军硬着头皮出了帐门。

久候在帐门外的牛哥满脸谄笑趋上："军爷，我就是给你们报信抓皇帝的人，我叫牛哥……"

"去你的！"中军狠踢牛哥一脚，将一肚子火气朝他撒去。

牛哥跌倒在地，半天爬起来，一头雾水，望着中军的背影，狠狠骂道："妈的！过河拆桥，卸磨杀驴，简直就是匪！"

18.喜喜家院

"哈哈哈！"喜喜、喜母、春英、师兄、秋云欢聚一堂。

春英："这下喜喜班出名了，将军、中军陪着你们班主演戏！"

师兄："听说官兵直奔我们家来，显然是冲着黄伯来的，官兵怎么会知道黄伯呢？"

秋云脸上抽搐了一下。

"老黄整天在外转悠，谁不知道呀？"喜母说道。

"师爷爷！师爷爷！"徒弟惊慌跑回来，满院寻找黄伯（皇帝）。

"我爹不是跟着你去后山了吗？"

"哇！"徒弟哭起来。

"出什么事了？你快说呀！"喜喜急问。

徒弟擦了眼泪，讲述道："我和师爷爷到了后山，想找个隐蔽的地方躲起来，忽然，师爷爷发现对面山路上有个人，好像是他失散的朋友王忠……"

19. 后山半山腰（回忆）

"王忠！王忠！他是我京城来的朋友！"黄伯（皇帝）发现对面山路上行走的王忠高兴地说。他欲高声呼叫："王……"

"师爷爷！不可！"徒弟阻止，"官兵四处搜捕京城来的人，师傅才让我们藏到这里来。要是对面山上的那人是化装成百姓的官兵，我们岂不暴露了自己？"

黄伯（皇帝）盯住对面山上的人影，犹豫不决："他是王忠，一定是在找我……可有点不像，王忠没有这么瘦。唉！逃难在外，餐风饮露，自然又瘦又黑……是王忠……不像……"

"师爷爷，你在这里等着，我去探虚实。如果此人是你京城来的朋友，我举右手，你就过来和他会面；如果此人可疑，我举左手，你就赶快躲起来。"

"好！"

徒弟临走，又叮咛："记住：我举右手表示平安，举左手表示危险。"

"知道，知道。"

20. 对面山路上（回忆）

徒弟朝着王忠走去："王大叔！您好哇！"

王忠警惕，装着没有听见。

"王大叔！王大叔！"

王忠置若罔闻，径直赶路。

"你是聋子呀？"徒弟走近王忠大声说。

"你在叫谁呀？"

"叫你！"徒弟指着王忠说。

王忠："我不姓王，我姓张。"

"别蒙我，你是从京城来的。"

王忠愈发警惕："我是本地人。"

"大叔，你一个人在深山里转悠，总不是游山吧？看你的样儿，一定有事，对不对？"

王忠笑了笑："这次你是猜着了，吃了皇粮，就要忠于职守。"

"啊！"徒弟惊讶，"原来大叔是穿了百姓衣服的公差，不是生意场中的人呀？"

"我们祖辈三代都没有做生意的。"王忠声明。

"啊！"徒弟急忙举起左手。

黄伯（皇帝）远远看见徒弟举起的左手，惊慌失措，拔腿就跑。

21. 喜喜家院

徒弟："等我返回原地，四处寻找师爷爷，不见人影，我以为他回家了，就赶快跑回来了，谁知……"

喜喜发怒："你个笨蛋！我让你保护师爷爷，你却将他弄丢了，我爹要有个三长两短，我找你算账！"

徒弟扑通一声跪下："师傅，我错了，要打要罚任由你。"

喜喜狠踹徒弟一脚："我要你的命！"

喜母忙扶起徒弟："老黄又不是三岁小孩，几十岁的人了，还不知道回家呀？"

喜喜："官兵四处抓人，宁可错抓百人，也不放过一个可疑人。正好我又要了那帮叛军，爹爹要是落在他们手上，他们定会变本加厉地报复。我爹大病初愈，身体虚弱，怎么受得了折磨……"

秋云安慰道："喜喜，事情不会像你想的那样坏……"

"这下你高兴了！"喜喜冲着秋云道，"你不是早就嫌我爹爹累赘，想赶走他吗？这下遂你的心愿了吧？"

"你……你……"秋云委屈流泪。

"别在这里像疯狗一样乱咬人，还不赶快去找人！"喜母对喜喜道。

喜喜抹干眼泪，冲进厨房拿着菜刀出来。

"拿刀干啥？"喜母问。

"他们要是抓了我爹不放，我就跟他们拼了！"

"我也去！"徒弟冲进南屋，从道具里拿了刀、剑出来。

师兄夺下："这是演戏用的。"

"那该拿什么？"

"后院去找棍子。"

22. 后院

师兄、徒弟、喜喜在后院的乱柴堆里挑选棍子。

喜喜挑选了一根长、短、粗、细都满意的棍子,他看了又看,试着挥舞道:"爹爹要是被他们抓去不放,我就跟他们拼了!"说着,挥起棍子,打在草垛上。

"哎哟!"草垛里一声惨叫。

众人急忙扒开草垛,只见黄伯(皇帝)被打得晕了过去,歪着脑袋躺在乱草垛里。

"爹爹!"

"师爷爷!"

"黄伯!"

第八集

1. 喜喜家后院

黄伯（皇帝）晕倒在草垛里，众人呼叫：
"爹爹！"
"黄伯！"
……

"爹爹！我不是故意打你……我错了，我错了……"喜喜哭着赔礼。

黄伯（皇帝）慢慢苏醒过来，发现喜喜正举左手抹泪，惊叫："举左手危险！"他倏地跳起来，拔腿就跑。

喜喜忙拉着黄伯（皇帝）："爹爹，你跑啥？"

"举左手危险，举右手平安！"黄伯（皇帝）指着喜喜，"刚才你举的左手。"

众人哭笑不得。

"爹爹，你怎么跑到这草垛里来了？"

黄伯（皇帝）望望四周，终于醒悟过来："我和黑娃躲到后山里，看见对面山路上有个人好像我京城来的朋友，为保险，黑娃先翻过山去与那人见面。按照我们约定的暗号，我见黑娃举起了左手，急忙逃跑，可跑到哪儿都觉得不安全，跑着跑着就跑回来了。喜喜不在家里，没有人壮胆，我就躲到这草垛里来了，睡梦中飞来一棍子，我就晕了过去。"

"哈哈哈……"众人大笑。

"爹爹，打伤你哪里没有？"喜喜关切地问。

"没有，多亏外面那层厚草帮我接着了你的棍子。"

"哈哈哈……"众人又大笑。

"哪！哪！哪……"喜母站在后院口敲打着铲子和瓢："米缸见底了，再不演出，只有喝西北风了！"

"演！演！演！"喜喜不耐烦地回答。

2. 朱大富客厅

朱夫人瘸着腿忙碌着。

朱小元走进来："妈，你叫我？"

朱夫人："再过三天就是你大舅的五十大寿，偏巧我的腿摔伤了，你就代我去给你大舅祝寿。专心专意去拜寿，别拈花惹草。"

"妈，你怎么老说拈花惹草？"

"我是提醒你！父子俩争抢一个丫头的丑闻满街满巷都在传，我上街连头都不敢抬。"

"那是春英这贱人使的坏！"朱小元咬牙切齿，"春英呀，春英，纵然你逃到天涯海角，我也要把你找回来，不然，我这口恶气实在难平！"

"好了，好了，别扯远了。"朱夫人指着寿礼，"这是我特意买的松鹤花瓶，还有老寿星像。路上千万小心，别打碎了。"

"知道，知道。"朱小元不耐烦地回答。

3. 喜喜家院

众人忙着收拾出外演出的行装。

黄伯（皇帝）却待坐在新房里。

喜喜进来："爹爹，明天一大早我们就要到杨村、张村一带演出，你怎么不收拾东西呢？"

黄伯（皇帝）："出外不安全，我就在家里。"

"怎么不安全，有我们保护，谁敢动你？你在家里，谁给你做饭？"

"我自己做。"

"算了吧，上次我们出外唱半天堂会，你炒个蛋炒饭就把我家的老祖屋给烧了。这次我们出外演出十多天，你还不把你自己给烧了。"喜喜说着，动手帮黄伯（皇帝）收拾衣物。

"我来，我来。"黄伯（皇帝）夺过喜喜手中的衣物，低声道，"那天晚上我们埋在后院竹林里的东西，大家出外演出，家里没人，会不会有人偷？"

"嗨！我们这个乡，出外不关门，家里东西都不会丢。即使有小偷，他也不识字，拿你这账本、图章干什么？"

"你们不稀罕，对我来说却是比命还重要。"

"放心，我们不是在挖坑的地方填埋了几根竹子吗？密密麻麻的竹林，谁会知道那里埋有东西。"

黄伯（皇帝）欣慰地点头："你这么一说，我心宽多了。喜喜，这事你一定要保密，连你母亲也不能说。"

"这点小事也值得跟我妈说？快收拾东西吧。"

"呃。"黄伯（皇帝）抖开包袱，往里面放衣物用品。

4. 驿道

朱小元骑在马上，跟随的家丁抬着礼物赶路。

一个家丁被脚下一块石头所绊，摔倒在地，尽管身子倒地，他却牢牢地将礼品盒托着。

朱小元："小心礼品！"

家丁甲："禀少爷，礼品在我手里稳稳当当地托着哪，就是里面装了水，也漏不出一滴来。"

朱小元："小心点，天上的雷公，地上的母舅。这是送给我舅舅五十大寿的礼物，你要摔坏了，小心你的脑袋！"

众家丁："是！"

5. 杨村戏台

喜喜、师兄等人将板车拉到戏台下，众人忙着从车上卸下道具、行头及生活必需品。

喜喜从车上扶下黄伯（皇帝），又搀扶着他到背风处坐下。然后他转回板车处，拿出铜锣，一边走，一边敲打着铜锣叫喊："看戏！看戏！看喜喜班演的戏！有文戏，有武戏！有变脸的绝活！今晚就开演！……"

喜喜的吆喝声越来越远。

师兄、徒弟等人卸完车，也吆喝着四处招揽观众："看戏！看戏！……"

喜母、秋云忙着去收拾租来的几间民房。

春英、黄伯（皇帝）守着道具。

春英问："黄伯，你喝水吗？要喝我就去烧。"

黄伯（皇帝）："我肚子饿了。"

春英："我这就去淘米做饭。"

春英说着，从刚卸下来的箩筐里取出大米和簸箕，朝河边走去。

6. 河边

朱小元及众家丁沿着河边走来。

春英淘完米起身往回走。

家丁甲发现了春英，高声叫："春英！春英！"

朱小元命令家丁："给我抓住春英！"

春英急忙朝戏台跑去。

7. 戏台下

春英慌忙跑回戏台。

黄伯（皇帝）急问："春英姑娘，什么事？"

"黄伯，不好了，朱小元他们又来追我了。"

黄伯（皇帝）："有我在，谁敢抓你？"

"抓住她！抓住她！……"朱小元及众家丁的叫声越来越近。

春英急中生智，将道具箱里的道具拿出来，自己钻进了箱里，并示意黄伯（皇帝）将零乱的道具等物覆盖在箱上。

黄伯（皇帝）将道具箱掩蔽后，像是安慰春英，又像是自言自语："有我在，谁敢乱抓人？除非太阳从西边……"黄伯（皇帝）话还没说完，从天上飞来一拳将他打倒在地。

"谁敢打我？"黄伯（皇帝）愤怒道。

"太阳从西边出来了。"家丁甲慢悠悠地说，"所以老子就打了你。"

"老不死的，怎么又遇到你了？"朱小元说着，狠狠地踢了黄伯（皇帝）一脚。

黄伯（皇帝）一个趔趄，被踢的脚痛得钻心，他咬牙切齿："朕……真的踢我？"

"不是真的，还是假的？"朱小元说着，又踢了黄伯（皇帝）一脚，"春英到哪儿去了？快把她交出来。"

黄伯（皇帝）："谁是春英？我没见过。"

朱小元："我们五个人，十只眼睛看见她朝这里跑来的。"

黄伯（皇帝）："你们看见了，就去找呀，跑来问我干吗？"

朱小元命众家丁搜查。众家丁四处房角都搜查了，就是没注意堆放零乱的道具箱物。

朱小元见无结果，威胁黄伯（皇帝）："你要不说出春英到哪儿去了，我就把你抓走。"

黄伯（皇帝）："你随便抓人，就不怕犯律条吗？"

朱小元："天高皇帝远，管不到这里。"

黄伯（皇帝）："本县知县可管得着你呀。"

朱小元："那是我舅舅。"

黄伯（皇帝）："知州呢？"

朱小元不屑一顾："哪个上司不听衙门汇报，听你小民叫喊？"

"啊！"黄伯（皇帝）震惊。

朱小元命众家丁："来呀，把这老头给我抓走！"

"谁敢抓我？"黄伯（皇帝）呵斥。

朱小元："与我打！"

众家丁上前殴打黄伯（皇帝）。

喜喜、师兄、徒弟等人归来，奋起与朱小元及众家丁打斗。

喜喜将朱小元打倒在地，指着他："哈！你这是鼓着肚子充胖子——外强中干。"

"你……你们……我们后会有期……"朱小元和众家丁狼狈逃跑。

喜喜嘲笑对方："螃蟹夹豌豆——你们连滚带爬吧！"

春英掀开箱盖出来，扶起了黄伯（皇帝）。

8．戏台下房间

喜喜、师兄为黄伯（皇帝）治伤。

秋云端盆水进来，喜喜接过后，对秋云道："快让大家收拾东西，赶快离开这里。"

秋云："为什么？"

喜喜："朱小元吃了亏，肯定会找人来报仇。"

"不演出了？"

"不演了。"

"那不是骗了观众？"

喜喜向着四周高声道："乡亲们！由于豪绅地痞寻衅闹事，我们的演出只好改期了！还请乡亲们包涵！……"

秋云嘟囔道："自从来了这一老一少，这戏班就没有宁日。"

9. 乡间小路上

黄伯（皇帝）坐在车上，师兄及徒弟拉着板车，其余人员随车而行。

喜喜在车旁问："爹爹，你的伤痛吗？"

黄伯（皇帝）："伤倒不痛，只是这心痛！"

喜喜吃惊："他们打伤了你的心？"

黄伯（皇帝）："光天化日之下，他们竟敢抢劫民女；可一本本奏折上却说，国泰民安，道不拾遗，夜不闭户。"

喜喜嘲笑："咳！皇帝老倌坐在金銮殿上，吃着山珍海味，抱住一群美女，他好比是聋子，又好比是瞎子，还不好哄呀！"

"啊！"黄伯（皇帝）震动。

"今天这个事情，要怪，就要怪皇帝老倌！他定的什么规矩，册封些什么王八龟孙来当官？水有源头树有根，怪不得他的亲生儿子要杀他，我都想杀死这个昏君！"喜喜越骂越痛快。

"阿嚏！"黄伯（皇帝）打了个喷嚏，随后浑身抖起来。

喜喜急忙将自己的衣服脱下来，给黄伯（皇帝）披上。

10. 张老伯家院

众人围在院中的桌子周围狼吞虎咽。

房东张老伯端来一碗泡菜："来，尝尝我家的泡菜。这泡菜水还是我老伴出嫁时从娘家带来的。她在世的时候泡的菜，全村都是出了名的。"

喜母："张老伯，我们说来就来，说走就走，怎么好意思再给你添麻烦呢？"

张老伯："你们来了，我这院子就热闹了；再说你们演出了，还给我租房子的钱。与人方便，自己方便。老姐姐，你说这话就见外了。"

11. 驿道上

丐七、丐八带着刘校尉一行人沿途找寻喜喜，他们都是老百姓打扮。

张将军一行人飞马而来。

刘校尉等人急忙躲避。

张将军率人马急驰而过。

等叛军走远了，刘校尉才从草丛中走出来，对众人道："三逆子的人也在这一带找皇……"他忙改口："找黄伯，大家要多加小心。"

丐八："怎么大家都在找黄伯？早知他有这么重要，我才不两贯钱就把他贱卖了。"

刘校尉、蔡乙等人会心一笑。

12. 张村

侯伯挑着货郎担朝着张村走来，一路走，一路吆喝："卖花布、花伞、花夹子……"

喜母听见吆喝声，急忙走出张家院子，循声跑去。

13. 张村村口

喜母躲在树丛中，待侯伯走来，她窜了出来。

气头上的侯伯扭头便走。

喜母拦住了他。

侯伯气呼呼道："怎么会在这里碰见你？真是冤家路窄！"

"到处找不到你，我知道你是有意躲我。还是老天有眼，我们来张村演出，你来张村卖货，正好把那天的事情给你说清楚。"

"你又来骗我了？不听！不听！"侯伯气冲冲要走。

"你让我把话说完再走！"喜母死死将他拉住，"唉！都是我那傻儿子惹的事，他买回来的那个爹被官兵抓住，因为老黄是从京城来的，就怀疑他是逃跑的皇帝。官兵赶到家里来要我确认，我是坚决不认，可后来看到官兵要将老黄带走，人命关天，救人第一，所以……所以……"喜母吞吞吐吐，难以启齿。

"所以，你就认了夫君？"侯伯没好气地说。

"本想先把人救下，回头再给你解释。老侯，你也是个有善心的人，你肯定同意我的做法，是不是？"

"傻子也不会把老婆给别人呀！"

"我不还是你的人吗？好了，好了，话明气散，现在你该相信我了吧？"喜母撒着娇说。

"不信！不信！"侯伯故意说。

"人家把心窝子话都给你说了，你要怎样才相信？"

侯伯情意绵绵："今晚我到你房间来，我要试试你的心。"

"不行！不行！"

"你是怕我影响你和老黄的事？"

"胡说！"喜母又羞又气。

"货郎，买花夹子！"

"买花线！"

……

几个妇女叫喊着走来。

喜母转身欲走，侯伯态度坚决："今晚我到你房里来，你想法单睡一间房，夜深时候，听见我学狗叫声，你就给我亮个火，我就知道你在哪间房里了。"

喜母来不及争辩，仓促离去。

14. 张村后山

黄伯（皇帝）漫步在羊肠小道上，他眺望着远方，内心独白画外音："李贵、王忠，你们怎么把朕扔在这里就不管了？周妃呀周妃，我日夜都在思念你呀，我有好多话要和你说。此番流落在民间，我遇到了不少好人，听到了许多在皇宫里听不到的事，见到了许多在皇宫里见不到的人。有朝一日，我重振朝纲，定要整饬吏治，严惩劣绅，使百姓安居乐业。七皇儿呀七皇儿，你何时带兵回到京城？……"

15. 张老伯家

喜母在她和春英、秋云合住的一间北房里收拾枕头、被子，叮嘱秋云："三个人睡在这里太挤了，我搬到放服装、道具那间屋去，一来，你和春英睡得宽一些，二来可以看着东西防盗防偷。没有了服装、道具，我们可是要挨饿的。"

"让春英到那里去睡，我不愿跟她在一起。"秋云说。

"春英比你小，你是姐姐，她是妹妹。"

"哼！狐狸精，在朱家勾引朱家父子，到这里来，又勾引戏班的男人。"

喜母笑："你怕她把喜喜给你勾引走了？放心吧，你和喜喜是从小订了婚的。"

喜喜进来，帮助喜母将床上物品搬到装道具、服装的房间。

秋云待喜母出了门，将喜喜拉到一旁："你怎么也让喜妈到那房里去睡？"

喜喜悄声道："你是榆木脑袋不开窍，妈和我爹刚开始的时候，是苞谷面做元宵——捏不到一块儿。可相处了一段时间，就像一块石头抱在怀里温热了。我妈搬到那屋里去睡，是想单独和爹爹说话，亲热。"

秋云讥讽："啊！我终于明白了，这男女相处，日久生情。"

喜喜尴尬地笑了笑。

16. 山野

丐七、丐八带着刘校尉等人寻找黄伯（皇帝），沿山路而来。

黄伯（皇帝）远远看见丐七、丐八，忙迎上去招呼："丐七、丐八，你们到这里来干……"话音未落，黄伯（皇帝）忽然发现后面所跟的刘校尉一行人，急往回奔跑。

"黄伯！黄伯！是黄伯！"丐七、丐八急叫。

17. 张老伯家

黄伯（皇帝）惊慌地跑回来。

喜喜："爹，什么事？"

黄伯（皇帝）："破庙里的丐七、丐八带着人找我来了，一定是丐七、丐八反悔，要把我出卖给仇人，你千万不能承认你买了我，更不要说我在这里。"

喜喜："爹，你尽管放心，有我在，谁也休想把我们父子分开。"

18. 后院

喜喜安排黄伯（皇帝）藏进了后院柴房。

19. 前院

丐七、丐八带着刘校尉等人进了院子。

丐八一眼便认出了喜喜，走上前拱手行礼："大哥，实在对不起，那天我哥俩喝醉了，你招呼我们，我们没认出来。"

"你们是干什么的？"喜喜问。

丐七："大哥，两个多月前，你花了两贯钱在我们那儿买了个父亲。"

喜喜故作惊讶："你们是疯子，还是骗子？这世上只有买儿买女，谁肯给自己买个父亲来供养、侍候呀？"

丐八："大哥，你把黄伯交出来，他们……"他指着刘校尉一群人，"定会重赏你钱。"

喜喜："钱谁不想要，可我没见过什么黄伯、蓝伯的。"

丐八气势汹汹："你要不交出来，我们就抢！"

"谁敢！"喜喜跳上桌子威风凛凛地说。

蔡乙忙出来，口气温和地对喜喜道："小兄弟，常言说百善孝为先，像你这样买个父亲来养的人，这世间真是少见。小兄弟可称得上是大好人，有孝心呀。"

"我哪有孙子们有孝心？这不，到处找他爷呢。"喜喜暗骂。

"你……"刘校尉愤怒拔剑。

蔡乙忙制止刘校尉，忍着气对喜喜道："小兄弟，你要把黄伯交出来，你要啥我们给啥，我们会给你许多银子，你可以把你们这房子推倒重盖一座新瓦房。"

喜喜冷冷道："这是张老伯老祖宗留下的房子，人家才舍不得拆掉呢。你还是先去拆你们家的房子吧。"

刘校尉："哼！敬酒不吃，吃罚酒。与我搜！"

"谁敢！"喜喜高声制止，"你们是何方来的泼皮无赖，竟敢闯入民宅惹是生非？来呀！快将这伙歹徒捆绑起来，押送官府法办！"

师兄、徒弟、秋云、春英齐上，戏班人员以他们高超的武功，与刘校尉一伙展开了激烈的搏斗。

丐七拉住丐八："八弟，我们快离开这是非之地。"

丐八："钱都没有拿到，我们这些天不是白跑了？"

丐八走近蔡乙："蔡大哥，你答应给我们的钱呢？"

蔡乙正与师兄开打，忙呵斥丐八："快让开！"

丐八："不行！说好的，只要找到买父的小……"他话还未说完，混战的人群中飞来一棍子，打得丐八"哎哟"大叫。

丐八又追着刘校尉要钱："刘大哥，君子一言，驷马难追。当初……"

正与喜喜激战的刘校尉呵斥道："快走开！"

喜喜也呵斥丐八："快躲开！"

"哎哟！"丐八又误挨了一棍子，痛得跳了起来。

丐七冒着棍林刀雨，拉起丐八往院外跑。

丐八丧气道："这才是偷鸡不着反蚀把米！"

丐七："再去挨棍子把命搭上就更不合算了。"

丐七、丐八抱头鼠窜。

刘校尉、蔡乙及军士边打边搜查，始终未见皇帝。

20. 后院

军士甲突然发现后院的一个草堆，欲上前搜查。

躲藏在草堆中的皇帝眼看军士甲步步逼近，吓得直抖。

21. 前院

军士乙急急跑来，向刘校尉悄声禀报："三逆贼的人马朝着村口走来了。"

刘校尉一愣，急下命令道："速速离开此地！"

蔡乙高声传令："快走！"

22. 后院

军士甲听到命令，急急离开了后院。

躲在草堆中的皇帝舒了口大气。

23. 后山

灌木丛中，刘校尉、蔡乙等人屏息远望，只见张将军率领人马从小路上经过。

等到他们远去以后，蔡乙对刘校尉道："三逆贼的人马也在这一带转，莫非他们闻到什么气息了吗？"

刘校尉："可能吧。走，找出皇帝，速速保送圣上到七皇子那里。"

蔡乙："不可，皇帝流落在民间，犹如惊弓之鸟，他不会轻易跟随我们去；买他的那小伙子，也不肯将皇帝交给我们。双方再次争斗起来，犹恐被三逆贼的人马得知，他们人多，我们人少，州官们也都趋炎附势，向着三逆贼。"

刘校尉："照你这么说，到手的皇帝我们就拱手送给别人啦？"

蔡乙："只能智取。天黑以后，我们来个神不知、鬼不觉把皇帝给带走。"

刘校尉："你用什么办法智取？"

蔡乙神秘地说："附耳过来。"

刘校尉贴近蔡乙，听到蔡乙的妙计，脸上露出了笑容。

24．南房

屋里显得零乱，堆放着道具和服装。

夜深人静，喜母躺在床上，毫无睡意，倾听着屋外的动静。

25．张老伯家院内外

刘校尉、蔡乙等人悄悄潜伏在院子周围。

26．南房

侯伯潜入院内，学狗叫声。

喜母吹燃了纸捻，并开了门，侯伯侧身进去。喜母急将门关上。

27．张老伯家院内外

刘校尉、蔡乙等人睁大了双眼看着侯伯进了喜母的房门。

"汪！汪！汪……"

侯伯模仿狗叫声，引来村中的狗纷纷吠叫，此起彼伏，好不热闹。

喜喜、大师兄等人起床来到喜母房前，问道："妈，你房里没事吧？"

喜母遮掩："半夜三更把我叫醒干啥？"

喜喜："妈，没事就好，听见狗叫，我担心服装、道具。"

喜母安慰道："没事，没事，有我在，丢不了。"

喜喜、师兄等人仍回房休息。

犬吠声也停了，小村子又恢复了平静。

刘校尉催促蔡乙："动得手了。"

蔡乙有所迟疑："那男子到底是不是皇帝？"

刘校尉："大家都看清楚了，那人是个中年汉子。"

蔡乙："是。"

刘校尉："今下午我留意看了，戏班里都是小伙子，没有中年汉子。皇帝既然被买来当父亲，当然就要陪伴喜喜他娘咯……嘻嘻嘻……"

众军士窃笑。

蔡乙也觉得有理，对刘校尉道："给它来个调虎离山计，我带人去与喜喜他们纠缠，你带人去把皇帝带走。"

28. 东厢房

蔡乙说完，带着几个军士"咚、咚、咚"地敲打东厢房和北房的门。

"谁在敲打门呀？"喜喜及师兄等人气冲冲地开门问。

几个军士像饿狼一样扑上前去，抓住喜喜就往院子外拉，边拉边骂："拉你见官去！今天下午你打死了我们一个兄弟！"

喜喜："谁打死你们兄弟了？"

师兄、徒弟、秋云追出院子，死拉住喜喜，不让带走。

屋内的皇帝吓得躲藏在床底下。

29. 南房

喜母听见儿子被人抓走，心急如焚，欲出门救回儿子，侯伯却抓住了她。

侯伯惊慌失措道："你走了，我怎么办？"

刘校尉等人趁院中无人，潜到南房窗下，暗中监视着喜母、侯伯的动静。

院外传来争吵声：

"杀人要偿命，你们要是再不松手，把你们都抓去见官了！"

"不能把喜喜带走！"

紧接着，又传来一阵拉扯声。

"哎呀！"

"滚开！"

……

喜母、侯伯如热锅上的蚂蚁。

情急之中，喜母的眼光停在道具箱上，她拉过侯伯，打开道具箱，将侯伯藏入箱内，然后出门救儿子去了。

刘校尉等人乘虚而入，抬起道具箱便走。

30. 院外小树林

蔡乙等人和喜喜班的成员为了争夺喜喜，又是一番打斗，正是白热化时，蔡乙发现喜母来到现场，又听到刘校尉等人发来的口哨信号，知道猎物已到手，便令众人迅速撤退。

一场来得快又去得快的争夺战就这么结束了，小院又恢复了平静。

31．南房

喜母急急回到房间，发现装侯伯的箱子不见了，急得哭叫道："有贼！有贼！"

喜喜等人忙进来："妈，什么东西被偷了？"

喜母："箱子！箱子！"

喜喜及众人安慰喜母："妈，那箱子是空的，回头再请木匠做一个。"

喜母哭得更伤心了："箱子里不是空的！"

黄伯（皇帝）见打斗结束，也钻出床底，走出门来。

喜母"呜呜呜……"地哭着，诉说着："箱子里不是空的……"

喜喜、师兄等人莫名其妙地望着喜母。

秋云："喜妈像是给吓疯了。"

黄伯（皇帝）拉过喜喜道："这些贼不是一般的贼，几番到此惹是生非，快！快！赶快离开这里。"

喜喜言听计从："萝卜快了不洗泥，柿子甜了不打皮。大家快收拾东西，回梨树湾老家。"

秋云："半夜三更的，说走就走？"

喜喜："你要不嫌事多，就在这里守着吧。"

秋云返回北房，边走边抱怨："自从来了这一老一少，这戏班里就不得安宁，搅得人吃不好饭，睡不好觉！"

春英听见，赌气收拾好包袱，到车上取下黄伯（皇帝）的包袱，拉着黄伯（皇帝）欲走。

喜喜："你这是干什么？"

春英："有人说自从来了一老一少，这戏班就不安宁，我们走，你们好安宁。"

喜喜："谁说的？"

春英："总有人说。"

"到底谁说的？"

春英闷不作声。

喜喜急道:"你倒是说呀!"

春英仍不回答。

喜喜生气地向四周高声问:"谁说的?"

秋云理直气壮:"我说的!"

喜喜骂:"你才闹得戏班不安宁!"

秋云:"啥事你都护着那狐狸精!"

春英:"谁是狐狸精?"

秋云阴阳怪气:"就是勾引父子、勾引男人的人。"

"你……"春英气哭。

喜喜安慰春英,怒对秋云:"你真是个疯子!"

秋云:"你心痛了!这个狐狸精把你也给迷住了!"

"你!"喜喜忍无可忍,"啪"的一声,打了秋云一耳光。

"你!"秋云愤怒、委屈地瞪大了眼,泪水像泉水般涌出来。

喜母冲过来打了喜喜一耳光:"你吃了豹子胆了!"

"妈呀!我死去的爹妈呀!……"秋云哭着跑进了屋。

"妈!"喜喜内疚地走到喜母身边。

"我不是你妈!"喜母说完,走进房里安慰秋云。

师兄、徒弟等人也来安慰秋云。

独在一旁的春英顿感孤立,悄悄走出了院门。

黄伯(皇帝)发现春英出走,大声叫喊:"春英姑娘走了!春英姑娘走了!"

喜母慌忙出房门,追赶春英,一边跑,一边喊道:"快拉住!快拉住!"

徒弟慌忙跑上来,将奔跑的喜母死死拉住。

喜母生气道:"你拉住我干吗?"

徒弟:"您不是在高喊拉住吗?"

喜母:"快拉住春英。"

徒弟恍然大悟,急忙去追赶。

喜喜、师兄、黄伯(皇帝)等人都去追赶春英了,剩下秋云孤零零地在房里,她抚摸着发热的脸,终于下了决心,收拾好包袱,临行前,将定情物玉镯拿出来,放在桌上,跑出了院门。

少顷,众人将春英追回来,安慰春英。

喜母:"秋云这孩子是刀子嘴,豆腐心。你们俩都在气头上,话赶话说出的言语就别太当真了。"

师兄往北房一看,惊呼道:"秋云呢?秋云呢?"

众人惊呼:"秋云不在了?!"

"玉镯!"喜妈拿起桌上的玉镯,神情凝重。

第九集

1. 乡间小路

月光淡淡,星星寥寥无几。

秋云在恐惧和愤怒中急急行走。

2. 张老伯家

喜喜、师兄、春英等人忙着收拾行装。

黄伯（皇帝）在院子里催促:"快!快!快!"

喜母魂不守舍,她迟钝地收拾物品,竟将裤子当成上衣穿上。

"妈,快点!"喜喜进来催促,一看母亲的装束,甚觉好笑,忙安慰母亲:"妈,丢了一只空箱子就把你气糊涂成这样;要是真把你心爱的东西丢了,还不知你气成啥样呢!"

喜母烦躁道:"别说了,我个人心里明白。"

喜喜嘲笑:"你要是明白,就不会把裤子当上衣穿了。"

喜母:"你……"她想说什么,可又只得忍着。

3. 羊肠小道

王忠:"皇上,您到哪儿去了?小的白天找,晚上找……"忽见对面来人,急躲在路旁树丛中。

三娃、铁蛋抬着木箱在山间小路上行走,刘校尉在前,蔡乙在后。

爬坡时,蔡乙帮助后面的铁蛋举高杠子,对着箱子说:"这样抬,黄贵人才舒服。"

树丛中的王忠:"黄贵人?为什么这群人黑夜行走,不走大路偏走山路……"随即悄悄紧跟。

转眼下坡了，蔡乙又跑到前面去帮助三娃举起抬杠，又对着箱子说："这样抬，黄贵人才坐得稳当。"

过悬崖时，三娃一只脚踩虚，差点掉下崖去，众人惊得冒了一身冷汗。

铁蛋："老马他们到哪儿去了？我们都走了这么久他们还不追上来。"

三娃："他们是不是顺着驿道去追我们了？"

铁蛋："其实我们也该走驿道，黑更半夜走这山路，掉下崖去喂老虎呀！"

刘校尉斥责："我们的人本来就少，打一架，伤一些人，走散一些人。现在就只剩下我们几个人了，走驿道，要是碰上敌人，我们且不自投罗网？"

蔡乙："刘校尉说得对，说得好。忍一忍，老马他们在驿道上追不上我们，肯定会折回小路来接我们的。"

4．乡村小路

喜喜及戏班的人拖着板车，车上载着黄伯（皇帝）和服装、道具，朝着梨树湾老家走去。

喜母落在后面，她一步三回头，既担心侯伯，又挂念着秋云。

黄伯（皇帝）探头问喜母："大姐，那伙强盗抢走的真是一只空箱子？"

"你管得宽！"喜母没好气地说。

春英赶来陪伴喜母，她安慰道："喜妈，别着急，秋云姐可能也回梨树湾去了。万一她没回去，我们再分头去找，一定把她找回来。"

"唉！"喜母无可奈何地叹了口气，只得随春英去追赶队伍。

5．羊肠小道

三娃、铁蛋抬着木箱走山路，累得气喘吁吁。

王忠躲躲闪闪跟在后面。

箱内的侯伯搞不清楚眼前所发生的一切，其内心独白画外音："我和喜妈难道说是命中注定不能结成夫妻吗？第一次在山洞幽会被人发现，这一次又把我当成什么东西给抬走……他们在说什么贵人……咳！我怎么会是贵人……"

三娃、铁蛋累得拖不动脚步了，蔡乙见前面有棵大树，便向刘校尉请示："刘校尉，是不是歇一歇？"

刘校尉："好吧。"

6. 大树下

三娃、铁蛋如释重负放下箱子。

王忠也随之在附近停步。

三娃:"你老家离这儿还有多远?"

铁蛋:"大约还有二三里地吧。"他感慨道:"唉!两过其家门不得入呀!"

蔡乙拍着铁蛋的肩:"等我们把皇……"

刘校尉:"嘘——小声。"

蔡乙压低嗓音:"皇帝是天子,君权神授,此时谁得到皇帝谁就得到权力,得到江山。等把皇帝安全送到,肯定会得到奖赏,还要提升我们哩!那时,兄弟你再衣锦还乡吧。"

三娃、铁蛋高兴地笑:"哈哈哈……"

刘校尉:"小声。"

军士们只能悄悄说话,躲在角落里的王忠尖起耳朵也听不清楚几人的谈话。

三娃骄傲道:"敌人几千人都没找到皇……黄伯,我们几个人就找到了,当然要重赏我们呀!"

沉默片刻后,三娃忽然好奇地问铁蛋:"你们村为什么叫'牌坊村'呢?"

铁蛋:"我们村出了好几个有名的烈女,官府赐了牌坊,所以就叫'牌坊村'。我们村的族规可严了,有个女子没有出嫁肚子就大了,被族长命人绑在草堆上活活烧死;有个鳏夫和寡妇偷情,两人被绑上石磨沉入湖底。"

"啊!"箱内的侯伯听见两军士的议论,眼前竟出现了幻觉:自己和喜母被人绑上石磨欲沉入湖底……

恰好这时,刘校尉走上前,揭开箱盖,毕恭毕敬道:"有请皇……黄伯出来休息。"

侯伯像怕见光的老鼠一样紧抱着头,却又像壮士赴刑场般叫喊:"要杀要剐我一人,与喜妈无关!"

刘校尉笑:"皇……黄伯,你放心,有我们在,谁也不敢动你一根毫毛。还请黄伯出来休息,蜷在箱子里实在难受。为了你的安全,我们实出无奈,才让黄伯吃这样的苦。"说着,上前搀扶侯伯。

侯伯惊叫:"我不出来!我不出来!"

争吵声愈发引起王忠的关注,他偷偷挪近人群。蔡乙将刘校尉拉到一旁说话，正好靠近王忠躲藏处，说话声音虽小，王忠却听得清清楚楚。

"皇帝被追杀，一路担惊受怕，餐风饮露，又是被人卖，又是被人抢，受了刺激，神经有些错乱了。我们少去惹他，别引火烧身。他爱怎么样就怎么样。"

刘校尉："行，他爱在箱子里待就由他待吧。"他转身吩咐军士："抓紧时间休息一会儿再赶路吧。"

"是皇帝！"王忠惊喜，"终于找到皇帝了！……刚才隐隐约约听到他们要去领赏……唔，三逆贼到处捉拿皇帝，这些人是要把皇帝献给三逆贼领赏……要救出皇帝！要救出皇帝……"

铁蛋、三娃顺势躺在地上，转瞬便进入了梦乡。

蔡乙拾起一根蔓藤，将箱子捆上，才放心和刘校尉同靠在树干上，因疲倦过度，两人顿时鼾声大作。

王忠听见鼾声，轻轻走出草丛，他几经试探，确证四人皆熟睡以后，便扛着箱子溜掉了。

蔡乙突然惊醒过来，发现箱子不见了，惊得出了一身冷汗，高声叫道："大伯不见了！大伯不见了！！"

众人醒来，惊得目瞪口呆。

刘校尉跺脚："还愣着干什么？快去找呀！"

众人慌作一团，忙中有错，先向左跑的折回朝右跑，先向右跑的折回向左跑，你撞着我的头，我撞着你的屁股，好不热闹。

7. 乡间小路上

夜深人静，秋云壮着胆子朝梨树湾急走。

8. 牛哥住房

牛哥正在做梦，梦见一个女鬼追他，牛哥吓得急跑，跑进了屋，忙关上了门。

偏偏这时秋云来到窗下，敲打着门窗。

敲门声惊醒了牛哥，他吓得用被子蒙住了头，可敲门声却越来越大。牛哥火了，他壮着胆子骂道："你个女鬼再敲门，我找阎王来抓你了！"

"哇！"门外的秋云伤心地哭了。

牛哥终于醒了，听见哭声，忙开门，一见秋云，急忙将她抱进屋。

秋云撒娇道："你个没良心的，人家担惊受怕跑来找你，你却骂人家是女鬼。"

牛哥连连赔礼："我梦见女鬼来了，你就来了。"

秋云："什么？我是女鬼？"

牛哥纠正道："你来了，女鬼也来了。"

秋云："我和女鬼一块儿来了？"

牛哥："是，你和女鬼一同来了。"

秋云愤怒道："你……"

牛哥终于清醒过来，急忙改口："我梦见我媳妇来了，你就来了。"

"谁是你媳妇呀？"秋云破涕为笑。

"你从哪儿来？也不先告诉我一声，我好去接你呀。"

"牛哥！现在你是我唯一的亲人了。"秋云倒在牛哥的怀里哭起来。

"他们又欺负你了，我早就让你离开那戏班子，和我一同远走他乡，现在你终于是磨子上睡觉——想转了。"

秋云噘着嘴："你才在磨子上睡觉。"

牛哥搂着秋云倒在床上："我们在这里睡觉。"

9. 山林

东方已现出鱼肚白。

王忠扛着箱子跑，气喘吁吁，大汗淋漓，他放下箱子，揭开了箱盖。

侯伯像怕见阳光的老鼠蜷缩在一起。

王忠跪地："恭请皇上出箱，奴才背着皇上跑，跑得更快些。"

侯伯不语，反而抱头蜷缩得更紧了。

"在哪儿……在哪儿……"蔡乙、刘校尉等人在另一山头指着王忠叫嚷。

王忠忙盖上箱盖，咬牙扛着箱子跑。

蔡乙等人高喊："快放下木箱！我们有赏！"

王忠跑得更急了，不小心被树绊倒，尽管倒在地上，他却牢牢扛着箱子，不让着地。

"放下箱子有赏，抓住了要灭九族……"呼喊声越来越大了。

王忠脚下流血，他挣扎着站起来，扛着箱子走了几步又摔倒了。王忠无奈打开箱子，跪拜："皇上，属下只好如此了。"他抓住侯伯的衣服往外提。

侯伯惊慌。

王忠一见是陌生男子，怒火燃烧，他将侯伯往地上一扔："好大胆的骗子！你竟敢冒充皇帝！"

"我不是骗子，我也没有冒充皇帝！"侯伯竭力辩解。

"那他们怎么把你当成皇帝了？"

"你问我，我问谁呀？"

"放下箱子有赏……"叫喊声更近了。

侯伯欲跑。

"你往哪儿跑？"王忠抓住侯伯，将他重新塞进箱内，紧紧扣上。

"放了我！放了我！"侯伯乞求，"我是个走村串乡的货郎！"

"你是个货郎竟敢冒充皇帝！"愤怒中，王忠将箱子往山下一推，自己拔腿就跑。

箱子沿着山坡往下滚。

蔡乙、刘校尉惊呼："快接着箱子！快接着箱子……"

蔡乙、刘校尉、三娃、铁蛋急忙上前欲接着箱子，一个个都被箱子的冲力击倒滚下山坡。

箱子滚到山脚下停在那里，刘校尉、蔡乙、三娃、铁蛋也重重叠叠地被箱子压在下面。

10. 女贞观

周妃跪在菩萨面前，向菩萨祈愿："望菩萨保佑皇上平安，愿七皇子早日平定叛乱，愿皇上早日回到京城，重振朝纲……"

陈老道进来。

周妃急问："姑姑，皇上有消息了吗？"

陈老道悄声道："贫道侄儿在茶楼听到一件奇事，有个北方口音的中年汉子，自称是来此做生意的商人，遇强盗将财物抢去，贫病中来到一座破庙，两个乞丐把他卖给一给小伙子当父亲去了。"

周妃："莫非那个中年汉子就是皇上……"她摘下耳环交与陈老道："姑姑，还望你继续帮我打听皇上的下落。"

陈老道推辞："善人，我不是说过了，皇室安才能天下安，百姓安。找到皇帝，早日平定叛乱，老百姓才能安居乐业呀！"

周妃施礼："那我就代天下百姓谢谢老姑姑了。"

陈老道："贫道不敢当，不敢当。"

11. 梨树湾喜喜家

牛哥挎着包袱急急跑来："秋云！秋云！收拾好没有？"

"在这儿。"秋云挑着水从井台归来。

"你……你怎么还去挑水？"

"缸里没水了，喜妈她们回来，口渴了连水也喝不上。"

"喜喜他们要是回来，你就走不成了。快，快，快！"牛哥帮助秋云将水倒入缸里。

秋云拿起包袱，对牛哥道："别一同走，人家看着不好。"

秋云在前，牛哥在后，两人相隔一段距离走着。

12. 梨树湾村口

喜喜班的成员拉着板车，朝梨树湾走来。眼看就要到家了，大伙疲惫不堪的脸上露出了希望。

喜喜指着村头的老槐树："多少年来，在外面卖艺归来，我只要一看见老槐树，就像在天上飞累了，找到了一棵歇脚的树枝；又像在河里游泳游累了，发现了一块可以歇脚的石头。"

秋云、牛哥驮着包袱出了村，准备到县城去，正好与喜喜班成员相遇。

"秋云，你这是……"

牛哥从后面跳出来："秋云要跳出火坑，和我比翼双飞。"

"真的？"喜喜不相信自己的耳朵，问秋云。

秋云点头，欲夺路而走。

喜喜拦路："秋云，我打你错了，不能走，不能走。"

"别听他的！"牛哥推开喜喜，拉起秋云就跑。

喜母、师兄、徒弟挡住秋云。

喜母拉着秋云："秋云，你不能走，你爸临去世将你托付给我，你就是我的女儿。"

"喜妈！"秋云倒在喜母怀里，"我也舍不得离开你……可是……可是……"

"一家人相处，哪能没有磕磕碰碰，舌头还会碰着牙哩。我骂了喜喜。"喜母说着，又举手打喜喜，"看，我还打他给你出气。"

牛哥指着喜母的鼻子："你少假慈悲！秋云在你们家当丫鬟使唤，你那个疯儿子还买回来一个疯父亲，这样的日子谁受得了！走！"他拉着秋云跑。

"秋云……我的儿……"喜母在追赶中摔倒。

秋云挣脱牛哥返回来扶起喜母。

"秋云，我的儿，你就忍心丢下妈走呀！"

秋云抱住喜母，母女俩痛哭。

"儿呀！你不能走，不能走，一家人死也要死在一起，不能分开，不能分开……"

师兄："秋云，喜妈平时最疼你了，和亲生女儿一样。你一走，她老人家多伤心呀！"

秋云："我不走……"

众喜。

"只是……只是……"秋云吞吞吐吐。

"我的儿，有话你就直说吧。"

"要黄伯走！"秋云说。

"这……"喜母及众人为难。

"不行！"喜喜坚定地说，"我不能娶了媳妇忘了爹娘。"

"可那不是你的亲爹呀。"秋云说。

"哎呀！何必与这疯子父子费唇舌！"牛哥拉起秋云就跑。

"秋云！"喜喜高声叫，边叫边追赶。

"秋云……"喜母及众人大声喊着追秋云。

牛哥拉着秋云越跑越远了，戏班的人失望止步。

喜喜安慰母亲："妈，天要下雨，秋云要跟着姓牛的跑，有啥办法。我是个卖艺的，秋云也许觉得姓牛的比我有出息。"

"唉！"喜母无可奈何地叹了口气，"要是姓牛的是个好人，我也就放心了；要是姓牛的对秋云变脸，我可就对不起秋云她爸、她妈了。"

13. 女贞观

刘校尉一行人抬着箱子，为避三皇子叛军，绕行崎岖山路，向七皇子营地走去。渴了饮山泉水，饿了吃野果子。渐渐地太阳落了山，不一会儿暮色苍茫，寒鸦归林。

刘校尉、蔡乙及三娃、铁蛋抬着"皇帝"来到了女贞观门前。

蔡乙："今晚就在这里借宿吧。"

三娃、铁蛋："太好了，终于能吃上饭了！"

刘校尉："这里是女贞观。"

蔡乙："我们这班和尚，就是要住在女贞观，睡觉才踏实哩。"

三娃上前敲门。

陈老道闻声开了大门，见面前站着几个男人，甚觉诧异："贫道有礼了。这么晚了，善人到此何事？"

三娃施礼道："天色已晚，我们想在此借宿一夜……"

陈老道"砰"地关了大门。

三娃、铁蛋继续敲门，敲门声如同打鼓。

无奈，陈老道搀扶着观主前来开了门。

观主施礼道："贫道有礼了。"

"在下有礼了。"刘校尉等人施礼道。

观主："请众位善人原谅，女贞观所有弟子，尽是道姑，从无男丁借住，还请众善人速速赶路。"

"哼！你知不知道我们是什么人？"铁蛋骄横地说。

"请问善人尊姓大名？"陈老道问。

"我姓孙名铁蛋……"

"今天你留宿了我们，算是你这女贞观的造化；你要不留宿，怕你以后后悔莫及。"三娃打断了铁蛋的话。

"哼！除非圣驾到此。"陈老道说。

"我们……"三娃正欲说话，蔡乙忙阻拦了他。

蔡乙走到观主面前，温和道："老观主，我们奉了东家之命，送一箱礼物给府尹大人。眼看天色已晚，前无招商，后无旅店，天下又不太平，再往前走，犹恐遇到盗匪。老观主，有道是'帮人解难，少活十年'。"

"帮人解难，多活十年。"观主纠正。

"听见没有？"蔡乙故意大声说，"弟兄们，老观主说了'帮人解难，多活十年'，我们快进去呀！"

三娃、铁蛋抬着箱子挤进了观门。

老观主、陈老道阻拦不力。

14. 梨树湾村外小路

黄昏，黄伯（皇帝）小心翼翼走在路上，仔细观察周围环境。

黄伯（皇帝）的内心独白画外音："昨晚闯进张家的那些汉子，如果是强盗，他们应该抢劫富豪人家，为何抢劫一个穷戏班？他们不抢衣物，为何抢劫一个空箱子？此事实在蹊跷，定与朕有关系……"

15. 梨树湾喜喜家

喜喜在西屋里收拾道具。

春英从厨房的灶里取出了一块红薯，走进西屋，递给喜喜。

喜喜问："天快黑了，爹爹到哪儿去了？"

春英："都到家了，再说黄伯都是几十岁的人了，还能走丢呀。"

黄伯（皇帝）从外归来，走近北屋，屋内的喜母投来冷漠的目光，黄伯（皇帝）只得退了回来。

西屋的喜喜发现了，悄声对春英道："看见没有，爹爹想和我妈亲热了。"

春英观察着黄伯（皇帝）。

黄伯（皇帝）终于鼓起勇气跨进了北屋的门。

16. 北房

喜母见黄伯（皇帝）进来，十分尴尬。

黄伯（皇帝）："大姐，昨晚那些强盗是不是偷走了一只空箱子？"

"不！里面有人……"喜母发觉说漏了嘴，赶紧闭口。

"什么人？"

喜母想了想，说道："做道具的木头人。"

"他们抢一个做道具的木头人干吗？"

"这……"

这时，门外的喜喜不顾春英的反对，趁房内的喜母、黄伯（皇帝）不注意，将北房的门反锁上，转身悄悄对春英道："今晚你在西房睡，我跟大家挤着睡。"

17. 女贞观厨房

陈老道在厨房忙碌。

铁蛋望着锅内的饭和盘里的咸菜:"好香呀!"后又说道:"姑姑,有好一点的食物没有?"

陈老道:"怎么,吃不惯我们这稀饭一钵,咸菜一撮呀?"

三娃:"我们这些当兵的能吃得下,可贵人吃不下呀。"

陈老道:"贵人?!多大的贵人呀?"

三娃:"说出来吓你一跳。"

陈老道:"我倒想看看把我吓成什么样子。"

"他……"三娃刚吐出一个字,马上就闭嘴了。

陈老道不便再问,只顾准备饭菜了。

18. 饭堂

陈老道将饭菜摆上桌子:"请众位善人来吃饭了。"

刘校尉等人相继端碗吃饭。

蔡乙走来,铁蛋问:"皇上还不来呀?"

蔡乙、刘校尉急制止,欲责怪铁蛋,见饭堂没有人,也就作罢。

他们哪里知道,厨房内的陈老道听得清清楚楚。

蔡乙:"大伯不来吃,我给他送去。"他盛了一碗稀饭,拨了一撮咸菜朝客房走去。

19. 厨房

铁蛋走进厨房:"老姑姑,有辣椒没有?"

陈老道热情迎接:"有,有,泡辣椒、油辣椒都有。"

铁蛋津津有味地吃着陈老道端来的泡辣椒和熟油辣子。

陈老道:"听你这小哥的口音,又看你这么爱吃辣椒,想是巴山人。"

铁蛋:"是,是,我们祖籍是巴山。"

陈老道:"老乡见老乡,两眼泪汪汪,贫道也是巴山人。"她小声地探问:"刚才你们那位小哥说,你们有个贵人,不知道他吃不吃辣椒?"

铁蛋:"他怎么会吃辣椒,他又不是巴山人。"

"那……他是哪儿的人呢？"

"京城人。"

"京城的人，怎么到这里来了？"

铁蛋悄声道："被他的亲生儿子追杀，惊吓得神神癫癫的。"

陈老道："骨肉至亲，为何要相互残杀？"

铁蛋脱口而出："还不是为了皇位。"

陈老道假装糊涂："啊！是姓黄的一家和姓魏的一家结成了世仇。"

铁蛋将错就错以掩盖自己的过失。

20．饭堂

蔡乙回来。

刘校尉急问："大伯吃了？"

蔡乙："我嘴皮都磨起了茧，他就是不肯出箱子。我把饭菜搁在桌子上了，由他选吧。"

刘校尉："这……黄伯到底中了什么邪？"

蔡乙："可能是受了惊吓。"

陈老道从厨房走来："众位善人不用着急，我们观里有一位小道姑会治惊骇病。上次有个人在山里遇见老虎，被吓得掉了魂，我们这位小道姑给他调理一番，很快就好了。"

刘校尉："啊！那快去请小道姑来给黄伯治病，事成之后，定有重赏。"

陈老道："这位小道姑治病是有条件的。"

刘校尉："什么条件？"

陈老道："要安静，屋内不许留人，也不许人偷看。"

刘校尉："只要能将黄伯的病治好，一切条件我们照办。"

21．梨树湾喜喜家北房

黄伯（皇帝）还在琢磨："怪，怪，怪……天下奇闻。他们几个彪形大汉深夜潜入一个穷戏班，又只抢走了一个装着木头道具人的箱子……"想着想着，他又急转身问喜母："你们这木头人是不是祖传的珍贵文物？"

喜母哭笑不得："你怎么越说越远了？"她指着窗外："黄伯，天晚了。"

黄伯（皇帝）赶快起身欲开门外出，却怎么也拉不开门。

喜母上前使劲拉门，也拉不开，她生气道："谁把门给反锁上了？"

"开门！开门！！"黄伯（皇帝）高声叫。

叫声无反应。

喜母又羞又急地制止黄伯（皇帝）："别叫，别叫，天这么黑了，你我男女在一间屋子里，叫声惊动四邻，那不成了黄泥巴落在裤子上——不是屎都是屎了？"

"那……我该怎么办？"黄伯（皇帝）愣愣地问道。

喜母没好气道："我怎么知道你该怎么办。你不进我房里来就没事了。"

22. 女贞观北客房

陈老道引着身穿道姑装的周妃来到北客房，她用眼神向刘校尉等人示意。

刘校尉带着众人离开了北客房，朝东客房走去。

三娃留在客房外站岗。

陈老道指了指木箱，然后走出去，拉上了门，并驱走了站在窗外想看稀奇的三娃。

周妃走上前去，对着箱子："陛下，臣妾来看你了。"

箱内的侯伯内心独白画外音："怎么又冒出一个女人，称我为陛下？这一天一夜以来，我怎么全遇到疯子？纵然这世上的人，为名为利成了疯子，也不至于全让我遇上呀。"

周妃上前拉侯伯，侯伯抱成一团，紧拉住箱盖，不让打开。

23. 梨树湾喜喜家北房

喜母抱怨黄伯（皇帝）："你怎么黑夜跑到我房间里来了？"

黄伯（皇帝）："谁将你房间里的箱子抢走了？"

"箱子是我们家的，被抢、被烧、被砸关你什么事？"

"此事甚为蹊跷，当然与我有关系。"

"啊！我明白了。"喜母恍然大悟，"原来，你是吃醋了，嫉妒别人了。"

黄伯（皇帝）莫名其妙："我吃谁的醋了？我嫉妒谁了？"

喜母："你别装糊涂了吧，你自己心里明白！"

黄伯（皇帝）叫苦道："我要是明白了，还来找你？"

喜母生气道："那就是，你有病！"

24. 女贞观北客房

周妃贴着箱子，娇声娇气地说道："陛下，自从和你逃散以后，我是天天吃饭想你，夜夜睡觉想你。昨晚，我又做了一个梦，梦见你下朝回来，皇帝和臣妾姊妹们在宫里玩捉迷藏，你躲在柜子里不出来。这不，还真应验了，你现在就躲在箱子里不出来。"

侯伯在箱内蜷缩成一团。

周妃见箱内的"皇帝"躲避自己，忙脱去道姑服装："陛下，现在你可看清楚臣妾了吧？"

侯伯的内心独白画外音："怎么叫我是陛下？莫非这是在做梦？……可做梦我也不敢妄想当皇帝呀……莫非他们在排戏？可戏班的人怎么一个也没有呀？……"

周妃欲拉开箱盖，侯伯在箱内死死地抓住箱盖，不让拉开。

周妃见"皇帝"不理她，伤感道："我知道，一定是陛下又看上了民间谁家女子，只等平定叛乱，回到京城，定会派人迎接这些美女进宫伴驾，陛下是嫌臣妾人老色衰了。"说着，竟"呜呜呜"地哭起来。

箱内的侯伯辩解道："不是，不是……"

周妃破涕为笑："我知道陛下不会抛弃臣妾，自从三皇子叛乱，皇后、嫔妃们丢下陛下，各自逃命，是我，始终陪伴着陛下。是不是，陛下？"

侯伯在箱内解释道："我不是皇帝，我是货郎。"

周妃亲昵道："你不是何郎，你是臣妾的三郎。"

箱内的侯伯内心独白画外音："这到底演的哪出戏呀？叫人好糊涂呀！"

三娃偷偷靠近客房，贴墙细听房内动静。

25. 梨树湾喜喜家北房

黄伯（皇帝）辩解："我没有病。"他仰天长叹："可叹这世间的事，真的，说成是假的；假的，偏说成是真的。真是荒唐、可笑呀！"

"你要是没病，那就是借故来到房间纠缠我。"喜母矜持道，"黄伯，我再给你说一次，我们俩不般配，你不要癞蛤蟆想吃天鹅肉，老来缠着我。"

黄伯（皇帝）哭笑不得："我来缠着你，就你这个样子……美天鹅？"

喜母："我这样子怎么啦？你不就跟村里捡狗屎的黄伯一样的姓吗？"

黄伯（皇帝）："大姐，你尽管放心，我老黄决不会缠着你的。"

喜母满意道："你说这句话倒还有点自知之明。"

黄伯（皇帝）自嘲："是，是，我早该有自知之明了，你是美天鹅，我是癞蛤蟆。"

26. 女贞观北客房

周妃发现桌上的饭菜，忙从衣袋里取出酥饼："陛下，两个月以前，我们逃难躲在山洞里，饿得发慌，陛下说想吃酥饼。臣妾到了女贞观，一吃酥饼我就想起了陛下，臣妾舍不得吃，都给陛下留下了。"

侯伯实在饿了，伸手要酥饼。

周妃娇气道："不劳陛下动手，臣妾喂您。"

侯伯将箱盖掀开一条缝，周妃从缝隙中喂"皇帝"酥饼。

周妃几次欲开箱盖，侯伯都死死地抓住。

三娃偷听到周妃的谈话，踮脚划开纸糊窗户，借烛光看到了两人的动作，又惊又好笑："嘻嘻嘻！原来小道姑是妃子！……这才是天上掉馅饼。皇帝、妃子一同送到七皇子那里，领的赏钱会翻倍！"

周妃："陛下，您知臣妾现在最想什么？"

侯伯不语。

周妃将脸贴近箱子："最想让陛下的胡子扎臣妾的脸。"

侯伯给吓愣了。

周妃趁其不备，掀开箱盖，抱着侯伯使劲亲吻。

侯伯用力挣扎，叫嚷道："错了！错了！"

周妃松手一看，"皇帝"竟是个陌生男子，她又惊又羞，无地自容。

"哈哈哈！"门外的三娃看到这幕闹剧，忍不住开怀大笑。

周妃听到笑声，惊吓、恐慌。

"哈哈哈！原来道姑是娘娘！"三娃高喊。

周妃惊惶逃跑。

"娘娘逃跑了！小道姑是娘娘！……"三娃边喊边追赶周妃。

刘校尉等闻声，出门追赶周妃。

27. 女贞观后院

周妃急急奔跑，七拐八拐甩掉三娃，来到偏僻的后院，从小门逃走了。

黑夜中，三娃、刘校尉、铁蛋等由于不熟悉女贞观地形，追赶周妃乱窜，你碰我的头，我撞你的背，十分狼狈，互相埋怨。

28. 梨树湾喜喜家北房

黄伯（皇帝）："大姐，这几个月来，感谢你们全家对我的关照。如今，我的病也好了，伤也好了，身体也养好了，我该回老家去了。"

喜母："不行，不行，天下还不太平，喜喜肯定不会放你走的。"

黄伯（皇帝）："那我就悄悄走。我在这里，会给你们添麻烦，你一个寡妇，我一个男子，长期住在一个家里，常言说'寡妇门前是非多'，对你的名声不好呀。"

喜母不语。

黄伯（皇帝）："大姐，我回到京城，定要重谢你们。我要赏给你们金银财宝，我要封喜喜官职。"

喜母嘲笑："听你这口气，就像皇帝一样。"

黄伯（皇帝）发觉说漏了嘴，急忙掩饰："你看看，真是近朱者赤，近墨者黑呀！我在你们家待了几个月，也学会演戏了。"

两人同笑。

29. 梨树湾喜喜家院子

喜喜、春英在院子里偷听北房动静，北房传来喜母和黄伯（皇帝）的笑声。

喜喜的脸上绽开了笑容："听！我爹和我妈在笑了！他们笑得好开心呀！"

30. 梨树湾喜喜家北房

喜母将零散铜钱装入黄伯（皇帝）的衣袋。

黄伯（皇帝）踏上了椅子，在喜母的帮助下越窗逃走。

31. 梨树湾喜喜家院子

喜喜望着北房，高兴道："好了，爹和妈终于成婚了。我妈再不孤独了，半夜醒来，有人陪着她说话；背痒了，也有人给她搔痒痒了。"

春英："好了，你这孝子总算了却了一桩心愿。"

喜喜："你说我爹和我妈还能生孩子吗？"

春英："能生，能生。"

喜喜感叹道："秋云一走，这家里就冷清多了，我妈要是再给我生一个弟，一个妹，这家里就热闹了。"

32. 女贞观北客房外院子

周妃已经逃走，三娃等人沮丧、懊恼。

刘校尉突然想起什么，急急来到北客房，他推开门，

箱子已打开，"皇帝"不见了。

刘校尉惊呼："黄伯不见了！！"

第十集

1. 女贞观

铁蛋、三娃、蔡乙、刘校尉急急忙忙四处找寻"皇帝"。

2. 女贞观后院

铁蛋发现后门打开,急忙向刘校尉报告:"禀大人,后门已打开,大伯可能是从后门走了。"

刘校尉:"快!快把大伯追回来!"

3. 原野

刘校尉等人又是东奔西窜,焦急、慌乱地寻找"皇帝"。

4. 女贞观后院

天边渐渐亮起来,三娃垂头丧气回到女贞观。

他仰天呼叫:"大伯呀大伯,你究竟跑到哪儿去了?你倒是轻轻松松走了,只怕我和我老娘的命都要搭进去了。"

"阿嚏!阿嚏!"树上传来声音。

三娃顺着声音抬头一看,惊喜地发现"皇帝"在树枝上,他正要将侯伯接下来,忽听到刘校尉等人的脚步声,灵机一动,装着若无其事。

刘校尉等人败兴回来。

刘校尉暴跳如雷,指着三娃:"命你站岗,大伯却不见了,要是找不回大伯,我杀了你!"

三娃:"大人请放心,我一定会把大伯找回来。"

刘校尉又欲拔剑杀三娃:"你少吹牛!"

三娃："启禀大人，我从小跟着我爷爷练就了一套仙法，只消看看天色、云彩，我就能找到大伯。"

铁蛋："你什么时候冒出这本事来了？怎么从来没有听你说过？"

三娃："平时又没有遇到大伯不翼而飞，再说祖传的秘诀，不到要掉脑袋时候，我是不会轻易亮出来的。"

刘校尉："那……你就快找出黄伯。"

三娃："那……奖励我什么呢？"

刘校尉："奖给你金、银，还要给你升官。"

三娃："那是远处的事，我要的是眼前的奖励。"

刘校尉爽快道："说吧。"

三娃："我要大人抬箱子，小的甩手走路。"

"你……"刘校尉很生气，但一转念，只好答应，"只要你能将大伯找回来，不说抬箱子，就是抬死人，我也干。"

三娃故作神秘状，装神弄鬼："天皇皇，地皇皇，大伯你在哪里藏？……"少顷，他指着大伯藏身的树，斩钉截铁地说："大伯在那儿！！"

刘校尉、蔡乙、铁蛋顺着三娃手指的方向跑过去，果真发现了藏在树枝深处的侯伯，众人高兴地雀跃，他们将三娃抬起来，赞美道："三娃子，你可真神了！"

刘校尉、铁蛋争先拉拢三娃："三娃子，我拜你为师，将你这手教给我吧。"

三娃高傲道："这是我们祖传的秘诀，要有血缘关系才能学到手，就算我教你们，也不灵验。"

"啊！"众人失望。

三娃得理不让人地对刘校尉说："大人，大人，你奖励我的事可别忘了。"

蔡乙："你放心，大人什么时候说话不算数呀？"

5．小河边

周妃跑到河边一块岩石上，欲纵身跳入河里，忽又犹豫，她跌坐在岩石上。清水映出周妃的影子，想着昨夜发生的事，又羞又愧，又欲纵身跳河，树枝上一对鸟儿"喳喳喳"的叫声唤醒了她，她呆呆地望着这对鸟儿腾地起飞，眼前竟幻化出了往日情景……

6. 山洞（回忆）

皇帝望着洞外树枝上的鸟儿发愣，感叹道："夫妻本是同林鸟，大限来时各自飞。"

"不，夫妻本是同林鸟，天长地久永不分。"周妃指着手绢说，"就像这对鸳鸯鸟一样永不离分。"

皇帝感激地抓住周妃的手："爱妃呀爱妃，想当初，朕在朝中一呼百诺，后宫成群的佳丽围着朕争宠献媚；可自从三逆贼一叛乱，朝中的文臣武将，后宫的嫔妃、皇子，突然变了脸，变成了一张张陌生的脸，一张张冷漠的脸，一张张仇恨的脸，一张张鄙视的脸，一张张幸灾乐祸的脸。唯有爱妃对朕仍然是一张亲热的脸，一张温柔的脸。每当我看到你这张脸，就增加继续活下去的勇气，增加了我重振朝纲的决心。"

周妃偎依着皇帝："陛下，有道是'貌随心变'，心一变，这张脸当然要变呀。臣妾对陛下是永远不变心，永远不变脸，永远不离陛下。"

"妃子！如今这世上，就只有你是我唯一的亲人了。"

7. 小河边

"陛下，臣妾不能走，我走了，谁来陪伴你呀？"周妃仰天问道，"陛下，你在哪儿呀？……"

8. 山路上

黄伯（皇帝）急匆匆行走。

9. 梨树湾喜喜家

戏班的人围在院中的桌子周围一边吃早餐，一边私语。

师兄："黄伯不辞而别，太不讲仁义了。"

徒弟："我师傅对这买来的黄伯，可真比亲生父亲还要亲。"

春英："等会儿喜喜哥要是知道黄伯走了，说不定会气得晕过去。"

师兄："要是喜喜晕过去了，就照我们商量的办法办。"

"我来迟了。"喜喜揉着睡眼走来。

众人闭口不语。

"爹爹的饭送去没有？"喜喜问道。

"送……"春英不知道怎样回答。

"喜喜，来。"师兄将喜喜唤进东房，推他睡在床上。

徒弟端着一盆冷水，春英端着一碗姜汤也走进东房。

"你们要杀我呀？"喜喜吓得四处躲藏，众人紧追不放，从房内追到院子，又从院子追到房内。喜喜边跑边惊叫："杀人啦！救命呀！"

喜喜见无路可走，钻进了床下。众人使劲拖，喜喜死也不出来。

喜喜："师兄、黑娃，平日我待你们不薄，你们怎么联手要害我呀？"

徒弟："师傅，不是害你，因为有件事要告诉你，怕你听后晕死过去，若抢救不及时，你就去见阎王了，所以我们做好了准备。"

喜喜："什么事我听了要晕死过去？"

"喜喜。"师兄酝酿了半天，终于说道，"黄伯昨天晚上走了，再不回来了。"

"啊！！"喜喜震惊。

师兄将手一挥。

徒弟忙将盆里的凉水朝着喜喜的头泼去，喜喜成了落汤鸡。

春英忙将一碗姜汤递到喜喜的嘴边，喜喜闭紧嘴，众人齐上，掰开了喜喜的嘴，硬灌进去。

狼狈不堪的喜喜突然大笑起来："哈哈哈！"

众人紧张得浑身抽搐。

"哈哈哈！走得好！走得好！"喜喜坐了起来。

众人惊诧地望着喜喜。

喜喜："哼！从乞丐堆里钻出来的人，他配得上我妈吗？"

众人附和："对，对，配不上喜妈。"

徒弟："他是癞蛤蟆想吃天鹅肉。"

喜喜："我妈的儿子是我！是喜喜班的班主，当今演出变脸第一。"

"对，对，对。"众人又附和。

"皇帝是天下第一，师奶奶是天下变脸第一的母亲！男婚女嫁要讲门当户对，第一要配第一，只有当今皇帝才配得上我师奶奶！"徒弟讨好喜喜师傅说道。

喜喜跳起来打了徒弟一嘴巴："你要你师奶奶去选美呀！"

徒弟乖乖地噤声。喜喜却"哇"的一声哭起来，哭得伤心、动人，春英在旁也抹泪。

10. 山路上

刘校尉、铁蛋抬着装侯伯的箱子在山路上行走。

刘校尉累得满面汗水，气喘吁吁；三娃却甩着双手，悠然自得地走着。

11. 驿站

张将军在房内焦躁地踱来踱去。

军士甲前来报告："启禀大人，我们打听到昏君的下落了。"

张将军喜出望外："在哪儿？快！先下手为强，后下手遭殃，快跟随我去捉昏君！"

军士甲嗫嗫嚅嚅道："禀大人……"

张将军："昏君在哪儿呀？快说呀！"

军士甲终于鼓足勇气："禀大人，昏君已被七皇子的人抢走了。"

"啊！"张将军勃然大怒，"笨蛋、废物！"

两旁的军士们吓得急忙跪下，李贵也跪下。

张将军愤怒责骂："那七皇子长期驻守江东，好多人连昏君的面都没见过，可人家却把昏君找到了；我这里有多年在昏君身边的人，可却带着我们到处跑，就像无头苍蝇一样到处撞。我倒有点纳闷，到底睁只眼，闭只眼，还是故意装瞎！"

李贵心里重重一击！

12. 山路上

刘校尉、铁蛋一前一后地抬着箱子行走。蔡乙走到前面，欲换刘校尉休息。

刘校尉："三娃子不是和我打的赌吗？我不能出尔反尔让这两个小子笑话呀！"

蔡乙："校尉太认真了。"

刘校尉："别的事可以不认真，这件事不能不认真。我们是为了皇帝打的赌呀。再说，我抬着皇帝在山路上走，这是我为皇帝尽忠心呀。平时我们多久能见到皇帝？你就是想抬皇帝还轮不上哩！"

三娃在铁蛋的耳边悄声道："平日老刘指派我们干活，稍不如意就打骂，你就让老刘多给皇帝表点忠心。"

铁蛋与三娃眨眨眼，两人会意地一笑。

铁蛋加快脚步，朝前小跑，迫使前面抬箱的刘校尉也不得不加快速度小跑。

蔡乙急呼道："慢点，慢点。刘校尉受不了。"

刘校尉不服气道："谁说我受不了呀？"

铁蛋："三逆贼的追兵追上来了！"

三娃登高一望，假装说道："对，对，三逆贼的人马追上来了！"

铁蛋越发加快步伐，推搡着前面的刘校尉急速小跑，刘校尉累得上气不接下气。

铁蛋、三娃幸灾乐祸。

13. 驿站外小树林

深夜，李贵心事重重地在林中散步。忽听见丛林中两个士兵在悄悄谈话，李贵赶忙躲起来，屏息静听。

士兵甲："听说七皇子那边聚集了许多人马。二皇子、五皇子、六皇子都倒向了七皇子，一些镇守边关的将士也转向了七皇子。"

士兵乙："如今七皇子又找到了皇帝，那更是一呼百应了。"

士兵甲："三皇子是死猫的眼睛——定了。"

士兵乙："小哥，未必我们就陪着三皇子杀头呀！"

士兵甲："你我兄弟当然不能一条路走到黑呀。"

……

躲在暗处的李贵的内心独白画外音："覆巢之下，安有完卵？他们都在想法求生，我也不能等死呀……"

14. 梨树湾喜喜家

清晨，喜喜班吃早饭。

喜喜躺在床上，神情黯然。

喜母对徒弟说："叫你师傅吃饭了。"

徒弟进屋："师傅，吃饭了。"

"不吃！不吃！"喜喜回答。

徒弟退出房，对喜母说："师傅不吃饭。"

"谁说我不吃饭？！"喜喜气冲冲跳起来进了厨房。

喜母笑着递上一碗面条:"特意做了你爱吃的酸辣面。"

喜喜吃了一口,叫喊:"味道都没有!"

喜母及众人指着桌子:"这儿有调料。"

喜喜端着面碗,胡乱往碗里加调料,众人欲言又忍。

喜喜夹了一筷子面吃下,又高声叫道:"又辣又咸!叫人怎么吃呀!"

喜母没好气道:"谁叫你放那么多辣子、盐?"

喜喜无理搅三分:"你们看见我放,为什么不提醒我少放点?"

喜母生气:"找碴生事!你今天哪根筋不对啊?"

春英悄声劝喜母:"黄伯走了,喜喜心情不好。"

"惹不起,躲得起。"徒弟嘟囔着走开。

喜母:"他爹死了,他都不像这样难受。"

声音虽小,喜喜偏听见了:"我那时候人小,不懂事!"

师兄忙打圆场:"秋云走了,黄伯也走了,大家心情都不好,互相忍一忍吧。"

15. 驿站

军士们列队站在院子里。

张将军站在台阶上训话:"三皇子命令你我追捕昏君,数月以来,众位弟兄不辞辛劳,尽职尽责。可有的人竟敢造谣惑众,动摇军心,瓦解斗志……"他一边说,一边用凶煞的眼神斜视着军士甲、乙。

军士甲、乙内心紧张,却又故作笑容。

"笑?!"张将军恶狠狠道,"就是你们俩!"

"我们?!嘻嘻嘻!我们什么时候说过这些坏话呀?"军士甲企图蒙混过关。

"我亲耳听见你们说的!"李贵气昂昂地站出来做证。

"来呀!与我拉下去问斩!"张将军发令。

几个军士上来将军士甲、乙绑缚。

军士甲:"李贵!你这变脸人!你阿谀奉承,假表忠心,骗得皇上对你的信任;见皇上落魄失势,你立刻变了脸,投靠新主子。你阴险狡诈,见风使舵,你才该千刀万剐……"

军士乙:"李贵!我变成鬼也要来活捉你!"

"带下!带下!立即斩首!"张将军手一挥,军士甲、乙被拉下。

李贵奴颜婢膝:"张将军,他们诽谤我,他们陷害我,皇天可鉴,我对三皇子、对您是一片忠心。我早就看到昏君的荒淫、无耻,只是等待机会。三皇子举旗讨逆,天降圣人,由三皇子治理天下,百姓才得安康,国家才会富强,我便弃暗投明。我若是个变脸人,苍天有眼,五雷轰我,闪电要劈我,张将军,您要为我申冤,您要为我出气……"

张将军阴阳怪气:"看你紧张成这样,就像他说的是真的,身正不怕影子斜嘛。"

李贵不寒而栗。

16. 河边小路

黄伯(皇帝)急急赶路,他眼观六路,耳听八方。

17. 山林

刘校尉、蔡乙等人在树下休息。

侯伯终于走出箱子,离众人远远休息。

铁蛋提着一壶水走到侯伯身边,殷勤道:"'大伯',您渴了吧,这是我爬上悬崖给您找来的山泉水,这里的百姓说,喝了这泉水,能治百病,能强健身体。"

侯伯接过水正要喝,三娃捧着野果来了,讨好道:"'大伯',这是我攀上树顶给您摘的野果。这里的百姓说,吃了这果子就会长生不老。"

侯伯喝着水,嚼着野果,寻思着逃跑。趁众人不注意,他拔腿便跑。

刘校尉、蔡乙、铁蛋、三娃立即追上前,将他拉了回来。

侯伯对刘校尉等人:"大人,你们肯定是搞错了,我不是你们要找的贵人,我是个货郎。"

蔡乙笑道:"'大伯',我们又不是三皇子的人,你给我们演什么戏呀?我们不会害你的。"

刘校尉轻声道:"我们是七皇子派来找你的。"

侯伯实话实说:"七皇子?!他和我什么关系?他是皇子,我是一个货郎,他找我干什么?"

三娃急将铁蛋、蔡乙拉到一旁,悄声道:"不好了!不好了!'大伯'在被人追杀逃难中,不仅精神受了刺激,还得了健忘症。"

铁蛋:"健忘症?!那可不得了。我们村原来有个老汉得了健忘症,他把老婆当作女儿,把女儿当作老婆,硬要跟女儿睡觉,一家子搅得个乌烟瘴气。"

三娃:"皇上得了健忘症可不得了!百姓人家一个老婆都要搞错,后宫那么多嫔妃娘娘,皇上准要错成一锅粥,三个女人就是一台戏,后宫三千女子,不知要演出多少好戏啊!"

蔡乙:"三娃子,你乱说皇上,你就不怕皇上杀你的头?"

三娃:"不怕。"

蔡乙:"啊!"

三娃:"平时皇上至高无上,圣旨一下,威镇四海。老百姓不敢说话。今日你我好不容易遇上'皇上'得了健忘症,说上几句笑话,让我们老百姓心里也舒坦舒坦。"

蔡乙笑:"闲话少说,要想保险,还是得把'大伯'装进箱子里,赶快抬到七皇子营地,找个郎中立即给他治病。"

铁蛋、三娃连拖带拉将侯伯塞进箱子里。

刘校尉正欲抬箱子,三娃忙夺过了杠子。

刘校尉:"你这是……"

三娃:"我再把玩笑开下去,就该把我抬去埋了。"

蔡乙笑指:"三娃子终于开窍了。"

18.酒店

秋云坐在柜台上,店里十分冷清。

牛哥进货归来,秋云忙去搬下。

牛哥望着空空的桌子和座位,不悦道:"怎么没客官呀?"

秋云:"店门敞开,客人就是不来,我总不能将人家硬拉进来呀。"

"你呀你。"牛哥藐视道,"真是夹了一次菜,你要蘸两次碟子——拌(笨)了又拌(笨)。我教了你多少次,要想我们这酒店生意兴隆,你这老板娘就要记住这些话:

要想财源滚滚来,就要学着来说谎。

人说太阳不大圆,你就说它四方方。

人说梨是土里生,你就说它不是树上长。

人说煤炭是白色,你就说它白得来赛雪霜。

嫌瘦的你就说他胖，嫌丑的你就说他好漂亮。

年少的你就说他要当官，小姑娘你就说她要嫁一个状元郎。

死了的你说他还会活，病弱的你说他很健壮。

只要舌头转得活，生意自然就兴旺。"

牛哥说完，走到门口，见一秀才路过，便高叫："喝酒喝酒，喝'高中酒'，喝了来年春闱开科，准保高中做官！"

那位秀才一听，果真跨进酒店："店家，来半斤'高中酒'。"

牛哥吩咐秋云："来半斤'高中酒'！"

秋云悄声抱怨："什么'高中酒'，不就是老白干吗？"

牛哥上前掐着秋云的手小声骂："你真是教不出来。"

秋云只得违心走进里屋往壶里灌了半斤老白干出来。

牛哥接过酒，高唱着将酒送到秀才桌上。忽见一老弱病者走来，他又扯着喉咙唱："快来喝酒，快来喝酒！本店有'健身酒'，喝了本店的'健身酒'，保你强身驱病、身体健壮！"

老弱病者听了牛哥的叫喊，也进了店门，张口就要"健身酒"。

秋云勉强地将老白干装入壶里，牛哥又将其冒充"健身酒"送到老弱病者桌上。

牛哥见一妇人带着一小姑娘从此经过，又高声叫："快来喝酒，快来喝'状元酒'！喝了本店的'状元酒'，将来要嫁个状元郎！"

母女俩一听牛哥诱人的叫喊，立即进了店门要喝"状元酒"。

……

不一会儿，店里座无虚席。

牛哥走到柜台前，诡谲地对秋云说："怎么样，我教你的方法该见效了吧？好好照看着生意。"说着，欲走。

"你又要去赌场？"

牛哥："找钱去。"

"那可不是正人君子去的地方。"

"你放心，你老公的运气好，牌技也好。"说着，径直走了。

秋云忧心忡忡地望着丈夫的背影。

19. 赵奶奶家

深夜，星光惨淡，周妃独自走在田野里，野鸟一声声嘶叫令她心惊胆战，她见山脚下有一座茅屋，便惴惴不安地叩响了柴门。

周妃叩了许久，总不见人开门，她只得使出浑身的劲，大声叩门。

赵奶奶终于听见了敲门声，开门一看，门口竟站了一个天仙般的人，几疑是仙女下凡。

周妃："我是投亲路过……"

赵奶奶耳聋："什么？成亲你该入洞房，你怎么往外跑呢？"

周妃："妈妈，只因京城大乱，我随丈夫来此地投奔舅舅，不料被乱军冲散。我只身一人，流落到此，想在妈妈家借宿一夜。"

"借书？我们家世世代代种田，没有读书人，哪来的书？"赵奶奶忽又想起："啊！倒是有一本老皇历，你要不要？"

周妃笑，大声道："妈妈，我在你家住一夜。"

"嘿！看来你我娘俩还有缘分。你东家不去敲，西家不去敲，端端敲到我这孤老婆子的家门了。来，来，来。"赵奶奶热情地将周妃引进了东房。

20. 赵家东房

周妃一进屋便被板凳绊倒，她惊叫"哎哟"。

"小心，小心。"赵奶奶忙将周妃搀扶起来。

"妈妈，天这么黑，你怎么不点灯？"

"我孤老婆子天一黑就上床睡觉了，这样省油呀。今天你这位客人来了，我就要点灯了。"赵奶奶到北房取来了"油"，她往灯盏里倒了"油"，又用火石点燃纸捻，吹燃后欲点燃灯盏，可怎么也点不燃。

"妈妈，你这灯盏里怎么会有一股酱油味呀？"周妃耸了耸鼻子说道。

"哎呀！糟了！下午我让罗娃子到太平场给我买点酱、打点油回来。他回来时，我正在捡鸡蛋，就没有细看他买回来的东西，怎么会买些点不燃的油回来呢？"

周妃："妈妈，他可能是听成酱油了。"

赵奶奶："哎呀！你说这酱油怎么能点亮灯呢？这年轻人办事就这么粗心，我明明说得清清楚楚，买酱、打油，他偏把两样给你合成一样。小娘子，今晚我娘俩只有摸黑了。"

周妃:"给妈妈添麻烦了。"

赵奶奶:"小娘子还没有吃晚饭吧?我到厨房去给你煮点红薯。"

赵奶奶在灶下烧火。

周妃用温水洗完脚,抚摸着脚上的血泡,想起孤身逃难所受的委屈,竟伤心地啜泣。

赵奶奶将热腾腾的一碗红薯递给周妃,安慰道:"小娘子别着急,你就权把我孤老婆子这里当成你的家,慢慢找寻你失散的丈夫。"

周妃用手绢擦干了眼泪,感激道:"多谢妈妈。"

21. 赵奶奶家

黄伯(皇帝)惊慌来到赵奶奶家门前,举手敲门。

周妃警觉道:"妈妈,有人敲门。"

赵奶奶往外走。

周妃忙朝东房走去,却将手绢遗失在院子里,进东房前,她叮咛赵奶奶:"妈妈,您千万不要告诉外人我在这里。"

赵奶奶:"我知道,你这样如花似玉的小娘子,要是遇上坏人,还不把你给抢走呀!"

22. 赵家门口

黄伯(皇帝)久敲门,仍不见来人开门,他急得连敲带擂。

"来了,来了,你把门给我打烂了,我要找你赔!"赵奶奶边说边开了门。

黄伯(皇帝)有礼貌道:"老妈妈,我是戏班的……"

赵奶奶:"什么?'洗班'?我们这里不洗被子,也不洗衣服。"

黄伯(皇帝):"妈妈听错了,我是戏班,唱戏的,演戏的戏班。"

赵奶奶:"啊!原来是个戏子。"

黄伯(皇帝)尴尬道:"对,对,对。"又说:"我到县城去买行头。"

赵奶奶:"啊,要买笼头来套牲口。"

黄伯(皇帝)不愿再费唇舌,开门见山道:"老妈妈,天色已晚,这荒村野岭,人烟稀少,我想在这里借住一夜。"

"不行,不行!我家里没人。"

"你！"黄伯（皇帝）指着赵奶奶。

"我家里没男人。"

"我！"黄伯（皇帝）指着自己。

"可我这里已经有个女……"话到嘴边，赵奶奶急忙改口，"男女授受不亲，我一个女的，怎么好留你一个男子在家过夜？"

黄伯（皇帝）觉得好笑："老妈妈，你我年纪相差如母子，别人能说什么呢？你若留我在此住一夜，日后定有回报。"

赵奶奶讪笑："回报？我都几十岁的人了，活一天少一天，我连孙子都指望不上，还指望你呀？"边说边关门。

黄伯（皇帝）故意将一只脚伸进门内，赵奶奶一关门，他假装疼得叫唤："哎哟！压着我的脚了。"

赵奶奶急忙开了门。

黄伯（皇帝）趁机跨进门，又装出一副跛脚状，说道："老妈妈，先前我还可以走，如今你把我的脚压伤了，你叫我怎么走呀？"

赵奶奶自嘲："我这才成了蚂蟥缠上鹭鸶脚，甩都甩不脱。跟我来，跟我来。"

黄伯（皇帝）刚迈步就绊倒，问道："妈妈，怎么不点灯？"

赵奶奶没好气道："我家没有油，酱油点不燃灯！"

23. 赵家西屋

赵奶奶将黄伯（皇帝）引进了西屋，指着床："你就在这里睡觉，男女有别，不许乱走动。晚上起夜，茅厕在那边，我摸黑摸惯了，这块火石和捻子就留给你，节省点用。"

赵奶奶说着出了门。

黄伯（皇帝）送赵奶奶出门，借着纸捻的一点微弱光线，他发现院子的地上有一件熟悉的物品，他赶快将手绢拾起，吹燃了纸捻仔细辨认，望着那一对戏水鸳鸯沾上的野果污点，黄伯（皇帝）确认这手绢的主人是周妃。

赵奶奶折回来，责骂黄伯（皇帝）："这纸捻是用钱买的，你吃饱了没事干呀？点火玩。"

黄伯（皇帝）急问："妈妈，这手绢的主人在哪儿？您快带我去见她！"

赵奶奶的内心独白画外音："我这才是引狼入室！引了一个好色鬼见了女人的手绢就想见女人。我孤老婆子一个，偏偏今晚又留住了一男一女，要是出了伤风败俗的事，还以为我孤老婆子在开妓院，拉皮条。那时官府要追查，邻里要讥笑谩骂，叫我孤老婆子如何做人……"赵奶奶思索片刻，终于想出了好办法："我不如给他来个'砍了树子免得老鸹叫'。"

赵奶奶转对黄伯（皇帝）道："你要问这手绢的主人吗？"

黄伯（皇帝）："对，对，对。"

"死了！"赵奶奶说。

"啊！"黄伯（皇帝）惊魂失魄，他抓住赵奶奶，"她，她，她是怎么死的？"

赵奶奶被黄伯（皇帝）的失态动作震蒙了，急于脱身，随口说道："被人打死的，我看见这张手绢好看，就捡回来了。"

"是谁杀死的她？是谁杀死的她？"黄伯（皇帝）怒目圆睁，一步步逼近赵奶奶问道。

赵奶奶："你这人有毛病呀？你再这样神神癫癫的，我就把你轰出去！"

黄伯（皇帝）只好噤声。

赵奶奶临走时警告道："夜深人静了，倒在床上睡觉吧，明晨早点起床赶路！"

赵奶奶走后，黄伯（皇帝）抚摸着手绢，痛心疾首道："周妃，我的妻呀！"

24．赵家东屋

赵奶奶走进屋里，严肃地对周妃道："小娘子，怪孤老婆子不长心眼，引进来一条色狼。你在我这里住，我就要保你平安，你千万不要出这门，免得被色狼发现。"

周妃："小女子听从妈妈安排。"

25．赵家西屋

黄伯（皇帝）将手绢贴在脸上，流着泪道："爱妃呀爱妃，有朝一日抓住了杀害你的凶手，定要杀他为你报仇；我还要集聚天下能工巧匠，为你建造一座陵园……"

26．赵家东屋

周妃躺在床上，辗转难眠。她望着黑漆漆的窗外，自言自语："三逆贼到处派人追杀皇上,说不定皇上已被他们抓住杀死了……"想到此,周妃越发伤心地哭起来。

27. 赵家西屋

黄伯（皇帝）捧着手绢啜泣。

28. 赵家院子

也许是出于好奇,也许是从西屋里发出的啜泣声,使周妃产生了心灵感应。周妃出了东屋,朝西屋走去……

"咳!"赵奶奶出了北房,假装咳嗽。

周妃像受惊的兔子一样返回了住房。

29. 赵家西屋

雄鸡刚叫二遍,天边微露曙光。

赵奶奶走近屋子,将黄伯（皇帝）叫醒,往他手里塞进两个鸡蛋,催促道:"天亮了,快走,快走。"

黄伯（皇帝）接过赵奶奶的鸡蛋,匆忙出了大门。

赵奶奶望着黄伯（皇帝）的背影,舒了口大气,自言自语:"谢天谢地把这个男客打发走了,不然小娘子醒来,手绢的事,我才说不清楚哟!"

周妃正好出了房门:"妈妈,什么事你说不清楚呀?"

"啊……"赵奶奶道,"昨晚我留住一位男客,我怕我跟你说不清楚。"

"妈妈,困难之中,你留我住宿,我感谢还来不及呢,有什么说不清楚的。"

赵奶奶话里有话:"好嘛,你都说得清楚,我还有啥说不清楚的呢?"

周妃:"妈妈,昨晚那位客人呢?"

赵奶奶:"走了,走了,天不亮我就把他打发走了。小娘子如花似月,这色狼留在我家多一刻,我就揪心一时。"

"妈妈,这汉子是干什么的?"

"是戏班唱戏的,要到县城添置行头。"

"啊!"周妃说此话,像是自嘲,又像是失落。

第十一集

1. 山野

一场雨将山野冲洗得苍翠、碧绿、清新。地上淤积了一处处水凼。

三娃在前，铁蛋在后，他们抬着一乘轿子，轿内坐着侯伯。

三娃："多亏刘校尉随身带了银子，换来这乘轿子，贵人坐起来舒服，我们抬起来也顺溜。既然是轿夫，就得像个轿夫样，铁蛋，唱起来——"

两人边走边唱。

三娃："天上明晃晃。"

铁蛋："地上水凼凼。"

刘校尉："唱什么？你怕人家不知道这轿里坐的是谁呀？"

三娃："大人，我和铁蛋抬轿，没有人来替换，实在太累，唱一唱好解闷。再说……"他指着地上的一处积水："我是在提醒后面的铁蛋别踩着这水。"

"啊！"刘校尉方才明白。

蔡乙对三娃道："你们唱可以唱，只是要小声点。"

"是，大人。"三娃说完，声音较前小了一些，"天上鹞子飞。"

铁蛋："地上牛屎堆。"

蔡乙指着铁蛋迈过牛屎堆，刘校尉满意地点了点头。

三娃看见前面的石板周围有积水，又唱道："一块石板活摇活。"

铁蛋："两脚踩中莫踩角。"

刘校尉学着两个抬轿人踩着石板的中间走过，竟没有溅起一滴水来，高兴道："再唱，再唱。"

三娃："这地上没东西呀？"忽见来了一位麻子姑娘，顺口唱道："前面来了一枝花。"

铁蛋："有点麻子才爱家。"

麻子姑娘回骂:"就是你的妈!"

"哈哈哈!"众人大笑。

2．河边

玉叶公主指着河中央:"金娥,看!魏公子从水里出来了,一定是龙王救了他!"说着,朝河中奔去:"魏公子!……"

金娥抓住了玉叶:"小姐,您看花眼了,那是一截从上游冲下来的树桩。"

"是吗?"玉叶公主定睛一看,失望地哭起来,"魏公子……"

"金娥,吃饭了。"金娥外婆赶来叫道。

"来了!"金娥拉着玉叶,"小姐,该回家吃饭了。"

玉叶公主恋恋不舍地离开河边。

金娥外婆故意滞后,小声埋怨孙女:"公主近来神神道道的,你怎么哪壶不开提哪壶?明知大河是公主的伤心地,偏偏要把她带到这里来?"

金娥:"是公主嚷着非要到这里来,说是要找魏驸马。"

外婆叮咛:"你就连哄带劝,少让她到河边来。再说了,万一被人发现告密,不安全啦。"

金娥点头:"外婆,我知道了。"

3．梨树湾喜喜家

夜深人静,东房、西房的喜喜、徒弟等人睡得鼾声迭起。

北房的喜母刚刚入睡,噩梦又随之出现……

4．刑场(梦境)

刽子手将箱子盖打开,从中抓出侯伯,插上奸夫的牌子,举起大刀,"咔嚓"一声,侯伯的头落地,鲜血四处飞溅……

5．梨树湾喜喜家

"老侯!老侯!老侯!"喜母惊呼着。

"喜妈,喜妈。"春英惊醒,忙安慰老人,"喜妈,喜妈,快醒醒!快醒醒!"

喜母醒来,望着春英,再望望四周,方知是一场噩梦。

"喜妈,你又梦见什么了?"

"我梦见恶鬼来剜我的心。"

"喜妈,你的心还咚咚跳着呢。"春英像哄小孩一样将喜母哄睡下,自己也重新入睡。

6. 梨树湾后山

喜喜独坐在一棵树下,望着天空。

春英找来,埋怨道:"明天就要出门演出了,你倒悠闲。"

喜喜仍然不语。

春英摇了摇喜喜的头。

喜喜终于开了口:"这些日子,戏班里出了不少事,强盗深夜打抢,抬走箱子,秋云离家,爹爹出走,我妈整天闷闷不乐。这些事好像都与我有关系,我像是卖面粉偏遇旋头风,冬瓜皮做领——霉起了圈圈。"

"喜妈昨夜又做噩梦说梦话。"

喜喜:"我真想不通,我从小就孝敬母亲,对母亲百依百顺。她说寂寞,半夜醒来想找个人说话。我不像有的子女阻止老人找伴,是我亲自给她找回来一个爹,可她反不高兴。我真想不通,想不通,为什么'做好事还要遭雷打'?"

春英:"你买回黄伯,他不仅是你的爹,还是你妈的丈夫,主要是和你妈一同生活。你事先给你妈商量过没有?"

"有啥好说的?我妈和我爹的感情最好了,这世间再也找不到我妈喜欢的第二个男人了。黄伯长得和我爹一模一样,真像我爹转世投生,所以我就把他买了回来。我这样有孝心的儿子哪里去找啊?可我妈,还是不高兴,而且是越来越不高兴。"

春英沉思。

喜喜推了一下春英:"你怎么不说话?"

春英:"我在想,喜妈是不是另有相好的男人?"

"你别乱说!"喜喜急忙截住了春英的话,"我妈遵从三从四德,恪守妇道。她知道'寡妇门前是非多','瓜前李下要避嫌',她连话都不给男人说,哪有什么相好?"

春英:"喜妈夜夜说梦话,好像是牵挂着一个人,也许这个人正是她的相……"

喜喜赶紧捂住了春英的嘴:"叫你别乱说,你偏越说越有劲了。"

春英:"喜哥,我觉得你还不了解喜妈。"

"我和我妈生活快二十年了，我还不了解她？"

"人和人之间的了解并不在相处时间的长短，有的人相处了一辈子，还不了解呢。"

喜喜："好吧，哪天我就找我妈细细谈谈。"

春英满面灿烂："这样才是你妈的孝顺儿子！"

7.桂花坪客栈

刘校尉、蔡乙等人来到客栈。

铁蛋、三娃如释重负地放下轿子，将"皇帝"侯伯请了出来。两人还没缓过气来，蔡乙走来吩咐："快给黄伯打水洗脸，问黄伯晚上想吃什么。"

"是。"铁蛋、三娃将"皇帝"扶进客房，便分头行事。

铁蛋为"皇帝"在灶上倒了一盆热水，兴冲冲端去为"皇帝"洗脸烫脚。谁知刚一进门，他撞上了急急往外走的三娃，满盆水被撞翻，铁蛋从头湿到了脚。

"鬼在撵你呀！"铁蛋骂道。

三娃赔着笑脸："黄伯想吃猪蹄下酒，店里没有，我只好到外面去买。谁知刚一出门就撞上了你，也好，你也正好冲个凉。"

"呵！你倒真会说话。"铁蛋将三娃拉到一旁悄声说："皇帝应该想吃山珍海味，怎么想吃猪下水的蹄子下酒？"

三娃抱怨："谁知道。总之难侍候，你我白天抬他，晚上还要侍候他，你我是肉做的，就是木头做的，像这样干也磨损了。"

铁蛋："有啥法，就你我'两根糖'。老马他们到底到哪儿去了？是不是怕抬人故意不追上来？"

三娃："唉！现如今的人比泥鳅还滑。"

两人说完，又分头干事去了。

8.桥洞

喜喜戏班用砍来的树枝、竹子等物，在桥洞内搭起了戏班临时住所，又从中隔成了男女两间。

喜母坐在用树枝、茅草搭成的床上，望着玉簪发愣。一阵响动惊醒了她，她赶紧藏好玉簪。

喜喜进来："妈，我和春英打赌，她说您有相好，我说您没有，您到底有没有?"

喜母又惊又羞道："没有，没有……"

喜喜胜利了："我说您没有，看，就是没有。"

"不！有……有……"

"有?！他是谁呀?"

"没有……没有。"喜母又否定。

"到底有还是没有呀?"喜喜纳闷，忽然想起一招，"妈，我知道这些事您不好意思说。这样，您要是有相好，就点头；您要是没有，就摇头。"

喜母犹豫，后终于鼓足勇气点头，忽又羞涩地连连摇头。

喜喜一拍掌："嗨！我说我妈没有相好吧！"

"啊！"喜母痛苦地倒在床上。

"妈，妈，您怎么啦?"

"我，我，我偏头痛症发了。"喜母佯装。

"妈，那就外甥打灯笼——照舅（旧），我给您拔火罐吧。"喜喜从母亲的包袱里翻出拔火罐，找不到现成的纸捻，便顺手拿起一张纸欲卷成纸捻。

"快放下，快放下，那是春英的鞋样。"喜母夺下鞋样，将喜喜往外推，"我头不痛了，你快走，快走！"

喜喜嘲笑："哼！黄伯走了，心里不好受，拿我出气。"

喜母火冒三丈："你再不走，我拿棒赶你了！"

喜喜："唉！人非草木，焉能无情。相处了近三个月，哪能没有感情呢?谁知黄伯是个无情无义之人，说走就走，连个招呼也不打，丢下我妈离愁别恨，相思绵绵……"

喜母怒不可遏，从床铺上抽出一根树枝，狠揍喜喜的屁股："我打你一个多管闲事！越帮越忙！"

"哎哟！哎哟！"喜喜捂着屁股跑了出去。

9. 山道

刘校尉走在前，三娃、铁蛋一前一后地抬着轿子走在中间，蔡乙跟在后面。

三娃、铁蛋抬着轿子，满肚子怨气。

三娃："天上白云随风卷。"

铁蛋："地上有人在变脸。"

三娃:"一张脸皮几般用?"

铁蛋:"不要良心要虚荣。"

"哎呀!"铁蛋踩着了一堆牛屎,狼狈不堪。

蔡乙:"快洗去,快洗去。"

铁蛋抱怨三娃:"你是怎么唱的?"

三娃搔着头不好意思道:"一心不能二用,我心里一想到别的,就忘了这堆牛屎了。"

铁蛋跑到小溪边冲洗脚上的牛屎。

三娃将刘校尉与蔡乙拉到一旁:"大人,两人抬轿,没有一个换手,晚上还得侍候黄伯,实在太累;老马他们也不知跑到哪儿去了。能不能给沿途的州郡打个招呼,让他们派队人马护送,我们也好喘口气嘛。"

"胡说!"刘校尉责骂,"画虎画皮难画骨,知人知面不知心。我知道这州官是哪家人马,要是遇上了亲三逆贼的州官,我们费尽心血,千辛万苦找到黄伯,最终还是功亏一篑。"

蔡乙安慰三娃:"刘大人说得有理,二位兄弟再忍两天,日后定会赏你们高官厚禄。"

三娃、铁蛋无奈,只得忍着肩痛,抬起轿子继续赶路。

10. 山林

黄伯(皇帝)急急赶路,忽然一个山梨打在他的头上,黄伯(皇帝)仰头一看,从树上跳下几个披着长发、满脸胡须、衣衫褴褛的人。黄伯(皇帝)吃惊,欲跑,众人拦道。

"你们、你们是野人吧?"黄伯(皇帝)问。

"你才是野人哩!"野人甲欲揍黄伯(皇帝)。

野人乙拦住了甲,说道:"我们不是野人,我们是山阳人。"

"山阳人怎么会到这深山老林来呢?"黄伯(皇帝)不解地问。

"去年天旱,田土寸草不长,饿死了好多人。我们一行人逃到这里来,有山泉水喝,有野果吃,总算保住了一条命。"野人乙说。

"啊!"黄伯(皇帝)十分惊讶,"去年山阳天旱,朕……是真的,可我也听说皇帝下旨拨发了赈灾粮呀。"

野人乙:"天高皇帝远,那皇帝老头坐在金銮殿上,是聋子,是瞎子,他拨下的赈灾粮，被那些贪官污吏吃掉了。"

"狗官！"黄伯（皇帝）愤愤跺脚骂道。

"狗皇帝！"野人甲骂道。

"你竟敢骂皇帝？！"黄伯（皇帝）气愤地指着野人甲责问。

"就是骂了他，你把我怎么样？就是这个狗皇帝封了这么多贪官，我们才变成了野人！"野人甲理直气壮地说。

黄伯（皇帝）语塞，他急欲逃脱这尴尬的境地，野人甲却拦住了他。

野人甲抖抖自己的破烂衣服，又指指黄伯（皇帝）的衣服："把你的衣服借来穿一下。"

"不行，不行。"黄伯（皇帝）连连回避。

众人上前剥下了黄伯（皇帝）的衣服，又将破衣服扔给了黄伯（皇帝）。

黄伯（皇帝）厉声道："胆大刁民！竟敢谋反！"

"官逼民反！"

"你不怕我杀了你？"黄伯（皇帝）威严地说。

"他妈的！"野人甲挽着袖子道，"你是不想活着走出这座山，要我杀了你！"

黄伯（皇帝）慌忙逃走，跑了一段路，发觉光着身子，又折回来，捡起地上的破衣服披在身上，狼狈不堪地逃走。

众野人哈哈大笑。

野人甲冲着黄伯（皇帝）的背影大声说："老哥，这事不怨我们，要怨你就怨贪官污吏，怨那个坐在金銮殿上的聋子、瞎子狗皇帝，是他任用了这些贪官！"

黄伯（皇帝）急急跑着，野人的骂声传来，他又羞又怒。

11. 山腰小路

穿着野人破衣服的黄伯（皇帝）匆匆跑着，野人的骂声犹在耳边。

黄伯（皇帝）的内心独白画外音："贪官可恨！可恨贪官！不仅害得百姓成了野人，还害得朕受此侮辱，穿上这身破衣服。贪官呀贪官，我回到京城，定要严惩贪官！"

刘校尉等人迎面走来。

黄伯（皇帝）在山弯处与他们相撞，黄伯（皇帝）像惊慌的兔子一样拔腿就跑。

"站住！站住！"刘校尉等人呼喊，几个箭步上去，便像老鹰抓小鸡似的将黄伯（皇帝）抓住了。

"你是什么人？"刘校尉问。

"我是山阳人。"黄伯（皇帝）回答。

"山阳人怎么到这里来？"

"去年山阳干旱，寸草不长，只得到这山里来，吃野果、喝泉水、住山洞。"黄伯（皇帝）毫不费力地编造出了一套谎言。

刘校尉问："去年山阳遭灾，皇帝不是拨发了赈灾粮吗？"

"给贪官侵吞了。"

"啊！"众惊诧。

铁蛋揭开轿帘问"皇帝"侯伯："大伯，怎么不惩治这些贪官？"

"皇帝"侯伯莫名其妙："怎么让我去惩治贪官？"

黄伯（皇帝）自言自语："皇帝是聋子、瞎子。"

铁蛋厉声道："小心杀头！"

黄伯（皇帝）："他现在明白了。"

三娃拉过刘校尉："大人，这野人长期与世隔绝，不会走漏风声，让他给我们当夫吧。"

刘校尉走到黄伯（皇帝）面前："野人，你是想活还是想死呀？"

黄伯（皇帝）："我当然想活呀。"

刘校尉："那好，就给我们当夫吧。记住，只许老老实实地干活，当哑巴，不许乱问乱说。若其不然，要你的命！"

黄伯（皇帝）的内心独白画外音："他们是什么人？为何他们问轿内的大伯怎么不惩治贪官？……唔，我先跟着他们细细观察再说。"

铁蛋将黄伯（皇帝）拉过来抬轿子，黄伯（皇帝）刚一接过轿杠子，就被压倒在地。

铁蛋呵斥黄伯（皇帝）："滚，滚，滚！轿子都还没起来，你就倒了，要来吃饭呀！"

三娃忙阻拦："前面就要住店了，让他侍候'大伯'，你我也好换口气呀。"

铁蛋朝黄伯（皇帝）踢了一脚："你就跟着走吧。"

黄伯（皇帝）站在矮檐下，只得忍下一口恶气，爬起来拍了拍灰，老老实实地跟在轿子后面走着。

"蔡大哥！蔡大哥！"抬着轿子的三娃远远看见蔡乙走来。

刘校尉奔跑迎上："你到前面打听的军情怎样？"

蔡乙兴奋道："胜利在望！稳操胜算！三逆贼是秋后蚂蚱——蹦不了几天了。各路勤王之师纷纷开往京城，约定将叛贼团团围着，来个瓮中捉鳖。"

刘校尉："七殿下也开赴京城了？"

蔡乙："那是自然，群龙无首怎么行呀？"

刘校尉："那我们就不用绕道去七殿下行辕了，直接到京城去见七殿下。"

蔡乙："校尉说的是，七殿下行辕早开拔了，我们去也是扑空。"

刘校尉："刚才的谈话不要跟三娃、铁蛋说，这一带是三逆贼的势力，我们要多加小心。"

蔡乙："是。"

12. 驿道

夜色罩着山野，李贵随叛军如丧家之犬朝着京城方向行进。

张将军骑在马上，挥舞马鞭，驱赶着疲惫不堪的士兵："快！快！快！京城告急，三殿下告急，覆巢下无完卵，快！快！快！"

李贵随队伍行进，心里盘算着逃跑，故意落在人后，趁人不注意钻进了路边灌木丛，待大队走过，李贵钻出灌木，拔腿就跑。刚跑了几步，中军横拦在面前："你想逃跑？！"

"用人不疑，疑人不用。遭人怀疑，我要避祸。"

中军："什么避祸？你投机取巧，又要变脸了！"

"变脸就变脸！"李贵厚颜无耻道，"识时务者为俊杰，古往今来，'两姓家奴''三姓家奴'数不胜数！"

"你……你无耻！"

"哼！你认为我无耻，我却感谢上天赐给我一张会变的脸。不会变脸的人是呆子，是迂夫子，是傻子。凭着一张变来变去的脸，你才能活命，你才能讨上司喜欢，你才能得到荣华富贵……"

"无耻小人！"

"小人？！哈哈哈！"李贵大笑，"成者王侯败者寇，你一张脸不变，三殿下败了，你就是寇！连小人都不如！"

"你……你……"中军气得咬断了牙根。

李贵趁中军猝不及防，抽出匕首，刺死中军，急急逃走。

13. 石桥村

李贵鬼鬼祟祟地潜行，进了村，他细细观察了周围环境。

14. 林老翁家

经过选择，李贵敲开了一户人家的门。

林老翁开了门。

李贵："老大爷，我是外地人，到这里来做买卖，想在这里借住一夜。"

林老翁："前面有店。"说着就要关门。

李贵早跨进了大门，随即拿出一串钱交与林老翁："老大爷，这世道不太平，旅店人多，'林子大了，什么样的鸟都有'，我怕住旅店不安全，喜欢跟你这样的老实人住在一起。就只一夜，明晨天一亮我就走。"

林老翁只得将李贵引进了房间。

李贵又拿出碎银："老大爷，你帮我打点酒，买点下酒菜回来。"

"好吧。"林老翁拿钱出了门。

15. 石桥客栈房间

侯伯躺在床上。

黄伯（皇帝）站在一旁。

铁蛋："'大伯'，您老今晚想吃什么饭？"

侯伯："猪头肉下酒。"

铁蛋纳闷："怎么又是猪头肉下酒呢？"他转身递给黄伯（皇帝）散钱："去，下楼去给'大伯'买半斤猪头肉，打一斤烧酒来。"

黄伯（皇帝）顺从地下了楼。

16. 石桥客栈楼下

黄伯（皇帝）举着蜡烛下了楼，他趁人不注意，吹灭了蜡烛欲往外跑。迎面却来了三娃，拦住了他的道路。

三娃："到哪儿去？"

黄伯（皇帝）："给'大伯'买猪头肉、打酒。"

三娃："卖酒的在那边。"

黄伯（皇帝）往卖酒的柜台走去，正好与买完酒菜欲出门的林老翁撞了个满怀，老翁手中的酒菜差点掉地。林老翁责骂："眼睛长到背上了！"

黄伯（皇帝）歉意地笑了笑。

黄伯（皇帝）买了酒和猪头肉，朝楼上走去。

黄伯（皇帝）走到楼梯中间，趁没人看见，抓了两片猪头肉吃起来，越吃越香，干脆坐在楼梯上细细品味。

铁蛋等得不耐烦了，点灯走到楼口，发现黄伯（皇帝）在偷吃猪头肉，他气急败坏地抓起黄伯（皇帝）便是一顿好打。

"哎哟！哎哟！"黄伯（皇帝）痛得直叫。

17. 林老翁家

李贵与林老翁在对饮。

李贵："老大爷，这些日子，有没有京城口音的人经过你们这里？"

林老翁摇头，忽然想起："刚才我去客栈买酒菜，听见两个人说话，就是京城口音。"

"啊！"李贵若有所思。

18. 石桥客栈房间

侯伯吃完猪头肉，喝完酒，略带几分醉意躺在床上。

铁蛋也靠在床上抽烟。

黄伯（皇帝）从楼下端了一盆水推门进来，放在侯伯床前。

侯伯懒懒地坐起来。

虽然两人曾经见过一面，但黄伯（皇帝）一路流浪，风霜摧残，又身着野人服装，丝毫没有引起侯伯的重视。倒是黄伯（皇帝）觉得侯伯有些面熟，却又记不起来是谁。

侯伯将脚伸进了盆里，忽然叫道："哎呀！好烫呀！"

铁蛋见侯伯脚被烫红，一脚将黄伯（皇帝）踢倒，狠骂道："去！去兑点冷水来！"

黄伯（皇帝）忍气吞声端着盆下了楼，他一步步艰难地走着，眼前竟现出了昔日的情景……

19. 皇帝寝宫（回忆）

皇帝躺在床上看书。

宫女端着参汤进来，毕恭毕敬呈上。

皇帝接过参汤张口就喝，不小心烫了嘴，他摔了碗，踢倒了宫女。

卫士进来，架起宫女。

皇帝："与我重责五十大板！"

卫士："遵令！"

20. 石桥客栈楼下

黄伯（皇帝）心中"啪、啪、啪……"，犹如责打宫女的板子声在震响。

黄伯（皇帝）的内心独白画外音："侍候人的活，不好干呀！为什么动不动就要责打人呢？"

21. 石桥客栈外

李贵躲躲闪闪地在周围观察。

三娃早就注意他的行动，上前警告："要发财到别处去！"

李贵欲辩解，三娃伸出拳头就打来，李贵急忙逃离。

22. 石桥客栈房间

侯伯躺在床上假装入睡。

铁蛋、三娃像是在比赛打呼噜似的，鼾声一声高过一声。黄伯（皇帝）坐在侯伯的床下，昏昏欲睡。

铁蛋醒来，打了黄伯（皇帝）一耳光："叫你守着床上的'大伯'，你睡什么？"

黄伯（皇帝）只得睁大眼睛，待观察清楚铁蛋、三娃熟睡以后，他悄悄开了门，逃了出去。

侯伯也趁两个看守未醒，蹑手蹑脚下了床，一出门，便一溜烟逃走。

23. 石桥村岔路口

仓皇逃跑的黄伯（皇帝）和侯伯在黑夜中相遇、相撞。

第十一集

黄伯（皇帝）看清楚侯伯以后，惊奇道："你怎么也跑出来了？快回去，快回去。你跑了，他们找我要人怎么办？"黄伯（皇帝）死死地拉着侯伯往客栈走。

侯伯哀求道："老哥，请你放我一条生路吧！"

黄伯（皇帝）："你是贵人，他们敢杀你？"

侯伯："我不是贵人，我是个货郎。"

黄伯（皇帝）："啊！怪不得我觉得面熟。你怎么被他们当作皇帝了？"

"我与……"侯伯刚要说明真相，却又难以启齿，只得欲言又忍，"说来话长，一两句话也说不清楚。眼下情况紧急，以后再与你慢慢细说。"侯伯再一次恳求："冒充皇帝是要杀头的，求求老哥放了我吧。"

"他们到底是什么人？"

"他们是七皇子派来找皇帝的。"

黄伯（皇帝）惊喜，紧抓住侯伯问："他们真是七皇子的人？！"

"千真万确是七皇子的人。"

黄伯（皇帝）异常兴奋："苍天保佑！朕终于得救了！"他转对侯伯道："你走！朕放你走！"

侯伯来不及分辨黄伯（皇帝）的话语，拔腿就跑。

"等着。"

侯伯停下来，生怕黄伯（皇帝）又反悔了。

"等天下太平以后，你到京城皇宫来找朕，朕定会重赏你。"

"就是因为皇宫里的事，我又惊又怕蜷在箱子里受了几天的罪。我躲还躲不及，还灯蛾扑火自烧身，到皇宫去找你！哼！"侯伯说完，如鸟出牢笼般飞走了。

"大伯，大伯！"刘校尉、蔡乙等人打着灯笼寻找侯伯。

"不用找了，不用找了。"黄伯（皇帝）挺身而出，"我把他放走了。"

"你！！！"刘校尉等人抓住黄伯（皇帝），恨不得将他撕个粉碎。

"他是假皇帝，我才是真皇帝！"黄伯（皇帝）自信地说。

"我打你这个疯子、骗子！"刘校尉气愤至极，狠揍了黄伯（皇帝）一耳光。

黄伯（皇帝）倒在地上，指着刘校尉一行呵斥："你敢打我，我杀了你！"

刘校尉挥刀："老子先杀了你！"

蔡乙阻拦。

黄伯（皇帝）悲从心起："七皇儿呀七皇儿，平日你是怎样管教你手下的官兵，竟敢如此无礼地对待朕。"

刘校尉又抽出刀欲砍黄伯（皇帝）。

蔡乙阻拦刘校尉，转对黄伯（皇帝）道："你说你是真皇帝，有何凭证？"

黄伯（皇帝）："传国玉玺能证明我是皇帝！"

刘校尉："拿来呀！"

黄伯（皇帝）窘迫："我怕路上不安全，玉玺留在喜喜家了。"

蔡乙："还有什么可以做证呢？"

黄伯（皇帝）指着原野："这山、这水都是我的，江山可以证明我是皇帝！"

刘校尉压着怒气讽刺道："那你就对着山喊，对着水叫，你能叫得山开口说话，水倒流，我就不杀你了。"

黄伯（皇帝）十分尴尬。

24.石桥村

天已大亮，村民争相传说："客栈来了一个疯子、骗子，说他是皇帝！"

"走，看看这疯子、骗子是啥样。"

"走，长长见识去。"

村民们三三两两像赶庙会一般朝岔路口走去。

25.石桥村岔路口

铁蛋、三娃失望归来。

刘校尉："怎么，没找见大伯？"

铁蛋、三娃摇头。

刘校尉咬牙切齿地看着黄伯（皇帝）。

村民闻风而来，围成了人墙。

黄伯（皇帝）指着人群道："我乃天子，百姓是我的臣民，他们能证明我是皇帝。"

人群哗然：

"我们能证明你是疯子！"

"我们能证明你是骗子！"

"嘿！当今骗子多如牛毛，竟连皇帝也敢冒充。"

男女老幼不齿地朝黄伯（皇帝）吐口水、扔石头……

黄伯（皇帝）狼狈不堪，有口难辩，他望着苍天呼叫："这世间的事，真的要当成假的，假的要当成真的，难怪当初和氏献璧要被剁了双脚……"

"我不剁你的脚，我要剁你的脑袋！"刘校尉举刀朝黄伯（皇帝）砍去……

"住手！"

说时迟，那时快，李贵跳出人群，架起了刀……

第十二集

1. 石桥客栈院子

李贵架着刘校尉的刀,高声说:"皇帝!皇帝!他是皇帝!"

众人惊呆了,僵硬地站着。

小男孩好奇地望着这一幕:"咦!怎么一院子的人都变成了木头?"

小女孩指指点点道:"你没听见那个大伯说,这个大伯是皇帝,大家就变成了木头。"

小男孩:"一听说皇帝,大家就变成了木头,皇帝一定是个魔鬼!"

李贵斥责小男孩:"不许胡说!"

刘校尉、蔡乙醒悟过来,急忙跪下。

铁蛋、三娃吓得昏了过去。

皇帝急忙辩解,不料口误:"我不是魔鬼,不是皇帝……"

刘校尉等人像蔫了的皮球鼓胀了气,腾地蹦起来。刘校尉将刀架在李贵的脖子上:"冒充天子,是要杀头的!"

李贵"嗖"地从内衣口袋里取出一块金牌,庄严地宣布:"有金牌在此!"

金牌顿时辐射出光芒,照得众人头晕目眩。

李贵为皇帝松绑。

刘校尉脚下筛糠般地求饶:"皇上,小的一行人奉七皇子的命,乔装改扮,四处寻找皇上。几个月来,我们逢人就打听,逢村就察看;可始终不见皇上,小的万分焦虑,见到鸟都想问它'皇上在哪里',见到水都想听到皇上的回音。唉!"刘校尉打了打自己的头:"只恨小的有眼无珠,让皇上受了委屈,奴才罪该万死!罪该万死!"

皇帝:"唉!乱世时期,朕不敢轻易相信人,所以才没有告诉你们真情。"

三娃悄声道:"所以就隔着口袋买猫!"

众人自觉好笑。

皇帝发现倒在地上的铁蛋与三娃,问道:"这两人怎么了?"

刘校尉踢了踢二人:"启禀皇上,两人死了。"

皇帝:"怎么死的?"

三娃脱口说道:"吓死的。"

皇帝故意高声命令:"来呀!把这两个死人抛到深山喂狗去!"

三娃、铁蛋吓得跳起来,跪下向皇帝求饶:"皇上恩典!皇上恩典!小的家有老母、妻儿。"

"哈哈哈!"皇帝笑道,"起来,起来,朕不过是给你们开开玩笑而已。"

三娃、铁蛋:"谢皇上恩典,谢皇上恩典。"

李贵:"死罪饶过,活罪不容,来呀!拉下去责打三百棍子!"

"免了,免了。"皇帝感慨万千,"这些日子,流落民间,朕深感人情冷暖,世态炎凉。想朕在位时,朝中文臣武将对我是唯命是从的一副脸;可三逆贼叛乱以后,有的人就变成了欲置我于死地的一副脸……"

李贵心里一紧。

"朝中的文臣武将尚且如此,何况是两个士兵啊!"皇帝指着三娃、铁蛋,"你俩做事虽然可恶,念尔等为寻找朕餐风饮露,一路辛苦,况且本意也是为朕好,恕尔等无罪。"

众人感激涕零。

三娃、铁蛋磕头如捣蒜:"皇上万岁、万岁、万万岁。"

店家和村里的男女老幼围观重重,好奇地看着这一幕人间戏剧。

李贵警告众人:"刚才发生的事,不许外传,谁要走漏了风声,满门抄斩!"

"是。"众百姓遵从道。

2. 赵奶奶家

清晨,周妃在东屋收拾包袱。

赵奶奶摘菜归来,发现周妃准备离去,不悦道:"昨晚说好的,你不走。"

周妃:"妈妈,昨晚我又做了噩梦,梦见我夫君了。我要去找他。"

赵奶奶:"你真要走?"

"妈妈,我放心不下夫君呀!要是他也来你这里,我住个三年五载也安心呀。"

"唉!你的夫君在哪儿呀?山转、水转,他怎么不转到我这里来呀?"

"妈妈保重，日后我定要报答您老人家的恩情。"周妃欲走。

赵奶奶想了想，说道："小娘子，你实在要走，我也留不住你。只是你在我这里又吃又住，总该付给我点钱吧？"

周妃："以后会给妈妈的。"

"以后？我到哪儿去找你呀？"赵奶奶说着，拿下周妃手中的包袱，"就用这来做抵押吧。"

"妈妈……"

"再把你这双绣花鞋也脱下来。"

周妃赌气地脱下绣花鞋，扔给赵奶奶，却不料刚迈出两步路，就绊倒在地。周妃哭泣。

"哈哈哈！我看你怎么走！"赵奶奶上前扶起周妃，温和道，"小娘子，天下不太平，你这么年轻漂亮的女子，一人孤单行走，叫我怎么放心？不说在路上，就是你在屋子里，那晚来了一位男子，见了你的手绢就想见你。你要是单独出走遇到不测，以后你的夫君找到我这里来，我怎么交代呀？"

周妃似有所心动。

赵奶奶："留下吧，小娘子，说不定你的夫君会找到这里来的。他要是找来，我决不从中作梗，帮助你们夫妻早日团聚。"

周妃终于回心转意，随赵奶奶进了房里。

3. 乡间小路

刘校尉一行人护送皇帝向京城走去。

李贵和铁蛋抬着皇帝乘坐的轿子前行。

铁蛋在后，由于前面的李贵没有说唱提示，铁蛋踩上一堆烂泥，他急与三娃示意换下李贵。

三娃欲替换李贵。

李贵却执意不从："下官的父母生下我，就是为侍候皇上的。一天不侍候皇上，下官心里就慌；两天不侍候皇上，下官就吃不下饭，睡不好觉；三天不侍候皇上，下官就像生了大病，觉得活着都没意思了。这几个月为了寻找皇上，下官受尽磨难。现在好不容易找到皇上了，你就让我多抬一会儿皇上，把下官欠的侍候皇上的账都补上，越累我心情越舒畅。"

"李大人，他们抬轿是要边抬边唱的。"蔡乙说。

"要唱，那还不容易。"李贵扫了扫喉咙，唱道："皇上恩泽广布天下……"

"狗屎！狗屎！"三娃指着路上的狗屎提示铁蛋，铁蛋急忙越过了狗屎堆。

李贵又接着唱："重振朝纲国富强……"

"水！水！水！全是水凼凼！"三娃见铁蛋要踩上路上的水凼，高声提示道。

"放轿，放轿。"皇帝在轿内高叫。

李贵、铁蛋将轿放下。

皇帝走出轿子，怒指三娃、铁蛋："胆大奴才！竟敢辱骂朕！"

蔡乙忙解释："禀皇上，他是在提醒铁蛋别踩着狗屎、水。偏巧与李大人接错了话茬。"

皇帝迁怒于李贵："你不会唱，你就不要唱。"

李贵："是。"

三娃替换李贵抬轿，边走边唱：

> 天上白云随风卷，
>
> 地上有人在变脸。

李贵心虚，呵斥："停！停！停！你刚才说唱轿歌是前面轿夫提醒后面轿夫别踩着水和狗屎堆，你怎么天上地下的乱唱？"

三娃："禀大人，这段路平平整整，没有水凼，也没有狗屎堆，我们轿夫就唱歌解乏，想啥就唱啥。"

皇帝掀开轿帘："唱得好，唱得好，这些日子，朕遇到的人，变起脸来，真和天上风卷云一样变得快。"

"遵命。"李贵转对三娃，狠狠道："唱吧！"

三娃得意地唱起来：

> 一张脸皮几般用，
>
> 不要良心要虚荣……

轿内的皇帝听得会意点头。

李贵听得阵阵心紧。

4. 驿道

喜喜班的成员拉着板车到另一集镇演出。

道旁的一所农家小院子，一个男孩和女孩骑着竹马在玩耍。

喜喜触景生情，想起了他和秋云两小无猜的童年，情不自禁地驻足观望。

春英走近喜喜，问道："喜哥，你在看什么呀？"

"我……"喜喜语塞，灵机一动，谎言出来，"我看见那两个小孩，就想起我和你青梅竹马的时候。"

春英好笑，问道："请问喜哥，你和我才认识多久？"

"大概三个多月吧。"

"三个月前，你我还是儿童呀？"春英指着院中的男女儿童问道。

"这……"喜喜尴尬，随即又吐出了妙语，"你真是鼠目寸光，只看到眼前。我在想我们俩的前世，谁说今世呀？"

"你这番话还是留住去骗前世的人吧。"春英讥笑，"谁不知你是在想秋云姐呀。"

喜喜笑着说："你别吃醋，我和秋云从小在一起长大，情同姐弟，看见两个小孩玩耍，自然想起了我的童年。"

春英酸溜溜道："哼！藕断丝连。"

"哈哈哈！"喜喜大笑。

"笑什么？"

"你吃醋，说明你喜欢我了！"

"谁喜欢你呀。"春英矫情地说。

"你不喜欢我，我可喜欢你！"

"嘴上抹蜜了。"

"大实话，你对我买来的爹爹有孝心，百善孝为先，善良的人谁不喜欢呀！"

春英羞涩地低下了头。

5. 清河镇酒店

深夜，秋云、牛哥正在酣睡，牛哥突然起床在地下寻找着东西。

秋云点灯问："你找什么呀？"

牛哥尚在迷糊中："我找脑袋。"

"谁的脑袋？"

"我的。"

"脑袋不是在你的颈上吗？"

牛哥醒来一摸，自觉好笑。

秋云："你又做了什么怪梦？"

"我梦见来到一间屋子,屋里堆着像小山一样的钱。我用衣服装了好多钱,正要往外跑,谁知被官兵逮着,说我偷了官府库银,举起明晃晃的刀就把我脑袋砍掉了。"

秋云:"你呀你,一天到晚尽想钱。"

"谁不想钱?"牛哥不服气,"这世间万物,没有不想钱、爱钱的。天上有天钱星,地上有钱塘江,树上有榆钱,地上有金银花,连鬼也爱纸钱。你们戏文里,不是把钱叫作孔方兄,有的还叫作孔方父亲吗?"

秋云叹了口气:"日有所思,夜有所梦。别把钱看得太亲了。"

牛哥急捂住秋云的嘴:"别胡说!你不对钱亲,钱也会疏远你,你存心让我们一辈子受穷呀!"

秋云只好不再说话。

6. 山脚下

轿子停在小路边。

皇帝、刘校尉等人在大树下休息,皇帝似有心事。

李贵从地头归来,举着两束麦穗,献媚道:"启禀皇上,下官看见吉祥之兆了。"

皇帝:"什么吉祥之兆?"

李贵呈上双穗的麦子:"皇上,麦生双穗,来年定是风调雨顺。"

皇帝没有接麦穗,却问道:"李贵,那天你说王忠的事,你……你没看错吧?"

李贵:"回禀皇上,下官千真万确没有看错。山洞一别,下官亲眼看见他被三逆贼的人马抓去了;后来下官在找寻皇上时,亲眼看见他带着三逆贼的人,像猎狗一样四处搜寻皇上。"

皇帝咬牙切齿:"王忠呀,狗奴才!平日你装着一副忠心耿耿的样子,一遇风吹草动,你就变了脸……"

李贵心里一紧。

皇帝:"有朝一日,朕若抓住你,定要将你这变脸人千刀万剐!"

李贵一惊吓,栽倒在地。

众人将他扶起:"李大人,怎么啦?"

李贵随手指着树上的毛毛虫:"我一看见毛毛虫就要犯晕病。"

皇帝:"那我们赶快离开这里吧。"

蔡乙:"对,抓紧赶路,天黑以前我们就能见到七皇子了。"

皇帝上了轿,三娃、铁蛋一前一后抬着轿子赶路。

7. 山脚小路

刘校尉在轿前引路,蔡乙、李贵紧跟在轿子后面。

远处传来樵夫唱山歌:

太阳出来明又亮,手拿斧头上山岗。

砍柴集市换银两,给我婆娘买衣裳。

皇帝被歌声所吸引,撩起轿帘细听,听后长叹一声:"寻常人家,尚且如此深爱妻子。我身为天子,却没有保护好周妃。"

李贵悄声对蔡乙说:"皇上是个多情的天子,他又想起了周娘娘。"

蔡乙点头。

刘校尉侧耳细听,警惕道:"马蹄声!快隐蔽!"

皇帝急忙下轿,众人还来不及躲避,一队飞骑好似从天而降。

报子下马跪拜刘校尉:"启禀皇上、大人,七皇子和唐老将军已收复了京城,抓获了三逆贼。七皇子派我等来迎接皇上一行回京城。"

众人欢呼、雀跃。

李贵近似疯狂:"皇上英明,臣民拥戴;三逆贼罪不容诛,天怒人怨。历经这番风雨,皇室江山,千年万年,稳如磐石;黎民百姓,安居乐业,永享太平。"

刘校尉:"快!快向京城赶去!"

皇帝临上轿时,回头望了望来路。

李贵急忙跪拜:"皇上,国不可一日无君,天下大事还等着皇上去治理。皇上先回京城吧,下官去寻找周娘娘。"

皇帝:"唉!人都死了,还找什么呢?"

李贵:"皇上,有道是生要见人,死要见尸,一个老太婆说的话未必可信。下官转回去,非要把周娘娘的事情查个水落石出,再向皇上禀报。"

皇帝夸奖:"还是朕的李贵想得周到呀。"

"皇上,那老太婆住在什么地方?"

"好像在赵家村。"

李贵拜辞皇帝及众人,掉回头急急走去。

8. 河边小路

王忠一路走，一路向行人打听消息。

9. 山村路上

李贵一边走，一边打听赵家村。

10. 赵奶奶家

周妃在院子里择芹菜。

赵奶奶提着罐子准备出门，一见周妃所择的菜，惊叫："哎呀！小娘子，你怎么把叶子留下，却将杆杆扔进渣滓堆里了？"

"妈妈，昨天吃的小白菜不就是吃的叶子吗？"

"小娘子呀，这一菜有一菜的吃法，这芹菜，主要是吃杆子。"

"啊！"周妃急忙将渣滓堆里的芹菜杆拾起。

"小娘子，我到集市上买酱、打油去了，省得请人买，又把酱和油合起买成酱油了，害得我娘俩摸黑。我走了，你把门关好。"

"妈妈，您在集市上打听一下京城的情况。"

"我知道小娘子归心似箭。"

周妃不好意思地笑了："妈妈路上小心。"

赵奶奶出了门，周妃将大门关上。

11. 赵奶奶家墙内外

村里几个小伙子望着赵奶奶的背影远去，攀上了赵奶奶家的墙，争相目睹周妃的容貌。

小伙甲："这仙女怎么不抬起头来？"

"看我的。"小伙乙说着，举起墙上的一土块朝周妃抛去。

"哎呀！"周妃惊叫着抬头。

众小伙拍手："看见天仙了，看见天仙了！"

"你们怎么随便攀别人的墙？"周妃生气地说。

"我们一不偷，二不抢，就想看看你这位天仙！"众小伙嬉皮笑脸地说。

"快下去！快下去！不然我就要叫人了。"周妃警告。

"叫呀！"小伙甲索性跳下墙来，朝周妃走来，"我们就想听你叫，天仙叫起来，比凡人唱歌还好听！"说着，一步步朝周妃走去。

小伙乙、丙也跳下了墙。

周妃大声呼喊："快来人！快来人抓强盗！"

李贵正巧从此经过，听见熟悉的声音，忙攀墙观望。

"快来人呀！快来人！"周妃一边喊叫，一边拿起扫帚护卫着自己。

李贵跳下墙来，拳打脚踢，将众小伙打得抱头鼠窜。

"周娘娘受惊了。"李贵拜见周妃。

"李贵！"周妃惊喜地叫道，"你怎么到这里来了？"

"下官四处找寻周娘娘，想不到在这里遇上了。"

"皇上在哪里？他可好？"

"七皇子已收复了京城，抓获了三逆贼。七皇子派人找到了皇上，并护送皇上回京城。"

"苍天有眼，祖宗有灵，三逆贼终于遭到了报应！"周妃流着喜泪说，忽又问："王忠呢？"

"别提他了。"李贵不屑一顾，"山洞一别，下官亲眼看见他被三逆贼的人抓去。下官在找寻皇上和周娘娘的时候，又亲眼看见他带着三逆贼的人四处捉拿皇上和娘娘。"

周妃气得浑身发抖："王忠！有朝一日将你拿获，定要严惩你这叛贼！"

李贵："娘娘，皇上正盼着早日见到周娘娘哩。您快收拾收拾，下官去打轿子，我们即刻就起身回京城。"

"那你就快快去打轿吧。"周妃高兴得都快飞起来了。

12. 赵家村外小道

王忠急急朝赵家村走来。

李贵迎面走来，他发现了王忠，李贵内心独白画外音："他怎么还没死？他若活着，我的事就有可能败露。"

李贵抽出了暗藏的刀，朝王忠扑去："王忠大哥，我可找到你了。"他假惺惺地流泪。

王忠泪如雨下："李大人，这几个月来，我找你们找得好苦哟！"

李贵将王忠紧紧抱住："这不是在做梦吧！"说着，举刀朝王忠刺去。

"李大人……"

李贵以为王忠发现了刀，赶快缩回了手。

"听说七皇子收复了京城，抓获了三逆贼！"王忠喜气洋洋地说。

李贵一愣，随即否定："谣传！谣传！这是三逆贼用的引蛇出洞计，想让皇上露面，一并抓获。"

"哎呀！"王忠恍然大悟，"我这人怎么这样傻啊！怎么就没有想到这是三逆贼用的阴谋诡计呢？"他用钦佩的目光望着李贵："还是李大人聪明！怪不得皇上喜爱你。"

李贵狡猾地笑了笑。

"我还打听到一个消息。"

"什么消息？"李贵关心地问。

"听说这赵家村来了一个外地女子，长得像天仙。我估计这是哪位娘娘，所以特赶来看看。"

李贵心里一震，他寻思着对策。

"走，我们一同进村看看，要是周娘娘就好了，我们可以从她那里打探到皇上的下落。"

"那仙女确实是周娘娘。"

"你怎么没有把她接出来呢？"

"唉！"李贵叹了口气，"别提了，我们与娘娘几个月没见面了，人心隔肚皮，有的人在乱世中确实变了脸，你我进村，即使见到了娘娘，她也不会轻易跟我们走。我怕双方争吵起来，被三逆贼的人知道了，敌众我寡，我们都会落在三逆贼手中呀！我心里犯愁，只得退出村来另想办法，正在想，此时有王忠大哥在多好哇！真是想啥来啥，你就来了。"

"唉！"王忠感叹，"还是李大人想得周到呀，我就笨！"

"乱世之中，不能不多点心眼呀。"

"几个月来，我们四处找皇上和娘娘，如今我们好不容易找到娘娘了，总不能怕她不相信我们，就不去见她呀？"

"得想想办法。"李贵说。

"有了！"王忠拍手道，"我们去见周娘娘，她若不跟着我们走，我们就把她抢走，回头再慢慢给她说清楚。"

"好！此计太妙了！看，你说你笨，我说你聪明！"李贵称赞。

"走！"王忠拉李贵走。

"我们要村里村外有接应，我进村去抢人，你在后山那棵大树下接应我。"李贵假意说。

"还是我进村吧，要说抢人，我的力气比你大。把娘娘抢来以后，化解疙瘩，就有劳你的嘴了。"

"这事我就包了。"李贵暗中高兴。

13. 赵奶奶家

周妃收拾好包袱，焦急地等着李贵打轿转来。

王忠在一老者的指点下，来到赵奶奶家门前，敲响了门。

"轿来了！"周妃喜极，开了院门。

"周娘娘！"王忠惊喜地叫道。

"王忠，你还有脸来见我？"周妃愤怒地说。

"娘娘，属下找您找得好苦呀！"

"哼！"周妃冷笑，"三逆贼悬赏你的银两高，你当然要费尽心机找到我呀！"

"娘娘，您误会了，事不宜迟，快跟属下走吧。"

"王忠，若要人不知，除非己莫为。"

"娘娘，周围肯定有耳目，赶快离开此地！"王忠欲强拉周妃。

"我生是皇上的人，死是皇上的鬼！"周妃说着，跑进房内，拿起剪刀自卫。

王忠以迅雷不及掩耳之势，夺下周妃手中的剪刀，背起周妃就跑。

14. 赵家村小路

王忠背着周妃朝着后山大树跑去。

周妃在背上捶打着王忠："叛贼，快放下我！快放下我！"

15. 赵家村后山大树下

王忠沿着羊肠小道朝大树跑去。

周妃在背上嘶声叫唤："快来人呀！快来人抓叛贼！快来人抓强盗！"

李贵突然从路旁闪出，追上来，挥刀刺死了王忠。

李贵跪拜周妃："娘娘受惊了，村里没有轿子，下官想到邻村去找，途中听见娘娘的呼救声，我就赶来了。"

周妃惊魂未定，"是……是……是王忠这叛贼抢我，他要将我抢去献给三逆贼领赏！"

李贵故作惊讶："怎么，抢娘娘的人竟是王忠？！"他上前挑开死者一看，"真是王忠！王忠呀，王忠，平时你一副忠厚老实样，想不到三逆贼一悬赏重金银，你就变了脸，做出如此伤天害理的事来。"

"李贵呀，若非你搭救，我都去见阎王了。"

"娘娘休要客气，爹妈生我李贵，就是为了侍候、保护皇上和娘娘的。娘娘，此地不可久留，我们边走边寻轿子吧。"

"我还要回去跟妈妈辞行。"

"转去会惊动众人，不如以后再来回报老妈妈。"

"也行。"周妃说着，与李贵一同踏上了回京城的路。

16. 通向京城的山路上

太子、皇后及其随从，朝着京城行进。

皇太子疲惫不堪地坐在道旁："母后，儿实在走不动了，快给我打乘轿子来，或者牵匹马来吧。"

皇后："皇儿呀，这荒村野外，到哪里去打轿子、牵马呀？"她哄着太子："快起来赶路吧。一听说你父皇回到京城，那些妖妃们肯定都带着儿子往京城赶，她们早就想摘下你这皇太子的桂冠给她们的儿子戴上，要是我们回去晚了，妖妃们的阴谋就要得逞了。"

太子霍地跳了起来："对！赶快走，她们要是趁我不在，废了我这太子，那才气死人。经母亲这么一说，我的脚不痛了，浑身也有劲了。"太子迈着大步走着。

17. 通往京城的驿道

六皇子及其母亲匆匆赶路。

六皇子后悔莫及道："松林坡那一仗，我们真不该丢下父皇独自跑了。要是一直跟随父皇，此番父皇重坐龙椅，肯定会把江山传给我。"

六皇母："世上没有卖后悔药的。我们赶回去哄哄他，就说松林坡那一仗，三逆贼的兵追来，我们为了保护你父皇逃跑，用了调虎离山计。等把三逆贼的兵引开后，我们转来找你父皇，早不见人影了。"

六皇子高兴地连连点头："唔，还是母亲想得周到。"

"闲话少说，抓紧赶路。"六皇母拉着六皇子急急行走。

18．通往京城的乡间小路

十皇子被人背着，其母亲尾随在后。

十皇子抬头看见树上的雀窝，高声嚷道："雀蛋！雀蛋！"

十皇母："皇儿呀，都火烧眉毛了，你玩性还这么大。你是你父皇抱着长大的，父皇最喜欢你了。三逆贼造反，太子丢下你父皇只顾自己逃命。说不定你父皇要废掉太子，立你为太子。"

十皇子天真地问："那七哥怎么办？"

十皇母板着面孔道："你管那么多干吗？"

十皇子只好闭嘴。

19．通往京城的驿道

五皇子及其母亲慌忙行走，五皇子母亲累得气喘吁吁，不小心被土块绊倒在地。

五皇子扶起母亲："娘，我们歇一会儿再走吧。"

五皇母："不用，不用。那七皇子仗着他平叛有功，说不定你父皇会废长立幼，立他为太子。"

五皇子："那怎么行？即使废了太子，也得依顺序，我老五都没立太子，怎么就轮上他老七了？"

"夜长梦多，我们要赶快回去。"

"娘，可您的腿受了伤呀。"

五皇母咬着牙朝前走："皇儿啊！我心里想着你被你父皇册立为太子，这腿一点也不痛了；两肋下就像长了翅膀，都要飞起来了！"她拉着五皇子快步走："快走，快快走！"

20．乡镇上

人群围成的一块空地上，喜喜班正在演出。

喜喜一边表演变脸，一边唱：

说变脸，就变脸，人人头上有张脸。

可恨有的人，为名为利为了权，

一张脸，就像六月天气常变幻。

时而献媚露笑脸，时而狰狞露凶脸。

他求别人时，满面春风三冬暖。

别人求他时，一脸冰霜六月寒。

奉劝世上人，要有善心，有善脸。

人与人，要温暖，应该是，笑脸对笑脸。

演出完毕，观众热烈鼓掌。

徒弟、师兄反端着小锣收钱，喜喜忙着卸装。

"卖花布、花伞、花夹子……"远处传来了货郎叫卖的声音。

喜母听见这声音，立刻扔下正在折叠的演出服装，循声追赶货郎去了。

喜喜发现了母亲这一反常行动，好奇地追踪母亲而去。

21．小镇郊外

"卖花布、花伞、花夹子……"货郎边走边叫喊。

喜母喘着气追赶货郎，叫喊道："老侯！老侯！"

货郎听见声音，掉头说："我不'老吼'，买主怎么知道我在卖东西呀？"

喜母一见货郎不是侯伯，一盆冷水从头浇到了脚，急忙掉转身往回走。

喜喜赶来，拦住母亲："妈，你追了半天货郎，怎么又回去了？"他自作聪明道："啊！舍不得钱吧？我这里有铜钱，妈，你看上什么尽管买！"

喜母望着喜喜，叹了口气："傻儿子。"便急忙往回走。

"妈！妈！"喜喜追上母亲，欲将母亲劝回来，喜母却执意往回走。

喜喜负气地望着母亲的背影："我才不傻哩！你以为我没看透你的心思呀？想买东西又舍不得钱。"喜喜高声叫："货郎！货郎！等一等！"

货郎停下来，喜喜赶去。在货郎担上挑选一阵，他买下了一些自认为满意的物品，将衣袋内的铜钱全花完了，高兴地拿着物品往回走。

22．旧戏台下

喜喜班临时住处。

喜母正怅惘地坐在小屋里，喜喜抱着物品闯进了喜母的房间："妈！我给你买了针线、花线、花布、梳子、麻饼……"喜喜将所购物品摆在母亲面前，数给母亲看，得意道："妈，你该喜欢吧？"

喜母一见，哭笑不得，生气地将物品一推："我一样都不喜欢！"

这一盆冷水又从头浇到了喜喜的脚。

23. 东宫

太子及随行人员回到皇宫，直奔自己的住地东宫，竟被门卫拦挡："七皇子住地，不得擅入！"

"胡说！"太子扇了门卫一耳光，"我是太子，这是我的东宫！"说着，就往内走。

门卫阻拦："没有七皇子的许可，任何人不得入内，还请留步，我们前去禀报。"

"你去告诉老七，说太子回来了，叫他赶快给我滚！"

"谁敢叫我滚呀？"太子话音刚落，七皇子出现在面前。

"我！"太子毫不示弱。

"是我平定了叛乱，夺回了皇宫，我想住哪儿就住哪儿。"七皇子有恃无恐。

"我是太子！东宫是我的东宫！"太子趾高气扬。

"既然是你的东宫，你就该坚守住，哪怕和三逆贼撞个鱼死网破，也不撤离，为何像丧家之犬落荒而逃？"

"又不是我一个人跑，大家都在跑，父皇不是也跑了吗？"

"我就没跑！"七皇子理直气壮地说，"我不但没跑，还把三逆贼从皇宫赶跑。"

"叛乱平息，一切照老规矩办事，家有家规，国有国法，你回你的封地，或者住你京城的府第。"

"不错！家有家规，国有国法，立太子一事，家规、国法中是国安立长，国乱则立贤。这太子是谁还不知道哩！"

"好哇，老七，原来你想当太子！你不是说我没有守住东宫和老三拼吗？今天我就和你撞个鱼死网破！"太子命令侍从："给我冲！"

太子带着人往内冲，七皇子卫士阻拦，双方争斗激烈。

"住手！"皇帝闻讯赶来。

"皇上万岁！"众人跪拜。

"父皇,"太子先告状,"老七霸占了我的东宫,还指使人打我的下人!"

"父皇,三逆贼虽然平定,可余孽犹在,儿臣住在这里离父皇近;一来可保护父皇,二来,百废待兴,诸事需要处理,儿臣便于随时聆听圣谕。"

"你休要巧言惑众!明明是包藏祸心,想当太子!"太子指责。

"你要是真像个太子,就该带兵平定叛乱。"七皇子讽刺。

"父皇,国本不能动,国家刚安定。"太子说。

"父皇,江山要交给可靠之人,社稷才能永保!"七皇子争说。

"父皇……"

"父皇……"

七皇子与太子争拉皇帝。

张公公跑来,小声对皇帝道:"禀皇上,周娘娘回来了。"

"啊!"皇帝惊喜,他挣脱太子和七皇子的纠缠,草草收场,"七皇儿暂住这里,此事以后再说。"

"这……"太子大失所望,"父皇,那我住哪里?"

"皇宫这么多房子,你还找不到地方住?"皇帝说完,急急抽身。

七皇子望着太子,得意地笑了。

24. 皇帝寝宫

皇帝兴高采烈进来:"周妃、周妃!……"

周妃、李贵拜见皇帝。

皇帝搀扶起周妃:"周妃,朕的爱妃!你还活着,这、这、这不是在做梦吧?"

周妃:"陛下,毕竟是天阴的时候少,天晴的时候多。噩梦醒来,又是艳阳天!"

李贵:"奴才叩见皇上。"

皇帝:"平身,平身。李贵,朕的贤卿呀,你真把周妃找回来了。"

李贵站起来:"托皇上的福,奴才把周娘娘找到了。"

皇帝:"唉!后宫虽有众多佳丽,可哪一位也比不过我周妃的容貌;周妃对朕百般温存体贴,三逆子叛乱,朝中文武百官,后宫皇后、妃子,都离朕而去,只有周爱妃陪伴着朕。"皇帝紧拉着周妃的手:"爱妃呀!你要是真的不在人世了,你叫朕怎么打发这后半生孤凄的光阴呢?"

周妃娇滴滴道:"陛下,若非李贵贤卿相救,臣妾早就被叛贼王忠抢去献给三逆贼了。"

皇帝:"朕也是被人捆绑、棒打之时,李贤卿赶来救下了朕。"

周妃:"这么说,李贤卿是你我君妃的救命之人。"

皇上:"是呀,若非李贤卿相救,朕与爱妃哪有今日团聚呀!"

李贵:"下官忠于皇上,心如磐石般坚定!决不像王忠那种人,一遇风吹草动,就变了脸。"

周妃:"陛下,烈火炼真金,国难见忠臣。陛下要给李贵这样的忠臣加官晋爵呀。"

皇帝:"李贵听旨。"

李贵忙跪下:"下官听旨。"

皇帝:"擢升李贵为岭西王,望恪尽职守,廉洁为政。"

李贵:"谢皇上隆恩,皇上万岁万岁万万岁!"

"明日升殿,朕再向百官宣诏,给你……"皇帝突然想起,"啊!改日颁发任命诏书。"

"下官忠心不贰,为皇上江山,肝脑涂地,在所不辞!"李贵伏地叩恩。

"李爱卿先退下。"

"遵旨。"李贵退出。

"皇上,为何要改日给李贤卿颁发任命诏书呀?"周妃问。

"爱妃有所不知,朕流落民间时,怕玉玺丢失或被抢走,将玉玺交与一个可靠人保管,现还得派人去取回来,方可颁发任命诏书和处理政事。"

"哇!这么重要的玉玺,可得快点派人去取回来呀!"

"速传王甲和赵乙。"

"遵旨。"张公公奉命传话,"传王甲、赵乙——"

25. 梨树湾喜喜家院

王甲、赵乙骑着快马来到喜喜家,只见房门紧锁,院子里杂草丛生。

王甲、赵乙向邻居打听:"喜喜家人到哪儿去了?"

邻居:"喜喜班长年累月在外演出,我们也不知他们演到什么地方去了。"

王甲和赵乙离开邻居家,望着空落落的喜喜家院。

王甲问赵乙:"怎么办?皇上急需玉玺,喜喜又不知道哪儿去了。"

赵乙："你我飞马回去禀报皇上，求皇上下圣诏到各州县寻找喜喜。"

"也是。"王甲说完，就和赵乙飞马向京城奔去。

26．皇宫后苑

偏殿内，宫女、侍从端着一盘盘、一碗碗菜肴摆上了餐桌，这是皇家举行的阖家团聚宴。

皇后、众王妃、众皇子列队恭候皇帝。

"皇母娘，我都饿了。"十皇子说着，向餐桌跑去。

十皇子母亲忙将他拉回来："皇儿呀，才逃难到民间几个月，你就忘了皇宫的规矩了，今日举行阖家团聚宴，要等参拜完父皇，你父皇赐席，才得入座。"

七皇子及其母亲，虽然后到，却目中无人，长驱直入走到了前面，排在第一名。

皇后、太子不服，抢占第一名。

七皇子质问："你们怎么要抢头？"

皇后："今日阖家团聚宴，十个兄弟排队参拜父皇，总不能一齐拜。按照以往的规矩，从大到小拜。"

"哼！"七皇子讽刺道，"现在你要讲从大到小了，父皇遇难时，你这老大到哪儿去了？"

"三逆贼叛乱，是我保护父皇冲出重围，不料在松林坡被贼兵冲散。这几个月来，我和母后八方寻找父皇。"太子说。

"对！"皇后紧接着说，"我儿为了寻找父皇，深入虎穴，出生入死，踏破铁鞋，望穿双眼。过的桥呀，比你走的路还要多！"皇后振振有词地说。

七皇子："父皇危难时，是我率领人马，平叛了三逆贼，迎接父皇回到京城。"

七皇母："老祖宗留下的江山，就是该传给保江山的有功之臣。"

"咦！听这七姨娘的口气，是要把我儿头上的太子桂冠摘下来，戴在你儿头上呀？"皇后用揶揄的口气说。

七皇子："原本也该如此！"

皇后："按周礼，传位于子，传子于长。"

太子："对！天能盖地，大能盖小。"

皇后："老祖宗定下的规矩，岂能更改？哪有废兄立幼的道理？如果要立幼,太子后面有九个弟弟,究竟该立谁呀?"

一石激起千层浪,众皇子、皇妃议论纷纷。

"是呀!手背、手心都是肉呀!"

"一碗水要端平!"

"我们都是父皇的儿子,不是我娘带来的拖油瓶。"

……

……

众人你争我嚷,好不热闹。七皇子与母亲反而被孤立了。

"皇上驾到——"

一声呼叫,争吵声戛然而止。

皇帝在周妃的陪伴下,在宫娥、侍从的簇拥下来到后苑偏殿。

皇后见周妃坐在皇帝旁边,妒火燃烧:"看,那个周妖精!"

众皇妃立刻又对着周妃骂起来:

"妖精争宠!"

"狐狸精下凡!"

……

……

司仪官高声宣布:"阖家团聚宴开始,参拜皇上——太子先拜,再依二、三、四、五、六、七、八、九、十皇子的顺序拜。皇子拜完,皇后再率后妃们依序参拜。"

太子得意地整整衣冠,走到皇帝面前去叩拜。

七皇子与母亲气焰受挫。

几个皇子、皇母幸灾乐祸,挤对着七皇子:"你在我后面。"

八皇子:"七哥,按照老祖宗的规矩,你在我前面。"

七皇子只得忍气吞声,依顺序排在后面。

众皇子按顺序叩拜皇帝。

太子拜完,见七皇子排在后面,太子又奚落道:"七弟,你怎么在后面呢?你不是说要在我前面吗?"

这句话简直就是火上浇油,七皇子用脚狠狠一绊,太子摔倒在地。

"你敢打人?"太子爬起来,一拳将七皇子打倒在地。

七皇子霍地跳起来,与太子扭打在一起。

双方的侍从们也扭打在一起。

皇后与七皇子的母亲扭打在一起。

双方在扭打中，又误伤了二、五、六、八、十皇子。于是有仇报仇，没有仇出出胸中的怨气。霎时，阖家团聚宴变成了皇子、皇妃们争宠夺利的战场。

"住手！住手！"皇帝走下龙椅制止，然而声音被众人的争吵声盖过，不但没制止众人的打斗，他还被误伤，连皇冠也被打落在地。

第十三集

1. 皇宫偏殿

武斗终于平息，张公公拾起皇冠。

皇帝愤愤道："朕的皇冠成了破帽子，这后宫成了打斗场，团聚宴成了争宠宴。"他指着扭打后的人群："这群不肖之子，朕遇危难之时，你们丢下我跑掉；如今朕重振朝纲，你们又来献媚争宠。唉！这父子关系，难道就成皇权关系了吗？亲生儿子怎么不及义子那样有孝心，给我滚！滚！统统滚！"

众皇族相继离去。

皇帝陷入了对喜喜的思念……

2. 山间小路上（回忆）

喜喜背着重病的皇帝气喘吁吁，汗流满面，一步步朝戏班住地走去。

3. 树林里（回忆）

喜喜攀上了大树枝头，为皇帝掏雀蛋，喜喜脚一滑，差点摔在地上。喜喜抓住了一条树枝，在上面荡来荡去……

4. 喜喜家院（回忆）

皇帝吃错药晕过去，喜喜伏在皇帝的身上悲哀痛哭……

5. 皇宫偏殿

"启禀皇上。"张公公的禀报声打断了皇帝的回忆。

"何事？"

"王甲和赵乙求见皇上。"

"快传见。"

"是，传王甲、赵乙——"

侍从急为皇帝整理好衣冠。

王甲、赵乙进来："拜见皇上。"

"玉玺带回来没有？喜喜一家可好？"

王甲："禀皇上，小的赶到梨树湾喜喜家，只见大门上锁，庭院杂草丛生，我们向邻居打听喜喜的下落，他们说喜喜班四处演出，不知喜喜一家到哪儿去了。小的急忙回来，求皇上下诏书，让各州各县张榜寻找喜喜。"

皇帝点头："要找喜喜，要找喜喜一家。"他转对张公公道："传朕诏书：各州县府，张贴喜喜画像，若寻得喜喜者，重加褒奖。"

"领旨。"张公公走了几步，忽掉回头："请问皇上，喜喜画像在哪儿？"

"传画师进宫，听朕描述画像。"

"是。"张公公道，"传画师进宫——"

6. 皇宫正殿

赵乙接过喜喜画像，走出宫门，高声宣旨："皇帝诏曰：各州县府，张贴此画像，若寻得喜喜者，重加褒奖。钦此。"

山河大地，顿时回响轰鸣："领旨——"

7. 城墙

各地官差在"领旨"的回声中，纷纷在城墙张贴喜喜的画像和寻找喜喜的告示。

8. 山神庙

庙已十分破旧，喜喜班出外演出暂借住此庙。

喜母闷闷不乐地躺在草铺上发愣。

徒弟"啪"地打了一只蚊子，跑到喜母身边："师奶奶！师奶奶！看，我打了一只母蚊子！"

喜母扑哧一笑："傻孩子，哪来的什么母蚊子？"

"哈哈！"徒弟拍手道，"师奶奶终于笑了！笑了！"

喜母举手欲打徒弟："你把我当猴耍呀！"

"不是，不是。"徒弟忙解释道，"是我师傅见师奶奶不高兴，要我们想办法逗师奶奶笑，笑一次，赏一个钱。"

喜母："唉！我这个傻儿子呀！"

喜母话音刚落，喜喜兴致勃勃地挑着货郎担回来。

喜母奇怪："谁的货郎担？"

喜喜："我给你买回来的。"

喜母："我要这干吗？我又不当货郎。"

喜喜："妈，这些日子，你好像有什么心事，一听见货郎叫卖，就追出去，又空着手回来。我想你一定是想买东西又舍不得钱，我几次帮你买回来的东西你又不满意。所以，我今天就把货郎担给你全买回来了，妈，这下你可满意了吧。"

喜母生气道："你……你……你怎么糟蹋钱！京城平定，生意刚好一点，卖了几个钱，你就拿去换了这些破烂回来。唉！我怎么养了你这样一个傻儿子，最可气的，你还要自作聪明，自以为是！我跟你是湿水的棉花——无法弹（谈）！"

喜喜委屈道："妈，你年纪轻轻就守寡，千辛万苦将我拉扯大，为了报答你老人家，我决心做一个孝子。看见你想念父亲，黄伯长得跟父亲一模一样，我就把他买回来给你做伴，可你还是不高兴；看见你一听货郎叫声就跟掉了魂似的追了出去，我就把货郎担给你全买回来了，可你还是不高兴。妈，你的儿子实在难当呀！"

"我的事你少管！"喜母说。

"我能不管吗？谁让你是我妈呢？你吃不好，睡不好，整天一副苦瓜脸。"

"你看不惯？"

"是看不惯，你不开心，大家也不敢笑。我更是按着脑袋往火里钻——憋气窝火。"

"看不惯我就走。"喜母生气地说。

"走就走吧！你吓唬谁呀。"喜喜火上浇油道。

"好！你赶我走，我就走！"

"你自己要走，反说我赶你走，你讲不讲道理？"

"我不讲道理，你讲道理！"喜母转身收拾包袱，气呼呼地说道，"你讲道理？好端端一个家给你搞成这样，秋云走了，我也要走！留下你称王称霸！"

第十三集

"师奶奶,你不能走,不能走!"徒弟拉着喜母。

喜喜眼珠一转,从戏箱内取了一样东西,急上前拉住喜母:"妈,妈,我错了,我错了,你不能走,不能走!"

喜母怒气冲冲一奔,喜喜假意摔倒在地,他大声叫喊:"哎哟!哎哟!痛死我了!痛死我了……"

随着喜喜的痛叫,一股殷红的鲜血从喜喜的腿上流了出来。

"血!血!"徒弟惊叫。

喜母回身见状,扔下包袱奔到儿子身边,一见喜喜腿上流出的血,就像是她心上滴出来的,她忙吩咐徒弟:"黑娃!快烧点纸灰,给你师傅止血!"

"我不止血!不止血!等它流,流完了死了算了!"喜喜撒娇地说。

"不许乱说!"喜母制止。

徒弟眼疾手快烧好纸灰捧了过来。

喜母接过纸灰,要给喜喜敷伤口。

喜喜却紧捂着,不让喜母触及伤口。

喜母吼叫:"你要气死我呀?"

喜喜要挟:"你要答应我一件事,我才止血。"

"我的儿,啥事妈都答应你。"

"妈整天郁郁闷闷,肯定有心事,妈要把心事告诉我,我才敷伤口。"

"妈没有心事,没有心事。"喜母忙掩饰。

"那我就等血流。"喜喜赌气。

双方僵持。

喜喜腿上的血流越来越大了。

喜母心上的血快流干了,她只得妥协道:"好吧,你止了血,妈慢慢告诉你。"

"不!你要告诉我了,我才止血。"

双方又是僵持,喜喜伤口上的血流又加大了。

"师奶奶!救命要紧呀!"徒弟在旁叫唤。

"黑娃,你到村口看看春英姑姑他们买粮食回来了没有。"

"是。"徒弟知趣离去。

喜母欲言又忍。

喜喜闭上了眼睛,突然大叫:"无常,小鬼,请你们等一下,让我多跟我妈待一会儿。"

喜母惊恐，终于鼓足勇气道："喜儿，妈早就有相好了！"

"妈！你怎么不早告诉我呢？"喜喜高兴地睁开眼睛，"早说了，你们早就办喜事了，说不定呀，我都有个小弟弟、小妹妹了，我也不当独生子了。"

喜母羞涩。

"妈，她是谁呀？"

"他……"喜母艰难地说，"他就是挑着货郎担到处串乡的侯货郎。"

"是他？！"喜喜吃惊道，"妈，你是挑花了眼，还是鬼迷了心窍？他是有名的花货郎呀！"

"谁说他是花货郎？"喜母板着脸说。

"这方圆百里，男女老少都知道他的丑闻。他和一个女人在山洞里干那个事，被人发现了，那个女人跑了，大家把他抓住了。"

"那个女人就是我！"喜母勇敢地说。

"啊！！"喜喜震惊。

喜母："是老侯为了保护我的名节，他把责任全揽在自己身上，这些年他在世人的辱骂声中，在众人戳着脊梁的处境下，为了生计，忍辱负重走乡串村。喜喜呀，那老侯可是个大好人哪！"

喜喜抱怨："妈呀！你早该案板上砍骨头——干干脆脆！"

"好了！现在该止血了。"

"不用了，不用了。"喜喜嬉皮笑脸地说。

"你……你答应我的呀。"喜母生气。

喜喜猛地揭开伤口，拿出红色的湿布，使劲一拧，挤出了鲜红的水。喜喜笑着说："化妆的油彩。"

喜母举手打喜喜："你骗我，你骗我！"

"妈，是你逼着我这么做的！"喜喜躲闪着母亲，"要怪就怪你！"

母子俩在院子里追打，喜喜调皮地和母亲玩着捉迷藏的游戏，终于逗笑了母亲，喜喜也开心地笑了。

9. 清河镇一间破平房

牛哥在屋内翻箱倒柜，终于找出了秋云的银簪。

秋云正巧挖野菜回来。

牛哥听见脚步声，急将银簪藏在椅子垫下。

秋云进屋，见牛哥神色异常，敏感地打开了首饰盒，见银簪不见了，质问牛哥："你把我的银簪拿到哪儿去了？"

牛哥装着若无其事："我怎么知道。"

"那怎么不见了？"

"可能是小偷拿了。"

秋云见牛哥守在椅子前不肯挪动，顿生疑虑，她心生一计，假装笑着对牛哥说道："站住比高矮呀，坐下坐下。"

牛哥仍不肯坐下，但也不离开椅子。

秋云突然高叫一声："老鼠！老鼠！"

"在哪儿？在哪儿？"牛哥慌忙四寻。

秋云趁其不注意，顺利地从坐垫下取出了银簪。她高举着银簪意味深长地说道："在这里。"

牛哥恼羞成怒，气急败坏地夺回了银簪。

秋云上前争夺银簪，反被牛哥推倒在地。

秋云乞求牛哥："牛哥，酒店被你赌博输得关了门，我们只得搬家住进了这破房里。求求你把这银簪给我留下吧！这是我妈留给我的。"

牛哥冷酷道："你的？哼！你人都是我的！"说着，就要出门。

秋云奋起争夺银簪，牛哥狠揍秋云，夺过银簪，扬长而去。

秋云哭泣。

10. 宫殿

皇帝高坐在龙椅上。

文臣武将排列在下面。

皇帝口诏："贤卿李贵，在三逆贼谋反期间，将个人生死置之度外，奋力保护朕与皇妃。功劳显赫，堪称忠臣楷模。擢升李贵为岭西王，重加褒奖。"

李贵跪拜："蒙圣恩，委以重任，臣肝脑涂地，报答皇上。此去定让岭西百业兴旺，国富民强，永固皇上江山。眷眷之心，可对天知！"

皇帝："贤卿平身。"

张公公："叛乱刚平，皇上重振朝纲，万事如麻，任命诏书随后补上。"

"朕还赐李爱卿'百官楷模'的一块匾，望朝中文臣武将仿效。"

李贵："谢皇上，吾皇万岁万岁万万岁！"

11. 皇宫后苑

玉叶公主又来到她和魏学士的新房，朦朦胧胧中，她的眼前又幻化出当初红红火火、喜气洋洋的新房，如今一片狼藉，满屋尘土，罗帐、被枕不翼而飞，只有那墙上脱落一半的"囍"字，在微风中凄凉地摇曳。

触景伤情，玉叶公主伤心地哭起来。

"公主！公主！"金娥和七皇母慌忙赶来。

七皇母："玉叶，你怎么又来到这伤心地了。快快随母回宫。"

玉叶哭："我不走，这是我和魏学士新房，他知道，他会来到这里的。"

七皇母示意侍从，太监、宫女架着玉叶公主离开新房。

"我不走，我要在这里等他……"

众人架着玉叶朝寝宫走去，玉叶发现远处一位青年官员，惊叫："魏学士！你回来了！……你还活着……"她挣脱去追赶青年官员。

太监、宫女追上拦住了她。

玉叶疯狂挣扎："魏学士！魏学士！……"

七皇母慌乱："快！快！快回宫！"

众人不顾玉叶反抗、嘶叫，硬将她拖回了宫。

12. 清河镇郊外山间小路

一位货郎挑着担子在前急急奔跑。

喜喜在后面急追，叫喊："侯伯！站住！站住！"

货郎听见叫喊声，反而越跑越快了。

喜喜追上货郎："侯货郎，我找得你好苦呀！"

货郎吓得撂下担子，蹲在地上，双手蒙着头："小爷，你要什么尽管拿，把这货郎担挑去也行！"

喜喜："快跟我去。"

货郎吓得发抖："小爷，你就饶了我吧！我上有八十岁的老母，下有妻儿。"

喜喜："你有妻儿？"他上前拉开货郎的手，一看面目，才知道找错了人，他没好气道："你跑什么？我又不找你，我是要找侯货郎。"

货郎："侯货郎？我今天早晨还看见他，他就在这一片儿，肯定没走远。"

13. 清河镇郊外田野

侯伯的货郎担放在田间小路上，几个妇女选购了满意的物品后，相继离去。

喜母闻声寻来，一见侯伯，又惊又喜："老侯！"

侯伯发现了喜母，顿时怒火升起，内心独白画外音："哼！没有良心的女人，我为了你，受了多大的委屈。你却一只脚踏两只船，害得我像老鼠似的躲在箱子里受罪。"想到这里，侯伯转身挑起货郎担离去。

"老侯！老侯！"喜母紧追呼叫。

侯伯装着没听见，疾步行走，越走越快。

眼看侯伯越走越远，喜母流下了泪水。

14. 清河镇街头

喜喜班正在街头演出，观众围成了人墙。

喜喜正在表演变脸。

> 说变脸，就变脸，人人头上有张脸。
> 可恨有的人，为名为利为了权，
> 一张脸，就像六月天气常变幻。
> 时而献媚露笑脸，时而狰狞露凶脸。
> ……

秋云夹杂在人群中看喜喜表演，她心情复杂，触景生情，想起牛哥婚前婚后，判若两人，不由得黯然泪下。

喜喜发现了秋云，他急忙结束了变脸朝秋云跑去。

秋云从人群中抽身跑掉。

喜喜紧追。

15. 清河镇小巷

喜喜追上了秋云。

喜喜："秋云，你怎么这么瘦？"

秋云伤心痛哭。

喜喜："你走了这么久，也不捎个信来。妈可想你了。"

秋云欲走。

喜喜拉住她："你总得见见妈吧。"

16. 戏班借住的农家院

喜母抱住秋云痛哭："我的儿呀！你被折磨成这个样子，叫我怎么对得起你死去的爹妈呀！"喜母突然发现秋云身上的伤痕，追问道："谁打的？是不是哪个坏男人？"

秋云越发哭得伤心了。

喜母："我不让你走了，你就留在喜妈身边，喜妈就是只有一口饭，也要分半口给你吃。"

"秋云！秋云！"院墙外传来牛哥的声音。

秋云像受惊的小羊羔一样投入喜母的怀里。

喜喜将秋云与母亲安排进房间，独自在院里阻拦牛哥。

牛哥大摇大摆地闯进院子，高声呼喊："秋云，出来！跟我回去。"

喜喜："秋云不在。"

牛哥："有人看见她到这里来了。"

喜喜："你把秋云拐走了，我正要找你要人呢！"

"你不交出秋云，我就要进屋去搜！搜出来，我要到官府告你拐卖妇女！"牛哥边说边朝屋内走。

喜喜拦住："嘿！到底谁拐卖女人呀？"

牛哥径直朝房间走去，喜喜一掌将他推开。

牛哥摆出一副打架的样子："怎么啦，要打？！打就打。告诉你，我可是武林高手吴大侠的弟子！"

喜喜："哼！正好昨日我把吴大侠打败了，他说要跟我学乌龙绞柱拳，我正在考虑收不收他为徒弟哩！"

牛哥："唱戏的，爷今天要打断你的骨头，把你打成碎块！"

喜喜："你师爷爷今天不但要将你打成碎块，还要把你重新捏还原，再将你剁成肉酱！"

"我才要将你剁成肉酱！"牛哥动手打喜喜。

喜喜还击，两人扭打在一起。牛哥终敌不过喜喜，喜喜将他打倒在地。

牛哥爬起来，狠狈逃跑，边跑边色厉内荏地喊："我要去官府告你拐卖女人！官府会派人来捉拿你！！"

喜喜得意地望着牛哥狼狈逃跑。

17. 朱大富家客厅

朱小元："爸，皇上钦点的岭西王，昨日已到了西城。富豪、官吏纷纷前去拜见，儿也想去拜见岭西王。"

朱大富："腿长在你身上。"

朱小元："就这么空着手去？"

朱大富："岭西王是皇上钦点的，皇上三令五申要官吏廉洁奉公。若是这个岭西王不收礼，偷鸡不着反蚀把米，落下个行贿之罪呀。"

朱小元："爸呀，天高皇上远，如今这世道，哪个官不收礼呀？这就要看你怎么送礼了。"

"我们送什么呢？"

"送我家那块祖传的胭脂变色璧。"

"啥？送胭脂变色璧？！"朱大富心疼得晕了过去。

"爸！爸！"

"老爷！老爷！"仆人赶快呼喊。

朱大富喝了仆人灌下肚的水以后，苏醒过来。他让仆人和丫鬟退下，郑重其事地对儿子道："儿呀，祖传的胭脂变色璧可是一块奇石呀！平日看去色如玛瑙，殷红色；若遇到变天下雨、下雪，这块宝石的颜色转为淡绿色；天气晴朗又变为红色。"

朱小元："知道，知道。"

"既然知道，你怎么还要随便送人呀？"

"爸呀！儿都快二十岁了，要想光宗耀祖，我总得弄顶乌纱帽来戴在头上呀。"

朱大富没好气道："那你就去考科举，中状元呀。"

朱小元："爸呀！知儿莫若父。你儿天生不是读书的料，我拿到书就头疼，你让我考科举，这不是赶着鸭子上架吗？"

朱大富掂量再三："那就送银子吧。"

"多少？"

"十万两。"

朱小元："岭西王是皇上和妃子的救命恩人，眼下红得发烫，巴结他的人还可能高攀不上哩，除了十万两银子……"他趋前说道："爸，舍得宝来宝掉宝，舍得珍珠换玛瑙。"

朱大富缓缓朝密室走去。

18. 密室

朱大富独自步入密室，将儿子关在门外，从柜子里取出宝石，爱不释手。

19. 朱大富家客厅

朱小元一见宝石，伸手欲取，朱大富不给，吩咐仆人道："摆上香案，老爷要祭宝石。"

仆人将香案摆好，朱大富将宝石放在上面，毕恭毕敬地拜道："列祖列宗在上，宝石是我家祖传的宝……"

朱小元趁父亲埋头拜宝，悄悄地将宝石取走，一溜烟逃出了大门。

朱大富尚不知晓，还在那里虔诚跪拜："拜宝石犹如拜祖先。宝石丞相，今日将您送与岭西王，实出无奈。只因岭西王是皇上的大红人。我们要求人家办事，如今求人办事，不送礼办不成事，送礼少了也办不成事。常言说：'三年清知府，十万雪花银。''乌纱不带垢，世上无粪斗。'想来想去，只有割爱将您送人了。送走您犹如是在剜我的心呀……哎呀！我的心好痛呀！千怪万怪，要怪现时盛行的送礼风呀……"

20. 岭西王府邸花厅

李贵正在花厅玩赏古董。

仆人甲进来禀报："禀老爷，乔知县求见老爷。"

李贵："传他进来。"

土里土气的乔知县进来后，呈上礼单："大人荣升，下官略备薄礼，不成敬意，望乞笑纳。"

仆人接过礼单呈与李贵，李贵皱着眉头念道："两坛米酒，十斤腊肉。"

李贵将礼单往地上一扔，痛斥道："胆大乔知县！本王奉皇上圣旨，来到岭西，替天行道，造福百姓，严惩贪官污吏。正人先正己。一路之上，本王两袖清风，你竟敢给本王送礼行贿。来呀！拖下去责打五十大板！"

卫士进来，将乔知县拖到院子狠狠责打了五十大板。

21. 岭西王府邸大门

朱小元拿出礼单求见岭西王。

仆人甲接过礼单,暗自嘲笑:"又一个挨板子的人来了。"

22. 岭西王府邸花厅

仆人甲将礼单呈与李贵。

李贵接过礼单一看:"西城小民朱大富,为祝贺李大人荣升,特献上宝石,以表心意,望乞笑纳。"

李贵的内心独白画外音:"久闻西城朱家有一块宝石,平日看去色如玛瑙,殷红色;若遇到变天下雨,这宝石颜色转为淡绿色;天色晴朗,又变为殷红色了……莫非所献的,就是这块宝石?"

侍从甲:"老爷,是不是将这小子也拖下去责打五十?"

李贵:"慢!先将他送到后室,待本王办完事后,再来处理他。"

侍从:"是。"

23. 岭西王府邸大门

乔知县拖着挨了板子的身子出来,发现朱小元,警告道:"你还来找打,我就是因为送礼挨了五十大板。"

"啊!"朱小元闻言色变,拔腿就跑。

侍从甲追上了他:"我家老爷让你到后院等他。"

"是。"朱小元两腿像筛糠般地跟着侍从朝后院走去。

24. 岭西王府邸后房

朱小元如热锅上的蚂蚁走来走去,忽然停下来,摸着自己的脑袋自言自语道:"行贿是要杀头的!我想起来了,当年曾祖父为夺这胭脂变色璧是杀了人的,莫非这笔血债要我来偿?……可怜我才二十岁呀!"想到此,朱小元竟伤心流泪。

走廊上传来脚步声,朱小元赶紧擦干眼泪,镇静下来。

李贵进来,请朱小元坐下。

丫鬟给宾主各献了茶。

李贵示意侍从及丫鬟退避。

朱小元急不可待地为自己开脱:"禀李大人,小的以为寻常百姓家初次见面,也得有个见面礼。所以初次登门拜访李大人,小的也送上一块石头作为见面礼。"说着,献上胭脂变色璧。

"什么?你送来一块石头?"李贵恼羞成怒。

朱小元急忙纠正道:"禀大人,这不是一般的石头,这是一块宝石。"

李贵夺过宝石细看,只见宝石如玛瑙,殷红色;他喝了一口茶水,往宝石上一喷,宝石在浓雾珠中,变成了淡绿色……

李贵举着宝石,爱不释手。

朱小元欲要回赃物:"李大人,以后见官我再也不送礼了。我空着手来,你就赏给我一杯清茶。这就叫,君子之交淡如水!"边说边欲要回宝石。

李贵左右回避着朱小元。

朱小元恳求道:"李大人,小的送礼也是无奈,大家都说,见官必有理(礼),偏偏我就砍竹子遇上了节疤,第一次送礼就遇上了你这样清正廉明的官。"

李贵安慰着朱小元:"看你吓成这样,本王爱民如子,怕你吓成疯魔病,本王就收下你这块……"

"宝……"朱小元话音未落,李贵便抢过了话茬。

"石头作为见面礼。"

朱小元如释重负,高兴得连连作揖:"谢大人开恩,谢大人开恩!"

李贵:"坐下。"

朱小元重新回到座位。

李贵:"听说你们朱家花园很漂亮。"

朱小元:"那是我老祖父在世时修的,前人栽树,后人乘凉。嘻嘻!我有福气。"

李贵:"唉!什么时候我也有一座像你家那样漂亮的花园,将我年老的爹娘接来享天伦之乐呀!"

朱小元心领神会,呈上礼单:"小的献上十万两银子,以表心意。"

"不行,不行。"李贵假惺惺道,"本官恪守纲纪,清廉为本。"

"岭西王品德高尚,百官楷模,只是新来岭西,安置家眷,布置房子,添办用品,处处都要钱。然大人为官清廉,两袖清风,银钱上难免捉襟见肘。常言安居乐业，大人安居了，就是我百姓的福分，岭西必将五谷丰登，六畜兴旺，百姓尽享太平。小的一片心意，敬请大人笑纳。"

李贵半推半就，借故出了门。

朱小元趁机将礼单放在桌上，出门离去。

待朱小元走远，李贵进房，拿起礼单，笑了！

25. 城郊

喜喜及戏班人赶路到下一个台口演出。

过路人一见喜喜，悄声议论。

路人甲："看见没有，城墙上贴的像就是捉拿他。"

路人乙："对，是他，一模一样。"

路人丙："他究竟犯了什么罪，要悬榜捉拿他？"

……

尽管议论声音很小，但仍被春英听见。她惊骇地跑上前对喜喜、喜母说道："喜妈，听说城墙上悬榜要捉拿喜喜！"

喜母大惊："啊！！"

喜喜："我不信，我去看看。"

喜母阻拦："要去我去。"

26. 城门口

一群人围着争看城墙上的告示，上面有皇帝命人所画的喜喜像，旁边还附有文字。可惜围观者不识字，一个个只知感叹唏嘘。

"这上面写的是什么呀？"

"什么？哼！不就是杀头吗？"

"你识字？"

"不识字也知道是杀头。"

"对！皇榜捉拿，肯定是要杀头的。"

"那么年轻，可惜了。"

"他妈养这么大个儿真不容易，这么'咔嚓'一刀就见阎王去了。"

喜母拨开人群定睛一看，皇榜上画的千真万确是她儿子的像。她头一晕眩，差点倒地，好不容易挣扎起来，高一脚、低一脚地朝喜喜奔去。

27. 路旁大树下

喜母奔到儿子面前,颤抖着声音道:"儿呀!皇榜确实是你的像。快跑!快跑!"

喜喜纳闷:"皇榜为什么要捉拿我呀?我又没有犯罪。"

喜母:"啊!我想起来了,你不是打了牛哥吗?"

喜喜:"是他先打的我呀!"

喜母:"我想起来了,想起来了。牛哥不是要到官府去告你吗?"

"我不信,我去看看。"喜喜边说边走。

喜母紧拉着儿子:"喜儿呀!你这不是去送死吗?"

"妈,我死也要死个明白。"喜喜挣脱开母亲的手,径直朝城门走去。

28. 城门口

喜喜挤进人群中观看皇榜,果真画着自己的像,正在纳闷时,差役甲发现了他,惊叫起来:"就是他!"

喜喜急冲出人群逃跑。

"站住!"

"站住!"

两个差役在后面急追。

喜喜跑着跑着,发现侯伯挑着货郎担在吆喝。

"侯伯!侯伯!"喜喜忙停下来招呼侯伯。

侯伯一见喜喜的面,犹如见了仇人的面,扭头往回走。

喜喜转身对侯伯道:"侯伯,我和我妈到处找你,终于找到你了……"

侯伯没好气道:"黄鼠狼给鸡拜年,没安好心。"

"侯伯,你听我说……"喜喜追着侯伯欲说话,忽见两个差役追了上来,转身急跑。

"站住!站住!!"两个差役叫喊着追喜喜。

侯伯见差役追喜喜,忙上前拦住差役:"差官,差官,他是好人,是唱戏的……"

"去你的吧!"差役甲一掌推开侯伯,径直去追喜喜。

第十四集

1. 城郊

喜喜在前面拼命跑。

两个差役在后面紧追。

喜喜跑到无人处,变了一张老人的脸,又将外衣脱下反穿,迈着老人的步子往前走。

两个差役追上来,向"老人"打听:"刚才一个小伙往哪儿跑了?"

喜喜装着老人的腔调,随便指了指:"往那边跑了。"

两个差役顺着"老人"所指的方向追去。

喜喜窃喜,等两个差役跑远了,喜喜拔腿就去寻找喜喜班的人了。

2. 山林崖洞外

喜母翘首望远处的羊肠小道,忧心忡忡:"喜喜怎么还不回来?他知不知道我们……"

"喜妈。"秋云编织着草帽走来,"你站在这里望了好久,快回洞里歇会儿,我在这里望,一见喜喜我就叫您。"

喜母:"唉!喜喜怎么还不回来?他知不知道我们搬了山洞?公差会不会认出喜喜?……"

"喜妈,别想那么多吓唬自己,喜喜很快就会回来的。"秋云扶喜母回洞。

喜母发现秋云手中的编织物:"你在编什么?"

"给喜喜编顶新草帽,他那顶草帽又旧又破了。"

喜母:"就你知道心疼喜喜。"

秋云甜甜地笑了。

喜母进洞。

秋云眼睛望着山路，手中精心地编织草帽。

师兄打柴归来，放下柴火，朝秋云走去："编什么呢？"

"给喜喜编顶草帽。"

师兄指着秋云手中的编织物："看你这油亮亮的麦秆，小心老牛当饲料吃了你这草帽。"

秋云扑哧一笑："除非戴草帽的人丢了魂。"

师兄从兜里掏出山里红递给秋云。

秋云高兴地接过山里红："一到山里红熟的时候，师兄上山，总爱给我带些回来。"

"你从小就爱吃山里红呗。"

春英摘野菜回来。

秋云捧着山里红走到春英面前，从中挑选出一颗鲜红的放入嘴里，细细品尝，十分惬意。她又挑出一青果放入嘴里一嚼，酸得倒抽冷气，歪嘴龇牙，弦外有音道："到底还是红果甜，青果酸呀！"

春英心里一震，却不动声色，她从秋云手掌上挑选了一颗被虫咬过的红果："这颗倒是红了，可却生了虫。"

秋云的脸唰地一下红了。

"妈！"喜喜突然出现在崖洞外路口。

"喜儿，你回来了！你、你是怎么找到我们这里的？"喜母闻声惊喜，忙出山洞。

"上山每个岔路口的树枝上都系着红头绳。"喜喜亮着红头绳，"我一看，就知道是春英头上系的绳。"

喜母赞扬道："还是春英想得周到。"

春英斜眼看着秋云："青果不酸得痛牙吧？"

喜喜莫名其妙："什么青果酸？"

师兄急忙调和："来，来，来，都来吃山里红，我刚从山上摘的。"

众人围了过去。

3. 岭西王府邸大门

李贵的轿子在侍卫的前呼后拥中朝着府邸走来。

许多老百姓站在两旁，争睹岭西王的真容。

丐七、丐八也挤在人群中凑热闹。

丐八:"这个岭西王虽然没下轿,可我知道他的衣服肯定是前襟长,后襟短。"

丐七:"别在那里胡说,人还没看见,你就知道人家的衣服是前襟长,后襟短?"

丐八:"我是听一个裁缝说的,他说大人们新升官上任,一定是趾高气扬,挺胸凸肚,衣服就要做得前长后短;过了两年,大人们意气平和了,不卑不亢,衣服要做得前后一样长短;再过几年,大人们想升官往上爬了,就摧眉折腰,巴结上司,衣服就要做得前襟短,后襟长了。"

丐七:"听你这么一说,还真有点道理。"

丐八:"等会儿,我们就细细地看,要是这位新上任的岭西王前襟长,后襟短,那今晚你讨到的好菜,就归我一人吃。"

丐七:"行。"

丐八:"留神!留神!岭西王的轿子停下了,留神看,别眨眼。"

岭西王的轿子在府邸门前停下,侍从撩起轿帘……

丐七、丐八瞪大双眼看着从轿内缓缓走出的岭西王,两人还来不及看衣襟,一看见李贵熟悉的脸,竟惊愕得张大了嘴,眼前同时现出了昔日的情景……

4. 破庙(回忆)

……

李贵凶神恶煞地揪着丐七、丐八:"好哇!你们想骗钱,编些三岁小孩也不信的谎言想骗我。这世上有钱,都买田、买地、买房,或者买儿、买女,谁肯花钱买个父亲去侍候?来呀!与我打这两个骗子!"

士兵们挥拳舞脚地打丐七、丐八。

李贵抬脚朝丐八的脸上狠狠一踢,正好踢落了丐八一颗门牙……

5. 岭西王府邸大门

丐八摸着自己缺了的门牙,怒火冲天起,他丢下了打狗棍:"走!告他去!告这个岭西王是个变脸人!"

丐七:"找谁告去?"

丐八:"皇帝封他的王,当然找皇帝告去。"

丐七："你知道皇帝在哪儿？你见得着皇帝吗？"

"那就找现管的县官去！"丐八说着，拉着丐七就朝县衙门奔去。

6. 山林崖洞外

春英从泉水边洗被单回来，朝洞内叫道："喜喜哥，快来帮我拧下被单。"

"来了。"喜喜从洞内出来。

喜喜帮助春英拧被单，两人几次调试，却总是拧成一个方向，两人嘻嘻哈哈自嘲。

秋云在用作厨房的山洞里切菜，听见两人的笑声，生气地摔下菜刀，拿起扁担，提着一只桶走出来："喜喜，和我抬水去。"

喜喜："等会儿我去挑。"

"厨房急着用水，偏偏水桶又坏了一只。"

不等喜喜回答，秋云已将扁担塞到喜喜手里。

喜喜歉意地望了春英一眼，只好随秋云朝泉水边走去。

春英赌气地狠拧被单。

7. 泉水边

秋云、喜喜来到泉水边。

秋云从水桶里拿出新草帽为喜喜戴上。

喜喜："我有草帽。"

"那都是我前年给你编的了。唉！除了我，还有谁给你编呀？戴上那破草帽，像是要饭的。"

喜喜似乎没听见秋云唠叨，提着水桶往泉眼处走去。

秋云指着崖上一棵树问："喜喜，那是什么树？"

"山梨树你都不认识了？"

"我当然认识，是你搞忘了。"

"我哪儿忘了？"

"小时候，你发高烧躺在床上，想吃山梨。我跑到山上找到一棵山梨树，爬上去摘梨。为了摘到一个又黄又大的山梨，我不小心摔下来，腿被碰破直流血。看——"秋云撩起裤管，"看，至今还留下伤疤。"

喜喜望着伤疤，感激道："小时候的事我怎么会忘呢，我们是亲如姐弟呀。"

"不是亲如姐弟。"

"那是什么？"

"是青梅竹马。"

"好，好，好，是青梅竹马。"喜喜随口答道，提着盛满水的桶朝住处走去。秋云见留不住喜喜，只得追上去，和喜喜一同抬着水桶往前走。

8. 知县衙门

丐七、丐八朝衙门走来。

衙门门官远远看见了两个乞丐，高声呵斥道："滚开！滚开！"

丐七、丐八径直往前走。

门官训斥："师傅教过你们没有？讨饭有三不要：衙门不要，庙子不要，馆驿不要！"

丐八："我们有要事报官。"

门官："你个叫花子有啥事报官，不就是想让衙门把喂狗的饭赏给你们吗？"

丐八："不是，不是，我们要给县太爷说的，是有关皇帝江山的事。"

门官生气："越说越远了！"他眼看两个乞丐就要跨进大门，干脆放出了狗。

一条狼狗"汪、汪、汪"朝两个乞丐扑来。

丐七、丐八吓得慌忙逃走。

9. 集市

师兄与徒弟敲着锣招揽观众："看把戏！看把戏！……"

群众闻声走来，争相传告："他们是喜喜班的！"

"走！看变脸！"

群众很快围拢："看变脸！看'变脸王'变脸！"

师兄："列位，喜喜有事没来，今日就不表演变脸了。"

"不变脸，有啥看头？"群众失望散去。

"列位！不表演变脸，看我吞刀！"

徒弟惊："师兄！吞刀危险！"

师兄小声道："黑娃，官府贴告示要捉喜喜，喜喜不能出头露面。可一大家子人等着吃饭，我不吞刀，大家只能喝西北风了。"他拍了拍徒弟的肩："放心吧，我有把握。"

"看吞刀！"

"吞刀稀奇！"

……

群众纷纷返回来，很快就围成了几层人。

师兄将一把明晃晃的刀放进嘴里，慢慢吞下……

徒弟的心提到了嗓子眼。

姑娘们吓得闭上了眼。

男人们看得目瞪口呆。

妇女们看得心惊肉跳。

师兄将刀吞下后，又慢慢将它吐出来。

"好！"群众掌声如雷，纷纷解囊，钱币像雨点般投进徒弟手中的盆内。

师兄、徒弟开心地笑了。

10. 山林崖洞

喜喜在崖下一块平地上练完功，擦着汗水走回来："妈，饭好了没有？"

喜母走出崖洞："好了，等她们回来一同吃。"

喜喜："妈，春英呢？"

喜母："挖野菜去了。"

"秋云呢？"

"去泉水边洗衣了。"

喜喜调侃道："我说今天这山洞内外这么清静，原来这一百只麻雀不在。"

喜母："这山上麻雀少，哪儿来的一百只麻雀呀？"

"哈哈哈！"喜喜笑道，"人家说一个女人就好像是五十只麻雀，一天到晚叽叽喳喳。我们家里春英、秋云两个女人加在一起，不正好是一百只麻雀吗？"

"小声点，别让这两个丫头听见了。"

喜母的提醒已经晚了，春英提着满篮野菜出现在洞口外，没好气道："五十只麻雀回来了。"

"嘿嘿！"喜喜尴尬地笑迎。

"还有五十只麻雀也回来了。"秋云也出现在洞门口。

"都回来了，准备吃饭吧。"喜母热情招呼两人。

喜喜感叹："唉！到处悬榜捉拿我，我躲在这里吃闲饭，靠师兄、徒弟摆摊养活我。"

"等躲过了这风口,你多演出,多挣钱供他们不是一样的吗?"喜母安慰儿子。

秋云一手端着泡菜,一手拿着筷子出了山洞,来到洞前用石板搭成的饭桌旁。她放好泡菜,开始摆筷子。她熟练地摆好了四双筷子,忽然一个歪主意上了心头,她收去了一双筷子,不吭声朝山洞走去。

喜母端了两碗野菜棒子粥出了山洞:"喜喜,吃饭了。"

喜喜接过母亲的粥碗就泡菜吃起来。

秋云端着一碗粥坐在桌前,一边吃,一边观察着春英。

春英端着粥碗来到桌前,正要落座,发现自己的座位前竟没有筷子,立刻明白是秋云搞的小动作。她将碗一推,哭着跑回了山洞。

"你……"喜喜不满地看着秋云。

喜母责备秋云:"你怎么不给春英摆筷子?"

秋云假装糊涂:"哎呀!这多年养成的习惯就是难改,以前师兄、徒弟不在,我们一家人就只摆三双筷子。"

喜喜白了秋云一眼。

喜母端了粥碗,又重新拿了一双筷子,走进洞内,哄着春英:"秋云不是故意的,她是搞忘了。快吃。"

"哼!是不是故意,她心里最清楚!我不吃,气饱了!"春英赌气推开粥碗。

11. 城郊

丐七、丐八逃到了城郊。

差役甲、乙四处寻找喜喜。

差役甲:"喜喜呀喜喜!你到底在哪儿呀?"

差役乙像祈祷一样念:"喜喜快出来,喜喜快出来……"

丐八发现了两个差役,对丐七说道:"七哥,对面来了两个差役,走,我们找他们说变脸人的事。"

丐七:"别把自己套进去。"

丐八:"不会的,说不定皇帝还要表彰我们有功,册封咱俩官职哩!"

丐八走近差役甲、乙,将他俩拉到路旁的树林中,神秘地说道:"告诉你们一个秘密,岭西王是变脸人,变脸人。"

差役甲："什么变脸人？"

丐七："三皇子叛乱的时候，我们亲眼看见他带着三皇子的人到处捉拿皇帝。"

差役甲："胡说！两个叫花子竟敢造谣污蔑岭西王。抓起来！抓起来！"

差役甲、乙将两个乞丐上了枷锁。

丐八叫屈："干什么？干什么？你们不奖赏就算了吧，怎么还抓人呀？"

丐七："我们是好心好意为皇帝铲除奸佞呀！"

丐八："七哥，要抓由他抓！我们两个叫花子怕啥？叫花子贬成讨口子，都一样。听说监狱里管饭，我们进去了，省得天天要饭挨骂受气。"

丐七："要杀头的！"

"唉！"丐八摸着脑袋叫道。

"走！快走！"差役甲、乙像驱赶牲口一样赶着丐七、丐八朝西城走去。

12. 山林崖洞

春英站在树下，呆呆地望着挂在山上的羊肠小道。

喜喜走来，讨好道："春英，这是我为你摘的山里红。"说着，他从兜里挑选了一颗又红又大的果实喂到春英嘴边："这红果甜。"

春英"啪"地将红果打落在地："红果容易生虫！"

喜喜迷惑地拾起红果，仔仔细细地端详："这红果没生虫呀？"

"笨蛋。"

喜喜宽厚地笑了笑："你还为摆筷子的事生气呀？"

"我哪敢生气呀，你们是青梅竹马呀！"

"我和秋云一同长大，我太了解她了，她是刀子嘴，豆腐心……"喜喜警惕地望了望在崖洞忙碌的秋云，低声道："这里说话不方便，你先到后山去，我来找你。"

春英会意地从崖洞旁溜上山。

等春英走远了，喜喜欲去追赶，不料秋云走出崖洞叫道："喜喜，快来帮我择野菜。"

"哎。"喜喜走过去，心不在焉地择野菜。

秋云带着歉意："那天摆筷子的事，是我大意了，以后我注意。"

"这就好了，既然在一口锅里吃饭，就该像姐妹呀。"

喜喜望着春英远去的方向,突然心生一计,他举着一个木棒朝山上跑去。

秋云追出崖洞:"你又到哪儿去?"

"我看见几只野兔跑过去,好久没吃肉了,我去抓几只野兔回来给大家打牙祭。"说着,喜喜继续往前跑。

"回来!回来!"

喜喜只得停住脚步。

"又不是夏天,你戴什么草帽?"

"官府张榜要捉拿我,戴个草帽壮胆,遇到可疑人就遮脸。"

秋云:"要戴也别戴你这破草帽,戴我给你新编的草帽。"

"好,我这就戴。"喜喜转回崖洞戴上新草帽,一溜烟跑上了山。

13. 树林丛中

喜喜终于在树丛中找到了春英。

"春英,秋云不是故意不给你摆筷子,她是大意了。"

"她是故意的,她说什么红果甜,青果酸。"

"红果是甜,青果是酸嘛。"

"笨蛋!她和你相处得久,自比红果;我刚到你家,是青果。"

"咳!"喜喜笑道,"怪不得人家说'三个女人一台戏',她们把人都比作山里红了,能不敷演出好戏来吗?"

"去,去,去。"

"来,来,来。"喜喜温柔地拉着春英走进灌木丛,两人紧挨着坐下。

春英撒娇:"既然嫌弃我,我明天就走,到我舅舅家去。"

喜喜急了:"你走了,我怎么办?"

"衣是新的好,人是旧的好呀!"

"你好,你对黄伯那样好,孝敬老人,心地善良……"喜喜深情说。

两颗心渐渐靠近,沉醉于温情之中。

一头老牛慢悠悠地走来,发现了显露在灌木树丛的草帽,黄油油的新麦草激起了老牛的食欲,它伸嘴叼去了喜喜头上的草帽,喜喜全然不知,继续对春英倾诉:"你对萍水相逢的黄伯都那样好,将来你对我妈肯定好,百善孝为先……"

"哞——哞——哞——"老牛吃草帽吃得高兴,竟叫了起来。

喜喜嫌老牛干扰了他和春英谈情,顺手拾起了身旁残存的草帽圈,抛向远处:"去,去,到那儿吃去!"

老牛追随草帽圈离开了喜喜、春英二人。

喜喜:"秋云的父母早死,她父亲是我们家的恩人,我妈将她当亲女儿,我把她当亲姐姐,她要是得罪了你,我这做弟弟的给你赔礼了。"喜喜站起来,向春英鞠躬。

春英嫣然一笑。

"喜喜——喜喜——"远处传来秋云的叫声。

"秋云在叫我。"喜喜警惕道,"你别动,等会儿再出来。"喜喜急急忙忙跑出了树丛。

14.野山坡

"喜喜——你逮兔子逮到哪儿去了——"秋云的声音越来越大。

"在这儿——"喜喜应声,并准备迎接秋云,他一摸头上,惊得张大了嘴,"草帽到哪儿去了?……草帽到哪儿去了?……"

老牛正十分惬意地咀嚼着草帽残存的部分。

喜喜焦灼地转悠在老牛周围寻找草帽,边走边念叨:"草帽到哪儿去了?草帽到哪儿去了?……"

秋云跑来:"喜喜,你逮的兔子呢?"

"兔子跑了。"

"你……你的草帽呢?"

"草帽……飞了!"

"飞了?"秋云丧气地低下了头,猛然间发现老牛正咀嚼着草帽碎片,她冲上去从老牛口中夺回来。她捧着被毁的心爱之物,伤心地痛哭起来。

喜喜懊恼地跺脚:"我怎么让老牛把我'涮'了!"

15.城墙门洞

丐七、丐八哭丧着脸,在差役的押解下,拖着沉重的脚步朝城门洞走去。

丐八突然发现城墙上张贴的皇榜,忙对丐七道:"七哥,这小子不是从我们手里买走黄伯的吗?"

丐七定睛一看:"是他,是他。"

两个差役聚精会神地听着丐七、丐八议论。

丐八："是他！是他！"

差役甲指着画像问两个乞丐："你们认识画上的人？"

丐七、丐八点头。

差役甲："你们能找到他？"

丐八："当然能找到他。"

差役甲："那就请二位带我们去找他。"

丐八："这小子的事还真多，上次来了一群人让我们带去找他，这次又张皇榜要拿他。"

差役甲："请二位带路。"

丐七："要是找到他，你就把我们放了。"

差役甲爽快地答道："行！你们就戴罪立功吧。"

差役乙将差役甲拉到一旁："兄弟，这不合理呀。这两个人随便辱骂岭西王是变脸人，怎么能将他俩放了呢？"

差役甲："什么合理不合理，只要合利就行。凡事看谁的来头大，后台硬，就照着谁的意思办。皇帝张榜要拿获喜喜，皇帝比岭西王大，你我当然该照皇帝的圣旨办啦！你管他两个乞丐说东道西。"

差役乙细细咀嚼着差役甲的话："'合理''合利''合理''合利''合利''合理'……"

差役甲推搡着差役乙："还不快找喜喜去？"

两个乞丐带着两个差役踏上了寻找喜喜的路程。

16. 山林崖洞外

石板上摆好了粥和菜，大家站在周围，却不动筷子。

徒弟饿得吞口水，伸手欲吃饭。师兄拍了拍他的手，他赶紧缩回了手。

喜母走来："黑娃不是吵着饿了，你们怎么还不动筷子？"

喜喜："秋云还没来。"

"这孩子，还在怄气，你们吃，我给她端进去。"

众人才开始举筷子、端碗。

17. 山林崖洞内

秋云躺在树枝搭成的床上流泪。

"秋云,傻子生气才作践自己的身体。快来吃饭。"喜母端着粥、菜进来。

秋云扑在喜母身上,"哇"的一声大哭起来:"喜妈,人家嫌弃我,说我是红果,生了虫子;人家是青果,越来越红。"

"什么红果、青果,你就是喜妈的开心果!你是我们家的人,谁敢嫌弃你呀!"

喜母的话像春风吹进了秋云的心田,她委屈道:"为了给喜喜编草帽,我在集市的麦草买卖街上选了又选,选出的都是上好的麦草。我编了又拆,拆了又编,才编出了满意的草帽。"

"喜喜也不是故意要将你编的草帽喂牛,他因为只顾追赶野兔才丢了草帽。他不是已经给你赔礼了吗?"

"我们一片真心,就换来他轻描淡写一句话呀!"

"你呀你呀,不是喜妈说你,你表真心哪能送草帽呢?那风一吹就掉了。人家姑娘送郎君的东西都是荷包,郎君随身带着,就像有情人在身旁。我有好丝线,好布块,回头你来挑,绣一个荷包送给喜喜,他随身带在身上,不怕风吹,不怕雨淋。"

秋云的气慢慢平下来,点了点头。

"不吃饭怎么绣荷包呀?"

秋云端起粥吃起来。

喜母赞道:"这才是喜妈的开心果!"

18. 闹市

丐七、丐八引着两个差役穿行在人群中寻找喜喜。

两个差役显得不耐烦。

丐八安慰道:"喜喜就在前面。"

19. 乡间

两个差役拖着疲惫的步子跟在丐七、丐八后面。

差役甲烦躁地问:"喜喜到底在哪儿呀?"

丐八:"在前面,就在前面。"
"你说了多少次在前面?"
丐八:"不向前走着找,难道退着到后面去找吗?"
两个差役无可奈何地跟着丐七、丐八向前走。

20. 御花园东边花径

金娥陪着玉叶公主在园中散步。

金娥竭力想让郁闷的玉叶高兴起来,指着园中盛开的花:"公主,我给你数花。"

"数吧。"

金娥载歌载舞:"正月迎春花儿开,春回大地又一年……"

21. 御花园西边花径

太子与五皇子相遇。

五皇子:"太子哥,团聚宴上打架,我可是站在你这边帮你打的呀。"

太子:"我知道。"

五皇子:"知道就好,日后你登基,可别忘了小弟。"

太子:"那是当然,可七皇子对这太子座位虎视眈眈哩。"

五皇子:"老祖宗传下的规矩,传嫡传长,谁也不能更……"

五皇子发现对面花径上的玉叶主仆,立刻停止了谈话。

22. 御花园东边花径

　　　　三月里来桃花艳,万朵彩云映红天……

金娥又唱又舞,惹得玉叶也拍起节拍助兴。

　　　　四月芳菲花烂漫,草长莺飞满人间。
　　　　五月榴花耀人眼,河上热闹赛龙船。
　　　　六月碧水泛波澜,荷花仙子下了凡。
　　　　八月桂花金灿灿,香风熏人醉心田。
　　　　九月风扫百花残,菊花傲立东篱边。
　　　　十月霜降天气寒,冬青花儿笑开颜。
　　　　腊月雪飘风似剑,红梅花开报春天。

金娥唱完，玉叶郁闷的脸上显出了阳光。

玉叶隔着花圃发现了两位皇子，亲切地叫："太子哥，五皇哥，你们也来赏花呀？"

23. 御花园西边花径

太子、五皇子敷衍道："是，是，是。"

五皇子指着玉叶的背影："哼！那七皇子想当太子，老天惩罚他们，让他妹子得了疯病。"

太子指着玉叶："今天怎么没见她哭闹？难道病治好了吗？"

"没那么容易治好。"五皇子得意道，"我有本事让她哭闹。"

太子："这还要本事？骂她，打她，她当然要哭闹。"

"我不骂她，更不会打她，甚至我连口都不开，就让她犯疯哭闹。"

"好！看她疯样解我的气！可你不开口就能让她疯病重犯？我不信！"

"打赌。"

"赌什么？"

"赌美女，谁输了，谁就奉送给赢家一位绝色美女。"

"好！"

"君子一言，驷马难追。"五皇子转身低声吩咐侍从，侍从应声朝五皇子寝宫走去。

五皇子："太子哥，一会儿就见分晓。打赌的事，你可要忍痛割爱啊！"

"当然，当然。"

24. 御花园

玉叶脸上出现了少有的笑容，她与金娥穿行在花丛中，人面、鲜花相映美丽。玉叶摘了一朵花戴在头上，又欲再摘一朵戴在鬓角，挑了几朵都不满意。

太子、五皇子阴冷地站在亭子内。

五皇子："玉叶妹，这边的花好。"

玉叶闻声朝五皇子走去，待走近时，亭内突然喜乐喧天，一侍从做傧相唱："东边一朵紫云开，西边一朵彩云来，两朵祥云合起来——新郎、新娘出堂来——一拜天地——二拜高堂——夫妻相拜——入洞房——"

"啊！！！"玉叶惊叫，随即追赶年轻男子，"魏学士！魏学士！你回来了！

回来了！该拜堂了！拜堂了……"

玉叶四处追赶，年轻男子纷纷逃窜。

太子、五皇子等人幸灾乐祸，哈哈大笑。

五皇子得意道："太子哥，你输了，我要的是你身边最美的那位女子，你可不能食言哪！"

"七皇母来了！"太子、五皇子急急逃走。

七皇母赶来，吩咐金娥等人："快！快！快将公主护送回宫！"

25. 玉叶寝宫

太监、宫女七手八脚将玉叶送回寝宫，费了半天，才让玉叶安静下来。

七皇子怒气冲冲进来。

七皇母："皇儿，太子他们欺负你妹妹！"

七皇子："母亲，这事我知道了，妹妹现在怎么样了？"

"刚吃了药，睡下了。"

七皇子愤愤道："没想到他们竟干出如此下贱事来！"他咬牙切齿："母亲休要生气，有朝一日，我新账、旧账跟他们一同算！"

"皇上驾到——"

七皇子："母亲，我暂时回避。"他与七皇母耳语，七皇母频频点头。

七皇子进了内屋。

皇帝来到。

七皇母："臣妾恭迎皇上！"

"免礼。"

皇帝坐定，七皇母哭诉道："皇上，太子他们又欺负玉叶了。"

"我听说了。"

七皇母伤心道："寻常百姓家，哥哥爱妹妹，弟弟敬姐姐。哪像这皇子哥哥，妹妹病得这样可怜，还幸灾乐祸，落井下石。"

皇帝愤愤道："畜生！"他转问道："玉叶现在怎么样？"

"吃了太医的药，睡下了。"

"看看她去。"

皇帝和七皇母来到内室，躺在床上的玉叶倏地起来，直扑皇帝："魏学士，刚才我做梦梦见你回来，没想到你真回来了！快告诉我，你是怎么得救的？是谁救了你……我想你想得好苦啊！我们的婚房还在，我这就去请求父皇为我们择个良辰吉日拜堂成亲……咦！你的胡子怎么这么长……想是颠沛流离，风餐露宿苦了你……"说着，她亲热地捋皇帝的胡子，皇帝尴尬，急忙离开了内室。

公主追赶："魏学士，你不要我了……"

七皇母吩咐侍从："拉住她！拉住她！"

皇帝出了内室，来到正堂，潸然泪下："三逆贼作的孽呀！"

七皇母："作孽的还有太子！"

"都作孽，都作孽！"皇帝发怒。

七皇母："一国之君，当爱民如子，太子连他的亲妹妹都不爱，如何能当一国之君？无情无义之人，如何承继大统？"

皇帝："唉！朕疏于教范，愧对列祖列宗。"

七皇母："皇上休要自责，皇子中就有贤德之才，七皇儿率兵平定了叛乱，迎回皇上。皇上，国安立长，国乱立贤，七皇儿和睦孝顺，为保宗庙社稷千秋万代，皇上，应当立七皇儿为太子。"

"唔！"皇帝不悦，"立嫡立长，这是老祖宗传下的法典，谁当太子，谁当皇子，这是天命。倘若废立太子，朝纲必乱。眼下国家刚刚安定，你又想天下大乱吗？"皇帝厉声道："后宫不得干政，下不为例！若敢以身试法，严惩不贷！"

七皇母战战兢兢："臣妾失言，皇上恕罪。"

皇帝拂袖而去。

七皇子从内屋出来，扶起七皇母。

七皇母伤心道："皇儿，你听见了？"

"母亲，我都听见了。"七皇子发狠道："骑驴看唱本——走着瞧！"

侍从进来："禀七殿下，刘校尉有急事求见。"

"让他到东宫等我。"

侍从："是。"

七皇子："皇儿有急事处理，母亲好好休息，回头皇儿再来陪伴母亲。"说完，匆匆离去。

26. 东宫

七皇子回到东宫。

候在那里的刘校尉忙迎上："参见七殿下。"

"免礼。"

"有什么情况,快说。"

"属下打探到,叛乱期间,皇上怕玉玺失落,将玉玺存放在他义子家。皇上重振朝纲后,派王甲、赵乙去取回,怎奈喜喜不在家,现正张榜寻找喜喜。"

七皇子:"啊!我还只当他是为亲情寻找喜喜,原来是为了玉玺。玉玺是君权最高的象征,失之则表示'气数已尽'。前番父皇没有玉玺便册封李贵为岭西王,就有老臣和将士不服,私下议论。可见没有玉玺,父皇的皇位坐起来也底气不足。眼下叛乱初定,乱象丛生,就这内宫,众皇子都觊觎着皇帝的宝座。若国之重器玉玺在手,就展示了皇权神授,正统合法。速派人跟踪王甲、赵乙,夺取玉玺!"

"遵命!"刘校尉回答。

第十五集

1. 刘校尉府邸

刘校尉对三娃、铁蛋道:"王甲、赵乙又去找喜喜了,各州府县也张榜挂像找喜喜,找到喜喜就找到了玉玺。你们俩是我最信任的人,此番派你们去,就是要把玉玺夺过来,事成之后七皇子有重奖。"

"遵命!"三娃、铁蛋领命出了府门。

2. 山林崖洞

秋云坐在树下绣荷包。

师兄在旁观察。

一不小心手被针刺破,师兄心痛地跑过去抓起秋云的手吮血,吮完后秋云不好意思地抽回了手,两人都显得尴尬。

秋云埋头继续刺绣。

师兄急忙逃离。

3. 驿道

丐七、丐八和两个差役走着,几个手持喜喜画像的差役追上来。

丐八问:"公差大哥,你们怎么拿着喜喜的像?"

持画像差役:"皇上又传圣谕,十日之内有谁找到喜喜,皇上要重加奖赏。"

丐七:"皇上几次三番传旨找喜喜,这个喜喜不是钦犯,就是功臣。"

丐八:"一个卖艺的怎么会成为功臣呢?肯定是钦犯!"

丐七:"唔,说得有理。"

持画像差役:"你们到哪儿去呀?"

差役甲:"我们也是奉了上司的命找喜喜。"

"找到没有?"

丐八:"找到了我们还在这里?"

持画像差役:"那就将军不下马——各自奔前程。"

丐八望着持画像差役的背影大叫:"不好!他们走在前面找到了喜喜,我们就领不到奖赏了。快!抢在他们前面。"

丐七、丐八及两个差役飞跑着去超越持画像差役。

4. 深山崖洞

洞前的一块平地,师兄、徒弟在练功。

喜喜指导春英压腿:"往下压,再往下,再往下……"

春英撒娇道:"痛死我了。"

喜喜:"你既然想吃戏饭,就要吃得苦,台上三分钟,台下十年功。压,压,再往下压……"

"哎哟!痛死我了!"

秋云带着醋意走来,递给喜喜一个荷包:"喜喜,小时候你老缠住我给你绣荷包,今天还你的愿。"

喜母在旁:"这是秋云熬夜赶着给你绣的,你好好带在身上,千万不要像草帽一样丢了。"

听了母亲的话,喜喜接过荷包,佩带在身上。

师兄呆呆地看着。

春英装着漫不经心,却在暗中窥视。

5. 岔路口

丐七、丐八追赶持画像差役,到了岔路口,持画像差役朝左边路走去。

差役甲:"别跟他们走一条路。"他指着右边道:"我们走这边,说不定运气就在我们这边。"

"哎呀!累死我了。既然不追了,就歇会儿吧。"丐八说着,歪靠在路边一棵树下。

差役甲:"好吧,歇一会儿吧。"

众人坐下休息。

丐八竟在呼噜声中做起了美梦……

6. 皇宫正殿（梦境）

皇帝高坐在龙椅上。

太监宣谕："丐七、丐八奉旨在十日之内找到喜喜，并送到京城，劳苦功高。皇上圣明，奖银三千两。"说着，命两个小太监将银子抬上来。

丐八拿起一锭银子掂了掂，恳求道："公公，这么重的银子花起来不方便，一盘猪头肉，一盘花生米，半斤烧酒，才十个铜钱。"

高坐的皇帝笑了："来人。"

太监："在。"

皇帝："将这三千两银子折换成铜钱赏给他们。"

太监："是。"

少顷，一队太监抬着一筐又一筐的铜钱来到正殿，一刹那铜钱便堆积如小山。

丐八望着面前的铜钱惊喜："啊呀！这么多钱，我怎么拿走呀？……"

7. 岔路口

"快起来！赶路了！"差役甲摇醒丐八。

丐八睁眼望着空荡荡的四周，愤怒地跳起来骂差役甲："你等我把那堆铜钱搬回来，再叫也不迟呀！你、你、你毁了我的财了！我跟你拼了！"说着，就扭着差役甲打。

差役甲难招架："哪儿有什么钱？"

差役乙拉开丐八："你是在做梦。"

丐八摸了摸脑袋，清醒过来，不好意思："原来是在做梦。得罪了，差哥。"

"我今日才搞清楚什么叫痴人说梦！"差役甲摩挲着被丐八扭打的手。

"快走，快走。"差役乙推搡着丐八、丐七走。

8. 深山崖洞

喜母提着篮子欲上山摘野菜，秋云跑上来抢过篮子："喜妈，我去摘。"

喜母叮嘱："小心点，别到坡陡的地方去摘。"

"哎。"秋云乖巧地回答。

喜喜见秋云上了山，出了崖洞寻找春英。

"啊——啊——咿——咿——"春英在崖上借喊嗓向喜喜示意。

喜喜会意地欲跑过去，忽然想起身上的荷包，他取下荷包想放到崖洞内，见师兄、徒弟在内，他转身欲放到用作厨房的小山洞，藏了几处也觉不妥。

"啊——啊——咿——咿——"春英急促的呼叫声催促着喜喜。

喜喜忙到洞外的草丛中寻找藏匿处，最后将荷包放在了草丛中的一块石头上，并做了记号。

9. 山崖上

喜喜跑上了山崖，对春英道："你在叫我？"

春英矜持道："谁在叫你呀？"

"你装得真像，是块唱戏的料。"

春英冷笑："我哪儿有你会装呀！你是老卖艺的人了呗。明明缠住别人要荷包，人家送来了，哼，他还装出那副假正经相。"

"咳，那是小孩子，见别人有，自己也想要。"

"荷包这东西不是随便要的，小伙子向姑娘要荷包，就是要姑娘当他的媳妇。"

"小孩子的事你也当真，我问你，你小时候玩不玩过家家的游戏？"

"玩过，小时候谁不玩过家家呀？"

"照你这么说，你不知道嫁过多少回，我也不知道娶了多少个媳妇。"

春英不好意思地笑了，却又反驳："小时候的事可以不当真，可现在你将她送给你的荷包带在身上，那就有意思了！"

"那是我妈的意思，我是哑巴吃汤圆——心里有数。"他撩开衣服，"你看，我就没带在身上。"

春英："带不带是你的事，我不看！"

"我偏要你看，省得你胡说。"

春英窥视了喜喜没带荷包，暗中高兴，却又佯装道："我不看，你带不带与我无关！"

"我偏要你看！"喜喜追逐着春英。

"我不看……"春英跑着。

两人嬉闹着，追逐着……

10. 山洞附近的草丛

师兄打柴归来,发现草丛中放置在石头上的荷包,他拿起来仔细辨认,认出是秋云所绣,他爱之如宝,将荷包紧贴在胸上,忽然想起此物是秋云送给喜喜的,便割爱将荷包放回了石头上。

师兄刚离去,徒弟用弹弓打鸟路过草丛,发现了石头上的荷包,他高兴地拿起来,翻弄着:"可惜是空的!不过这荷包绣得这样好,肯定能卖好价钱。人说天上掉下馅饼来,我这是地上冒出荷包来!"徒弟收拾起弹弓,欢喜若狂。

11. 乡镇酒店

两个持画像差役坐在桌前喝酒。

喜喜的画像放在桌边。

牛哥四处流浪,有时给富人打工,挣了钱便混迹于赌场。此刻他流浪饿了,便走进了酒店,刚要开口叫小二上酒,突然发现了喜喜的画像。

牛哥走近画像仔细端详,靠近桌边问:"请问差哥,你们拿着这画像干什么?"

持画像差役甲:"皇帝下谕旨要找寻这个卖艺的,我们是奉命四处找寻。"

牛哥:"皇帝为什么要下谕旨找他?"

持画像差役乙:"谁知道,有人说他可能是钦犯。"

"钦犯?!"牛哥幸灾乐祸,"我早知道这小子不是好东西!"

持画像差役甲:"你认识他?"

"我不但认识他,还和他有夺妻之仇!"

持画像差役甲:"你知道他在哪儿吗?"

牛哥:"他们喜喜班好长一段时间都没演出了,怕是躲起来了吧。"

持画像差役甲:"你见到他能认出来吗?"

牛哥:"把他烧成灰我也认得出来。"

持画像差役甲:"那好,你和我们一同去找,找到了有赏。"

持画像差役乙:"还能夺回你的妻子。"

牛哥:"多谢二位差哥。"

持画像差役甲:"来,来,来,一块儿吃,吃饱了好赶路。"

牛哥毫不客气地端起酒杯大口喝起来……

12. 山林崖洞

秋云摘野菜归来，搁下篮子，四处寻找喜喜。不但没找到喜喜，春英也不见人影。秋云忐忑不安，忙奔到高处叫："喜喜——喜喜——"

13. 半山坡上

正在追逐、嬉闹的喜喜和春英听到远处传来的呼叫声：
"喜喜——喜喜——"
"秋云又在叫我了。"喜喜急忙往回跑。

14. 山林崖洞

喜喜气喘吁吁地跑回来。
秋云："你到哪儿去了？"
"逮野兔去了。"
秋云冷笑，问道："我给你绣的荷包呢？"
喜喜搪塞："刚才发热，我脱衣服时忘在铺上了。我这就找出来给你看。"
喜喜先跑进自己住的崖洞，待避开了秋云的视线，他急朝藏匿荷包处跑去。

15. 崖洞附近草丛中

喜喜找到搁置荷包的石头，荷包却不翼而飞。喜喜急出一身汗，慌乱地四处寻找，正在这时，徒弟举着荷包蹦跳着走来。

喜喜高兴地迎上："黑娃，你真是师傅的好徒弟！给师傅解危难来了！"说着，伸手欲取荷包。

徒弟拒绝。
"快给我。"
"我的荷包，为啥要给你？"
"你的？你哪儿来的？"
"是……是一个美如天仙的姑娘送给我的。"
"你胡说！"喜喜气得骂人。
"我没有胡说！刚才我在林中打鸟，从树背后走出一个美如天仙的姑娘，她娇滴滴叫我大哥，夸我人长得标致，一看就是个老实人，愿将终身托付给我，送我这荷包定情。"

喜喜气得扇了徒弟一下:"你小子把戏文上的故事拿来骗我!告诉你,这荷包是你秋云姐送给我的,我把它搁在了这块石头上。"

"既然是秋云姐送给你的,你就该随身带着,怎么将它搁在这石头上呢?"

"这……"

"说呀!说呀!哼!还说我编戏文,不知道谁在编哩!"

"好黑娃,师傅急需这荷包,你卖给我行不行?"

"黄金有价情无价,我怎么随便卖定情物呢?"

喜喜拉住徒弟的手,讨好道:"黑娃,平日师傅待你好不好呀?"

"好,好,好。"徒弟没好气地说,"平日学戏,没少挨你的打!"

"那你今天就打回来。"喜喜将脸靠了过去。

"光打一下就算了?"徒弟不服气地说,"去年有一次演出变脸,我有一张脸没变出来,台下一阵哄笑。一下台你就罚我跪,跪了差不多有大半夜……"

"放肆!给你三分颜色,你就要开染房了!莫非你要师傅给你下跪?"

"喜喜——喜喜——"秋云呼叫声传来。

"来了!"喜喜不容分说,抢过徒弟的荷包就跑。

"你,你!你是师傅就不讲理呀?"徒弟越想越委屈,竟伤心地哭起来。

16. 深山崖洞

喜喜举着荷包跑到秋云面前,炫耀道:"你看,我不是随身带着吗?"

秋云娇嗔道:"这还算有良心。"

17. 乡镇闹市

牛哥带着两个差役持喜喜的画像穿行在人群中,细心地审视着熙熙攘攘过往的行人。

18. 深山崖洞

秋云亲热地将荷包与喜喜佩带上。

喜喜欲离开,秋云抓住不放。

秋云:"这荷包好不好?"

喜喜应付:"好。"

"好在什么地方？"

喜喜："大小合适。"

"还有呢？"

"布好。"

"还还有呢？"

"丝线颜色好。"

"还还还有呢？"

喜喜只得硬着头皮："绣荷包的人好。"

秋云甜蜜一笑，掉头见春英归来，她幸福地唱起来："小小荷包，千针万线绣，妹绣荷包挂在郎身上……"

春英在讥笑中有几分醋意。

秋云却越唱越得意："荷包上绣着美鸳鸯，那是妹妹与情郎，双飞双宿……"

"呜呜呜……"徒弟哭着，喜母拉着他走来。

喜母："黑娃在那里伤心地哭，说是师傅欺负他。到底是怎么回事呀？"

喜喜跳到徒弟面前，软中带硬："黑娃，我没欺负你，你可别乱说呀。"

"说！有师奶奶给你做主。师傅就要有师傅的样子，怎么反过来欺负徒弟了。"喜母为徒弟撑腰。

"师傅抢……"徒弟刚开口，喜喜忙捂住了徒弟的嘴。

"你让他说！"喜母厉声道。

喜喜不松手，向喜母示意："妈，别添乱了。"

喜母拉开喜喜的手："我不怕乱。"她鼓励徒弟："说！"

"师傅抢了我的荷包！"徒弟指着喜喜身上的荷包道。

"啊！"秋云惊，急问："你从哪儿来的荷包？"

"我……我……"徒弟鼓足勇气，"当着师奶奶的面我说实话，这荷包原来是搁在那边草丛中的石头上，是我捡到的。师傅在山上教完春英姐的戏回来，在那草丛中慌慌张张寻找东西，看见我拿着荷包走过去，他就向我要荷包，我不给，他就抢走了。"

"啊！"秋云捂着脸朝左边山洞跑去。

"我早说过要添乱，要添乱！"喜喜指着秋云去的方向，对母亲道，"这下好了！你去对付这姑奶奶吧！"

喜母揪着喜喜的耳朵到旁边："你和秋云从小定了娃娃亲，这孩子命苦，五岁死了妈，七岁死了爹。她爹是我们家的恩人，临终时拉住我的手，将秋云托付给我。喜儿，我们要讲义气呀！"

喜喜哭丧着脸："讲义气不一定非要娶她做媳妇，我把她当作亲姐姐也一样。"

"你是嫌秋云跟着牛二跑了？那是因为孩子年轻上当受骗，我都想开了，你还想不开呀？"

"我不嫌秋云，可我觉得春英在有些地方比她好。春英对陌生黄伯都那样好，我娶她当媳妇，她一定会孝敬你老人家。"

"春英确实是个好姑娘……"喜母忽又转念，"不行！我答应过秋云她爹，要娶秋云做儿媳妇，待她如亲生女儿。"

"唉！"喜喜长叹口气。

"喜儿呀！喜儿，可惜你只会变脸，你要是像孙悟空一样变出两个喜喜，一个娶秋云，一个娶春英，不就皆大欢喜吗？"

"呜……呜……呜……"从崖洞内传来秋云的哭声。

"妈，你先将那姑奶奶劝不哭了，再来说我变人的事吧。"

喜母急朝崖洞走去。

喜喜锁眉搔首："这才是矮子骑大马——上下两难呀！"他想来想去，忽然眼睛一亮，从兜里拿出一个铜钱："有了！"他急将喜母拉回来："妈，我有好办法了。"

"什么好办法？"

喜喜抛着铜钱："这事只好由神来决定，今晚我到土地庙用这个钱卜卦。如果是正面，就留春英；如果铜钱是反面，就留秋云。"

喜母无可奈何地叹了口气。

"呜……呜……呜……"洞内传出的秋云的哭声更高了。

"我去劝了秋云再说。"喜母朝崖洞走去。

"就这样！"喜喜下了决心。

躲在附近丛林中的春英听见了此决定，气得瞪大了眼睛。

19. 乡村旅店

暮色苍茫，寒鸦归巢。

牛哥同两个持画像差役走去。

丐七、丐八与两个差役朝旅店走来。

两路人在店门口不期而遇，互道问候。

"你们也到这里住宿？"

"天快黑了，前无招商，后无旅店，不住这儿住哪儿呀？"

丐八凑近持画像差役："你们又白跑了一天吧？"

持画像差役点了点头。

丐八讥笑对方："你们没见过喜喜，等于隔口袋买猫。"

"我就见过喜喜，他与我有夺妻之仇。"牛哥站出来说。

"啊！"丐八等人惊讶地望着牛哥。

持画像差役与牛哥进了旅店。

丐八将两个差役拉到一旁，低声道："他们加了新人，不能让他们抢了奖赏，我们半夜就起床赶路。"

两个差役和丐七点头。

20. 山林崖洞

夜幕降临，山洞里微弱的灯光下，喜母做针线活。师兄、徒弟在下棋。

喜喜提着灯笼出了山洞，朝土地庙走去。

春英隔着距离跟在喜喜后面走。

秋云追上春英，不怀好意道："黑灯瞎火的，你们俩偷偷摸摸去干啥事？"

春英："你嘴放干净点！喜喜要到土地庙卜卦，决定娶你，还是娶我。我又不是什么东西，拿给他一个铜钱抛来抛去！"

秋云也脱口而出："我也不是龙灯，拿给他耍来耍去！"

两个女人顿时求同存异。

春英亮了亮手中的口袋："给他点厉害看看！"

秋云："对！给他搅乱。"

两人望着土地庙前一抹微弱的灯笼火光，急步朝那儿走去。

21. 土地庙

喜喜跪在土地爷和土地婆的面前祈愿。

春英、秋云轻轻绕到土地庙的背后。

喜喜虔诚地对土地神说道："土地爷，土地婆，只因家中遇到为难之事，特来请神灵明示。我的家虽然穷，可却是个安乐窝、避风洞。可近来却变了个样，两个漂漂亮亮的姑娘，争风吃醋，钩心斗角，都想嫁给我，我不是大富人家，可以娶三妻六妾。我到底该娶哪一个呀？一个是喜爱我的春英姑娘；一个是和我青梅竹马，从小就和我定了娃娃亲的秋云姑娘……"

喜喜将铜钱拿出来："土地爷，土地婆，您若让我娶春英，这铜钱就显正面；若让我娶秋云，这铜钱就显反面。"喜喜说着，将铜钱一抛。

春英趁着黑夜，偷偷地拾起了铜钱。

喜喜卜完，四处寻找铜钱，始终未找到。喜喜又从身上摸出一枚铜钱，再一次抛出铜钱。

秋云悄悄拾起第二枚铜钱。

喜喜提着灯笼遍地寻找铜钱，两个铜钱都不翼而飞，他几分诧异，几分胆怯。

春英、秋云躲闪着喜喜，眼看要被发现，春英"扑"的一声吹灭了灯笼。

喜喜甚觉奇怪："没有风，灯笼怎么会灭了？"他思索一会儿，自作聪明道："一定是土地婆、土地爷显灵了。"

春英在土地庙背后，假装土地爷的声音："喜喜前来求本土地神，念其心诚，本神即要授予天机……"

喜喜虔诚地磕头："小民喜喜洗耳恭听土地爷、土地婆授予天机。"

春英抛出麻袋："本神命你先钻进这仙袋内，再与你授天机。"

喜喜摸着麻袋，有所犹豫。

"唔……"

喜喜听见"土地神"声音不悦，急忙钻进了麻袋。

春英、秋云从土地庙背后出来，系好麻袋口。

"土地爷、土地婆，你们真显灵了！快授天机！快授天机！"喜喜在口袋内高兴地说道。

春英："土地爷、土地婆去赴王母娘娘的蟠桃宴还没有回来，你在这里耐心等他们吧。"

秋云："对！土地神还让我们给你捎个话，说他们还要给你带个蟠桃回来！"

喜喜在麻袋内挣扎："原来是你们俩呀！快松开麻袋，放我出来！"

春英："你不是把我们当成东西抛来抛去吗？我们也把你当作东西装进

麻袋!"

秋云:"对!"

"救命呀!黑娃!师兄!"喜喜在麻袋里拼命叫喊。

春英、秋云站在一旁看着乐。

22. 山林崖洞

"救命呀!黑娃!师兄!"山风隐隐约约飘来喜喜的声音。

徒弟、师兄静听。

徒弟:"像是师傅的声音。"

师兄:"快走!"

两人循声跑去。

23. 土地庙

"救命呀!黑娃!师兄!"喜喜在麻袋里呼叫道。

徒弟、师兄忙将麻袋打开,喜喜终于解放了。

"师傅,你怎么钻进麻袋里来了?"徒弟问道。

"这……练功练得走火入魔了。"喜喜解嘲道。

徒弟、师兄将信将疑地你望着我,我望着你。

"哈哈哈!哈哈哈……"春英、秋云捧腹大笑。

喜喜瞪着眼看着两个女子。

24. 左山洞内

深夜,喜母、春英、秋云同睡在用树枝搭成的床上。

三个女人各怀心事。

喜母唉声长叹。

春英翻来覆去。

秋云睁着眼望着洞顶。

春英的眼前涌现出了以下情景——

25. 山洞外(回忆)

喜母眉头紧锁,满脸愁云地对喜喜道:"秋云和你是定了娃娃亲的。她爹临终时，将秋云托付给我。我们要讲义气呀……"

喜喜搔首道："唉！这才是矮子骑大马——上下为难呀。"

26.右山洞内

深夜，师兄、徒弟酣睡。

喜喜辗转难眠，脑海里反复出现以下情景——

27.山间小道（回忆）

叛军关口盘查，化装成老夫妻的春英和黄伯（皇帝）机智应对。

28.喜喜家院（回忆）

春英拿出积蓄为黄伯（皇帝）请医治病。

29.山野（回忆）

春英挖黄精、山参。

30.喜喜家院（回忆）

春英将熬好的药膳一口一口喂病中黄伯（皇帝）。

31.左山洞内

春英思前想后，忽地坐起来，收拾包袱。

秋云醒来，发现春英欲出走，心中暗喜，假装熟睡。

32.山洞外

春英挎着包袱走到右山洞外，徘徊再三，终于下决心离去，不小心绊响木盆。

"谁？！"喜喜出洞一望，黑夜中看见春英的影子朝外走去，他急回到床边，拿着玉镯追赶春英。

33. 羊肠小道

黑夜中，春英两步一回头地朝山下走去。

"春英！春英！"喜喜追上来，"你要到哪儿去？"

"到舅舅家去，省得你左右为难。"

"我在磨子上睡觉——想转了。我不为难了，我要娶你。"说着，欲将玉镯戴在春英手上。

春英忙缩回手："别，别，别，这玉镯是你们家给秋云姐的定情物。"

"可她退回来了。再说，那次是我妈给她的，婚事是父母定的。现在是我送你，是我自己选的媳妇。"

"你和秋云姐是娃娃亲，秋云姐的父亲是你们家的恩人，你这样做可是不仁不义呀。"

"我给你说了好多遍，你还是不相信我。"喜喜委屈道，"你非要让我把心剜出来给你看呀！"

"谁让你剜心？"春英语气温和说。

"为了让你相信我，我再说一遍，我和秋云小时候姐弟相称，倒还和好。长大以后，特别是我买回来爹爹以后，就经常吵架，这样的两人结为夫妻，还不吵翻天，打破头呀，秋云父母在天之灵，肯定不安，这才是真正对不起秋云父母。感谢老天给我送来了爹爹和你，我和你相处就感到快乐，娶你这样有孝心的人做媳妇，一家人和和美美，这怎么叫不仁不义呢？"喜喜嘴一瘪，"我看你才是不仁不义。"

"我怎么不仁不义？"

"你在我们家住了半年，我妈待你像亲生女儿，你怎么说走就走，连个招呼也不打？就是住店，走时还会给掌柜说一声哩！"

春英低埋着头。

"还有师兄、徒弟、秋云，他们待你如亲姐妹，你既然要走，总该给人家辞个行呀。"喜喜看着东方现出了鱼肚白，"你舅舅家有百十里地，回去吃饱早饭，我妈给你烙几张饼，带在路上吃。"

春英默许，喜喜趁机将玉镯戴在春英手上。

34．山洞外

喜母、秋云在小山洞忙碌后，将稀粥与咸菜摆在洞外的石板上。

徒弟、师兄走来，端起碗准备用餐。

喜母发现缺人："春英呢？一大早不见，我还以为她练早功去了……喜喜怎么也不见人影呢？"

"怎么，喜喜也不见了？"秋云紧张地从厨房里出来。

"他们到哪儿去了？"师兄四处找寻。

徒弟对着山岗呼唤："师傅——春英姐——吃早饭了——"

"来了——"随着回声，喜喜拉着春英出现在山洞外。

"春英，你提着包袱要到哪儿去？"喜母问。

"春英打算到她舅舅家去，可是走了几步，舍不得您老人家，又转回来了。"说着，喜喜转问春英："是不是？"

春英被将了军，只得回答："是，是。"

"她还舍不得秋云、师兄、黑娃。"

春英只得连连点头。

喜母拿过春英的包袱："走什么？没爹没娘，你一个女孩儿往哪儿走？留在这里，跟着你喜喜哥好好学艺，本事学在身上就是钱罐子，一演出就有钱。"

"喜妈，我……"春英正要解释。

"好了，废话就别说了。"喜喜赶快截住春英的话，"大家赶快吃早饭，吃完饭该练功的练功，该打柴的打柴，该挖野菜的挖野菜。"说完，他从喜母手中拿过包袱，走进了左边的山洞。

春英跟在后面，低声责备喜喜："谁叫你乱说的？"

喜喜嬉皮笑脸："不这样说能把你留下？"

秋云用嫉妒的眼光望着两人的背影。

喜母历历看在眼里，想了想，高声发令："喜喜，赶快吃饭，吃完饭你和秋云到南山打柴去。"

"妈，我……"喜喜跑出左边山洞欲推辞。

喜母不容分辩："柴火快没有了，别总是师兄、黑娃去打柴，也该轮到你了。"

喜喜只得服从。

秋云脸色阴转晴。

35. 南山

秋云在前面走。

喜喜落在后面，灰溜溜走着。走到一棵枯树旁，喜喜叫秋云："回来，回来，这棵树有干柴。"说着，他将斧头、绳子放在地上，自己纵身攀上树，探身对秋云："把斧头递给我。"

秋云扭头："我不给骗子递。"

"谁是骗子？"

"你！"

"我怎么是骗子？"

"明明是你将春英追回来的，却说是她舍不得喜妈和我们自己回来的。"

"春英在我们这里住了几个月，当然舍不得离开大家；大家也舍不得离开她，当然，就是你讨厌她。"

"我就是讨厌春英！讨厌死了！"秋云愤愤说。

"她什么事招惹你了？"

"她一来，你就对我变了心！"秋云指着喜喜道。

"哼！"喜喜反唇相讥，"你难道没变心？你都给我找了个姓牛的姐夫。"

"你……"秋云恼羞成怒，"你是往别人伤口上撒盐。"

喜喜发觉失言，赶快跳下树赔礼："呸！呸！呸！怪我说走了嘴。你讨厌春英是对的，换成我，我也会讨厌春英。我错了，给秋云姐赔礼。"

"没这么便宜。"秋云高傲地说。

"你要咋样？"

"小时候你惹我生气了怎样赔礼的？"

"什么？还要跪地学狗叫？我都是大小伙子了。"

"大小伙子更不该说错话。"秋云要挟喜喜，"你要不赔礼，你就是故意伤害我。"秋云说着，"呜呜呜……"地哭起来。

"好，好，好，我赔礼。"喜喜跪在地上学狗叫，"汪！汪！汪！"

秋云破涕为笑。

"别耽误打柴了。"喜喜攀上树。

秋云将斧头递给他。

喜喜在上面砍枯树枝。

秋云在地上拾柴，她有意和喜喜搭讪："喜喜，你还记得小时候我们有次打柴遇到了狼，你拉着我拼命跑，狼在后面追，眼看就要追上了，你把背上的柴火朝狼砸去，正好砸中了狼的头，我们才脱险。"

喜喜只顾埋头砍柴。

"我说我们俩砍柴遇狼的事你听见没有？"秋云不高兴地说。

"听见了，听见了。"喜喜手中忙碌，嘴上应付着。

秋云沉默了一会儿，又说："喜喜，有一次我们俩砍柴，遇到了倾盆大雨，你将衣服脱下来为我遮雨，自己却发了高烧。"

"陈谷子烂芝麻的事情说它干什么，快抓紧时间打柴。"

秋云自讨没趣，只得埋头拾柴。

36. 左边山洞

春英独自在洞里，取出藏在包袱里的玉镯，轻轻抚摸着……

37. 羊肠小道

秋云、喜喜背着柴火回家，两人一前一后，喜喜故意落在后面，疏远秋云。

38. 左边山洞内外

春英反复玩味着玉镯。

秋云回来，见不到家人，走到左边山洞往里一瞧，看见春英将玉镯贴在脸上，充满了柔情蜜意。

春英发现有动静，慌忙收藏起玉镯。

秋云心中生起重重疑云……

第十六集

1. 山洞外

喜母挖野菜归来。

秋云迎上:"喜妈。"

"柴打回来了?"

"打回来了。"

喜母朝堆柴火的小山洞外看了看,满意道:"打的还挺多,够烧半月了。"说完,坐在石板旁的树桩上择新挖回来的野菜。

秋云别有用意地帮助择野菜。她望了望天空:"太阳都快落山了。"

"这不,我忙着做晚饭哩。"

"唉!这一天又算完了。"

喜母:"戏词里有句'白驹过隙',你说时间过得快不快?"

"喜妈,这些日子经历了许多事,我好像重新活了一次。知道什么人是我的亲人,为我好;什么人坏,是害我的人。"

"吃一堑,长一智。"

"喜妈,有一事我特别后悔,当初牛二逼着我把玉镯退给了您。"

"那混蛋尽出坏主意,干坏事!"

"喜妈,人说'覆水难再收',怪我糊涂,不珍惜,眼睁睁把玉镯奉送给了别人。"秋云后悔不迭说。

"谁说的?"喜母安慰道,"玉镯在我那里,我为你保存着的。"

"真的?"秋云喜出望外。

"玉镯是我们家的传家宝,玉镯赠给谁,谁就是我们家的媳妇,你还是我们家的媳妇,玉镯应当物归原主了。"

秋云急不可待:"可是,喜妈,这玉镯您搁在哪儿了?"

"随身带着的。"

"这些日子，戏班东奔西跑，您可不要搞丢了。"

"你一句话提醒了我，我看看去。"喜母起身朝左边山洞走去。

秋云随后。

喜母翻箱、翻包寻找，不见玉镯，惊慌道："我明明搁在这箱子里的，怎么不见了？玉镯到哪儿去了？是被人偷了……"

秋云心知肚明，却高声叫喊："玉镯不见了！有贼！有贼！"

春英及众人惊。

徒弟大声叫："师奶奶的玉镯不见了！有贼！有贼！"

师兄："有贼！有贼！"

"喊什么？喊什么？"喜喜走出右边的山洞，来到母亲身边，笑着赔礼，"妈，没有贼，是我拿了玉镯。"

"你拿它干吗？"

"我……"喜喜迟疑。

"是给春英了吧？"秋云一针见血。

喜喜点头。

喜母生气道："那是给媳妇的定情物，你怎么随便给人？"

"我要春英当我的媳妇。"喜喜说话的声音虽然低，语气却很坚定。

春英闻声进来，从包袱里拿出玉镯，退给喜母。

喜喜夺过玉镯，双手递给春英："这是定情物，你就是我的媳妇！"

"妈呀！爹呀！"秋云哭着朝山上奔去。

"你……你！你这个逆子！"喜母狠狠指着喜喜的额头，"还不把秋云追回来。"

喜喜忙冲出去追赶秋云。

喜母在紧跟后面。

2. 山崖

秋云跑着跑着，跌倒在地。

喜喜赶上来将她扶起。

秋云甩开喜喜，对着苍天号啕大哭："爹呀！妈呀！你们狠心丢下我，把我一个人孤孤单单留在这世上，没爹娘的孩子多可怜呀！爹呀！妈呀！你们等着我，我来找你们……"说着，秋云假装跳崖。

"快拉住！拉住！"喜母尾随而来，高声喊叫。

喜喜上前紧紧抱住秋云。

秋云挣扎，哭叫："爹呀！妈呀！有爹有妈是个宝，我现在可是一棵草呀……"

喜母跑上来抱住秋云："秋云，我的儿，你是妈的宝，你是我的宝，妈疼你，妈爱你，你才是妈的媳妇，三天之内，你和喜喜结婚。"

喜喜惊慌失措："什么？结婚？这荒山野岭，新房都没有。"

喜母："这山里有的是山洞，收拾，收拾，不就是洞房了吗？"

喜喜苦笑："妈呀，亏你想得出来。再说了，拜堂那天，新娘、新郎总不能像现在这样穿得破破烂烂嘛。"

"我们戏箱里有的是男女大红戏衣，你和秋云各选一套穿上，不就是新人的衣服吗？"

"哼！"喜喜嘲笑，"你这是在演戏，还是在娶媳妇呢？再说，新娘总不能走着来拜堂呀！花轿在哪儿呀？"

"戏台上用红耳帐代替轿子，办喜事那天，你让师兄、徒弟举着耳帐，秋云在里面随着走，不就是花轿了吗？"

喜喜质问："妈，结婚是人生头等大事，你就这么当成戏来演呀？"

喜母振振有词："人命关天，这深山老林只有这个条件。先在这里简单办了，回到梨树湾老家，我再给你们热热闹闹补办。"

"反正……"喜喜见哭泣的秋云，只得将要说的话咽了回去，扭头憋着一肚子气往回走。

喜母牵着秋云走："有妈给你做主，谁也不敢欺负你。"

3. 山洞前

徒弟、师兄举着大红耳帐。

喜母穿着大红戏装，扮着新娘站在帐后面。

喜母指挥徒弟、师兄："走，走，绕着走，花轿走得越长，看热闹的人越多，都知道我家娶媳妇了。"

徒弟抱怨："这里哪有人？连鬼都没有。"

"少说不吉利的话！"喜母厉声制止。

师兄、徒弟举着大红耳帐在洞前转圈，徒弟为躲开石头，往后一退，踩着了喜母的脚。

"哎哟！"喜母大叫，"你没长眼睛呀？踩得我好疼啊。"

"我后脑勺又没有长眼睛。"徒弟嘟囔着。

春英提着开水壶出小山洞："水开了！要喝开水的这里来。"她见喜母等人的滑稽相，掩嘴笑："你们这是干什么呀？"

"在排戏！"喜喜从右山洞出来说。

"排什么戏？喜妈也出马了。"春英问。

"不是排戏。"喜母纠正，"初九喜喜和秋云要结婚。"她指着旁边一山洞："那个山洞我收拾出来了，做新房。没有轿子，没有新人服装，只好用戏里的行头代替，我这是代新娘坐花轿，让师兄、黑娃练习'抬花轿'。"

"啊！"春英如雷轰顶，一阵晕眩，倒在地上，手提的开水壶溢出水来，烫伤了她的脚，"哎呀！"春英疼得直叫。

"春英！"喜喜奔过去扶起春英，吩咐道："药！药！治烫伤的草药！"

喜母、师兄一阵忙乱，拿来草药，为春英敷上。

"疼不疼？"喜喜抚摸着春英的伤口问。

春英推开喜喜："别管我，你要当新郎了，快去准备。"

"谁要当新郎？你才是我的新娘！"喜喜高声宣称。

"不许胡说！"喜母严厉下令。

"大实话！真心话！"喜喜面不改色回答。

"你这逆子！你要气死我！"喜母说着，冲进了左山洞。

4. 山洞内外

傍晚，众人聚在山洞前一块石板上吃饭，唯独没有喜母。

"妈怎么又没来？"喜喜问。

秋云："喜妈说气饱了。"

徒弟："师奶奶中午就没有吃饭，晚饭又不吃，饿病了怎么办？"

喜喜走进左山洞，恭敬地对躺在床上的喜母："妈，吃饭了。"

喜母："你不在初九和秋云结婚，我就不吃饭！"

"妈呀！你这是何苦呢？"

"你回答我，初九办不办？"

"办！办！办！"

"办就好。"喜母如释重负，坐了起来。

还未等喜母坐稳，喜喜补充了一句："我和春英办。"

"啥？"喜母惊叫一声，"你这个逆子！我就饿死给你看！"说着，又躺了下来。

喜喜满面愁云出了山洞，走进右面山洞，倒在床上。

众人望着一切，默不作声。

"大家都不吃，我也不吃了。"徒弟放下了碗筷。

"你再吃，再吃就撑死了。"师兄没好气地说。

"奇怪，自从前天你一听说秋云姐要结婚，就不说话。好，现在终于说话了，却是拿我出气。"徒弟笑着说。

"去，去，去！"师兄烦躁地对徒弟说。

5. 左面山洞

深夜，万籁俱寂。

秋云轻轻起床，走到春英床前，确认春英熟睡后，取出藏好的饼子。

春英在睡梦中被烫伤的脚疼醒，忽然，黑暗中有个人走到喜母床前，轻声叫："喜妈。"

春英听出是秋云的声音。

"喜妈，快吃，快吃。"

喜母："我说了不吃，就是要饿死给那逆子看。"

"喜妈，说绝食是吓唬吓唬他，哪能来真的？快吃，快吃。"

喜母半推半就，狼吞虎咽吃起饼子，不小心呛得咳嗽起来。

春英翻了个身。

秋云急忙回到自己床前。

春英假装睡熟。

秋云重新回到喜母床前，继续喂喜母的饼子，喜母津津有味地吃着，吃到最后，喜母还想再吃。

秋云悄声道："我再去给你烙。"

"别，黑灯瞎火，会惊动他们。"

"那我明天给你烙，烙好了我放在你旁边的针线笸箩里，用布盖好，你想什么时候吃，就什么时候吃。"

"还是秋云疼我。"

6. 山洞外

清晨，春英拄着拐杖出了山洞。

喜喜忙走过来："别乱动，我给你换药。"

喜喜扶春英坐下，为她换药。

秋云在小山洞烙饼，看见喜喜关心春英，心生嫉妒。

师兄、徒弟忙着往石板桌上摆放碗筷。

喜喜忧心道："唉！我妈昨天没吃饭，今天又不吃，饿病了怎么办？"

"放心，喜妈不会饿病的。"春英说。

喜喜诧异："难道不是你的妈，你不心疼？"

春英笑了笑："我可没你想象的那么坏。"她附在喜喜耳边，低声说着夜晚秘密。

"真的呀！"喜喜愁眉尽展。

春英点头。

喜喜想了想："好！我妈给我演戏，我也陪她演。"他小声对春英说了计策。

"不行，不行！那样太伤喜妈的面子。"

"不会的，我是和我妈闹着玩。"喜喜又说，"待会儿趁秋云不在厨房，你烙几个饼子，味道要好。啊，小心你的脚。"

7. 左边山洞

深夜，秋云、喜母睡梦正酣。

喜喜拿着饼子，轻轻走进洞里，靠着洞外投进来的月光，走到喜母床前，轻轻摇醒喜母，蹲在床下，将饼子递给喜母。

喜母："是秋云？"

床下蹲着的喜喜学秋云的声音："是。"

喜母接过饼子吃起来："白天洞里无人时，我吃了你放在笸箩里的饼子，现在还不算饿。"

蹲在床下的喜喜不停地给喜母递饼子，喜母接过来吃着，得意道："我们就这样拖几天，喜喜是孝子，他怕我饿死，自然会软下来，答应和你成婚。秋云，我的好儿媳，再熬两天我们就得胜了……"

"妈！"喜喜突然站起来，"吃好了吗？"

"你……"喜母恼羞成怒，骂道："你把我当猴耍呀！你这个逆子！遭雷打！……"

秋云惊醒，迅速点亮灯。

右边山洞里，师兄、徒弟惊醒。

师兄："出事了！"

师兄、徒弟打着灯笼来到左山洞，只见喜母追着喜喜打："你这个逆子，你把妈当猴耍……"

喜喜躲避，委屈道："明明是你把我当猴耍……"

"好！我就给你来真的，死给你看！"喜母走出洞，拿起一根木棒抹脖子。

"嘻嘻嘻……"徒弟笑。

喜母低头一看："逆子，你把我气糊涂了！"她奔到厨房山洞，拿起菜刀，架在脖子上："逆子，你要是不答应初九和秋云结婚，我就死给你看！"

喜喜慌忙扑通一声跪下："妈，我答应，答应！"

师兄夺过喜母的菜刀。

一场风波暂时平息。

8. 山间小路

丐七、丐八在前面走，两个差役在后面走。

丐八一个趔趄，埋头一看："妈的！草鞋又坏了。"他转头对差役伸手："新草鞋！"

差役甲："太平镇买的全穿坏了，到前面集市再多买几双。"

丐八脱下破草鞋甩在路旁，赤脚走着，边走边骂："喜喜呀，喜喜，为了找你，我穿坏了五双草鞋。等找到了你，我要你赔我的草鞋钱！"

差役乙："等找到了喜喜，皇帝赏你的钱，够你买一屋子草鞋。"

丐七、丐八兴奋道："那就快找！快找！"

9. 田野

两个持画像差役在前面走，牛哥拖着沉重的脚步跟在后面。

持画像差役甲回身催促牛哥："快点走！"

牛哥率性坐在地上："差哥，再这样找喜喜，人没找到，可能我要累死成鬼了。"

持画像差役乙眼睛一眨，指着远处："前面有个村庄，酿的酒远近闻名。"

牛哥跳起来："有酒好办。"

持画像差役甲："那就快点走。"

牛哥："有酒还要有肉，差哥，到了前面村庄，你的手可不要抠得太紧了。"

持画像差役乙："等找到喜喜，皇帝赏银子，你天天都有酒喝。"

牛哥精神抖擞迈开大步："喜喜，喜喜，你在哪儿？快点快点冒出来！"

10. 山洞外

喜母指挥徒弟、师兄清扫戏班住处旁边的一个山洞，将红绣球挂在山洞上。

春英、秋云飞针走线绣鸳鸯枕头。

喜喜无精打采地躺在右边山洞的床上。

春英搁下手中的活，瘸着脚走到右边山洞，朝喜喜示意。

喜喜心领神会，跟着春英朝后山跑去。

秋云警惕地尾随二人。

11. 山林

春英、喜喜在一片树林中相会。

秋云躲在旁边树林中。

春英将玉镯还给喜喜："物归原主。"

喜喜拒接："你这是干吗呀？我妈在气头上，我这是用的缓兵之计，等我妈气消了，我再想别的办法成就我们的事。"

"不行！"春英严肃制止，"你和秋云姐从小一同长大，秋云姐父亲是你们家的恩人，临终托孤，喜妈答应了，这事不能反悔。做人要讲义气，讲信用呀。"

躲在树丛中的秋云内心一震。

喜喜："可她不孝顺我爹爹呀。"

"你这怪人办怪事，破庙里买回来一个爹，又是那样难侍候，摊上谁都不乐意。再说了，人是会变的。"

"你就对我爹好，孝顺。"

"可秋云姐对喜妈好呀，喜妈也喜欢她，她们情同母女。喜妈年纪轻轻守寡，辛辛苦苦将你拉扯大，你要是不和秋云姐结婚，会伤喜妈的心。"

喜喜低头不语。

躲着偷听的秋云感动。

春英将玉镯退给喜喜，又掏出银子："山里买不到东西，除了送你们一对我绣的鸳鸯枕套，什么也没有，这些银子是我的心意。"

喜喜捧着玉镯和银子，泪如雨下："春英，我要是不和你结婚，这结婚还有啥意思！"

"别这样说，退回去想，假如你没有买父亲，就不会遇到我，按照你们安排的时间，你和秋云姐早就结婚了，说不定，都有孩子了。"

"可我遇到了你，这是老天的安排呀！春英，我不能离开你。"

"喜喜哥，今生我们是不能成婚配了，但愿来世我们结夫妻。"

"春英！别离开我……"

两人抱头痛哭："呜呜呜……"

哭声惊飞了树上的小鸟，哭声似杜鹃啼鸣，哭声盖过了幽咽的泉水声，哭声敲打着秋云的心灵。

12. 左边山洞

深夜，喜母、秋云入睡。

春英穿针引线绣着鸳鸯枕套。

喜母醒来，催促春英："都后半夜了，快睡吧。"

春英："明天是秋云姐和喜喜成亲，这是我送给他们的贺礼，马上就绣完了。"

"难得你有这份诚……心，好……姑……"喜母说着说着又睡着了。

春英绣完最后一针，天边已出现鱼肚白，她轻轻将枕套放在秋云床上，收拾好包袱，出了山洞，头也不回地走上羊肠小道。

天刚蒙蒙亮，秋云醒来，见枕边的鸳鸯枕套，又见春英床上无人，包袱也不见了，她有些震惊，陷入了深思……

13. 山洞内外

喜母睁开眼，倏地起了床，高兴地说："今天，我要娶媳妇了！喜喜爹，秋云爹，秋云妈，你们该放心了！"

喜母走到右边山洞，高声喊："起床了！今天是大喜日子，黑娃！老大！你们是喜轿夫，到时候我会赏你们喜钱！"

徒弟窜出洞："恭贺师奶奶娶媳妇！"说着，伸出手来。

喜母："干啥？"

"您刚才说要赏钱。"

"等抬完了轿子再给。"

"也行，反正那演戏的轿子不费力，走几圈而已。"

"什么走几圈？你要当成真的演。"

"好说，好说。"

"去帮你师傅打扮打扮，他今天是新郎官。"

徒弟回到山洞，对躺在床上的喜喜："给师傅道喜！给新郎官道喜！"

"去，去，去。"郁闷不堪的喜喜说道。

喜母忙完了右边，又忙左边，她高声道："秋云！今天是你大喜的日子，你要好好打扮打扮。春英，今天你秋云姐出嫁，你帮她好好收拾收拾……"洞内无应。

喜母又四处呼叫："秋云！秋云！……"

叫声无应。

喜母问师兄、喜喜："你们看到秋云没有？"

师兄："没有。"

喜母紧张道："她到哪儿去了？"

喜喜忙走到左边山洞："春英也不见了！包袱也背走了！"突然，她惊慌失色："不好！秋云的东西也拿走了！"

众人大惊，红红火火的喜事顿时降到了冰点。

"看！山腰小道上有两个一前一后的人影，好像是秋云和春英。"站在高坡的师兄说道。

"快追！"喜母、喜喜同时喊出。

喜喜急忙追出。

师兄进右边山洞拿起一个钱包，塞进衣兜，急忙朝羊肠小道跑去。

14．羊肠小道

晨曦中，春英踏着小路朝山下走去。

"春英妹！春英妹！"秋云在后面紧追。

秋云气喘吁吁地追上了春英，她拉住春英的包袱："春英妹子，你不能走，你留下，我走。"

春英："不，不，你和喜喜是青梅竹马，定了娃娃亲，我该走。祝你们花好月圆，白头偕老。"

秋云："春英妹子，别看我和你针尖对麦芒争高低，其实就是赌的一口气。可冷下来我仔细一想，我和喜喜虽是青梅竹马，可我伤了他的心。破镜虽然可以重圆，但毕竟有裂痕。感情不是掉在河里的东西，可以打捞起来；也不是春夏秋冬，可以轮转回来。假如我和喜喜在一起，他会想念你的；即使他不想念你，喜喜越对我好，我也越难受。昨晚我想了一夜，我走，你留下。"秋云说完，径直朝山下走去。

"秋云姐！秋云姐！"春英追赶着秋云，"秋云姐，我再不跟你吵架了，都是我的不对……"

"秋云！秋云！"师兄抄近路追了上来，见秋云跑下山，急呼唤着。

"秋云姐！秋云姐！"

师兄强拉着春英："你回去。"

春英固执道："我走，秋云姐留下。"

"你们两个都走了，喜妈、喜喜不知急成什么样子，你快回去报个信，说我追秋云去了，有我和秋云在一起，让他们放心。"

春英抹着眼泪道："一定要将秋云姐追回来，我再不跟她赌气了，都怪我，都怪我的不是……"

喜喜追赶上来："春英！"

"秋云姐走了，快！快把她追回来！"

喜喜："我去追秋云，你赶快回去！我妈正着急，替我劝慰她。"说完，他拔腿就朝山下跑去。

15. 山脚下的小道

算命先生边走边叫喊："好先生算命如神，吉凶祸福能料到。年老的看寿元，年少的看流年，年小的看关煞，女儿家看夫星现不现，算命来，算命来！"

师兄追上了秋云。

秋云反抗道："我不回去！我就是不回去！"

师兄笑着说:"你不回去才好哩!"他欲替秋云拿包袱。

秋云生气道:"你要干什么?"

师兄缩回了手,但仍跟着秋云走。

秋云:"叫你回去就回去,我自己会到我姨妈那里去。"

师兄只得远远跟在秋云后面走。

算命先生虽站在远处,却历历看在眼里。

16. 山村岔路口

喜喜追寻秋云下了山,来到山村路口也不见秋云,他正四处张望,忽见算命先生迎面走来。

算命先生:"算命来,算命来,好先生算命如神,吉凶祸福能料到……"

喜喜上前:"请问先生,您看见一个年轻女子没有?"

算命先生:"没看见。"

喜喜失望。

"可我能算得出来。"

"有请先生算一算,秋云朝哪条路上走了?"

算命先生故意掐着手指计算:"依我算来,不是一个女子单独行走,还有一个男子在后面追赶她。"

"对,对,对,是师兄在追她。"喜喜说完,心里称赞道:"这位算命先生算得还真准。"他转对算命先生道:"请问他们朝哪儿走?"

"他俩朝县城方向去了。"

"啊!"喜喜将两个钱给了算命先生,"多谢算命先生指点迷途。"说完,就追赶秋云去了。

17. 山村小路

算命先生继续举着"算命"的小旗,边走边叫喊:"算命,算命!好先生算命如神,吉凶祸福能料到。年老的看寿元,年少的……"

丐七、丐八带着差役迎面走来。

丐八走到算命先生面前:"算命先生,给我算个命吧。"

算命先生:"是问官,还是问财呀?"

丐八:"你看我这个样子像当官的吗?当然是问财呀,算一算,我什么时候发财呀？"

算命先生伸出手："先给钱，三个钱。"

丐八："嘿！你那么会算，怎么没算出我没有钱呢？"

算命先生忍下口气，问道："属什么？"

丐八："属狗。"

"什么时候生的？"

"六月十五丑时生的。"

算命先生故作掐指计算状，然后对丐八道："你七十岁准发财。"

丐八高兴得手舞足蹈："我要发财了，我七十岁就要发大财了，姜子牙八十岁遇文王，我七十岁发财比他还早十年呢！"

算命先生："不过，你六十七岁就命终。"

"啊！"丐八屈指计算着，忽然冲着算命先生大发雷霆，"你个臭算命的！照你这样算，我变成鬼还要穷三年啦！"

众人笑。

差役甲："说正经的。"他将一幅喜喜的画像展开问算命先生："你算算这个人现在哪里？"

算命先生望着喜喜的画像，脑海中闪现出喜喜问话的情景：

"请问先生，您看见一个年轻女子没有？"

算命先生神秘地掐指算着，然后说道："在哪方？在通往县城的路上。"

差役甲付给算命先生三个钱，指挥众人道："还愣着干什么？神算先生都给我们算出来了，快去追呀！"

差役乙、丐七、丐八跟在差役甲后面去追喜喜。

18．河边小路

牛哥带着两个持画像差役疲惫地走着，正在失望中，忽然发现河对岸走来的秋云，他急拉两个差役躲进了路旁树丛中。

秋云小心地走过独木桥，一抬头，发现牛哥与两个差役挡住道。

秋云欲跑，牛哥将她死死抓住："这才是，踏破铁鞋无觅处，得来全不费功夫！"

持画像差役甲："喜喜在哪儿？"

牛哥指着画像："喜喜是钦犯，皇帝降旨要捉拿他！"

秋云鄙视地骂牛哥："你这个小人！"

落在后面的师兄发现秋云被牛哥等人抓住，又看见喜喜的画像，立刻明白事由，忙躲进了庄稼地里。

19. 树林中

秋云拼命反抗欲走。

牛哥及两个差役将秋云拉入树林中。

牛哥温柔道："秋云呀，一日夫妻百日恩。你走以后，我是一日想你十二时，天天都是泪洗面呀！"说着，他真的抹起眼泪来："喜喜是个喜新厌旧的人，有了春英，他就将你抛弃了。这样一个没良心的人，你还护着他？把他交出来，牛哥给你出气、报仇！"

"滚开！你才是个没良心的人！"

20. 庄稼地里

躲在地里的师兄清晰地听到秋云的声音，他望着河上的独木桥，若有所思……

21. 独木桥

师兄溜到独木桥边，弯腰搬弄着……

22. 树林中

牛哥继续苦口婆心地劝秋云："我以前对不起你，那是我混！从今以后，我再也不进赌场、妓院了。天下的女人，除了你，我连看都不看其他女人一眼。喜喜是钦犯，你要不交出来，会诛灭九族……"

"我知道喜喜在哪里！"师兄冲进树林中。

"你？！"两个差役道。

"我和喜喜同在一个喜喜班演戏。"师兄道。

"你……又是一个小人！"秋云劈脸就给了师兄一耳光。

师兄不言语，只是捂住疼痛的脸，领着牛哥和两个差役朝独木桥走去。

23. 独木桥

师兄走到临近独木桥时，故意放慢了脚步。

师兄突然指着河对岸，高声叫道："喜喜！喜喜！在河对岸！快抓住他！"

牛哥、两个差役朝独木桥飞跑。

秋云也朝独木桥跑去，师兄狠拉她朝相反方向跑。

牛哥、两个差役一踏上独木桥，桥身倾斜，三个人扑通一声齐摔下河里。

24. 河边小路

师兄拉住秋云跑。

秋云内疚道："师兄，你的脸疼不疼？"

师兄："什么时候了，快跑！"

两人朝远处跑去。

25. 独木桥

牛哥、两个差役在河水里挣扎、呛水……

三人呼叫："快抓住他！他骗我们！……"

26. 乡间小路

正在寻找秋云的喜喜闻听叫喊声，循声跑来。

27. 独木桥

河里的牛哥发现岸上的喜喜，欣喜高叫："喜喜！喜喜！真是喜喜！快抓住他！……"

喜喜见势不妙，拔腿就跑。

28. 乡间小路

喜喜拼命逃跑。

丐七、丐八带着两个差役迎面走来。

丐七首先发现了喜喜，他高兴地指着远处："在那儿，是他，就是他！"

丐八一看，千真万确是喜喜，在众人兴奋、高兴中，他"哇"的一声大哭起来。

"快追!"差役甲一边跑,一边催促。

丐七:"八弟,为找这画上人,我们草鞋都磨穿了几双,好不容易找到了,你怎么哭了?"

丐八:"那位算命先生果真是神算,他算准了喜喜。算我也会算准的,我哭我的命真苦呀!变鬼还要穷三年。"

差役乙:"找到皇榜悬赏的喜喜,上司就要奖赏,你我就要发财了,还不快跑去追赶喜喜!"

丐七拉起丐八,四人朝着喜喜奔去。

第十七集

1. 府衙

王甲、赵乙走进内厅，官差将喜喜引出："就是他。"

王甲仔细对照画像，问："你就是喜喜？"

"是。"喜喜回答。

"你是'变脸王'？"

喜喜笑了："全靠这门手艺吃饭。"

"你认识黄伯？"

"他是我用两贯钱买来的爹，烧成灰我都认识。你们知道他在哪儿吗？我正四处找他。"

王甲："黄伯平安回家了，他让我们来取交给你保管的东西。"

"什么东西？"喜喜诡秘地问。

"用花布包的东西。"

"花是什么花？布是什么布？"

"花是白菊花，布是蓝底布。"王甲流畅回答。

喜喜再试探："就只有布包住？"

赵乙抢着回答："是用线捆着的。"

"什么线？"

"黄色丝线。"赵乙回答。

"就这样？"喜喜又问。

"哦！"赵乙说，"包好的东西放进坛子埋在了地下。"接着，他得意地说："怎么，不是冒牌货吧？"

喜喜不语，然后问道："黄伯为什么不来取？"

"皇上……"王甲赶快改口，"黄伯有事不能分身，派我们来取。"

"不行！"喜喜固执道，"黄伯交给我保管的东西，一再叮咛此物重要，我和二位差哥素不相识，还是让黄伯自己来取。"

王甲急道："黄伯急用这东西，你快给我们。"

喜喜："我是不见棺材不落泪。"

赵乙："你要不交出来，我们只好把你送回监牢。"

"受人之托，忠人之事。"喜喜仰头，"你就是杀了我，我也不交出来！"

"你！！"赵乙气愤。

王甲拦着赵乙，对喜喜道："这样，你拿着东西随我们到京城，亲自交给黄伯行不行？"

喜喜想了想："我要先给我妈说一声。"

"时间紧迫，我派人去告诉你妈。"王甲说。

"我妈住在青龙山的山里，千万要派人给她说我到京城找黄伯去了。"

"一定，知道。"王甲说完，转对县衙差役道："速派人到青龙山去告诉喜喜母亲，喜喜肩负重任到京城去了。"

县差役："是。"

2．梨树湾喜喜家

三娃、铁蛋潜伏在喜喜家附近。

喜喜带着王甲、赵乙回到家。

三娃、铁蛋潜行跟着喜喜一行。

喜喜开锁进了门，王甲、赵乙欲进去，喜喜关了门。

"哎哟！"赵乙的脚被压着。

喜喜松手让赵乙抽出脚，又"砰"的一声将门关得严严实实。

"开门！开门！"赵乙拍门高叫。

"黄伯说过，藏东西的地方也不能让人看见。"喜喜在门内回答，"我取了东西就上路。"

王甲、赵乙只好在门外等候。

三娃、铁蛋蒙上面，悄悄绕到后院，跃上墙观察。

喜喜找锄头来到后院，在一笼竹子下挖出一个坛子，从里面掏出一个蓝底白花的包裹。

"咚"的一声，三娃、铁蛋从墙上跳下来，三娃夺过包裹，两人飞身跃墙而去。

"强盗！强盗！……"喜喜惊惶开门追赶三娃、铁蛋。

"怎么回事？"王甲、赵乙问。

"他们……"喜喜指着三娃、铁蛋飞跑的背影，"抢了黄伯的宝物！"

"啊！！"王甲、赵乙慌忙追赶盗贼。

三娃、铁蛋如狡兔飞奔，转眼即消失得无影无踪。

喜喜、王甲、赵乙追到三岔路口，喘着气，望着茫茫原野，赵乙"哇"的一声哭起来："爹呀！妈呀！儿不孝呀！儿不能给你们养老送终了！"

喜喜不满："又没有死人，哭什么？"

"你我就要人头落地了！"赵乙哭着说。

"我们犯了什么罪？"喜喜问。

"丢掉天子玉玺，你我就犯了死罪呀！"赵乙回答。

"什么天子玉玺？"喜喜糊涂了。

"皇帝交给你保管的就是天子玉玺。"王甲说。

"天高皇帝远，我没有见过皇帝，皇帝更没有交给我保管什么玉玺。"

"嗨！黄伯就是皇帝！因为三皇子阴谋夺权，皇帝逃到民间，遇到了你这位好心人。"王甲说。

"啊！！！"喜喜惊吓得晕倒在地。

"喜喜！喜喜！……"王甲、赵乙连声呼唤。

"掐人中！掐人中……"赵乙用力掐着喜喜的人中。

喜喜慢慢苏醒过来："黄伯……皇帝……皇帝……黄伯……这是在演戏，还是在做梦？……"

赵乙："不是演戏，也不是做梦，这是千真万确的！"

喜喜："你们怎么不早说呢？"

王甲："天子玉玺，是皇权，是国家的象征，我们重任在身，怎么能随便说呢？"

"那就赶快追回来呀！"喜喜急得跺脚，"可这两个兔崽子往哪里跑了呢？"

"我们兵分三路。"王甲指着岔路口，"喜喜走左边路，赵乙走右边路，我走中间小路，我们在太平驿会合。"

赵乙："是。"

喜喜学着回答："是。"

三人分头行走。

3. 深山崖洞

春英做好饭，四处寻找喜母，徒弟回来，问道："春英姐到哪儿去？"

"找喜妈回来吃饭。"

"她又到山顶去望师傅了。人家衙门里的差役说得清清楚楚，师傅到京城办一件差事。才走三天，师奶奶就急了。"

春英急忙登上山顶，只见喜母眼巴巴地望着伸向远方的路。

"喜妈，吃饭了。"

喜母回头叹口气："县差役说喜喜是应一趟到京城的差，他一个卖艺人，到京城去干什么呢？"

春英搀扶喜母往回走："喜妈，县差役不是说过，喜喜办的这趟差，一不是去捉拿逃犯，二不是出征杀敌，是平安差，不到半月就回来。"

喜母又回头望着远方的路："秋云也不知道哪儿去了，一个个小冤家哪个都不省心。"

"喜妈，师兄也追赶秋云姐去了，有师兄和秋云姐在一起，您就放心吧。"

4. 山路

秋云急急赶路。

师兄随后紧跟。

秋云回头发现了师兄，生气道："你怎么还跟着我？"

师兄嗫嚅："你一个姑娘，单身上路……"

秋云厌恶："回去！回去！"

师兄仍然跟随。

秋云警告："你再跟着我，我就喊人抓流氓！"

师兄假装往回走，走了一段路，继续跟随秋云。

秋云回头见师兄，真的高喊："抓流氓！抓流氓！……"

路旁农家院里窜出了一个汉子，几个行人也都拥上来"英雄救美"，他们将师兄打倒在地。

秋云趁机溜掉。

师兄躲避着拳头，解释道："我不是流氓，我是她师兄……"

"你怎么不说是她亲哥呢？"农家汉子又狠揍了师兄一拳。

秋云走远了，众人也解气收手了。师兄从地上爬起来，忧心地望着秋云走的方向。

5. 原野

三娃、铁蛋夺了玉玺，得意扬扬往京城赶。

喜喜心急如焚追赶盗贼，远远发现三娃、铁蛋的身影，他加快了脚步，恨不得两肋生翅。

6. 皇宫

太子在前面走，太监田顺在后跟，走了一段路，田顺抬头："不是说回家吗？怎么走到这里来了？"

太子望着东宫大门，感伤道："唉！这条路走了几千个日日夜夜，布满了我重重叠叠的脚印，两条腿不知道东宫换了主人，仍然往这里走。"

田顺安慰道："太子别伤心，东宫是太子的，暂时借给那七某某住几天，迟早我们会收回来的。"

正说着，七皇子由外面回来。

太子、田顺忙躲避。

七皇子威风凛凛进了东宫门，卫士毕恭毕敬迎接。

"哼！我让你威风！"田顺在太子耳边悄声说出计谋。

太子连连点头。

7. 河边

渔船渐渐靠岸，准驸马魏学士走出船舱，向船主渔公、渔婆辞行："多谢二老搭救，又留我在家中养伤。得人点水之恩，须当涌泉相报，老伯、大娘似再生父母，魏某终生难忘。"

渔公："不用客气，一是你的命好，二来，也是我们有缘分，那天我们本该收网回家了，可老太婆说还没打着十斤重的鲤鱼，我们又拨转船头回去重新撒网，大鲤鱼没打着，却捞起了你这个'娃娃鱼'，哈哈哈！"

"大难不死，必有后福。回去和你那定亲的媳妇办了喜事，明年生个胖小子！"渔婆说。

"多谢吉言。老伯、大娘，你们是逢双日走上游打鱼，逢单日走下游打鱼。"

"是，给你说了多少遍。"渔婆笑道，"难道你的记性还不如我们？"

"老伯、大娘，我把这日子记牢了，以后来看你们，才找得着人呀。"

"难得你有这份心。"渔公说道。

"二老多保重，遇上天气不好，风高浪急，千万别去打鱼。"

"多谢，多谢。"

魏学士与渔公、渔婆依依惜别，踏上了回京城的路。

8. 东宫

刘校尉进来："参见殿下。"

七皇子："三娃、铁蛋有消息没有？"

"暂时还没有，这两人对殿下忠心耿耿，办事也还机灵，夺玉玺稳操胜算，殿下尽管放心。"

七皇子摇头："凡事要多种应对，四周城门需派人把守，万一三娃、铁蛋失手，还有一道网将老头子派出的人拦截住。"

"还是殿下考虑得周密、细致，属下这就去安排部署。"刘校尉欲告辞。

"连日公务繁忙，没顾上给母妃请安，趁今日闲暇，我去看看母妃。"

七皇子与刘校尉一前一后朝大门走去。

东宫门外，太子指挥田顺几个太监趁着没人，迅速将几袋黄豆撒在门槛外，然后躲藏起来。

少顷，七皇子出门，刚一迈步，双脚像踩上滑轮摔倒在地。

"哈哈哈！"太子在旁大笑。

刘校尉扶起七皇子。

"你……你是小人！暗下绊子。"七皇子指着太子骂。

"你才是小人！你占住我的东宫不搬走，我让你吃点苦头！"太子说完，昂首阔步离去。

七皇子望着太子的背影，愤愤道："你让我吃苦头，我要让你……"

"殿下，小不忍则乱大谋。"刘校尉提醒主子。

"唔！"七皇子咽下恶气，"君子报仇，十年不晚！"

刘校尉为七皇子拍打尽衣上的尘土，欲扶七皇子回去。

"走哇！"七皇子道。

"到哪儿？"

"看母妃。"

"是。"刘校尉随七皇子朝七皇母寝宫走去。

9. 御医院附近

七皇子、刘校尉路过太医院,恰遇唐老将军从御医院出来。

七皇子:"唐老将军欠安?"

"身体有所不适,吃点药调理调理。"

"唐老将军要保重呀,国家需要您,父皇需要您,"七皇子末了加重语气,"我们也需要您。"

"愿为皇上效犬马之劳。"唐老将军恭恭敬敬地回答。

待唐老将军离去,七皇子望着他的背影:"这老头怎么瘦成了皮包骨头,无精打采的。"

"夫人去世,伤心呗。"

"那就再娶一个嘛。"

刘校尉突然眼睛一亮:"七殿下,若是与唐老将军联姻,殿下可谓如虎添翼。"

"联姻?……"

"是的,联姻。"

"怎么联姻?"

"你们家玉叶……"

"不行,不行,年龄相差太大。"

"老夫少妻,丈夫更爱娇妻。玉叶公主因为未婚驸马去世悲痛,此时若有丈夫疼爱,病情定会好转,这岂不是一箭双雕、两全其美的好事?"

七皇子顾虑:"可父皇、母妃不会同意……"

"这样……"刘校尉靠近七皇子小声道,"你对唐老将军说,自古英雄爱美女,美女爱英雄,玉叶从小就喜爱英雄,还说非英雄不嫁,唐老将军就是她崇拜的英雄,所以想把妹妹许配给他续弦,让他多关心玉叶。等到老头真上心着迷了,再让他向皇上求婚,皇上依赖唐老将军,难驳他的面子。婚事一成,唐老将军肯定会感谢你这个大舅哥。"

"可我母妃疼爱女儿呀。"

"为了你能执掌江山,七皇娘能不听你的吗?"

七皇子心动。

"属下只是随便说说，大主意还得殿下定夺。"

七皇子点点头。

10. 小路

三娃、铁蛋赶路。

铁蛋："天快黑了，该投店了。"

三娃指着远处："前面就是迎贤客栈了。"

两人急急赶路。

喜喜躲躲闪闪紧跟。

铁蛋惦记着玉玺："三哥，你背累了，我来背吧。"欲取三娃背上的包。

三娃护着包："这么点东西，怎么就累了？"

"三哥，你错了，玉玺在手，江山在手，你背着整个江山走了这么长的路还不累呀。"

三娃笑了："铁蛋，你也学着咬文嚼字了。"

"这哪儿是咬文嚼字，刘校尉命我们办这趟公差时，不是再三说玉玺在手，江山在手吗？"铁蛋说着说着，竟畅想起来，"我们把这玉玺交给七皇子，七皇子江山到手后，定会重重奖赏我们，会封我们官职，会赏赐我们金银珠宝，还会赏赐美女……我要三个美女做老婆……不行，不行，三个女人一台戏，整天争风吃醋，一个家闹得鸡犬不宁。我还是只要一个美女，一个老婆，不过这个美女一定要美得像仙女，我天天抱着她睡觉，哎哟！我铁蛋终于修来好福气了！……"想着想着，他突然问："三哥，这玉玺是你献给七皇子，还是我献给七皇子呢？"

"当然是我献给七皇子呀。"三娃不假思索回答。

"你献呀……"铁蛋的内心独白画外音："他将玉玺献给七皇子，七皇子就以为他的功劳大，封的官比我的高，赏的金银比我的多，赏的美女也比我的漂亮……"铁蛋不服气转对三娃道："三哥，这玉玺到手是我们俩人的功劳，怎么能由你一人献呢？"

"玉玺是我从喜喜手里夺过来的。"三娃理直气壮地说。

"不对！是我一拳将喜喜打倒，你才趁机夺了他手中的包袱；我不打倒他，你就夺不过来。"

"反正是我从喜喜手中夺到的玉玺!"

"是我打倒他,你才能夺到!"

"是我……"

"是我……"

……

"别争了!到迎贤客栈了。"三娃指着客栈。

铁蛋只得噤声。

11. 迎贤客栈

三娃、铁蛋走进客栈,找了个无人的角落坐下。

喜喜赶到,看见两人进了门,他潜藏在附近,等候时机。

店家热情迎接三娃、铁蛋:"客官,要点什么?"

三娃:"先来一壶酒,三斤肉,两碗饭。"

"一壶酒——三斤肉——两碗米饭——"店家吆喝着,霎时,酒肉、饭端上了桌子。

三娃为两人的碗斟满酒,小声举碗相邀:"来,为宝物到手干杯。"

铁蛋不动手。

"有啥事,吃了再说。"

"现在就说!"铁蛋气冲冲道。

"嘘——小声点。"

铁蛋放低了声音,但态度仍很坚决:"我们俩一块儿献宝。"

"这成什么体统?"三娃不悦。

"不成体统,那就由我一个人献。"

"你……"

邻桌客人投来目光,三娃只得息事宁人:"行,就依你。"

铁蛋这才端起酒碗,这时的三娃却不举酒碗呼应,两人只是默默地喝酒、吃饭。

12. 客房

天色渐暗,三娃、铁蛋喝完闷酒,吃饱了饭,进了客房。

喜喜以夜色掩护,悄悄入住了他们对面的客房,伺机在门外窥听动静。

"睡吧,明天还要赶路。"三娃主动示好,解下包袱放在枕边。

铁蛋窜到床前,抢过了包袱。

"你干吗?"三娃厉声问。

"你白天背了宝物,晚上该我保管了。"

"你保管我不放心。"

铁蛋不依不饶:"什么放心不放心,你就想一个人献上宝物,好在主子面前邀功求赏。"

"不是说好的,一同献吗?"

"到时候,你会说一路上你像保护生命一样保护宝物。"

三娃哭笑不得:"铁蛋呀,铁蛋,你七尺男儿,比婆娘还斤斤计较。"

靠在门外窃听的喜喜忍俊不禁。

铁蛋指着包袱:"这个在手,江山在手。这么大的事怎么叫斤斤计较?亲兄弟还要明算账哩!我吃亏要吃明亏,不吃暗亏。"

"那就依你,这账该怎么算?"

"苦劳平分了,功劳才能平分。白天你背半天,我背半天;晚上也是你保管半夜,我保管半夜。"

门外的喜喜窃笑。

"亏你想得出来。"三娃不屑地说。

"我这是最公平的方法。"铁蛋说着,拿过玉玺搁在自己的枕头边,"我保管上半夜,你保管下半夜。"

"唉!遇到你这种人真没办法。"三娃吹灯躺下。

两人对话,门外的喜喜听得清清楚楚,他正庆幸玉玺有了下落,忽见店家走来,急忙回到自己房间。

喜喜在房间里静观对门的动静,等到了夜半时分。

三娃、铁蛋呼呼大睡,进入梦乡。

喜喜走出房间,小刀插入门缝,轻轻用力拨开了三娃他们的门闩,进入房内,在黑夜中摸索到铁蛋枕边的玉玺,心中暗喜,他正要拿取……

铁蛋警觉地紧紧抓住玉玺。

喜喜赶忙躲在床下。

少顷,铁蛋却举着玉玺,半是梦呓半是清醒:"啊,下半夜了,该你保管玉玺了,我定的规矩我遵守。"

喜喜机灵地夺过铁蛋奉献的玉玺，轻轻出了门，急忙离开客栈，乘风而去。

雄鸡一唱天大亮。

三娃、铁蛋醒来，三娃伸着懒腰："好久没有睡过这么好的觉了，一觉就睡到了天大亮。"

铁蛋笑："怎么一觉睡到天亮？你半夜还从我这里拿走了玉玺。"

三娃："我什么时候从你那里拿走了玉玺？你在做梦吧？"

铁蛋："我上半夜保管，你下半夜保管，半夜你到我床边伸手拿玉玺，我先是不让你拿，后来一想到定的规矩，就把玉玺交给你了。"

三娃越发糊涂了："我什么时候到你床边拿玉玺了？……"

"你拿了玉玺还不承认？"

"你看，你看，我这里哪有什么玉玺？"三娃翻被倒枕给铁蛋看。

铁蛋翻弄了三娃的床，又倒腾自己的床，也不见玉玺。

"玉玺到哪儿去了？……"两人床上、床下全找遍，只差没有掘地三尺了。

三娃警觉地拉开房门："店家！"

"客官何事？"

三娃将店家拉进门："昨晚你店里住了什么人？"

"都是来往做生意的人，是我的常客。啊！昨晚除了你们两个生客，还有一个生客，他自己看好的房间，就住在你们对面。"

三娃、铁蛋推开房门，不见人影，转问店家："他人呢？"

"鸡还没叫头遍，他就走了。"

"啊！！"三娃惊吓。

店家一走，三娃对铁蛋道："一定是他们干的。"

铁蛋骂道："我们避开大路走，没料到这帮王八蛋还是找到我们了。"

"赶快回京城禀报刘校尉，抢在他们进城前夺回玉玺。"

"好！"铁蛋走了两步，忽然想起什么，"三哥，见了刘校尉我们怎么说？"

"怎么说？如实说，就说煮熟的鸭子飞了，到手的玉玺丢了。"

"不行，不行，那样你我罪加三等，脑袋要搬家。"

"那怎么说？"

铁蛋想了想，狡黠道："就说刘校尉派我们来时晚了一步，皇上派的人早从喜喜那里取了玉玺。"

三娃指着铁蛋："铁蛋呀，铁蛋，想不到你还这么狡猾，把责任全推给刘校尉了。"

铁蛋不好意思笑了："不这样，我家老母谁奉养？"

"就依你说，我们来晚了。可又怎么知道皇上派的人取走了玉玺？"

"喜喜邻居呀！"铁蛋越编越来劲，"就说我们来到喜喜家，邻居老伯说上午喜喜领了两个说京话的差役来到这里，喜喜在后院竹林里挖了半天，便和两个差役上京城了。我们俩一听，知道来晚一步，便转身赶回京城想计策。"

三娃听了不语。

"既然我说得滴水不漏，你找不出茬来，我们就快走呀！"

两人出了门，急朝京城赶路。

13. 原野

喜喜、王甲、赵乙，满怀胜利喜悦，朝京城走去。

14. 刘宅

三娃、铁蛋恭立在堂前。

刘校尉听完二人的禀报，十分懊恼："唉！晚去一步，好事落空。也怪我，一知道皇上派人去找玉玺我就该立即派你俩去追赶，可我又找七皇子禀报，偏偏那天七皇子有家事……"

听到刘校尉懊悔，铁蛋偷着对三娃笑。

三娃："刘校尉莫要自责，要错是我们的错。当下重要的是想法补救，我们星夜兼程赶回来，抢在了他们前面，若我们在四周城门布下人马，严加盘查，将喜喜他们拦截住，玉玺自然到手。"

"唔。"刘校尉点头，"七皇子也是这样想的，我要布下天罗地网，管叫他们插翅难逃！"

15. 浅水河

这是一条随着季节变化的河流，冬春两季雨水少时，河水枯竭；夏秋两季雨水多时，河床增宽，河水暴涨。

秋云来到河边，只见河水湍急，过河的男人们高挽裤脚，涉水而过。偶有女人过河，也是由男人背着过去。秋云愣愣站着，怅然望着河水。

男子甲走到秋云身边："妹子，山里连下暴雨，河水猛涨，你会游泳吗？"

秋云摇头。

"河水不仅深,流得也急,昨天还冲走了一个过河人,至今还没找到尸体。"

"啊!"秋云倒抽了一口冷气。

"妹子不会游泳,那就只能让人背着过河。"男子甲指着河中央,"看,那些女人都是男人背着过河的,哥哥我甘愿为妹效劳,背你过河。"

"不用,不用。"秋云走开。

男子甲追上来:"来,来,来,哥背你不要钱,我是看见你可怜兮兮的,哥心疼你。常言道'同船过渡是有缘人',你我河岸相遇要过河更是缘分了。"说着,强拉秋云上背。

秋云躲跑。

男子甲紧追,眼看就要追上,师兄突然出现,护卫着秋云,一掌将男子甲推倒在地。

"少耍流氓!"师兄痛斥男子甲,然后挽起裤脚,背起秋云涉水。

秋云在师兄背上挣扎:"放下我!放下我!"

师兄没好气道:"你是让流氓背你过河,还是要我背你?"

秋云无奈,不再挣扎。

师兄背着秋云一步步涉水朝对岸走着。

后面男子乙背着胖妇人喘着粗气,对师兄自嘲:"嗨,都是男人背老婆过河。"

"别乱说,别乱说。"秋云羞得制止。

"好,我不乱说,我说实话,你那瘦身材,你老公背你多轻松,哪像我老婆长得胖,背起来好沉啊!"

"打你!"男子乙背上的胖妇人拍打老公的头。

男子乙:"老婆,你要心疼老公,以后少吃点,别长这么胖,省得老公背起来吃力。"

"我偏要吃!偏要胖!"背上的胖妇人任性道。

"好,好,好,你吃,你尽管吃,我拜个武林高手练好力气,你就是长成老母猪,我也背得动。"

"好哇!你说我是老母猪!"背上的胖妇人又拍打老公。

"打!打!打!怪我说错了。"男子乙挨着打,还哄着老婆。

走到河中央,胖妇人见有一块石头突兀水面,对老公道:"歇一歇吧。"

男子乙:"还是老婆心疼我。"

师兄和秋云看见男子乙将胖妇人小心地放在石头上坐下,自己站在旁边护卫。

"你也坐下。"胖妇人对老公说。

"你坐。"

"我们俩一同坐。"胖妇人拉过老公,两人同坐在水中央的石头上,脚下滚滚河水,夫妻相依岿然不动。

师兄停立望着他俩。

师兄突然高兴道:"好石头!石头好!"

秋云:"什么石头好,是这对夫妻好。"

师兄忙纠正:"对,对,对,是这对夫妻好。"

师兄背着秋云故意缓缓涉水,男子乙夫妻离开了石头。

师兄:"休息一会儿吧。"

"好,我正想说让你休息。"

师兄将秋云搁在石头上,自己径直往回走。

"师兄,你到哪儿去?"

"回去。"

"我怎么办?"

"你爱怎么办就怎么办。"

秋云赌气欲涉水过河,可刚一伸脚,又畏缩回来:"师兄!我不会游泳!"

男子甲飞快涉水:"妹子,哥背你。"

秋云:"滚!滚!滚!"她再次欲伸脚下河,又被湍急的河水吓回来,她哀求低喊:"师兄!师兄!……"

第十八集

1. 浅水河

师兄转回来,傲气道:"你要我背你过河,得答应我一个条件。"
"什么条件?"
"我送你到你姨妈家。"
"我不要你送。"
"那你就自己过河吧。"师兄转身走。
"师兄!师兄!"秋云的呼声近似哀求。
"答应了?"
秋云点头。
"这就对了。"师兄回来,重新背起秋云朝河对岸走去。
"你一个姑娘独自上路,大家都不放心,你呀你,就是任性,昨天还招来几个壮汉把我当成流氓打。"
秋云在背上不好意思地笑了。

2. 平安店

男子丙进店:"店家,住店。"
店主环顾左右:"就你一个人?"
男子丙点头。
"没有家眷?"
"没有。"
"客满。"
"店家,我一大早就赶路,又累又饿。这乌云满天,眼看就要下大雨了。"男子丙恳求道,"店家,求您随便给我安排个住处都行。"

店主板住面孔:"客满了,难道把你挂在墙上过夜呀?少啰唆,趁大雨还没有来,再走三十里地有个永丰店。"

"唉!"男子丙叹口长气离去,"真是在家千日好,出门时时难呀!"

翠莲冲出店门拦住男子:"有房,店里还有几间空房!"

男子丙转身质问店主:"你为什么要说客满?"

店主:"本店不住单身男子。"

男子丙:"为什么?"

店主蛮横道:"不为什么,不让你住,就是不让你住!"

男子丙:"你给我说清楚!"

店主:"奇怪!这是我的店,我想让你住,就让你住,不想让你住就不让你住!"

男子丙:"你既然开店就是供旅客住的,为什么不让我住?你给我说清楚!"

"奇怪,这是我的店,你还凶起来了!"

翠莲:"这是我爸乱兴的规矩!"

店主命伙计:"把翠莲拉回房去!"

两个伙计上来将翠莲拉走。

翠莲挣扎:"爸,你不讲道理,乱兴规矩……"

男子丙望着翠莲的背影,指责店主:"你女儿都说你乱兴规矩,没道理。"

店主:"我是店家,房子是我的!我想怎么兴规矩就怎么兴规矩。"说着,他将男子丙推出店门,"砰"地关上了门。

男子丙一个趔趄,差点摔倒,他愤愤地看着紧闭的店门:"疯子开的店!"抬头望望满天乌云,只得匆匆赶路。

店主见男子丙离去,走到女儿房中,警告翠莲:"以后再这么胡闹,看我怎么收拾你!"

翠莲不服:"我没有胡闹,是你胡闹!"

"我怎么胡闹?"店主问。

"你乱兴规矩,既不方便旅客,又减少店里的收入。"

"还不是你作的孽!"店主指着女儿责备道,"你要是答应和刘掌柜的儿子成亲,我怎么会想出这招来?"

"我就是不嫁给姓刘的儿子,他跟他爹一样,整天就只知道拨弄算盘珠子。"翠莲鄙视道。

"你要嫁给谁?"

"要嫁给我喜欢的人。"

"你喜欢谁?"

"我也不知道,反正看到了,我觉得这人讨我喜欢,就嫁给他。"翠莲任性地说。

"人在哪儿?"

"跟你说了多少遍,女儿托您老的福,开了这个旅店,南来北往的旅客中,肯定有我喜欢的人。"

"自古婚姻就是父母之命,媒妁之言,这是妇道!"

"我在旅客中相上了喜欢的人,你就遣媒说合,这难道不遵守妇道?"翠莲振振有词。

"不行!"店主强硬道,"刘掌柜家道殷实,儿子精明会做生意,这样的女婿我喜欢。"

"你喜欢,我不喜欢!"翠莲顶撞道。

"你不喜欢,就不要嫁人,在家当老姑娘!"店主发怒道,"我这店就定下规矩,不准单身男子入住,只接待已婚男人,我看你到哪儿去找喜欢的人。"说完,转身欲走。

"爸,我妈死得早,你就这样对女儿,我妈在天之灵会伤心……"

"谁让你那么犟,好端端的女婿不嫁,偏要自己选婿,你要不改主意,我这店的规矩就不改!"

"蛮横无理!"

"你任性倔强!"

"我任性!任性就任性!"翠莲叉着腰说。

"我蛮横!蛮横就蛮横!"店主毫不示弱。

"老板,你和翠莲妹都在气头上,吵起来话赶话,火气越升越大。这说话不是打铁,铁冷了不能打;可话冷了,说起来就心平气和了。"伙计甲将店主拉出了房门。

店主跺脚,指着女儿:"把你惯坏了!"

翠莲回嘴:"活该!自作自受!"

3. 山野

暴雨哗哗下个不停,秋云、师兄躲在一个破旧的亭子内避雨。

"阿嚏！阿嚏！"秋云打着喷嚏，望着乌云叠叠的天，"这雨一时停不下来，走吧。"

师兄："你受凉了，等雨小一点再走吧。"

秋云："天黑以前总得找个店住下来，不然荒郊野外，下这么大的雨，我们怎么过夜呀？"

"好吧。"

"阿嚏！阿嚏！阿嚏……"秋云喷嚏连连。

师兄忙脱下自己的衣服罩在秋云头上。

"不行，你把衣服脱给我，你淋雨。"

"男子汉不怕雨淋。"师兄说着，一头扎进了雨帘中。

秋云跟在后面。

天色渐渐暗下来，师兄、秋云冒着雨在泥泞的道路上艰难行走。

"阿嚏！阿嚏！阿嚏！……"秋云一阵晕眩，师兄赶紧扶着她，无意中触摸到她的手："这么烫！"师兄再一摸秋云的额头，吃惊道："你在发烧！"他蹲下："我背你。"

秋云强撑："不用，不用，我能走。"

师兄只得跟在秋云旁边，保护她行走。

"灯光！"师兄欣喜地指着远处的如豆之光。

"有地方避雨了！"秋云高兴道。

两人加快脚步朝灯光处走去。

4. 平安店

师兄抢先进了店门："店家，住店。"

店主见师兄一人，立刻谢绝："就你一人，对不起，客满。"

"还有，还有人。"师兄忙招呼秋云进门。

店主见是一男一女，忙改口："原来是夫妻，有房，有上好客房。"

秋云羞得低头："哎呀！说些什么话呀。"

师兄："我是单身。"

"不是夫妻就没有房。"店主强硬地说。

"店家，这黑灯瞎火，又下着大雨，前无招商，后无旅店，你叫我们到哪儿去住呀？"师兄语气恳求。

"前面有个永丰店。"

"离这儿有多远？"

"不远，三十里路，打雷都听得见。"店主轻松地说。

"你……你……"师兄气愤，拉着秋云欲走。

"咳！咳！咳！……"秋云连声咳嗽，病体虚弱不支，刚走两步就歪倒。

师兄赶紧扶着秋云，望着脸烧得红烫的秋云，他犹豫再三，鼓足勇气："我们是夫妻。"

秋云惊。

店主："你刚才不是说你是单身吗？"

"刚才是刚才，现在是现在。"师兄凑到店主耳边，悄声说："我们是私奔的夫妻，不敢张扬。"

店主爽快道："跟我来。"

师兄、秋云跟在后面。

秋云低声问："你跟他说些什么？"

师兄："没说什么。"

秋云："你是不是说我们是夫妻？"

师兄默认。

秋云生气道："你怎么乱说？"

师兄："你病成这样，得赶快休息。"

店主开了门。

秋云不愿进，师兄强将她拉进门，随即关了门。

秋云欲走，师兄挡住了她。

秋云气愤道："你乱说我们是夫妻，旁人知道，我脸面往哪儿搁？"

"外面下着暴雨，你发着高烧，是要命，还是要名节？"师兄开导道，"假冒夫妻租下一间房子，你在房内好好睡觉，我在外面找个地方坐一夜。来，快把湿衣服脱下来，我给你烤干。"

"不用，不用，女人的衣裤，男人不便沾手。"

"嗨！出门在外，你又发着高烧，还讲这些规矩干什么。快把湿衣服脱了，换上你包袱里的干衣服，我先去给你熬红糖姜开水，回头再给你烤干衣服。"师兄出去，拉上门。

秋云感激地望着师兄的背影。

师兄走进茶水房，问道："店家，有红糖和姜没有？"

"有。"

"给我一点，我熬水。"

"好的。"

店家拿来红糖和姜，师兄细心地熬红糖姜开水。

师兄熬好红糖姜开水，端进客房，对秋云道："红糖姜开水是治风寒的好药。"

秋云接过碗，喝完了水。

师兄："快躺下休息。"

"你呢？"秋云问。

"我给你烤衣服，茶房里有火炉子，我就坐在炉边打盹。"

"这……"秋云过意不去。

"快睡吧，睡好觉，不发烧了，明天好赶路。"

"师兄，你的衣服也是湿的。"秋云关心道。

"我坐在火炉旁，烤干你的衣服，也顺便沾光，烤干自己的衣服。"师兄转身出门。

秋云："师兄，谢谢你。"

师兄笑："谢什么，你只要不找人来打我这流氓就行了。"

秋云不好意思地笑了。

师兄出去，顺手拉上了房门。

秋云愣愣地望着关上的房门，听着师兄的脚步声消失。

师兄坐在茶房的火炉旁，烤干了秋云的湿衣服，也烘干了自己的衣服，扛不住困倦，他竟打起盹来。

"醒来！醒来！炉子要灭火了！"

师兄惊醒。

店主奇怪地看着师兄："你怎么不回房去睡？"

师兄："我在这里烤衣服。"

"衣服都烤干了，我要灭炉子火了。"

"你灭火吧。"师兄说着，却不动。

"你不回房睡，难道你们不是夫妻？"

"是夫妻，是夫妻。"

"是夫妻就回房去。"

"她病了，我睡觉打鼾，搅得她睡不好，我只好在这里打盹。"

"要真是夫妻，你老婆决不会舒舒服服躺在屋里睡大觉，狠心让你吹着夜风，蜷着身子在这里打盹。"店主一针见血地说。

师兄尴尬地笑了。

店主严肃道："我说过，我这店只准夫妻入住。"

"知道，知道。"师兄赶快起身，拿着烤干的衣服朝客房走去。

师兄推开客房门。

秋云惊醒："你怎么进来了？"

师兄无奈："店主怀疑我们了。"

秋云叫苦连连："这深更半夜，你我男女同室，这怎么说得清楚呀！"

师兄叹气："唉！赶巧遇到了下雨天，赶巧你生了病，赶巧遇到这样不通情理的店主。"

"赶巧遇到了你这个偏要跟着我的师兄！"

师兄安慰秋云："你睡那头，我坐在床的这头。我们不吹灯，老天爷睁着眼睛，看着你我规规矩矩，非礼勿动。"

师兄刚说完，如豆的灯光越来越弱，终于油干灯灭。

"吝啬鬼！图省油。"师兄骂道，转对秋云："快睡吧，睡好了明天好赶路。"

"你离我远一点。"秋云往床内靠墙方向移动。

坐在另一床头的师兄："好的，我离你远点。"他也往床内靠墙方向移动。

黑夜中，秋云与师兄同时朝床内靠墙方向移动，越移越近，二人全不知晓……

5. 梨树湾喜喜家

深夜，听着哗哗哗的雨声，喜母翻来覆去难入睡，起床望着窗外，忧心忡忡："喜喜呀，你走时没有带雨伞，雨下得这么大，你有没有躲雨的地方？住上店没有？……"

春英惊醒，忙起床安慰喜母："喜妈，差哥说了，喜喜是去办公事，衙门肯定会管吃管住，饿不着喜喜，大雨也淋不着喜喜。"

"还有秋云，这么大的雨……"

"喜妈，秋云姐有师兄保护，您就放心吧。您怎么睡了又起来？快上床，快上床。"

"唉!"喜母正欲转身,发现两个黑影窜进了院子。

"谁?!"喜母警惕地操起棍棒。

"大娘,行行好,我们四海为家,要饭要到这里来了,偏偏遇到这倾盆大雨,又饿又冷,求大娘赏口饭吃。"丐七、丐八淋成落汤鸡,可怜兮兮地拍着门说。

"快进屋,快进屋。"喜母忙开门,招呼丐七、丐八进房,又拿出喜喜、徒弟的衣服给二人,"快换上干衣服,别着凉。"

"多谢大娘。"丐七、丐八接过衣服。

"到屋里换去。"

丐七、丐八进内屋换衣服。

喜母:"我去给你们做饭。"又对春英道:"今晚的雨下个不停,徒弟回家了,你把他和喜喜的房间收拾一下,让他们两人今晚在这里暖暖和和睡一觉。"

"呃。"春英走进他们的房间,动手收拾。

两个乞丐换上干衣服出了门。

喜母在厨房忙碌着,关心道:"茶壶里有热水,你们自己倒水喝。等你们吃完饭,我再给你们熬红糖姜开水,喝完了再盖上被子睡一觉,保你们不会伤风。"

"谢谢大娘。"

喜母灵巧的手像变魔术一样,转眼变出了几盘菜肴端上桌子。

望着桌上的炒青菜和炒鸡蛋,丐八垂涎欲滴欲伸手抓来吃。

丐七急用眼神制止。

喜母:"饿了吧?我这就给你们舀饭。"

丐七、丐八迫不及待:"多谢大娘。"

喜母往厨房走了两步,忽然转身问:"你们四处游走,听说过最近县城墙上贴的告示,上面有人像的事情没有?"

"大娘,这事您是问对人了!"丐八抢着回答,"城墙告示上的画像,那人叫喜喜。"

"喜喜,他是……"喜母急问。

"他是个卖艺的。"丐八截住了喜母的话,"人说他是'变脸王',可我说他是天下头号大傻子!花两贯钱从我们那里买了个糟老头当父亲……"

"啊!原来这祸是从你们那里起的呀?"喜母生气地问。

"大娘,我们没有招祸。"丐七说,"是那个喜喜招了祸,告示上有画像,要捉拿他,各路人马到处寻找他,还说是皇帝下令找他,可能是钦犯。"

第十八集

"啊！"喜母惊吓。

丐八得意道："那些官差个个是睁眼瞎！上天入地找遍了也没找到喜喜，幸好他们遇到了我和七哥。"

喜母追问："遇到了你们怎么样？"

丐八越说越得意："我们带着他们去找喜喜，凭着我们的慧眼，在青龙山脚下，一眼就认出了喜喜。"

"后来呢？"喜母紧张地问。

丐七："后来差役抓到喜喜，把他送到衙门去了。"

"好哇！原来是你们带人抓了喜喜！"喜母愤怒地指着丐七、丐八。

丐八完全沉浸在亢奋中："对！是我们带差役抓到了钦犯，差役答应我们，等案件审查清楚后，会给我们奖赏。"转对喜母道："大娘今夜雨中收留我们，日后我们得了奖赏，定要回报您老人家。"说着，撒娇道："大娘，我们的肚子饿得伸出手来了，饭在哪里，我们自己舀。"

"给我滚！"喜母拍案大怒。

丐八："咦，怎么说变脸就变脸？人说变脸比天快，这老天爷还下着雨，没变脸，你怎么就变了？"

"你们给我滚！滚！滚！"喜母怒斥。

丐八耍无赖："要滚，吃完饭再滚。"说着，拿起筷子夹菜往嘴里送。

喜母夺过筷子，将菜泼在地上："喂狗都不给你们吃！别再脏我的眼睛了，快滚！"

春英闻声走来，催促两个乞丐："快走！快走！"

丐七、丐八依依难舍桌上的菜肴。

喜母将两人推出门，推进雨中，"砰"地关上了门。

丐七、丐八丈二和尚摸不着头脑："发什么疯呀？"

喜母在屋内怒吼："喜喜是我儿子！我儿子是好人！"

"妈呀！"丐七、丐八惊呆。

丐七："这才是冤家路窄呀！"拉起丐八就跑。

"把你们的狗皮拿走！"春英开门，将两个乞丐的湿衣服抛在门外。

两个乞丐拾起衣服，仓皇逃走。

喜母生气："咳！喜喜是灯蛾扑火，引火烧身，他要是不去买那个姓黄的老头当父亲，就不会引来两个乞丐带差役抓他了。"

春英:"喜妈,事情不是你想的那么坏,县衙差役告诉我们,喜喜到京城是去办公务,根本不是什么钦犯。"

喜母焦灼:"到底是公务,还是钦犯?……不行!我要到京城去找喜喜,母子俩就是死也得死在一起!"

"喜妈,别着急。"

"我实在等不及了,夜夜都在做噩梦。刚才明明醒着的,偏巧来了两个乞丐,又是一场噩梦。我们收拾收拾,准备上京城。"

"喜妈,京城路远,你这么大年纪了……"

"那就再等三天,三天后喜喜再不回来,我们就到京城去找他。"

"好吧。"

6. 平安店

雄鸡高唱天发亮。

秋云、师兄醒来,发现两人紧挨着睡在一起,他们吓得急忙躲开。

秋云又羞又气:"你……你……你怎么睡到我这里来了?"

师兄:"是你睡到我这里来了!"

"是你!"

"是你!"

……

7. 城郊

王甲、赵乙、喜喜赶路。

王甲指着远处:"京城到了。"

喜喜:"这就好了,我把东西交给黄伯就回家,我妈还在等我哩。"说着,加快脚步朝京城奔去。

王甲拦住喜喜,转对赵乙道:"你先去探探虚实。"

"是。"赵乙快步走向京城,东西城门关闭,他查看了南北城门,只见两个城门都是重兵把守,三娃、铁蛋分别站在两个城门口,睁大贼眼,审视着每个进城的人,看到此,赵乙急往回走。

"王哥,不好了!东西城门关闭,七皇子的人马把守着南北城门,那两个王八蛋分别站在城门口,贼眉贼眼地搜查人。"

"啊！"

"想不到他们比我们还快！"喜喜惊叹。

"怎么办，王哥？"

王甲环顾四野，远处飘来阵阵喜乐，原野上，一支迎亲队伍缓缓走来。

"走！"

王甲说完，朝着迎亲队伍走去。

赵乙、喜喜随后。

8. 树林

"站住！"王甲观察了地形，选择在树林中将迎亲队伍拦截，他亮出宫牌，"我们是奉皇上的令执行公务，谁是管事？"

"我。"管事走来。

王甲与其耳语。

管事大惊："结婚是人生头等大事，不能来这种儿戏。"

"是皇上的事情重要，还是你们的家事重要？"王甲厉声说，"事成之后，皇上会赐金匾给新郎、新娘。你们此举成就了光宗耀祖，福荫子孙。"

管事犹豫。

赵乙威胁："你不要敬酒不吃吃罚酒！"

管事只得屈从，听从安排。

王甲装扮成媒婆。

赵乙扮成抬轿人。

喜喜乔装成吹鼓手。

三人混在迎亲队伍中，吹吹打打朝京城走去。

9. 城门

铁蛋率兵把守城门，见迎亲队伍走来，高喊："停住！"

铁蛋及士兵挨个检查进城的人，当检查到王甲、赵乙、喜喜时，铁蛋有所怀疑，好在有惊无险，队伍准许进城，但刚走了几步，铁蛋突然高叫："吹鼓手！"

几个士兵凶神恶煞将喜喜拉出来，全体队伍被拦住。

"你……你……你不是吹鼓手！"铁蛋指着喜喜说。

"我不是吹鼓手是谁呀？"喜喜举着唢呐在铁蛋耳边用力吹。

铁蛋被震得蒙着耳朵警告："我见过你！"

喜喜低声道："我也见过你。"

"在哪儿见过？"

"在迎贤客栈见过。"

铁蛋一愣。

为罩人耳目，喜喜时高时低吹着唢呐，与铁蛋谈判。

"在迎贤客栈里，我就住在你们的对面。"

"是你？"

"不是我还是谁呀？"

"你……"铁蛋有苦难言。

喜喜主动出击："好像你们丢了一样东西。"

"别胡说！"铁蛋警告。

"听说那东西很重要，丢了是要杀头的。"喜喜神秘地说。

"你说些什么呀？我听不懂。"铁蛋假装糊涂。

喜喜笑道："你不是说你见过我吗？既然见过，就该听懂我说的话。"

铁蛋忙脱干系："我没见过你，从来就没有见过你。"

喜喜舒口大气："这不就平安无事了吗？"他回到迎亲队伍，高喊："快进城！不要耽误拜堂！"

士兵不放。

喜喜语气双关地对铁蛋道："要找麻烦呀？"

铁蛋咬牙切齿："放行！"

10. 京城

队伍进了城，王甲、赵乙、喜喜迅速换了装，辞别迎亲队伍，朝皇宫奔去。

"喜喜，你用了啥方法，制服了那小子？"赵乙问。

"丢掉玉玺的事，我猜准了他们不敢对上司说真话，肯定撒了谎，本人就来个将计就计。"喜喜得意地说。

"哈哈哈！想不到你还真有两下子。"赵乙夸奖道。

"卖艺多年，世上有，戏上有，我是从戏中学的。"喜喜说完，问道："皇宫在哪里？"

"就在那儿……"

第十九集

1. 皇宫

喜喜跟随赵甲、王乙朝宫内走去,他惊异地望着富丽堂皇的宫殿。

2. 书房

皇帝在看书。

张公公进门:"禀皇上,赵甲、王乙、喜喜求见。"

"喜儿也来了!快传。"

"传赵甲、王乙、喜喜——"

喜喜跟随赵甲、王乙朝书房走去。

赵甲、王乙走进书房:"拜见皇上。"

喜喜踏进书房,见到陌生又熟悉的皇帝,愣住了。

"快拜见皇上!"赵甲命令。

喜喜扑通跪下。

"平身,喜儿平身。"

听到熟悉的声音,喜喜腾地跳起来,跑到皇帝身边嬉闹:"你原来是冬天里卖醋———副穷酸相,怎么现在变得又白又……"

"呔!"众人大声呵斥。

喜喜吓得摔倒在地。

"休吓着我儿。"皇帝离座,扶起喜喜。

众人诧异。

"怎么啦,一个个呆若木鸡似的?"喜喜得意道,"说给你们听,让你们长长见识,我们是豆子煮豆腐……"

众人:"什么意思?"

"父子会。"

众人吃惊。

"变脸、变色干什么?"喜喜指着皇帝,"他是我用两贯钱买来的父亲……"

这一爆炸性的宣布顿时摧毁了宫殿的威严,室内、室外的侍从、宫娥们惊异地交头接耳。

……

张公公忙捂着喜喜的嘴,急屏退了左右侍从。

喜喜挣脱开张公公,继续说:"他是我用两……"

赵甲为打破尴尬,推着喜喜:"快献玉玺,快献玉玺!"

皇帝对喜喜道:"喜儿,为父托你看管的宝物……"

喜喜忙解下包袱:"在这里。"

皇帝打开包袱,兴奋、喜悦、豪情倍添:"苍天有眼,玉玺又回到我手中,江山永远属于我!"他感激道:"喜儿,朕流落到民间,最困难时,多亏你一家搭救,又为我保存了镇国之宝,朕要重重奖赏你。"

"太好了!爹爹,请赐给我一匹快马,我飞马回去,和我妈她们团聚。"

"你不要回去,留在宫里,先识字、读书,然后父皇就封你官职。"

"我才不稀罕当官哩,我在舞台上当过多少官呀。"

皇帝笑道:"喜儿呀,你在舞台上当官,那是假的呀。"

"爹爹,这世上的事,有多少是真的?"喜喜说,"再说当官尽挨骂,老百姓编成顺口溜、打油诗骂,家中老婆、孩子也跟着丢脸。"

皇帝抚摸着喜喜的头:"喜儿呀,你要当官就要当清官,千万不能当贪官。老百姓盼清官、敬清官、爱清官。有的清官离任了,数万老百姓自动跪在十里长道上相送;有的清官去世了,老百姓树碑立传来纪念他。"皇帝说完,大声呼叫着门外的侍从:"内官听着,带喜喜殿下去更衣、用膳。"

王公公上前行礼:"请喜喜殿下更衣、用膳。"

皇帝欲退下,喜喜忙拉住他:"爹爹,快借匹马给我,我好回去。我妈、春英她们还在等我呢。"

皇帝:"喜儿,你就在宫里安心读书,我派人将你母亲和春英接来和你团聚。"

喜喜:"还有我妈的相好侯货郎。"

皇帝:"啊?!你妈还有相好?幸好朕没有和你妈拜堂成亲呀。"说着,笑起来。

喜喜:"我也是后来才听我妈说的。"

皇帝:"喜儿,为父马上就派人将你妈、春英、黑娃、秋云还有货郎都接来和你团聚。"

喜喜:"谢谢爹爹。"

3. 东宫

七皇子怒气冲天:"混蛋!笨蛋!玉玺没有夺到,城门也没拦住,一个个都该问斩!"

刘校尉诚惶诚恐站立一旁:"殿下息怒,是属下的罪过,属下甘愿受惩罚。"

"惩罚了你,那玉玺就到我手中了吗?"

"是你的,迟早会得到;不是你的,迟早回失掉。江山肯定是七殿下的,那玉玺何愁不落到殿下手中。"

"我又不是三岁小孩,你少来哄我。"

"属下说的是实话。殿下的队伍实力雄厚,若能把唐老将军拉过来,殿下如虎添翼,所向无敌。"

"那唐老将军对皇上老头忠心耿耿,不会轻易叛变。"

"殿下将亲妹子许配给唐老将军,娇妻的枕头风可是胜过千军万马呀!"

七皇子若有所思。

"殿下,联姻一事,你给唐老将军提过没有?"

"没有。"

"要抓紧呀!玉玺、江山,太子他们早就觊觎着哩。"

"好吧,我尽快跟唐老将军谈。"

"属下告辞。"

"为何这样匆忙?"

"三娃和铁蛋未夺到玉玺,吓得掉了魂魄,以为死罪不可免。我把殿下宽赦的事告诉他们,让他们牢记殿下的恩情,效犬马之劳。"

七皇子笑道:"快去吧,去晚了就吓死了。"

4. 驿道

春英搀扶着喜母一步步朝京城走去。

喜母一见路人就打听：

"京城近日杀人没有？"

"这里离京城还有多远？"

"你们看见官差抓了个小伙子没有？"

……

……

喜母一遍又一遍地问路人，路人中，有的同情她，有的厌恶她，有的鄙视她，有的嘲笑道："我深山打柴，集市卖柴，我怎么知道京城杀人没有？"

喜母、春英就这样走三步问两人地赶路。

5．深山老林山洞

宫廷差役甲、乙来到山洞，人去洞空，唯见白云悠悠。

差役甲："喜喜班的人到哪儿去了呢？"

差役乙："走，到喜喜殿下的老家梨树湾看看去。"

6．梨树湾喜喜家

宫廷两个差役来到喜喜家，只见院门紧锁。

差役甲问邻居："请问喜喜班是住在这里吗？"

邻居："他们的班主喜喜被抓走了，戏班散了。喜喜妈和儿媳妇上京城找他去了，说是生要见人，死要见尸。"

"啊！"两个差役再一次失望。

7．乡间小路

宫廷差役丙、丁四处寻找侯货郎，忽然从远处传来货郎吆喝声："卖花布、花伞、花夹子……"

差役丙："货郎！货郎！快去追！"

两个差役边追边叫喊："货郎！货郎！你等一等，等一等！"

货郎一听，自言自语："官府差役，瘦狗身上都要剐油的家伙，准是又要找货郎摊派什么人头税、货郎担税了。"想到这里，货郎拔腿就跑。

两个差役在后面追，叫喊道："快拦住货郎！快拦住货郎！"

货郎一听，跑得更急更快了。

8. 村头

侯货郎正停在村口卖货,货郎惊慌跑来,催促道:"还不快跑?差役抓货郎来了!"

侯货郎不由分说,挑起担子就跑。

两个差役在后面紧追。

9. 喜喜寝宫

喜喜跑到院门,盼望着高公公归来。

侍从:"请喜皇子用膳。"

喜喜不耐烦道:"等高公公回来再用膳!"

"喜皇子,我回来了。"高公公小跑着进了院门。

喜喜迎上:"高公公,父皇派人去岭西,找到我妈没有?"

高公公:"禀喜皇子,皇上派去的人回来说,喜皇子母亲和您未过门的媳妇已离开老家,听邻居说,她们到京城来找您了。"

"啊!那她们怎么没来找我呀?"

"公差是骑马回京城的,您母亲她们是走路,想必要晚几天。"王公公补充道。

喜喜高兴道:"再过几天,我就能见到我妈和春英了!"他忽然又想起来:"找到侯货郎没有?"

高公公:"找了,只是这侯货郎有点难找,如今这天下的货郎,像是中了什么邪,一见公差就跑。"

喜喜嘲笑道:"总是把公差错看成强盗了吧?"

侍从:"喜皇子,现在能用膳了吧?"

"慢,高公公,我要的颜料和绸子呢?"

"禀喜殿下,您要的颜料还差白色和赭色,您要的绸子,宫里库房没有那种又薄又细的绸子,管事今日就去采办。"

"变脸是我们家的传家宝,要夏练三伏,冬练三九,必须天天练。一天不练,自己知道;两天不练,内行知道;三天不练,观众知道。为了给黄伯送玉玺,差哥催得急,走时没带我变脸的工具。"

"喜殿下放心,您要的东西,我让管事采办回来立即送过来。"

"好，现在可以吃饭了。"

侍从："摆膳——"

内侍、宫娥鱼贯而入，端上了山珍海味、玉液琼浆。

喜喜拿起筷子，扫了一眼满桌的菜肴，生气地将筷子一甩："你们又给我吃这些呀！我去告诉父皇！"

高公公："禀喜皇子，这些菜都是皇上钦点的。这道菜是用人奶喂养的猪，再用人奶煮熟的，味美无穷；这道鹅掌，是将活鹅赶至烧得通红的铁板上做成的，胜过熊掌，这道菜是……"

"行了，行了。"喜喜打断高公公的话，"萝卜、白菜各有所爱。喜欢吃的就是好菜，不喜欢吃的就是孬菜。"他嘟嘟囔囔："父皇应该知道这道理呀。他在我们家时，肚子饿了，给他吃烙玉米饼，我骗他这是黄金馍；给他吃野菜，我骗他是灵芝草。他狼吞虎咽，吃了一个又一个，吃了一碗还要一碗，真当成黄金馍和灵芝草来吃了。"

高公公："请问喜皇子，您喜欢吃的菜是什么呀？"

喜喜："回锅肉。"

高公公："传御膳房，来回锅肉——"

10. 皇宫前院

唐老将军朝外走。

七皇子久久等候，见唐老将军走来，故意装着不期而遇。

"唐老将军下朝了？"

"是，下朝了。"

"上次在御医院见到您，不知吃了太医的药后，身体安好？"

"唉！食不甘味，夜不安寝，成天没精神。"

七皇子笑道："唐老将军，您这不是病，因为老夫人去世您悲伤过度所致。老将军，国家需要您，还望将军老骥伏枥。"

"唉！老了，老了。"

"将军没有老，将军是个多情人，老夫人走了，将军身边没有一个贴己人说心里话，若能找个红颜知己，将军定会精神焕发。"

唐老将军自嘲："我这把岁数了，谁还喜欢我呀？即使喜欢，也是冲着我的钱财、地位。唉！要找到我夫人那样的知心贴己人，难哪！所以，这事我连想都不想。"

"将军错了，有一个女子从小就喜欢您，崇拜您。"

"谁呀？"

"我妹妹玉叶。"

"她不是病了吗？"

"自古英雄爱美女，美女爱英雄。玉叶从小立志'非英雄不嫁'，后来父皇将她许配给魏学士，她也只好从命。如今魏学士死了，您夫人也走了，这是老天爷成全你俩。"

"啊！"唐老将军惊喜道，"可是……可是……听说她疯了。"

"我妹妹和您一样都是重感情的人，您为老夫人食不甘味，夜不安寝，我妹妹也为了魏学士痴情发狂。你们结合在一起，互相感情有了依托，我妹妹的病自然会好，您呢？也青春重返，精神焕发。"

唐老将军被忽悠得心花怒放，可一转念："我这么一把年纪，皇上……皇妃……"

"年纪算什么，父皇和周姨娘年纪相差那样大，两人好得如胶似漆。玉叶妹爱的是英雄，不管是老英雄、少英雄她都爱。'关关雎鸠，在河之洲。窈窕淑女，君子好逑。'您要多接近我妹妹，只要你们好上了，父皇、我母亲也不会阻拦。"

"那就拜托你牵红线，给我们当媒人。"

七皇子行拜礼："将军发话，敢不从令。"

"哈哈哈！"两人大笑。

11. 御花园

玉叶公主与金娥赏花。

玉叶摘了朵花，金娥为她戴上："公主真是仙女下凡。"

玉叶露出了难得的一笑。

太子和五皇子在远处看见了玉叶公主。

太子："那疯女子的病难道好了？"

五皇子："是吗？"

"你看都笑了。"

太子狠狠道："让她再疯！"

"叫吹鼓手去。"

"你我用嘴哼。"太子刚哼了两句,"不好!父皇来了!"拔腿就跑。

五皇子跟着逃跑。

皇帝在周妃及侍从的簇拥下来到御花园。

"啊!玉叶笑了。"皇帝高兴道。

"皇上,玉叶得的是心病,她一高兴,病自然就减轻了。七皇姐说她的病是时好时坏。"

玉叶发现皇帝,忙走来:"父皇万福。"

"平身。"

"周姨娘安康。"

"玉叶,你父皇看见你病好了,乐得嘴都合不上了。"

"皇儿不孝,让父皇为我操心。"

"玉叶休要自责,都是那三逆贼惹的祸。"

"爹爹!……"喜喜跑来。

"喜儿也来赏花了?"

"闷得慌,这宫廷红墙高立,房屋紧挨,就和关在笼子里一样。哪像我们家乡青山绿水,能看到太阳升起、太阳落坡。"

皇帝笑了:"慢慢就习惯了。"

玉叶公主和金娥望着喜喜,似曾相识。

"爹爹,快点找到我妈,我想她们了。"

"喜儿休要着急,我已派几路人马四方寻找,一定会找到你妈和春英姑娘的。"

"谢谢爹爹。"

"来来来,见过你玉叶妹妹。"皇帝又对玉叶道:"玉叶,这是你喜喜哥,在父皇最困难的时候,是他救了我。"

玉叶、金娥眼睛一亮。

"父皇,他也是救我的恩人。"

皇帝、喜喜吃惊:"啊!"

玉叶:"喜喜哥,你忘了,我流落到金娥家避难,被叛军追捕,是你抓住叛军,又将他捆绑在树上,我才逃脱。"

喜喜:"难怪我看着你面熟。"

皇帝："喜儿，你对我们皇家又多了一份恩情呀！"

"是老天爷赐给我做好事的机缘，我才能帮助了爹爹，又帮助公主。"

"既然你们是老朋友了，喜喜因变脸爱画画，你玉叶妹也喜欢画画，你和你玉叶妹多切磋画技，你就不闷得慌了。"

玉叶拍手称快："喜喜哥会变脸，我最喜欢看变脸了！"

喜喜："我正想对我变脸的脸谱多来点变化，正好向玉叶妹妹请教。"

"好哇，那我就收下你这个徒弟了。"

"还请玉叶妹多多指教。"

玉叶："为师现在就指教。"对金娥道："回宫。"

玉叶："拜别父皇、周姨娘。"

喜喜："拜别爹爹、周娘娘。"

"哈哈哈！"皇帝望着二人的背影，"这可是一举两得呀，有他们兄妹做伴，喜喜不再来缠着我找他妈和春英；他会变脸，会搞笑，玉叶和他在一起心情会开朗，病也就慢慢好了。"

周妃："皇上英明。"

12. 玉叶寝宫

喜喜随玉叶来到她的画室，一眼看见了赭色颜料，他高兴道："高公公四处给我找赭色，踏破铁鞋无觅处，得来全不费功夫。"他伸手拿颜料没拿稳，颜料泼洒在桌上，溅在了玉叶精心所画的准驸马画像上。

"啊！"宫娥、侍从惊吓。

玉叶捧起污染的画像，伤心地哭起来，怒斥喜喜："你竟敢毁我的画像！"她命令侍从："与我打！"

侍从举棒欲打喜喜。

喜喜有恃无恐："我是皇上的义子，谁敢打我？"

"与我杀！"玉叶歇斯底里地叫着。

"敢杀我的人还没有出生！"

"我就敢杀你！"玉叶夺过剑刺向喜喜，喜喜与她周旋，夺过了宝剑。

玉叶恼羞成怒，耍横撒娇，又哭又闹："哪儿来的贱民，竟敢欺负我玉叶公主！带路，我要去禀报父皇，今天将他打进死牢，明日将他斩首！"

金娥将她拦住："公主，您这样衣衫不整，头发凌乱，怎好去拜见皇上？

来，来，来，梳洗打扮后再去见皇上。"她示意宫女们搀扶玉叶到内室。

"真是个疯子！"喜喜愤愤道，"这脸说变就变，变得比翻书还要快，变得比我表演变脸还快。"

"唉！也难怪公主生气。"金娥同情道，"她和魏学士还差三天就要结婚，三皇子叛乱，两人避难到民间，魏学士为救公主调虎离山，被叛军追得跳河死去。公主精神受到打击，回到京城，触景伤情，每日用泪水和着颜料画魏学士的像，以寄托哀思。你毁了她心上人的画像，她能不生气吗？"

"想不到玉叶公主是这样重情义的人！"喜喜想了想，"我画一张魏学士的像来赔她行不行？"

"你能画好吗？"金娥疑问。

"试试吧，画不好任由公主惩罚我。"

金娥为喜喜铺开纸，喜喜调好色，照着魏学士像画起来。

金娥转到内室，宫女正忙着为玉叶梳理头发，插戴首饰。金娥暗示宫女们放慢动作，拖延时间。

"看你们一个个比蜗牛还慢！"玉叶怒斥。

金娥为玉叶穿衣服也是慢慢腾腾，丢三落四。

玉叶生气道："金娥，你们今天都吃错什么药了？"

好容易收拾停当，玉叶公主迈出内室，喜喜迎上："拜见公主，玉叶妹妹。"

"滚开！"玉叶怒斥。

喜喜忽然从身后拿出魏学士的画像，展现在玉叶面前。

"谁画的？"玉叶惊奇。

"我画来赔公主妹妹的。"

"你怎么知道他的长相？"玉叶接过画像仔细端详。

"我照着公主妹妹那张像画的。"

"画得还真像。"玉叶满意地欣赏。

"公主妹妹，我赔了画像，可以饶我不死了吧？"喜喜调侃。

玉叶笑而不答，她将喜喜的画和自己的画反复对比、玩味："唔，你的眼睛比我画得好，还真像他的眼睛。"他问喜喜："你怎么知道他的眼睛是这样？你见过他本人？"

"公主妹妹，我虽然没见过他本人，可听说公主妹妹与魏学士是天生一对，地造一双。公主妹妹对魏学士一片痴情，魏学士对公主妹妹情深意重。我爸教我画脸谱时就再三说'画人要画心,眼睛里可以看出一个人的心',我就依据魏学士对公主妹妹赤诚之心画出了魏学士的眼睛。"

玉叶满意地点头:"看来你还真有画画天分。"

"笑话!"喜喜沾沾自喜,"我靠变脸卖艺为生,画了人世间各种人的脸谱,还画不出你们魏学士的像呀。"

"那你就多画魏学士,要是能够把他变出来就好了。"

"行,我听师傅的话。"喜喜幽默道,"我这罪……"

玉叶爽快道:"免了。"

"谢公主大恩!"喜喜叩谢。

13. 皇宫大门

衣衫褴褛的魏学士风尘仆仆回到了京城,望着昼思夜想的宫殿,恨不得立刻见到魂牵梦绕的玉叶公主。他正要进皇宫大门,守门士兵将他拦住:

"呔!何处来的乞丐,竟敢乱闯皇宫!"

"我是魏学士,我是准驸马,我死里逃生归来……"

七皇子坐车回宫,听见熟悉的声音,他撩开车帘,看到了颠沛流离、狼狈不堪的准驸马,不假思索吩咐侍从三娃:"胆大之徒,竟敢冒充准驸马,去,把他丢进死牢!"

三娃带着人上前,不由分说,捆绑了魏学士。

魏学士挣扎:"你们干什么?我是魏学士!我是准驸马!……"

三娃:"魏学士早死了!"

"我没有死……"

三娃等人堵住了魏学士的嘴,将他丢在马上,驮向了远方。

14. 东宫

后院,铁蛋将一枝灵芝插进土里。

七皇子刚一迈进宫门,铁蛋就跑来邀功:"禀七殿下,灵芝长出来了。"

"啊,看看去。"

来到后院,七皇子细看插进土里的灵芝。

铁蛋:"七殿下,像不像土生土长的?"

七皇子:"像,像,你买来的这枝灵芝和院子里野生的蘑菇正好是一种颜色。"

"我是特意比着买的。"

"来看的人只准站在远处看，千万不能让他们走近用手摸。"

三娃走来："禀七殿下。"

"事情办得怎样？"

"已经将那姓魏的打入了死牢。"

"没有走漏风声？"

"放心，狱卒都是自己人。要不，干脆把他做了……"三娃做杀头手势。

七皇子阴冷道："看看再说。"他转对铁蛋道："快命人出去传言，东宫后院长灵芝了。"

"遵令！"

15. 皇宫后庭

"东宫后院长灵芝了！"

"神仙显灵了！"

……

宦官、宫女、侍从奔走相告。

"东宫长灵芝了！太子住了那么久怎么没见过长灵芝？"

"吉人自有天相！"

"天意，天意！"

……

众人争相拥入东宫观看。

16. 玉叶寝宫

一宫女从外归来，神秘地告诉别的宫女："东宫里神仙显灵，院子里长出了灵芝。"

众惊："有这等奇事？"

"万一是妖怪显灵呢？"

……

"你们叽叽咕咕说什么？"玉叶走来问。

众宫女噤若寒蝉。

金娥询问后，说道："禀公主，他们说东宫后院长了灵芝。"

"啊！"玉叶惊讶道，"竟有这等怪事？奇文共欣赏，奇事大家看。走！看看去。"

17. 东宫附近

太子、五皇子朝东宫走去。

太子鄙夷道："哼！什么神仙显灵！我那后院阴暗潮湿，树下草丛中常常长出蘑菇来。那老七想当太子，不知从哪里找来灵芝插进土里骗人，看我来戳穿他的阴谋！"

三娃远远看见太子，知道来者不善，急命令卫士关大门。

太子奋力敲门："开门！我们来看灵芝了。"

门内三娃："神仙示意，观看者太多，灵芝姑娘累了，要休息。神仙又示意，为了不让灵芝姑娘风吹雨打，我们已将灵芝姑娘请到正房供奉起来了。"

"呸！正房供奉！"太子大骂，"把插上的灵芝抽出来摆在正房罢了。"

远远看见一群人议论纷纷走来，太子拉过五皇子回避到角落里偷听。

"你真看见灵芝了？"

"看见了，好大一枝灵芝就长在松树下。"

"奇怪，太子在东宫住了那么多年，东宫就没有长出过灵芝；可七皇子一搬进来，就长灵芝了。"

"观天象能知天意，看灵芝也能悟出神意来。"

……

人群远去。

太子愤愤道："怎么这些人都跟着说谎话？"

五皇子："太子哥别生气，这宫里的人看见七哥平叛有功，势力大，有望坐龙椅，便溜须拍马，巴结逢迎。秦国时有赵高指鹿为马，如今，当然又指插上去的灵芝为土里长出来的了。"

"唉！怪不得父皇那个卖艺的义子在民间靠变脸的活能养家糊口，原来世上的变脸人太多了。"

"疯女子！"五皇子叫道。

太子顺着叫声一看，只见玉叶和一群宫女走来，他恶狠狠地说："再叫她疯！"

五皇子犹豫:"她的病好像好了。"

"病好了,我要让她犯!我这口恶气正愁找不到地方出。"

"叫乐手来。"

"来不及了,用嘴哼代替乐手。"

说着,太子与五皇子朝玉叶走去。

18. 湖边

太子、五皇子走到靠近公主处,两人高声哼出迎亲喜乐。

玉叶听见喜乐,脸上的肌肉抽搐了一下,笑容顿时消失。

太子、五皇子既哼喜乐,又做傧相施礼:"东边一朵紫云开,西边一朵彩云来,两朵祥云合起来,新郎、新娘出堂来——一拜天地——二拜高堂——夫妻相拜——"

"啊!!"玉叶惊叫,"魏学士!魏学士!"她对着湖里呼叫:"魏学士!你在水里呀!……我来了!"她欲纵身跳下湖……

金娥、晏公公等人拉住了她。她挣扎,指着湖水:"魏学士在那里等我……"

太子、五皇子哈哈大笑。

太子:"这是你亲哥哥欺负人的报应!"

玉叶挣扎,打人、咬人,她甩开众人,跳下湖水。

众人拼力将她打捞上来,她又奋力甩开众人,双方激烈相争。

"魏学士来了!"

众人转头一看,"魏学士"迈着斯文步履走来。

"魏学士!"玉叶破涕为笑,她扑过去,羞涩低挽着"魏学士","新郎,我们快去拜堂,新房还好好的……"

喜喜倏地变回自己:"公主妹妹,我是喜喜哥。"

"啊!!"玉叶失望,又欲跳湖。

"快变!快变!"晏公公急喊。

喜喜忙变出魏学士脸谱。

玉叶也变哭脸为笑脸:"新郎官,我们快去拜堂,拜完堂我们就进洞房……"

喜喜顿觉尴尬,连忙变回自己。

玉叶又哭又闹。

晏公公催促:"快变!快变!"

喜喜见玉叶喜怒无常，干脆将脸变来变去。

玉叶随着变脸的节奏时哭时笑。

金娥制止："喜喜殿下，别变了，别变了。"

喜喜停止了变脸。

金娥指着喜喜："公主，他是喜喜殿下，他会变脸，能变出魏学士。以后公主思念魏学士，就让他变，以慰公主思念魏学士。"

喜喜："对，对，以后我常常给公主妹妹变脸。"

玉叶停止了哭闹。

晏公公舒了口大气："总算找到一个安慰公主的人了。"

玉叶默默转身回宫。

金娥等人随后，喜喜抹去大汗，正欲溜走，晏公公强拉住他跟随玉叶公主走去。

19. 田野

乔夫人、丫鬟及随从小四，陪同乔知县观察庄稼长势。

乔知县细致地观察秧苗。

乔夫人奚落："人家知县喜欢在花园赏花，我家老爷却喜欢赏庄稼。"

"看到庄稼长势好，我这心里呀，比赏奇花异草还高兴。老百姓填饱肚子，他们就很满足，就会老老实实过日子，没有盗贼兴起，我这知县座位，也就安安稳稳。"

乔夫人讥讽："我还以为老爷看庄稼是爱民如子，关心老百姓的温饱，原来是为了你那县太爷的宝座呀！"

"妇人之见。"乔知县不屑一顾。

乔夫人还欲与丈夫争辩，忽然，一对青年男女闯入了她的视线……

20. 乡间路上

秋云哭丧着脸，一路抱怨："我不让你跟着我，你偏要跟着我，结果惹出这么丢人的事来。女人的名节，我们家的家风，全让我给败坏了！我还有啥脸面活在世上，死了算了！"

师兄跟在后面，安慰秋云："秋云妹，千万别这么想，这是老天爷的安排。我们就听从天意结为夫妻，我会卖艺，还会种田，我要多挣钱，让你天天吃白米干饭，初一、十五吃肉，一月打两次牙祭，过年穿新衣服，双手戴银镯子，不愁吃，不愁穿，日子过得有滋有味。"

"我说过，我不会嫁给你的！"秋云呵斥道，"别跟着我，回去！"

"过河时，你不是答应我送你到姨妈家吗？"

"我千后悔，万后悔答应你了。"

师兄："秋云妹，我是真心爱你的。从你这么小我就喜欢上你了，因为你和喜喜定了娃娃亲，我不敢妄想。如今喜喜有了春英，我才向你表示了爱。"

秋云冷笑："可惜现在的秋云不是从前的秋云了，我恨透了男人！"

师兄："秋云妹，我不是牛哥那样的坏男人……"话没说完，他见秋云跑了，又上前把秋云拉住。

秋云奋力挣扎。

21. 田野

"老爷，你看那边……"

乔知县随着夫人所指的方向望去，只见师兄紧紧地抓住秋云不放，秋云奋力挣扎，师兄苦苦哀求。

乔知县："光天化日之下，那男的竟敢拦路抢劫，小四，与我抓起来押回县衙，老爷查看完庄稼再来审问。"

"是。"小四欲走。

"慢。"乔夫人道，"老爷，那男子不是拦路抢劫，你看他那副可怜相，快要给女的跪下了。"

乔知县："没出息。"

"老爷，那姑娘长得像朵花，一个人在路上走，要是遇见歹徒怎么得了？既然那男子是个忠厚老实人，老爷，我要成全这对鸳鸯。"

"你要审案？"

"这不是县衙，这是野外，况且我是为做好事，不算僭越。"乔夫人说着转对随从："小四，去把那一男一女给我叫过来。"

"是。"小四说着，朝师兄、秋云跑去。

"夫人，你看他俩又扯又闹的，你能把他们撮合在一块儿？"

"老爷，正是他们扯扯闹闹的，我才想出了办法。"

小四将师兄与秋云带到："快拜见知县老爷和夫人。"

师兄、秋云："拜见知县老爷和夫人。"

"你是不是想娶她做媳妇？"乔夫人指着秋云问师兄。

"想、想、想，做梦都在想。"

"本夫人成全你。"

师兄高兴道："多谢夫人。"

"你们俩比赛打架，若你把她打败了，知县老爷就将她断与你做媳妇。若是你败了，就滚到一边去，不许再纠缠姑娘。"

师兄先是喜，后犹豫。

"开始——"小四发令。

秋云与师兄打架，不及两个回合，她就将师兄打倒在地。

"重来！"乔夫人发令。

秋云与师兄再次比赛，不及三个回合，师兄就连连求饶。

"哈哈哈！"乔知县笑道，"夫人，你夸下海口了！"

"又来！"乔夫人生气地下令，转身警告师兄："事不过三，你败了，就娶不成她当媳妇了，不要后悔。"

秋云又和师兄开打，这次师兄输得更惨，头上被打得肿起了一个大包。

"你呀你！"乔夫人狠狠地指着师兄，"我有意成全你，想不到你才是个窝囊废！"

"感谢夫人的美意。可我认为，夫妻间应该互敬互爱。若是今日我将秋云打赢了，以后夫妻过日子，难免磕磕碰碰，有了这个用武力制服她的坏开头，以后一斗嘴，我就会动不动用拳头来压她。所以……所以……"他失望地对秋云道："秋云妹妹，看来你我今生无缘，但愿来世师兄能娶你。你一人在路上要小心，走大路，不要走小路。"他掏出一袋钱，塞给秋云："穷家富路，带在路上方便。"他转对乔知县和夫人道："多谢老爷和夫人。"说毕，大步踏上了回程。

"师兄！你……"秋云眼里闪着泪花。

乔夫人对秋云道："这么心疼你的男人你不嫁，你非要嫁一个男人把你打死呀！"

秋云追上师兄："师兄……"

师兄回头："你放心吧，我不会再来纠缠你了。"

秋云羞涩道："我一个人走路怕遇到流氓。"

"啊！！"师兄狂喜，他拉着秋云跑到乔知县和夫人面前，"拜谢知县老爷和夫人。"

"哈哈哈！"乔知县与夫人同笑。

22．玉叶寝宫

金娥拉着玉叶来到院子："公主，您都画了半天了，该散散心了。"

唐老将军聊发少年狂，来到玉叶寝宫门前，贴在门上，从门缝里往内偷看玉叶。

一侍从出来办事，拉开门，唐老将军摔倒在地，狼狈不堪。

玉叶急忙奔过来："唐爷爷摔倒了！"她吩咐侍从："快，快将唐爷爷搀扶起来。"

侍从搀扶起唐老将军。

"唐爷爷为何来到此处？"

唐老将军尴尬道："没什么事，就想看看你。"

"请唐爷爷屋里坐。"

唐老将军随玉叶进了厅堂。

侍从献茶后，唐老将军只顾埋头喝茶。

"唐爷爷……"

唐老将军几次欲言又止。

"唐爷爷有话请讲。"

唐老将军环顾左右。

玉叶吩咐侍从："你们都退下。"

唐老将军终于鼓起勇气："魏学士去世了，你哥哥七皇子对你的终身大事，说过什么没有？"

"说了，七皇哥劝我人死不能复生，不要沉迷在悲伤里。"

"他还说你从小爱英雄，说过'非英雄不嫁'。"

玉叶不好意思地笑了："七皇哥就是记性好。"

"七皇子非常关心你的婚事，他甘愿当媒人。"

"一母同胞，骨肉情深。"

"玉叶，"唐老将军迫不及待，"你是美女爱英雄，我是英雄爱美女，唐某丧妻，玉叶丧夫，是老天爷有意成全我们。公主放心，唐某虽然是一员武将，可温柔多情，日后成婚，我一定视公主为宝贝一样呵护……"

玉叶害羞："你说些什么……"急躲进内室。

"玉叶！玉叶！……"唐老将军欲追。

金娥闻声进屋，将唐老将军拦住："唐老将军，怎么回事？"

唐老将军迷茫："七皇子不是给玉叶公主说过了吗？"

"说什么？"

"他当媒人撮合我和玉叶。"

屏风后的玉叶听到，惊叫："快叫他走！快叫他走！"

唐老将军丧气离开。

玉叶哭闹，歇斯底里地大闹。

金娥慌了手脚，问晏公公："公公，怎么办？"

晏公公："快请喜皇子来变脸！"

侍从急速去叫喜喜。

玉叶乱摔乱砸："让我去嫁个老爷爷，丢人！丢人！"

喜喜赶来，见状，说："我就是魏学士，我马上就变脸。"

"不用变脸，不用变脸！"玉叶说着，扑向喜喜，"喜喜哥，我的亲哥哥为了壮势力，拉拢老将军，竟将我嫁个老爷爷。"

"啊！"喜喜惊讶。

"呜呜呜……"玉叶越哭越伤心。

"别哭，别哭。"喜喜安慰玉叶，"有喜喜哥保护你，那头老牛休想吃嫩草！"

第二十集

1. 玉叶寝宫

"玉叶，出来！"七皇子气势汹汹来问罪。

玉叶闻声出来："七皇哥。"

"你为什么要赶走唐将军？"

"他侮辱我，说什么美女爱英雄，英雄爱美女。"

"这本是人之常情，魏学士已死，人死不能复生，你总要出嫁呀。"

"可也不能嫁个老爷爷呀。"

"年龄算什么，父皇和周姨娘年龄相差那样大，两人如胶似漆，宫里谁不知道父皇最宠幸周姨娘。"

"别人怎么样我管不着，反正我不嫁老头子。"玉叶倔强地说。

"女大当嫁，你总不能赖在宫里不嫁呀。"

"父皇、皇母在这里，这就是我的家，我就是老死不嫁，你也管不着！"

"管不着？！"七皇子狠狠道，"哼！到时候看谁说了算。"他指着玉叶："父皇、母妃从小娇惯你，把你惯坏了。你已经长大了，又经过这次动乱，应该懂事了。"他用命令的口吻说："去，给唐将军赔礼。"

"我不去！"玉叶固执地回答。

"你要是不去，我就命人架着你到唐将军府第，摁着你的颈项给唐将军磕头。"七皇子撂下话后离去。

"哇！"玉叶大哭，"我的命怎么这样苦？未婚夫去世了，又逼我嫁给老头子……呜呜呜……什么亲哥哥，一个为夺江山害死了我的未婚夫，一个要我嫁给老头子……呜呜呜……"玉叶哭着，眼前出现了幻觉："魏学士……魏学士……"

晏公公急吩咐侍从："快！快！快叫喜皇子！"

侍从奉命出了门。

玉叶疯狂往外冲："魏学士！魏学士！你是从水里走的，你回来也该从水里回来……"金娥、晏公公等人拉着玉叶，玉叶狠咬他们的手，趁机往外冲。

正巧喜喜赶来，唰地变出了魏学士的脸。

玉叶扑上去："魏学士，我的新郎官，我们快去拜堂吧，不然七皇哥就要将我嫁给老爷爷了。"

听说拜堂，喜喜忙变回了自己。

"哇！"玉叶大哭。

喜喜安慰玉叶："玉叶妹，别哭，有喜喜哥保护你，谁也别想将你嫁给老头子。"

"我的亲哥哥……"玉叶扑在喜喜肩上哭。

"玉叶妹，别哭了，那么大的姑娘还哭，羞不羞啊？！"

扑哧，玉叶笑了。

晏公公对侍从道："站着干什么？还不将客人迎进堂内。"

众人簇拥玉叶、喜喜进了厅堂。

金娥献茶，清香的茶水降下了玉叶的心火，也打开了喜喜的话匣子："唉！父子、夫妻、兄弟姐妹是人生的三大人伦，父子、夫妻都有遗憾，父子不能至终，'子欲养而亲不待'，夫妻不能同始，结婚前各自出生在不同家中；唯有兄弟姐妹自始至终，从出生、成长到老年，一直相伴，所以呀，我们都要珍惜兄弟姐妹之情。"

玉叶委屈道："我是珍惜，可他们害我呀。"

"兄弟姐妹要是不和睦相处，不只是天理难容，就是树木都难容。玉叶妹，你看过《紫荆树》的戏没有？"

玉叶摇头。

"我讲给你听。一家人有三兄弟，本来很和睦，后来三个媳妇怂恿丈夫分家，家产分为三份，就连院中的紫荆树也要分成三段，晚上商量好，次日就要砍树。可等到天亮，紫荆树枯萎了。大哥伤心痛哭，三兄弟重新和好了，紫荆树又枯树发芽，枝繁叶茂了。这是寻常百姓家的故事，可你们皇家为什么要自相残杀，喋血宫廷？"

玉叶冷冷道："还不是为了皇位。"

"为了皇位就连兄弟姐妹情都不要了，这皇位到底值多少钱啊？"

晏公公、金娥等窃笑。

"喜喜哥呀，你是真不懂还是假不懂？在我们皇家，原来是平起平坐的兄弟，可一旦其中一人当了皇帝，就会等级分明，皇帝至高无上，兄弟见了都要叩拜。皇位传嫡传长，还会荫及子孙。"

"所以，那个七皇子为了当皇帝，就要把亲妹子卖了。"喜喜嘲讽。

"哇！"玉叶又伤心地哭起来，"刚才他还来训斥我，要我给那个老东西赔礼。"

"赔礼？！"

"那个老头子平日我叫他唐爷爷，现在七皇哥要让我改口叫他郎君，呸！我想起都恶心。"玉叶又伤心地哭起来，"呜呜呜……"

喜喜同情地看着玉叶，突然想起了一条妙计："别哭，玉叶妹，我们给他演一出戏……"他小声对玉叶说着对策。

玉叶听得连连点头。

2. 七皇母寝宫

金娥慌张来报："禀七皇母，玉叶公主的病又犯了，寻死觅活，我们实在劝不住。"

七皇母："叫那个卖艺的给她变魏学士，哄着她。"

"变了，可仍然止不住公主哭闹，她这次不像往常闹，吵着要告状。"

"告什么状？"

"奴婢说不清楚，还是请皇上、七皇母做主。"

七皇母不耐烦道："真不叫人省心，你回去安慰公主，我马上就来。"

"是。"金娥回答。

3. 玉叶寝宫

喜喜拉着皇帝来到玉叶寝宫。

皇帝："喜儿，到底什么事？"

"让您最喜爱的玉叶公主给您说吧。"

"父皇，"玉叶扑向皇帝，"他们欺负我……"

"谁敢欺负我玉叶？快告诉父皇，父皇给你做主。"

"一会儿您就明白了。"喜喜将皇帝拉进了客厅旁边的内室。

"玉叶！玉叶！……你怎么啦？"七皇母惊慌进来，一见玉叶，她舒了口大气，"哎呀！把我吓死了，我还以为见不到你了。"

"母妃，他们欺负我，我没脸见人了，我不想活了！"玉叶说着假装撞墙。

"拉住！拉住！"七皇母直叫。

宫女们急将七皇母拉住。

七皇母骂道："笨蛋！拉公主！拉公主！"

宫女们转过身拉玉叶。

"玉叶，究竟是怎么回事？"

"呜呜呜……"玉叶只哭不语。

"金娥，你说！"七皇母厉声问。

金娥战战兢兢："禀七皇母，昨日唐老将军来到这里，缠着公主说七皇子做媒，要公主与他成婚。"

"啊！"七皇母惊。

内室的皇帝也震惊，喜喜将他按着，不让他暴露。

"这个老七，竟做出这种荒唐事……"

说曹操，曹操到。

"母亲，您叫我到这里来有何事？"七皇子突然来到。

七皇母莫名其妙："我没叫你来这里。"

玉叶："是我派人让你来的，让他把事情说清楚。"

七皇子假装糊涂："什么事说清楚？"

玉叶愤愤道："你干的好事！"

七皇母："皇儿，你怎么这样糊涂，将你妹妹……"

玉叶制止："母亲，儿的名声要紧，家丑也不可外扬，我们还是到里面去说吧。"她吩咐侍从："你们都退下，有事我叫你们。"

晏公公、金娥："是。"

玉叶、七皇母、七皇子进了厅堂。

内室的皇帝又欲出来，喜喜拦着他，示意静听。

七皇母还未坐定，就质问七皇子："说！你怎么干出了这种丢人的事？"

七皇子："我是为玉叶妹好。"

"哼！"玉叶冷笑，"你是黄鼠狼给鸡拜年——没安好心！"

"别往歪里想。"七皇子狡辩，"魏学士一走，玉叶妹形影孤单，我是想给她找个伴。"

"你就给我找个老爷爷做伴？"

"年龄算啥，父皇和周姨娘年龄相差那么大，不照样形影不离吗？"

内室皇帝生气欲出，又是喜喜拦住了他。

七皇母醋意十足："是那周妖精勾引你父皇。"

玉叶："母亲，现在是说我的事。"

七皇母赶快追问："老七，你老老实实、原原本本讲清楚这件事。"

"母亲，我是为我们呀。"

"为我们？！"七皇母疑虑道。

玉叶讥笑。

七皇子走到母亲身边，小声与其耳语。

七皇母犹豫片刻，对玉叶道："你暂时回避，我问清楚了给你说。"

七皇子将门打开，示意玉叶出去。

"我不出去！我要让你说清楚。"

"你不出去我就不说。"七皇子耍赖。

"玉叶，你出去，我问清楚了给你说。"

玉叶极不情愿地出了门。

"现在该说了吧。"

七皇子："唐将军手握兵权，眼下太子他们和我争权夺位，若能和唐将军联姻，那老头子就不得不传位给我了。"

内室皇帝震怒，从牙缝里挤出一声："哼！"

七皇子警觉："屋里有人！"

喜喜忙拉着皇帝藏入柜子内。

七皇子奔到屋内查看。

七皇母："没人，人都被我挡在外面了。"

七皇子没发现情况，继续讲述："我手中的军队加上唐将军的军队，可谓天下无敌了。"

"皇儿，你想得太简单了。你父皇和唐老将军交谊甚厚，父皇敬唐老将军如长辈，唐老将军对父皇忠心耿耿，他怎会不听你父皇的话，而听你指挥？"

"母亲，唐将军娶了我如花似玉的妹妹，枕头风可盖过了圣令呀！"

"唉，怎么能将枕头风和你父皇的圣令相比？你父皇是一国之君，君权神授,是天子。"

"什么天子。"七皇子鄙视道,"他让老三追捕得如丧家之犬,两个乞丐将他两贯钱卖给了一个卖艺的……"

"逆子!……"皇帝怒火燃烧,忍无可忍,冲出了内室。

七皇子、七皇母一愣,七皇子转过神来,掉头就跑。

皇帝追到门口,七皇子早跑得无影无踪了。

皇帝大骂:"逆子!逆子!都是逆子!"

玉叶过来搀扶皇帝:"父皇,喜喜哥就不是逆子,胜过了我的亲哥哥。"

皇帝望着喜喜点头。

玉叶:"父皇,您可亲眼看见他们如何欺负我了吧?"

"谁敢欺负我女儿,就是欺负朕!"皇帝说完,又拍着玉叶的肩,"乖女儿,你喜欢喜喜哥,就多和他一块儿玩,早日养好病,儿女终身大事,自古是父母做主,岂轮得上那逆子做主。"

"多谢父皇。"玉叶高兴道。

4. 东宫

太子、五皇子朝东宫走去。

五皇子:"真没想到老七会干出这种下流事来。"

太子:"去羞辱他,出出恶气。不过,得找个借口进去。"

太子、五皇子来到东宫,门卫阻拦。

太子:"你去禀报老七,就说东宫的主人来了,要看看自己亲手栽种的石榴树、桂花树、菊花长得怎样了。我住在这里,常常给它们松土、施肥、浇水。老七赖着不搬走,不知把我的花木糟蹋成什么样子了。"

门卫甲转身进去,少顷出来,向门卫乙递了个眼色,两个门卫迅速关上了大门。

太子、五皇子冷不防被关在门外,气得拍打大门:"开门!开门!……"

"简直就是一只老鼠,怕见天日!……"太子望了望四周,拉着五皇子来到后院,指着靠墙的一棵大树,"爬上去,我们对着院子骂!"

太子、五皇子攀枝爬上了树。

七皇子走出房门,对门卫甲、乙道:"拍门声没有了。"

门卫甲:"禀七皇子,两个肇事的被我们轰走了!"

七皇子:"好。"

话音刚落,传来响亮的讥笑声:"哈哈哈!"

七皇子抬头一望,只见太子、五皇子骑在墙外大树的枝干上,对着院子大骂:"哈哈哈!丑媳妇才怕见公婆,你不是丑媳妇,我和五弟也不是公婆,你干吗怕见呀?"

五皇子:"是做贼心虚吧!"

太子:"我们是来向老七你讨教的,兵法三十六计中,'美人计'你学得最好了,用得也妙!"

五皇子:"是呀,连亲妹子都用上了!"

"哈哈哈!"太子、五皇子又是一阵讥笑。

七皇子忍无可忍,指着墙外骂:"两个窝囊废!滚蛋!"

太子反唇相讥:"我们是窝囊废,你是好男儿,好男儿要光明磊落,为何在朝廷搞裙带风,拉别人拜在石榴裙下?"

"滚!滚!滚!再不滚我就要打了!"七皇子恼怒叫喊。

"你敢!"太子有恃无恐,"我是太子,这是我的东宫,要滚的人是你!"

"三逆贼叛乱期间,你丢下父皇只顾自己逃命,你这样的人也配当太子,呸!"

"我不配当太子,难道你配当太子?你灭人伦,丧天良!为了拉人马,壮势力,竟不顾亲妹子一生的幸福,把她往火坑里推,呸!你这样的人还想继承大统?"

七皇子恼羞成怒,他命令侍从:"与我打下去!"

几个侍从拿来长棍,对着树干又打又摇。

太子、五皇子招架不住,掉在地上。

"哎哟!哎哟!……"太子、五皇子痛得直叫唤。

5. 太子住所

太子躺在床上,御医为其疗伤。

太子的呻吟声如针扎在皇后心上,她心疼地直抹泪,哄着儿子:"皇儿,忍一忍,太医敷完药就不痛了。"又抱怨道:"你也是,那么大的人了,还爬树玩。"

"是老七关门不让我进。母后,他们霸占了我的东宫,连看一眼都不让看,万一他执掌了江山，你我母子还有活路呀！母后，你现在不能吹枕头风了……"

"唔！"皇后脸色一沉。

太子忙改口："你可以在父皇面前进言，把那个趾高气扬的老七拉下来呀！"

皇后默许。

6. 偏殿

冤家路窄，皇后、七皇母在宫门相遇。

皇后骂："恶人先告状！"

七皇母反唇相讥："你是说你自己吧？"

两人同时对门卫道：

"禀皇上，皇后求见。"

"禀皇上，七皇妃求见。"

门卫进内禀报。

皇后高傲道："鼻子在上，嘴在下，嘴巴再大也压不住鼻子。"

七皇母："那要看什么样的鼻子，如果鼻子烂了，朽了，还摆在那里干什么？"

"谁的鼻子烂了，朽了？"皇后质问。

七皇母阴冷道："天知、地知、你知、我知，你何必明知故问哩。"

"你……"

"皇帝传见——皇后、七皇妃——"

皇后、七皇母急忙朝内走去。

皇后、七皇母见皇帝："臣妾拜见皇上。"

礼毕，两人便争相告状。

皇后："皇上，老七打人！"

七皇母："皇上，老大骂人！"

皇帝烦躁道："一个个说，一个个说。"

皇后张扬："我是老大，我先说！"

皇帝："依你，依你。"

"太子到东宫去，想去关照他亲手栽种的花木，老七就是不让进。天下竟有这等怪事，霸占了人家的房子，还不让人家进去看看。"

七皇母："我儿平定叛乱，夺回了皇宫，可余孽犹在，百废待兴，他留住在东宫，离皇上住的万寿宫近，随时听候皇上召见，传令下旨，以利收拾残局，重振国威。"

"皇上圣明，群臣忠心，如今国家已恢复平静，百姓安居，你儿子早该回封地去了。"皇后说。

七皇母："皇上，我儿平定叛乱，出生入死，身负多处重伤，太医让他留住京城，治疗调养。"

"就是养伤，京城那么多房子，你儿子却偏偏霸占东宫。狼子野心，昭然若揭！"皇后停顿了一下，理直气壮道："家有家规，国有国法，太子才是皇位的继承人。昨晚我就做了个梦，梦见我儿登基了！"

七皇母抓住把柄："哈！你在咒皇上！"

皇帝生气："哼！"

皇后吓得跪地："臣妾失言，请皇上恕罪……"

皇帝发怒："朕日理万机，国事繁忙，好不容易有点时间可以养养神，你们就跑来吵！吵！吵！你们是不想让朕活了。"

"皇上，"七皇母迫不及待，"你要是不活了，皇位要传给老七，国安立长，国乱立贤呀！"

"你这才是咒皇上！"皇后反击。

七皇母急忙求饶："臣妾失言，请皇上恕罪。"

"去！去！去！你们不想让朕活，朕还想长命百岁，当个老寿星哩。"

"皇后，七皇妃，请——"张公公传逐客令。

"皇上，他儿子将我儿子从树上打下来，跌伤后躺在床上起不来了。"皇后不肯离去，委屈诉说。

"那是他自作自受，活该！"七皇母幸灾乐祸。

皇后愤怒还击："你儿子的伤，灵丹妙药也治不好！华佗再世也无力，阎王簿上早就勾了他的名字！"

"你咒我儿子！"七皇母怒目圆睁指着皇后。

"咒了怎么样？你儿子缺德要短命！你这贱女人也活不长！"皇后气势汹汹说。

"我撕烂你的臭嘴！"

"你敢！"皇后推了七皇母一下。

七皇母一个趔趄，摔倒在地。

侍从忙扶起七皇母。

七皇母一头朝皇后撞去，皇后扯着七皇母的头发。两个女人厮打得难解难分，一片混乱。

皇帝气得发抖："你们！你们……丢人！丢人……"突然晕倒在地。

"皇上！皇上！……"张公公等人呼叫。

皇后、七皇母停止打斗，奔了过去："皇上！……"

"快叫太医！快叫太医……"张公公吩咐侍从。

一侍从飞跑出门，朝太医院奔去……

7. 喜喜住所

喜喜在画脸谱。

"玉叶公主到——"

喜喜急忙出来迎接："玉叶妹是来看我表演变脸，我这就准备。马上就变出你的如意郎君魏学士来。"

"不，"玉叶说，"我今天来是为了感谢你。"

"不用客气。"

玉叶厅堂坐定："喜喜哥，我的亲哥哥倒是多，可有的戏弄我，让我病发后寻开心，有的将我当成礼品送人，你比我的亲哥哥还要亲，是你帮我想出了妙计，救了小妹。"

"玉叶妹，不说你是我的义妹，就是别的人做出了如此伤天害理的事，我也会出手相帮的。"

"喜喜哥真是个好人。"玉叶朝内室望去，"你最近画艺进展如何？"

"老师来督察学生了。请老师多多指教。"

喜喜将玉叶带进内室，指着画像："这是魏学士，我随时准备好，玉叶妹什么时候需要变，我就变。"

"你还画了自画像？"玉叶指着一张画问。

"唉！"喜喜叹了口气，"母亲她们不知什么时候来京城，后宫深似海，我也不能随便出去。想来想去，我就对着镜子画了自己的像，准备让派去寻找母亲的人举着画像在街上走，母亲她们见画就如见我了。"

玉叶："喜喜哥真聪明。"

"公主！公主！"金娥惊慌进来。

"什么事?"

"皇上因为太子、七皇子打架气晕了!"

"啊!快去看看!"玉叶奔出了门。

喜喜跟着跑了出去。

8. 偏殿

皇帝躺着,太医号脉以后,开了药方,交与张公公:"皇上无大碍,只是急火攻心,吃了这药以后,清了心火,调养好气息,病情就会好转。只是养病期间,需要心静,避免打扰。"

"是。"张公公接了药方,交与太监办理,又叮嘱门卫:"皇上需要静养,外人不得擅自进入。"

门卫:"是。"

玉叶、喜喜来到宫门。

门卫阻拦:"皇上需要静养,外人不得擅自进入。"

玉叶骄傲道:"我是公主!你敢不让我进去?"

门卫:"小人执行公务。"

喜喜狡黠地指着天上:"进了,进了!"

门卫仰头看。

喜喜拉着玉叶跑进门,回头调侃:"两只鸟儿飞进去了。"

"哈哈哈!"玉叶笑了。

玉叶、喜喜走进内室。

玉叶奔到床前:"父皇——"

喜喜:"爹爹!听说你气晕了,把我和玉叶妹吓坏了。"

"没事,没事。"皇帝叹了口气,"唉!周朝古公传位时,看中了小儿子,欲传位于他。可上有两个哥哥,这两个哥哥为了不让父亲为难,就偷偷跑到了当时偏僻、荒凉的南方去了。"皇帝羡慕道:"古公命好呀!他的儿子互相谦让皇位。可我的儿子为了争夺王位,兄弟间钩心斗角,不共戴天,逆子!逆子!咳咳咳……"

张公公连忙侍候:"皇上静心,皇上静心。"

喜喜:"爹爹呀,你不要只怪你儿子,这样越想越生气,会怪,怪自己,不会怪,怪别人。世上有,戏上有,我从戏文里明白了一些道理,说出来你别生气。你们皇家的儿子，一生下来，没有教他去爱，去帮助别人，而是给他们封王封爵。小小年纪就有权力，权力还那么大，他们就骄纵横行，权欲越来越大，于是就你争我斗，骨肉残杀。"

皇帝沉思。

"爹爹，你觉得皇帝父亲如何？"

"皇帝父亲位高权重，普天之下，莫非王土，率土之滨，莫非王臣。"皇帝回答。

喜喜冷笑："皇帝父亲是天下最不幸的父亲了。"

皇帝震怒："你、你竟敢侮辱我！"

"爹爹别发怒。"喜喜劝慰皇帝，"你听我细说，我们寻常百姓家，家中有一老，犹如一宝，所以儿女们都祝愿父母健康长寿。可皇帝的儿子，希望父亲早死，他好当皇帝呀！你死得越快，他继承皇位越早；你死得越晚，他继承皇位越慢，所以，他就天天盼你死，你要是老不死，他就把你杀死。"

皇帝心里一击，不孝子追杀他的情景涌现在眼前，他痛苦难支，垂下了头。

张公公："玉叶公主，喜皇子，太医吩咐，皇上要静心调养。"

喜喜告辞："好吧，爹爹安心养病。"

玉叶："父皇早日恢复健康。"

玉叶、喜喜出了门。

玉叶赞扬："喜喜哥，你说的好些话，我还从来没听说过，你怎么懂得这么多道理？"

喜喜笑了笑："世上有，戏上有，我没读过书，我讲的都是戏文里的话。"

9.京城城门外

喜母、春英跋山涉水来到了京城。

喜母见人就问："请问大哥，京城最近杀过人没有？"

大哥摇头。

喜母又问一妇女："请问大姐，京城最近杀过人没有？"

大姐："杀了人。"

喜母："请问，杀的是什么人？"

"杀了个卖艺的。"

"啊！"喜母晕倒。

春英及行人帮助抢救。

喜母苏醒过来，号啕大哭："我的儿呀！你实在冤呀！你遵纪守法，一不抢，二不偷，是个良民，年纪轻轻就被昏官给杀了……"

"哭什么！哭什么！"京城卫士过来质问。

春英："我们来京城寻找亲人，听说被杀了，喜妈伤心。"

"我的儿呀！你不在了，我还有什么活头呀！"喜母欲撞城墙。

春英、卫士将她拉住。

卫士："事情都没搞清楚你就哭了，前天杀了个卖艺的是个女的，与人通奸，谋杀亲夫！"

"啊！"喜母破涕为笑。

春英的泪眼也现出了亮光。

"大妈，你都几十岁的人了，比三岁小孩还沉不住气。"卫士讽刺着离去。

喜母："春英，喜喜还活着，我们一定能找到他。"

"喜妈，我们先找个地方住下，再慢慢打听喜喜哥的下落。"

"京城米贵，开销大，我们找家便宜的旅店住。"

春英："好的。"她搀扶着喜母朝城内走去。

10. 偏殿

十皇母牵着十皇子进殿。

"臣妾拜见皇上。"

"儿臣拜见父皇。"

"平身。"

"皇上，听说您被气病了，我娘儿俩来看您。"

"没事，吃了太医的药好多了。"皇帝转对十皇子道："皇儿，近来读书怎么样？"

"禀皇上，我儿聪明好学，闻鸡就起床苦读，半夜三更还挑灯看书，可是……可是……"十皇母暗地掐了十皇子一把。

"哇！"十皇子大哭。

"皇儿，怎么了？怎么了？"皇帝忙问。

"呜呜呜……"

十皇母抢着说："我儿想对父皇说，都说生长在皇家享受荣华富贵，过着钟鸣鼎食的生活，可他觉得还不如生在百姓家。"

"为什么？"皇帝问。

"皇帝爱长子，百姓爱幺儿呀。"十皇母回答。

"一样爱，一样爱。"皇帝摸着十皇子的头说，"手心手背都是肉，都是朕的骨血。"

"皇上，既然手心手背都是肉，皇上不偏心一样爱，臣妾就斗胆直言，眼下众皇子都在争抢太子位，皇上也为此心力交瘁活活给气晕过去。臣妾为了给皇上分忧解难，冥思苦想，终于想出了一个好办法来。"

"什么好办法？"皇帝急问。

"抓阄！谁抓住，谁就是太子。"

"荒唐！荒唐！"皇帝连连摇头。

"皇上，这不叫荒唐，这叫天意。此举既顺从了天意，也昭示了皇上一碗水端平，手心手背都是肉的爱心呀。"十皇母巧言令色。

"抓阄选太子……"皇帝想着想着，"荒唐！荒唐！"

"皇上，不荒唐，汉朝的放牛娃刘盆子就是抓阄当的皇帝呀。"

"抓阄？"皇帝冷笑，"抓个刘盆子那样的草包皇帝？"

"可在当时保住了军中不乱呀。"十皇母靠近皇帝细声道，"叛乱刚平，朝廷重振，百姓刚过上几天太平日子。可太子、七皇子、五皇子一伙人都在争太子宝座，弄不好会弑兄屠弟，自相仇杀，血染宫廷。采用抓阄，有祖先神灵保佑，一定会抓出一个品德高尚、心地善良、能治国安邦的太子来。"

皇上犹豫，沉默。

十皇母急了："皇上，就算是缓兵之计，你也可以采用呀！"

皇帝心动："你回去，容朕好好想想。"

11. 玉叶寝宫

喜喜表演变脸，变出了各种脸谱。

玉叶在旁观看，时时发出笑声。

"变魏学士！"玉叶下令。

喜喜立即变出了魏学士的脸谱。

玉叶："走路。"

喜喜行走。

玉叶纠正："不对，魏学士是这样走的，他走得既潇洒，又儒雅。"玉叶示范，喜喜在后模仿。走着走着，玉叶眼前竟出现了幻觉，喜喜竟成了活脱脱的魏学士。

"魏郎，你回来了……"玉叶扑向喜喜怀里。

喜喜急忙变回自己："玉叶妹，你怎么又犯病了？"

"我没有犯病。"

"你没有犯病，那就是白日做梦，或者发高烧。"

"我清醒得很，你就是魏学士！"

喜喜急辩白："我是喜喜，我是喜喜。"

"不对，你就是魏学士！"玉叶固执道，"你能变成魏学士，魏学士当然也能变成你，你们俩就是一个人，都善良，都爱护我，保护我。"

"玉叶妹，这种玩笑可不能随便开呀！我已经有未婚妻春英了，她和我妈来京城找我，这几天就要到了。"

"你和春英没有结婚，不算！就是结了婚，父皇一道圣旨，也可以把她休了。"

"你竟是这样横行霸道的人！"喜喜愤然离去。

"魏学士！你又走了！我跟你来了……"玉叶哭着朝池塘跑去……

12. 池塘边

玉叶疯一样欲往池塘里跳。

晏公公、金娥等人拼命拉着她。

金娥哀求喜喜："喜皇子，求您快变！快变魏学士！"

晏公公等人："喜皇子，求您快变魏学士，求求您……求求您……"

喜喜只得变出了魏学士的脸谱。

玉叶立刻从疯女人变成了温柔、多情的姑娘，她亲热地拉起喜喜的手："魏郎，喜喜哥，你们就是一个人，都是爱护我的人，我决不会让你再离开我了……"

喜喜异常尴尬，苦不堪言。

第二十一集

1. 悦来客店

喜母、春英收拾停当,走出了房间。

望着街上熙熙攘攘的人群,喜母满脸茫然。

店家:"大妈,你们要到哪里去呀?"

"找我儿子。"

"你儿子在哪儿?"

"不知道。"

"你儿子是干什么的?"

"我儿子是卖艺的。变脸变得特别好,人称'变脸王',前不久被抓去到京城当差,说是不过半月就回来。我们等了一个月还不见影子,就和我未过门的儿媳妇来京城找他。只是京城这么大,我们不知道该往哪儿去找。"

店家沉思:"卖艺的……啊,南城卖艺人集居地,你们可以到那里去看看。"

喜母:"谢谢店家。"

喜母、春英辞别店家出了门。

郑六奉公主之命寻找春英、喜母,恰好来到悦来客店,他隔街观察喜母、春英,待二人离去后,他走进店,递给店家一锭银子,指着春英、喜母的背影,询问两人的情况,店家一一向他讲述。

2. 街市

侍从甲举着喜喜画像,侍从乙、丙站在两旁高叫:"寻人!寻人!画上的人寻找母亲——"

沿街的百姓好奇地望着。

"寻人!寻人!……"

喜母、春英朝南城走去，与寻人的三侍从一步步靠近，可是走到十字路口时，喜母向路人打听："请问到南城该往哪边拐？"

行人："往左拐。"

"谢谢。"

喜母、春英向左拐去。

少顷，侍从甲、乙、丙从十字路口的右边走来，正巧与喜母、春英失之交臂。

3. 后宫喜喜住处

喜喜焦急等待。

侍从甲、乙、丙举着画像归来。

"找着我妈没有？"

三侍从摇头。

侍从甲："我们遵照喜皇子吩咐，举着画像从东城到西城，从北城到南城，沿路看热闹的倒是不少，可就是没人来看画认人。"

"啊！"喜喜失望。

侍从乙："喜皇子别着急，也许太夫人还未到京城，明日我们再举着画像上街，老人家一进城就会看见了。"

"小子说的在理。"高公公安慰喜喜。

喜喜对三位侍从道："诸位兄弟辛苦了，回去休息吧。"

4. 玉叶寝宫

黄昏时分。

郑六进来："禀公主，所吩咐的事情小的照办了。"说着，将手中喜喜的自画像一展。

玉叶高兴道："他们没有为难你吧？"

"说好的，看一眼就还给他们，既做个顺水人情，又白捡了一锭银子，还有不乐意的？"

"金娥，画室与我点灯。"

"是。"

金娥在画室点好灯，玉叶铺开纸，照着喜喜自画像一笔笔画起来。

5. 悦来客店

次日黄昏，春英搀扶着喜母疲惫归来。

店家："找着你儿子没有？"

喜母叹气："唉！昨天没找着，今天还是没找着。"

店家安慰："好好休息，明日再去找吧。"

喜母、春英回到房间，喜母一阵晕眩。

春英："喜妈，你头痛病犯了吧？我给你拔火罐。"她将喜母扶上床，打开包袱取出拔火罐、打火石，打了几下没出火，"受潮了，我去取火。"她拿着纸捻出了门。

店家："姑娘有什么事？"

"我去茶房取火。"春英说着，朝茶房走去。

郑六鬼鬼祟祟进来，他又递给店家一锭银子："她们回来了？"

店家点头。

郑六："我要与春英单独谈话。"

"好的，跟我来。"店家将郑六引进一间偏僻房间，"我叫她来。"

少顷，春英拿着纸捻进来："谁找我？"

郑六迎上："我找你。"

春英茫然："我不认识你。"

郑六展开喜喜画像："这个人你该认识。"

"喜喜！"春英惊喜道，"他在哪儿？我们正找他。"

"别找他了。"郑六冷冷地说，"他让我转告你，他另有婚约了，为了不耽误你的终身大事，让你另找婆家。"

"啊！！"春英犹如五雷轰顶。

"还有，限你在一天之内返乡，若不离开京城，就以逃犯抓捕丢监！"郑六撂下一袋银子，"除了你的盘缠，还够你的嫁妆。"说完欲走。

"慢！"春英将银子退给郑六，"我有盘缠，更不稀罕什么嫁妆。"

"一日之内你必须走！"郑六收起银子出了门。

春英愣愣站着，直到纸捻上的火烧了手，她才惊醒，忙朝自己房间走去。

喜母："回来了，这火怎么点了这么长的时间？"

"有个人找我说话。"

"谁找你说话？"

春英赶快更正："是我找人谈话。"

"又是谈找喜喜的事吧？"

"对，对，对。"春英强忍痛苦回答。

"有好消息吗？"

春英摇头，她开始给喜母拔火罐，由于心神不定，将燃烧的纸搁在喜母额头，忘了扣罐。

"哎呀！哎呀！"喜母烧得灼痛。

春英慌乱中使燃烧的纸飞落在床上，差点引燃棉被，好不容易才镇静，为喜母拔了火罐。

喜母顿觉神清气爽："唉，在家千日好，出门时时难。这一路上多亏你照顾我，要不然，我这老骨头早抛在路边喂狗了。"她感叹道："都说女人到了老年，能找到一个好儿媳妇就是最大的幸福了，老天眷顾，我老婆子有福气啊！"

春英凄然一笑。

"俗话说好事多磨，你和喜喜这门亲事，可是一波三折呀，刚把秋云的事了结，喜喜又被抓去当差，我千里迢迢寻儿，你像孟姜女一样千里迢迢寻……"喜母忽觉失言，"不对，不对，孟姜女下场不好。"

春英伤心道："我和孟姜女一样，都没有好下场。"

"呸呸呸！"喜母去晦气，"别说不吉利的话，找到喜喜，回去就给你们办喜事，明年生个胖小子，我就当奶奶了！"

春英苦笑。

6. 偏殿

玉叶进殿："拜见父皇。"

皇帝："平身。"

"父皇，听说您要抓阄选太子？"

皇帝叹口气："没有办法的办法了。"

"有喜喜哥参加吗？"

皇帝摇头。

玉叶不满地噘着嘴："父皇，这就是您的不对了，喜喜哥在最困难的时候救了您，您收他为义子，你们亲如父子。如今父皇重返朝廷，却过河拆桥，这岂不是寒了天下人的心？如父皇不忘当初父子之情，视喜喜如亲生，这样知恩图报，天下才归心呀！"

皇帝犹豫："喜儿不识字呀。"

"父皇，不识字可以学，重要的是看人品。喜喜哥无论在民间，还是在宫廷，他的言谈举止，处事为人，招人喜爱，受人尊敬；相反，一些识字的人干出的事却阴险、狡诈，令人鄙视、憎恨！"

皇帝有所心动。

"皇宫内有学馆，喜喜哥可以到那里学习，我也可以教他识字。喜喜哥非常聪明，学东西很快，我教他画画，他的画技很快就提高了。"

"你先回去吧，为父好好想一想。"

"父皇，我说的话您可要记在心上，不要记在背上啊。"

"知道，知道。"

玉叶拜辞皇帝，出了宫门。

7. 悦来客店

春英躺在床上，辗转难眠，鸡叫头遍，她便起身收拾包袱。

喜母惊醒："春英，你这是……"

"我回老家找舅舅去。"

"你不找喜喜了？"

"不找了。"春英说此话很绝情。

喜母误会了："啊！喜喜是个卖艺的，你就是找到他了，也是成年跟着他流浪卖艺，难过上安定日子。也好，你回去找到舅舅，趁着年轻，找个好人家，舒舒服服过日子。"

"喜妈，不是这么回事。"

"那是怎么回事呢？"

"你找到喜喜就知道了。"春英拿出一袋碎银，"这给你留着，京城开销大。"

"不，穷家富路，你带着路上用。"

"不用，我白天赶路，饿了吃块饼，渴了喝山泉水，夜晚就在农家草堆睡觉，花不了什么钱。"

"要不，我和你一块儿走，我回梨树湾。"

"不，不，不，喜喜肯定在京城，你留下慢慢找。"春英收拾完毕，准备动身。

"我送你一程。"喜母略微收拾，送春英出了门。

8. 城郊

喜母边走边叮嘱春英："要是在舅舅家过不惯，就回梨树湾找我，我们不能成婆媳，还不能成母女呀？"

"喜妈！"春英感激，两眼噙着泪水。

"唉，你一个姑娘上路，真叫人不放心。"

"喜妈，没事。"

"你要走大路，大路上人多。不要和陌生人说话，看见那些流里流气的人，就躲得远远的。未晚先投宿，鸡鸣早看天。"

"喜妈，我记下了。出城这么远了，你该回去了。"

喜母拿出钱袋交给春英："我留了一半，这一半你留在路上开销。"

"妈！……"春英接过钱袋，给喜母跪下。

喜母难受不能自持，她扶着路旁的一棵树，挥手示意春英快走。

春英抹去眼泪，狠心扭头上了路，可走了一段路，突然跑回来："喜妈，不是我不要喜喜，是喜喜另有了新婚约。"说完，撒腿就跑。

"啊！"喜母震惊，等她回过神来，春英已跑得无影无踪了，她只得迈着沉重的脚步，一步步往回走。

9. 悦来客店

喜母沮丧地回到店里。

"大妈，一大早往哪儿去了？"

"送我媳……不，送我女儿回乡了。"

"她怎么就走了，把您一个人留下？真奇怪。"

"我也觉得纳闷，好端端的怎么一大早就要回乡，还说我儿子另有新婚约……"

店家自语："是不是与昨天来找她的人有关系……"

"什么，昨天有人来找过她？我们京城没有熟人呀。"

"昨天春英姑娘取火时，来了一个人，指名道姓要找她，他们谈话后，我看见春英姑娘神魂颠倒地走了出来。"

"原来如此。"喜母恍然大悟,"春英,是妈错怪了你,不是你嫌弃喜喜。"她转对店家道:"请你快给我结账,我要去追赶春英。"

"你不找儿子了?"

"先找到春英,把事情搞清楚再说。"喜母转身进房收拾包袱。

10. 太子住所

侍从们交头接耳:"太子这几日怎么啦?拿着香,口中还念念有词。"

"是不是中邪了?"

"是不是得了什么怪病?"

……

太监:"别胡说!太子在祈愿。"

室内,太子举着香,虔诚地对着苍天:"祈求神灵保佑,保佑我在抓阄中抓到太子上签。"又转对祖先道:"列祖列宗,按照祖制法典,我是皇位的合法继承人,祈求列祖列宗保佑,保佑我在抓阄中抓到太子上签……保佑,保佑……"

侍从见状,偷偷发笑。

11. 原野

春英强压心中痛苦,急急赶路。

喜母心急如焚追赶。

12. 东宫

七皇母拿着一枚铜钱惊慌进来:"皇儿,你来卜一下,我卜了几十次都是反面,我许的愿是卜到正面你才能抓到太子上签。"

七皇子接过母亲递来的铜钱就要卜。

"慢。"七皇母阻止,"先对神灵祈愿,祈求神灵赐一个正面。"

七皇子只是笑。

七皇母向神灵祈愿。

七皇子随手抛出铜钱。

七皇母诚惶诚恐走近一看,脸色骤变:"还是反面。"

"哈哈哈!"七皇子仰天大笑。

"你还笑!哭还来不及哩。"七皇母抱怨。

"母亲,这是天大的喜讯,天意是不让我当太子,直接让我当皇帝!"

"别惹祸!"七皇母捂着七皇子的嘴。

13. 野外

春英在前急急赶路。

喜母在后疾步追赶,她突然发现了春英的身影,高喊:"春英——等着我——"

春英扭头见喜母追来,加快了脚步往前赶。

"春英——等着我——等着妈——"喜母边跑边喊。

眼看将被追赶上,春英躲进了路旁树丛。

"春英!春英!……"不见了春英身影,喜母急得恨不得两肋插翅,不小心踩虚了脚,摔倒在地。

"喜妈……"春英忙跑出来,搀扶起喜母。

"你这孩子,跟我玩什么捉迷藏。"喜母嗔怪。

春英将喜母搀扶到路旁树桩坐下:"喜妈,渴了吧?我去给您取水。"

"不用,不用,来,春英,你也坐下。"

待春英坐定,喜母问:"你老实告诉我,那天来客店找你的人,对你说了什么?"

"没说什么,没说什么。"春英掩饰。

"没说什么?哼!你为什么突然离开我?"

"真的没说什么。"

"你骗我!"喜母生气。

"喜妈,就此了结,不说也罢。"

"春英,你要不跟我说实话,喜妈就给你下跪了。"喜母起身欲跪。

春英赶快给喜母跪下:"喜妈,你别折杀我了,我说,我说。"

喜母搀扶起春英。

春英:"那天我到茶房取火后,店家将我引到一个房间,说是有人找我。后来进来一个男子,拿出喜喜的画像,说喜喜让他来转告我,他另有新婚约,为了不耽误我的终身大事,让我另找婆家……"

"啊!!"喜母震惊,"有这等事?"

"他还限我一天之内返乡,若不离开京城,就以逃犯抓捕丢监。"

"喜喜怎么会做出这种伤天害理的事？！"喜母疑惑。

"喜妈，来人拿出的画像，我看得清清楚楚，是喜喜所画的。"

"你和喜喜患难相交，我还是不相信我的儿子会干出这种事来。"

"喜妈呀，你在戏班待了那么久，戏文里痴心女子负心汉的戏还少吗？那些状元及第，招为驸马，就抛弃了糟糠之妻。喜喜新婚约的女子，也许比我更好看，也许是富豪千金，喜喜娶了她，就享受荣华富贵。爱美、爱钱是人之常情，别人身上能发生，喜喜怎么就不能发生呢？"

"既然他无情无义，这种不肖之子我还要他干什么？走！回梨树湾去。"喜母起身，拉起春英上了路。

14. 十皇母寝宫

十皇母耐心指导十皇子抓阄："来，再来一次……"

十皇子伸手就抓。

"停。"十皇母阻止，"我怎么教你的？先要深呼吸，使自己镇静、放松，然后看看撒出来的阄，花中选花，最容易选花了眼，千万不要挑三拣四，挑来挑去，最后挑个漏灯盏。你第一次看中了哪个阄，你就抓起来，因为头脑里闪过的第一个念头常常是对的。来，再来一次。"

十皇母撒下十几个阄在地上，十皇子按照母亲的辅导，先是深呼吸，然后看着满地的阄，心中默念："头脑里闪过的第一个念头常常是对的……"他抓了一个阄。

十皇母抢过来打开一看："太子上上签……"

众人欢呼雀跃。

15. 驿道

春英搀扶着喜母朝家乡走去。

后面，朱小元骑着马返家，两个家丁侍候左右。

朱小元望着四野，得意道："当官好！好当官！我不用寒窗苦读，用祖传的胭脂变色璧、十万两银子从岭西王李贵那里换来了一个知县，官虽然小，总归是官，光耀门庭，福荫子孙，本人所管辖区内谁敢不敬我这县老爷？别人当官辛苦，本人当官却很自在，老父亲知道我好玩，替我找了个师爷帮助我打理衙门的事务，我照样吃喝玩乐。久慕京城繁华，我随便找了个理由去游玩，什么温柔乡、广寒宫、怡春院、仙乐院……京城大大小小的妓院我玩了个遍，千姿百态的美女看了许多，可总找不到春英那样美、甜、鲜、嫩的女子……"

范九："少爷，前面有一老一少，那少的好像是春英。"

"呸！你知道少爷在想春英，你就来捉弄我呀！"

家丁："少爷，是春英，是春英！"

朱小元定睛一看，眉飞色舞："真是春英！快！"

朱小元策马飞奔而去，两个家丁快跑跟上。

朱小元追上春英，勒马停在她面前。

喜母、春英一惊，春英认出了朱小元，拉着喜母欲跑，范九和家丁上来拦住了二人。

"哈！春英，本少爷四处找你，真是踏破铁鞋无觅处，得来全不费功夫，今天你自己送上门来了！"朱小元转对家丁道："给我绑了！"

范九和家丁欲动手捆绑春英。

喜母急中生智，夺下朱小元手中的鞭子，用力抽打马，马惊得前仰后踢，将朱小元甩在地上，范九、家丁忙上前搀扶。

喜母对春英道："快跑！"

春英欲拉着喜母同跑。

喜母生气地推开春英："快跑！快跑！他们抓的是你！"说着，继续抽打马。

马被打得发了疯，朱小元及范九、家丁被马踢，被马踏，乱作一团。

喜母看着春英跑远了，才丢下马鞭逃跑。

朱小元从地上爬起来，气咻咻对范九道："与我追！"

春英已跑得不见踪影，范九、家丁捉住了喜母。

朱小元恶狠狠道："跑得了和尚跑不了庙，来呀！把老婆子与我捆了！"

范九和家丁不顾喜母反抗，将她捆绑。

朱小元对喜母道："有你这么大的诱饵，还愁她鱼不上钩。走，找个旅馆住下，休息休息再说。"

"是。"范九和家丁拉着喜母。

家丁挑着担子。

朱小元骑着马，一行人朝集镇走去。

16. 喜喜住处

"玉叶公主到——"

喜喜赶快躲藏，吩咐侍从："就说我不在。"

玉叶公主进来："喜喜哥呢？"

高公公假装糊涂："不知道到哪儿去了。"

玉叶转问侍从："喜皇子呢？"

侍从齐声说："不知道到哪儿去了。"

玉叶想了想，故意高声道："他天天盼他母亲的消息，今天我带来了他母亲的消息，可惜他不在，好吧，我走了。"

"我妈什么消息？"喜喜从角落里跳出来拦着玉叶问。

"好哇！你骗我！"玉叶生气道。

"玉叶妹，我不是骗你，我是怕你又说抓阄的事。"

"我费了好多唇舌，才为你争得这个抓阄的机会，你怎么不知好歹啊？"

"玉叶妹，我不是皇子。"

"你是父皇的义子。"

"我当初看到皇上是个可怜的老头，我才救了他；要是知道他是皇上，我才不救他哩！省得惹下这么多麻烦。"喜喜恳求道："玉叶妹，你快告诉我妈的消息吧。"

"那你答应我，你要去参加抓阄。"

"我……"喜喜无奈，"抓阄抓吧，反正抓着玩。这下该告诉我妈的消息了吧。"

"好吧，我告诉你……"玉叶调皮道，"我只告诉你，你千万不要告诉别人……"

"快讲呀！"

"你妈身体很好，肯定会找到。"

"我还知道我妈身体好，肯定会找到，可到哪儿去找呀？"

"肯定会找到。"

"这就是你带来的关于我妈的消息吗？"

"难道这不是你妈的消息吗？"玉叶狡黠地反问。

喜喜指着玉叶："原来你还这么狡猾！"

"咯咯咯……"玉叶大笑。

17. 旅馆

深夜，朱小元打呼噜一声比一声高。

另一个房间里，范九、家丁正酣睡。

喜母被捆在范九的床头，她坐在地上困倦地打盹。

春英蹑手蹑脚进屋，轻轻为喜母解绳。

喜母惊醒。

"嘘——"春英示意喜母不要声张。

范九翻身，春英急忙躲藏。

范九顺手摸了摸捆绑喜母的绳子，没发现异常，翻过身又睡着了。

春英继续为喜母解绳，解开以后，两人准备逃走，不料喜母绊倒了地上的酒罐，惊醒了范九和家丁。

家丁大喊："老婆子跑了！老婆子跑了！……"

众人惊醒。

春英拉着喜母飞跑到院子，欲翻墙逃跑，她将喜母往墙上推，奈何反复几次，喜母就是爬不上去。春英只好先上墙，再拉喜母上墙，范九、家丁赶来，抓住了喜母，春英仍死死抓住喜母的手往上拉，双方争夺……

然而，喜母却将春英往上推，挣脱开了她的手："快跑！不要管我！……"

眼看家丁爬上墙，春英只得跳下墙逃走。

朱小元勃然大怒："钓鱼！钓鱼！就是要钓鱼！你们睡得比猪还死，差点让诱饵跑掉了！"

范九谄媚道："少爷，我倒有个好主意。"

"说！"

范九靠近朱小元身边，低声献策……

"好！"朱小元拍手称快，他诡谲地转对喜母道："老太婆，你是'变脸王'的母亲，明天你到集市上表演变脸怎么样？"

喜母："我不会变脸，我只是在后台管管服装、道具。"

朱小元："你常年泡在戏班里，没吃过猪肉，还没见过猪跑呀。"

"我真的不会变脸，那变脸是传男不传女的。"

"少啰唆！少爷要睡了。"家丁吆喝。

18. 集市

"看戏！看戏！看'变脸王'的母亲表演变脸！……"

看热闹的人很快聚拢起来。

春英女扮男装混在人群中。

朱小元在旁观察。

家丁将喜母拉出场，为喜母解去绳索。

喜母连连说："我不会变脸，我不会变脸……"

家丁凶狠道："你不会变脸，我就来帮你变。"说着，往喜母脸上抹上白色，向全场高声说："奸臣！奸臣！奸臣婆子……哈哈哈！"

观众起哄大笑："哈哈哈！……"

春英在人群中怒火中烧，喜母在人群中发现了春英，两人对视。

喜母借对家丁说话，提醒春英："走开！离我远一点！"

春英不肯离去。

家丁又往喜母脸上抹上蓝色，说道："鬼魂！幽灵！"

围观者又是大笑。

春英心如针扎。

喜母又一语双关地对家丁道："走开！快走开！能把我老婆子怎么样！"

春英用劲咬了咬嘴唇，准备离去，忽然，家丁更损的一招出现了。

家丁："对，我们是不能把你怎么样，就只能让你钻裆了。"他叉开双腿，让喜母从他的裆下钻过去。

春英满腔愤怒。

喜母气愤道："你……你……论年纪我和你妈一样大，你忍心让你妈钻你的裤裆吗？"

"哼！我妈不像你管闲事，惹是非，放走了少爷家的丫头，让你赔钱你赔不起，你就不要脸了，把你这张脸拿来赔吧！"家丁说着，硬拉喜母钻。

喜母挣扎。

范九："老太婆，赶快把你放走的人找回来，物归原主，就没你的事了。"

春英心里一震。

家丁强拉喜母钻裤裆，喜母拼命反抗，范九硬将喜母按在裤裆下。

"住手！"春英摘下帽子，露出真容，走出来指着范九，"你说的物归原主，我回来了，喜妈与这事无关了，放走老人家。"

范九向场外的朱小元请示，朱小元示意放人。

范九指着喜母："你滚！"

喜母拉着春英走。

家丁阻拦："她不能走。"

春英推开喜母："喜妈，快走！趁他们还没变卦。"

喜母仍要拉着春英走。

春英气得跺脚："喜妈，出去一个算一个，你非要两个人都关起来呀！"

喜母醒悟："春英，我要给你鸣冤，你多保重，等着我。"她又指着家丁："人在做，天在看，做缺德事会遭报应的！"

"你……"家丁欲抓喜母。

春英抓着家丁："我回来了，不关喜母的事了。"

19. 皇宫偏殿

皇帝坐在中央。

众皇子依次进殿。

太子故意大声说给七皇子听："此次抓阄抓到太子签的人，就该住东宫了，我看谁还霸着不搬。"

七皇子专横道："太子签是我的！东宫是我的！"

太子鄙夷道："痴人说梦！"

众皇子行礼："拜见父皇。"

皇帝："平身。"

"谢父皇。"

众皇子依序排列。

"皇儿们听着：今日朕奉先祖神灵之命，通过抓阄遴选太子。每个皇儿都参加抓阄，朕公平对待，决不偏心，但最终由神灵安排，抓得太子签的，朕将立他为太子。抓阄时，要遵守规矩，若有违章乱纪者，定斩不饶！"

"遵命！"众皇子回答。

张公公宣布："抓阄开始——"

"慢——"玉叶公主赶来，"喜皇子还未到。"

众皇子骚动。

太子鄙夷道:"那个卖艺的也要来抓阄?"

玉叶理直气壮:"喜喜哥是父皇收养的义子,在父皇最困难时救他的义子,当然也要参加抓阄呀!"

"喜儿怎么还不来呀?"皇帝问。

"喜喜哥马上就到,马上就到,请大家等一等,等一等。"玉叶安慰众人。

20. 皇宫后苑

喜喜急急在前面跑。

高公公及众侍从气喘吁吁在后面追:"喜皇子,抓阄时辰到了,大家都等着你——"

喜喜躲躲闪闪快跑。

高公公一行人盯着他的身影紧追。

21. 养狗院

喜喜来到一个院子,眼看高公公等人追上来,情急之中,翻墙跳入了一个旧院子,没料到此院是养狗院。一见生人落地,一群狗"汪汪汪"叫着扑向喜喜。

喜喜吓得四处逃窜,群狗撕咬喜喜的衣服,喜喜惊惶爬上树,群狗张牙舞爪,双眼喷着绿光,朝着树上的喜喜"汪汪汪"乱叫。

有两只狗竟跃上树枝,朝喜喜袭来,咬着他的衣服拉扯。

"救命呀!……"喜喜高喊。

22. 皇宫后苑

"喜皇子在养狗院呼救!"一侍从指着呼救声的方向。

高公公:"快找养狗院的人!"

23. 皇宫偏殿

众人等得不耐烦了。

七皇子:"军内点将,将若迟到,必受军法严处。选太子是大事,那个卖艺……"他发觉说漏了嘴,忙改正:"喜喜无视家规国法,这样的人根本不配当太子!"

众皇子："对！取消他抓阄的资格！"

皇帝无奈："好吧。"他示意张公公。

张公公："开——"

"来了！来了！喜喜哥来了！……"玉叶指着殿外高嚷。

高公公及侍从抬着喜喜赶来。

喜喜拼命挣扎，跳下来往回跑。

高公公等人追上去，抓住他，硬将他抬进了偏殿。

喜喜一落地，又往外跑……

"站住！"皇帝呵斥。

喜喜站住，衣服被狗撕破，一副狼狈相。

"哈哈哈！"众人嘲笑。

"快给喜皇子拿衣服换上。"玉叶吩咐侍从。

七皇子："别耽误时间了。"

皇帝只好将就："开始吧。"

张公公："开始——"

众皇子像饿狼般扑到地上，盲目地抓来抓去，你抓到我的鼻子，我抓到你的耳朵，他抓到他的头，他又抓到他的屁股……乱作一团。

张公公："别乱抓，别乱抓，我还没有抛下阄哩！"

众人不满："你怎么搞的？"

张公公："听令——"他发现五皇子脸上带血："五皇子，先到御医院敷点药吧。"

五皇子："不用，不用，这一来一去，会把福气带跑，把晦气带来。"

张公公："好吧，开始——"他唰地将阄抛在地上。

众皇子在地上抓阄。

太子抓了一个阄，觉得不是上签，赶快扔在一边，瞄准了一个阄下手去抓，七皇子也对此阄下手，两人争抢这个阄。

"我抓的！"

"我抓的！"

……

喜喜愣愣站住。

玉叶催促："喜喜哥，你快抓呀！"

喜喜顺手从角落里拾起刚才太子扔下的一个阄。

抓阄完毕，张公公宣布："验阄——"

众皇子惴惴不安呈上阄，验收结果，都是下签，众人大失所望。有的哭，有的叫，有的闹。

十皇母抓住儿子抽打："我教你的方法你就是不照着做，所以才没抓住上签！"

太子与七皇子见状，确信手中的阄便是上签，死死抓住不放。

"我抓着的！"

"我先抓着的！"

"我先看见的！"

"我先下手的！"

……

两人不松手，却用脚踢，踢得乱，踢得狠，踢得乱叫，踢得痛骂……

"住脚！"皇帝大叫，"把阄给我看。"

张公公从太子、七皇子手中夺走阄，将阄呈给皇帝。

皇帝打开一看："下下签——"

"啊！！！"太子、七皇子从峰顶跌入谷底，晕倒在地。

玉叶怂恿喜喜将阄递与张公公。

张公公打开阄一看，惊讶地张大了嘴，然后结结巴巴念道："上签——太子。"

晴天霹雳，众人受此震撼，头脑发蒙了。

喜喜吓得撒腿就跑。

玉叶大喊："快抓住喜皇子，抓住上签太子……"

侍从追赶喜喜……

第二十二集

1. 皇帝寝宫

皇后、众皇子、众皇妃聚集在宫门外,闹闹嚷嚷,人声鼎沸。

"一个卖艺的,怎么能当太子?"

"老祖宗传下的江山,怎么能旁落他人?"

"不能乱了祖制法典!"

……

……

"我们要见父皇!"

"我们要见父皇!"

门卫劝阻:"皇上有令,任何人不能入内。"

"不让我们入内,我们就闯宫!"太子慷慨激昂。

"对!闯宫!"

众皇子、众皇妃附和,声音虽高昂,却都原地不动。

"太子大哥。"七皇子狡黠道,"你不是常说立嫡立长,现在这位卖艺的,既非嫡,又非长,你该闯进宫去面谏父皇呀!"

"对!太子哥闯进宫去面谏父皇!"一些皇子、皇妃附和。

太子故作谦虚:"七弟,你常说立太子要立贤,那个卖艺的他贤在哪里?你说话父皇会听,快闯宫去面谏父皇吧。"

"对!老七去面谏父皇!"另一群皇子、皇妃附和。

"该你闯!"

"该你闯!"

……

太子、七皇子表现出少有的谦虚,互相推让。

2. 皇帝寝宫

皇帝烦躁地踱来踱去。

周妃小心翼翼地侍候。

"他们还在闹!"皇帝发怒道,"把为首的给我抓起来!"

"是。"张公公朝大门走去。

3. 皇帝寝宫门外

叫嚷声一声比一声高。

"立嫡立长,太子闯宫!"

"立嫡立贤,七皇子闯宫!"

……

太子:"大家都去闯!"

"对!都去闯!"

……

众人呐喊声高,却没有一个人行动。

"哼!说起来像英雄,做起来像狗熊!你们不敢闯,我来闯!"五皇子冲出人群,开始闯宫。

"呔!"卫士将五皇子拿下,"皇上有令,为首者抓起来。"

众人见五皇子被抓,拔腿就跑,似鸟兽尽散。

剩下五皇母要冲进门内,卫士阻挡。

4. 皇帝寝宫

卫士抓来五皇子。

皇帝严厉发令:"与我责打五十大板!"

"是。"

卫士将五皇子推在凳上,举棒责打:"一、二、三、四……"

"哎哟!哎哟!……"五皇子痛得直叫唤。

5. 皇帝寝宫内室

痛叫声传来,皇帝又是心疼,又是气愤。

周妃体贴道:"皇上,抓阄选太子,古往今来都罕见,皇姐、皇子们自然想不通,他们出出怨气、发发牢骚也是自然的,皇上不要伤了龙体。"

"唉!"皇帝长叹一声,"三逆贼叛乱,朕流落到民间,体察到百姓疾苦。回到京城,朕下决心要重振朝纲,谋求国泰民安。可皇子们为争当太子,钩心斗角,尔虞我诈,朝中大臣,也分裂成派,各拥其主。闹得朝廷鸡犬不宁,朕也搞得心力交瘁,无奈之中,才采用了抓阄选太子,以求朝廷安定,哪怕是一时的安定也好。"

周妃:"可是……皇上真要传位给喜喜吗?"

"朕也觉得奇怪,十几个人抓阄,喜喜是被强拉来抓阄的,可他偏偏抓到了上签,莫非是神灵……"

"皇上,这喜喜与您可是没有血缘关系呀。"

皇帝脸色一沉。

周妃慌忙下跪:"臣妾失言。皇上恕罪。"

"爱妃平身。"

"谢皇上。"

"爱妃呀,逃难途中,你我失散,危难之中,遇到了喜喜,是他救了我的性命,也算有缘分,这虽不是血缘,可这是生命缘。那些与我有血缘的儿子,一个个扔下我只顾自己逃命,如此两下一比,你不觉得生命缘比血缘还重要、还珍贵吗?"

"是,是,是,皇上圣明,皇上圣明。"

皇帝停顿一会儿,又说:"至于传位不传位于喜喜,朕还没有想那么远,朕只求眼下如百姓说的,'砍了树子,免得乌鸦叫'。朕好集中精力处理政务。当然,这事我还要听听几个老臣的看法。"最后他靠近周妃低声道:"这可以说是权宜之计。"

"啊!"周妃笑了,"皇上圣明,皇上圣明。"她停顿后说:"皇上,臣妾还有一事禀报。"

"爱妃讲。"

"下月是皇上的大寿。"

"爱妃不提起,朕还搞忘了。"

张公公进来:"禀皇上,五皇子来谢恩。"

卫士搀扶着一瘸一拐的五皇子进来。

五皇子:"谢父皇隆恩。"

皇帝:"你可知罪?"

五皇子:"儿臣知罪。"

皇帝:"回去找太医给你上药,下次再犯,重责不饶!"

"谢父皇。"五皇子退出。

皇帝望着五皇子的背影,摇头叹气:"唉!"

周妃:"皇上,还是说点高兴的事吧,下月的寿辰是皇上回京后的第一个寿辰,一定要好好安排,让皇上过得高高兴兴。"

皇帝笑了:"还是爱妃想得周到。"他又转向张公公:"喜皇子到内书馆读书的事安排好没有?"

张公公:"禀皇上,高公公每日送喜皇子上学,督促他不耽误听先生讲学。"

皇帝点头。

6. 皇宫后苑

高公公夹着书包在前面走。

喜喜在后面磨磨蹭蹭。

高公公耐着性子,不时停下来等候喜喜。

7. 宫门

喜喜趁高公公不留神,撒腿朝宫门跑去。

卫士阻拦:"请出示宫牌。"

喜喜:"我要去找我妈和春英!"

卫士:"请多包涵,没有宫牌,不得出入皇宫。"

"嗨!"喜喜气得跺脚。

高公公赶来:"太……"

喜喜制止:"别乱叫!"

高公公改口:"喜皇子,皇上口谕,让你到内书馆识字,您可不能违抗。"

"我不是读书的料。"

"喜皇子,圣命难违,时间快到了。"

喜喜径直走去。

"喜皇子,内书馆朝这边走。"

"我要找玉叶公主。"

"时间不待了,改日再去吧。"

喜喜耍赖:"你不让我去找玉叶,我就不走。"

"好好好,见个面就走,别耽搁。"

8. 玉叶寝宫

玉叶迎出:"太子哥……"

喜喜:"别乱叫!"

"喜喜哥,你该到内书馆上学,怎么到我这里来了?"

"我找你算账来了。"

"找我算什么账?"

"我不参加抓阄,你偏要我参加,现在好了,抓了个烫山芋,摊上这事,天天要到内书馆学识字,就别想回家了。"

"这都是父皇的旨意,这笔账太大了,我可还不起。"

"你就一笔笔还。"

"先还什么?"

喜喜走近玉叶,悄声道:"我妈她们可能早就到京城了,派去找的人都没有音讯,你帮我找个宫牌,我自己出去找。"

"喜皇子,上课的时间到了。"高公公催促。

"快上课去吧。"玉叶说。

"欠我的账你可要还。"喜喜加重语气说。

"知道,知道。"玉叶回答。

9. 朱府后院

春英被关在一间房内。

仆人丙开了锁,推开房门送饭食。

春英欲冲出去,仆人丙慌忙放下饭食退出,锁上了门,在门外规劝:"春英姑娘,昨天老夫人已松口了,让你在老爷和少爷父子俩中,任选一个,给谁做妾都行。我看你就依了吧,虽不是正房,可当偏房不照样穿绫罗绸缎、吃山珍海味、呼奴使婢吗?"

春英气愤道:"当偏房好,让你妹子当去!"

"你……"仆人丙生气道,"你把好心当成驴肝马肺!"说完转身离去。

春英无心吃饭,伤心道:"我受罪能忍受,可喜妈一个人流落他乡,要是遇到坏人怎么办?迷了路怎么办?头痛病犯了怎么办?喜喜呀,喜喜,都是你这没良心的惹的事!……"

10. 喜喜住所

"阿嚏!阿嚏!……"喜喜连打喷嚏。

高公公忙为喜喜披衣:"喜皇子,下学归来,你该复习先生所讲的课,你怎么又在搞你的变脸?"

"别管,别管,我这变脸比先生讲的还简单明了。"

高公公冷笑离去。

11. 县衙门

喜母蓬头垢面找到了县衙,她望着大门,眼里闪现出希望。

"滚开!讨饭婆子!"衙差呵斥。

"我要告状!恶少强占民女,抢了我的儿媳妇!"

衙差:"该讨饭就讨饭去,别在这里乱叫嚷!"

"我要告状!找青天大老爷告状!……"喜母说着,奔到衙门口的大鼓前,欲击鼓鸣冤。

"你这疯婆子!"衙差夺下喜母手中的鼓槌,连推带踢驱赶喜母。

喜母摔倒在地。

衙差又放出狗来。

"汪汪汪……"狼狗狂叫着向喜母扑来。

喜母惊惶逃跑,她仰天呼叫:"喜喜!儿呀!你在哪里……"

12. 皇宫内书馆

"阿嚏!阿嚏!阿嚏!……"喜喜连打几个喷嚏,他自言自语:"像是我妈在说我。"

学生甲:"你妈在哪儿?"

"我妈来京城找我,可能到了吧。"喜喜靠近学生甲,"你知道什么地方没人看守,能出宫去?"

学生甲摇头。

喜喜又转向学生乙："你知道什么地方没人看守，能出宫去？"

……

"先生来了！"学生丙叫。

众学生立刻各就各位，背手端坐。

教师走进教室，眼睛扫了一下众学子："我们接着讲《史记》卷六《秦始皇本纪第六》。"他特别盯了一眼喜喜，"注意，我是接着上次讲。"然后他摇头晃脑，慢慢悠悠讲起来："……高惧，乃阴与其婿咸阳令阎乐、其弟赵成谋曰：'上不听谏，今事急，欲归祸于吾宗。吾欲易置上，更立公子婴，子婴仁俭，百姓皆载其言。'使郎中令为内应，诈为有大贼……"

"呼呼呼……"鼾声传来，教师循声一看，喜喜伏在桌上大睡。

"咚！咚！咚！"教师用戒尺敲打桌子，"喜皇子，我刚才讲的是什么？"

"讲的……讲的……"喜喜嗫嗫嚅嚅回答。

"我打你上课不用心听讲！把手伸出来。"

喜喜战战兢兢将手伸出，教师高举戒尺朝着喜喜的手心打，喜喜突然缩回手，教师扑了个空，差点摔倒。

"哈哈哈！"学生大笑。

教师又欲打喜喜，喜喜跑。

"你……你……"教师追打喜喜。

喜喜边躲闪边悄声问学生："讲什么？讲什么？……"

"讲赵高。"学生甲提醒。

"原来讲的是赵高！"喜喜挡住教师的戒尺，"先生，我知道您讲的是赵高。"

"他干了什么事？说！说对了，我不打你；说错了，我把你的手心打烂！"

喜喜不假思索道："赵高对秦二世变了脸。"说着，变出了一张谄媚、阿谀奉承的脸，又一变，变出了一张狰狞的脸。

"太好了！"

"赵高对秦二世变了脸！"

"妙极了，再来一个！"

……

众学生拍手称快，学馆犹如戏园子。

喜喜得意。

教师气得两眼火星溅："你……你……你扰乱课堂，我要禀报皇上！"

13. 周妃寝宫

"哈哈哈！"皇帝大笑。

周妃埋怨："皇上，喜喜扰乱课堂，气坏了教师，你还笑。"

"喜喜倒是一目了然，清楚明白表现了赵高这种人的嘴脸。他们为了趋利避害，为了追求荣华富贵，一张脸皮随时变，变得比翻书还要快。唉！通过叛乱，朕领略过的变脸人真是太多了。"

周妃："皇上，你不能一篙竿打翻一湾船呀！岭西王李贵就不是变脸人。"

"所以，朕就赐封他为岭西王，百官楷模。"

"皇上，若无李贵相救，你我难以团圆，得人滴水之恩，需当涌泉相报呀！"

皇帝连连点头："朕知道。"

14. 皇后寝宫

皇后："长福！"

马公公："在！"

皇后："迎驾的事办得怎么样了？"

"禀皇后，一切安排妥当。"马公公神秘道，"我把银子给了张公公，让他在皇上下朝后，有意将皇上朝我们这里引。"

"唉！"皇后长叹了口气，"皇上被那周妖精缠住了，好长一段时间都没有临幸本宫了。抓阄选太子一事，实属荒唐，本宫想好好劝劝皇上，望他改弦更张。"

"皇后放心，有张公公暗助，皇上下朝后，定会到我们这里来。"

皇后："但愿如此。"

15. 七皇母寝宫

宫女秋月兴致勃勃跑进来："娘娘！我有办法了！"

七皇母："什么办法？"

秋月："眼下正值深秋，桂花、菊花盛开，我们摘来桂花、菊花堆放在宫门口，皇上下朝回来，沁人的桂花香、鲜艳的菊花定会吸引皇上到我们这里来。"

七皇母高兴赞赏："秋月聪明，事成后有赏。"

"谢娘娘。"

"抓阄这事，我有一肚子话要对皇上说，可皇上就是不驾幸本宫，尽到周妃那里去。"

"娘娘放心，我这就叫人去备办桂花、菊花。"

秋月出了门，七皇母的脸上露出了笑容。

16. 皇宫正殿

皇帝对众臣道："众卿所奏反对抓阄选太子的折子，朕阅后十分高兴。我朝既有对朕忠心耿耿的岭西王李贵，又有敢于直言的谏臣，这是朕的福气。众卿所言虽然有理，可是朕有朕的苦衷，容朕思考后再议。"

张公公："退朝——"

皇帝走出殿门。

众臣随后散去。

17. 后宫

皇帝迈步朝后宫走去。

张公公在旁小心侍候。

皇后宫里的马公公一群人，看着张公公陪皇帝一步步走来，立即飞快进去禀报："娘娘！娘娘！皇帝来了！皇帝来了！"

皇后兴奋整装、正容。

皇帝一步步走近皇后寝宫。

站在寝宫门口的皇后异常兴奋。

皇帝走到岔道，张公公有意诱导皇帝走向皇后寝宫路，可偏偏皇帝向另一条路走去。

"啊！！"皇后大失所望。

18. 七皇母寝宫

宫门前堆满了桂花、菊花，花团锦簇，香气袭人。

秋月和七皇母藏在花丛中，得意地看着皇帝朝她们走来。

皇帝闻着扑鼻的香气，立刻想到了周妃。

"老张头，周妃宫里那株桂花开得真好哇！老远就闻到了香气。"

张公公:"皇上,这香气不是从周娘娘宫里飘出来的。"他指着七皇母宫门前堆放的鲜花:"是从那里传来的花香。"

皇帝忽然想起:"哎呀!不闻花香我还差点搞忘了,周妃和我约定今晚在桂花树下赏花、饮桂花酒。"说着,加快脚步朝周妃寝宫走去。

此举犹如一盆冷水,浇得七皇母浑身透凉。

皇帝一行途经十皇母寝宫,十皇子突然窜出来抱着皇帝:"父皇,我奉母命在这里等候多时了,今天是我九岁生日,父皇,您该为儿庆生呀!"

"啊!"皇帝醒悟,"时间真快,我儿都九岁了。"

十皇母走出来:"皇上,我儿早就盼望您给他庆生了。"

"这……"皇帝犹豫,想了想,推开十皇子,"皇儿,父皇今日有事,改日我一定为你庆生,一定、一定。"说着,急忙逃走。

"父皇!父皇!……"十皇子哭。

十皇母搂着儿子:"别哭,别哭……"口里劝着儿子,心里却在流泪,她猛回头,看见皇后、七皇母都失神地望着皇帝的背影。

惺惺相惜,三个女人情不自禁地走到了一起。

十皇母:"皇上又到周妃那里去了!"

七皇母:"周妖精!狐狸精!"

皇后:"不就仗着年轻、漂亮吗?"

十皇母:"不能让周妃独占皇帝,自古男人喜新厌旧,找一个比周妖精年轻、漂亮的女子,把那周妖精比下去!"

七皇母:"对!找个年轻的美女来,给周妖精来个横刀夺爱!"

皇后:"这倒是个好办法,可朝廷多年未选秀,宫里的女子,皇上都没什么兴趣。"

七皇母:"宫里没有到宫外去找呀。"

十皇母:"对,到民间去找。"

皇后:"好!此事悄悄进行,不可声张。"

七皇母、十皇母:"是。"

19. 十皇母寝宫

十皇母:"大发、二发!"

大发、二发:"在!"

十皇母低声吩咐二人，末了加重语气："不准对外说，违者，小心脑袋搬家！"

大发、二发："是。"

20. 皇后寝宫：

皇后："大旺、二旺！"

大旺、二旺："在！"

皇后低声吩咐二人……

大旺、二旺频频点头。

皇后："若能找到一个比周妃年轻，又像周妃的女子最好。"

大旺、二旺："奴才遵命。"

21. 七皇母寝宫

七皇母："大昇、二昇！"

大昇、二昇："在！"

七皇母小声给二人下令……

两侍从唯唯诺诺。

七皇母："宁缺毋滥，找的美女，一定要比周妃美。"

大昇、二昇："是。"

22. 京城街市

大发与二发、大旺与二旺、大昇与二昇各驾着一辆马车在街市上穿行，他们像猎人寻觅猎物一样寻找着美女。

23. 喜喜住所

喜喜伏在书案上睡着了。

高公公将喜喜拍醒，提醒道："喜皇子，你变脸扰乱课堂；先生抽背书，你又背不出来。现在不好好念书，明日再背不出来，先生可不会轻饶你了。别打瞌睡，你看我就不爱打瞌睡！"话还未完，却打起了哈欠。

喜喜无精打采地捧起书，结结巴巴念："……高惧，乃……阴与其……婿咸阳令……"念着念着就打起了哈欠，昏昏然然地又睡着了。

"不爱打瞌睡"的高公公早已是鼾声如雷了。

玉叶公主换了老百姓服装，悄悄走进来。

喜喜做梦，正好梦见春英走来，喜喜高兴地扑上前，误将玉叶公主当作春英："春英，可把你盼来了！"

玉叶公主急忙躲闪。

喜喜一个趔趄，撞在椅子上，终于清醒过来，忙向玉叶公主赔礼："失礼了！失礼了！因为刚才做梦，我就将你当作梦中人了。"

玉叶："这么说，我是你的梦中人了。"

"别乱说，别乱说，我是梦见春英了。"

玉叶嫉妒道："春英，春英，你就知道春英！"

喜喜赔笑："嘿嘿嘿，春英是我媳妇嘛。"

玉叶武断道："没有结婚，不算！"

"公主，你今天怎么穿上了村姑的衣服？"喜喜看了看她的鞋，"你这鞋上的牡丹花也太大了。"

"老百姓也想富贵。喜喜哥，我来找你玩。"

"不行，我还要赶紧背书，明天先生要考我。"喜喜说着，只顾自己读书。

公主调皮地抽去喜喜手上的书。

喜喜欲夺回来，公主戏弄着他。

喜喜生气道："公主，我要到父皇那里去告你！"

"告呀，去告呀！"公主取出宫牌在喜喜眼前晃动。

"公主！我陪你玩！陪你玩！"喜喜高兴地夺过宫牌，拉着公主欲朝外跑，忽听高公公说话，两人只得停步。

"喜皇子，好好读书，明天先生要抽你背书……"高公公睡梦中还叽叽咕咕地说着。

玉叶公主拿起笔，在高公公脸上画了一幅滑稽像，将他反锁在房里，拉住喜喜笑着跑了出去。

24．京城街市

玉叶像出笼的小鸟，快活地飞走在街上。

喜喜沿街仔细观察，一见旅店，便进去打听："有劳店家，请问你们店住的客人有没有来自南边的一位大娘和一位姑娘？"

店家摇头："没有，我们店住的客人没有从南边来的，更没有你说的大娘和姑娘。"

玉叶看见街上表演杂耍的，好奇地拉着喜喜往人堆里钻："喜喜哥，快看，好精彩啊！"

表演杂耍的艺人挥舞刀枪，翻着跟斗。

玉叶和观众看得拍手叫好。

"走，快走。"喜喜催促玉叶。

"慌什么，他们还没演完哩。"

"出来是找我妈她们的，不是来看热闹的。"

"找不着，肯定找不着。"玉叶说。

"你不走，我走了。"喜喜离去。

玉叶只得恋恋不舍离开杂耍场，随喜喜走。

走到一个旅店，喜喜又进去打听。

玉叶不耐烦道："找不到她们了，她们不在京城了。"

喜喜固执地逐个旅店打听，虽然一次次失望，并没有浇灭他的希望。

25．城门附近

大发与二发驾着车子来到城门口，正好与玉叶、喜喜打了个照面，大发见玉叶一愣："美女！"

二发："在哪儿？"

大发："在那儿！"

二发欲掉头去追赶玉叶，怎奈前后分别驶来大旺和二旺、大昇和二昇的马车，三匹马相碰，打架、踢腿、嘶鸣，等到二发将车掉过头来，美女玉叶已无影无踪了，两人好不沮丧。

大发骂道："跑了几天，好不容易发现一个美女，偏偏给那两辆车给搅黄了！"

二发："大哥，我看那两辆车的驾车人面熟，有点像宫里的人，莫非他们也是出来找美女？"

"宫里娘娘多，都想争宠，有可能也派出人来找美女。"

二发把马鞭一甩："那就快点去找，谁先找到，谁得重赏！"

26. 城门外

玉叶随喜喜出了城门，她望了望城墙边低矮的住房："这么破旧的房子，你母亲不会住在这里的，回去吧。"

"错了，我妈她们为了省钱，很可能就找这些便宜店住。"说着，喜喜相继在几个小旅店询问母亲的下落，都以失望告终。

"你从城内找到城外都没找到人，你母亲她们早就……"玉叶发觉说漏了嘴，赶快改口："你母亲她们很可能早就回乡了。"

"我不信！她们千里迢迢来找我，怎么会没见到我就回去了呢？"看到远处树梢上挂着旅店帘子，喜喜又朝那里奔去。

玉叶懒洋洋跟在后面，只见一条小沟横在面前。"哎呀！哎呀！"玉叶高叫。

"什么事？"喜喜回头问。

玉叶指着小沟："我过不去。"

喜喜转过来："来，我拉你，你跨一大步就过来了。"

"我怕，我要你背我过去。"玉叶撒娇。

"光天化日之下，我一个小伙子背你一个大姑娘，像什么话。"

"你不背，我就不过去。"玉叶耍赖。

"这才是蚂蟥缠住鹭鸶脚——难甩脱。"喜喜想了想，哄着玉叶公主："这样，我给你讲个笑话，如果你笑了，就跟着我走。"

"好吧。"

喜喜清了清喉咙，开始讲："从前有一个秀才，十年寒窗，闭门苦读，很少出门。有一天姥爷病重，带信来让秀才一定去看他。秀才背上书囊上了路，走着走着，面前横着一条沟，这可难住了秀才。田里干活的农夫告诉他，让他跳过去。秀才从书囊中取出书来仔仔细细看，书中说'跳'是双脚并拢一纵。于是，秀才就照着书上所说的双脚并拢一纵……"

"结果怎么样？"

"秀才扑通一声掉进了水里。"

"哈哈哈！"玉叶公主开怀大笑。

"好了，现在你该跟着我走了。"

玉叶公主只好站起来，噘着嘴跟着喜喜走。

喜喜遍寻城外没找到母亲，只好又返回城内。

27. 街市

喜喜在前面走，玉叶拖着疲惫的脚步在后面跟。

喜喜发现了两个熟悉的身影，急忙上前叫："妈！春英！"

两个女人扭回头，是陌生的面孔，她们骂道："神经病。"

喜喜尴尬地笑了笑："对不起，我认错人了。"

玉叶喘着气赶来："从城里找到城外，又从城外找到城里，还是没找到你妈，我给你说了多少遍，你妈她们不在京城了。"

喜喜哄着玉叶："西城这角落我们还没找过，也许我妈她们就在这里。"

玉叶赌气："要找你自己找，我肚子饿了，我要回宫吃饭了。"

喜喜着急："回了宫就出不来了，好不容易才搞到这块宫牌出宫。"他恳求道："玉叶妹，你就权当叛乱时逃难到民间，没饭吃，饿肚子吧。"

"不行，不行。我和金娥逃难到民间，肚子饿了，金娥会找老百姓要饭，或者摘山林间的野果子给我充饥。"

"那我……"喜喜欲言又止。

一股香气袭来，玉叶走近饭馆，指着香喷喷的面条、馄饨。

喜喜问："你带钱了吗？"

玉叶摇头。

"没银子吃什么？"喜喜安慰玉叶，"忍一忍，下次我带银子出来，让你吃个够。"

玉叶任性："不，我饿得走不动了。"

"我今天算是倒霉透顶了！"喜喜皱眉搔首，忽然眼睛一亮，"有了。"喜喜大步朝饭馆走去，他招呼公主随行："走，听我的。"

28. 饭馆

喜喜大摇大摆走进店门，在靠门的一张桌子边和公主一同坐下，吩咐店家道："来两碗面条。"

"面条两碗——"伴随堂倌的叫声，两碗面条端上桌子。公主正要吃，喜喜阻拦。

喜喜转问堂倌："我要的是两碗馄饨，你怎么端成面条了？"

堂倌真以为是自己错了，忙将面条端回去，重新端来了两碗馄饨。

"快吃，快吃。"喜喜催促公主道。

29. 街市

二发驾着车，城内、城外遍寻美女。

30. 饭馆

两人狼吞虎咽地吃完后，喜喜使个眼色，叫公主快走。

喜喜刚站起来欲走，堂倌忙上前问："客官，你的两碗馄饨钱还没给。"

喜喜："那是我用两碗面条换来的呀。"

堂倌："面条可是我们店端给你的呀。"

喜喜："可两碗面条我没吃，退给你了呀。"

堂倌："你白吃两碗馄饨没给钱呀。"

喜喜："我不是给你说得清清楚楚，你这糨糊脑袋怎么不明白呀？馄饨我是用面条换的，面条我又退给你了，怎么叫白吃呀？"

堂倌无言可辩，愣在了那里，自言自语："我这脑袋可真成了糨糊脑袋了，他说的也有道理呀！"

喜喜趁机溜出店门，和公主一同笑着跑了。

31. 悦来客店附近

喜喜与玉叶笑着跑了一段路，喜喜发现了悦来客店，他忙走进客店："请问店家，你们住的客人里有没有从南边来的一个妇人和姑娘？"

店家："前几天住过南边口音的一个妇人和一个姑娘。"

"啊！"喜喜高兴。

"说是找儿子和未婚夫。"

"对，对，对。"喜喜连连称好，"我就是她们要找的人，她们现在在哪儿？"

"走了。"

"走哪儿去了？"

"回老家去了。"

"啊！"一盆凉水泼来，喜喜从头凉到了脚心。

玉叶将喜喜拉出店门："你的春英弃你而去，你就是我的魏学士了。"说着，亲热地叫："魏郎——"

喜喜连连摆手："别乱叫！别乱叫！"他颓丧道："这究竟是怎么回事？父皇不是派人出来找了吗？我妈她们没见着我，怎么就回去了呢？走！回去问问。"

玉叶又亲热地叫："魏郎——"

喜喜不理。

"你不答应我，我就不走。"玉叶要挟。

喜喜生气道："不走算了，我走了。"他径直走了一段路，扭头想试探玉叶，却不见人影，忙转回来寻找。

玉叶故意捉弄喜喜，躲藏起来。

喜喜四处寻找玉叶。

玉叶捉弄喜喜开心后，走了出来，却不见喜喜。

32．大街小巷

喜喜、玉叶穿梭在街巷，互相寻找，茫茫人海中，果真是"人找人，找死人"。

玉叶为找喜喜，穿街过巷，竟迷了路，急得四处乱窜。

33．东街

喜喜在人流中寻找玉叶，急得浑身冒汗，他后悔莫及："我真糊涂！我真糊涂！我怎么会同一个娇公主单独出宫门？……"

34．西街

二发疲惫地驾着车。

大发接过马鞭："我来吧，你歇一歇。"

二发："城里城外都找了，怎么还是不见那美女？"

大发："没准回家了。"

"我们来个挨家挨户搜查。"

"胡闹！娘娘再三叮嘱我们不要声张，你这不是昭告天下吗？"

二发挨了骂，只得忍气吞声："好吧，我们就这样继续找吧，哪怕找到大年三十，我们也得找。"

正当两人垂头丧气时，大发忽然眼睛一亮："她！她……"

二发抬头一看，只见玉叶像无头苍蝇似的窜来窜去，焦急寻人。

"美女，美女，城门口遇到的美女！"大发兴奋地说着，忽又生疑，"我怎么觉得有点面熟呢？"

"是有点面熟……"二发转念一想，"宫里的美女看多了，自然看到美女都面熟，这次可不能让她跑掉了，快！"二发说着，跳下车跑到玉叶身边："姑娘，你在找人是不是？"

玉叶点头。

二发："我知道你要找的人，他也在找你。"

玉叶："他在哪儿？"

二发指着远处："在那里——"

二发将玉叶带到偏僻处，大发赶车随后。

玉叶："喜喜哥在哪儿呀？"

"在这里——"大发、二发猛将玉叶的嘴堵住，用黑罩蒙上头，捆绑了手脚，塞进了车里，然后驾车驶去。

玉叶在挣扎、反抗中，脚上的一只绣花鞋落在了地上。

喜喜寻找玉叶来到这里，发现了地上的那只绣花鞋，他拾起来仔细辨认，看到了鞋上的牡丹花："是玉叶妹的！是她，是她！"喜喜奋起跑步，直追驶去的车子……

第二十三集

1. 街市

二发驾车在前面行驶，大发跳下车，向皇宫跑去。
喜喜在后面直追。
快临近皇宫时，大发领着一乘轿子迎面走来。
二发将车驶到偏僻处，从车里抱出玉叶塞进轿子。
大发、二发抬着轿子朝皇宫走去。
两轿夫改为车夫，驾驶着车子跟在后面。

2. 皇宫大门

大发、二发抬着轿子进了宫门。
喜喜亮出宫牌进了宫门。

3. 十皇母寝宫

大发、二发抬轿子进了门。
管事迎出。
大发："娘娘呢？"
管事："不知到哪儿散闷去了。"
大发低声："美女找到了，果真是天女下凡。"
管事："先将她关在后院房间，我这就去找娘娘。"
大发："快点。"
大发、二发将轿子抬到后院，又从轿内抬出玉叶，将她抬进了一间房子。
玉叶反抗。
二发："姑娘，老老实实待着，你的好运就要来了。"

喜喜进宫后，追赶轿子直到十皇母寝宫，他攀上宫墙外的树，后院大发、二发的行动历历看在眼里。

大发、二发出了房子，反扣上了门，两人擦着额头上的汗。

二发："这女子够厉害，又蹬又踢，累了半天，还没吃午饭，走，先填饱肚子再说。"

大发、二发离开后，院子一片寂静。喜喜从树上翻墙入内，走进关押玉叶的房间，揭去玉叶的头罩，大吃一惊："果真是你！"急忙解开捆绑玉叶的绳子，取出堵嘴的毛巾。

玉叶伤心地扑在喜喜怀里："喜喜哥，我到处找你，遇到了两个坏人，他们将我捆绑到这里。"她望望四周："这是什么地方？"

喜喜："是十皇母寝宫后院。"

玉叶吃惊："他们怎么将我抢到这里来了？我要去找父皇告状！"

玉叶、喜喜正要走，远处传来脚步声。

"来人了！"喜喜忙将玉叶捆上，蒙上头罩，自己躲在角落。

二发剔着牙走来，边走边自言自语："肚子喂饱了享了口福，看美人我来享眼福。抢在娘娘还未回来，找个借口多看几眼美人。"他推门进入，揭去玉叶的头罩："美人，你饿不……"

喜喜从旁边出来，拳脚相加将二发打倒在地："混蛋东西！你们竟敢绑架玉叶公主！"

二发惊呆："什么？她是玉叶公主？！"

玉叶："你狗眼不识泰山！"

二发："怪不得大哥开始说你有点眼熟。"

喜喜："你知不知道绑架公主的罪过？"

二发："公主恕罪！公主恕罪！我们是奉十皇娘娘的命到民间选美女献给皇上，我们不知道您是公主，以为您是民间女子，所以……所以……"

喜喜："什么时候献给皇上？"

二发："派人去找十皇娘娘了，听从她安排。"

喜喜与玉叶耳语，玉叶连连点头。

喜喜对二发道："你老老实实听从我们安排，可减你罪行。"

二发连连磕头："我听公主的，我听大哥的。"

玉叶出去换了衣服，回来将衣裤甩在二发面前。

喜喜命令二发："换上女儿装！"

二发："这……"

喜喜厉声："你想找死？"

二发只得乖乖换上女装。

玉叶笑着跑了出去。

喜喜将二发捆绑，嘴堵满，蒙上头罩，推到了阴暗角落。他悄悄出去，扣上门，蹲在附近观察。

4. 十皇母寝宫

十皇母、管事等人匆匆归来。

十皇母："大发、二发！"

大发："在！"

"那女子在哪儿？"

"关在后院房里。"

"快领我去看，你们可别找个东施回来。"

"娘娘，这女子绝对是西施！"

"眼见为实。"十皇母刚要迈进后院的门槛，大门传来喊声。

"圣驾到——"

"皇上来干什么？"十皇母等人慌忙返身到大门迎驾。

"臣妾恭迎皇上。"

众人："皇上圣安！"

皇帝大笑："哈哈哈！"他指着身后的玉叶公主："刚才玉叶来报，说是爱妃为朕在民间选了个美女，硬要拉朕来看。"

十皇母表功："臣妾念皇上日理万机，宵衣旰食，便派人到民间寻得美女，以慰圣心。"

皇帝："好贤惠的妃子。"

"美女在哪里？先睹为快！"玉叶拉住皇帝欲走。

十皇母："皇上，这女子刚进宫，犹恐不懂规矩，等我将她调教有素养了，再进献给皇上。"

"先看看，父皇要是看上了，十皇娘再调教她，父皇要是看不上，十皇母就别费功夫了。"玉叶说着，拉着皇帝就走。

众人刚走几步，皇后、七皇母等人赶来。

"拜见皇上！"

皇帝："你们怎么来了？"

皇后："听说十皇娘为皇上寻得一个天仙美女，我们来看看。"

十皇母纳闷："怎么传得这么快？"

玉叶："十皇母劳苦功高，大家来祝贺嘛！"他转对侍从道："快快引路，看美女去。"

众人簇拥着皇帝朝后院走去。

5. 后院

皇帝等人进了后院。

喜喜从角落里出来，乘机混进了人群。

大发推开门，皇帝一行进了屋子。

二发挣扎，"呜呜呜……"地叫着。

喜喜走近警告："皇上来了，老实点！"

"我看看美不美。"十皇母上前欲揭开二发的头罩。

玉叶阻拦："十皇娘，这个头罩应该父皇来揭，就好比揭新娘的盖头。"

众人："对！对！对！皇上揭！"

"好，朕来揭。"皇帝上前欲揭头罩。

玉叶："父皇，十皇娘找美女陪伴您，您应该重重奖赏她，晋升她为贵妃呀！"

"好，好，朕奖赏。"

皇后争功："皇上，是臣妾见皇上辛苦，命十皇妃去找的美女。"

七皇母："这主意是我出的。"

玉叶："你们都有功，都有赏。"

"你们都费了心机，我倒要看看你们找了个啥样美人。"皇帝上前揭头罩。

二发紧张得左躲右闪。

皇帝笑："怎么，害羞呀？"

皇后、七皇母："不用害羞，皇上仁厚、慈祥。"

皇帝终于将罩头揭开，天哪，是个丑男子！

众人吃惊。

喜喜、玉叶窃喜。

皇帝震怒！

十皇母："这……这……这是怎么回事？"

大发拔出二发嘴中的毛巾："这是怎么回事？"

二发指着喜喜、玉叶："是他们，是他们将我捆绑了……"

"你……"皇帝及众人怒视玉叶及喜喜。

"父皇！"玉叶指着大发、二发哭诉，"是这两个奴才将皇儿捆绑到这里的。"

皇帝指着大发、二发："好大胆的奴才！竟敢捆绑公主！"

大发、二发浑身发抖，扑倒在地："皇上，我们奉命去寻找美女，看到一个民间女子很美，不知道她是公主，就把她……"

皇帝转问玉叶："你怎么化装成民女跑到宫外去了？"

"我是陪喜喜哥外出去寻找他母亲。"

皇帝生气："胡闹！一个个目无王法，藐视朝纲，皇后听旨！"

皇后："臣妾听旨。"

"你掌管后宫，却出了这么大的丑闻。周妃贤淑温良，对朕一片忠心，后宫之事，暂由她来掌管。"

皇后敢怒不敢言："遵旨。"

"肖妃、陈妃！"

七皇母、十皇母："臣妾在。"

"尔等违反后宫规矩，罚免俸银三个月。"

七皇母："皇上，此事与臣妾无关呀。"

皇帝："你刚才不是说你出的主意吗？"

七皇母急认错："臣妾知罪。"

皇帝："喜喜！"

喜喜："在。"

"老老实实回书馆读书。"

"是。"

"玉叶！"

玉叶："在。"

"回去好好闭门思过，若再犯，严惩不贷！"

"是。"

皇帝："回宫。"

张公公:"起驾——"

皇帝离开,皇后、七皇母、十皇母互相指责。

"都怪你!"

"都怪你!"

"都怪你!"

十皇母醒悟过来,指着喜喜与玉叶:"怪他们!"

玉叶急拉着喜喜跑出去。

七皇母:"罪魁祸首是喜喜,是他害了我们!"

6. 东宫

七皇子在院子里舞剑。

太子进来,喝倒彩:"好,好,好。"

七皇子收剑:"大哥来了,请到我书房喝茶。"

太子讥讽:"这书房什么时候变成你的了?"

"大哥,这时候还分什么你的书房、我的书房。那个卖艺的喜喜害得我母亲被免去了三个月的俸银,还免去了你母亲执掌后宫的权力,他才是你我的死对头呀!"

"对!我母后气得差点上吊。"

"我母后气得不吃不喝。大哥,鹬蚌相争,渔人得利,那卖艺的抓阄竟抓了太子。你我打断骨头连着筋,得想办法把这个卖艺的掀翻。"

"我正是为此事而来。"

"你想好了办法?"

"没有,没有。"太子摇头,他指着七皇子,"你想,你想,你比我聪明。"

七皇子笑了:"现在你说我聪明了。"

太子尴尬地笑了:"为人要谦虚嘛。"

七皇子当仁不让:"大哥既然谦虚,我就先说吧,我想了个好办法。"

"什么办法?"

七皇子诡谲道:"下月就是父皇的生日,让这卖艺的在寿宴上表演变脸。"

"你又让他出风头?"

"我是要杀了他的头!"七皇子靠近太子,在他耳边悄声说话……

太子听得眉飞色舞……

7. 喜喜住所

喜喜在院子里练功，一个筋斗，正好撞上太子与七皇子。

"太子、七皇子，你们是来找我的？"喜喜问。

七皇子："正是，屋里谈。"

三人在客厅坐定，高公公命小太监上茶。

太子呷了一口茶："你刚才还叫我太子。"

喜喜："你本来就是太子嘛。"

太子："我还以为你是太子哩。"

"笑话！"喜喜自豪道，"我才不稀罕你那个太子，我五岁登台唱戏，什么大臣，什么将军，连皇帝我都演过，我还稀罕你那太子？"

太子嘲笑道："你演戏是假的。"

喜喜冷笑道："这世间的事难道就没有假的？皇上被亲生儿子追杀，沦落到破庙里，皇子、皇母只顾自己逃命，不管亲生父亲，你说这骨肉亲情是真的还是假的？"

"呃……"太子难堪。

七皇子打圆场："喜喜弟，我们今天来不是为太子的事，是为其他事来。这第一件事，是向喜喜弟道歉，平日里冒犯了老弟，还请原谅，你是父皇的义子，危难中救了父皇，你我虽不是亲生，却胜过了亲生。今后你我兄弟和睦相处，共保祖宗基业，万世千秋。"

太子："对，对，对，平日我们和下人对喜喜弟有不恭之处，还请喜喜弟原谅、包涵。"

喜喜淡然一笑："本来嘛，我是闯江湖的下层人，你们是高高在上的龙子龙孙，本来就不是一路人。再说了，我们卖艺讨饭吃，被人骂，甚至被人打是常事，见惯不惊。'宰相肚内能撑船'，他撑的是河里的船，我肚子里撑的是大海里的船！"

七皇子："喜喜弟有这样大的海量，佩服，佩服！"

太子："佩服！佩服！"

七皇子："今天我们来的第二件事，是父皇的生日就要到了，这是平叛后父皇过的第一个生日，要搞得热闹一点，让父皇高兴。众兄弟商量后，决定在寿宴上各人表演拿手节目。我是舞剑，大哥和五哥表演魔术献寿面，六哥和十弟唱庆寿歌，四哥弹琴伴奏，喜喜弟，你表演什么？"

喜喜脱口而出："我当然表演变脸啦！"

七皇子："不过……"

"不过什么？莫非我这'变脸王'的脸变得不好呀？"

"不是，不是。"七皇子解释道，"看表演就是要看个新鲜，你要变出个新花样来，就更令人叫绝了。"

喜喜搔首。

太子献殷勤："喜喜弟，你就表演《八仙拜寿》。"

"这……"喜喜为难道，"要变八张脸，还要加一张老寿星的脸，同时变九张脸，我还从来没变过。"

太子："喜喜弟，你行，你一定行。"

七皇子："喜喜弟，这是我们尽孝心的时候，我们兄弟中，你是最有孝心的了。你这'变脸王'莫说变八张脸，就是十张脸也难不倒你呀。"

喜喜犹豫，终下决心："好吧，我使劲，争取变好九张脸。"

"这就好了！"七皇子与太子交换了眼色，"需要什么帮助，尽管说。"

"多谢了。"喜喜道，"需要帮助，我会来找你们。"

"这事就定了。"七皇子道，"我们告辞了。"说完，与太子出了大门。

太子阴险道："老七，我们就等着看好戏吧！"

七皇子、太子奸笑："哈哈哈……"

8．皇帝寝宫

周妃专注地练字。

皇帝进来："爱妃又在练字呀。"

周妃："皇上，臣妾要写成一百个不同的'寿'字，在寿宴上献给您。"

"爱妃一片忠心，令朕感动。"

院子里传来宫女们叽叽喳喳的声音。

"看好戏！看好戏！"

"真是大开眼福！"

"太好了"

……

皇帝、周妃步出房门："你们在说什么，高兴成这样？"

宫女:"禀皇上,太子宫里的姐姐说,喜皇子在皇上的寿宴上要表演变脸。"

皇帝不以为意:"喜喜的变脸我看得多了。"

宫女:"禀皇上,喜皇子这次要变'八仙拜寿的脸',他要变出八张脸。"

"还有'老寿星'皇上的脸。"

皇帝:"啊!这倒是件新鲜事,喜喜对朕就是有孝心。"

周妃:"喜皇子把玉叶带出宫的事,皇上不生气了?"

皇帝:"天下做父母的,若要生儿女的气,还气得过来吗?哈哈哈!爱妃,我们就等着看喜喜变'八仙拜寿的脸'吧。"

9. 喜喜住所

喜喜在院子里练习变脸。

玉叶轻轻进门,在旁观看。

喜喜先后变出了张果老、曹国舅、何仙姑的脸。

"好!"玉叶拍手叫好,"听说你要在父皇的寿宴上表演《八仙拜寿》?"

喜喜急忙回避进屋子,关上了门。

玉叶追去拍门:"开门!开门!……"

喜喜无应。

玉叶高喊:"开门!开门!你给我开门!"

喜喜在门内慢条斯理地说:"玉叶公主,这个门我是不能开的,七皇娘说我把你带坏了,害得你私自出宫落入了坏人手中,她不许我和你在一起,我也不愿高攀公主,请回吧。"

"我就要和你在一起!就要和你在一起!……"玉叶捶打门。

喜喜在门内仍无声息。

"开门!开门!……"玉叶声嘶力竭呼叫。

"公主!公主!"金娥惊慌跑来,"公主,一眨眼你怎么就跑到这里来了?七皇娘来看你了,快回去吧。"

玉叶固执道:"我不回去,我要见喜喜哥。"

高公公相劝:"玉叶公主,七皇娘等着您,您先回去见了母亲再来这里见喜皇子也不迟。"

"走吧,公主,先见母亲才是正理。"金娥强拉玉叶出了大门,往寝宫走。

10. 后宫小径

金娥拉着玉叶赶路，走至池塘，玉叶急中生智，朝着水中大喊："魏学士，你回来了！原来你没有遇难，你从水里走的，你也从水里回来了……"玉叶朝着湖边走去。

金娥及过路的宫人急忙拉住玉叶。

"魏郎，我想你想得好苦哟！……"玉叶拼命往湖里跳。

金娥等人用力拉住玉叶。

玉叶又哭又闹。

七皇母闻讯赶来："玉叶！玉叶！……你怎么又犯病了？……"

"魏学士回来了，我要去迎接他……"玉叶挣脱出去，往湖里跳。

"拉住！拉住！"七皇母也上前拉住玉叶。

玉叶疯狂挣扎，众人用力拉住，像是一场拔河比赛。

七皇母急忙呼叫："快！快！快！快去叫喜喜来变魏学士！"

金娥慌忙朝喜喜住所跑去。

11. 喜喜住所

金娥跑来："喜皇子，公主又犯病了，要跳池塘去找魏学士，快去变魏学士哄她。"

喜喜："我不去！七皇娘不许我和公主在一起。"

"正是七皇娘命我来叫你去变脸的。"

"我不去！她说过不让我和公主在一起。"

"可现在她改口了。"

"堂堂七皇娘岂能出尔反尔？"

"那你怎么样才相信？"

"除非七皇娘亲自来叫我。"喜喜傲然道。

"咳！"金娥一跺脚，转身跑出去。

12. 池塘边

玉叶嗓音哭闹哑了，仍然死活要跳湖。

七皇母及众人盼望喜喜到来，好容易金娥回来了。

"喜喜呢?"七皇母问。

金娥在七皇母身边说了喜喜的条件。

七皇母发怒:"什么?要我亲自去请那个卖艺的?"

玉叶趁众人不留意,"咚"的一声跳进湖里。

"快!快救公主!"

众人七手八脚将玉叶救上岸。

"快送她回宫换衣服,不然要生病!"七皇母高叫。

玉叶死抱住一棵大树不走。

七皇母无可奈何,命令金娥:"走呀!"

金娥:"到哪儿去?"

"找那个卖艺的!"

"是!"金娥急领着七皇母朝喜喜住所走去。

13. 喜喜住所

喜喜盘腿坐在客厅,七皇母进来,喜喜仿佛没看见,倒是七皇母赔着笑脸开了腔。

"喜皇子,玉叶又犯病了,你快变魏学士去救她吧。"

"啥?"喜喜惊诧地叫了一声,"今天的太阳从西边出来了,七皇娘不是说我把玉叶带坏了,不许我和公主交往吗?"

七皇母有些尴尬。

高公公:"喜皇子,其中可能有误会,你和玉叶公主是义兄妹,亲如一家,七皇娘怎么会不许妹妹和哥哥交往呢?"他转对七皇母道:"七皇娘,是不是?"

七皇母借坡下驴:"是,是,是。"

高公公:"喜皇子,妹妹有难,七皇娘亲自来,你这当哥哥的可不能袖手旁观呀。"

"对,对,对。"七皇母连声附和。

喜喜斜视七皇母一眼,七皇母堆着笑脸看他,他这才离开座位,到内室拿了变脸工具,大摇大摆朝湖边走去。

七皇母及侍从紧跟后面,簇拥喜喜前行。

14. 湖边

喜喜来到湖边，唰地变出了一张魏学士的脸。

"玉叶，魏学士来了！魏学士来了！"七皇母指着喜喜道。

玉叶直奔喜喜，忽又转身奔向湖里。

金娥等人拉住玉叶。

七皇母："玉叶，魏学士不在水里，在岸上。"

玉叶走近喜喜，唰地拉下喜喜的脸谱："他是喜喜变的，你不是不让我和他交往吗？"说着，又要跳湖。

"能交往，能交往！"七皇母急忙安抚女儿。

玉叶破涕为笑，拉着喜喜朝远处跑去。

15. 喜喜住所

玉叶为喜喜画八仙脸谱。

喜喜反复实验变出八仙的脸。

玉叶在旁指点："变张果老高擎千岁韭。"

喜喜唰地变出了张果老高擎千岁韭。

玉叶："变何仙姑进献灵丹。"

喜喜唰地变出了何仙姑进献灵丹。

玉叶："变父皇老寿星。"

喜喜唰地一变，变出了铁拐李。

"啊！"玉叶惊骇。

"怎么啦？"

"你……你……"玉叶指着铜镜，"你自己看。"

喜喜对着铜镜："呀！我怎么将老寿星变成了铁拐李？"

玉叶警告："你要是在父皇的寿宴上这样变，是犯杀头罪的。"

"知道，知道。"喜喜检查，"是脸谱叠放的次序颠倒了。"

玉叶指着喜喜的额头："小心，小心，你我私自出宫，父皇就不高兴了，你要在寿宴上表演好《八仙拜寿》的变脸，立功赎罪，千万不能出差错呀！"

喜喜点头："知道，知道。"

玉叶嗔怪道："你呀你，第一次变这么多张脸，又是在父皇的寿宴上，当着文武百官、皇亲国戚的面变,大哥和七哥给你一说,你就答应了,他们对你一贯记恨,怎么会跑来亲亲热热要你在寿宴上表演变脸?其中会不会有……"

"有什么?"喜喜满不在乎,"他们不就是瞧不起我,想将我的军吗?我就偏要变出花样来给他们看,看看我这'变脸王'是不是有两下子!"

"你这是好面子。"玉叶慎重道,"喜喜哥,皇宫里的事复杂,你可千万不能大意呀。"

喜喜:"知道,知道。"

16. 东宫

七皇子和蔡乙在内室密谋。

七皇子:"那张脸谱,会不会露出破绽?"

"殿下放心,那张脸谱是请画师照着小苟偷出来的脸谱画的,保管天衣无缝。"蔡乙回答。

"喜喜的画室三娃熟悉了吗?"

"熟悉了,他昨晚半夜就踩了路。"

"那个叫什么……什么……"

"小苟。"

"对,你给他银子了吗?"

"给了。"

"可不能让他走漏了风声。"

"没有,他根本就不知道这事,我让他把喜喜的脸谱偷出来,是说我有个穷亲戚想学艺赚钱养家糊口。"

"好,事成之后有奖。"

"多谢七王爷。"蔡乙感谢。

17. 喜喜住所

喜喜练习变脸。

玉叶在旁发号施令:"《八仙拜寿》开始——"

喜喜熟练地变着各种脸:张果老高擎千岁韭……汉钟离、吕洞宾。玉叶说道:"八仙同贺老寿星寿比南山,福如东海——老寿星来了——"喜喜唰地变出了老寿星皇帝。

"好！好！好！"玉叶拍手。

高公公及侍从拍手："最后一张脸真是绝了，那个老寿星和皇上一模一样，我在宫中这么多年，还没见过这样给皇上祝寿的。"

玉叶松了口气："总算练成了，今晚好好休息，明日千万别出差错。"

高公公："喜皇子这几日辛苦了，好好休息休息。"

18. 皇帝寝宫

周妃领着一群宫女练习舞蹈。

一个宫女做错了动作，周妃呵斥："错了！"

宫女急忙改正。

周妃："明日是皇上的寿诞日，文武百官、皇亲国戚都争着献演，那个喜喜还要献演《八仙拜寿》的变脸，我们这个'王母娘娘率群仙献蟠桃'的节目即使争不到第一，也要争第二。"

"是！"众宫女在周妃的率领下继续练舞。

19. 喜喜住所

深夜，喜喜及高公公、侍从们都进入了梦乡。

三娃蒙面，轻轻翻墙入内，蹑手蹑脚进入书房，打燃火，寻到变脸器具存放处，翻着叠放整齐的脸谱，从中抽出一张脸谱，换上自己带来的脸谱，然后急速离去。

20. 偏殿

彩灯高挂，寿桃、寿联琳琅满目。

皇子、皇后、皇妃依次给皇上拜寿。

"父皇万岁！安康！"

"祝皇上万寿无疆！"

文武百官列队给皇帝拜寿。

"皇上万岁！万岁！万万岁！"

拜寿完毕，司仪张公公道：

"贺寿献演开始——"

周妃率宫女表演"王母娘娘率众仙女下凡给老寿星献蟠桃"。

七皇子舞剑。

太子、五皇子表演魔术，变出寿面献给老寿星。

十皇子等皇子唱祝寿歌。

张公公："现在用变脸表演《八仙拜寿》。"

全场雀跃，老寿星皇帝格外兴奋。

喜喜上场，干净、利索地变出了张果老高擎千岁韭，曹国舅捧寿面，韩非子献牡丹，何仙姑进灵丹，蓝采和舞动水袖，铁拐李拄着拐杖，还有汉钟离、吕洞宾。变完了八个神仙，喜喜高声道："八仙来给老寿星拜寿了！"

"请看，下一张脸就是老寿星皇上——"

全场屏息观看。

喜喜"唰"的一声……

玉叶高叫："老寿星父皇出场接受八仙礼拜——"

不料，喜喜竟变出了一张魔鬼脸谱。

众人惊骇。

喜喜沉浸在胜利的喜悦之中。

张公公小心翼翼地问："喜皇子，你、你变出的是谁呀？"

喜喜得意道："当然是今天的老寿星皇上呀！"

皇帝震怒。

玉叶忙纠正："不是，不是，是八仙拜寿的路上遇到老魔王了！"

喜喜反而嘲笑道："哪里遇到老魔王了？他们一路顺风来给老寿星皇上拜寿了。"

"呔！"七皇子呵斥，"胆大卖艺人，竟敢将父皇变成魔鬼！"

太子、五皇子："该当何罪？"

玉叶忙掩饰："变错了，变错了。"

喜喜坚持道："谁变错了？我变的就是父皇。"

"你看！"两侍从抬来铜镜。

喜喜对着镜子一看，惊吓不已："啊！"他惶恐道："这是怎么回事？这是怎么回事？……"

七皇子："父皇，这个卖艺人前番私自出宫，害得玉叶妹险落入坏人手中。今日本是父皇的大庆日子，他又借变脸来羞辱父皇。父皇，此人不严惩，如何正朝纲？"

太子："父皇，此人不惩办，如何正朝纲？"

皇帝愤然道："与我打入牢房！"

玉叶慌忙道："父皇，喜喜哥不是存心的，是一时疏忽，父皇开恩！父皇开恩！……"

任凭玉叶呼救，喜喜还是被卫士押下了殿……

第二十四集

1. 皇帝寝宫

夜幕降临,庭院寂寂。

玉叶跪在院子中,金娥及几个宫女陪跪。

张公公爱怜道:"公主,天黑了,夜露冷,早点回去休息吧。"

"父皇不放喜喜哥,我就一直跪在这里。"玉叶固执地说。

"唉!"张公公转进内室,"禀皇上,玉叶公主说,您要不放喜皇子,她就一直跪在那里。"

"让她跪!"皇帝恼怒,"这个不懂事的孩子,她帮喜喜骗宫牌,私自出宫;喜喜在朕的寿宴上,将朕变成老魔鬼,罪当千刀万剐,她还来求情。"

"皇上,公主身体娇弱,夜里风大……"张公公怯声道。

"死了我都不管!"皇帝拂袖而去。

周妃示意张公公,两人出了大门。

玉叶见到周妃:"周姨娘,求求您向父皇求情,喜喜哥不是故意变出那张脸的,父皇寿诞的前一天晚上,我帮助他反复练习,高公公他们都看着的,八仙变完后,变出的是老寿星。其中必定有诈,定是有人从中搞鬼,陷害喜喜哥。"

"玉叶,你年纪不小了,不要这样任性。"周妃温婉道,"你父皇平叛后的第一个寿诞日,当着文武百官、皇亲国戚的面,出了这档事,他能不生气吗?不过……"周妃停顿一下,"皇上将喜喜打入牢房,没有推出去斩首,说明他还念喜喜的情,你偏在这个时候要求你父皇释放喜喜,这不是火上浇油吗?"

玉叶听着听着,低下了头。

"皇上和喜喜父子情深,"周妃接着说,"我看皇上不过是要杀杀喜喜的野气,过几日气消了,就会将喜喜放了。"

"真的?"玉叶欣喜问。

张公公："周姨娘说得有理，公主请回去休息吧，您要是着凉生了病，皇上着急更生气，反耽误释放喜皇子的事。"

"那……周姨娘要答应我。"玉叶撒娇。

"什么事？"

"代我向父皇求情，求父皇开恩，速速释放喜喜哥。"

"我答应。"周妃应允。

"谢谢周姨娘。"玉叶拜谢。

"快回去休息吧，时间不早了。"

玉叶和金娥等人朝大门走去，走了一半，玉叶又折回来："周姨娘，您答应我的事，可别忘了。"

周妃笑着安慰玉叶："放心吧。"

玉叶和金娥一行人，朝自己的寝宫走去。

2. 太子住所

太子拥抱着几个妖娆美女在饮酒作乐。

美女甲献上一杯酒："太子殿下，请。"

太子带着醉意："美人，我不能……再喝了。"

"这是百年老窖酒。"

"百年老窖！好酒好酒！"太子兴奋道，"好鞍配好马，好酒要配宝杯，来呀！将我那温凉宝杯拿来……"

贴身侍从小心翼翼捧上宝杯。

太子举着温凉宝杯向众美女炫耀："这个温凉宝杯，夏天倒入热水，转瞬就变成了凉水，冬天倒入冷水，眨眼就成了滚烫的热水。"

"哪儿来的？"美女乙娇滴滴问。

"秘密。"

"啊！我知道，是偷来的。"

太子正色道："堂堂太子岂干这种事！"

众美人撒娇："是哪儿来的？告诉我们。"

经不住纠缠，太子诡谲道："我告诉了你们，可得给我保密呀。"

"决不外传。"

"是我用封地跟外邦换的。"

美女甲:"封地?你把封地换了,就无立锥之地。"

太子:"当然只能用部分换啦。"

美女甲:"多可惜。"

太子:"那算什么!等我登上皇位,身居万乘,富有四海,普天之下,莫非王土,率土之滨,莫非王臣!"

美女丙:"可听说前些日子抓阄选太子,喜皇子抓到了太子上签。"

"咳!"太子不以为意,"那不过是场游戏,你以为父皇就轻而易举将祖宗传下的江山让给别人呀?明摆着是大家争太子位把老头子搞烦了,他才想出了这招。现在那个卖艺的被我们用计打入了牢房,按照祖宗法典,我这太子位谁也别想动,江山是属于我的!"

美女乙往宝杯里斟满酒,喂到太子嘴边:"太子殿下,现在是美酒配宝杯呀!"

太子一手搂过美人,一手接过酒杯,一饮而尽:"哈哈哈!英雄配美人啦!"

"太子是英雄!太子是英雄!……"众美女争着献酒、献媚。

"哈哈哈……"太子狂笑。

七皇子突然闯进来:"笑什么?笑什么?真是忘乎所以。"

太子示意美人及侍从退下,室内只有兄弟二人。

太子:"七弟何事找我?"

七皇子没好气道:"你笑!你笑!我看你哭都来不及!"

"真是危言耸听,七弟是在开玩笑吧?"

"谁有心思给你开玩笑!"七皇子规劝道,"太子哥,别沉浸在酒色之中。"

太子尴尬地笑了笑:"我这是偶尔为之,偏让你给撞上了。快说,有什么事找我?"

"打蛇要打七寸,不打死它反过来咬你。父皇虽将那个卖艺的打入监牢,可没下旨杀他。过几日父皇的气消了,把他放出来,计谋被揭穿,你我罪责难逃,一是破坏父皇的生日宴,二是加害他最喜爱的义子。"

太子慌了:"那……那……我们该怎么办?七弟,你快拿主意呀!"

七皇子:"主意倒是有一个。"

"快说!快说!"

七皇子在太子耳边悄声说着……

太子听得连连点头,眉头舒展。

3. 监狱

喜喜躺在牢房里的草堆上，口中不断呼叫："冤呀冤！冤……实在冤……"他气得蹦跳起来："我要见皇帝！我要见皇帝！……"

"不准叫喊！"狱卒高声呵斥。

"我要见皇帝！我要见皇帝！"喜喜坚定地说，"我要告诉他，当初我看到一个可怜的老头，我才救了他，要早知道他是皇帝，我才不理他，免得惹来这么多麻烦，我母子分离，戏班散伙，我还被关进了监狱，生死难料，冤！冤……"

狱卒："不许乱叫！不许乱叫！"

"我要见皇帝！我要见皇帝！……"

崔狱卒走到喜喜的号门，态度温和："这位兄弟，你一进来就叫喊，你不休息，别人还要休息，你越叫越令人讨厌。"

喜喜叫声渐弱，慢慢闭上了眼睛。

少顷，玉叶公主和金娥来到监狱。

监狱长阻拦。

玉叶："我是公主，我要见喜喜。"

监狱长："喜喜是皇上下旨关进牢房的，是钦犯，没有皇上的谕旨，任何人不得见犯人。"

"我是玉叶公主，谁敢阻拦我？"玉叶又欲进。

监狱长阻拦，双方互不相让。

崔狱卒将玉叶公主劝到旁边："公主息怒，公主息怒，我们小小狱卒，怎敢顶撞公主？只是这喜喜是皇帝下令关押的，没有上谕，小卒不敢让公主见犯人。"

金娥机灵："大哥，既然这样，我们就不为难你们了。"她避开旁人的眼睛，偷偷塞给崔狱卒一锭银子，语重心长道："公主拜托你多多关照喜皇子。"

崔狱卒见银子眼开："请公主放心，小卒一定尽心尽力。"

金娥搀扶玉叶："公主，喜皇子有这位大哥照顾，我们就回去吧。"

玉叶指着崔狱卒："喜皇子要是少根头发我都要找你们算账！"

"是，是，是。"崔狱卒连连哈腰送走了玉叶。

4．周妃住所

周妃用餐，尽管餐桌上摆着丰盛的菜肴，仍然激不起周妃的食欲。

侍从端来一盘菜："周娘娘，御厨听说周娘娘想吃野菜，特献上一道炒野韭菜。"

周妃尝了一口，又放下了筷子。

宫女："周娘娘想吃什么野菜，我再叫他们去做。"

周妃："我想吃的这里没有，那是家乡沟边、田埂上长的鱼腥草。"

"啊。"众人失落。

周妃叹了口气："思乡是人之常情，我父母住在京城也不习惯，说是叶落归根，想回老家安度晚年。"

侍从进门："岭西王李贵派人进京，求见周娘娘。"

"李贵，救命恩人！快快传见特使。"

少顷，侍从领进来李贵特使。

特使："在下奉岭西王李贵之命前来给周娘娘请安。"

"免礼，免礼。"周妃道，"岭西王可好？"

特使："好，好，好，他念念不忘周娘娘的恩情，特命我……"

周妃示意："退下。"

侍从及宫女退出。

特使："岭西王听说周娘娘的令尊、令堂想叶落归根，准备在周娘娘家乡为二老建住宅。"说着，他取出一张图纸："这是住宅图，请周娘娘和两位老人过目，若有不妥之处，他便修改。"

"啊！"周妃欣喜，展图观看，"大门——前院——后院——花园——回廊——亭角——湖——"她越看越高兴："岭西王想得真周到。"转对特使道："你暂回驿馆休息，我请父母他们看后，再回话。"

特使："遵命。"他又献上一个包裹："岭西王还命小的给周娘娘送来野菜。"

周妃打开包裹："鱼腥草！"她翻弄着，发现鱼腥草堆中，藏着闪闪发光的珠宝、金银……她急将包裹掩上。

特使心领神会，急忙告辞："小的告辞。"

特使离去，周妃打开包裹，望着金灿灿的珠宝，心花怒放。

5. 东宫

七皇子在书房看书。

三娃化了装进来:"拜见七皇子。"

七皇子左看右看:"这是谁呀?"

三娃退去伪装,露出真面目。

"是你呀!"

三娃得意道:"七皇子都没认出我来,那狱卒就更看不清楚我是谁了。"

七皇子:"声音,你的声音还要掩饰。"

"是。"

"今晚什么时候行动?"

"听七皇子的。"

"三更吧。"七皇子望了望天,"今晚可能没月亮。"

三娃:"遵命。"

6. 监狱

月黑风高夜。

三娃伪装来到监狱,"圣旨到——"

监狱长、崔狱卒等人下跪听旨。

"卖艺人喜喜,在朕寿诞之日,胆大妄为,无视天威,罪当万死,立即斩首,不得有误!钦此。"

"领旨——"

三娃闪身离去。

崔狱卒偷偷溜出监狱。

7. 玉叶公主寝宫

崔狱卒匆匆跑来,宫门深闭,崔狱卒用力敲门,门内无应,他只得翻墙入内,刚一跳下墙,就被因敲门声吵醒的卫士抓住了。

"好哇!半夜三更跳墙。"

"我有事找公主。"

"半夜三更你找什么公主?"

"公主和我约好的。"崔狱卒老实回答。

"呸!"卫士骂道,"公主和你这样的人半夜三更约会?"

"千真万确!我对天发誓。"

"哪来的狂徒,竟敢侮辱公主,与我绑起来!"卫士发令,两旁的卫士将崔狱卒捆绑在树上。

"我要见公主!是公主要我来……"

卫士用毛巾堵住了崔狱卒的嘴。

8. 监狱

喜喜躺在草丛中,迷迷糊糊地说道:"我要回老家,我妈和春英还等我哩……我要回老家……"

监狱长开门进来:"你不是要回老家吗?现在就送你回老家。"

喜喜高兴地跳起来:"是皇上下的旨吧?"

"当然是皇上下的旨呀。"

喜喜感激道:"谢谢皇上开恩!谢谢皇上还念旧情。"

监狱长冷笑,他拍拍手,狱卒端上酒菜。

喜喜客气道:"不必这么客气,我带上几个饼上路就行了。"

监狱长狠狠道:"让你不当饿死鬼!"

"啊!"喜喜晕过去。

9. 玉叶寝宫

被捆在院子里的崔狱卒奋力反抗,吐出了毛巾,高喊:"公主!"

卫士急忙将毛巾塞进崔狱卒嘴中。

晏公公闻声走来:"怎么回事?"

卫士:"抓到翻墙贼。"

崔狱卒通过眼神、手脚示意喜喜将被杀。

卫士将布罩套在崔狱卒头上:"我看你还比画!"

晏公公悟出其中情由,急忙转身朝公主卧室跑去。

10. 刑场

刽子手将喜喜推到刑场。

喜喜一路高喊:"我要见皇上!我要见皇上!……"

刽子手阴笑:"见什么?皇上下旨要斩你!"

喜喜朝着宫阙骂:"皇上!黄老头!早知道你这样绝情无义,凶狠恶毒,当初我就不该救你,我让你饿死!冻死!死了狗吃你的尸体!……"

刽子手:"跪下听斩!"

喜喜:"刽子哥,行行好,临死前,你让我拜别我母亲吧。"

刽子手:"快点!"

喜喜朝南跪下,磕头拜母:"母亲呀母亲,爹爹去世早,您千辛万苦将儿抚养成人,孩儿怕母亲晚年孤独,想为母亲找个老伴,谁知买了个父亲是皇帝。皇家的事多,皇家的水深,害得我丢了性命。我去了那边,可以找到爹爹,可留下您孤独一人,谁给您养老送终?呜呜呜……"

刽子手催促:"快!时辰到了!"

喜喜恳求:"刽子手哥,我还没说完,母亲呀母亲,孩儿对不起您呀……"

刽子手:"完了吧?"

"我还要拜一个人。"他再磕一个头,"春英呀春英,今世不能和你成夫妻,但愿来世和你成婚配。望你看在我们相好一场,多关照我妈,我在那边会祝福你和你的新丈夫美满幸福。拜托了,拜托了……"

刽子手将喜喜推倒在地,高喊:"时辰到——"他举刀向喜喜头颅砍去。

"刀下留人——"晏公公飞快跑来,"皇上有旨,不得杀害喜喜——"

刽子手莫名其妙:"咋又是皇上的圣旨?"

晏公公将圣旨递到他面前:"什么'又是''又是',这才是皇上的圣旨!"

喜喜吓昏倒地。

玉叶跑来:"喜喜哥!喜喜哥!……"

喜喜醒来,急忙遍地寻找。

"喜喜哥,你找什么?"

"我的头!我的头!快!快帮我找来安在脖子上,趁鲜活还能愈合上。"

玉叶、晏公公等人笑:"喜皇子,你的头还在你脖子上。"

喜喜摸摸自己的头,确认还在颈上时,松了口大气:"吓死我了!"

11. 东宫

七皇子对三娃:"暂到山里去躲一躲。"

三娃："不用，我那晚化了装，七皇子您也没认出我来呀！"

"还是小心为上。"七皇子将一袋沉甸甸的银子交到三娃手上。

三娃捧着银子："在下舍不得离开七殿下，风声过后，望七殿下早日召我回来，我好侍候您老人家。"

"知道，知道。"

三娃拜别七皇子离去。

12. 皇帝寝宫

喜喜长跪在皇帝面前。

皇帝："喜儿，你受冤屈了，朕一定派人查办凶手，为你申冤！"

喜喜恳求："皇宫里的冤屈是申不完的。父皇，请您开恩，让我回梨树湾老家去吧，那儿有我妈，有春英，有徒弟，有喜喜班……"

"喜儿呀，朕为报答你一家的救命之恩，留你在宫中当皇子，你的运气也好，前次抓阄，你还抓了太子上签。"

"父皇，那不过是场游戏，我与皇家不沾边，无治国安邦之才，连大字也不识，怎么当太子？"

"你不当太子也行，父皇封你官职，说，你想当什么官？"

"父皇，我是个卖艺的，我最大的心愿就是孝敬我妈，把祖传的变脸绝活传下去。我不想当官，也不是当官的料。"

"哈哈哈！"皇帝大笑，"我的傻小子，你现在不想当官，那是你不知道当官的好处，等你当上官，你就舍不得摘下乌纱帽了。不当官也行，我再加派人去寻来你母亲、春英，还有你母亲的老相好，你们在宫里享荣华富贵。"

"不，不，不，我享不来皇宫里的荣华富贵，也搞不懂皇宫里的事，在这里，父母生养了儿子，儿子却要追杀亲生父亲；兄弟、姐妹本是骨肉同根生，却像一笼好斗的鸡，你啄我的眼，我抓你的心。没有亲情温暖，只有冷酷、仇恨，纵然住在在金碧辉煌的宫殿，过着锦衣玉食的生活，这日子有啥过头？在我们老家，老爱幼，幼敬老，一家人在危难中互相支撑，虽然住破茅草屋，吃粗茶淡饭，可日子却过得有滋有味，其乐无穷。父皇，我在皇宫里水土不服呀！"

皇帝："喜儿呀，朕不愿当忘恩负义之人，我要让天下人知道，我是知恩图报之人。"

"父皇，您若念当初父子之情，就让我回到那山清水秀、月明风清的梨树湾吧。"

"快起来，把我说的话好好想一想。"皇帝欲扶起喜喜。

"父皇，你若不放我回家，我就跪在这里不起来。"

"你就跪吧。"皇帝甩袖而去。

几个侍从将喜喜架回他的住所。

喜喜边走边呼叫："父皇！您就开恩吧，放我回梨树湾，那里有我妈，有春英……"

13. 朱府后院

"美人，我来看你了。"朱小元走进后院就叫。

仆人忙给朱小元开了门。

春英见朱小元竟一改常态，笑脸相迎。

朱小元反觉诧异："往日见我，如见仇人，今日见我……"

春英："有急事和你商量。"

朱小元急忙关了门，欲抱春英："我想死你了！"

春英躲闪："奴婢有话要说。"

"说！"

春英："上午老爷来了，说我是他的人，不许少爷碰我。"

朱小元一触即跳："啥？我找回来的人，老东西想霸占，老牛想吃嫩草！"

"少爷，我虽是丫鬟，名节也是第一，我要从一而终，一身不能二许，更何况你们是父子，要是乱伦，传出去有损你们朱家的名声。"

"你就依了老东西？"

"我们奴婢就是案板上的肉，任人宰割呗。"

"不行！我费尽心血，长途跋涉将你弄回来，到手的肥肉岂能给别人抢走。"

"他不是别人，他是你爹！少爷，你得赶紧想办法呀！"

"那你是愿意跟着我，还是跟着那老东西？"

"我想来想去，想到了少年夫妻多恩爱，老夫少妻多病灾。"

"这么说你是要跟我？"朱小元喜悦。

春英撒娇："可是你得赶快想办法呀！"

"想、想、想……"朱小元焦头烂额，"唉！谁让他是我爹呀！"

"少爷，奴婢倒有个办法。"

"什么办法？快说！快说！"

"你妈是有名的母老虎，你缠着你妈，不许老东西娶我。这样，我就成了你的人。"

"对！"朱小元拍手称赞，他欲亲近春英。

春英躲闪："少爷，等你把我从老东西手里夺过来，我们就名正言顺成夫妻，我侍候少爷一辈子，现在何必这样偷偷摸摸的。"

"到时候我们天天吃在一起，睡在一起了。"

"在没有说服你妈之前，你不要来我这里，免得被老东西看见，识破我们的计谋。"

"这要多长的时间？"

"那就看你三寸不烂之舌了。"春英说着，将朱小元外推，"快走，快走。"

朱小元恋恋不舍离开了后院。

14. 喜喜住所

喜喜躺在床上绝食。

太监又送来御膳，喜喜连看也不看一眼。

喜喜坚决道："不放我回梨树湾，我就饿死在这里！"

高公公只得叹气。

桌上的御膳热了又凉，凉了又热，如此反复数次，筷子始终未动。

喜喜虚弱地躺在床上。

皇帝进来。

"拜见皇上。"高公公等人跪迎。

喜喜不动。

皇帝推了推喜喜："你要回梨树湾，总得吃饱了才能赶路呀！"

喜喜腾地从床上跳起来："谢父皇！"端起饭碗狼吞虎咽。

皇帝无可奈何："这宫里难留你，朕赐你良田百顷，黄金二百两，珠宝……"

"父皇，我什么都不要，我有钱。"

"你哪儿来的钱？"

"卖艺人钱在自个身上，只要我一演出，我就有钱了。"

"好吧，封赏你金银和良田的事以后再说。朕先赐你宫牌一个，宫禁之中，我儿可随意进出；再赐儿敕书一道，官府恶绅，谁也不敢欺负我儿。老百姓说穷家富路，你总得随身带点盘缠吧。"

"谢父皇。"

皇帝："老张头。"

张公公："奴才在。"

"给喜皇子安排车辆，送他回老家。"

喜喜："父皇，我妈和春英来京城寻找我，我走路回家，说不定还能碰上他们。再说，戏班长年跑滩演出，我习惯走路，不喜欢坐车。"

皇帝笑道："好吧，就依你，反正有我的敕书保护你，遇到困难，就找各地的官府。"

"谢父皇。"

"退朝以后，你到朕的宫里来，父子共进晚餐，朕为儿饯行。"

"谢父皇。"

15. 京城郊外

喜喜挎着旧时包，穿着旧时衣，归心似箭，疾步如飞。

"喜皇子留步——喜皇子留步——"远处传来呼叫声。

喜喜扭头，见晏公公、金娥随着一乘轿子走来，喜喜停步。

轿子停下，从轿内走出玉叶公主："喜喜哥，你走，怎么不给我说一声？"

"我……我……"喜喜尴尬道，"我怕你难受。"

晏公公："喜皇子，玉叶公主听说你走了，再三向皇上、七皇母恳求，才恩准赶来为你饯行。"

喜喜感激道："谢谢玉叶妹。"

16. 十里长亭

侍从在亭内摆好了酒菜，往杯里斟满了酒。

玉叶痛苦道："喜喜哥执意要走，小妹只得在长亭为哥哥饯行，祝哥哥一路顺风。"

"多谢玉叶妹。"

玉叶端起酒杯："这第一杯酒，感谢喜喜哥治好了我的病。想我的亲哥哥们，见我发病就高兴，有时还故意惹我发病，看我发病的疯魔状取乐。是喜喜哥安慰我，开导我，不是亲哥哥，胜似亲哥哥。"

"哪里，哪里。"喜喜接过酒杯，一饮而尽。

金娥又往杯里斟了酒。

玉叶端起酒杯："这第二杯酒，祝喜妈身体健康。"

"谢谢玉叶妹。"喜喜又喝尽了第二杯酒。

金娥又往杯里斟了酒。

玉叶却没有端起来，她取下头上的金簪，送给喜喜："喜喜哥此去，千万不要忘了京城中，红墙内，有一个可怜的妹妹思念着喜喜哥，见金簪如见小妹。"

喜喜接过金簪："我怎么会忘了玉叶妹，在皇宫内，玉叶妹处处关照我，上次被人陷害，要不是玉叶妹相救，我早见阎王去了。等我回家安顿好，就来接你到我们老家梨树湾玩。我们那里遍山梨花开的时候，美极了！你们那御花园简直没法比。我带你到树林中去采蘑菇，掰竹笋……"

"我们男耕女织，看茅屋顶上的炊烟袅袅，听牧童倒骑牛背吹短笛……"玉叶接着说。

"这……"喜喜连连摇头。

玉叶："难道你只要男耕，不要女织呀？"

"我有春英。"

"春英不会跟你了。"玉叶端起酒杯，"这第三杯酒，是请罪酒。"

喜喜惊。

"不瞒你，春英和你母亲曾来到京城，是我命人告知春英，你已有喜爱的姑娘，叫她另觅相好，她便离开了京城，说不定春英已嫁他人了。"

喜喜气愤道："为什么现在才告诉我？原来我妈她们早来到京城，是你从中捣的鬼！"

玉叶赔笑："我也是没办法，谁让我喜欢你呢。喜喜哥，你回去跟喜妈说清楚，父皇和我皇母很快就会派媒人来提亲。"

"荒唐！胡闹！"喜喜斩钉截铁说，"你我根本不可能成婚配！"他将金簪退还给玉叶，抽身急走。

玉叶追赶："喜喜哥，你就这样走了？"

"我要赶快找到春英，向她解释清楚，这是一个娇生惯养的女孩胡闹，惹的祸。我的媳妇就是她，我俩一辈子不分开！"喜喜抛开了玉叶赶路。

玉叶望着喜喜的背影，哭着喊叫："喜喜哥……"

17. 饭馆

喜喜进了县城，觉得肚子饥饿，便走进一家清静的饭馆："堂倌，来半斤米饭，半斤猪头肉。"

随着堂倌的叫声"米饭、猪头肉各来半斤——"，饭菜很快端上了桌子。

喜喜端起饭碗，正欲举筷夹菜，门外忽然冲进来一个"乞丐婆"，两手抓起喜喜盘里的猪头肉就往嘴里送。

"你……"喜喜打"乞丐婆"，"我打你个乞丐婆，不好好教育你儿子，所以他才不管你，我打你，就是打你儿子！……"

"乞丐婆"吓得蒙着头躲避着喜喜的拳头，听着声音十分熟悉，她偷偷一看，惊喜叫道："喜儿——"

喜喜定睛一看，赶快跪下："妈——"

喜母扶起儿子，母子抱头痛哭。

"妈，你怎么会这样？春英呢？"

喜母怒火被点燃："你还好意思问春英！我问你，你为什么要抛弃她，在京城另找新欢？"

"我找什么新欢，我一直在找你们。"

"啊！"

"妈，春英现在哪里？"

"她被朱小元抢走了，我一路追寻到朱家，想找当地的县太爷告状，可衙门深似海，难见县太爷，我盼那天县太爷外出办事，我就拦轿喊冤，盼了一天又一天，我总不死心。妈所带的钱被偷了，身无分文，饿得心慌，就干出这种丢人事。"

"妈，我可怜的妈，都怪儿子不孝，才让你老人家受这种苦。"

"喜儿，你怎么也到这里来了？"

"为了寻找你和春英呀。"

"他们没有杀你呀？"

"妈，他们非但没有杀我，还要让我当大官。"

"儿子，你是遇到神仙了吧？"

"我们先吃饭，吃完了再与你细谈。"

18. 客栈房间

喜母难以置信："喜儿呀，你说黄伯是当今天子，你是在说胡话、梦话吧？"

"妈，黄伯千真万确是天子。"说着，他拿出敕书和宫牌，"看，这是黄伯……不，是皇上赐给我的敕书和宫牌。"

"敕书！宫牌！"喜母捧在手上仔细看，"怎么不像我们演戏用的敕书和宫牌呢？"

"妈，演戏用的是假的，我这是真的。"

喜母自觉好笑："我看惯了演戏用的假货，倒把皇上赐的真货当假货了，这么说，春英有救了！"

"有救了，明天我就拿着敕书和宫牌去找县官，让他令朱小元放人。"喜喜将敕书和宫牌搁在桌上。

"这样金贵的东西可不能随意放。"喜母小心翼翼将敕书和宫牌放进自家包袱，拔火罐从包里滚落在地。

喜喜拾起拔火罐："这是妈的宝贝，不离身。"

"我这偏头痛说来就来，怎么离得了这拔火罐呢？"喜母将拔火罐和敕书、宫牌一同放进了包袱里。

19. 朱家后院

朱父悄悄溜进关押春英的房间。

春英一见朱父，假惺惺道："老爷，你怎么才来呢？人家想你盼你，盼你想你。少爷今天又纠缠我，说我是他费尽心血弄回来的，我是他的人，不许你碰我。"

"啥？我是老子，他是儿子，哪有儿子敢和老子争女人的？"朱父望着春英起疑心，"莫非你是嫌我老了？"

"不是，不是，老爷，年长的夫君最心疼老婆，老夫少妻最美满，我就是想跟着你，侍候老爷一辈子，可少爷经常来纠缠我。老爷，我虽是奴婢，可名节第一，一花不能二许，一女不能侍二夫，你快想想办法，把我娶进门，我们是名正言顺的夫妻，这样我是他妈，少爷就得恭恭敬敬，规规矩矩，不敢对我动手动脚。你不把我娶进门，少爷就老来缠着我，这是乱伦，有损朱家名声。"

"我恨不得今晚就将你娶进门，可我房里有只母老虎呀！"

春英假装伤心："老爷，你就看着心爱的女人被人糟蹋呀！"

"好！我去制服那个母老虎，我一定要把你娶进门！"

"老爷，你没有制服母老虎之前，就暂时别来这里。"春英悄声道，"我们的计策要暗中进行。"

"对！我聪明的夫人。"朱父笑道。

20. 朱府内室

唐妈进房："夫人，看守春英的黑子和眯眼告诉我，昨天少爷和老爷又到春英那里去了。"

朱夫人："春英勾引得他父子失魂落魄，这个扫帚星，迟早会给朱家带来灾祸，你给黑子和眯眼一点银子，让他们把那妖精放走。"

唐妈："没用，没用。我试探过黑子和眯眼，他们吓得打战，说放走春英，等于剜走老爷和少爷的心肝，纵有豹子胆也不敢这样做。"

朱夫人："难道对这扫帚星就没办法？"

"不能硬碰硬，我们就来软的，先拖下来，再慢慢想办法。"唐妈附在朱夫人耳边说话，朱夫人连连点头，正说着，朱小元闯进来，唐妈急忙回避。

朱小元撒娇："妈，我要娶春英！我要春英！我爸老牛想吃嫩草，偏要和我争春英，妈，我爸最怕你了，你就做主把春英嫁给我吧。"

朱夫人和颜悦色："男大当婚，女大当嫁，我儿已是成婚年纪，要不是洪家嫌你游手好闲，不思进取，退了婚约，我儿早就成婚，我都抱孙子了。"

朱小元："当初洪家嫌弃我退了婚，如今我朱小元是永昌县知县，他们肠子都悔青了。妈，你既然想抱孙子，就快给我成婚吧。"

"婚姻是人生大事，哪能张口要，闭口就到哩！"

"新郎、新娘都是现成的，今晚就可以入洞房。"

"一个丫头想成我朱家少奶奶，哼！休想！"朱夫人鄙夷地说。

"你看她是丫头，我看她是美人。"朱小元执拗道，"我非春英不娶，你想抱孙子，你去抱猴子吧！"

朱夫人缓和了口气："要娶春英也行。"

朱小元高兴地蹦起来："妈同意了！"

"只能当妾。"

朱小元想了想："当妾就当妾，反正都是同床睡觉。那什么时候给我们办喜事呀？"

"凡事要有先来后到，等你娶了正夫人，再说纳妾事。"朱夫人口气强硬，不容置疑。

"这正夫人在哪儿呢？"朱小元满脸迷茫。

"妈正托媒人给你提亲。"

"那就快点呀！"

"妈比你还着急。"朱夫人道，"我答应你纳春英为妾，你就要守规矩，如今你是一县之长，要自尊、自重，在纳妾之前，你不能再往春英处跑了。"

"这……"朱小元想反驳，但见母亲板着的面孔，只得答应，"行，我不去，可我爸也不能去。"

"你放心，你爸不会去找春英了。"

"那就多谢母亲大人了！我要去衙门看看，告辞。"朱小元高兴地往外跑。

"回来。"

朱小元转回。

"纳妾事不能对外说，要是节外生枝就坏了你的好事。"

"知道。"

朱小元刚离去，书房传来朱大富的吼声："滚开！滚！滚！"

21. 朱府书房

朱大富愤愤不平自言自语："别人家三妻六妾，我为什么……"正说着，朱夫人进来，他赶忙住口。

朱夫人："老爷，什么事生气？"

朱大富随机指着家奴："叫他给我沏茶，差点把我烫死。"

朱夫人笑："老爷，心急吃不下热豆腐，心急也喝不下热茶呀！"她对家奴道："你出去。"

家奴退出，朱夫人说："老爷，别心里不高兴就拿下人出气，我知道你想春英。"

"没有，没有。"朱大富忙遮掩。

"唉，别人家三妻六妾，你纳一个丫头有什么不可。"

朱大富欣喜道："你……你答应了？"

"我人老珠黄，也想开了，纵然你纳一百个妾，嘴巴再大也压不住鼻子，我是你朱大富明媒正娶、堂堂正正的大夫人。"

"哎呀！你哪里是我的大夫人，你比我妈的恩情还大！"

"纳春英如何？"

"知我者莫如夫人，谢夫人大恩！"朱大富跪拜，"明日我就纳春英。"

"唉！我何尝不想快点给你办事，只是儿子也喜欢春英，又是他费了好大心血将春英抓回来的……"

"你要把春英给他？"

"哪能不讲孝道，先老子后儿子。"

"还是夫人好，向着我。"

"只是……"

"只是什么？"

"你现在若纳春英为妾，那横小子肯定不干，定要闹翻天。所以我正托媒人给他提亲，找一个聪明、能干的女人管着他，盯着他，那时你再纳春英为妾，儿子就不敢和你争了。"

朱大富想了想，点头。

朱夫人："你没有纳春英之前，再不要往春英那里跑了。父子俩争一个丫头，成何体统？这种乱伦笑话传出去，有损朱家门风呀！"

朱大富心悦诚服："好，我听夫人的。"

22. 客栈房间

深夜，喜喜、喜母各睡在房内的两张床上。

"哎哟……哎哟……"喜母头痛得厉害，翻来覆去难入睡，只好起床，借着朦胧月光，解开包袱，因心急，敕书等物散落在地。喜母打燃火石，随手拾起地上的一张"废纸"（敕书）搓成纸捻点燃，又扯下"废纸"一角塞进拔火罐，点燃了拔火罐内的纸，将拔火罐扣在额头上，少顷，喜母头痛好转，她倒在床上重新入睡。

雄鸡高叫天亮。

喜喜起床伸臂说道："找县官，救春英！"他突然发现散落在桌上烧毁的半张敕书："谁把敕书烧了？谁烧的？"

喜母惊讶道："哎呀！昨晚我头痛病犯了，我……我……我把敕书当纸捻点拔火罐了！"

"妈呀!你怎么这样糊涂啊!"

"天哪!我娘俩的命怎么这样苦哟!"喜母伤心地哭起来。

喜喜忙安慰母亲:"妈,不幸中的万幸,敕书只烧了一半,还留下半张。"

"这半张敕书管用吧?"

"怎么不管用?烧白薯烧焦了一半,另一半还可以吃。"

喜母焦灼的心开始平静。

"妈,我们收拾好,吃完早饭就到县衙去告朱小元,救出春英。"

"好。"

第二十五集

1. 清平县衙大门

次日清晨,喜喜来到衙门,欲进去。
衙役拦住了他。
喜喜略加思索,走上前拿起鼓槌击鼓。

2. 清平县衙公堂

乔知县匆匆升堂。
乔知县:"带击鼓人!"
衙役将喜喜带上。
乔知县:"下跪何人?因何击鼓?"
喜喜:"禀县老爷,小民有状要告。"
"状告何人?"
"小民状告你县朱家镇的朱小元,告他强占民女春英。"
"春英是你何人?"
"春英是我未过门的媳妇。"
乔知县拍惊堂木:"看你这副穷相,春英怎么会跟着你找苦吃?朱家富甲乡里,跟着朱小元尽享荣华富贵,是人之常情。"
喜喜自豪道:"知县大人,你小看我了,我不但有钱,我还有宝。"
乔知县鄙夷道:"吹牛!"
"禀知县大人,春英自愿跟我过日子,我也真心爱她,小两口甜甜蜜蜜过日子,春英开心、快乐。"喜喜加重语气,"岂不闻'唉声叹气财运倒,眉开眼笑三分宝'?这就是我的宝!"
知县:"这……你有丫鬟、院子侍候她吗?"

"禀知县大人，劳动能使人长寿，好多百岁老人都勤劳。"

"你有钱给她穿绫罗绸缎吗？"

"好吃茶泡饭，好看素打扮。"

"这……"

"知县大人，赶快惩办朱小元，把春英还给我。"

乔知县嘲笑道："你癞蛤蟆打哈欠——好大的口气，就好像你带了圣旨来一样。"

"知县真会猜，我就是带了敕书来。"

众笑。

乔知县嘲笑道："好吧，你就把敕书拿出来给我们大家看吧。"

喜喜"嗖"的一声，从袋里拿出敕书。

众惊吓，可仔细一看，是半张烧焦了的纸。

众讥笑道："你这是从哪里捡来的半张废纸？"

喜喜："是皇上赐给我的敕书，昨晚我妈的偏头痛病犯了，半夜迷迷糊糊，就把敕书当纸用来拔火罐了。"

"啪！"乔知县又拍惊堂木："胆大刁民，竟敢把敕书当废纸烧掉！来呀，与我拖下去问斩！"

"不是，不是，我没有烧敕书……"

"你这敕书是假的？"

"是……"喜喜又纠正道，"不是……是……不是……"

乔知县："来了个疯子搅我公堂。来呀，将这个疯子拖下去重打五十大板！"

两个差役将喜喜拖下。

3. 客栈房间

喜母为儿子轻轻擦洗伤处，偷偷落泪。

"妈，我真是走背运，捡到黄金都变成铜了。怀揣这皇帝的敕书，还挨那知县的板子，要不是我随机应变，还差点丢了命。"

"唉！都怪我，都怪我那偏头痛病半夜犯了，没有了敕书，怎么救出春英啊！"喜母哭。

"妈，别哭，我一定想法救出春英。"

4. 朱家后院

喜喜趁黑摸到关押春英的房间，房门上锁，喜喜用随身携带的工具扭开了锁，推开门。

"春英！春英！"

"喜喜哥！"春英惊喜，忽又冷漠道："你来干什么？"

"我来救你了。"

"谁要你救，滚开！"

"嘘——小声点。"

"我偏要大声，滚！滚！滚！"

"是朱小元把你折磨得脑子出毛病了吧？"

"你才有毛病，喜新厌旧，见一个爱一个。"

"这里面有误会，是玉叶公主耍的花招。"

"哎呀呀！你爱上公主了，公主也爱上你了，你要当驸马了，恭喜你，恭喜你……"

"小声点。"

"我偏要大声！恭喜你！恭喜你！"

远处传来家丁的声音："后院有声响，快去看看。"

"是。"

脚步声由远而近。

喜喜只得将春英抱起往外走："快跟我出去，我慢慢给你说。"

"谁听你花言巧语，胡编乱造！"春英挣扎。

喜喜吃力地扛着春英往外跑。

家丁发现，呼叫："有强盗！有强盗！……"

十几个家丁追来，春英跳下来，推开喜喜："快跑！快跑！"

家丁追上来抓住了春英。

又一个家丁抓住了喜喜，喜喜将家丁打倒在地，急速翻墙逃走，叮嘱春英："我一定救你！一定救你！"

5. 梨树湾

侯伯又来到梨树湾喜喜家，只见大门紧锁，锁上布满了蜘蛛网，他失神地站在院门外。

牛哥走来:"货郎,你怎么又来这里了?你找谁呀?"

"我……没啥,随便看看,那'变脸王'怎么许久不见他演出了?他们一家人到哪儿去了?"

牛哥幸灾乐祸:"家破人散了,喜喜打人犯法被官府抓了,他妈见儿子没指靠,老来无依,便嫁给了叛乱时到他家避祸的黄姓商人,到京城享福去了。"

"啊!"一棒打在侯伯头上,一阵晕眩,差点摔倒。

"货郎,你怎么啦?"

"没什么,我喜欢看'变脸王'变脸,听你一说,就看不成了,怪可惜的,这心就发痛。"

"嗨!看不成变脸你就心痛?你要是像我一样失去这家的秋云,你的心还不痛烂呀!"

"一样,一样。"

"什么一样?"牛哥反驳,"秋云是喜喜班的成员,后来嫁给了我,可恨喜喜把她骗了回去,到如今我是蛋打鸡飞一场空。"

"同病相怜,同病相怜。"侯伯沮丧地说着,挑着货郎担离去。

牛哥望着侯伯的背影:"谁和你同病相怜?神经病!"

6. 乡间小道

侯伯挑着担子神思恍惚走着,脑海里闪现着喜母的身影:

喜母和他偎依在芦苇丛中,互相拔白头发。

后山泉水边,喜母递上为侯伯做的垫肩和鞋子。

……

"货郎!货郎!买东西!……"

几个顾客呼叫,侯伯听不见,只顾赶路,顾客抢上来拦住了他。

"你是聋子呀,我们嗓子都喊哑了。"

"对不起,对不起,请问买什么呀?"

一妇人:"我给孩子买几个糖。"

侯伯从货郎担里拿出几根叶子烟。

"你……"妇人哭笑不得。

侯伯发现错了,尴尬地将烟换成了糖果。

"我买花线,我买绒花……"

顾客买了东西离去,侯伯挑起担子继续走,他习惯地叫卖:"卖花布、花线、花伞——卖梳子、篦子、糖饼子——卖针线、喜妈——上京——"

路人莫名其妙:"你这货郎还卖什么骑马上京城?"

"啊!"侯伯猛一清醒,赶快纠正,"叫错了,叫错了。"说完,他急急挑着担子快步走远。

7. 岭西山野

李贵及夫人乘车来到。

阴阳先生等人等候。

李贵及夫人下车。

阴阳先生等人:"恭迎李大人及夫人。"

李夫人:"阴阳先生,昨天你为周娘娘高堂选定了一处好宅地,今日也为我们选定一处这样的宅地。"

阴阳先生:"一定为大人和夫人效劳。"

"阴阳先生请——"

"李大人和夫人请——"

阴阳先生手中拿着罗盘,一路走,一路看。

李贵及夫人等紧跟其后。

阴阳先生看了又看,走了又走,他总是看了一处摇一次头,走了一程皱一次眉。

"这地方好。"李贵指着一块地说。

阴阳先生:"不行,那条路直冲这里,盖了房就冲房子,是路箭。"

众人又拖着疲惫的脚步跟着阴阳先生走。

李夫人指着一块地:"这里好。"

"不行,不行。"阴阳先生坚决否定,"你没看见那条河冲这里来?是水箭。"

阴阳先生继续选,仍不满意,他指着一块地:"前后穿风。"又指着一块地:"左右皆空。"

李夫人走不动,埋怨丈夫:"我说先选我们的宅地,你偏要先选周娘娘高堂的,这下好了,好宅地都选完了。"

"闭嘴。"李贵悄声责备妻子。

李夫人满脸不高兴，赌气道："梅香！"

丫鬟应："夫人有何吩咐？"

"我走不动了，搀扶我回去。"

丫鬟："是。"

李贵狠狠道："你不选，我选了宅地你又不满意。"

李夫人："有什么好选的，好宅地都让你献给周娘娘了。"转身道："梅香，我们走。"

李夫人正欲转身走，忽然传来叫好声。

"好宅地！好宅地！"阴阳先生拍手叫好。

"在哪儿？在哪儿？"李贵、李夫人急向阴阳先生奔去。

阴阳先生指着一块地："看！那块地'青龙双拥'，在此建房，神灵保佑，能避鬼邪，多子多福，门庭辉耀。"

"可是……"李贵犹豫，"那周边住有人家。"

"叫他们搬家！给岭西王让地！"李夫人颐指气使。

"阴阳先生，还有好宅地吗？"李贵问。

阴阳先生摇头。

李夫人抢白："好宅地你不是让给周娘娘了吗？找了半天，好不容易找到，你莫非又要将这块宅地让给百姓？"

李贵犹豫："搬迁是个大事。"

李夫人："老百姓那点穷家当，搬家就像挪个鸡笼一样；岭西王建府第，福荫子孙后代，这才是大事。"

阴阳先生："岭西王，那块'青龙双拥'的宝地确实难得呀。"

"好！"李贵拍手决定，"就是它！就是它！"

"那百姓？"李夫人试探。

"给我搬！"

李夫人拍掌："这就对了！"

8. 客栈

喜母躺在床上，发着高烧。

喜喜端来熬好的药，喜母刚一喝下，又呕吐出来。

"妈，你都吃了郎中三服药了，病怎么还不见好转？"

喜母用微弱的声音说:"在家千日好,出门时时难呀!在家生病,上山采点草药熬来吃,就会见好。实在不行了,吃一服乡上陈郎中的药,病也就好了,可现在……唉……"

"妈,那我们回去,回去找陈郎中给你看病。"

喜母摇头:"我们走了,把春英一个人丢在这里,一家人四分五裂,我心不安,病也难好呀。"

"好!我一定要把春英救出来。"

"对!一家人团团圆圆,我的病才好得快。"

9. 朱家后院

深夜,喜喜翻墙入内,他刚一跳下墙,被守在春英房外的家丁发现,高叫:"有贼!有贼翻墙!有贼!……"

"有贼!有贼翻墙!……"

"有贼翻墙!……"

"拿贼!拿贼!……"

整座院子呼应叫喊,家丁手拿刀棒冲向后院,就连朱大富父子也披衣起床,奔向后院,边跑边骂:"一定是那小子又来抢春英了!"

喜喜被一家丁抓住,他见来人多,寡不敌众,急中生智,挣脱家丁,翻墙逃走。

几个家丁从后门跑出,紧追喜喜。

10. 大街小巷

喜喜在前面跑,几个家丁在后追:"在那里!在那里!……"

11. 客栈

喜喜跑回客栈,喜母昏睡在床,喜喜不由分说,背上母亲,挎上包袱,正要出店门,店家抓住了他:"你想半夜逃跑,不给店钱?"

"我给!我给!"喜喜随手甩给店家一锭银子,叮嘱道:"有人要抢我的钱,你就给他乱指我走的方向。"

店主掂着手中沉甸甸的银子,连连答应:"一定,一定。"又关切道:"你们从后门走。"店家开了后门,喜喜背着母亲从西面小路逃走。

少顷，几个家丁追来，威逼店家："刚才有个强盗往你店里跑了。"

"是有个人刚才来我店，可又跑了。"

"从哪儿跑了？"

店家指着东面："从那条小路跑了。"

家丁朝东面追去。

喜喜背着母亲往西急行。

12. 驿道

喜母躺在车上，喜喜坐在旁边注视着昏睡的母亲。

喜母渐渐睁开眼睛。

"妈，你醒了！"喜喜欣喜。

"我们这是往哪儿去呀？"

"回梨树湾。"

"春英呢？"

"朱家增派了看守人，春英又不听我的话，一时难以救出，你在客店又晕过去，我只得先送你回老家，再回来救春英。"

"都怪我，都怪我，早不病，晚不病，偏偏在这节骨眼上病。"

"妈呀，别责怪自己了。什么都可以没有，就是不要没钱；什么都可以有，就是不要有病，谁愿意病呀！"

喜母笑了笑："也好，我这骨头还没抛在异乡，等我回乡吃了陈郎中的药，病好了，我们再回来救春英。"

车轮碾着土路行进，经过树林，喜母突然叫："侯货郎！侯货郎！"

"停车！"喜喜急叫。

车一停，喜喜跳下车，眼观四路，耳听八方。喜母也下车观望。母子观察许久，四周却一片寂静，突然一阵风吹来，树林哗哗作响，喜喜恍然大悟："妈呀！你将风吹树林声当成侯伯叫卖声了。"

喜母不好意思地笑了，赶紧上车。

车辆继续行走。

13. 岭西王府邸

随着一声"圣旨到——"，岭西王李贵慌忙出来跪迎使者。

使者是七皇子，他朗声宣读："皇帝诏曰：逆贼叛乱，烧杀抢掠，生灵涂炭，粮仓损失，特令岭西王缴纳五百担粮食，送往京城。钦此。"

李贵："遵旨。"

七皇子："京城粮仓，都被三逆贼抢掠、烧毁，父皇急需这粮食。"

"七殿下放心，卑职一定按期缴纳粮食，旅途辛苦，请驿馆休息，晚上卑职为殿下接风洗尘。"

"告辞。"

"恭送。"

14. 客厅

一桌丰盛的酒宴，宾主二人入席。

李贵吩咐下人："你们都退下。"

侍从们退出，房内只留下李贵与七皇子。

李贵举杯："七殿下今日光临寒舍，蓬荜生辉，卑职要敬七殿下三杯酒。"

七皇子谦虚："不敢当，不敢当。"

"这第一杯酒，我代表岭西百姓敬殿下，想当初三逆贼叛乱，我岭西是重灾区，百姓饱受兵燹之祸，是七殿下带领军队以摧枯拉朽之势，扫平叛军，百姓才得以返回家园。为此，百姓盛赞七殿下：'七皇子，猛如虎，叛军闻风吓破胆，丢盔卸甲散了伙。'"

"天高皇帝远，谁能听到这声音？再说了，听不听见都一样。"

"不，我要将此民谣上报给皇上。"

"只怕多此一举。"

"为官一方，本应下达皇上的圣意，上传百姓的心声。"

七皇子笑，饮下了第一杯酒。

李贵又斟了一杯酒，举杯道："这第二杯酒，是我李贵个人感谢七殿下，叛乱时，卑职跟随皇帝颠沛流离，餐风饮露，命悬一线，是七殿下立奇功，收复京城，李贵方能有家可归，有国可报。"

"咳！一说平叛事我就生气！叛乱时一个个只顾自己逃命，平定后一个个争功、争权来了。早知如此，我就坐享我的江东，看它乱、乱、乱！何必出生入死战沙场！"

"七殿下，我知道对你不公，你心中有气，换成谁都会如此。依我看，你还算宰相肚里能撑船。"

"好吧，既然肚里能撑船，这杯小酒算什么。"七皇子饮下了第二杯酒。

李贵再往杯里斟酒，举杯道："这第三杯酒，感谢上天降奇才，七殿下文韬武略，经纶满腹，是治国安邦的奇才，这是天下人的幸福呀！"

"再大的本事有啥用？老祖宗的规矩不能变。"

"七殿下忘了，古人还有一说，国安立长，国乱立贤。"

七皇子轻蔑道："立贤？！立了个卖艺的。"

"咳，那不过是场抓阄游戏。那个'变脸王'现在怎样？"

"滚回老家去了。"

"这小子还算知趣。"李贵自斟自饮一杯酒，"自古举贤不避亲，我李贵为江山永固，社稷千秋，我要联名朝中大臣，上奏皇上，立七殿下为太子。"

七皇子："难得岭西王如此知心，只恨相见太晚。"

李贵往两个杯里斟满酒："酒逢知己千杯少，来！"

七皇子、李贵开怀畅饮。

15．集市

师兄打锣，叫喊："看杂耍！看玩意儿！有腾空高跳翻筋斗！吞火藏刀变魔术！滑稽表演逗你乐……"

人群在叫喊声中集拢围成圈，牛哥闻声走来。

师兄向众人拱手："大叔、大妈、大哥、大嫂、兄弟、姐妹，我夫妻今日来到贵地卖艺，望各位捧场！"

秋云鞠躬："拜谢父老乡亲了！"

牛哥见状一惊："好哇！我终于找到你了！"他欲冲向秋云，又克制了自己。

师兄、秋云开始表演。先是秋云翻筋斗，轻如燕，猛如虎。

后是师兄表演吞火、藏刀、变魔术，秋云在旁助演。夫妻配合默契，表演精彩，赢得观众阵阵掌声。

牛哥妒火越燃越旺。

演出结束，观众纷纷解囊相赠。夫妻收拾完毕，看着胀鼓鼓的钱袋，喜气洋洋，高高兴兴回家。

躲在角落里的牛哥，拉下草帽遮住脸，偷偷摸摸尾随师兄与秋云。

16. 山野

师兄、秋云背着演出家什,提着市场上买的肉,欢快朝家走去。

秋云指着师兄提着的肉:"这肉怎么吃?"

师兄:"你喜欢吃什么,我就做什么。"

秋云:"我喜欢吃回锅肉。"

"好,我做回锅肉。"

"不!我喜欢吃红烧肉。"

"好,我做红烧肉。"

秋云撒娇:"我两个肉都想吃。"

"那我就一半做回锅肉,一半做红烧肉。"

"你不嫌麻烦?"

"只要你喜欢,就是天上星星,我也要去摘。"

"好!我要天上的星星。"

师兄:"这大白天哪来的星星,晚上星星出来了,我再与你摘。"

"你怎么摘?"

"攀高呀。"

"你不怕摔下来?"

"只要你高兴,摔死了我也心甘!"

秋云急捂住师兄的嘴:"不许乱说!没有你,我怎么活呀?"

师兄激动地抓住秋云的手:"没有你,我觉得这白天都是黑夜。"

秋云小鸟依人般倒在师兄怀里。

跟随在后面的牛哥控制不住嫉恨,咳嗽了一声,随即躲进路旁草木中。

秋云、师兄忙分开,继续赶路。

牛哥阴冷地望着两人的背影。

17. 梨树湾

车到家,喜喜搀扶母亲下了车。

喜母开锁进了门,喜喜:"金窝银窝不如自己的狗窝。"

喜母补充:"在家千日好,出门时时难。一到家我的病就好了一半。"

喜喜调皮道:"再见到侯伯,你的病就全好了。"

喜母假装生气打了儿子一下："淘气！"

邻居闻听声响走来："喜妈，喜喜，你们可回来了，许多人都问你们什么时候回来。"

喜母："感谢村里乡亲。"

邻居："不仅是村里人，外乡人也来打听你们的消息。"

喜母急问："哪来的外乡人？"

"从前在后山帮工的那个姓牛的小子。"

喜喜一听就上火："他还想着秋云。"

邻居："还有那个游乡的侯货郎，也常常打听你们的情况。"

"啊！"喜母暗喜。

邻居望着满屋灰尘："看你们这房里，全是灰尘。"他挽起袖子："我也来帮你们打扫吧。"

喜母急拦："多谢，多谢，我和喜喜两人能打扫。"

邻居："你们家柴米油盐都没有，晚饭就到我家来吃。"

喜母："好的。"

邻居走后，喜喜高兴道："妈，听见没有？侯货郎还挂念着你。"

"可他人呢？"

"妈，心急吃不了热豆腐，我把你安顿好了，立刻就去找侯伯……"喜喜又急改口："去找我那爹。"

喜母再打儿子："淘气！"

母子准备打扫房子，喜喜夺下母亲手中的扫帚："妈，这些活儿我包了，你的病还没完全好，我先把睡觉的地方给你打扫出来，你躺着养病吧。"

"我儿子真有孝心。"

喜喜自嘲："我就是太有孝心了，所以才买了个皇帝父亲，惹下这么多麻烦。"

母子相视笑。

18. 永昌县衙

朱小元急急朝大门走去，边走边抱怨："当个知县事真多！"

范九追上来："少爷，退衙的时间还没到呀。"

朱小元："我老父亲花钱雇邱讼师来干什么？白拿钱不干事呀？"

朱小元走到大门口，上了轿，轿夫抬着轿子按老路走。

"停！停！停！回府。"朱小元急喝。

范九迎上："少爷，不去怡春院会香艳姑娘？"

朱小元没好气道："往日是往日。"

范九："啊！我明白了，少爷是要回府会春英。"他命令轿夫："回府！"

两轿夫转了方向，抬着朱小元朝朱府走去。

19. 街市

朱小元的轿子走着，牛哥冲上前来拦轿喊冤："青天大老爷！您要为民做主，小民状告抢占民女，夺人妻的恶……"

轿内的朱小元一惊，心想："是告我？"他恼羞成怒，吩咐范九和轿夫："与我打走！"

范九和轿夫拥上打牛哥，打手越打越来劲。

朱小元轻声催促范九："快走，快走。"

范九转身吩咐轿夫："起轿，大人有急事。"

轿夫急忙抬着朱小元奔跑。

牛哥从地上爬起来，冲着轿子高喊："当官要与民做主，那喜喜班的大师兄冯青山抢走了我的妻子秋云，我这满腹冤屈找谁申呀？……"

叫喊声隐隐约约传来，朱小元听见了"……那喜喜班的……抢走了我的妻子……"他猛然惊醒："喜喜班？不就是'变脸王'喜喜当班主的那个戏班吗？"忙吩咐范九："快！快把他找回来。"

"谁呀？"

"就是刚才告状的。"

"怎么一会儿要打走，一会儿要找回来呀？"

"叫你找，你就找！"朱小元不耐烦地说。

范九只得往回找牛哥。

20. 小巷

牛哥抚摸着伤一瘸一拐地走着。

范九追上来："那个告状的留步！"

牛哥回头看是刚才的打手，拔腿就跑，只因伤痛跑得慢，终于被范九追上。

牛哥连连求饶："我不告了，不告了，告状有罪，告状要挨打……"

范九："县大人传你！"

牛哥小心翼翼："不会挨打了吧？"

"不会，不会。"

21. 朱府

朱小元坐在进门的一间耳房。

范九将牛哥带进来。

牛哥磕头："县大老爷，小民十恶不赦，喜喜班的师兄冯青山没有夺我的妻子秋云，是我不争气赌博输了钱，脾气变坏，将妻子打走的……"

朱小元发怒："呔！胆大刁民！一会儿告喜喜班冯青山抢民女，一会儿又说自己输钱将妻子打走的，你把我这县老爷当龙灯耍呀！来人！与我打！"

柳大、罗小上前打牛哥。

牛哥呼叫："这是咋搞的？！我告有人抢走我妻子要挨打，我不告他了，也要挨打，到底是咋回事呀？"

范九小声道："老爷咋说，你就咋办，就不挨打了。"

"好吧。"牛哥可怜兮兮道，"老爷，你说我告还是不告？"

朱小元："身为父母官，我岂能让百姓受恶人欺负！"

"那我就告了。"

"本官为你做主！你把喜喜班的大师兄怎么抢走你妻子的事一一道来。喜喜班其他人员的违法事，你也诉来！"

牛哥："好！有县太爷撑腰，我就把满腹冤屈说出来，那班主喜喜就是个大流氓！……"

22. 梨树湾

喜喜背上包袱出了门。

喜母叮咛："路上小心，吵架场中没添言，打架场中没添拳。"

"知道，知道。妈，你在家里把房子好好收拾收拾，把大红被子、鸳鸯枕头准备好，啊，还要剪好'囍'字，贴窗户……"

"说起风就是雨，先把人找回来再说。前村的王大哥说前集在太平镇看见侯货郎，你可以先到那里去看看。"

"是。"

喜喜辞别母亲，向村头走去。

23. 乔知县府

乔知县在书房看书。

乔夫人推门进来："老爷，听说你打了一个来告状的小伙子五十大板。"

"那个小伙子从火堆里捡出半张烧焦的纸，说是皇帝的敕书，如此胡闹，搅乱公堂，理当受罚。"

"你看过那张废纸吗？"

"那还用看吗？疯子也不会将皇帝的敕书烧掉。"

乔夫人："你呀你，案子还没有问清楚就随便责打人，那小伙子告的朱小元，不学无术，买了个县官来当，找了个师爷帮他审案办事，这样的官既然有百姓告他，你就该细听苦主的声音，怎么能如此草率行事？"

乔知县想了想："夫人所言极是，本县下不为例。"

24. 茅草屋

师兄在练功。

秋云在厨房忙碌完毕，将饭菜端上桌子。

"吃饭了。"

师兄收功走来，端起饭碗："娘子辛苦了。"

秋云嘴一瘪："臭讲究。"她端起饭碗刚吃了两口，突然呕吐。

师兄忙为她捶背，端水。

一阵呕吐后，师兄道："吃完饭我上山给你采点草药，吃了要是不好转，就找医生。"

秋云："不用。"

"生病怎么不治？"

秋云害羞道："身上两个月没有来了。"

师兄猛然醒悟："啊！"他高兴地跳起来："我要当爹了！我有儿子了！"他将秋云揽在怀里，弯腰将头贴在妻子腹上："我听听……儿子在喊娘……儿子在喊爹……"

两个捕快突然闯进来，指着师兄："冯青山！你触犯律条，拐走人妻，有人将你告上公堂,本捕快奉县老爷手令拿你归案!"还没有等师兄、秋云反应过来,两个捕快已将师兄套上枷锁,欲拉走。

师兄:"我没有犯罪!我是良民!"

秋云上前护着师兄:"你们抓错人了!"

捕快甲:"我们抓的就是喜喜班的大师兄冯青山!"

秋云:"你们冤枉好人!"

捕快乙:"有你丈夫牛哥状词,铁证如山!"

"牛哥?!"秋云、师兄惊。

两个捕快带走师兄。

秋云拼死拦住:"是我自愿和师兄结婚,牛哥是骗子……"

捕快甲:"有冤去衙门喊!"说着,拉师兄走。

秋云爬起来追赶。

师兄转身:"秋云!你好好保重!我见了官向他申诉,我们是恩爱夫妻,有理走遍天下……"

"师兄!师兄!……"秋云追赶,两捕快押着师兄越走越远。

第二十六集

1. 永昌县衙大门外

秋云气愤跑来，直奔衙门。

差役拦住："胆大妇人！竟敢擅闯衙门！"

秋云："差哥！我要申冤！我要见县太爷申冤！他们抓走了我的夫君，我夫君是老实人，他安分守法……"

"滚开！衙门重地，岂容你这疯婆子胡闹！"差役驱赶秋云。

秋云奋不顾身冲到大门，拿起鼓槌击鼓。

差役夺过秋云的鼓槌，两个差役架拖着秋云离开衙门。

秋云挣扎呼叫："我要申冤……我要见县太爷！……我夫君无罪！……放我夫君……"

两个差役将秋云拖到路旁，推倒在地。

秋云流泪呼叫："我要申冤！我夫君安分守法……他遭人诬陷……"

路人围观，众说纷纭。

"妹子，你难道没听说'衙门朝南开，有理没钱莫进来'？"

"闺女，衙门里的事谁说得清楚呀！"

……

喜喜赶路经过这里，见群众扎堆，好奇走近，正听见一位男子说："你难道不知道朱小元这知县是怎么当的吗？你还指望他给你申冤？"

"朱小元？！"喜喜警觉地拨开人群一看，竟大吃一惊！

"秋云！"

秋云抬头一看："喜喜！"危难中突见亲人，她伤心地哭起来。

"别哭，别哭！"喜喜扶起秋云，"有我，别哭，别哭……"

好心群众舒口气："孤身弱女不孤了。"

"到底出了啥事？"

"师兄……师兄被他们抓去了……"秋云抽抽噎噎地说。

"别哭，别哭，这里到处有朱小元的鹰犬，说话不方便，我们出城去说。"

喜喜、秋云朝城郊走去。

"我离开你们后，打算到姨妈家去，师兄追上我，一路上保护我……"秋云边走边向喜喜哭诉。

2. 永昌县衙内堂

范九进门："少爷，那个喊冤的女子走了。"

朱小元转问邱讼师："她若再来怎么办？"

邱讼师："冯青山判刑丢了监，那女子再来闹，也闹不起来了。"

"对！砍了树子免得乌鸦叫，立即将姓冯的判三年刑！"朱小元说。

"我的县太爷，这判刑不是你随便责罚家中的丫鬟、院子。牛哥只是喊冤，可他的证人、证据都没有，怎么审案？"

朱小元被点醒："对，对，对，我想起来了，这判案是要有人证、物证。牛哥没有，这案怎么判呀？"

邱讼师："我叫他去准备人证、物证了，不知道他什么时候准备齐全。"

朱小元喜："还是邱讼师想得周到。"

邱讼师讽刺："那也没有你老父亲请我来给你当讼师想得周到。"

"嘻嘻嘻……"朱小元尴尬。

3. 乡间小路

秋云、喜喜走在小路上。

秋云如泣如诉，喜喜听得浑身冒火。

"……昨天，我们正在吃饭，突然来了两个公差，说是牛哥状告师兄拐走人妻，不由分说，强行将师兄抓走了。"

听完秋云的诉说，喜喜十分愤怒："哼！一个朱小元、一个牛哥，两个坏蛋搅在一起了！"他后悔懊恼："唉！可惜我把黄伯给我的敕书烧了。"

秋云惊奇："黄伯怎么会给你敕书？他现在在哪儿？"

"说出来吓你一跳，黄伯是皇帝。"

"皇帝？！"秋云摸了摸喜喜的额头，"你没发烧吧？"

"我没发烧,我还到京城见到了皇帝黄伯,因为宫廷大乱,他才逃到民间来的。"

"真的?"

"真的。"

"真的?"

"真的。"

秋云蒙了:"天哪!这是在做梦,还是在演戏……"

"我到京城见到了皇帝黄伯,他倒是个有情人,留我在宫里,还要把我妈她们也接到京城享福。可我看不惯宫廷里一家人钩心斗角,争权夺位,坚决要回老家。临行,皇帝黄伯给我一张敕书,意在保护我们不受官府和恶人欺负,可我妈半夜头痛烧拔火罐把敕书当废纸烧了一半。"

"没烧多好,拿着皇帝的敕书,他朱小元敢不放人?"

"唉,都怪我妈糊涂……"

两人埋头走着,说着,一阵吆喝声传来:

"青菜、萝卜!刚从地里摘的新鲜货……"

喜喜猛然惊醒:"哎哟!只顾说话,我们走到哪儿来了?"

秋云抬头一看:"来到清平县了,它和永昌县紧挨着。"她指着远处:"我和师兄就是在那里遇到乔知县和他夫人。我……咳!咳!咳……"

"说了这么久,走了这么远,看把你累的,走!找个茶馆歇歇。"

4.茶馆

喜喜、秋云走进街旁的茶馆。

"茶倌,来两碗茶!"

茶倌:"来了!"

两碗茶端上来,喜喜、秋云心事重重地喝着茶。

"喜喜,得赶快把师兄救出来,我怕那帮人乱拷打他。"

"你别急,我一定想法把师兄救出来。"喜喜安慰秋云。

忽然,邻桌的茶客甲向过路的老院子打招呼:"老哥,许久没有在一起喝茶了,来,来,来。"转身喊道:"茶倌,来碗茶!"

老院子:"抱歉,抱歉,我要去买米、买菜,夫人还等着验收哩。今日就不奉陪了,改日咱哥俩再喝茶叙旧。"

茶客甲:"老哥,你忙你的,我们改日再喝茶。"

老院子离去,茶客甲:"乔知县的夫人真精明,下人买东西回来,她都要一一过目。"

茶客乙:"过日子就是要这样的女人……"

喜喜心里突然一亮,问秋云:"你刚才谈到,你和师兄的结合是乔夫人撮合的?"

"是,她要我和师兄比打架,说师兄打赢了我,我就必须嫁给他,师兄不忍对我还手。乔夫人骂我,这么心疼你的男人都不嫁,你要嫁给谁?正是乔夫人这句话点醒了我,我就和师兄在一起了。"

喜喜拍手:"这就有办法了!"

"什么办法?"

"回头再与你细说,你在这里等我,我去去就来。"

5. 街市

乔家老院子急急朝集市走去。

喜喜追上:"老伯,老伯!"

老院子停步。

喜喜:"老伯,永昌县知县朱小元偏袒流氓,迫害百姓,乱抓无辜良民,我求见乔夫人帮助,还我师兄。"

老院子:"乔夫人是乔知县的夫人,哪能你想见就见。"

喜喜央求:"老伯,朱小元徇私枉法,不学无术;乔夫人宽厚仁慈,被抓的师兄与我师姐本是一对恩爱夫妻,如今师兄遭陷害进了牢房,丢下我师姐一人怎么活呀……"喜喜拿出一锭银子塞给老院子:"还望老伯开恩,引我去见乔夫人。"

老院子将银子揣进兜里:"永昌县的案子我家老爷都管不着,我家夫人怎么能救你师兄哩?"

"老伯,其中缘由说来话长,眼下时间紧迫,您先引我去见乔夫人,以后我再慢慢与您细说。"

老院子想了想:"你到乔府后门等着,我找到合适的时候,引你去见乔夫人。"

喜喜高兴:"多谢老伯!"

6. 茶馆

秋云引颈望喜喜归来的方向。

喜喜飞跑回来："有办法了！有办法了！"

"什么办法？"

喜喜附在秋云耳边低语……

秋云听着听着连连摇头："不行，不行，乔夫人是好人，她好心好意为我们，我不想把她牵扯到本案中来。"

喜喜："傻子，正因为她是好人，才肯帮我们的忙。"

"没有别的办法了吗？你那赦书不是还有半张？"

"别，别，别，别再说半张赦书的事，烧赦书是有罪的，千万别引火烧身，师兄没救出来，反倒把我套进去了。"

秋云沉思良久："好吧，就照你说的办。"

"你要放大胆。"

秋云点头。

喜喜再叮咛："趁门差不注意，你就击堂鼓，击完你就闯公堂。"

"唔。"

"我们兵分两路，我去见乔夫人了。"

"放心，你说的话我都记住了。"

喜喜、秋云分头行事。

7. 永昌县衙

秋云跑到衙门口，拿起鼓槌猛击堂鼓，趁门差慌乱，冲进衙门。

朱小元慌忙升堂，邱讼师站在公案旁，文书、差役各列其位。

朱小元拍惊堂木："胆大女子！竟敢擅闯公堂！"

秋云："民女有冤要申！"

朱小元："冤从何来？"

"我丈夫冯青山被你们抓捕，恳求大人放了他，我们一家团圆。"

"牛哥状告你丈夫拐走人妻，触犯律条，理当抓捕法办。"

"那牛哥是骗子，他骗我离开了喜喜班，婚后好吃懒做，赌博成性，赌输了回来就打我，我不堪忍受他的虐待，在喜喜班亲人的帮助下逃出了虎口。"

朱小元在旁边邱讼师的指点下，拍了惊堂木："如此看来，这喜喜班就是流氓班！"

"不，不，不，喜喜班都是好人，我们亲如一家人。"

"哼！好人能让有夫之妇另嫁人？"

"这事大人不能怪喜喜班。"秋云遵照喜喜的计策说，"我本来是不愿嫁师兄的，是有人要我嫁给他。"

"这人是谁？"

"是乔知县的夫人。"

"他为啥要让你嫁给师兄？"

秋云："大人，你该去问她呀。"

朱小元、邱讼师面面相觑。

"乔夫人怎么会要你嫁给师兄，你在说谎吧？"朱小元问。

"我敢当着乔夫人的面对质。"

"啊！"朱小元心里"咯噔"一响，暗暗高兴，"好一个乔夫人，听说你在背后说我的坏话，这口恶气本县窝在心里，今日，你的把柄我抓住了，这口恶气可以出了！……"

秋云再激朱小元："大人下的手令你的差役能不听吗？乔知县夫人说的话弱女子能不照办吗？"

朱小元又是一喜，心里盘算着"小九九"："知县夫人与此案有关，我敢审知县夫人，就是不畏权势，铁面无私。我要是查清了此案，功劳大，面子大，名声大，光耀门庭。我爹天天念叨、心疼给我买官时用的祖传宝石和白银，只要我光宗耀祖，这宝石和白银就花得值！从今后，谁敢说我朱小元无能？岭西王一定会重赏我……"

秋云察言观色继续说："水有源头树有根，没有乔夫人，我不会嫁给师兄，师兄也不会娶我，大人，你办案要抓住牛鼻子呀。"

朱小元掉头看看邱讼师，只见他眉头紧锁，但计未上心来。

秋云火上浇油："你们不敢惹乔夫人，只因她是知县夫人，只好抓捕我们这些平民百姓。"

朱小元果然上钩："啥？我怕他乔夫人？"被激怒的他，没有顾上看邱讼师的暗示，抛下手令：

"来呀！"

范九:"在。"

"传乔夫人!"

范九:"遵令!"

邱讼师大吃一惊!

"退堂!"

邱讼师和朱小元来到后堂。

邱讼师埋怨朱小元:"乔夫人是知县夫人,此妇人精明、能干,乔知县断不了的案子都要向夫人请教,你怎么去捅这个马蜂窝啊?"

"你怎么不早阻拦我?"

"我正在想如何撇开乔夫人审理此案,你就下手令传乔夫人了。"

朱小元急朝门外喊:"来人,快把范九追回来!"

邱讼师叹气:"恐怕追不回来了。你我就快想办法来对付这只母老虎吧。"

朱小元讨好:"有邱讼师在我身边,本县没有对付不了的人,别说母老虎,就是公老虎,本县也不怕!"

8. 乔家后院

乔夫人正在厨房验收采买的食材。

老院子轻轻走到后门,将等候在那里的喜喜带进来。

"猪肉五斤,鱼两条,鸡一只,青菜十斤,萝卜八斤……"乔夫人点完食材,看完账目,问:"怎么才买回来两条鱼?"

老院子:"上房主人吃饭两桌人,两条鱼够了。"

乔夫人:"下房丫鬟、院子还有一桌吃什么?他们怕鱼卡喉呀?再买一条,大家吃,大家香。"

老院子:"多谢夫人关照,我这就去买鱼。"

乔夫人走出厨房,喜喜尾随,来到庭院无人处,喜喜从旁窜出来跪在乔夫人面前。

"小民喜喜跪拜夫人,只因师兄冯青山遭牛哥诬陷,被朱小元关进牢房,恳求夫人伸张正义,为民做主。"

乔夫人一惊:"你从哪儿来的?"

"为求见乔夫人,我夹杂在送菜人中进来的。"

"你!"乔夫人欲发火,可见可怜兮兮的喜喜,收敛了怒气,"起来,起来。"

喜喜起身。

乔夫人:"一方有一方土地庙,土地爷只管自己的地界。永昌县的案子,我家老爷都管不着,我一个妇道人家,更无能为力了。"说完,转身走。

喜喜:"小民知道,朱家有权有势,称霸一方,众人都惧怕他们朱家,乔夫人不管我师兄的事,也是情有可原。本来嘛,这世上能有几人不畏权势,伸张正义,勇于打抱不平呢?实在对不起,我不该来找乔夫人,让乔夫人为难;那天,更不该到清平县衙来状告朱小元抢我未婚媳妇春英。"

乔夫人突然转身:"那天告状挨打的是你?"

"是,是小民。"

"就是你拿了半张烧焦的纸来冒充敕书?"

"唉!敕书的事比台上演的戏还要奇,还要巧,一时说不清楚,眼下火烧眉毛,别把事情搅乱了,回头我给您慢慢细说。小民听说乔知县是个清官,明镜高悬,执法如山;家中更有贤妻,乔夫人心慈善良,精明能干,所以小民有冤有苦就来求乔知县和夫人了。常言'百闻不如一见',原来大家都怕朱家!"

乔夫人被激得红了脸:"谁怕朱家?我可不是贱骨头!"

"夫人!夫人!"一用人跑来,"永昌县衙来了两个捕快传讯夫人。"

"啥?"乔夫人怒,"他朱小元竟欺负到我头上来了!"怒气冲冲朝大门走去。

喜喜窃喜,紧跟其后。

9. 乔家大门

乔夫人走到大门,高喊:"谁要拿我?!谁要拿我?!"

捕快甲上前:"有一拐走人妻的案子与乔夫人有干系,奉老爷手令,请乔夫人走一趟。"

乔夫人愕然:"我怎么会与拐走人妻的案子有干系?"

喜喜趁机煽火:"乔夫人,一次您和乔老爷察看庄稼,见一对男女争吵,您可怜那个女子孤身上路不便,看那男子忠厚老实,便促成两人的婚事。那女子是我的师姐秋云,那男子是我的师兄冯青山。师姐秋云曾经被混混牛哥骗婚,好不容易才逃出虎口。牛哥见我师姐、师兄恩恩爱爱,心生嫉恨,这条疯狗乱咬人,状告我师兄夺人妻,还把乔夫人也牵连进此案中。"

乔夫人:"这才是闭门家中坐,祸从天上来。既然来了,我就奉陪!"她对捕快道:"等我收拾一下,就去见你们朱知县。"

乔夫人朝内走去,老院子、喜喜等人随后。

老院子:"夫人,我去请老爷回来。"

"请他干什么?他正在监修南坡的那条水渠。"乔夫人说完,又对老院子道:"调虎离山,把朱小元的师爷给他调走。"

在旁的喜喜听见,自告奋勇:"我来!"

乔夫人看了看他,点头道:"要快。"

"是。"喜喜在老院子的指引下,飞快从后门离去。

10. 乔知县书房

乔夫人指着废纸篓对老院子道:"从里面挑一个信封出来。"

老院子迟疑:"这都是老爷扔掉的,我还没来得及烧掉。"

"叫你拿,你就拿,选新一点的拿。"

老院子从废纸篓里挑选出一个新信封,递与乔夫人。

乔夫人检查完空信封,又拿起笔来,在信封上书写"乔夫人"三个字,然后揣进怀里。

老院子呆呆看着,不明就里。

11. 永昌县衙后堂

朱小元懊恼:"这才是请神容易送神难,等会儿母老虎来了我该怎么审案呀?"

邱讼师拍着胸:"有我在旁,不必慌。"

"师爷!师爷!"一个差役跑来。

"什么事?"

"大门有人找你。"

"回话我有事。"

"来人说有急事。"

"什么急事?"邱讼师跟随差役朝外走。

朱小元急忙追上:"师爷,那只母老虎就要来了。"

"我去去就转来。"

12．永昌县衙

邱讼师来到大门："谁找我？谁找我？"

一小伙子神色慌张："师爷，不好了！你们家失火了，火光冲天，一家人呼天抢地喊救命，我是新上任里长的小舅子，他让我来叫你赶快回去！"

邱讼师惊慌："我爹、我妈咋样？"

"你妈奔火里抢东西被烧伤，命在旦夕，你若回去迟了，就见不到你妈了！"

"啊！"邱讼师拔腿就往家跑。

邱讼师离去，喜喜从角落里出来，递给青年银子，两人满意地笑了。

少顷，两个捕快陪着一乘轿子来到。

捕快甲对范九道："禀老爷，传讯人乔夫人到。"

13．永昌县衙内堂

朱小元引颈望着门外。

范九来报："禀老爷，传讯人乔夫人到！"

朱小元慌："邱讼师！邱讼师！"

范九："邱师爷不知道哪儿去了。"

朱小元："别让那乔夫人进来，等邱讼师回来，再放她进来。"

范九："是。"

14．永昌县衙公堂

范九从内堂出来，忽见乔夫人威严地坐在公堂的案桌上。

"你……你怎么坐在上面？"范九指着乔夫人问。

乔夫人："我要审案！"

"你审谁？"范九问。

乔夫人狠拍惊堂木："我要审朱小元！"

"下官在！"内堂的朱小元听到震响屋宇的声音，吓得连滚带爬跪在了公堂，可他抬头一看竟是个女人，不由得恼羞成怒，"呔！哪来的疯女人，竟敢坐在本县的公案上？"

"本妇人是堂堂正正乔知县夫人！"

"下来！"朱小元抖着威风朝公案走去，"本县正要审你哩！"

"啪!"乔夫人又拍惊堂木。

朱小元惊得倒退几步,忽又重振精神:"本县才是这里的知县!"

"啪!"乔夫人再拍惊堂木。

朱小元又是一惊。

乔夫人指着下面的朱小元,义正词严:"王子犯法与庶民同罪,你为官不仁,抢劫民女春英,本夫人路见不平,伸张正义!"

朱小元:"栽赃陷害!"

乔夫人:"证据确凿,传喜喜!"

喜喜上堂:"拜见乔夫人。"

乔夫人:"原告喜喜,你将朱小元抢劫民女春英事,从实说来。"

喜喜:"春英是我未过门的媳妇,和我母亲从京城回老家的途中,被朱小元命家丁抢走。"

朱小元假装糊涂:"你说什么?……春英,她是我们家的丫头,后来逃跑了,我们正四处找她哩。"

喜喜:"不用去找,她就关在你们家后院柴房里。"

乔夫人:"案情已清楚明白,朱小元你何言答对?"

"你才要清楚明白!我是永昌县的知县!"朱小元欲将乔夫人轰下公案椅,"下来!下来!"

"啪!"乔夫人又拍惊堂木:"你身为知县,却知法犯法,该当何罪?"

朱小元:"这案子与你八竿子打不着,你是受了贿赂跑来大闹公堂吧?"

乔夫人抓住把柄:"不错,是受了贿赂。"

朱小元:"受贿多少?"

乔夫人示意两旁差役。

朱小元:"退下,你们都退下。"

公堂上只剩下乔夫人和朱小元。

朱小元对乔夫人道:"没有外人了,你就老实招来吧。"

乔夫人从怀里取出信件,像猫戏老鼠般在朱小元面前晃着:"有人写信给我家老爷告发你。"

"告发人怎么会告到乔知县那里?"

"大概告发人是我们清平县人,自然就告到他的父母官衙门了。"

"信怎么会在你手里?你个妇道人家,竟敢干涉公务!"

"清平县的百姓爱戴本夫人,你看——"乔夫人又将信件在朱小元眼前一晃,"上面写着乔知县、乔夫人启。"

朱小元欲抓信件,乔夫人就是不给。

朱小元:"他告我什么?"

"说你用十万两银子买来的这顶永昌县知县的乌纱帽。"

"没有!没有!"朱小元惊慌,"我只送了岭西王一块玉石。"情急中说漏了嘴,他想反悔,但来不及了。

乔夫人窃喜,又刺激对方:"玉石中的宝石价值连城,加上送的银子,这笔交易可是个大买卖呀!皇上知道,不只是你的乌纱帽难保,你的人头可要落地呀!"

朱小元惊恐,哀求乔夫人:"小侄朱小元恳求乔夫人开恩,为我保密。"

"保密可以,只是要把我干女儿春英放了。"

朱小元诧异:"春英是我姥姥买来的丫头,前年我们到迎祥县给姥爷祝寿,我妈喜欢春英,姥姥便将她送给了我母亲带回来。这迎祥县离你们清平县几百里路,春英怎么成了你的干女儿?"

乔夫人:"你听说过千里姻缘一线牵没有?"

"听说过。"

乔夫人笑道:"千里姻缘都可以牵,这几百里干母女情就不可以牵?"

"这……"

"你放还是不放?"乔夫人又拿出信件晃动。

朱小元求饶:"放,放,放。"边说边索要信件。

乔夫人婉拒,将信件揣进衣袋:"别慌,你还得放了我的干女婿冯青山。"

"冯青山,干女婿?"朱小元哭笑不得,"乔夫人,您到底有多少干女儿呀?"

"反正不用十月怀胎,我高兴认多少干女儿就认多少。"

"你那干女婿犯了法,他抢夺人妻!"

"那是泼皮无赖诬告!"乔夫人转身坐上公案,高声叫道:"升堂!"

"威风……"差役们迅速出堂整齐排列两旁。

"传秋云!"

秋云来到公堂:"拜见乔夫人。"

乔夫人:"秋云,你是当事人,你就把个中情由从实说来!"

秋云:"民女单纯无知,被牛哥花言巧语蒙骗,婚后他露出真相,欺骗顾客卖假酒,整天在赌场中混,输了钱回来打我出气,我不堪忍受折磨,跳出了火坑。师兄老实、忠厚,对我很好,在护送我到姨妈家的途中,经过乔夫人的指点,我嫁给师兄。婚后我们夫妻恩爱,日子甜美,分明是美满姻缘,哪来的抢夺人妻?"

"啪!"乔夫人又拍惊堂木:"朱小元,你听清楚苦主的申诉没有?"

朱小元怯生生点头。

"啪!"乔夫人又拍惊堂木:"你身为父母官,不严惩骗子、赌徒,却为恶人撑腰壮胆,迫害善良百姓,你该当何罪?"

朱小元:"下官一时糊涂。"

乔夫人走下公案,走到朱小元身边,低声道:"你既知糊涂办错了事,就该纠错放人,否则……"乔夫人暗示信件。

朱小元心虚,连连道:"放人,放人……"

范九走来,与朱小元耳语:"师爷回来了。"

15. 永昌县衙内室

朱小元急忙奔进内室,冲着邱讼师抱怨:"你……你跑到哪儿去了?"

邱讼师咬牙切齿:"中计了!中小人计了。"

朱小元如醍醐灌顶:"啥?他们在用计,坏了,坏了,我已准许放人了,连春英我也准许放了。"

"大人别急。"邱讼师道,"既然已准许放人,一县之长发的令是不能收回的。"

朱小元:"那怎么办?就这样连春英一块儿放了?"

邱讼师诡谲道:"我们就来个将计就计。"他附在朱小元耳边说着……

朱小元听得愁眉尽展,连连点头。

两人商量完毕,朱小元走出内室。

16. 永昌县衙公堂

朱小元来到公堂。

秋云迎上:"老爷,师兄在哪里?"

喜喜:"县老爷给我一道手令,我去你家接春英。"

朱小元绷着脸不说话。

乔夫人敲打:"父母官,一言既出,驷马难追。"

朱小元:"本县岂能食言。"他指着喜喜、秋云:"你二人随范九去等着,我派人将春英、冯青山送来与你们团聚。"

喜喜、秋云欢喜:"谢谢老爷。"

朱小元与后堂的邱讼师相视,奸笑。

喜喜、秋云转对乔夫人道:"谢谢乔夫人。"

乔夫人:"不用谢,不用谢。"说完,欲离去。

喜喜、秋云:"恭送乔夫人。"

朱小元示意信件。

乔夫人:"放心吧,你只要把人放了,我就会派人将信件送给你。"说着,带着老院子又欲走。

朱小元示意差役拦着乔夫人。

朱小元:"乔夫人,你何必来回花工夫,你就在这里等着我放人不是更好吗?"

乔夫人冷笑:"你是要一手交钱,一手交货。"

朱小元赔笑。

乔夫人:"好吧!"说着,拖过椅子端坐好。

17. 永昌县衙廊下

范九:"罗小!"

罗小:"在。"

范九与罗小耳语。

罗小点头:"是,是,是。"

"柳大!"

柳大:"在。"

范九与柳大耳语。

柳大听完,坚定道:"九哥放心,一定照办!"

18. 集市东头黑屋

范九将喜喜、秋云带进屋子:"就在这里等着。"

喜喜望着四周："屋子这么黑，怎么到这里来了？"

"你是要在光天化日下演给大家看呀！我家老爷发慈悲放人，怕的是牛哥看到，又来衙门闹，所以才安排在这里让你们团聚。"

范九的话让秋云、喜喜迷迷糊糊。

范九趁机出去，轻轻将门反锁上。

19. 朱府后院

春英靠在墙上，思绪纷乱："喜喜哥，快来救我吧，那晚怪我任性，你可别往心里记。你说驸马一事是公主耍的花招，可她为什么要这样做？莫非她喜欢上了你？喜喜哥，你现在在哪里？是到京城还是回梨树湾了？……到京城有公主，回梨树湾有秋云，唉！男人，又是戏班里的男人，常常是喜新厌旧，喜喜，你是丢下我不管了……"想着想着，她竟伤心哭泣。

"砰！"房门突然打开，罗小闯进来。

春英惊起："你……"

罗小示意："嘘——我来救你，快走！"

春英："你为什么要救我？"

罗小："回头再说。"他将一个包袱交与春英："快！换好衣服跟我从后门走。"

春英接过包袱换好衣服，戴上帽子，装扮成小子模样，随罗小从后门混出。

20. 集市东头黑屋

喜喜、秋云久等不见人来。

"怎么还不见人？"喜喜着急拉门，发现门被反锁，吃惊："怎么把门锁了？"

秋云忙拉门，也吃惊："为啥要反锁门？"

正当二人纳闷时，门突然打开，柳大高声朝着街市喊："好哇！一对狗男女藏在这黑屋里干肮脏龌龊事！捉奸捉双，看好戏，看奸夫淫妇……"

喜喜："我们在等人！"

柳大："等人？！你俩在黑屋里等人，还把门关起来等，快来看好戏，看奸夫淫妇……"

喜喜、秋云愤怒："你胡说！"

柳大指示几个混混将喜喜、秋云拖出房门示众："看！看奸夫淫妇……"

"你诬蔑好人!"

"你们这些流氓!"

"我们到衙门评理去!"

……

喜喜、秋云奋力反抗、辩解,然而人少声微。集市上看热闹的人拥来,好事者眉飞色舞:"看!那是奸夫,那是淫妇……"

"大白天跑到这里来……啊呀!干那种事!"

"羞人!羞人!……"

群众骂声鼎沸。

罗小有意选择这个时间带着春英逃到这里,春英顺着人群所指方向一看,天哪,是喜喜、秋云!她如雷轰顶,一阵晕眩,罗小扶住了她。

春英气愤而去,刚跑了一段路,柳大抓住了她:"你往哪里跑?!"

春英欲求助罗小,回头寻找,罗小早已无影无踪。

第二十七集

1. 永昌县衙

朱小元端坐在公堂:"请乔夫人。"

乔夫人来到大堂。

朱小元:"乔夫人请坐。"

乔夫人坐下。

朱小元:"传喜喜。"

喜喜上堂。

朱小元:"传春英。"

春英上堂。

喜喜一见春英热情迎上:"春英,我们再不分离了。"

春英挥手"啪"地扇了喜喜一耳光,扭头便走。

柳大紧跟春英身后。

喜喜先是一愣,后惊醒。"春英!春英!"他追上春英。

"滚开!流氓!"春英愤愤骂道。

差役上前将喜喜推开,"护送"春英离开衙门。

朱小元得意道:"乔夫人,您看清楚了,他们不是亲人是冤家。"

乔夫人吃惊地问:"喜喜,这是怎么回事?"

喜喜茫然:"我也不知道是怎么回事。"

朱小元严厉地对喜喜道:"看在乔夫人的面上,赶快滚下堂去!"

喜喜转身又去追赶春英。

2. 永昌县衙大门及大街

喜喜追出大门,追上大街,春英无影无踪,喜喜痛苦地跌坐在街边。

3．永昌县衙

朱小元坐在公堂："传冯青山、张秋云。"

秋云、师兄上堂。

朱小元："本县查明案情，张秋云自愿嫁给冯青山，冯青山非抢夺人妻，冯青山——"

师兄："在。"

朱小元："你带着妻子回去好好过日子。"

师兄、秋云："谢大人。"又转对乔夫人道："多谢乔夫人的搭救之恩。"

乔夫人："不用谢，不用谢，我还等着抱干孙子哩！"

师兄、秋云："乔夫人就是我们的亲娘。"

师兄、秋云退堂后，朱小元道："请乔夫人后堂一叙。"

朱小元、乔夫人来到后堂，朱小元道："乔夫人，两个人我都给你放了。"

乔夫人："不对，只放了一个。"

"春英我放了，可她不跟那个冒充未婚夫的人走呀。"朱小元走近乔夫人，低声道："现在，您该给我那东西了吧。"

"好吧。"乔夫人掏出信封，"你既然看重这玩意儿，你就拿去吧。"她将信封甩给朱小元，转身离去。

朱小元迫不及待拆信，邱讼师从内室出来。待朱小元拆开信，两人瞠目结舌。

朱小元拿着信封抖了又抖，原来是一个空信封。

朱小元急出后堂追上乔夫人："信纸在哪儿？"

乔夫人笑道："本来就是空信封。"

朱小元怒吼："你骗我！骗子！"

乔夫人："为人不做亏心事，半夜敲门心不惊。别怪我信封空，只怪你心虚。"说完，扬长而去。

"你！！！……"朱小元望着乔夫人的背影，差点将牙根咬断。

4．山乡集市

人群熙熙攘攘，街两旁传来各种叫卖声。

江猎户将山货售完以后，买了油盐，打了烧酒，又为女儿山花买了饴糖和瓜子，踏上回家路。走了一段路，远处传来了货郎的叫卖声：

"卖花布、花线、花伞——卖梳子、篦子、糖饼子——卖针线、针头——"

江猎户眼睛一亮，急朝着叫卖声走去。

"侯货郎！"

"江猎户！"

两人见面，分外亲切。

"到处打听你，今天巧了，走，到我家去。"

"我还要卖货。"

"小女山花念着侯大哥，走吧。"江猎户示意手中的烧酒，"山花将我打的猎物腌上了，专等候大哥来喝酒。"

盛情难却，侯伯跟着江猎户朝他家走去。

侯伯边走边问："山花有人家了吗？"

"还没有人家，可她心中有人了。"

"谁呀？"

江猎户话中有话："到了我家慢慢说吧。"

5. 客店

喜喜在房内焦急等待，终于等来秋云和师兄，忙迎上："见到春英没有？"

师兄摇头。

秋云气鼓鼓道："我们被挡在朱家门外，说破了嘴皮求门差传话主人，希望见春英一面。可传话回来是人家春英不愿见我们。"

喜喜："春英究竟吃错了啥药？"

秋云气未消："人家嫌你穷，要在朱家当少奶奶享福。"

喜喜："春英不是那种人。"

师兄："别乱说。要不我今天晚上翻墙进朱府，找到春英，问清楚缘由，好救她出来。"

喜喜："朱府戒备森严，好不容易将你救出来，你又想丢下秋云进牢房呀？春英这牛脾气犯起来，九头牛都拉不回来。我妈一个人在家，病又刚好，她整天念着侯伯。这样，你们俩先回梨树湾陪伴我妈，我去找侯伯。"

师兄："春英怎么办？"

喜喜："先办老人的事吧。我妈和侯伯情深，好事给我搅乱了。此次出来，我答应我妈一定要找回侯伯，等我找到侯伯，再来找春英。"

秋云、师兄："好吧。"

6. 江猎户家

餐桌上杯盘狼藉，江猎户和侯伯酒足饭饱。

山花："侯大哥，爸，你们到院子里坐吧。"

侯伯移坐院子大树下。

山花给侯伯点烟，问道："侯大哥，吃得怎么样？"

"好，富人才吃山珍海味，你这满桌都是山珍呀！"

山花羞涩地轻声道："你要喜欢吃，我就给你做，保你吃一辈子。"

"这……"侯伯尴尬。

山花红着脸离去。

屋内的江猎户历历看在眼里。

江猎户和侯伯坐在大树下吸烟，侯伯仍在尴尬中。

江猎户："货郎，小女的心事你该知道了，她就喜欢你，天天念你，四处赶集找你。好吃的、好穿的都给你留着。你孤身一人，人到中年，我又是要招上门女婿，这不正合双方心意。"

侯伯："不瞒猎户，我与一个寡妇相好多年了。"

"那为什么不成亲呢？"

"后来，寡妇跟了一个商人。"

"那就大路两边开，各走各的路呗。"

"唉！当初与她山盟海誓，我非她不娶，她非我不嫁。她可以负我，我不能负她。日后若有缘和她见面，我也理直气壮。"

江猎户："你真是个老实人，老实得痴呆了。"

"可以说我痴呆，只因为情太深了，她占满了我的心，别的女人难进我心中。"

"真是林子大了什么鸟都有，那寡妇既然跟了别人，你还想她干什么？你都是四十岁的人了，男儿无妻心无主，衣服破了没人补，你总得有个家，你就做我的女婿，我这儿就是你的家。"

"不行，不行。"

"怎么不行？我姑娘配不上你？"

"不是，不是，我和她是兄妹。"

"结了婚不就是夫妻了吗？"

"我和那寡妇才发过誓结为夫妻。"

"你真是鬼迷心窍了。"

侯伯望望太阳："太阳都偏西了，我该走了。"

江猎户拦住他："你不答应做我的女婿就休想走！"说着，不由分说，将侯伯拉进房间关起来。

"开门！开门！我要告你绑架我！"侯伯在屋内呼叫。

"我要告你抛弃我女儿！"

"你今天怎么不讲理？"

江猎户："对你这样的傻子是讲不清道理的。"

"爸，这样不好吧。"山花提醒父亲。

"我是为你好，他一走，你又想他了，到时候我到哪儿去给你找人呀？"

7. 山野

喜喜急急赶路，一边走，一边向路人和路边的庄稼人打听侯伯的消息。

8. 江猎户家

"开门！开门！……"侯伯在屋内拍门叫喊。

山花听见呼叫，如热锅上的蚂蚁。

江猎户："什么时候答应，什么时候放你出来。"

"你给我开门再说。"

"你同意了？"江猎户开了门。

侯伯一出门便跑，江猎户将他抓住，凭着山里人的蛮劲，又将侯伯塞进屋内，重新锁上。

山花看在眼里，急在心里。

9. 太平镇

喜喜来到太平镇，向路人打听："请问看到侯货郎没有？"

一老者："看到了，在前面茶馆。"

喜喜撒腿就跑，来到茶馆，只见一副货郎担摆在街边。喜喜高兴道："可找到了！可找到了！咦，人呢？"他走近邻桌问茶客："请问货郎到哪里去了？"

茶客："他说有事走一会儿，让我帮他看好货郎担，怎么，你要买东西？"

喜喜："我不买东西，为了找他我腿都快跑断了，我妈在家等着和他拜堂哩！"

正说着，年轻货郎回来："谁找我？谁找我？"

众茶客嘲笑道："你的儿接你去和他妈拜堂！"

"哈哈哈！你福气好！儿子和你一样大！……哈哈哈！"

年轻货郎恼羞成怒，抄起货郎扁担打喜喜："我打你这条疯狗乱叫……"

"错了！错了！我找的是侯伯，不是你……"喜喜在躲闪中不小心绊倒，十分狼狈。

众人更是笑得前躬后仰。

10. 江猎户家

山花开了门锁，对侯伯道："快跑！快跑！我好不容易才将我爸支开。"

侯伯出来："谢谢山花姑娘。"他挑起担子急走。

山花追上，递给他一件皮衣："狐皮做的，你风里来雨里去好御寒。"

侯伯推辞："这么贵重的皮衣，你还是留着给你未来的夫君吧。"

山花伤心地收回皮衣。

11. 山路

侯伯挑担跑，猛回头见山花痛苦状，内心充满歉疚。他心情复杂，脚步沉沉，脑里翻江倒海……

山花殷勤招待他："你要喜欢吃，我就给你做，保你吃一辈子。"

喜母偎依在他怀中，两人互相拔白发。

山花递给他狐皮衣："你风里来雨里去好御寒。"

山泉边，喜母送上为他缝制的鞋子、垫肩。

山花被拒后痛哭流泪……

"他妈嫁给了叛乱时到他家避祸的黄姓商人，到京城享福去了……"

侯伯的心被两个女人占据着，走着走着，踩着了蛇，那蛇反过来咬了侯伯的腿。

"哎哟！"侯伯一声惨叫。

一直尾随其后的山花急跑上来，望着远遁的毒蛇，惊骇道："毒蛇！"她扑上前，伏下身去，抱着侯伯的伤腿，用嘴吸吮侯伯的伤口。

"有毒！有毒！"侯伯挣扎，将山花推开。

山花却死死抱着侯伯的腿不放，越发吸着侯伯腿上的毒液。

侯伯用力蹬腿，终于将山花蹬开，然而山花却因毒素流进血液，昏倒在地。

"山花！山花！……"侯伯抱着山花朝家跑去。

12. 江猎户家

深山黑夜，林涛怒吼。

山花昏迷，江猎户伤心，侯伯内疚。

江猎户摇着女儿："吃了我采的解毒药，又吃了郎中的药，山花，你怎么还不醒呀？山花……山花……"他呼唤着女儿，摇动着女儿，山花仍没有反应，他起身决定出去。

"你要到哪儿去呀？"

"请郎中去。"

"郎中不是说，若吃了三服药还不醒来，他也没法了。"

"我不能没有女儿！不能没有山花，我出山去请好郎中。"

侯伯望着户外："天这么黑，风这么大，这样，我去吧。"

"黑夜里你走不来山路，也不知道郎中家，你留下看着山花。"江猎户说着，披上衣，提着灯，冲进了夜幕中。

侯伯坐在床边，望着山花，又是感激，又是愧疚，更是痛心。

13. 山区客店

喜喜来到客店，只见挂了客满牌，他仍往里走。

店主阻拦："出去，出去，客满了。"

喜喜推开店主："我不住店，我找人。"

"找谁呀？"

"我找侯货郎。"

"我们这里没有货郎。"

"我找人打听货郎。"喜喜说着，径直往里走。

喜喜挨家推开一扇扇门问："请问你们看到一个姓侯的货郎没有？"

一扇又一扇门内的住客回答:"没有。"

喜喜继续推门打听侯货郎,猛地推开一扇门,房内一对男女正在亲热,女子见了陌生人吓得尖叫:"啊!"

男子怒火燃烧,挥拳打喜喜:"打你个流氓!"

喜喜连忙赔礼:"我找侯货郎,我不是故意的。"

店家走来:"出去!出去!出去!"他连推带搡将喜喜推到门外。

喜喜恳求:"这荒山野岭,前不着商,后不接店,你让我睡在这过道上也行。"

"滚!滚!滚!"

14. 荒山野岭

月亮躲进了云层,天黑得伸手不见五指,喜喜寻找下榻的地方,突然摸到了一个山洞,他欣喜找到了住处,便走进洞内,摸到一个地方躺下来,由于疲劳,一躺下来便打起呼噜,喜喜的呼噜声一声比一声高,然而在这山洞里,还有一个呼噜声比他更高,那就是躺在他旁边的一只老虎。

15. 山路

江猎户打着灯笼,照着郎中前行。

郎中走得很慢,还喘着气,问道:"病家,你家还有多远?"

"不远,翻过山就是。"

郎中:"还要翻山呀?"他坐在路旁岩石上:"歇歇再走吧。"

"郎中……"江猎户想说什么,没有说出来,索性道:"我背着你走。"

"不行,不行。"郎中在江猎户背上推辞。

"为了我女儿,什么都行。"

16. 山洞

晨曦微露,喜喜迷糊中听到老虎的呼噜声,嘟嘟囔囔抱怨:"这位房客也是,住店又不是在家里,呼噜还打得那么响。"

呼噜声更高了。

喜喜不耐烦道:"嗨!房客!你那呼……"他一扭过身,天哪!原来身旁竟是一只老虎,喜喜吓得跳起来就跑。

喜喜一跑，惊醒了老虎，老虎咆哮着追赶。

17. 崇山峻岭

喜喜拼死逃命跑。

老虎在后面追。

眼看要追上，喜喜急中生智攀上了一棵树。

老虎在下面转悠。

喜喜在上面寻思如何脱险。

18. 江猎户家

江猎户背着郎中进了门。

侯伯急忙迎接。

江猎户："山花怎么样？"

"一直没醒。"

郎中号完山花的脉，无可奈何地走到另一间房。

江猎户和侯伯紧跟过去。

郎中："没有脉了。"

"啊！"江猎户号啕大哭，"我的女儿呀！山花呀！……"

郎中："人死不能复生，还是安排好，送她上路吧。"

江猎户痛哭。

郎中："姑娘没有妈，你这当爹的不能只管哭，赶快准备后事，总得让姑娘走得体面点。"

江猎户忍着剧痛送走郎中，为女儿准备后事，他流着泪锯断院中一块木头，准备做棺木。

侯伯望着将要入殓的山花，愧疚、内责，他走进灶房，将江猎户采回来的草药洗净、煎熬。

江猎户进来："你这是……"

"你采回来的解毒草药，山花还没有吃完，我煎熬后再喂她。"

"郎中都让办后事了，这草药管什么用啊？"

侯伯："山花还有你这爹，她怎么就甩手走了哩？"

19. 崇山峻岭

老虎继续在大树下转悠。

喜喜蹲在树上，苦思冥想脱险。

老虎转悠累了，无可奈何望着树上的喜喜，只得无奈离去。

老虎一离开，喜喜跳下树就跑。

虎口脱了险，喜喜继续寻找侯伯。

20. 江猎户家

侯伯端来解毒药，一勺一勺小心喂山花，愧疚道："山花，你不能这样走，你还年轻，你还有爹，你丢下你爹走了，谁来给你爹养老送终？……山花，你是为了我才走的，是我害了你，我对不起你，我这条命是你救的，你是我的救命恩人，你醒醒吧，只要你醒过来，叫我做什么我都愿意……"

山花忽然醒来："我……要你……娶我。"

侯伯惊喜，他呼喊道："山花醒过来了！山花醒过来了！"

江猎户欣喜若狂奔进来："女儿！山花……"

山花指着侯伯："他……他……他要……娶我。"

江猎户转问侯伯："你要娶她？"

侯伯迟疑。

山花："你刚才不是说，我是你的救命恩人，叫你做什么都愿意吗？"

侯伯默然点头。

江猎户嗔怪侯伯："你要早这样，哪有这些麻烦。"

山花笑道："爹，好事多磨。"

江猎户高兴地跑到院子，推倒做棺材的木料："红白喜事！红白喜事！我这白事变成红事了！"

21. 李贵府邸大门

"百官楷模"的皇帝赐匾高挂在大门上。

丐七、丐八要饭碰见李贵威风凛凛回府，两人重新燃起被这个变脸人关押的嫉恨。

不久，两个工匠来到大门，登高为皇匾加金边。过路人问工匠："这是干啥？"

工匠："这是皇帝所赐匾'百官楷模'，岭西王高挂在这里，不够醒目，特命我们来加一道金边更加醒目。"

言者无心，听者有意，丐七、丐八听后，计上心来。

22. 李贵府邸厅房

李贵坐定，问："管家，盖房工地进展如何？"

管家："禀大人，有些刁民不肯搬迁。"

李贵狠狠道："哼！由不得他们，把房子给他拆了，我看他还搬不搬！"

"是。"

"给大门匾上加金边的事你要监督办好，不能因为是件小事就马虎。"

"是。"

"你下去吧。"

管家退下。

丫鬟进来："禀老爷，夫人准备了老爷喜欢吃的菜肴，请老爷用晚餐。"

"知道了。"李贵起身朝后堂走去。

23. 李贵府邸大门

深夜，大门紧闭，四周寂静。

丐七、丐八悄悄溜至大门，将工匠留在门旁的梯子架到门上，攀上去摘下"百官楷模"的匾，两人扛着、拖着飞快逃走。

24. 农户家

丐七、丐八拖着皇匾朝城外跑去，两人边跑边骂："什么'百官楷模'，原来是个见风使舵的变脸人！"

"变了脸还假装正经，不准人说，我们说了，还把我们抓起来，差点要了我们的命！"

两人来到村头一农户家，将皇匾丢进了农户家的猪圈内，猪被惊醒，踩着、踏着皇匾，丐七、丐八借着月光见状，开怀大笑。

"踩！踩！踩！踩那睁眼瞎皇帝赐的匾！"

25. 李贵府邸

李府家丁甲开门不见皇匾，慌忙向管家禀报。

"管家，管家！不好了，不好了！"

管家尚未起床，骂道："你妈死了，惊惊慌慌的。"

"管家，皇上赐的匾不见了。"

"啊！"管家惊得坐起来，披衣跑出，只见大门上高挂的皇匾不翼而飞，管家吓得面如土色，软瘫在地上。

26. 破庙

丐七推醒丐八。

丐八迷迷糊糊："干吗呀？昨晚睡得那么晚。"

"起来去看好戏，看皇匾丢了，那些王八蛋急成啥样。"

丐八倏地起身，拉着丐七急往李府跑。

27. 李贵府邸

一群家丁、兵士奔出大门，沿街搜寻。

28. 大街小巷

丐七、丐八幸灾乐祸地看着急得如热锅上蚂蚁的李府家丁及兵士，嘴里哼着："本是变脸人，偏要当圣人。"

正在二人得意时，忽见兵士拉着工匠。

李府家丁、兵士抓了工匠。

工匠老母哭："没有儿子，我也不活了……"

丐七走上前："我知道皇匾在哪儿。"

兵士怒问："在哪儿？"

丐七："此事与工匠无关，你先把他放了，我再告诉你。"

兵士指着工匠："暂时把他们放了。"

管家威逼两个乞丐："说！在哪里？"

丐七："在张家村村头农户家。"

29. 李贵府邸

李贵在书房听完管家的汇报，立即吩咐："丢掉圣匾是要杀头的，千万不要声张，悄悄把匾找回来。"

管家："小人立即去办。"

30. 村路

管家一行人朝张家村走去。

丐七、丐八在旁见状，邀约众人去看笑话："去看啊！看好戏啊，看李管家迎圣匾！……"

人群从四面八方拥来，跟着李管家等人朝张家村走去。

李管家一行来到农户家，毕恭毕敬："小人恭迎圣匾回家。"

农户夫妇莫名其妙。

农夫："大人，请问你们这是干什么？"

管家："恭迎圣匾回家。"

农夫如坠云中："什么？什么？剩……剩下的饼？"

家丁甲："呔！胆大农夫，竟敢侮辱皇上！"

"皇上？！"农夫四下找寻，"皇帝驾到了，在哪儿呀？"

管家忍着气说："是皇上赐给岭西王的一块牌。"

农妇："一块牌？！今早我喂猪，见猪圈里有一块木板，我还以为是孩子爸从外面捡回来垫猪圈的哩。"

"猪圈在哪儿？"管家问。

"在这儿。"农夫领着众人来到猪圈，只见群猪在皇匾上拉屎撒尿，惨不忍睹。

管家、家丁等人急跳进猪圈捞出皇匾。

围观群众大笑："哈哈哈！皇匾垫猪圈！……"

"笑啥？"兵士厉声呵斥。

管家生气，暴踹农妇一脚。

农夫扶起妻子，怒对李管家道："皇上赐的匾你们没有保管好，不知谁半夜丢进了我家猪圈。丢失皇匾该当何罪？你们倒反跑来我家撒野打人！"

管家猛然醒悟："那两个乞丐？……"他急忙吩咐家丁甲等人："快！快去抓

住那两个乞丐！"

"是！"家丁甲等人急忙折返城里捉丐七、丐八。

31. 郊野

"哈哈哈……"丐七、丐八胜利地逃走。

走到岔路口，丐八往左边走，丐七将他拉过来："走这条路。"

"那是山路不好走。"

"那岭西王正派人抓我们，走山路保险。"

"还是七哥想得周到。"

丐七、丐八沿着右边路向深山走去。

32. 山乡小镇

江猎户背着一个酒坛，在酒家买了一坛酒，正要出店门，恰遇樵夫进来买酒。樵夫见状，上前搭话。

"江大哥，你买这么多酒，什么喜事呀？"

"我招赘女婿，小女结婚。"

"啊！女婿是哪儿的人？"

"都认识，就是走村串乡的侯货郎。"

"侯货郎，知道，知道。"

"初六是个好日子，请您来喝喜酒。"

"多谢，多谢。"

33. 江猎户家

山花幸福、甜美地剪"囍"字，比试新衣。

江猎户杀鸡、宰鹅准备喜宴。

侯伯怅惘地站在高坡上，望着山外。

34. 山野

喜喜寻寻觅觅在山路上走，见对面山上赶路的樵夫，高声问："老伯伯，您看到走村串乡的侯货郎没有？"

樵夫："怎么，你也要去喝喜酒呀？"

"什么喜酒？"

"侯货郎招赘到江猎户家，今天是大喜日子。"

"啊！"喜喜吃惊，他强镇定下来，"请问伯伯，那江猎户家在什么地方？"

樵夫站在对面山上的高地遥指："你先翻过山来到我这座山，再翻两座山，山腰茂林中有座木房子，就是江猎户家。"

"多谢。"喜喜拔腿就跑。

事情重大，喜喜在羊肠小道飞跑，他恨不得两肋插翅，跑着跑着，与迎面走来的丐八撞个满怀，两人跌倒在地。

丐八骂："眼瞎了，走路不看道！"

双方定睛一看："是你呀！"

丐八问喜喜："你要到哪儿去？"

喜喜急不可待："前面办喜事，侯货郎就要拜堂了。"

"吃喜酒！好啊，我们跟你一块儿去。"两个乞丐跟着喜喜走。

"这喜酒你们吃不成，我坚决不能让他们办成喜事！"喜喜推开两个乞丐赶路。

两个乞丐追上来："世上只有搭桥的理，哪有你这样的拆桥人？"

喜喜刚要反驳，突然灵机一动："你们要去也行。"他掏出一锭银子交与丐七："你们到附近人家换身干净衣服。"又悄声吩咐两个乞丐如此如此："……记住，侯货郎叫侯万安！事情办成后，我还会多给你们银子，再把黄伯的事给你们一一说清楚。"喜喜说完，急忙走，边走边回头叮嘱两个乞丐："快点来，别耽误了！"

丐八望着银子，高兴道："快去找人家换衣服！就喊个爹，那个买父的傻子还要给我们银子。"

35．江猎户家

一片喜气洋洋，贺喜和看热闹的人挤满了院子。

闺房内，山花羞涩、喜悦地化妆完毕，搭上盖头。

侯伯在江猎户等人的帮助下，机械地穿上新郎装。

傧相、司仪："新郎、新娘步入华堂——"

喜乐起。

新郎在伴郎搀扶下步入华堂。

新娘在伴娘搀扶下步入华堂。

人群争拥上前，踮起脚，伸直脖子观看人间喜剧。

侯相："一拜天地——"

新人拜天地。

侯相："二拜高堂——"

新人拜江猎户。

"夫妻交拜——"

新人正要交拜之际，喜喜仿佛是从天而降，冲入喜堂，对侯伯道："爹爹，你怎么当新郎了？妈叫我来找你，找得我好苦哟，快回去，妈盼望着你哩！"

众人震惊。

侯伯惊愕！

"爹——"丐七哭叫着冲进来，抱着侯伯，"爹，你丢下我母子不管，我们还以为你死了，后来一个乡里回来说，见到你在这一带当货郎游乡，母亲命我出来找你回家，终于找到你了。"

侯伯："你是谁？我不认识你。"

"爹，我妈生下我才三个月你就离家走了，你当然不认识我呀。"

"你爹到底姓啥？叫什么名字？"

"我爹姓侯，名万安，人叫侯货郎。"

侯伯："你怎么知道我的名字？"

"你是我爹呀！我刚学会说话我妈就教我说爹的名字。"

侯伯百口莫辩："这是哪儿的事呀？"

"爹，虎毒不食子，你怎么见了亲生儿子都不认呀？"

江猎户："哼！两个两个的娶，还说没有结婚，说不定还有第三个哩！"

侯伯认真而严肃道："没有，没有，绝对没有。"

话音未落，丐八远远高叫跑来："爹——爹——"他跑到侯伯身边，跪下道："我妈听说你要另娶亲，又是上吊，又是投河，我们好不容易救下了她，可是上吊有绳子，大河又没有盖子，只有你回家才能救她。爹！你救救我妈吧！"

喜喜、丐七、丐八拉着侯伯："爹！爹！快跟我回去吧。"

三人争抢爹："爹，跟我回去！"

喜喜："爹，你和我妈是结发夫妻。"

丐七："爹，我妈独守空房十多年，眼睛都快盼瞎了，就盼你回家呀！"

丐八："爹，你要是不回去，我妈又要寻死，爹呀爹，救人一命，胜造七级浮屠呀！"

三人争拉"爹"，侯伯新郎装被扯烂。

江猎户抓住侯伯："好啊！你有三个女人，还说你没有结婚，可怜我女儿为你差点丢掉命。"江猎户挥拳狠打侯伯："我打你个骗子！"

来宾愤怒，山民凑上来打侯伯。

山花护着侯伯："别打了，别打了，有话好好说。"

喜喜在侯伯耳边："装死，装死。"

侯伯假装被打倒死去。

喜喜拦住大家："打什么？打什么？人都打死了。"

喜喜、丐七、丐八跪在侯伯身旁哭丧："爹呀爹……你就这样死了，我怎么回去给妈说呀……"三人高叫："你们打死我爹，打死人要偿命！我们要报官！"

众人惊吓，纷纷推卸："我没有打他，不关我的事。"

"我只是拍了他一下肩膀。"

"我只是用指头戳了他一下。"

……

众人离去。

山花抱住侯伯的"尸体"痛哭。

"没出息！他骗了你，你还哭。"江猎户骂女儿。

喜喜、丐七、丐八拉着江猎户："你打死我爹，走！报官去！"

"我怕你报官？你们那爹跑到山里来骗人，我要告他是骗子！"

喜喜、丐七、丐八与江猎户拉扯争打。

一位老山民拦住了他们，息事宁人道："算了，算了，这场官司都没有赢家，此事是由你们这个爹引起的，他也太不像话，撇下你们几个跑到山里来欺骗老实山民，你们看，受骗的姑娘好伤心。"

山花抚"尸"痛不欲生。

老山民："大家在气头上，你一拳我一脚，误将你爹打死，人都散了，到哪儿去抓凶手？人死不能复生，看在他是你们父亲的面上，扶尸还乡吧。"

江猎户生气地将女儿拉进屋子："他是骗子！"

喜喜借坡下驴："算了，算了，看在这个女人对我爹一片真情，我们免于起诉，兄弟们，把爹抬回家去。"

丐七、丐八还想敲诈江家，喜喜暗示，两人心领神会，与喜喜一道号嗨着抬侯伯离去。

36．山野

山花挣脱父亲朝着山路跑："我要送侯郎！"

江猎户对着她的后背，恨铁不成钢："你个没出息的，人家把你卖了，你还跟着数钱。"

喜喜、丐七、丐八气喘吁吁抬着侯伯急走。

喜喜催促："快走！快走！"

走了一段山路，丐八抹着汗："好重呀，他们看不见了，放下来让他自己走。"

喜喜："不行！再走远一点。"

丐八："那得多加银子。"

喜喜："好说。"

翻过山垭，人烟稀少，喜喜才放慢脚步："放下吧。"

侯伯站起来，抚摸着伤口。

丐八朝喜喜摊手："银子。"

喜喜掏出一锭银子给丐七。

侯伯恶狠狠对喜喜："你干的好事！"

喜喜嬉皮笑脸对侯伯道："爹！"

丐七拉过喜喜："上次在庙里，你不是买了个爹，怎么又钻出一个来，你有几个妈呀？"

喜喜："我这个爹与上次买的爹有关联，我从你们那里买的黄伯，他不是黄伯，他是皇……"

走在坡上的山花看见侯伯站起来，高叫着："侯郎——侯郎——侯郎没有死！侯郎假装死——"她疯一样跑向侯货郎。

山民闻声也追来。

两个乞丐见状，丐八拉着丐七："银子到手，不关我们的事了，快走！"

两个乞丐溜走。

侯伯见山花追来，欲返回，喜喜抓住侯伯往前跑，边跑边骂："你这个喜新厌旧的小人！"

"你妈才是嫌贫爱富的小人!"

"我妈哪里嫌贫爱富了?"

"你妈嫁给了那个黄伯,随他到京城享福去了。"

"胡说!我妈根本没有结婚,到处找你。"

"啊!"侯伯心喜。

"侯郎——侯郎——"山花叫声越来越近。

侯伯挣脱开喜喜欲转去,喜喜紧抓住侯伯往前跑。

侯伯:"山花姑娘救过我的命,是我的救命恩人。"

"救命恩人不能当媳妇,我妈才是你的媳妇。"

"我总得给人家说清楚。"

"你现在说不清楚,等你和我妈成完亲,你再来给他们说清楚。"

"侯郎——侯郎——"山花的呼叫,声声拨动着侯伯的心弦,他几番往回走不成,率性坐在地上不走。

喜喜背起侯伯继续跑。

第二十八集

1. 山野

喜喜拉着侯伯赶路。

侯伯疑虑道："喜喜，你刚才说的黄伯就是皇帝，是真的？"

"真的！真的！真的！"喜喜连说了三个"真的"，笑道，"侯伯，你连问了我三次，所以我就连着回答你三次。说实话，开始我也不相信。"

侯伯："这真像在演戏。"

"戏上有，世上有。上次你钻进箱子被抬走，那是他们以为皇帝进了我妈的房间，所以把你给抢走了。"

"啊！"

"快回家吧，我妈想你都想病了。"

侯伯："这里到梨树湾要走两天？我们今晚找个客店住，明早起来赶路，估摸太阳落坡就能到梨树湾。"

"听你的，你路熟，跟着你不会住黑店。"

二人大步朝前走去。

2. 王家村

家丁甲敲着锣在村里号叫："搬家！搬家！这里要建岭西王住宅！"

他从村头走到村尾，家家户户仍一如既往地生活，走到王有福家，见主人在收拾菜园，便怒斥道："你们怎么还不收拾搬家？"

王有福愤愤道："那么多空地不建，偏偏找我们这里人多的地方建。"

家丁甲："普天之下，莫非王土，率土之滨，莫非王臣。岭西王想在哪儿建住宅，就在哪儿建！"

王有福："我祖祖辈辈都住在这里，我们搬到哪儿去？"

众村民围上来:"是呀,你让我们往哪儿搬?"
家丁甲:"你们爱搬到哪儿去就搬到哪儿去,反正岭西王要在这里盖住宅。"
"我们实在没有地方搬呀!"众村民说。
"少啰唆,赶快搬,别敬酒不吃吃罚酒!"家丁甲说完,赶快抽身。
王有福:"我们就等着喝你的罚酒吧!"

3. 李贵府邸

李贵从外归来。
李夫人怒气冲冲上前:"那些刁民还是不搬家!"
李贵:"我早说过,那里有乡村,有集市,住的人多,搬迁起来困难。"
李夫人气焰嚣张:"我不管他人多人少,我只知道那是块'青龙双拥'的宝地;我还知道,明年八月是我父亲的五十大寿,我要在新修的庄园给老人家庆寿。开工日期一天天拖延,这庄园如何能抢在明年八月完工?"
"管家!"
"在!"李管家应声跑来。
李贵受了夫人的气,将满肚子气撒在管家身上:"命那些刁民,三日之内搬家,谁敢抗命,给我往外赶,放火烧房子!"
"这……"李管家迟疑。
"'这'?!还有'那'呢!赶快照老爷的话去办!"李夫人在旁颐指气使。
"是。"管家忍气吞声出了门。

4. 王家村

李管家带领众家丁凶神恶煞地朝王家村扑来。
王有福指挥村民将自家的家禽家畜放出来,吆喝至村头,鸡飞狗跳拦在村口。
李管家命令家丁们往村内冲,家禽家畜在主人的指使下,勇敢迎敌:
狗"汪、汪、汪"咬李管家,管家惊吓得左窜右逃。
水牛用角挑家丁甲,家丁甲慌忙躲避。
猪拱家丁乙,将他拱得倒在地上嘴啃泥。
鸡啄家丁丙,他蹦蹦跳跳似发疯。
……
管家及家丁狼狈逃走。

村民开怀大笑，家禽家畜狂欢乱跳。

5. 李贵府邸

"刁民竟敢如此猖狂！"李贵大怒。

"想不到他们如此狡诈！"李夫人咬牙切齿说。

"他们有七算，我们有八算。"家丁甲说。

"什么算？"李贵问。

"如此……"家丁甲附在李贵耳边说。

李贵频频点头。

6. 山野

喜喜和侯伯赶路。

侯伯："挑着货郎担走路习惯了，不挑担子总觉得轻飘飘的。"说着，往回走。

"侯伯，你这是？"

"我想回去挑我的货郎担。"

"嗨！你回去就走不脱身了。"

"那副货郎担跟着我二十多年了，那扁担用得油光亮，特别好用。"

"那些东西你用不着了，你实在要过瘾，我另外给你买一副。"喜喜强拉着侯伯继续赶路。

7. 王家村

李管家领着一行人抬着皇匾，鼓乐喧天，吹吹打打来到王家村。

"圣旨到——"家丁们高叫。

村民听说圣旨，赶快跪迎。

"哞……"牛叫。

"咯、咯、咯……"鸡叫。

"汪、汪、汪……"狗吠。

家禽家畜声汇成一片嘈杂声。

"把各家家禽家畜管好！"管家大声道。

村民分别管好了自己的家禽家畜，却不见宣读圣旨。

王有福:"圣旨在哪儿?"

"圣旨在这儿——"管家指着皇匾,"百官楷模。"他一边说,一边暗示下人。

家丁甲会意,悄悄带着恶奴朝村中跑去。

管家指着皇匾:"岭西王在三逆贼叛乱期间,保护皇帝安全,救了周娘娘性命,皇帝念其忠心耿耿,标榜他为'百官楷模',此匾为皇帝钦赐,匾到如皇帝到,速速搬迁,不准拖延!抗旨杀头!"

忽然村中火光冲天,原来是家丁们点燃了房子,烈焰腾腾,整个村子成了火海,村民们呼天抢地,无奈呼天不应,叫地无门。

8. 野外

暮色降临,雷声隐隐。

整座村子已化为废墟,村民流离失所,无家可归,有的挤住在山洞,有的蜗居在树枝搭成的棚内,有的四处寻找栖身处。

王有福夫妇带着破草席,挎着破包袱四处流浪。

霎时暴雨倾盆,村民们像无头苍蝇一样乱窜,寻找避雨处。

9. 土地庙

王有福和妻子来到土地庙。

有福妻:"住土地庙?"

王有福:"又打雷又下雨,你往哪儿去?"

王有福夫妇将破草席扔在地上,疲惫地躺下,渐渐入睡。

有福妻进入了梦乡,梦中竟出现了以下情景……

10. 土地庙(梦境)

狭小的土地庙地铺上睡着两对夫妇。

土地爷、土地婆睡在一起,王有福夫妇睡在一起。

土地婆半夜醒来,揉着惺忪的眼睛朝茅厕走去。

有福妻随后也起来解手。

土地婆回来,迷迷糊糊中见王有福旁边无人,便倒在王有福身边睡下。

有福妻归来,摸索着土地爷身边无人,困倦的她倒在土地爷身边睡下了。

鸡叫一遍。

土地爷亲热地抱住有福妻，土地婆如小鸟依人般地躺在王有福怀里。

鸡叫两遍。

庙内的两对夫妇仍在黑夜中沉睡，土地爷搂抱着有福妻，土地婆搂抱着王有福。

王有福翻了个身子，土地婆撒着娇，要和王有福亲热。

王有福推开土地婆："唉，你怎么黄连树下弹琵琶——苦中作乐呀？"

土地婆听见这陌生的声音，借助微弱的晨曦一看，吓得跳起来惊叫道："错了！错了！"

有福妻睁眼一看，发现自己躺在土地爷怀里，惊慌地叫道："这是怎么搞的？怎么搞的？"她只恨上天无路，入地无门。

土地婆指着土地爷："好啊！老头，怪不得你要留他们住宿啊，原来你是城隍娘娘害喜——怀鬼胎。"

土地爷："是有鬼在作怪！"

土地婆："是你心中有鬼！"

土地爷抱怨道："叫我怎么说得清楚，岭西王呀岭西王，常言说，神仙打仗——凡人遭殃，你这可是凡人造花园——神仙也遭殃啊！"

……

11. 土地庙

有福妻睁眼一看，见泥塑土地爷和土地婆还端端地坐在上面，方知是一场梦。

"怎么啦？"王有福醒来，关心地问。

"没什么，没什么，我们快走，快走。"有福妻卷着草席，拉着丈夫急急出了土地庙。

12. 乡间小路

侯伯和喜喜急急赶路。

侯伯望着远处集市："真是三早顶一工呀，我们起了个早，就赶了二十来里路，前面就是王家场，那里有个酒店，桂花酒出名，我们到那里吃饭吧。"

喜喜："一大早起来就赶路，我肚子早饿得咕咕叫了。"

两人朝桂花酒店走去。

13. 桂花酒店

侯伯与喜喜进了酒店。

侯伯吩咐:"来二两你们店的镇店桂花酒,一斤烧酒,一斤牛肉,一盘五香豆腐干拌花生,两碗米饭。"

堂倌:"二两桂花酒,一斤烧酒……"随着堂倌的叫声,酒菜很快端上了桌子。

喜喜、侯伯酒一下肚,便打开了话匣子。

喜喜:"侯伯,你和我妈相好了那么多年,为什么不说呢?说出来,大伙好给你们办喜事呀。"

侯伯:"唉!这一,一提起我,你就咬牙切齿。"

喜喜赔笑:"误会,误会。我妈把你们的事给我一说,我直后悔中间插一杠子。"

侯伯喝了口酒:"二,你都那么大了,上了岁数的人再结婚,闲言碎语难听呀!"

"不是我说你们二老,既然你们要想在一起过好日子,就不要怕闲言碎语,有些专爱嚼舌头的人,你们就让他们去嚼吧。他们嚼干了舌头,嚼饿了肚子,还得自家回去烧水喝,做饭吃。你们怕这怕那,不把事情公开,惹出多少麻烦,还差点惹出人命来。"

"是,是,是。"侯伯愧疚。

"要想过好日子,就要有勇有胆;怕这怕那,等于自己给自己戴上枷锁,就像老鼠一样活着,多难受呀!"喜喜话说出口,忽然觉得不妥,忙端起酒杯,"失礼了,请包涵。"

"说的也是。"

喜喜喝了口桂花酒,情不自禁道:"好酒,好酒!"他闻了闻:"真是十里飘香呀。"

"这是店里的镇店酒,是店老板祖父的祖父用桂花酿造的,故名叫桂花酒。"

"那一定很贵吧?"

"比这烧酒要贵十倍。"

"那你何必花这么多钱?"

"难得你我今日相会。"

"好，那我就借花献佛了。"喜喜端起杯中的桂花酒站起来敬侯伯，"我自幼失去父亲，孤儿寡母历尽艰辛。如今侯伯就是我的父亲，这第一杯酒，祝愿父亲健康长寿。"

"谢谢喜儿。"侯伯一口干了酒。

喜喜往碗里倒了烧酒，敬侯伯："第二碗酒，祝愿爹和妈相敬相爱，白头偕老。"

"多谢喜儿。"侯伯又一并喝干了酒。

喜喜再次倒了一碗烧酒，"这第三碗酒，祝我们全家和睦，敬老爱幼，幸福美满。"

"好！好！好！"

酒逢知己千杯少，侯伯与喜喜喝着酒，亲切交谈着。

14. 通向桂花酒店的路上

李贵的家丁、恶奴急急行走。

恶奴甲："今天，非要给这个桂花酒店的老板一点颜色看看！"

15. 桂花酒店

喜喜："侯……不，爹爹，回去以后，我们把房子翻修一下，再粉刷，选个良辰吉日，你和妈就把婚事办了。"

"听你的。"

"年岁大了，当货郎走乡串村，夏天热，冬天冷，饱一顿，饥一顿，早晚会惹出病来。你和我妈结婚以后，就不要当货郎了，在家和我妈安度晚年，我演出挣钱养你们。"

"好孝顺的儿子。"侯伯激动地说。

"这是应该的，谁让你是我爹呢。"

侯伯、喜喜同笑："哈哈哈！"

突然，李贵的家丁和恶奴凶神恶煞地闯进来。

恶奴甲指着店老板："胆大刁民！岭西王要在此处建李家花园，限你们五日之内搬走，今日已过期，你们是敬酒不吃吃罚酒，来呀！与我砸！砸！砸！"

恶奴们手持木棒、铁锤乱砸东西。

顾客纷纷离去。

侯伯急忙拉着喜喜往外走,喜喜不走,站在门外观看。

店老板哀求:"大哥,我们家祖祖辈辈在此卖酒为生,离开酒店,我们一家老小靠什么过活?请再宽限几日,我们找到房子,立刻就搬。"

"混蛋!"恶奴甲骂道,"都像你这样赖着不搬,李家花园什么时候能修建好?今天就来个杀鸡给猴看,来呀!与我砸!砸!砸!"

恶奴们挥动着棒、锤,砸垮了桌椅,砸碎了碗壶,砸破了酒坛,酒从破坛中流到地上,如涓涓细流。

店老板心如刀割,当恶奴们举锤欲砸藏在屋内的一坛桂花酒时,店老板扑上去死死抱住酒坛,哭求:"求你们别砸!求你们别砸!这坛酒是我们店的镇店酒,是我祖父的祖父传下来的,我们家就只剩下这一坛百年老酒了!"

恶奴甲:"砸!统统砸!房子也烧掉,我看你还搬不搬!"

恶奴乙举棒威胁店老板:"滚开!不然连你一块儿砸!"

"求你们别砸,我马上就搬走。"店老板与店小二动手欲将桂花酒搬走。

恶奴甲上来,举起铁锤砸向桂花酒坛,"哗啦"一声,酒坛破裂,酒像泉水一样汩汩流在地上。

店老板痛心疾首,怒火腾腾,他豁出全身力气扑向恶奴甲:"你们这些禽兽,我拼了!"

几个恶奴举棒狠击店老板,正好击中了店老板的头。店老板鲜血迸射,倒地惨死,血水和着酒水遍地流淌。

店老板的一家老小扑在他的遗体上痛哭:

"孩子他爹呀!……"

"我的儿啊!你死得好惨呀!好冤呀!……"

"爹爹!……"

"这世上还有没有公道呀?……"

……

围观群众愤怒。

苏秀才:"这真是无法无天!"

长顺:"杀人要偿命!"

王有福:"赶快报官!"

有福妻:"找官府讨回公道!"

群众:"对!找官府讨公道!"

恶奴甲:"讨公道?找谁讨公道?岭西王是皇帝钦赐的'百官楷模'。要讨公道,你们只有找皇帝去讨公道。去呀!去找皇帝讨公道呀!"

恶奴乙:"你知道京城在哪儿?你们见得了皇帝吗?哈哈哈!"

众恶奴扬长而去。

16. 酒店外

喜喜望着这群恶奴,欲冲上前狠揍他们。

侯伯死死拉着他的衣襟。

17. 酒店内

店老板一家抚尸痛哭。

店老板母亲哭得死去活来:"我的儿呀!这世上无公道可讲,娘就陪你到阴间去讨回公道了!"老人家说着,撞墙而死。

老人的鲜血和着儿子的鲜血一同流淌。

"婆母——"

"奶奶——"

"老婆子,我来了——"店老板父亲欲寻死,众人急将他拉住。

18. 酒店外

喜喜忍无可忍,他挣脱侯伯的手站出来说:"大爷、大妈、大哥、大姐们,岭西王豢养的恶奴们如此欺压、残害百姓,我要为大家打抱不平!愿将岭西王的罪行呈报给皇帝,皇帝定会严惩贪官岭西王!"

群情振奋。

"申冤报仇有望了!"

"天下还是好人多呀!"

"大路不平总会有人铲呀!"

……

侯伯又拉喜喜后退。

喜喜甩开侯伯,对众人道:"告状要有状子,口说无凭,希望大家将岭西王的罪行写下来,受害人再签字画押,我呈报给皇帝就铁证如山了。"

"对！"

长顺："那就请苏秀才代笔了。"

众人："对！请苏秀才代笔！"

苏秀才："读圣贤书，就要修身齐家治国平天下，不惩治贪官，哪来的国泰民安？这个状子我来写！"

19. 酒店内

王有福、有福妻、长顺等支起了一张砸坏的桌椅。

苏秀才解开包袱，拿出了文房四宝。

长顺为其铺开纸，有福为其磨墨。

苏秀才握着笔，字字千钧地写起来。

20. 酒店外

侯伯拉着喜喜离去："这不关我们的事，快走。"

喜喜："怎么不关我们的事？你我亲眼见一伙恶奴砸酒店，把一个活生生的人给打死了，气得老妈也撞墙死了。一眨眼就落下了两条人命。"他拿出银子给侯伯："我妈天天念你，你先回梨树湾，我到京城递了状子，马上就回来给你和我妈办喜事。"

侯伯不接银子，催促道："我们快走！快离开这是非之地。吵架场中没添言，打架场中没添拳。你妈就你一个儿子，千万别惹火烧身。"

"我妈会同意我为民申冤的。"

"喜喜呀！"侯伯语重心长道，"官场上的事情复杂、水深得很。皇帝一言九鼎，皇帝的面子比老百姓的性命要重要得多。岭西王既然是皇帝钦赐的'百官楷模'，皇帝难道会纠错？"

"要是贪官横行，民不聊生，老百姓骂皇帝乱任用官吏，是昏君，那他才是真正的没有面子！我是皇帝的义子，困难的时候救过皇帝，我呈上的状子是老百姓签字画押的，皇帝会准的。"

"你年轻，把事情想得太简单了。快走，快走。"侯伯强拉喜喜走。

喜喜将银子塞进侯伯的衣袋，挣脱开侯伯跑掉，侯伯追上来又抓住他不放。

苏秀才在店内叫道："我写完了，念给大家听听，要是大家同意，就在上面签字画押。"他高声叫道："外乡大哥到哪儿去了？"

长顺、有福等人齐叫:"外乡大哥!"

"在这儿!"喜喜朝店内奔去。

侯伯紧拉不放。

王有福等人出店门叫道:"外乡大哥快来呀!"

侯伯仍抓住喜喜不放。

"我爹在世的时候,教我要帮助人,特别是那些有困难的人。"喜喜恳求道,"现在你是我爹,你也会这么教我的。王家村的老百姓受岭西王欺压,有冤无处申,我不帮助谁来帮助?侯……不,爹,你肯定会同意我这么做的。"

侯伯不语。

"我妈一人在家,病刚好,正需要你回去照顾。"

侯伯仍抓住喜喜不放。

喜喜只好暗示长顺等人。

长顺等人走到侯伯面前:"你既然怕沾边,就快走!快走!"说着,连推带拉让侯伯离开,喜喜趁机跑掉。

21. 酒店内

苏秀才慷慨激昂地念写好的状子:"岭西王李贵上任以来,目无王法,卖官鬻爵,欺压百姓。为修建豪宅,强占民房、民田,致使百姓流离失所。岭西王府上豢养的恶奴,依势横行霸道,为非作歹,视百姓生命如蝼蚁,打死无辜良民。叩请皇上为民做主,严惩贪官恶奴!"

众人齐赞:"写得好!"

"好!"

王有福:"愿意告状的,就请大家签字画押。"

难民们纷纷走上前去,会写字的便签字,不会写字的就画押。

难民们签字画押完成。

苏秀才毕恭毕敬地将状子捧给喜喜。

难民们齐跪下:"拜托大哥了!"

喜喜深情地扶起大家:"乡亲们,我一定不负大家的厚望,保证将这状子呈报给皇帝,你们就等着好消息吧!"说着,告别了难民,疾步登程。

众人满怀着希望目送喜喜走远。

苏秀才:"众位乡亲,我河西乡的二姨母得了重病,带信来要见我。我现在就去看看。"

王有福:"苏秀才,我们要告倒岭西王,就离不开你这个笔杆子呀。"

苏秀才:"我明日就回来。"

众人:"苏秀才早去早回。"

苏秀才告别众人踏上了去河西乡的路。

"呜呜呜……"店老板的亲人、孩子仍在抚尸痛哭。

王有福:"乡亲们,大家帮助店家料理后事吧。"

难民们安慰受害者的亲人,收拾遗体,准备棺木。

店家老小哭声震天。

王有福安慰道:"老伯、大嫂请节哀,外乡大哥将我们的状子呈报给皇帝,皇帝定会拍案而起,命钦差大人带圣旨和尚方宝剑来这里,将贪官和罪犯捆绑起来,绑缚刑场,'咔嚓'一声,叫他人头落地,你们一家的冤就申了,店老板也就含笑九泉了。"

百姓甲:"杀一儆百,河清海晏,老百姓的日子就好过了。"

有福妻:"皇帝惩罚了岭西王,退还强占的民房,我们就不会再四处流浪了。"

众人你一言、我一语说着,冲淡了悲伤的气氛,人们沉浸在希望里。

万兴从外面跑来,大叫一声:"糟了!"

众人忙问:"什么糟了?"

万兴:"糟了!"

急惊风偏遇慢郎中,众人着急:"什么糟了?"

有福妻催促道:"你快说呀!"

"你们想,那外乡小伙子是个平民百姓,他知道京城在哪方?皇帝住在哪儿?他又怎么能见到皇帝,将我们的状子呈报给皇帝?"

"哎呀!对呀!"群众突然清醒。

王有福:"是呀,他不是什么钦差大人,也不是什么州府大官。"

百姓甲:"唉!如今人情淡薄,'各人只扫门前雪,休管他人瓦上霜',哪有如此见义勇为的人?大家申冤心切,以为是菩萨降临了,就没仔细想。"

百姓丙:"这才是病急乱投医。"

万兴:"要是这状子落在岭西王的手里,上面有我们几百人的签字画押,他肯定会变本加厉报复我们。"

众人一时慌了手脚:"怎么办?怎么办?……"

"岭西王有权有势,杀人像杀鸡。"

众人像末日来临般哭起来:"岭西王若把我们家老老少少全杀了,日后清明上坟都没有人哪!我们家人都成饿死鬼呀!"

百姓甲:"哭什么!快追回来呀!"

群众:"追回来!"

一群人朝喜喜离去的方向急追……

第二十九集

1. 乡间小路

喜喜疾步前行，时时摸摸放在包袱里的状子，深感责任重大。

2. 山间小路

苏秀才朝姨母家走去。

"快走！快走！"两个差役像驱赶牲口一样押解着丐八和几个劳工到李家花园服役，迎着苏秀才走来。

丐八故意落在后面，想趁机溜掉。

差役抓住了他："你往哪儿跑？给岭西王盖房子算是看得起你，工地上有白米饭吃还要打牙祭，省得你到处去要饭。"

丐八哭丧着："我盖不来房子，没学过。"

差役甲："你刚生下来还不会吃饭哩！不知道学呀。"

差役乙："你个大活人有气就有力，运个土搬个砖总行吧。"

为防止劳工们逃跑，差役用绳子将众劳工拴在一起，狡猾的丐八让差役拴在了最后。

3. 乡间小路

喜喜走着，路遇行人，他总怀疑别人盯着他包袱里的状子，思索再三，他避开人，钻进了路旁的树丛中，从包袱里取出状子，小心翼翼地揣进了内衣，又继续赶路。

王有福及万兴等人在后面慌慌忙忙地追赶喜喜。

4. 驿道上

喜喜在前面急急行走。

万兴和王有福等人在后面快步追赶。他们追得汗水淋淋，仍不见喜喜的身影。

王有福："这外乡人到哪儿去了？我们是不是追错了道？"

万兴："不会的，到京城肯定会走这条路。"

王有福："要是他不到京城呢？"

群众甲："再追追看！"

王有福等人又加快脚步往前追赶。

5. 山野

侯伯心事重重，脚步沉沉，脑海里思潮翻滚：

"我回梨树湾见了喜妈，她问我喜喜为什么没回来，我该如何回答？……"

6. 古渡口

喜喜来到古渡口，渡船正缓缓由对岸驶来，喜喜只好耐心等待。

7. 通往古渡口的驿道

王有福发现了喜喜，高兴道："外乡人，他在等渡船！"

万兴等人急朝渡口跑去。

8. 古渡口

渡船终于靠了岸，喜喜和几个渡客上了船，船家还想多等几个渡客，喜喜催促道："我有急事，快开船！"

船家举起篙竿，将船撑离了岸边。

万兴等人急急跑来："等一等！等一等！"

船家："等下次我撑回来再渡你们吧。"说着，继续撑船。

万兴等人："外乡人！等一等……"

喜喜："船家，他们有要事找我，劳驾你将船撑回去。"

船家装着没听见，继续撑船。

"外乡人！等一等……"万兴的呼叫声更急了。

眼见船离岸越来越远，喜喜只得亮出了他的功夫，纵身从船上一跳，像燕子一样轻轻落在岸上。

万兴等人气喘吁吁地跑到了喜喜面前。

喜喜急问："你们又增添了岭西王的罪状？快给我。"

王有福："把状子退……"

"外乡大哥，是这样的。"万兴忙截断了对方的谈话，"你走后，大家忽然想起一个地方要改一下。"

"什么地方要改？"喜喜问。

"你拿出来我指给你看。"万兴狡猾地说。

喜喜小心翼翼地将状子从贴身的衣袋拿出来。

万兴倏地从喜喜手中夺去状子，撒腿就跑。

"状子！状子……"喜喜欲去追。

王有福拦住了喜喜："别去追了，是大家让我们来取回状子的。"

王有福说完，与一伙人急忙跑了。

喜喜紧追："状子！状子！没状子我怎么告状……"

9. 山间小路

两个差役押着丐八和几个劳工继续朝李家花园工地走去。

丐七为救丐八躲躲闪闪尾随其后。

苏秀才远远迎着这几个劳工走来。

10. 驿道

侯伯继续走着，可心事越来越重，脚步也越来越慢。

"我回答喜妈，喜喜要到京城为百姓申冤，我再三劝他别管闲事，可他是九头牛也拉不转来，我只好一个人先回来了。喜妈一定会怪我，不是你的亲生儿子你就不关心？"

……

"喜喜为了外出找我，才遇上岭西王欺诈百姓的事，喜妈年轻守寡，喜喜是他的命根子，要是喜喜有个三长两短，我对不起喜妈，转去，一定要拉回喜喜！"

侯伯转身回走。

11. 山溪边

两个差役让劳工们休息，大家见到清澈的溪水，都埋头喝水、洗脸。

丐八等劳工喝完了水，坐在路边休息。

丐七从丐八身后的灌木丛中伸出一只手，递给丐八一把小刀。

丐八迅速地割断了捆绑的绳索，在丐七的指引下钻进了灌木丛中，很快便消失在树丛深处。

"赶路了！"差役甲命令道。

众劳工集聚一清点，发觉少了最后的丐八。

差役甲慌了手脚："怎么少了丐八？"

差役乙："莫非有鬼呀？这么多人的眼皮下，他竟溜掉了。"

差役甲："班头要惩罚我们的，这可怎么办？"

"怎么办？肯定会杖责我们五十大板。"

"说不定还会坐牢哩……"

两个差役急得团团转。

劳工甲："差大哥，别急，我有办法。"

"什么办法？"两个差役犹如溺水人抓到了救生圈。

劳工甲："你们过来。"

两个差役乖乖走近劳工甲身边，劳工甲抓着差役乙的胳膊，狠狠地从他手臂上拔下了几根汗毛。

"哎哟！"差役乙痛得直叫。

劳工甲对着汗毛吹了几下，故意说："抱歉！抱歉！我学孙悟空变人，可没变出来。"

"因为我揍过你，你这是报仇。我还要揍你！"差役乙追打劳工甲。

差役甲忽然发现迎面走来的苏秀才，他高兴道："变出来了！变出来了！"

差役甲走上去，用绳子套上了苏秀才，往劳工队伍里拉。

苏秀才反抗："你们怎么拦路抢人？我是个秀才，河西乡姨母生病，我要去看她。"

差役乙："先把岭西王的李家花园修好了，你再去看你姨母吧。"

苏秀才继续反抗，终因一介书生体弱，被拉进了劳工队伍，由两个差役驱赶着朝李家花园工地走去。

12. 山路上

苏秀才被强拉，他一路走，一路喊冤："你们为什么要抓我？我是个秀才，每日苦读诗书，勤写文章，为的是来年参加科举考试，一旦高中，了却我平生夙愿，安邦定国……"

差役甲狠抽了苏秀才一耳光："我最讨厌的就是你们这些酸秀才咬文嚼字、写写画画了！"

"你目无王法……"苏秀才仍不停地抗议。

13. 半山腰山洞

山下传来的争吵声，惊动了半山腰山洞中避难的王老三夫妇，王老三对妻子道："你看！他们在强拉苏秀才！"

山下又隐隐约约传来苏秀才和差役的争吵声：

"……我是秀才……写……"

"……你们这些酸秀才……写……写……"

王老三："听见没有，他们在说写。"

妻子："听见了。"

王老三："一定是苏秀才写了状子，岭西王派人来抓他。"

妻子："对！"

"看来岭西王是知道我们告状的事了，我回村报信去，大家好想办法救他。"王老三朝王家村飞跑而去。

14. 乔府厅堂

乔夫人忙着从箩筐里挑选石头。

乔知县进来："夫人，这个礼还是别送了。"

乔夫人执拗道："我偏要送，人家既然送来了帖子，要给他家老爷过阴生，怎能不送礼呢？"

"唉，这哪里是给死人过生日，明明是要大家送礼。"

"所以，我们就该送礼嘛。"

"送礼也不能送石头呀！"乔知县指着箩筐里的石头说。

乔夫人："那岭西王上任时，你送了两坛米酒，十斤腊肉，人家自称清廉，拒不收礼，还责打了你五十大板。那朱小元送了一块石头，却当上了知县。"

"哪是什么石头，是宝石。"

乔夫人诡谲道："反正他说是石头，就说明他喜欢石头。我让小菊他们到河边捡了一箩筐石头，我挑选一个最好的给他送去。小菊！"

小菊应声："夫人，什么事？"

"你把我新买的那个首饰盒拿来。"

小菊："是。"

小菊将首饰盒拿来。

乔夫人将选好的石头装进去，捧着盒子炫耀："宝石来了！"

乔知县没好气地说："你在演戏呀？"

乔夫人："对！我是在演戏，我是在演报'一箭之仇'的戏。想那天，你挨了五十大板跛着脚回来，为妻的心都疼碎了。"

乔知县："夫人，岭西王惹不起，他会报复下官呀！"

"老爷放心，我早就想好了，此事与你无关，我以我的名义送给他的夫人，你装着不知道。让他们以为我是愚妇孤陋寡闻，真相信他们说的宝石就是石头，来个哑子吃黄连——有苦无处说。"

"夫人小心。"

"老爷放心。"

15. 李贵府邸厅堂

李贵与夫人坐着等待客人。

厅堂上方放着李贵父亲的灵牌，香烟袅袅，香炉上插的三炷香，燃得只剩下一小截了。

李贵的夫人烦躁地跳起来，冲着李贵道："吃完早饭点的香，都快燃完了，还没有人来。不来人，这银子就凑不齐，凑不齐银子，这楠木就买不来，买不来楠木，你就是吹牛！说什么京城有皇宫，岭西有李家花园，哼！"

李贵胸有成竹道："贤德的夫人，香还没有燃尽哩。"

李夫人："你看，你看，都快燃到底了。我早劝过你，可你偏不听！非要传话出去，今日要给你父亲做阴生，以为各府、州、县官员会将白花花的银子送来。哪有给死人过生日的？谁又肯给死人送礼？说起来都笑破肚子，只有你……"

"永昌县知县朱小元到——"

李贵喜形于色，悄声对夫人道："银子到了。"

李夫人忙退避。

李贵："有请。"

仆人："有请朱知县——"

朱小元进门："永昌县知县朱小元拜见岭西王，今日是令尊大人阴生，下官特送来米酒两坛，恭贺令尊大人阴生。"

李贵一本正经："朱知县，我父亲过阴生，乃是我们家的私事，谁让你送什么礼，扰家父的亡灵，坏我官名！"

朱小元忙叫仆人将米酒抬进来。

待仆人退下后，朱小元揭开酒坛："大人，我这米酒，可是本地的特产呀！"

李贵故作矜持，却又侧目一看，只见坛内装着白花花的银子和金光闪闪的珠宝，脸色顿时阴转晴。

李贵："唉！永昌县离此地路途遥远，难为你们大老远的抬来了。这酒又是你方的特产，礼轻情意重呀，却之不恭，本王就收下了。下不为例。"

"是，是，是。下官牢记大人的教诲。"朱小元停顿片刻道："下官有一事求大人为我做主。"

"说！"

"家有一婢女，偷了家母的一对金镯子跑了，被我抓了回来，要她归还原物。不料有人自称是这丫头的未婚夫，拿着半张烧焦的敕书，到乔知县那里告我强占民女，大人，您要为我做主呀！"

"敕书？！"李贵心里一愣，"平民百姓他哪来的敕书？"

"假的，假的，这个骗子加疯子挨了五十大板滚蛋了！不过害人之心不可有，防人之心不可无，我怕他再来加害我，大人，您要给我做主呀！"

李贵再次贪婪地看了一眼坛内的珠宝，拍着朱小元的肩："放心，对下属官员，本王了如指掌，谁是好官，谁是坏官，谁该擢升，谁该贬职，本王心中自有一本账。"

朱小元："岭西王就是下官的再生之父，大人的恩情，下官永世难忘。"说着，朝李贵行礼告辞。

朱小元刚走，李夫人立即来到厅堂，望着坛内的银子、珠宝，喜笑颜开。

家丁报："郭知县前来贺老太爷阴生——"

"又送银子来了！"李夫人喜。

李贵："快快有请。"

16. 桂花酒店

万兴等人凯旋。

万兴举着状子："抢回来了！抢回来了！"

众人围拢观看。

王老四："状子收回来了，那这状就不告了？"

万兴："当然要告，不过，要等到天赐良机，比方说遇到了青天老爷，或者是钦差大人来办案。不能这么随随便便将乡亲们签字画押的状子，交给一个喝醉了酒的外乡人。"

疯子："那外乡小伙没有喝醉酒。"

众人："疯子，你又说疯话了。"

疯子："我没有说疯话，没有说疯话。没有，没有……"

万兴亮着状子："疯子，别看这轻飘飘的一张纸，可它却关系着众多乡民的身家性命呀。"

疯子："我看那外乡小伙子挺仗义的，有股侠客风……"

王老三气喘吁吁跑来："不好了！不好了！苏秀才被抓了！"

"啊？！！"众人震惊。

万兴："这是举枪先打出头鸟，苏秀才为我们写了状子，岭西王就派人先抓了他。"

王老三："对！苏秀才一没放火，二没抢人，老老实实一个秀才被抓，就是因为他为大家写了状子。"

"对！对！对！"群众附和。

王老五："幸好我们将状子要回来了，不然岭西王照着状子上签字画押的人抓，你我都难逃呀！"

王老四："岭西王怎么会知道大家要去皇帝那里告他的状呢？"

万兴："这还不明白吗？"

王有福："谁拿了我们的状子呀？"

王老三："是那个外乡小伙子！"

众人七嘴八舌道："对！对！对！就是他！"

"我们肯定不会告状,大家都签字画押了,去告,等于告自己呀!"

"我们不能坐以待毙,赶快把那个外乡小伙子抓回来审问,大家好想对付的办法呀。"

众人:"对!"

"不能抓好人,不能抓好人!……"疯子阻拦。

王老三推开疯子:"去!去!去!"

有福妻急忙溜走。

万兴等一帮人跑去抓喜喜。

17. 李贵府邸内室

李贵与夫人喜滋滋清点所收金银财物。

李夫人赞叹:"还是老爷高明,这不出半天,三万两银子就到手了。这买楠木的银子有了!"

李贵摇头:"不够,不够。这楠木从水路运来,沿途有损耗,不能紧打紧算,要算得冒点。"

"那还差多少银子?"

"大约差一千两吧。"

"你所属的岭西官员们都来送礼了吧?"

"还有一人?"

"谁?"

"就是我刚上任时送腊肉和米酒的那位乔知县。"

李夫人嘲笑:"就是那位进士出身,当了二十年知县的呆子呀?"

"正是。"

"上次挨了板子,这次就不敢送礼了?"

"清平县乔知县夫人到——"仆人高叫。

李贵与夫人:"她怎么来了?"

李贵:"夫人,既然是女眷来到,我就回避吧。"

李夫人:"好吧,我来接待。"

18. 李贵府邸厅堂

乔夫人走进客厅:"愚妇恭贺老太爷阴生!"

李夫人:"有劳乔夫人光临,请坐,请坐。"

乔夫人坐定,丫鬟献茶。

乔夫人:"今日李家老太爷阴生,本当是我家老爷前来,奈何上次他来拜访岭西王,挨了五十大板,心有余悸,愚妇便代他前来祝贺。"

李夫人:"我家老爷办事赏罚分明,这样做有好处,也有坏处,容易得罪人,我私下也曾说他,可他就是不听。"

乔夫人:"唉!当今官场送礼成风,司空见惯,习以为常,不送礼反倒奇怪。上次我家老爷送来两坛米酒和十斤腊肉,岭西王拒不接收,足见岭西王清正廉明。这是当今皇帝英明,启用贤良能臣,是岭西百姓的福分呀!"

李夫人得意扬扬。

乔夫人:"闻听朱小元送石头,岭西王大加褒奖。愚妇就仿效朱小元送来岭西王喜欢的石头表心意。"说着,随行小菊呈上贺礼。

李夫人听到朱小元送石头,立刻联想到宝石,望着精致的首饰盒,想着盒内装着闪闪发光的宝石,贪心怒放。"啊呀呀!瞧你这片心意,真比我们老太爷的亲生女儿还要亲。"

乔夫人假意受宠若惊:"我要是你们老太爷的亲生女儿,我们就是亲兄妹、亲姑嫂了,愚妇哪来的福分呀!"

李夫人:"有福分,有福分!你若不嫌弃,我们就结为姐妹。"

乔夫人:"那就高攀了,请问夫人多大岁数?"

"三十六岁。"

"我三十四岁,我该拜姐姐了。"

"妹妹,不消。"

"姐姐。"

"妹妹。"

二人拉手,分外亲热:"哈哈哈!"

乔夫人:"今日府上来客多,妹妹就不打扰了,改日再登门商议姐妹行结拜礼之事。"

李夫人:"好的,妹妹慢走,为姐不送了。"

乔夫人刚离去,李夫人迫不及待将首饰盒打开,只见一块色彩圆润的石头。

"石头!石头!"丫鬟叫道。

"别乱说!拿水来。"

丫鬟端来水，李夫人朝石头上喷水，满怀希望奇迹发生，然而石头还是石头，李夫人急忙拿着石头转到书房。

19. 李府书房

"老爷！老爷！"

李贵："那个乔夫人走了？"

"走了。"

"送来多少银子？"

"她送的是石头。"

"石头？！"

"快！快把朱小元送的宝石拿来比一比。"

"我那是宝石，不是石头。"

"叫你拿，你就拿！"

李贵拿来宝石，李夫人喷水，宝石由胭脂色变成淡绿色。她又拿过乔夫人送的石头往上喷水，石头颜色未变，李夫人不甘心，反复往石头上喷水，然而石头除了往下滴水，颜色丝毫未变。

"石头！"李贵说道。

"假的！"李夫人发怒将手中的石头摔地，不料连宝石也摔在地上。

李贵忙拾起宝石，一见宝石碎了一角，大声骂李夫人："你疯了！把宝石也摔坏了！"

"啊！"李夫人心疼地摸着宝石，"都怪我！……不！要怪那妖婆来戏弄我！"忽又指着李贵："也要怪你！"

李贵莫名其妙："怎么怪我？"

"那朱小元明明送的是宝石，你却到处宣扬说是石头，送石头就能当知县，这个便宜谁不占呀！"

"这是本官遮人耳目耍的小技。"

李夫人冷笑："哼！今天不知道谁被耍了！"

李贵尴尬。

20. 山底小路

喜喜急急往王家村走去。

21. 山腰小路

有福妻匆匆赶路,发现山路走来的喜喜,加快了脚步,朝喜喜走去。

22. 山间小路

有福妻和喜喜一见面:"外乡小伙子,别回去,快跑!快跑!"

喜喜:"我要回去,刚才几个难民把状子抢走了,没状子叫我怎么到皇帝那里去告状?我回去把状子要回来。"

"你不能回去,千万别回去。"

"为什么?"

"苏秀才被抓了。"

"啊!"喜喜吃惊,"为什么?"

"因为他写了状子。"

"好哇!迫害告状人,岭西王又多了一条罪状。等我要回状子,一定将这一条补写上。"喜喜说着,就要赶路。

有福妻急将喜喜拦住:"他们说是你出卖了苏秀才。"

喜喜生气:"我怎么会出卖苏秀才?我喜喜从小到大,就没有出卖过人。不行!我要去找他们说清楚。再说,是我让大家写的状子,要抓,也得抓我。"

有福妻阻止喜喜往回走,她发现远处山路上王老三、万兴等人追来了,劝说道:"小伙子,好汉不吃眼前亏,你快走吧!"

"我是为大伙告状,大伙怎么会伤害我呢?"

"小伙子,你年轻,不懂事,这人多口杂,金子也会熔化。快走,快走!"

"你这人有点怪。"喜喜不理解地望着有福妻,"你一个劲不让我转回去,是不是不让难民们去告岭西王呀?"

"你……"有福妻生气道,"你怎么也把我一片好心当成驴肝马肺了?"

喜喜远远望见王老三、万兴等人,说道:"他们来了,太好了。"

"别去,别去……"

有福妻阻挡无效,喜喜对着难民高叫起来。

"乡民们,你们来了,我正要回去找你们!"喜喜叫着奔向万兴等人。

有福妻忙回避。

23. 山路拐弯处

喜喜跑到万兴等人面前，气喘吁吁："苏秀才怎么被抓了？"

万兴："我们正要问你哩。"

喜喜："我不明白，他们为什么要抓苏秀才？"

王老三："嘻！你都不明白，还有谁明白？"

喜喜："别在那里阴阳怪气的！告状要紧。你们快把状子还给我，我找皇帝告了状，就会放了苏秀才。"

万兴："你癞蛤蟆打呵欠——好大的口气呀！"

王老三："闲话少说，先将苏秀才救出来再说。"

万兴："走！跟我们回去！"

喜喜："好吧，我和你们说不清楚，回王家村给大家说吧。"

万兴："那就请吧。"

万兴和王老三等人，将喜喜夹在中间朝王家村走去。

躲在远处树丛中的有福妻走出来，望着喜喜等人的背影长叹了口气。

24. 王家村槐树下

难民聚集在老槐树下，望见王老三等人将喜喜带回来，有的愤怒，有的同情。

喜喜一进村就问："苏秀才被抓了？"

难民："就是因为写状子被抓了。"

喜喜急道："那更要抓紧去告状，你们快把状子还给我吧！"

百姓丙："我们为什么要把状子给你？"

喜喜："我愿意帮大家告状呀。"

老年百姓："你家住在王家村？"

喜喜："没有。"

中年百姓："你有亲戚在我们王家村吗？"

喜喜："没有。"

一妇女："你有朋友在我们王家村吗？"

喜喜："没有。"

万兴："这就对了！你一个外乡人，无亲无故在我们王家村，却要帮我们告状。你知不知道,这告状是要冒身家性命危险的?"

喜喜:"请大家相信,我是真心诚意地帮助大家,而且,一定会在皇帝那里告准状。"

妇女:"我看见这外乡小伙子在桂花酒店喝酒,一定是喝醉了吧?"

喜喜:"我没醉。"

老年百姓:"你是来涮我们吧?"

喜喜苦笑:"您是我的长辈,我怎么会来涮你们呢?"

群众中有人高喊:"他是奸细!"

群情激愤,怒目圆睁,瞪着喜喜。

喜喜不寒而栗,拨开人群逃跑。

万兴等人将喜喜抓回来。

王老三:"狐狸尾巴现出来了,哼!你想逃跑。"

万兴:"你老老实实说清楚,大家还可原谅你年纪轻,来日方长,可以改邪归正。你若狡辩,我们这么多人,一人吐口口水,就把你淹死;我们一人揍你一拳,可以把你揍成肉酱!"

长顺:"无利不起早,老实说吧,他们给了你多少好处?"

百姓甲:"给了你多少田地?多少金银?还许了你什么愿?给你什么官当?"

喜喜百口莫辩,百思莫解:"这世道怎么啦?人怎么会长出这么多心眼来?"他后悔莫及:"我真该听侯伯的话,不管这事,回梨树湾去……"

群情震愤,喜喜被千夫所指。

"老实说!"

"说!"

"说!"

……

喜喜痛苦地捂住耳朵。

万兴恶狠狠道:"他不老实,给我吊起来,看他说不说!"

王老三和几个小伙子上来,将喜喜捆绑起来。

喜喜:"我说,我说!大爷、大妈、大哥、大嫂、大姐们,听我慢慢说,天下事无奇不有,真是戏上有,世上有。有些事荒唐得连我自己也不相信……"

百姓丙:"你在给我们说评书呀!"

喜喜:"这水有源,树有根,我把事情的来龙去脉说清楚了你们才相信呀!

我妈……"

万兴："他还在涮我们！将他吊起来！"

万兴和几个小伙子正将喜喜往上吊。

"啪"的一声，一颗飞石打在万兴手上，喜喜落在了地上。

众人扭头一看，是疯子用弹弓打人，众人气愤："疯子！你又发病了！"

疯子："外乡小伙子不是奸细！"他见万兴等人又要将喜喜吊起来，像发怒的狮子一样冲进人群，夺过喜喜就往外跑。

众人围堵疯子。

疯子乱打人，乱砸东西。

"疯子发病了！疯子发病了！！……"众人呼叫。

万兴："把他关进土地庙！"

几个壮男人上来，拿住了疯子，强行推搡着他前往土地庙。

疯子边走边高叫："外乡小伙子不是奸细，你们不能冤枉人……"

众人愣愣地看着疯子被推搡着越走越远。

万兴："愣着干什么？快把奸细吊起来呀！"

喜喜被王老三等人吊了起来。

"你们怎么恩将仇报？你们怎么连疯子也不如……"喜喜被吊在树上，还在争辩。

"我看你才是疯子！"万兴狠狠地揍了喜喜一拳。

喜喜顿时昏了过去。

25. 山野

侯伯急急往回赶，边走边自责："唉！早知岭西王横行霸道，欺压百姓，我们回梨树湾就不该走这条道，宁肯绕着走远路，也不会让喜喜去惹是非……喜喜硬要去找皇帝告状，天下乌鸦一般黑，那些官都是皇帝任命的，他会为百姓说话？喜喜此行凶多吉少……"

"哇、哇、哇……"乌鸦在树上叫着。

侯伯心惊："乌鸦叫？莫非喜喜真是凶多吉少？"他拾起土块朝树上的乌鸦打去："我心里本来就烦，你还来添乱！"

乌鸦忽然腾飞，却又飞到另一棵树上继续啼叫："哇、哇、哇……"

侯伯急走急念叨："真是凶多吉少，真是凶多吉少……"

26. 王家村槐树下

喜喜被吊在树上，头越垂越低。

有福妻："小伙子没气了，快放下来！"

万兴走近喜喜，问道："你说不说真话？"

喜喜用微弱的声音："我说真话。"

万兴："放下来！"

众人将喜喜放下来。

有福妻等妇女端着一碗水喂喜喜。

老年百姓："小伙子，你就说真话吧，说假话是要吃亏的。"

喜喜："我没说假话，我能把你们的状子呈送给皇帝。"

老年百姓："唉！都什么时候了，你还嘴硬！你一个平民百姓怎么能进皇宫？怎么能见到皇帝？"

喜喜一字一句："我、是、皇帝、的、义子。"

"啊！！！"众人惊。

第三十集

1. 王家村老槐树下

"什么？！你是皇帝的义子？！"众人惊得睁大了眼。

万兴等人急忙为喜喜解下捆绑的绳索，恭恭敬敬地搀扶他坐下。

"外乡小……不，皇子大哥，你怎么不早说清楚呢？"王有福道。

喜喜："我不愿拿皇帝义子做招牌，要不是为了告岭西王，我是不会说出这事的。"

"好人！好人！"万兴阿谀道，"皇帝的义子就是和愚夫愚妇不同。"

"皇子大哥，我们有眼不识泰山，大人不记小人过，还请皇子大哥开恩！"王老四等人跪下。

"起来，起来，折杀我了。"喜喜忙扶起众人，"现在你们该相信我了吧？快把状子给我，我得赶路去京城呀。"

"你饿着肚子怎么赶路呀？"王有福妻子递给喜喜两个饼子。

万兴推开了王有福妻子："皇子大哥哪能吃你这干饼子。"他殷勤道："皇子大哥，到我家吃饭。"

王老三："皇子大哥，到我家吃饭。"

王老四："皇子大哥，还是到我家吃饭吧。"

长顺："皇子大哥，到我家去吧。"

"到我家去！"

"到我家去！"

……

众人上前争拉喜喜，像拔河一样竞争，操之过急，失之平衡，

人群"哗啦"一声倒在地上。

万兴趁机背起喜喜就跑。

喜喜在背上叫："放下我！放下我！……"

万兴恐怕别人追上，喘着气直跑。

2. 万兴家窝棚内外

万兴将喜喜一口气背进了窝棚，他放下喜喜后，走出棚门对追来的村民道："回去，回去，都给我回去。既然我抢到了皇子大哥这贵客，就是我们家的福分，你们就等着下一次福降临吧！"

村民哗然："请客吃饭怎么成了抢客吃饭？"

"要抢大家抢！"

"对！要抢大家抢！"

……

王有福妻子劝住了大家："行了，人家外乡小伙子被我们当作醉汉、奸细折腾了一上午，下午还要赶路，就让人家安安静静地吃顿饭吧。"

听了这番话，村民们陆续离去。

万兴转身叫："小妹！小妹！"

"哥，什么事？"小妹洗衣归来，放下篮子就奔到哥哥面前。

"贵客来了，这是祖先显灵，庇荫我们，快把腌好的山鸡、山兔，晾干的山菌、竹笋，拿来招待贵客。"

"哎！"小妹转身就要下厨。

"来，来，先见贵客。"万兴拉着小妹进了窝棚。

"快拜见皇子大哥。"

小妹："拜见皇子大哥。"

喜喜："免礼，免礼。"

万兴："这是我家小妹，刚满十六岁，大家都说她是我们这一带第一美女，来说媒的把我们家的门槛都跨断了，可我妹子心气很高，乡野之辈都不在她眼里，她相信有缘千里来相会，意中人总会来到的。"万兴边说边用眼瞟喜喜。

喜喜假装没听见，客气道："多谢大哥、大姐的盛情。"

小妹："皇子大哥，您稍坐，我这就去做饭。"

喜喜："简单点，我还得赶路。"

万兴邀喜喜坐下，夸张道："皇子大哥一到我家，我这破窝棚都放红光了！"

"大哥，别，别，别。"喜喜解嘲，"你把我捧得越高，摔下来就越痛。"

万兴："皇子大哥，我不是吹捧您，我第一眼看到您，就觉得您比菩萨还慈悲，比大侠还仗义。所以，我就动员全村人写下了状子，还签字画押了。"

喜喜笑了笑："可后来，你们追回了状子。"

万兴的脸唰地通红，急忙辩解："是他们说您喝醉了酒，还说您是奸细。说告状要像戏文里说的，遇到了青天大老爷，或是来了钦差大人。告状关系着全村人的身家性命，哪能随便将状子交给一个外乡小伙子。大家选我们几个来追回状子，我们是小字辈，村里老人吩咐的事，我们能不照办吗？所以我们就说了些错话，干了些错事，还请皇子大哥开恩呀！"

"我不怪你们，只怪我没有给大家说清楚，轮到谁都要怀疑。"喜喜宽容道，"现在你们该相信了，可以把状子给我了吧。"

"状子在有福哥那里，我这就去取。"万兴说着，出了窝棚门。

3. 万兴家窝棚外

小妹正在临时用砖头搭成的灶前忙碌。

万兴走近小妹低声道："好生侍候皇子大哥，记住他看你几眼。刚才我发现他看了你一眼，再看就是第二眼，依次往下记。"

"哥，你这是干什么呀？"

"店里的货要是好，就有回头客；男人要是多看女人，那就是三月间的菜薹——起了心。"

小妹羞涩道："哥，你快忙你的事吧。"

"妹子，你已经到了婚嫁的年龄，他是皇帝的义子，你要是嫁给他，享不尽的荣华富贵，哥也跟着你沾光。父母在天之灵，也会欣慰的。"

"走，走，走。"小妹推走万兴，继续在灶前忙活。

4. 王家村外小路

万兴朝王有福家走去。

一群儿童叫嚷着走来："万兴哥，听说你把皇子背走了，他在哪儿？我们要看看戏台下面的皇子是啥样。"

"去，去，去！皇子有重要的事办，别去打扰他。"

儿童甲："我们看一眼吧。"

儿童乙："看半眼也行。"

"等皇子忙完了你们再来看,去,去,先到别处玩去。"

万兴将儿童驱走,继续朝有福家走去。

5.万兴家窝棚内外

小妹棚内棚外地忙碌着,她故意磕磕碰碰发出响声,想引起喜喜对她的注意,她还真记下了喜喜看她的次数。

"皇子大哥,请喝水。"小妹端来一碗水。

"多谢。"喜喜拘谨地接过水碗。

小妹心中默念:"看了我第二眼。"

"皇子大哥,饭菜就要好了。"

"多谢大姐。"

小妹心中又默念:"看了我第三眼。"

6.王家村小路

万兴走着走着,见一群乡民捧着碗,提着篮子走来。

万兴:"你们……这是干什么?"

王老四:"我们给皇子大哥送菜。"

万兴:"不用,不用,我们家荤的素的都准备好了。"

王老四:"皇子大哥要帮我们告状,大伙略表点心意。"

王老三妻子指着手中一盘泡菜:"这王家村,数我家的泡菜最好,泡菜水是我母亲出嫁时从娘家带来的。看,这泡了一年的菜捞出来还像刚从地里摘回来一样新鲜,又脆又香。我要请皇子大哥尝一尝。"

大嫂指着篮子内的一盘腊肉:"我家的腊肉是用柏丫枝慢慢熏出来的,瘦肉鲜红,肥肉透亮,看着就想流口水。我也请皇子大哥尝尝。"

老人举起一壶酒:"这是我家存放了十五年的酒,原打算娶媳妇办喜宴时喝。皇子大哥今日来到我们这里,就是天降洪福,帮我们解脱苦难。没有比这更大的喜事了,这酒现在不喝,更待何时喝呀!"

"我拿来的是麻辣香肠。"

"我拿来的是腌鱼。"

……

乡民们争相献菜。

万兴："不用了，不用了，你们都拿回去，皇子大哥不会吃你们的，他要吃我妹妹给他做的饭，看他的热乎劲，好像一辈子都要吃我妹妹给他做的饭。"

王老四："什么？刚见面皇子大哥就看上你家小妹了？"

万兴："你难道没听过戏文上说的一见钟情吗？"

王老三妻子："这么快呀！生辰八字都没有合。"

"皇子就是命好，还合什么八字。回去吧，我都避开了，你们也就不要去打扰了。"

众人只得悻悻往回走。

7. 万兴家窝棚

小妹很快便张罗出了一桌丰盛的菜肴，她望了望窝棚外："哥哥怎么还不回来？皇子哥，您饿了吧？我们先吃吧。"

"不饿，不饿，我们还是等你哥回来一同吃吧。"

"皇子哥！皇子哥！"王老汉慌慌忙忙跑进来。

"什么事？"喜喜问。

"我家来了一个亲戚，说他们那方也受岭西王的欺压，要告岭西王，听说我们王家村来了个皇子，特意赶来请皇子帮助告状。"

喜喜："你家亲戚在哪儿？快快有请。"

"亲戚在我家里恭候皇子哥。"

"那我到你家里见他。"

小妹阻拦："饭就要好了，吃了再去吧。"

"我家也准备了饭菜，等候皇子哥光临。"王老汉急拉着喜喜出了门。

小妹望着喜喜的背影，无可奈何叹了口气。

8. 王老汉家窝棚

喜喜随王老汉进入窝棚，问道："亲戚在哪里？"

王老汉："实不相瞒，是小女想见皇子。小女满周岁时，遇到一个仙人，他一见小女就说是富贵命，将来要嫁皇亲国戚。从此小女信了此言，立志发誓非皇亲国戚不嫁。这婚嫁年龄一天天过去，她也坚信算命先生的话。听说皇子来到此地，小女认为算命先生说的话应验了，非要见皇子哥，出于无奈，老汉只得将皇子请到我家，还请皇子原谅包涵。"

喜喜生气要走。

打扮得花枝招展的老汉女儿阻拦："老天有眼，我等了二十年，七千多个日日夜夜，终于等来了你，我常常做梦梦见我的富贵郎君，跟你长得一模一样，昨晚我又做了个梦，又梦到了你，那位算命先生可真是神人，算得真准，我的皇子大哥……"老汉女儿叫着朝喜喜扑来。

"我不是你的富贵郎君！我不是！……"喜喜慌忙逃走。

9. 山路

喜喜在前急急跑。

老汉女儿在后紧追。

喜喜躲藏。

老汉女儿四处寻找无果，自言自语："明明算命先生的话应验了，一转眼皇子哥又跑了，莫非这又是我在做梦？……我的命好苦呀！……"老汉女儿哭着回到了家。

喜喜躲躲闪闪走着，正庆幸甩掉了纠缠，不料竟被一只手抓住了。

王大姑："皇子大哥，万兴那小子将你抢了去，老天将你送给了我们。请到我家里去坐。"大姑拉喜喜。

"我有事，我要去找万兴要状子。"喜喜拒绝。

"不用慌，先到我家喝碗茶吧。"王大姑强拉喜喜朝自己家里走。

10. 王大姑家窝棚

杏花和情人帮工哥正在亲热。

杏花将一荷包递给帮工哥："大哥，上次给你绣的荷包旧了，这是我特意给你……"

"杏花！贵客来了！"大姑一进院子就叫。

杏花和情人惊，帮工哥往外跑，但已来不及了，杏花只得将情人藏在柜子里。

荷包落在了桌上。

"怪不得今早一起来，那棵树上几只喜鹊喳喳叫，原来有贵客来我家！"大姑高兴地将喜喜拉进家，指着杏花，"皇子哥，这是我女儿杏花。"又指着喜喜："杏花，这是皇子大哥。"

帮工哥好奇，掀开柜盖看，觉得皇子哥面熟。

杏花急按下帮工哥的头。

"皇子哥，渴了吧，我这就烧火沏茶。"

"不渴，不麻烦了。"喜喜推辞。

"不麻烦，不麻烦。"大姑走到侧棚生火烧水。

帮工哥掀开柜盖继续辨认喜喜，悄声对杏花说："他是'变脸王'！"

杏花又将帮工哥的头按进柜内。

大姑走来对喜喜道："皇子哥，请稍等，我家的干柴火旺，水一会儿就开了。"

喜喜："不用麻烦了。"

大姑发现桌上的荷包："鸳鸯戏水！鸳鸯戏水！有缘！有缘！男大当婚，女大当嫁。唉！真是女大不中留呀，自己悄悄在准备定情物了。恰好皇子哥就来了，这是天意撮合呀！"大姑拿起荷包送给喜喜："皇子哥，这是小女的心意，是老天的安排呀。"

"不，不，不。"喜喜推辞。

杏花夺过荷包："这荷包有主了。"

大姑唰地变了脸："是送给那个帮工的？"

"是！"杏花坚定回答。

大姑火冒三丈："嫁汉嫁汉，穿衣吃饭。那个帮工的穷得锅儿吊起叮当响，他还想娶我女儿？"

"我爹也是穷人，他就娶了你。"杏花反驳。

"你爹是老实巴交的庄稼汉，那个帮工的前些年跟着他叔叔在外卖艺，不是正经人。呸！一个卖艺的下贱货，三教九流，竟想娶我女儿，白日做梦，痴心妄想！癞蛤蟆想吃天鹅肉……"

"卖艺的怎么啦？"帮工哥忍无可忍，掀开柜盖欲辩论。

杏花忙盖柜子，怎奈帮工哥怒气冲天，杏花压不下柜盖，只能跳坐在柜子上面。

柜内的帮工哥要出来，用力推柜盖；杏花死死坐着，柜盖被一掀一合，杏花被摇得一上一下。

大姑诧异："杏花，柜子怎么了？"

杏花："都怪你乱说，他生气了。"

"柜子还会生气？"大姑欲走近观看。

杏花急了："不许过来！"

大姑惊退，后来壮了壮胆，挽上袖子，走向柜子："我倒要看看到底是啥怪物跑到我家里来了……"

帮工哥忽然从柜子里跳出来，指着大姑："你才是怪物！"

"你……"大姑又指着女儿，"你！你们……"

杏花："我们正大光明！"

帮工哥指着喜喜："卖艺人凭本事吃饭，不偷不抢，他也是卖艺的！"

"胡说！他是皇子哥！不准侮辱皇子哥！"大姑呵斥。

"我是卖艺的。"喜喜坦然说。

帮工哥："怎么样？皇子哥也是卖艺的，我跟叔叔卖艺时，想把他的变脸手艺偷学过来，常常追着地点看他演出。"

喜喜："我好像也见过你们演出，看你也有点面熟。"他望着帮工哥和杏花："好好给大姑说，相信老人定会回心转意的。我要到万兴家取状子，祝你们幸福，再见。"

杏花："皇子哥，喝完茶再走吧。"

"不用，不用。"

大姑虚伪道："那就不耽误你了，我那柴火前天淋了雨，湿柴不好烧。"

杏花不满："刚才还说我们家的干柴火旺。"

大姑："刚才是刚才，现在是现在。"

喜喜笑了笑，径直朝万兴家走去。

喜喜走不远，大姑突然叫："不好！他是个卖艺的，却自称是皇子，骗子！骗子！我得去揭穿他，免得村民遭殃！"说着，急忙追赶喜喜。

11. 万兴家窝棚

万兴归来："皇子哥！皇子哥！"

小妹："皇子哥到王老伯家去了。"

"你怎么放皇子哥走？"

"是王老伯拉他去的，说是他外村的亲戚也要告岭西王。"

"哼！什么亲戚告状，是他王老汉想招皇子女婿。"万兴指着小妹，"你呀你，真笨！"

小妹噘着嘴："谁让你乱跑，你不走王老伯怎么会把皇子哥拉走？"

"好，好，好，是哥的错，我不该走。"万兴凑近小妹，"皇子哥看了你几眼？"

小妹："人都走了，还说什么看了几眼。"

"身走心不走，到底看了你几眼？"

小妹羞涩道："看了三眼。"

"好！"万兴高兴道，"他肯定有心了。"

正说着，喜喜归来。

"他真是有心了，看，他回来了。"万兴跑过去迎接喜喜，"皇子哥，该吃饭了，我妹妹做好了饭就等你回来。"

喜喜："万兴哥，状子拿到没有？"

"有福说还有些人家要签名画押，等办完了就送过来。小妹做好饭等你哩。"万兴将喜喜拉进屋，高喊："小妹，你盼的人回来了，快开饭啰！"

"来了！"小妹利索地将酒菜摆上桌子。

万兴往三个酒杯里斟满酒，举杯相邀喜喜和小妹："祝你们有缘千里来相会。"

喜喜尴尬。

小妹羞涩。

"干杯，干杯！"万兴举着酒杯说。

喜喜、小妹不动。

"来，来，来，你们不来，我只好灌了。"万兴端起喜喜的酒杯，就要灌喜喜。

"万兴，万兴。"大姑掀开帘子叫。

万兴被大姑扫了兴，不悦问："什么事？"

"你出来一下。"

12. 窝棚外

万兴不情愿道："什么事鬼鬼祟祟？"

大姑将他拉到一边。

万兴："什么事？"

大姑："皇子大哥是假的，他是个卖艺的。"

"啊！"万兴先是一愣，然后严肃道："此话就此打住，我们已经得罪过了皇子大哥，再也得罪不起了。"

大姑："千真万确，他自己都说是卖艺的。"

"去，去，去，你又想将他抢走？"

"不是，不是，我是怕乡亲们……"

万兴严厉道："滚！滚！滚！少在这里造谣！"

喜喜闻声出来："什么事？"

大姑："我说你是卖艺的，他说我造谣。"

喜喜："大姑没造谣，我是个卖艺的！"

"啊！！！"万兴和小妹目瞪口呆。

万兴："皇子大哥，你喝醉了吧？"

喜喜调侃道："我没喝你的祝贺酒，怎么就醉了呢？"

"你！！！"万兴震惊、愤怒。

一群人骤然会聚，在大姑的指点下骂声滔滔：

"骗子！"

"外乡人是骗子！"

"他不是皇子，他是卖艺的！"

……

"父老乡亲们，我是个卖艺的，我也是皇帝的……"

人声鼎沸，声讨骗子的声浪盖过了喜喜的申辩。

喜喜蒙了："你们村的人怎么啦？一张脸变得比六月的天气还快！"

万兴上前抓住喜喜："好啊！你这个骗子，还是好色鬼。我好心好意请你到我家吃饭，你就目不转睛地看着我家小妹，妄想打我家小妹的主意！"

众人恍然大悟："哎呀！幸好他没上我家吃饭呀！要不，那就是引色狼入室了！"

喜喜气愤地指着万兴："是你说我和你家小妹有缘千里来相会！"

"我打你一个疯狗咬人！"万兴一拳狠揍喜喜。

喜喜勇猛还击，将万兴打倒在地。

"哥！"小妹惊慌地扑上前去。

"你敢打人！"群众怒视喜喜。

群众的声讨声一声高过一声。

"骗子还打人！"

"骗子最可恨！"

"骗子害死人！"

……

"乡亲们，你们听我说，我是个卖艺的，可我千真万确是皇帝的义子……"喜喜竭力辩解。

王老三用毛巾堵住了喜喜的嘴："事到如今，你还要胡说！"

喜喜挣扎，有口难辩。

"抓到骗子了！骗子在哪里？……"瞎眼老爹拄着拐杖摸索着赶来。

"瞎子爹，骗子在这里。"王老三拉着瞎子爹来到喜喜面前。

瞎子爹用手中拐杖朝喜喜狠狠打去，不料却打在王老三头上。

"哎哟！"王老三抱头呻吟。

"活该！没把你打死！"瞎子爹骂道。

喜喜好笑。

瞎子爹控诉："去年你挑了一担假酒到我们村卖，我买了一斤回去喝，我这两眼就被你害瞎了。我看不见天，看不见地，我不能下地干活，也不能上山砍柴，都是你这骗子害了我，我恨不得把你撕成碎片！"

喜喜被冤枉，被堵塞的口使劲叫唤："呜呜呜……不是……我……我……卖……的酒……"

"你还要狡辩！"万兴将喜喜口中的毛巾狠狠往里一塞。

"上次你沿村收购，在我家买了五斤鸡蛋，说没有零钱，等换了钱再付给我，可一眨眼你就不见了！"一农妇声讨道。

喜喜："呜呜呜……我……卖艺……怎么会……收……收……鸡蛋……"

"不许说！"万兴狠踢喜喜一脚。

"哎哟！"喜喜痛得叫。

"骗子，骗子……你把我孙子骗到哪儿去了？"老妇人哭着走来，指着喜喜骂，"还我孙子！还我孙子！……我的孙子呀！"老妇人拉扯着喜喜要孙子。

喜喜猛地吐去口中的毛巾："乡亲们，你们容我把话说完，要杀要剐由你们吧。"

有福妻："乡亲们，说话不比打铁，铁烧红冷了就不能打，话冷了还能说。大家就停一会儿，让外乡小伙子把话说完吧。"

群众稍微平静。

喜喜："乡亲们，我是个卖艺的，但因为我在破庙里用两贯钱买了皇帝当父亲，所以我是皇帝的义子……"

喜喜话未说完，群众又是一片哗然。

"有钱买房、买地，谁买父亲呀？"

"世间只有买儿、买女，哪有买父亲的？"

"皇帝是真龙天子下凡，岂是你用两贯钱买得来的？"

"你这是在侮辱皇帝，该千刀万剐！"

喜喜："我真是用两贯钱买的皇帝，他跟着我回家，路上走不动了，我还背了他，他还夸我有孝心。"

王老四："我看你不是骗子……"

喜喜感激："大哥仗义。"

"你是个疯子！"

喜喜懊恼："我真该听侯伯的话，不管你们村的事，我们回到梨树湾，我和春英，我爹和我妈，两代人一同办喜事。"

万兴："听听说些什么，他要和他爹妈同办喜事。"

众人讥笑："哈哈哈！"

"骗子！"

"疯子！"

……

喜喜仰望苍天："天哪！我今天蒙了不白之冤，你若有眼，就来个八月飞雪，为我洗冤吧！……苍天，你快下雪吧！快下雪吧！……"

风吹树叶落。

喜喜笑道："下雪了！下雪了！哈哈哈……"

万兴："疯了！疯了！快把他捆绑起来，不然要伤人。"

几个壮汉上来，将喜喜捆绑起来。

喜喜挣扎着，反抗着，呼叫着："我没有疯！你们才疯了！……"

范九和家丁闻声赶来。

范九对家丁道："去问问啥事！"

少顷，家丁回报："九哥，外乡来的小伙子自称是皇帝的义子，要帮助大家到皇帝那里控告岭西王，众人笑他是疯子。"

范九自思自语："听说前些日子，有个人拿着烧焦的半张纸说是皇帝敕书，到乔知县那里告少爷强占春英，莫非眼前这人就是那个人？……"他想了想："这样，先将他关起来，禀报少爷再说。"

家丁："是。"

有福妻在旁边听见此话，急跑到喜喜身边，悄声道："皇子大哥，他们要害你，你装疯！装疯！"

范九对众人道："把他交给我们审问，看他究竟是骗子、疯子，还是什么人。"

家丁将喜喜带走。

侯伯赶来，见状，扑上前："不准乱抓……"

有福妻拉住了侯伯，低声说："不可鲁莽！"

13. 朱府书房

范九急急进门："少爷！"

朱小元："什么事这样慌？"

"王家村来了一个自称是皇帝义子的人，要帮助乡民到皇帝那里告岭西王。前些日子，也有个人拿了半张烧焦的纸，说是皇帝敕书，到乔知县那里告少爷，这两件事恐是一个人，若让他计谋得逞，少爷和岭西王都会遭殃。"

朱小元内心恐慌，转问范九："此人现在何处？"

"乡民骂他是疯子，将他捆绑，我们将他关押起来了。"

朱小元舒了口大气："连草民都不愿意托他告状，骂他是疯子，此人有什么可怕的，看你急成这个样子。这样，我们带着春英去见他，试一试他是不是疯子。若是疯子，权当一场胡闹；若不是疯子，再做计议。"

"是。"范九回答。

第三十一集

1. 王家村残存的房子

喜喜被反锁在一间屋子里,门外有人看守。

喜喜几次拉门欲冲出去,终无结果。

有福妻提着篮子走来,热情招呼看守:"大哥,饿了吧,我给你送饭来了。"

看守:"多谢。"

"谢什么,你帮助我们看守疯子,免得他四处伤人。"有福妻说着,从篮子里取出饭菜。

看守接过筷子吃起来。

有福妻指着屋里:"我给疯子也准备了一份饭。"

"别管他,饿死了省得发疯伤人。"

"他要是饿死了,你们上司会责怪你的。"

看守只好开了锁:"小心疯子打你。"

有福妻进门:"疯子,吃饭了。"

喜喜:"你才是疯子,快放我出去!"

有福妻将筷子、饭碗递给喜喜,悄声道:"岭西王他们要害你,你就装疯子,装好疯子才能为老百姓到皇帝那里去告状。我们正想办法救你。"

喜喜接过饭碗,低声揶揄:"想不到你们王家村还有好人。"

有福妻没好气:"你以为天下乌鸦一般黑呀,他们把你当疯子,你就将计就计。"

喜喜立刻将脸抹黑,头发抓乱,衣服扯破。

有福妻:"你这一变,我都认不出来了。来,来,吃饭。"

喜喜吃饭,有福妻故意大声说给看守听:"疯子,皇亲国戚吃的都是山珍海味,你吃我们百姓家的粗茶淡饭吃得这么香,我看你不是皇帝的义子。"

"我的确不是皇帝的义子。"

"你是疯子。"

喜喜提高嗓门:"我不是皇帝的义子,我是玉皇大帝的儿子!"

"哈哈哈!"有福妻大笑,"听听,又在说疯话了。"

看守呵斥:"快吃!快吃!"

喜喜双手和筷子并用,假装疯魔状吃完了饭。

有福妻收拾碗筷,笑道:"真是疯子吃疯饭。"临行,又小声叮咛喜喜:"装得好,接着装。"

待有福妻一出来,看守立刻锁上了门。

有福妻对看守道:"兄弟,你看守疯子辛苦,想吃什么,告诉嫂子,我给你做。"

"不用麻烦嫂子了。"

"今夜也是你看守?"

"是。"

"唉,真辛苦。"有福妻说完,辞别了看守。

2. 朱府后院

朱小元来到后院,开了关押春英的房门。

春英怒叫:"放了我!"

朱小元阴冷道:"放你可以,你要答应我一件事。"

"什么事?"

"你去见一个人,看他是不是你的相好。"

"即使他是我的相好,人家已经有了新欢,我见他干什么?"

"别的你别管,你只管识别一下他是不是你从前的相好。"

"好吧,我识别完了,你就放我。"

"行,可以。"朱小元随口说。

"说话要算话。"

"算话,算话,只是你要认真仔细识别。收拾收拾,马上起程。"朱小元说。

朱小元离开后,春英怀着复杂的心情,换上干净衣服,梳理着头发……

3. 王家村残存的房子

喜喜疲惫地躺在房角，忽见窗外朱小元、春英一行人走来，先是一愣，后随机应变。

朱小元命看守开了锁，推开门，只见喜喜在吃铺在地上的稻草，边吃边点头："好吃！好吃！"并抓起一把稻草递给朱小元等人："来，来，来，我不吃独食，大家一起分享。"

春英见到蓬头垢面、衣衫破烂、目光呆滞、流着口水的喜喜，不敢相认。她看了又看，几番辨认，从一刹那的眼神里辨认出了喜喜，她伤心地扑向喜喜："喜喜！"

喜喜将春英一掌推开："你是谁？"

"我是春英。"

喜喜假装迷茫："谁是春英？"

朱小元指着春英："她是你的未婚妻。"

喜喜摇头，随后轻蔑道："她是我的未婚妻？哼！我是谁？我是玉皇大帝的儿子，她是凡人，玉皇大帝儿子的未婚妻应该是仙女，怎么会是凡间女子？"

"你……"喜喜的话如锥子扎在春英心上。

朱家管家："这家伙真是疯子，一会儿说是皇帝的义子，一会儿成了玉皇大帝的儿子。"

春英走近喜喜小声道："那天晚上你来救我，我不该那样对你。"

"谁来救你？我是玉皇大帝的儿子，即使救人，会派天兵天将来的，怎会亲自来？"

"你……"春英蒙脸痛哭，"疯子！"

朱小元安慰春英："疯子是祸害！跟着我，享不尽的荣华富贵，我会照顾你，不准任何人欺负你。"他为春英擦泪。

春英："不！他不是疯子。"

朱小元："他连你都不认识了，还不是疯子？"

管家："这样，你再去叫他，看他认识你不？"

朱小元："对！他要是认识你，你就是他的人；他要是不认识你，你就是我的人。"

春英跑到喜喜身边："喜喜，你真的不认识我？"

管家也指着春英："你认识她吗？"

喜喜漠然。

春英摇着喜喜："我们一个锅里吃过野菜、喝过粥，推着板车四处演出，为保护黄伯我们斗过恶人，为孝敬喜妈我们煞费苦心……"

朱小元："说！认不认识？你要不认识她，她就是我的人了。"

喜喜心如刀绞，违心地摇头："不认识。"

春英灰心丧气，泪如雨下："是疯子！"

朱小元等人松了口大气。

4. 朱家府邸

朱小元一行回到家门。

朱小元下马，春英冲上前来："少爷，你说话要算话，我去见了疯子，你就该放我。"

"说话算话，算话！少爷我公务繁忙，你等我忙完了，松口气再说吧。"

春英机灵道："我就不回后院柴房了，就在这前院那间房子等你。"

朱小元："这怎么行？"

"少爷，你要讲信誉……"

朱小元只得答应："好，好，好，你就在那房里待着，不许乱跑。"转身对管家道："派人严加看守。"

5. 李贵府邸内室

李夫人翻箱倒柜地寻找东西。

李贵进房，见满屋凌乱状，问："你在找什么呀？"

"你父亲过阴生时，郭知县送来一个鸳鸯壶。我当即就将它锁在了柜子内，可今日我找遍了柜子、箱子，都没找到，老爷，莫非有家贼？"

李贵嬉皮笑脸道："贤夫人，家贼就是我。"

"你？！"

"我准备将鸳鸯壶送给七皇子，将它放在我的书房里了。"

"你……"李夫人心疼地跺脚，"鸳鸯壶巧夺天工，它能同时装下美酒和毒酒，左转就转出美酒，右转就转出毒酒。这样的无价之宝，你怎么就随便送人了？"

"那七皇子是随便的人吗？他平叛有功，当今太子懦弱无能，将来坐皇位的不是七皇子还能是谁呀？"

"取走前，你该和我说一声呀。"

李贵赔笑道："和夫人商量，还能拿走鸳鸯壶？"

李夫人嗔怪道："李贵，李鬼！……"

王虎在门外："禀大人，朱知县求见。"

李贵："传。"

6. 李府客厅

李贵来到厅堂，朱小元迎上："拜见岭西王。"

李贵："你家丫头去见那外乡小伙子了吗？"

"禀大人，我带他去见了，那小子确实是个疯子，一会儿说他是皇帝的义子，一会儿又说他是玉皇大帝的儿子，我家丫头叫他，他根本不认识，还说玉皇大帝儿子的未婚妻是仙女，我家丫头是凡人根本配不上他。"

李贵松了口气："如此说来，他真是个疯子。"

"是疯子，疯得还不轻。"

李贵："我曾听说皇帝流落到民间时，有个卖艺的小伙子救过他。"

"要真是皇帝的义子，他不在宫里享福，跑到这穷山乡里来干什么？"

李贵点头，转念一想："此事不能大意，将他关押看好，继续察访此人的来头。"

"是。"朱小元领命。

7. 王家村残存的房子

深夜，喜喜在黑暗中睁大一双亮眼，想着白天春英来见的情景，想着自己的遭遇，心潮难平，不禁口问心，心问口："喜喜呀喜喜，你好心办事，可不是落下埋怨，就是自己遭殃。因为怕母亲孤独，花两贯钱买了个父亲，谁知母亲早就有了心上人，差点就拆散了一对老鸳鸯。你表演变脸给皇帝祝寿，偏又弄巧成拙，要不是玉叶妹相救，你早就见了阎王。你仗义为乡亲们告状，可却被当成骗子、奸细吊打，当成疯子关到这里来，日思夜想的春英来看你，你却装疯不认识，你怎么这样倒霉啊？"喜喜越想越憋气，忽然跳起来："真是越想越窝火！越想越窝火！"

看守靠坐在门外打盹，被喜喜跺脚惊醒，呵斥道："半夜三更你跳什么？老实点！"

喜喜只得强忍火气，重新躺在草铺上。

黑夜恢复了平静，看守又开始打盹。

侯伯在有福妻的引导下，两人蹑手蹑脚朝关押喜喜的房子走来。有福妻装扮成男子，她与侯伯耳语后，转身向房后走去。

侯伯走近看守，高叫道："跑了！跑了！疯子跑了！"

看守惊醒，只见黑夜中一个人影（有福妻）从屋后跑出，朝远处跑去。看守急忙追赶飞跑的人影。

侯伯迅速拿出斧子砸开铁锁。

喜喜跑出来。

侯伯拉着喜喜急忙逃离，有福妻追上来，将状子呈给喜喜："还望外乡人为我们鸣冤！"

侯伯阻拦，喜喜抢接过状子，塞进内衣，急忙逃跑。

8. 野外

看守追赶人影，转瞬间人影却消失得无影无踪。

9. 王家村残存的房子

看守回来，只见锁被砸坏，囚犯不知去向，方知中了计。

10. 朱府前院

万籁俱寂，春英欲逃出，怎奈房门反锁，窗户紧闭，正在束手无策时，忽听有响动。

朱父偷偷摸摸走来，推门声惊醒了看守："谁？"

朱父："是我，老爷。"

"老爷有何事？"

"你管那么多干啥？把门给我开了。"

看守只得乖乖开了门。

朱父进了门："春英，我的宝贝，你受委屈了。"

"老爷，我想你盼你，你终于来了。"春英故作亲热状。

朱父欲抱春英。

春英赶紧回避，指着旁边的看守："老爷，有人。"小声暧昧道："离开这里，我们才好……"

"到哪儿？我房里有母老虎。"

"到后花园去。"春英附在朱父耳边说。

"好。"朱父拉着春英出门。

看守阻拦："春英不能走。"

"我家的丫鬟你来管？老夫人心痛病犯了，要春英去侍候。"

"少爷吩咐……"

"母亲病了，少爷不尽孝？"

"那……"看守话未说完，朱父早拉着春英出门，朝后花园跑去。

11. 后花园

春英一进后花园，挣脱开朱父，边跑边说："老爷，我们来藏猫猫，你来捉我……"

春英为逃走，左躲西藏。

朱父在黑夜中找春英如瞎子摸象。

春英跑到墙边一棵大树下，欲攀树越墙，无奈攀了一段，竟摔了下来。

"春英！春英！"朱父闻声奔来。

春英鼓足力气迅速攀树，攀到墙上，准备跳墙。

朱父发现："春英！你干什么？"

春英："少爷答应我，要放我。"说完，跳墙而去。

"来人呀！春英跑了！来人呀！春英跑了……"

看守和家丁赶来："老爷，春英从哪儿跑的？"

朱父指着树和墙："她翻墙跑的！"

看守和家丁攀树越墙去追赶春英。

12. 山间小路

黎明，春英甩掉了追赶的朱家众奴才，她如释重负地迎着朝阳松了口气。

13. 农家草堆

雄鸡高唱，唱醒了睡在草堆中的侯伯和喜喜。

侯伯忙着收拾包袱。

喜喜却站在那里，愣愣地望着远方。

侯伯："望什么，快赶路，早点回到梨树湾，你妈好放心。"

"侯伯，你先回去，我要去救春英。"

"你跟我回梨树湾，我把你交给你妈后，你再出来找春英吧。现在你只能跟我走。"

侯伯强硬地拉着喜喜踏上了回梨树湾的路。

14. 李贵府邸

王虎匆匆进客厅："禀大人，王家村所关押的那个疯子昨晚跑掉了！"

李贵倏地从太师椅上站起来："朱知县他们怎么看管的？"

"据说来人很狡猾，是用调虎离山计将外乡人抢走的。"

李贵骂道："姓朱，姓朱，他手下的人真是笨如猪！"

"大人，朱知县都试过了，那外乡人可能真是疯子。"

"怕就怕那外乡人是装疯……"李贵想了想，"你速派人去追杀那外乡人。另外，你亲自到京城一趟，将鸳鸯壶献给七皇子，将周娘娘父母的庄园图和礼物，送给周娘娘。"

"是。"王虎领命。

15. 山野

春英急走，她心情矛盾，犹豫不决，时而朝前走，时而往回走，反反复复，来回走着，她口问心，心问口："我是回梨树湾找喜妈，还是去找舅舅……喜喜已有新欢，他又装疯不认识我，我还回梨树湾干什么？"想到此，春英掉头往回走，"去找舅舅……"走了一段路，春英又转身回头："可喜妈待我如亲生女儿，喜喜既有新欢，为何深夜冒险来朱家救我？……喜喜怎么会疯？……莫非他是装疯？……"

16. 柳林镇

春英边走边想，不觉来到柳林镇，一阵饭香飘过来，方感到饥饿："不想了，先填饱肚子再说。"春英进了路旁的"好吃不贵"饭馆。

"堂倌，来一碗米饭，一盘泡菜。"

堂倌："来了——"

饭菜很快端上桌子，春英大口大口吃起来。

侯伯像押解犯人一样押着喜喜回梨树湾，来到"好吃不贵"饭馆附近。

侯伯："喂饱了肚子再走吧。"说着，将喜喜朝饭馆方向推。

"我要找春英！"喜喜趁侯伯不注意，拔腿往回跑。

"你这犟牛！"侯伯紧追。

饭馆内，春英吃完饭，结了账，踏上路程，又开始犹豫不决。

17. 朱家府邸

喜喜朝朱家走去，侯伯赶紧追赶喜喜。

喜喜远远看到朱府大门，迫不及待跑过去，侯伯拉住了他："我去打听清楚再说。"

侯伯走近朱府大门。

"站住！"守门家丁呵斥。

侯伯笑着迎上："大哥，我是你们家丫头春英舅舅的好友，到这方来探亲，他舅舅要我代他看看侄女。"

"人都跑了，看什么？"

"啊！她什么时候跑的？朝哪儿跑的？"

"前天晚上跑的，我怎么知道她跑到哪儿去了，少啰唆！"

侯伯欣喜，急忙回到喜喜身边："春英跑了，昨晚跑的。"

"啊！"喜喜欣喜若狂，"她可能回梨树湾去了！"说着，转身回跑。

侯伯追上，抱怨道："柳林镇你要不拗着往回走，说不定会遇上春英姑娘。"

喜喜拉着侯伯跑："废话少说，追人要紧！"

18. 原野小路

喜喜与侯伯急往梨树湾走。

丐七、丐八迎面走来。

丐八一见喜喜："咦，这不是我们从婚宴上帮你抢来的大叔吗？那天只顾抢人，没吃上喜酒，今天碰上了，你总得给我们补上吧。"

"补，补。"喜喜掏出银子交给丐八。

丐八接过银子，喜滋滋地拉着丐七："七哥，喝酒去。"

丐七："慢。"他问喜喜："大哥，那天你叫我们去婚宴上抢这位大叔前，顾不上说你买黄伯的事，现在该给我们哥俩说清楚了吧。"

"好！"喜喜将两个乞丐拉至路旁坐下，"一年前，我在破庙里用两贯钱从你们那里买了个父亲黄伯。"

丐八讪笑："嘻嘻嘻！傻子干的事。"

喜喜加重语气："说出来吓你们一跳，黄伯就是皇帝！"

"啊！！！"丐七、丐八惊吓得晕倒在地。

"掐人中！灌水！"侯伯一只手掐着丐七的人中，一只手掐着丐八的人中。

喜喜取下两个乞丐身上的碗，跑到山泉边舀来两碗水，慢慢灌进两人的嘴里。两个乞丐渐渐苏醒过来。

丐八跳起来跪在喜喜面前："皇子大哥，皇子大哥，你救我们呀！当初我们不知道黄伯是皇帝，没少得罪他，还……还……还将他当成东西一样插上草圈卖掉。那皇帝会把我们抓进牢房，杀我们的头。"

丐七也跪在喜喜面前连连磕头："皇子大哥要救我们呀！请皇子大哥在皇帝面前为我们求情，求皇帝开恩，开恩……"

喜喜笑道："皇帝怎么会杀你们呢？他在贫病交加、四处流浪时，你们收留了他，他感激还来不及，怎会报复你们呢？"

"什么，皇帝要感谢我们？"丐八破涕为笑，"皇子大哥，那就请你在皇帝面前，多多美言，求皇帝奖赏我们金银财宝，庄园土地。还有……美女媳妇。"

喜喜："我不去见皇帝了，要去你们自己去求皇帝。"

"大哥，你要去见皇帝，帮我们去控告岭西王，他欺压百姓，强取豪夺，为修豪宅，逼得百姓流离失所，还强拉民夫为他服役。"丐七说着，亮出手上的伤痕，"我们东躲西藏，还是没逃出他们撒下的网。看，他家恶奴捆绑我们去他工地干活，我这手都被绳子勒出血了，亏得我们机灵逃出来了，要不就活活累死了。"

侯伯阻拦："别劝他去告什么状了，他好心帮助王家村的难民告状，反被当成奸细、疯子关起来，差点丢了命。"说着，他拉着喜喜走："时候不早了，我们该赶路了。"

喜喜随着侯伯头也不回地走了。

丐七、丐八追上拉着喜喜。

喜喜甩开两人跑步离去。

丐七、丐八急忙跑来抓住喜喜不放："大哥，你是好人，你要帮我们，帮百姓鸣冤呀！"

喜喜："七哥、八哥，从小学艺，我爹就教我要学戏里的忠臣良将和好人，我老老实实照着做，可事与愿违，被误会，被谩骂，被吊打，被当成骗子、疯子，还差点丢了命。我磨子上睡觉——想转了，从今以后闲事少管，搞好我的家，孝敬好我妈，还有我这新爹。对不起。"说着抽身急走。

"不，你要管。"丐七追上喜喜，"你知道岭西王是什么人？"

"他是个变脸人！"丐八补充道。

丐七："叛乱时，他投靠三皇子，带着人四处捉拿皇帝。"

"看！"丐八指着自己的门牙，"我这颗牙就是他带人到庙里搜查皇帝时给我踢掉的。"

喜喜惊："你们没有看错？"

丐七："我们四只眼睛，决不会看错。"

"原来如此。"喜喜自语。

丐七："我们也想告岭西王，可告状无门。今日有幸遇到你，皇子大哥，你要给百姓申冤呀！"

喜喜语气坚定："说好了，不关自己的事，我是坚决不管！我妈、春英还等着我回家团聚。二位大哥，告辞。"说完，义无反顾地跟着侯伯走去。

"皇子大哥！皇子大哥！……"丐七、丐八在后面追赶。

19. 山道上

李府两个杀手追赶喜喜。

杀手老五："追了这么长的路，怎么还不见那外乡人？莫非他们走的不是这条道？"

杀手老六："那樵夫不是说看到父子俩朝这条路走的吗？"

杀手老五："再追追看。"

两个杀手继续赶路。

20. 崎岖山路

"皇子大哥，你不能这样。"丐七、丐八着急了。

丐八："皇子大哥，你演过不少忠义戏，你要学忠臣见义勇为呀！"

丐七："皇子大哥，你既然是皇帝的义子，就该为皇帝的江山着想。留下岭西王这个变脸人，这个贪官，是养虎遗患，天下不知有多少王家村的百姓要遭殃。官逼民反，皇帝的江山也难保呀！"

喜喜动摇，侯伯急拉着走。

喜喜脚步放慢，耳边响起丐七、丐八的话："……留下岭西王这个变脸人，这个贪官，是养虎遗患……"

"别磨磨蹭蹭，快走！"侯伯催促喜喜。

21. 山洞

夜深人静，喜喜躺在草木铺垫上翻来覆去睡不着，白天的情景又出现在他的脑海里……

丐七："……留下岭西王这个变脸人，这个贪官，是养虎遗患，天下不知有多少王家村的百姓要遭殃……"

想到此，喜喜再也睡不着了，思前想后："我爹要我学戏里的忠臣良将……岭西王这个变脸人不除，天下又要大乱，老百姓又会遭殃，戏班也演不成戏，不演戏就没有饭吃……丐七、丐八说得对，老百姓告状无门，只有我才能见到皇帝揭穿李贵……"想着想着，他终于下定了决心。

天刚蒙蒙亮，喜喜怕惊醒旁边熟睡的侯伯，轻轻起身，拿了包袱，蹑手蹑脚出了山洞，踏上了赴京路程。

东方大亮。

侯伯醒来，不见喜喜，慌忙起来四处找人："喜喜！喜喜！喜喜！……"叫声在山谷间回响。

对面山上传来喜喜的声音："侯伯，你先回梨树湾，我到京城办完事就回来。"

侯伯望着对面山上喜喜的人影，气得差点憋过气，骂道："喜喜！你这混蛋！我一人先回去，怎么给你妈交代？！你这个混蛋！……"

22. 山野小路

喜喜迎着朝阳，急急赶路。

杀手老五、老六突然从树丛中跳出来，挥刀朝喜喜扑来。

喜喜飞跑。

老五、老六在后面追赶。

正在路边休息的丐七、丐八见状赶来。

喜喜："后面有人追杀我！"

丐七、丐八急上前拦住两个杀手："求求大哥行行好！我们三天没吃饭了，求求大哥行行善……"

"滚开！我们有急事要办！"两个杀手推开丐七、丐八。

丐七、丐八却死死缠着杀手："大哥，救人一命，胜造七级浮屠，你看我们都饿得没气了……"

老五拿出碎银给乞丐。

"大哥是有钱人，给这点银子我弟兄还吃不饱一顿饭，求求大哥再给点……"丐八拉着老五也不让走。

老五又给了丐八碎银子，丐八仍拉着他不放手："再给点，再给点……"

丐七拦住老六："大哥，行行好吧……"

老六："我没带钱。"

丐七："笑话，大哥是有身份的人会没有钱？大哥，有道是钱是身外之物，你给我们钱，我们记着你的恩情，为你祈福，祝愿你全家安康，儿孙做官……"

眼看喜喜跑远了，老五一脚踢开丐八，拉起老六就跑。

老五、老六跑了一段路，不见了喜喜的人影，他们突然想起两个乞丐，气得跺脚。

老五："快！赶到京城去！"

老六："那外乡人走的哪条路呢？"

"别管他走哪条路，他总要过城门！"

"对！"

两个杀手急急朝京城方向赶路。

23. 集市面摊

春英在一桌上吃面条。

侯伯买了碗面条找座位，正巧找到了春英的桌前，两人吃惊。

"春英！"

"侯伯！"

"你怎么在这里？"

"到我舅舅家路过这里。你呢？"

"找喜喜那个混蛋！"

"喜喜到哪儿去了？"

"他要为百姓申冤，上京找皇帝去了！"

"他是上京找他的媳妇去了吧？"春英试探地问。

"他哪有什么媳妇，喜喜逃出来后，去朱府找你，得知你跑了，我们高高兴兴要回梨树湾找你，谁知偏偏碰到两个乞丐，说起岭西王变脸的事，喜喜就背着我上京去了。我无颜去见喜妈，只好追到京城把这混蛋找回来。这不，走到这里就见到你了。"

"他找我？"春英疑问道，"他不是疯了吗？我去见他，他都不认识。"

"那是有人要害他，他装疯。"

"啊！"春英心中冰雪尽消，她高兴道："侯伯，快吃，快吃，吃了我和你一同去找喜喜，我到过京城，我和黄伯，就是皇帝当时相处得很好。"

"那就太好了，只有把喜喜那个混蛋找回来，我才有脸见喜妈。"

"侯伯，喜妈可想你了。"

"喜喜也念你。"

二人很快吃完面条，就急急上路了。

24. 东宫

书房内，七皇子把玩着鸳鸯壶，又拿起桌上的信看："……今有一骗子自称是皇上的义子，要到京城来诬告微臣，微臣对皇上、七殿下忠心耿耿。但人言可畏，众口铄金，此歹徒若窜到京城，还望殿下帮助除之……"

七皇子思索："皇帝的义子……万一此人是喜喜……他对父皇有恩，我可不能为了你李贵，杀了父皇的恩人，替你背黑锅……"他想了想："有了！"转身对门外道："铁蛋！"

铁蛋进门："参见殿下。"

"你命几个人到城门把守，若发现喜喜，将他擒拿，交与岭西王的人，由他们处置，或斩或关押，不关我的事。"

"是。"

"喜喜认识你，你不要出面。"

"是。"

待铁蛋离去，七皇子又拿起鸳鸯壶玩弄起来。

25. 京城城门

喜喜风尘仆仆朝城门走来，突然，杀手老五、老六从路旁闪出，扑向喜喜。

喜喜拔腿就跑，两个杀手紧追。

喜喜拼命往前跑，危急时刻，一伙蒙面人出现，为首的高喊："我们是玉叶公主派来的人！"

喜喜如抓到救命稻草："快！快！快救我！"

蒙面人将布罩套在喜喜头上，带着他离去。

26. 郊区房舍

喜喜被带进屋子。

只听蒙面人说："人带来了，交给你们。我们回去复命了。"

喜喜感激："玉叶妹，感谢你派人来救我。"

待来人揭开头罩一看，喜喜大吃一惊，是两个杀手。他不由得打了个寒战！

"哈哈哈！没想到吧？"老五狞笑着说。

"哼！你跑到天涯海角也要把你抓到。"老六恶狠狠道。

老五："兄弟，对不住，此处买不到酒肉，你只有在黄泉路上当饿死鬼了。"

"兄弟，临死前你还有什么话要说。"老六抽出刀，一步步朝喜喜逼近。

眼看老六挥刀砍来，喜喜突然撑住了刀把："临死前，希望两位大哥满足我一桩心愿。"

老五："鸟之将死，其鸣也哀；人之将死，其言也善。说！什么心愿？"

喜喜："上次我离开皇宫回老家时，皇帝赐给我一大包金银和宝物，途中听行人说前方有匪徒拦路抢劫，我怕身背的包袱被抢，更怕危及性命，便将金银珠宝悄悄埋在了一棵大树下，想等待时机再来挖取宝物……"

两个杀手听到金银珠宝，都睁大了贪婪的眼睛。

老六拿刀的手软了下来："那些东西在哪儿？"

"就在猴子坡的林中。"

老五点头："倒还不远。"

喜喜见对方开始上钩，接着绘声绘色道："我若死了不足惜，可那批宝物成了死物，我不如将这些宝物分给两位大哥，你们在砍我时也一刀快断……"

"对，对，对，埋在那里还不知被谁挖走哩。"老五说。

"说不定被山洪冲走，那多可惜呀！"老六心疼地说。

"我也是这么想的，我带你们去猴子坡将宝物挖出来，分成三份，两位大哥各一份，剩下的一份就求你们带给我梨树湾老家的老母亲。就说我不孝，不能给她养老送终，只能留给母亲这些宝物，让母亲安度晚年。"

"行，行，行。"老六说道，"饶你晚点死，我们还能得到宝物。走吧，到猴子坡挖宝去。"

老五问喜喜："你真是皇帝的义子？没有骗我们吧？"

喜喜："这些话能乱说？说了会犯杀头之罪。二位大哥杀了我，就不怕皇帝降罪你们？"

"这……"两个杀手震惊，他们走到角落悄声商议。

老六："大哥，这事咋办？"

老五像是自言自语："不杀他，岭西王不放过我们；杀了他，万一他真是皇帝的义子，你我担当不起呀？"

"是呀。"

老五想了想："先叫他带我们去把宝物挖出来，见了宝物，即可验证他是不是皇帝的义子。若是皇帝的义子，我们就不杀他。"

"可如何交差呢？"

"我们拿了宝物，远走高飞，那岭西王就找不着我们了。"

老六："高！高！高！"

"走吧。"老五对喜喜道。

三人上路。

27. 猴子坡

喜喜带着两个杀手走进森林，边走边看地形，准备逃走，走了又走，两个杀手被拖得筋疲力尽。

老五："在哪儿呀？"

喜喜："快到了，快到了。"

老六抱怨："又是快到了。"

老五："我脚都走软了。"

老六："我腿都拖不动了。"

"到了，到了。"喜喜将他们引到一棵大树下，指着一块地，"就在这儿……"

两个杀手上前抢着用手刨土。

喜喜趁机溜走。

刨了一会儿不见宝物。

老六："怎么尽是土呀？"

"咦，人呢？"老五扭头不见了喜喜，惊叫："不好！上当了！"

"追！"两个杀手急追喜喜。

第三十二集

1. 周妃寝宫

宫女小翠走进内室:"禀周娘娘,岭西王派来的人求见。"

"快快有请。"周妃说着,朝客厅走去。

王虎被领进客厅:"拜见周娘娘。"

"免礼。"

王虎呈上礼品:"在下王虎,奉岭西王命,给周娘娘送来岭西的土特产和一封信。"

周妃:"多谢岭西王一片心意。"转身道:"钱公公。"

"在。"

"送王虎到驿馆休息,他是我家乡来的客人,叫驿官好好侍候。"

"是。"

"多谢周娘娘。"王虎随钱公公出了门。

周妃朝内室走去,小翠提着包袱随行,进了门,周妃吩咐小翠等人:"你们都退下吧。"

待人离去后,周妃掩门,打开包袱,只见一包金灿灿的黄金,她惊得急忙掩上:"送这么多金子,皇上知道,肯定会降罪的。"她不安地来回走动,想了想,按摩着急速跳动的心,安抚自己:"没关系,没关系,这是'四不知'金,官不知、民不知、夫不知、子不知……"又发现包袱里有一封信,拆开一看:

李贵顿首拜周娘娘:

　　日前有一浪子,自称是皇上的义子,要来京城控告我,微臣始终对皇上和周娘娘忠心耿耿。三逆子追杀皇上时,我在飞箭如雨中保护皇上逃出了虎口,后又单枪匹马救出了皇上和周娘娘。如今皇上待我恩重如山,可木秀于林,风必摧之,众口铄金,人言可畏呀。还望周娘娘为我做主,还好人以清白呀！……

包袱内现出拓片"百官楷模"，周妃继续往下看信：

……微臣将皇上赐给我的匾高挂在府门顶上，又请工匠仿照匾刻在一块石碑上，立在我的公堂内，微臣见到碑，犹如见到皇上，每日早晚烧香叩拜。这是此碑的拓片，微臣拓下来，皇上的书法当今无人能比，墨宝定会流芳百世……

周妃看完信，思索着，然后叫道："小翠。"

"小翠在。"

"去万寿宫拜见皇上。"

"是。"

小翠等侍从随周妃朝万寿宫走去。

2. 皇帝寝宫

皇帝正在书房批阅折子。

王公公："皇上，周娘娘求见。"

"传。"

周妃进房："臣妾拜见皇上。"

"爱妃平身。"

"皇上，臣妾的家乡来了一个人，岭西王托他带一样东西让我转呈给皇上。"

"什么东西？"

周妃将拓片一展……

"百官楷模。"皇帝念道。

"岭西王将皇上赐给他的匾高挂在府门顶上，还请工匠仿照匾刻在一块石碑上，立在他的公堂内，见碑如见皇上，早晚烧香叩拜。"

皇帝感叹："唉！难得岭西王一片心呀！"

周妃指着拓片："他说皇上的书法当今无人能比，墨宝定会流芳百世！"

"哈哈哈！"皇帝笑道，"李贵过誉，过誉了。"

周妃："那是岭西王对皇上顶礼膜拜呀！"

3. 皇宫大门

喜喜似狡兔脱逃般跑到了皇宫门前，正欲进去，守门卫士拦住了他："走开！这是皇宫圣地！"

喜喜："我是喜皇子,我有重要的事禀报父皇。"

"拿宫牌来。"

"有的是,还是父皇赐给我的。"随即,喜喜尴尬道:"只是,丢了。"

"何方来的歹徒,竟敢冒充皇子?滚！滚！滚！"门卫甲、乙说着,对喜喜拳打脚踢。

"父皇！玉叶妹！高公公……"喜喜疼得直呼叫。

"喜皇子！您回来了！"

喜喜闻声一看,高公公正朝宫门走来,他喜得直叫:"高公公,快来救我呀！"

高公公走近问:"怎么回事?"

门卫甲:"这人要闯皇宫,还说是什么喜皇子。"

高公公指着喜喜:"他是皇上的义子,鼎鼎大名的喜皇子！"

"啊！"卫士们吃惊。

喜喜感激道:"高公公,幸好遇到您了。"

"我正奉命去看望唐老将军,想不到接到喜皇子了。"高公公转骂门卫:"你们眼睛瞎了！"

门卫吓得跪地求饶:"喜皇子开恩！喜皇子开恩！我们是有眼无珠,眼睛瞎了！"

"你们的眼睛没有瞎,就是变了。"

"怎么会变?"门卫一个个摸着自己的眼睛,又看看对方的眼睛,纳闷道:"没变呀。"

"还没变?"喜喜讥讽道:"刚才还是狼眼,转瞬变成羊眼！"

门卫谄媚:"是,是,是,我们的眼睛从狼眼变成了羊眼。"

高公公:"喜皇子,他们自己都这样说,还跟他们计较什么?走,我们快去见皇上。"

喜喜随高公公上了台阶,准备进宫。

"喜皇子当心！"门卫乙大叫。

"怎么啦?"喜喜莫名其妙。

"您前面有根稻草,小心绊倒您老人家。"门卫乙奴颜婢膝。

"哈哈哈！"喜喜笑道,"你的眼睛又变了。"

"变成什么眼了?"门卫乙趋前问。

"变成哈巴狗眼了。"喜喜说完,转身随高公公进了皇宫。

4. 皇宫

金娥正在御花园采花,见高公公和喜喜走来,她惊喜万分,急忙朝公主寝宫跑去。

5. 公主寝宫

金娥进门就叫:"公主!公主!喜皇子回来了!……"

玉叶:"在哪儿?在哪儿?"

"高公公引着他好像是朝万寿宫去了。"

"走!"玉叶飞快跑出。

6. 皇宫

玉叶飞跑追上了喜喜:"喜喜哥!你回来了!"

"玉叶妹,我回来有要事禀报父皇。"

"什么要紧事?先到我那里坐一坐,我有好多话要和你说。"玉叶拉喜喜。

"办完事再说,办完事再说。"

"那你快点办完事,到我那里吃饭,就算小妹给你接风。"

"好,好,办完事我一定到你那里吃饭。"喜喜终于摆脱了玉叶纠缠,和高公公一同朝皇帝寝宫走去。

7. 皇帝寝宫

王公公禀报:"喜皇子求见。"

皇帝喜:"什么,喜儿回来了?快传!快传!"

周妃回避。

喜喜进门:"拜见父皇。"

"喜儿,我就知道你会回来的,乡下的生活哪里有皇宫舒服。"

"父皇,我回来是有重要事情禀报。"喜喜呈上状子,"父皇,我是为王家村的百姓鸣冤来了!"

皇帝展开状子一看:"岭西王李贵上任以来,目无王法,卖官鬻爵,欺压百姓。……"他忙将状子掩上，故意头晕摇晃："喜儿，朕近日头痛、头晕病又犯了，奏章也多，朕要忙着批阅奏章，改日再和儿叙离别之情，朕还要看我儿表演变脸哩。"

"父皇，要说变脸，那岭西王李贵可是变脸行家呀！"

"啊！"皇帝假装糊涂道，"岭西王也会变脸？他跟谁学的？难道你是他的师傅？"

喜喜："父皇，李贵到岭西一上任，看见苍蝇都要撕条腿——贪得无厌！"

皇帝："看我喜儿越说越离谱了，谁见了苍蝇不恶心，还要撕条腿来吃呀？"

"父皇，你被骗了！那李贵对你简直就是吃柴锅灶内烧的玉米棒——又捧、又吹、又拍！"

皇帝："什么，李贵还喜欢吃烧玉米？要说这烧玉米，还真好吃。过去在宫里没吃过，上次在你家，你妈给我烧的那玉米，好香啊！"

"父皇，你今天真是病糊涂了？连话也听不明白了？"喜喜纳闷道，"这样，我再给你打个比方，那李贵与三逆贼是豆芽拌粉丝——里勾外连呀！"

皇帝装得更糊涂了："喜儿，你想吃豆芽拌粉丝，那就叫御膳房给你做。来人呀！"

王公公进来："奴才在。"

皇帝："喜皇子想吃豆芽拌粉丝，快带他到御膳房里，请上等厨师，用上等豆芽、上等粉丝、上等作料做出来给喜皇子吃。"他边说边示意……

王公公会意地招来侍从，将喜喜架出了门外。

喜喜不停地呼叫："父皇！我这是为你江山社稷的大事呀！"

卫士："就凭你满口都在说吃，还说什么江山社稷。"

喜喜叫声远去，皇帝展开状子细看，他震惊、愤怒、咬牙切齿："李贵呀！逆贼！你投靠了三逆贼，反过来又向我邀功请赏。朕封你当岭西王，你就欺压百姓，卖官鬻爵，朕要把你斩首示众，以儆效尤！"皇帝高叫一声："来人呀！"

王公公进来："奴才在。"

周妃急从内走出："皇上息怒，皇上息怒。"

皇帝对王公公挥了挥手，王公公退下。

皇帝将百姓的状子递给周妃："看看！这李贵在岭西搞得民怨沸腾！"

周妃望了望状子："皇上，这木秀于林……"

"他还见风使舵！"皇帝怒火冲天，来回踱步。

周妃此时无声胜有声，她将"百官楷模"的拓片摆在了显眼的位置。

皇帝转身见拓片，好似一盆凉水当头泼来，打了个冷战。

8. 公主寝宫

玉叶为喜喜接风，面对满桌的菜肴，喜喜不动筷子。

"喜喜哥，这是你最爱吃的回锅肉，御厨费了好大工夫才找来青蒜，快趁热吃！"

喜喜仍不拿筷子，只是叹气："唉！我真想不明白，父皇为什么要装疯卖傻？"

"还不是为了面子。"玉叶说。

"面子，面子，这面子到底卖多少钱一斤啊？面子难道比百姓的痛苦、国家的安危还重要吗？"

"地位越高的人，越要面子，越要自尊。父皇是皇帝，是一国之君，他说的话一言九鼎，唯我独尊。君无戏言，岂能朝令夕改，怎么会轻易否定自己亲赐的'百官楷模'呢？"

"要面子就死不认错？！不把岭西王除掉，老百姓受苦不说，再有个风吹草动，他又变脸反父皇怎么办？"

玉叶点头，想了想："先吃饭，吃饱了我和你一同去见父皇，要说服父皇放下面子，惩办李贵！"

"好！有你帮忙，我就放心了。"喜喜说完，端起碗大口大口吃起来。

9. 皇帝寝宫

皇帝在书房踱来踱去。"速传朕口诏，将李……"皇帝话到嘴边，又急忙咽了回去。

皇帝的内心独白画外音："是朕册封李贵为岭西王，又口诏朝中文武百官以他为楷模。朕若降旨将他杀了，那朝中百官岂不要笑话朕出尔反尔……以后朕的话谁还肯听呀……这……这……"

王公公进来："启禀皇上……"

皇帝烦躁道："又是喜皇子求见！"

王公公："奴才说皇上身体不舒服，把他打发走了。"

"唔，下去吧。"

王公公："是。"

皇帝继续在房里踱步，越踱越急，越踱越急……

周妃悄悄走近皇帝："皇上近日圣体有恙，不如找个清静处休养，没有人打扰，自然少烦恼。"

皇帝想了想，终于点了头。

10. 喜喜住所

喜喜站在门口等候。

高公公一进来，喜喜迫不及待问道："高公公，父皇到底上哪儿去了？"

"他们说近来皇上龙体不适，外出巡视去了，一来休养身体，二来体察民情。"

"到哪儿去了呢？"

高公公摇头。

喜喜失望。

"喜喜哥！喜喜哥！"玉叶跑进来，"我知道父皇去哪儿了。"

"父皇去哪儿啦？"

玉叶在喜喜耳边小声告诉了他，喜喜高兴道："我现在就去找父皇！"

玉叶："我也去。"

"你一去兴师动众，又是车，又是马的。"

"我一个人去。"

"你能走路？"

"怎么不能走，上次不是和你一同出宫去玩过吗？栖月庵不远，就在东山。"

"这次可不准乱跑，别又像上次那样走丢了。"

"知道，知道。"玉叶悄声道，"要走就偷偷走，可别让母妃知道。"

"由你吧。"

11. 栖月庵

喜喜、玉叶流着汗、喘着气上了东山，来到栖月庵，两人径直朝内走去。

"两位施主，是来烧香还愿，还是来施舍财物？"尼姑甲问。

"我们来找人。"喜喜回答。

"找谁？"

"父……"

"黄伯。"喜喜抢过玉叶的话说。

"黄伯是谁？"尼姑甲问。

"黄伯是一个中等身材、面目清秀的汉子。"玉叶回答。

"什么？是条汉子？！"尼姑惊讶。

"对，是条汉子，就躲藏在你们这里。"玉叶强调。

尼姑甲唰地变了脸："滚！快滚！"

"有劳姑姑带我们去见那位汉子，我们有重要的事要找他。"喜喜道。

"滚！滚！滚！"

"何人在此喧哗？"庵主闻声出来。

"禀庵主，这两人说一条汉子藏在我们庵中。"

"怎么会是一条汉子，还有其他汉子，不过他们都不是真正的汉子。"玉叶补充。

"什么，尼姑庵藏汉子？"庵主气得浑身发抖。

众尼姑闻声也走出禅房。

"黄伯千真万确是藏在你们这里的，你们不准我们去见他，误了大事，叫你们吃不完兜着走！"

"对！误了国家大事，要查抄你们这栖月庵的！"玉叶盛气凌人道。

"哪儿来的疯子，与我打走！"庵主发令，众尼姑蜂拥而上，有的挥拳，有的举棒，将喜喜、玉叶打得狼狈逃走。

12. 山林

喜喜、玉叶丧气地往回走。

"看来父皇是有意躲我了。"喜喜说完，转问玉叶："是谁告诉你父皇在栖月庵的？"

"是父皇身边的小太监。"玉叶生气道，"我回去找他算账！"

"怪不得小太监，也许是父皇他们撒下的烟幕。"

"烟幕……撒烟幕来骗人，哼！"玉叶灵机一动，"我有办法了！"

"什么办法？"

玉叶得意道："天机不可泄露，我保证找到父皇！"

13. 皇帝寝宫

一位军士走到皇宫附近，从腰间抽出信封，惊惶往内闯："皇上！皇上！十万火急密报！十万火急密报！……"

张公公慌忙出来："什么密报？"

军士："我从驿站接过来的，十万火急机密，皇上亲启。"

张公公："皇上不在这里。"

"皇上在哪里？"

"这……"张公公遮掩。

军士厉声道："误了大事，你敢担当？"

张公公害怕了，犹豫再三。

"误了大事，误国误民，你罪责难逃！"

"皇上……皇上在云蒙山。"

"知道了。"军士即刻转身走了。

14. 城郊

军士走到树林中，喜喜、玉叶候在那里。

军士："报告公主，皇上在云蒙山。"

玉叶、喜喜高兴。

"有赏！"玉叶命金娥赏给军士银两。

军士："多谢公主。"

玉叶："快回你的军营去吧。记住，此事不能给任何人说。"

"是。"军士转身朝军营走去。

喜喜望着军士的背影，担忧道："张公公不会认出这位小弟吧？"

"不会，这是我从众多军士中挑选的，他一回到军营，如一盆水倒在江里，谁还会认出他来呀。"

"那就好，走，快到云蒙山找父皇！"

玉叶："金娥，快去备车、备马。"

金娥指着太阳："公主，太阳落山了。"

喜喜："连夜赶去。"

金娥："喜皇子，去云蒙山的路都是山路，夜晚不好走。再说半夜三更赶到那里，皇上在睡觉，还是要等到天亮皇上起了床，才能禀报事情。依奴婢看，还是明日去吧。"

玉叶："好吧，明晨起个大早，我们赶去。"

15. 云蒙山

周妃走出帐篷，喊道："皇上，快出来看呀！太阳像火轮子一样从山顶上升起来了，天边美得像桃花盛开！"

皇帝无精打采。

"皇上，昨晚没有睡好觉？"

"睡不踏实，老是做梦。"

"又梦见三逆贼追杀您？"

"不是，梦见李贵像喜喜一样在地摊上表演变脸，一会儿是笑脸，一会儿是阴险脸，一会儿是谄媚脸，一会儿又是凶狠脸。"

"嘻嘻嘻！"周妃笑道，"皇上念念不忘喜喜，不忘喜喜说的话。"

"唉！"皇帝叹了口气，"真应了那句话，画龙画虎难画骨，知人知面不知心，这李贵竟是这种人！"

"皇上，喜喜说的话是一面之词。"

"可他有百姓的签名。"

"未必是实有其事。"

"喜喜是个老实人，不会撒谎。"

"就算有，皇上已经赐李贵为'百官楷模'，君无戏言，若'百官楷模'成了奸臣，朝令夕改，岂不惹来天下人笑话？皇上，瓜无滚圆，人无十全，我看你就睁只眼闭只眼，就当不知道这事。只要岭西王不反，这事就算了。"

皇帝默默不语。

"皇上，在宫里，国事家事整天搅得你不安，如今摆脱众人来到这里，你我君妃好不容易单独在一起。我们该忘掉烦恼，好好享受这山泉林木，飞鸟走禽，打猎，皇上年轻时最喜欢打猎了！"

"好！打猎，让打猎来赶走我的烦恼。"

"王公公。"

"在。"王公公忙走来。

周妃吩咐："皇上要去打猎，速去安排。"

"是。"

16. 山林

喜喜、玉叶骑马穿行在林中，寻找皇帝。

金娥等侍从跟着。

走着走着，喜喜望着茫茫林海："这么大的一座山，父皇到底在哪儿呀？"

玉叶："谁知他们在哪儿安营扎寨呀？"

"找吧，纵是天涯海角，也要找到父皇！"喜喜说完，正要扬鞭策马，忽然"嗖"的一声，一只中箭的金鸡落在地上。

侍从拾起猎物呈给玉叶，玉叶看完箭，高兴道："喜喜哥！这是父皇的箭，父皇就在附近打猎。"

"快走！"喜喜又欲扬鞭。

"慢！"玉叶制止，示意手中的猎物，"喜喜哥，我们守株待兔。"

喜喜点头。

玉叶、喜喜及侍从退隐到密林中。

17. 林中空地

周妃像天真的孩子："皇上的箭法可真准呀！一箭射去，那金鸡就栽下来，真是百发百中。这只金鸡，一定叫厨师好好烹调，今晚臣妾要陪皇上喝酒，喝个痛快淋漓！"

王公公指示侍从寻找猎物："快去把皇上射中的金鸡找回来。"他指着前方："就在那一片地方落下的，好好找，仔细找，找到有赏！"

18. 山林

众侍从分头寻找猎物，却不见踪影。

喜喜、玉叶藏在密林中与他们捉迷藏，他俩变换着声音说：

"猎物在这里！"

"金鸡在这里！"

……

"需见猎人才交还！"

声音飘浮不定，侍从们捕风捉影满地跑，累得大口喘气，却始终未见猎物。

王公公急急跑来："怎么搞的，这么久还没找到猎物？"

侍从甲："找到了，可就是不见人影，不信您听……"

喜喜、玉叶又装着怪声：

"猎物在这里！"

"金鸡在这里！"

……

"需见猎人才交还！"

王公公听得眨巴着眼："你们是谁呀？莫非是山神？"

玉叶借坡下驴："对！我们就是山神！"

"啊！"王公公惊喜，"国运昌盛！山神显灵了！"说着，转身往回跑。

林中的玉叶、喜喜窃喜。

少顷，"山神在哪里？山神在哪里？"皇帝叫着走来，周妃等人随后。

"山神在这里。"玉叶、喜喜从密林中走出来。

"你、你们……"众人惊。

皇帝恼羞成怒："你们这是欺君！"

喜喜赖着脸皮笑："因为父皇和我藏猫猫，所以我也学着和父皇藏猫猫了。"

王公公讨好道："皇上、喜皇子都喜欢藏猫猫。"

喜喜："我藏猫猫是玩，父皇藏猫猫是为了躲我。"

"你又不是老虎，我躲你干什么？"皇帝说道。

"父皇怕我提到李贵，伤你的面子。"

"唔！"皇帝不悦。

"父皇，你要是不严惩李贵这个变脸人、这个贪官，如何树正气，振朝纲，治天下？你认个'错'字值几两？可百姓的苦难却重如山呀！"

"住嘴！"皇帝生气道。

"父皇，你也曾流落到民间，住过破庙，吃过剩饭，受过恶人欺压，怎么回到宫里，你就把老百姓的苦难给忘了？"喜喜不顾王公公的警示，只顾自己痛快地发泄不满。

"你……"皇帝气得手发抖。

"当初我看到你是一个可怜老头才救了你，要知道是这样的昏君，我才不救哩！让你饿死，被人打死！"

"与我拉下去斩首！"皇帝发怒道。

"父皇！"玉叶公主上前跪下，"喜喜哥是为了父皇的江山，为了黎民百姓才冒死直言的，父皇为了自己的面子，置祖宗江山不顾，置百姓的苦难不顾，知错不改，父皇，你这样做，无异于历朝历代的昏君！"

"拉出去重打五十大板！"

"皇上！"王公公等人跪下，"念玉叶公主年幼体弱，念喜喜当初对皇上的一片真情，饶了他们吧。"

皇帝想了想，改令道："将玉叶圈定在房中反思罪过，将喜喜打入牢房，听候处置！"

卫士将喜喜拖下。

喜喜一边挣扎，一边骂道："好啊！你这个昏君！为了你一点面子，你连百姓的苦难，你连你的江山都不顾了……"

喜喜的叫骂声远去。

王公公捧上猎物："皇上，这是您射落的金鸡。"

皇帝将金鸡摔在地上："回宫！"

"是！"王公公从命。

19. 驿道

王虎飞马急驰。

20. 李贵府邸

王虎跳下马急往内走，来到厅堂："拜见大人。"

李贵上前扶起："旅途辛苦。"

"大人，小的有要事禀报。"

李贵对侍从道："你们都退下。"

待侍从退下后，王虎才开口："大人，我们安插在皇帝身边的线人来报，说有百姓将大人告发了，还传大人是变脸人，在叛乱时曾投靠三皇子。"

"啊！"李贵惊恐，"皇帝怎么说？"

"皇上大发雷霆……"

"啊！！"

"多亏周娘娘巧用'百官楷模'的拓片来劝说皇上，皇上才压下了火气，假装糊涂。"

"啊……"李贵出了口大气，"你下去休息吧。"

"谢大人。"

王虎走后，李贵的内心独白画外音："皇上是将怒火压下去了，可火苗还埋在心中，说不定哪一天蹿起来就会烧毁我……"

李贵食不甘，夜不寐，反复思考着，终于想出了一计，立刻伏案疾书："李贵顿首……"

21. 东宫

七皇子读李贵来信：

……拜七殿下：自别以来，卑职常常思念殿下，七殿下学富五车，经纶满腹，有勇有谋，仁孝至诚，平定三逆贼立下奇功。故而天下归心，万民拥戴，在我岭西地域，上至九十九，下到刚走路，百姓传唱着："观天象，看星星，天上现出一排星，第七颗，亮晶晶，七皇子要戴白帽子，保宗庙，安社稷。"卑职身为地方官，呈报民意是职责……

"禀殿下。"刘将军进门。

"刘校尉……嗨！你现在高升了，该叫你刘将军了。"七皇子笑着说。

"一样，随便。"刘将军道。

七皇子将信交与刘将军："李贵来信。"

刘将军看罢信，笑道："什么呈报民意，这明明是在鼓动殿下谋反。那个卖艺的带来了百姓控告李贵的状子，还揭穿了他投靠三逆贼的罪行，是周娘娘帮他说话，皇帝碍于面子，假装糊涂，暂且没拿他。他怕躲得过初一，躲不过十五，狗急跳墙，想联合殿下一块儿造反。"

"我才不给他利用，落下大逆不道的千古骂名，更何况他是变脸人，他能对父皇变脸，也会对我变脸，要反他自己反，我坐山观虎斗。"

"对，坐山观虎斗！上次没有乱中夺权，这次可要乱中得利了，到时候您这江东王的'王'字戴上白帽子，就成皇帝了！"

"哈哈哈！"二人狂笑。

第三十三集

1. 李贵府邸

"哼！我叫你坐山观虎斗！"李贵说完，走到书案前铺开纸张，书写信文：

江东吴将军顿首七殿下：

殿下命末将所办的事，末将已照办，铠甲、刀剑已打造完毕，招募的军士已近两万，军粮储备足够队伍吃三个月，单等殿下一声号令，末将立刻率军民响应。末将效忠七殿下，肝脑涂地，万死不辞！……

李贵写完，满意地看了又看，对外叫道："传王虎。"

王虎进来："拜见大人。"

李贵将信交与王虎："速命人带着此信到京城，乔装江东吴将军派来的人，将信中内容传播开去，迫使那老七起兵造反，不得让他坐山观虎斗捡便宜。"

"是。"王虎接信领命。

王虎走出书房，来到前院，他对李奴甲、李奴乙耳语，将信交与二人。

李奴甲、李奴乙："小的尽心竭力，不负大人厚望！"

2. 皇宫大门

春英、侯伯来到皇宫门前，只见门卫森严，两人怯生生站着。

春英壮起胆子："我去，我说皇帝流落到民间时就住在我们家里。"奈何她刚靠近皇宫大门，门卫便呵斥："站住！皇宫圣地，外人不得靠近！"

春英吓得退了回来。

侯伯："怎么办？喜喜是到京城来找皇帝，我们进不了皇宫，就见不到喜喜。"

春英再次走近宫门："我要见黄伯，就是皇帝，他认识我，在我们家……"

门卫更加高声："进入皇宫，要凭宫牌，你若再不离开，我要将你抓起来！"

春英瑟缩着退回来，正在无望时，忽见郑六从外归来，春英忙跑过去："大叔，大叔，您还认识我吗？"

郑六摇头。

"上次在悦来客店，您拿着喜喜的画像要我离开京城。"

"啊！春英。"

"对，对，对。"

"你怎么到这里来了？"

"为了找喜喜。"

"喜喜他……"

"您知道喜喜在哪里吗？"

"知道，知道。"

"请大叔快带我们去见他，让他和我们一同回老家。"

郑六低声道："喜喜冒犯了皇帝，被关起来了。"

"啊！"春英惊，哀求郑六："大叔，您带我去见皇帝，我求他放了喜喜。"

"皇帝能听你一个小姑娘的话？"

"能听，能听，皇帝落难时，住在我们家，我们情同父女。"

"这事我不能做主，我去禀报公主。"

"别去找公主！"春英反感道。

"姑娘，这事就得找公主。"郑六说完，朝大门走去。

春英叮嘱："大叔，我们在这里等您，我和喜喜一家人都感谢您。"

"等着吧。"郑六进了宫门，朝内走去。

春英望着郑六的背影走远，回到了侯伯处。

侯伯："怎么样？"

"喜喜被皇帝关押了。"

侯伯急："我早知道这混小子要惹祸，那岭西王是皇帝任命的，官官相卫，你一个百姓怎能将他告倒？……这可怎么办？怎么办？"

"侯伯，别急，刚才那人是公主身边的人，他会帮助我们见到皇帝的。"

"即使见到皇帝，他要是不开恩，喜喜也没救啊。"

"皇帝落难时，和我亲若父女，我好言去求他，皇帝不会不记情的。"

少顷，郑六引着张公公出来。

郑六指着春英："就是她。"

张公公走近春英："姑娘请。"
春英拉着侯伯随张公公进宫。

3. 皇宫

张公公领着春英、侯伯朝皇帝寝宫走去。
金娥突然拦道："公主有请春英姑娘到她宫里坐一坐。"
"不去！"春英一听玉叶公主就反感。
金娥悄声在春英耳边道："是商量营救喜皇子的事。"
春英想了想："好吧。"
金娥对张公公道："请张公公也去坐一坐。"
"皇上还等着见春英姑娘。"
金娥："一会儿的工夫。"
张公公只得随金娥一行朝公主寝宫走去。

4. 公主寝宫

金娥领着春英、侯伯进了门。
玉叶迎出，她上下打量春英："你就是春英？"
春英反唇相讥："你就是公主？"
春英站立不动。
晏公公："还不拜见公主。"
侯伯："拜见公主。"
春英站立不动。
晏公公："你这民女怎么不懂礼？"
"公主才不懂礼！"
"胆大民女！竟敢侮辱公主！"
"堂堂公主搞假，拆散人家有情人。"春英抵触。
"我是公主，这江山是我父皇的，你们都是我父皇的臣民，父皇想招谁为女婿，就招谁为女婿！"
"那还要看人家愿不愿意。"
"我有钱！有权，可以给钱，可以封官！"
"心是买不去的。"

公主："心虽然买不去，可心是可以变的。喜喜当了驸马，享不尽荣华富贵，喜妈、侯伯也跟着沾光。你也能得到好处，我让喜喜认你做妹妹，你就成了皇亲国戚。我请求父皇在朝中为你找个官宦人家子弟结婚，给你准备丰厚的嫁妆，怎么样？"

春英鄙视："你们皇家就是讲权，讲钱，不讲亲情，连亲生骨肉为了权，都要相互残杀。"

"你……"公主恼羞成怒，"喜喜回不去了，他因为冒犯了父皇被关进牢房！"

"求求公主救出喜喜！"侯伯恳求道，"公主大恩大德，我们永世不忘！"

"你何必求我。"玉叶指着春英，"你看她多能干呀！让她去救喜喜吧！"

侯伯斥责春英："还不快给公主赔礼。"

春英不动。

侯伯急了，按下春英的头，用她的口吻说："春英我是乡下女子，刚才言语冒犯了公主，还请公主原谅！"

玉叶以胜利者的姿态说道："好吧，看在你知错能改……"

春英倔强："我可没说话。"

"怎么没说话？"侯伯厉声纠正，"刚才的话就是你的心意。"

"好了，念你是个乡间女子，本公主不与你计较。"公主说完，又故意卖关子，"我倒是想出一条救喜喜哥的妙计。"

春英、侯伯急问："什么妙计？"

公主提出条件："喜喜救出来后，要当我的驸马。"

春英："不行！由他选。"

侯伯急了："选，选，选！要选也得救出喜喜才能选，救人要紧！公主，快快说出你的妙计吧。"

公主问侯伯："你会演戏吗？"

侯伯："我是货郎。"

公主："没关系，春英给你说一下当年的情形，你照着做就行了。"又转对春英授妙计："你就这样……"

春英听得连连点头。

5. 京城驿馆

李奴甲、乙来到驿馆住下，伸着"狗鼻子"闻着出出进进的人的气息，用

"贼眼睛"观察着馆内人的面孔。

驿卒甲:"请问客官哪儿来的?"

李奴甲故意大声,唯恐别人听不见:"我们是江东来的,是从七殿下封地来的,有重要事情要见七殿下。"

驿卒甲留意二人。

两人进了房间,观察到门外有人偷听,便开始演"双簧戏"。

李奴甲故意高声:"你我重任在身,哪有闲工夫逛街?吴将军一再叮嘱给七皇子的信非常重要,明日进宫将信交给七皇子,完成使命以后再说吧。"

李奴乙:"好的,等把信送给七皇子后,京城窑子里的美人如天仙,我们得好好玩玩……"

贴在门外墙上的驿卒甲听得清清楚楚。

6. 皇帝寝宫

张公公走进殿堂:"禀皇上,春英姑娘来了。"

皇帝:"快传。"

张公公:"传春英姑娘——"

春英、侯伯进殿。

"黄伯!"春英一眼便认出了坐在殿上的皇帝。

"春英姑娘。"皇帝亲切走下台阶。

侯伯局促:"皇帝……"

"老侯!"皇帝认出侯伯,"我们俩可是老相识了。"

侯伯:"草民有罪,还请皇帝饶恕。唉!这都是误会,误会。"

"误会都是你们引起的,你和喜妈要是早公开恋情,哪会惹来那么多麻烦,害得我也跟着受罪。"

"嘿嘿嘿!"侯伯尴尬地笑了。

皇帝:"春英姑娘,自分别以来,我就想你,派人接你们来京城享福,说你们离家来京城了,你们到底跑到哪儿去了?今日终于见面了。"

春英讽刺:"黄伯还记得我们呀?"

"怎么不记得,你们可是我的大恩人呀!"

"黄伯没有忘记我们,我们也记得黄伯。"春英从包裹里拿出一个玉米馍和一把野菜,献给皇帝,"这是当初黄伯在我家常吃的黄金馍和灵芝草。这是黄伯最爱吃的雀蛋，喜喜冒险攀树给您掏的。"

张公公欲接，春英却绕过了他，直接交与皇帝。

皇帝接过玉米馍和野菜、雀蛋，别有一番滋味。

张公公忙将玉米馍和野菜、雀蛋接过来，命小太监拿下去。

"平叛以后，百姓安居了，你们的日子也好过了吗？"皇帝关心地问。

"还是演出，卖艺。"春英随机应变，"喜喜不在，变脸演不成了，我们只好排演新戏。百姓亲身经历了叛乱，喜欢看表现叛乱的戏，我们就排演了几出，黄伯，您想体察民情，我们就献演。"

"好！好！好！"

正说着，张公公报："皇上，玉叶公主求见。"

"她来干什么？谁准她出的门？"

春英："黄伯，看戏要有人捧场。"她指着周围："殿上这么点人，演出没有人气，玉叶公主来了，正好热闹。"

"好吧。"皇帝想了想，"让她进来吧。"

玉叶及金娥一行人进殿："拜见父皇。"

"拜见皇上。"

"好好坐着看戏。"

"儿臣听命。"玉叶与春英、侯伯交换眼色，大声道："演出开始——"

春英站在中间讲解："这是个短剧的片段，是我亲身经历的事，剧中我演我本人，至于侯伯演的老伯……"她言外有意："你们猜。"说完，春英立即进入角色。

春英在前面走，侯伯胆战心惊落在后面。

春英催促道："大伯，你快走呀！"

侯伯惊惶道："前面有官兵！"

春英："大伯，你怎么一听说官兵，就像老鼠听见猫叫声一样，怕是气病了吧？"

侯伯实话实说："不瞒你说，我心里是有'病'。"他拉着春英："别走这条路。"

春英只得迁就侯伯走另一条山路。

走着走着，侯伯的"病"又犯了："不好！走这条路有官兵怎么办？"

春英想了想："侯伯，我有办法。"

"什么办法？"

"来，来，来。"春英抖开包袱，拿出一件蓝色的衣服和花围巾，递给侯伯，"你换上这件衣服。"

侯伯抵触："这是女人的衣服呀。"

春英强行脱下侯伯的衣服，将女人的衣服给他穿上。

侯伯挣扎。

春英呵斥："你是要命，还是要面子？"

……

皇帝早就坐不住了，急叫："停！"

玉叶："刚开始演，怎么就叫停呀？"

春英："黄伯不是说要看我们演戏，怎么刚开始就叫停呀？"

"你们远道而来，我要给你们接风，等宴后再找时间演出吧。"

玉叶抢着说："父皇，等他们演完了，再给他们设接风宴，一样的。"说完，转对春英道："接着演。"

春英继续演。

皇帝只得耐着性子看。

春英为侯伯换上了女人的衣服，又摘下路旁的野红花为侯伯的脸抹上胭脂，再包上头巾，右插一朵鲜艳的野花，侯伯转眼变成了"大娘"。

春英自己则打扮成了一个"糟老头子"，对侯伯道："从现在起，你我就是老夫妻走亲戚。"

侯伯："既是夫妻，你应该是老太婆呀。"

"老伯，为了逃命，我们不但要在年纪上混淆，阴阳也要给它来个颠倒。"

"这……这……这成何体统？"

"大伯呀，等躲过了官兵的搜查，你再来讲体统吧。"

侯伯无奈，只得服从。

春英："大伯，你要学女人走路，别太大步了。"

侯伯扭扭捏捏学女人走路。

玉叶和观者大笑："哈哈哈……"

笑声如针扎在皇帝的心上。

玉叶偏偏又在皇帝的伤口上撒盐，她故意问侯伯："你个大老爷们装老女人，你不要面子呀？"

侯伯回答:"保命要紧,面子算什么!"

玉叶:"啊!你也有不要面子的时候呀,我以为你的面子好金贵。不过,那是为了你自己的性命你可以不要面子,为了老百姓你就要面子了。"她转对皇帝道:"父皇常常教导我们,民贵,社稷次之,君轻。"她故意大声对皇帝道:"父皇,是不是?"

皇帝尴尬道:"是,是,是。"

"如今百姓受苦难,有的人却为了自己的面子,置之不顾,这'面子'二字重几两?百姓的生计可重千斤呀!不能为了面子,却不要里子,奸臣当道不闻,百姓的苦难视而不见。还道什么民贵,说什么社稷次之,讲什么君轻?"

玉叶的问话,无疑是在皇帝的伤疤上扎针。

张公公看出了皇帝的尴尬,忙为主子解围:"皇上日理万机,劳累辛苦,演出就此结束,请皇上殿后休息。"

皇帝欲走,玉叶拦着他:"如果不放下虚荣的面子,奸臣祸国殃民,天下还会大乱,我们还会逃难,春英所演的情景又会重现,有的大老爷们还会装老太婆……"

皇帝恼怒:"给我拉下去!"

卫士上来架走玉叶。

"父皇!民贵,社稷次之,君轻呀……"玉叶一路走,一路喊。

玉叶的喊声渐远,春英道:"侯伯,我们接着往下演。"

皇帝发火:"不演了!"说着,即离座。

春英拦住皇帝:"黄伯,你走了,我们怎么办?"

皇帝:"走,走,走。"

"喜喜呢?"

皇帝生气:"一同走!"

春英、侯伯高兴!

7. 皇宫大门

春英、侯伯迎接出狱的喜喜。

春英:"快走,快走!"

喜喜:"得感谢玉叶妹。"

"以后再说,她要得知你出狱,准不会放你走。"

侯伯："快走，快走，夜长梦多。"

三人急急忙忙离开。

8. 驿馆

傍晚，李奴甲、乙故意拖着疲惫的身躯回到驿馆。

驿卒甲密切观察二人。

李奴甲、乙看在眼里，回到房间，又演起了"双簧戏"。

李奴乙抱怨："唉！只说今日把信交给七皇子，我们就可以到窑子里玩女人了，谁知七殿下出去了，真不凑巧。"

"着什么急，管家不是告诉我们七殿下明日就回来吗？"

"我们将信交与管家，不就完事了吗？"

李奴甲假装生气："你就只想逛窑子，忘了将军的叮嘱，这封信事关重大，要亲自交到七殿下手中。"

"信放好，可别丢了。"

"放在我的包裹里，丢不了。"

门外贴墙的驿卒甲偷听得清清楚楚。

深夜，驿馆一片沉寂，人们进入了梦乡。

驿卒甲轻轻将李奴甲、乙的房门撬开。

李奴甲、乙故意假装睡着。

驿卒甲蹑手蹑脚进门，从李奴甲的包裹里偷走了信。

驿卒甲轻快地拿着信出了门。

李奴甲、乙偷着乐了！

9. 皇帝寝宫

太子将信呈与皇帝："父皇，这是江东吴将军给七弟的信。"

"这信怎么会到你手里？"

"是驿馆发现两个从江东来的人，形迹十分可疑，便命人深夜取走了他们的信件，一看果然是七弟逆忠孝，悖天伦，蓄意谋反！"

皇帝阅信，震怒："逆子！又一个逆子！老天为什么这样待我？一个个儿子都是逆子！"皇帝抽出挂在墙上的宝剑："速速命唐老将军将逆子缉拿关监！"

张公公："遵旨。"

皇帝怒火燃烧，挥剑砍椅子："我杀你这逆子！"

椅子被劈成两半。

众侍从惊吓，宫女兰英偷偷离开。

10. 东宫

铁蛋惊慌跑进来："不好了！唐老将军带人来捉拿七殿下！！"

七皇子出门："什么事这样惊慌？"

"唐老将军奉旨来缉拿七殿下了！"

"啊！"七皇子震惊，"为何要缉拿我？"

刘将军大声下令："将所有的门关上！"

话音刚落，大门外响起"咚咚咚"的敲门声："开门！开门！我们奉旨前来缉拿叛逆！……"

"谁是叛逆？我要去向父皇说清楚！"七皇子欲出门。

铁蛋拉住七皇子："兰英说太子拿着七殿下谋逆的信呈报皇上，皇上发怒抽剑劈断了椅子，太子手中有信诬陷殿下，他们必是有备而来，你有千张嘴也说不清呀。万一皇上盛怒下旨斩殿下，后果不堪设想。"

众人："是呀，是呀……"

"开门！开门！……"随着撞击声，门被撞破，军士拥进。

"快跑！"铁蛋拉着七皇子从后门逃走。

11. 山野

七皇子、铁蛋、刘将军等人狼狈逃跑。

平叛大军急追。

七皇子一行眼看要被追上，忙改道逃跑，殊不知刚一转弯，唐老将军带着人马拦住去路。

唐老将军："七逆贼，你往哪里逃？你的江东领地已被我派兵掌控，你已无立锥之地了！赶快投降！"

七皇子："父皇偏听偏信，陷害于我。"

唐老将军："皇上有旨，你若投降，饶你不死；念你平三逆贼有功，从轻发落。"

"口说无凭。"

唐老将军对着自己军内："张公公带来谕旨。"

张公公走出军队："七殿下听旨……"

王虎张弓，一箭飞来，射死了张公公。

众惊。

唐老将军："逆贼！你竟敢射杀钦差！"

七皇子震惊："不是我的人放箭！"

唐老将军："箭从你军中射出，你少抵赖，来人，与我拿下七逆贼！"

众军士拥上。

七皇子一行难以抵挡，危急之中，一排箭"嗖嗖"射来，唐老将军的兵士倒地。

王虎率一队人马冲上来，打退了唐老将军的队伍。

王虎拜七皇子："卑职奉岭西王之命前来迎接殿下。"

七皇子犹豫。

"逆贼射杀钦差！罪当万死！……"

唐老将军的军队反扑过来。

铁蛋挥鞭狠抽七皇子的马，七皇子身不由己被马驮着随王虎而去。

12. 岭西军营

王虎领七皇子一行来到军营。

李贵及众官员毕恭毕敬站在营门："恭迎殿下——"

七皇子："免礼，免礼。"

李贵执手七皇子朝内走去，边走边亲切交谈："殿下平叛有功，文韬武略皆备，是治国安邦的雄才，奈何忠良遭嫉恨，皇上偏听偏信，竟追杀殿下，卑职路见不平，拔刀相助。"

"多谢岭西王危难中相助。"七皇子望望四周，"他们定会追杀到来，你这里能防守吗？"

"殿下放心，我岭西自古号称天险，易守难攻。实不相瞒，你我是同病相怜，也有人在皇上面前说我的坏话，我怕哪天皇上会下旨杀我，与其束手待毙，不如奋起一搏。"接着，李贵小声道："所以，我暗中招募军士，在山阴镇储备了大量粮草。如今殿下到来，卑职如虎添翼，我们继续招募人马，齐心合力，厉兵秣马，定能攻无不克，直捣京城，七殿下继承大统，荣登皇位。"

七皇子飘飘然："到时候，我封你为丞相。"

李贵："多谢七殿下。"

13. 乡野

喜喜、春英、侯伯喜气洋洋回家。

喜喜摘了朵山花与春英戴上，充满爱意欣赏："真漂亮，我们拜堂那天，你就这样打扮。"

春英羞涩地欲摘下花："讨厌。"

"别摘，小姑娘是花，花就是小姑娘。"侯伯制止春英。

"侯伯，我们两代人的婚礼一同办，一来热闹，二来省事……"

"要听你妈的。"

"哈！还没拜堂，侯伯就惧内呀。"

春英："你要学着点！"

"是！"

众笑："哈哈哈！"

一群乔装成百姓的军士躲藏在树丛中，十分丧气："唉！岭西王要增兵，命你我来拉夫，可半天也不见一个小伙子，回去怎么交差？"

忽然一阵笑声传来，众人振奋，为首的指着喜喜："就拉那个小伙子！"

"那个中年汉子呢？"一个军士指着侯伯问。

"不要。"

喜喜三人在笑声中赶路，突然，路旁树林中冲出一群人，绑架了喜喜。

侯伯、春英吃惊："你们这是干吗？"

"放开我！放开我！"喜喜挣扎，"你们拦路抢人！是土匪！……"

侯伯、春英上前争夺喜喜："放开！放开！……"

侯伯、春英死拉着喜喜不放，呼天抢地："救人啊，土匪抢人！……"

军士对侯伯、春英拳打脚踢，两人昏倒在地。

喜喜被蒙头、堵嘴拉走。

14. 岭西营房操场

七皇子指挥军士练兵。

李贵来到，在一旁观看，演练完毕。

李贵鼓掌:"好!好!好!练就威武之师,让敌人闻风丧胆!"转对七皇子道:"殿下辛苦了。"

"岭西王辛苦。"

15. 岭西军帐

李贵:"告诉殿下好消息,我们的兵又增员三千人。"

"啊!听说有的军队四处拉夫当兵,这样会失掉民心的。"

"回头我给他们说,尽快杜绝此事。"

"粮草准备得怎么样?"

"我岭西人杰地灵,物华天宝,那山阴镇储备的粮草就足够军士们吃三个月了。"

七皇子喜:"兵家言'兵马未动,粮草先行',有你这山阴镇的粮草,我心里就有底了。"

"更有殿下这样的常胜将军指挥,我们拿下京城是指日可待了!"

两人同笑:"哈哈哈!"

李贵:"殿下训练士兵辛苦,卑职略表敬意。"说着,拍手三下,美酒、美食顷刻端上了桌子,一群美女飘然而降,翩翩起舞。

七皇子、李贵喝着美酒,吃着美食,看着美女表演,正值酒酣耳热时……

"报——"一军士飞快进帐,"敌军偷袭山阴镇,粮仓被抢、被烧,整座山阴镇一片灰烬!"

"啊!!!"全场震惊。

"报——"又一军士跑进帐,"唐老贼率军前来!"

"啊!!!"全场又震惊。

七皇子下令:"刘将军!"

刘将军:"末将在!"

"速率军迎战!"

"遵命!"

16. 伙房

喜喜被强迫当伙夫。他和一老伙夫从沟里洗菜归来,问道:"我们领头的七皇子住在哪儿呀?"

老伙夫指着远处："就在山坳里。"

喜喜默默记在心里。

17. 七皇子军帐

七皇子焦躁地来回走动。

军士进帐："报——皇帝御驾亲征，已出京城！"

"啊！！！"七皇子惊。

铁蛋归来，七皇子急忙迎上："前面打得怎么样？"

铁蛋低沉道："唐老贼来势很猛，刘将军实难顶住，只得后退。"

"只准前进，不许后退！"七皇子暴跳如雷，"传我令，前进者有赏，后退者杀！"

"遵令！"铁蛋无可奈何地离去。

七皇子更加烦躁地走动着。

18. 李贵军帐

王虎慌忙进帐："大人！不好了！"

李贵："快说！"

"皇帝御驾亲征，各路勤王师纷纷赶来，唐老贼的军队气势越来越旺，我军难以抵挡，丢盔卸甲，跑的跑，降的降。"

"啊！那七皇子的军队怎样？"

"刘将军已率部下投降。大人，敌军就要追过来了，快快离开此地！"

"怎么会搞成这样？那七皇子平叛三皇子时，军队可是所向披靡呀！"

"大人，此一时彼一时，连他的亲信刘将军都投降了，这仗还怎么打？快走，快走！"

"走？普天之下，莫非王土，往哪儿走呀？"李贵想了想，"只能如此了，昧良心出于无奈！"他转对王虎耳语。

"这……合适吗？"

"昧良心出于无奈！"

19. 七皇子军帐

七皇子心情复杂，躁动不安。

喜喜借送饭进入帐内："殿下，吃饭了。"

"不吃！拿走！"七皇子怒转身，发现是喜喜，吃惊道："你怎么在这里？"

"被你们抓来的。"喜喜没好气地回答，反过来问："你怎么在这里？"

"少管！"

"我代你回答，你是被骗到这里的。"

"滚蛋！"

"那岭西王是个变脸人，你赶快和他分道扬镳，现在还来得及……"

"唐老贼的军队来袭了！"李奴甲在帐外高叫。

"敌军来袭了！"

"敌军来袭了！"

……

帐外一片慌乱。

七皇子忙披甲拿刀出去迎敌，刚出帐门，李奴乙一剑刺死了七皇子。

李奴甲及众人拥上来，将七皇子遗体抬进帐内，伪造了现场，然后高叫："不好了！殿下自杀了！殿下自杀了！"

躲在幕后的喜喜，历历看在眼里。

第三十四集

1. 七皇子军帐

李奴甲、乙等人高叫:"不好了!殿下自杀了!"

"殿下自杀了!"

"殿下自杀了!"

……

军营中叫喊连天,乱成一片,兵士纷纷逃窜。

2. 李贵军帐

王虎进帐:"禀大人,老七已死,尸体怎么办?"

李贵狠毒道:"让他暴尸在那里,显出他是自杀,与我们无关。"

"是。"

"皇上老头的情况怎么样?"

"御驾亲征,军队驻扎在新安镇。"

"多少人马?"

"据侦探报,大部分军队在前沿和我方拼杀,皇帝身边留下的军士不多。"

"好!你命人速带一队人马,打着七殿下的旗号,趁虚去围攻皇帝,等他们交战后,你我再带着队伍杀去,救出皇帝。记住,叫他们一定不要恋战,跑得要快,只是要突显七皇子的帅旗,让众人都看到。"

"大人高!"王虎夸赞。

3. 新安镇军营

皇帝正在营房观看地图,部署战局。

李奴甲、乙在将领的指挥下,扛着"岭东王"的旗号,包围了皇帝御驾亲征的军营。

王公公进帐："禀皇上，七殿下的军队已将营房团团包围！"

"啊！"皇帝大惊，"孽子！"

营房外，李奴甲、乙指挥众人喊话："皇上！你年纪已大，身体渐衰，昏庸无能，赶快传位于七殿下，顺天意，得民心……"

皇帝暴跳如雷："混蛋！"速下命令："与我杀！"

众军士奉命冲向敌阵。奈何几个回合下来，李奴甲、乙的军队占了上风。

王公公见势不妙，吩咐众卫士："赶快保护皇帝突围！"

众卫士及王公公护送皇帝突围。

敌军团团围拢，皇帝的人马突围时处处碰壁，很快就被冲散。

皇帝在王公公和几个卫士的保护下仓皇逃跑，追兵马蹄疾，眼看就要追上。

千钧一发之际，李贵、王虎带兵前来，边战边喊："君权神授！叛贼该杀！……"

李奴甲、乙按照事先安排，命令部队扛着"岭东王"的战旗望风而逃。

李贵飞马来到皇帝面前，下马跪下："臣救驾来迟，乞请皇上恕罪！"

4. 监牢

狱卒们一片慌乱，扛着、夹着包袱仓皇逃跑。

一位老狱卒跑到大门，忽然转身回来，将房里的钥匙抛给牢里的犯人："七皇子叛变失败了！监狱头头们都跑了，你们也赶快逃命吧！"

囚犯们接过钥匙，开了枷锁，开了牢门，汹涌着出了牢狱，魏学士也混在人流中见到了蓝天白云。

5. 新安镇军营

众人将惊魂未定的皇帝搀扶进了军帐。

皇帝疑惑地问李贵："七逆贼怎么跑到你的岭西地来了？"

"禀皇上，我的封地和七逆贼封地比邻，岭东、岭西一水之隔；又因他平叛有功，我十分敬重他，自然少了戒备之心；再就是我是皇上新封的王，又是外姓，好说话，好欺负。七逆贼逃窜到我的封地，为非作歹，抢我军粮，乱抓壮丁。还将我软禁在府中，截断我和皇上的联系。我生是皇上的人，死是皇上的鬼，我忍辱负重，潜伏下来，等待时机。闻听皇上被叛军包围，微臣心如刀绞，施巧计逃出虎口，调集军队围剿叛军，并亲自率兵前来救驾。只是晚了一步，皇上受惊了，微臣有罪。"

皇帝扶起李贵："卿对朕可是一片忠心呀！"

李贵："君仁臣才忠呀！"

"七逆子在哪里？给我抓来！我要将他碎尸万段！"

李贵："皇上，他畏罪自杀了。"

皇帝悲痛道："他……他……他怎么会自杀？"

李贵："他见皇上御驾亲征，各路勤王师赶来，我安排军士将他围住，喊他投降，面对众叛亲离，四面楚歌，七贼只能自杀了。"

皇帝："那七逆子的尸体在何处？"

"在他军营中。"

皇帝："我去看看。"

王公公："皇上，您见后会伤圣体。"

李贵："遵从圣意。"

6. 七皇子军帐内外

李贵、王虎一行陪同皇帝走进军帐。

皇帝一见血肉模糊的七皇子遗体，悲痛欲绝："儿呀！我的七儿呀！……"皇帝抚尸痛哭，忽然醒悟，猛抽死者耳光："逆子！逆子！"

众人："恳请皇上节哀，他是逆忠孝，悖天伦，咎由自取。"

皇帝："你们都出去，让我独自在这里待一会儿。"

众人退出军帐。

王公公走到帐门，忽又折回来："皇上节哀，保重圣体。"

众人离去，皇帝悲怆道："苍天在上，列祖列宗，朕不仁不孝，疏于教范，已致又一亲子谋反，我又失去了一个儿子……"皇帝伤心哭泣："唉！七儿呀，想你小时候，天真无邪，心地善良，大哥生了病，为父赐给你最爱吃的点心，你舍不得吃，留存起来送到哥哥病床边。一次你和八弟在湖边玩耍，不小心，老八掉进湖里，你奋不顾身跳进水里，救起了八弟。那时你们兄友弟恭，和睦相处。可自从你们封了王，有了权，便骄纵任性，争等级，争封荫子孙，争治理天下，争一句话能使地动山摇，互相钩心斗角，亲情全无……难道是这权位害了你们？……唉！也怪我没处理好你们兄弟的关系，本应家国同构，儒法互补，可我对你们却冷酷无情……"想着想着，皇帝伤心欲绝："儿呀！……"忽又转念："你这逆子！你不忠不孝！自作自受！活该！……"

"皇上，保重圣体。"王公公进来，扶起皇帝。

李贵等人进来："皇上，七逆贼咎由自取，天下人都是皇上的子民，我们都是皇上的臣子，请皇上保重圣体！"

7. 荒郊

三娃、铁蛋各率一队残部相遇。

"三弟，刚才是你去攻打皇上的军营吗？"

三娃摇头。

铁蛋："这仗怎么打得这么乱呀！"

三娃："再乱也得打！既然走上了不归路，就没有回头路了。烂牌可以打成好牌，这乱仗我们可以乱中取胜，乱中求富贵！"

铁蛋："京城空虚，我们不如乘虚而入，打他个措手不及。"

"好！"三娃掉转马头，与铁蛋一同高喊："直捣京城！"

大队人马朝京城奔去。

8. 驿道

魏学士和几个囚犯急急往前赶路，他恨不得插翅高飞，早点到京城见到公主。

魏学士一路走，一路畅想与公主举行婚礼的幸福情景，想着想着，竟将迎面走来的一个姑娘看成是玉叶公主，牵着姑娘的手叫："娘子！……"

"流氓！流氓！"姑娘的亲人抓住魏学士狠打。

"误会，误会！"同行的狱友帮助魏学士解围，"他是急着回京城娶媳妇，看花了眼，看错了人，多多包涵，多多包涵。"又转对魏学士："还不快赔礼。"

"请姑娘原谅。"魏学士躬身赔礼。

"话明气散，话明气散。"姑娘的父亲说，"你要回京城完婚，此事难办。七皇子的叛军想占领京城，两军正在前面交战，城门失火，殃及池鱼，许多百姓惨死在混战中，我们逃都来不及，你们还要去送死呀？"说完，拉着女儿急急离去。

魏学士和狱友听后面面相觑。

"我刚死里逃生,可不能再去送死了,我找大表哥去。"狱友甲说着,转身往回走。

狱友乙:"我也不去送死,我到姨妈家去吧。"

"我也……"狱友丙正要转身,见魏学士执意往前,忙拉住他,"你真要去送死呀?"

"我要去见玉叶,她一定在等我。"

"别犯傻了,你还没走近京城,就被乱箭射死了。留得青山在,不愁没柴烧,先找个地方避一避,等战事缓和了,再去找你的未婚妻吧。你要没有地方去,先到我大姐家去住吧。"

"不,谢谢。"魏学士婉拒,坚定地说:"我要去找玉叶,京城纵是刀山火海,我也要去。"

狱友丙:"那就多保重。"

"你也保重。"

两人道别,魏学士朝着京城方向走去。

9. 驿道

李贵、王虎骑马并行,身后跟着卫队。

喜喜跟在李贵队伍后面快跑。

王虎:"大人,纸是难包住火的,万一那老头知道老七死的真相,你我性命就难保了。"

李贵:"眼前就是个好时机,只要我们把兵权弄到手,就不怕老头子翻脸了。"

10. 新安镇军营门

李贵、王虎在营门下马,朝皇帝军帐走去。

喜喜走到营门,卫士将他拦住:"军营重地,外人不得擅自进入。"

喜喜:"我要见皇上,有紧急事向他禀报。"

卫士鄙夷道:"你一个乡下人知道什么重要事,还想见皇上,滚开!"

喜喜强进:"我真的有要紧事禀报,你耽误了军机大事,要受惩罚!"

卫士劈脸给了喜喜一耳光:"你乱闯军营才要受惩罚!"

"你……"喜喜愤愤捂着挨打的脸。

11. 皇帝军帐

李贵、王虎进了军帐。

李贵、王虎:"拜见皇上。"

皇帝:"爱卿平身。"

李贵:"禀皇上,七逆贼的余孽乘虚进攻京城,已攻占了周边的城池,京城告急!"

皇帝:"唐老将军用兵如神,定会挫败叛逆。"

"卖黄金馍——卖灵芝草——卖黄金馍——卖灵芝草——"

远处传来喜喜的声音,皇帝听到后,急命王公公:"喜皇子来了,快去看看。"

王公公出了军帐,循声而去。

一军士飞跑进帐:"报!唐老将军旧病复发,阵前晕倒!"

"啊!"皇帝等人震惊。

李贵与王虎交换眼色。

李贵上前:"皇上,养兵千日,用兵一时,臣效忠皇帝,肝脑涂地,万死不辞,臣请缨出征!"

王公公带着喜喜走进了军帐,看到李贵慷慨陈词,喜喜嗤之以鼻。

帐内一片沉寂,皇帝思考,内心独白画外音:"唐老将军旧病复发晕倒,军中不能无帅,李爱卿对朕忠心耿耿,朕就命李爱卿率军,对!"想到这里,皇帝对李贵道:"李爱卿,又该你受命于危难了……"说着,欲从内衣取虎符。

"皇上请吃黄金馍、灵芝草!"喜喜大叫一声,欲到皇帝身边,王虎将他拦住,喜喜只得隔着距离献上装着玉米馍和野菜的竹篮,又避开众人视线表演变脸,向皇帝暗示李贵又变脸了!

王虎发怒:"军情紧急!何处来的商贩,拉出去!"

几个军士将喜喜推出军帐。

李贵迫不及待:"叩请皇上赐臣虎符,臣立马奔赴前线,剿灭叛军!"

王虎在心中重重念道:"军权到手,天下无敌!"

皇帝得到暗示,心知肚明,将要拿出的虎符又藏回衣服,突然大叫"哎呀",假装晕倒。

王公公忙上前搀扶。

皇帝小声:"快与喜皇子去找唐老将军的军队。"

王公公随机应变，命令旁边小太监："看护好皇上，我去请御医。"

李贵："不用，我们军中有郎中。"

王公公："给皇上看病要专门的随军御医。"

王公公出了军帐，与喜喜使眼色，喜喜跟着王公公朝营门走去。

皇帝被扶进内帐，李贵欲进，卫士阻拦："皇上要安静。"

李贵无法得到虎符，不甘心。

12. 唐老将军军帐

喜喜与王公公飞马来到。

王公公、喜喜下马直奔唐老将军营帐。

王公公急切道："唐老将军！唐老将军！"

侍从："唐老将军晕过去了，还没醒过来。"

王公公急得团团转："怎么办？怎么办？……"

喜喜高叫一声："玉叶公主来了！"

唐老将军忽然坐起来。

"哈！"喜喜调侃道，"唐老将军还是对玉叶公主念念不忘呀！"

唐老将军生气道："你这卖艺的又来作弄我了！"

王公公："唐老将军，喜皇子不是故意调侃你，只因情势危急，皇上命我们来搬救兵。"

唐老将军："皇上现在何处？"

喜喜："那李贵挟持七皇子造反，见形势不妙，杀害了七皇子，谎称是他围剿叛军，七皇子畏罪自杀。皇上被他迷惑，险些交出兵权，是我揭穿了李贵这个'变脸王'的真相，皇上命我们来召唐老将军去剿灭李贵！"

王公公："老将军，李贵的军队进入了皇上的军营，皇上危险呀！"

唐老将军："慢！我晕倒前，好像有密报报七贼的余孽乘虚进攻京城。"

身边郭副帅："正是，我们都焦急等着将军病情缓过来发令。"

唐老将军顿时精神抖擞："郭副帅！"

郭副帅："在！"

唐老将军："速带上北营的军队去保卫京城，歼灭叛逆！"

郭副帅："遵令！"

唐老将军整理戎装："我去收拾那个变脸奸臣！"

13. 皇帝军帐外

王虎:"皇上好像起了疑心。"

李贵:"不管那么多,想法将虎符搞到手。"他高声道:"御医怎么还不来?皇上久昏迷危险,这样,李九会按摩,你去给皇上治一治,让皇上早点醒过来,待会儿御医来了好接着治。"

"大人,我……"李九正要说他不会按摩,王虎急用眼色制止。

李贵悄声对李九道:"虎符在老头子身上,你借按摩拿到它。"

"遵命。"

李贵将李九引到帐内。

卫士挡住。

李贵威胁道:"耽误了给皇上治病,你担当得起吗?"

"皇上要安静。"卫士仍不放行。

装病的皇帝听到争吵,对小太监低声道:"让他进来,只放他一个。"

小太监走到帐门:"让他进来吧。"

卫士只得让李九进内帐,李贵、王虎乘机欲进,卫士挡住。

李九望着昏睡的皇帝,无从下手。

小太监看出了端倪,暗中将自己身上的一块玉佩摘下来搁在床边,然后对李九道:"郎中,请给皇上按摩吧。"

李九笨手笨脚揉搓皇帝,皇帝难受得几次欲发火,奈何只得忍住。

李九按摩着,发现皇帝拴在腰间的虎符,正欲去取……

"啪!"蚊帚狠狠打在李九的手上。

小太监抱歉道:"包涵,包涵,我在打蚊子。这军营设在野外,蚊虫多。"

李九只得忍着疼痛,继续按摩,他紧盯住虎符,趁小太监不注意,伸手欲取,皇帝来了个大翻身,将虎符重重压在身下。

李九失望。

小太监讽刺道:"郎中果真是华佗再世,刚按摩几下,皇上就知道翻身了。"

李九尴尬道:"哪里,哪里,是皇上的福分大。"说罢,继续按摩。他见小太监不注意,又伸手偷虎符。

小太监机灵地将床单一拉,"咣当"一声,玉佩掉在地上。

"啊!你怎么把皇上的玉佩弄掉在地上了?"小太监拾起碎玉佩,惊慌道:

"这是皇上祖传的玉佩,是国宝,你给打碎了,要掉脑袋的。"

李九惊恐道:"我没有碰玉佩,是它自己掉在地上的。"

小太监:"我看见你的手往这边伸了!"

"我不是拿玉。"

"那是拿什么?"

"我不拿什么,不拿什么。"李九吓得赶紧逃跑。

皇帝、小太监相视一笑。

14. 驿道

王公公与喜喜随唐老将军的队伍飞奔急驰。

15. 皇帝军营待客营帐

李九狼狈逃出皇帝的军帐,来到客帐。

李贵:"虎符拿到没有?"

李九:"没拿到,拿不到。"

李贵:"笨蛋!"

李九低头道:"我还打碎了皇上的玉佩。"

李贵骂道:"真是成事不足,败事有余!"

李九愣住。

李贵:"还不快滚回去!待会儿查出你是冒牌货,要你的命!"

李九夹着尾巴逃走了。

王虎:"大人,那老头子的病来得太突然了。"

"我也是这么想。"李贵点头。

16. 皇帝军帐

李贵走到皇帝军帐,对卫士道:"我派来给皇上治病的郎中不争气,将皇上的玉佩打碎了,我去看看,也好照着赔偿。"

卫士拦住:"上司吩咐,外人不得入内。"

就在这时,躺在床上的皇帝忍不住坐起来,问道:"唐老将军的军队怎么还不来?"

小太监赶快扶着皇帝躺下:"皇上,李贵他们就在外面。"

这一幕恰好被李贵透过帐帘缝看到，他急忙退出。

皇帝警觉："刚才谁来过？"

卫士："岭西王。"

皇帝："来者不善，善者不来呀。"他祈祷着："列祖列宗保佑，唐老将军的军队快快来到。朕军营空虚，李贼军力雄厚，朕成了人家的笼中鸟，瓮中鳖。唉！当初我要是听了喜喜的话，惩处了李贼，怎会落到今日？此时，倒是应了玉叶的话：'你现在要面子，以后会威胁到你的江山和性命！'那才叫活受罪……"

17. 皇帝军营待客营帐

李贵回到客帐，对王虎道："老头是装病，那老太监可能是去搬兵了！"

王虎："先把虎符夺到手，执掌军队重要！"

李贵："对！强逼老头交出虎符！"

18. 皇帝军帐

李贵带着几个人不顾卫士的阻拦闯进了内帐。

李贵阴阳怪气："皇上，你的病该好了吧？"

李贵的军士欲夺虎符。

"你们干什么？！"皇帝怒斥。

李贵："我要你的虎符。"

"虎符岂能给你这奸佞！"

李贵命令军士："与我抢！"

李贵的军士抢虎符。

卫士保护着皇帝："谁敢抢虎符？"

双方打斗起来，皇帝的卫士渐渐不支。

李贵的军士占了上风。

李贵狂妄道："老头子，快交出虎符来吧，我保全你的性命，保你继续享受荣华富贵。"

"李贼！我今天算是清清楚楚、明明白白，看到了你的丑恶面目！"

李贵厚颜无耻："看到了又怎么样？我的军队已包围了你的军帐，你已在我的掌控之中！今天这虎符，你交也得交，不交也……"

"活捉李贼！活捉李贼！……"

李贵一愣。

军士来报："大人，不好了，唐老将军的大队人马来到了！"

李贵声嘶力竭："与我打！"

话音未落，唐老将军的军士已冲进来："李贼！你的末日到了！"

李贵倏地抽剑，架在皇帝的脖子上。

皇帝惊吓道："李爱卿……李爱卿……"

李贵指着冲进来的军士命令皇帝："叫他们退下。"

皇帝浑身颤抖，对军士道："退下，退下。"

军士只得退下。

李贵绑架皇帝出了军帐。

军士冲上来。

李贵命令皇帝道："叫他们退，退。"

皇帝："退……退下。"

李贵趁唐老将军的军队退后，架着皇帝跳上一匹骏马，策鞭疾驰。

唐老将军等人赶来，见状，跳上马紧追。

喜喜等人随后跑步跟着。

19. 山野

李贵挟持皇帝骑马奔跑。

唐老将军的军队和喜喜等人紧追。

李贵策马钻进密密的山林，找到一个大山洞，牵着马，挟持着皇帝躲进洞内，并堵住皇帝的嘴，捆绑了皇帝，皇帝欲叫不能。

唐老将军、喜喜等营救皇帝的人只顾往前追，李贵躲过了这一劫。

李贵威逼皇帝："老东西，现在你该把虎符交出来了吧！"

"虎符是交给忠于天子的臣子，岂能交与你这个奸臣！"

李贵恼羞成怒，一把推倒皇帝，从他身上搜出了虎符，然后挥剑欲杀皇帝……

皇帝机智周旋："天下这么乱，你拿着虎符也没用，只有我在，虎符才能生威。"

李贵的内心独白画外音："古人曾挟天子以令诸侯，留着老东西有用。"转对皇帝道:"暂留下你一条命,不过,你要听我的,若有违抗,我立刻要你去见阎王!"

李贵牵马,拖着皇帝出了山洞,朝着追兵相反的方向策马而去。

20. 山路

魏学士急急朝京城走。

21. 山野

唐老将军的队伍和喜喜等人追赶李贵一段路后,仍不见踪影。

唐老将军望着茫茫山野:"这奸贼跑到哪儿去了?"

喜喜:"李贼可能在和我们藏猫猫。老将军,我们需要兵分几路追捕。我和一部分人回转原路察看,看看李贼是不是成了漏网之鱼。"

唐老将军:"好的,就依你行事。"

喜喜带着一队人马,转身跑去。

魏学士躲避着兵荒马乱,朝京城走去。

22. 密林山道

李贵挟持皇帝沿着山林急驰,忽听后面喜喜带的追兵赶来,叫声在山林回荡:"李贼!你跑不掉了!"

"李贼!快快投降!"

……

李贵惊惶恐惧,忽见几个溃逃的叛军,他高喊:"你们往哪儿去?"

叛军甲颤抖着:"禀大人,我军与唐老将军的人马开战不久,大小头目就逃跑了,没有了领头的,我们只好乱跑。"

"过来,过来。"李贵说。

几个叛军怯生生走来。

"快点!"

叛军甲和叛军乙刚走到李贵身边,李贵脱下自己和皇帝的衣服递给叛军甲、乙:"换上这衣服,骑上马,朝那边跑。"

"遵命。"

叛军甲、乙换好衣服骑上马,李贵一策鞭,马载着两人飞驰而去。

喜喜及追赶部队朝着骑马的叛军甲、乙追去。

李贵拉着皇帝从山林逃走。

23. 山野小道

叛军甲、乙骑马飞奔。

喜喜等人紧追不放，终于将叛军甲、乙追上。

喜喜将叛军甲抓下马："李贼！你往哪里逃？"可他定睛一看，呆了："李贼在哪儿？皇帝在哪儿？"

叛军甲、乙："不知道，我们是被抓来的。"

喜喜气得狠抽叛军甲、乙一鞭："混蛋！"

喜喜等人继续追寻皇帝。

24. 荒野

皇帝被李贵捆绑，像牲畜一样拖着跑。

皇帝累得喘不过气来，央求道："李……爱卿，歇一会儿，我……跑不……动了。"

"追兵追上，我就没命了。"

"我……下诏，不……杀你。"

"少说废话！"

"你……你这是到哪儿去？"

"寻找我的人，实在找不到，藏在深山老林，东山再起。"

"爱卿，念在多年……君臣的……分上……放了……我。"

"放你？！哼！你是我的挡箭牌，是我东山再起的本钱，我岂能放你！"李贵说着，继续拉着皇帝往前跑。

少顷，喜喜及一队人马赶来，面对树木森森的山野，他们茫然。

喜喜对领头的说："把人分开，像撒网一样撒出去，我就不信那个变脸人能藏到哪儿去。"

25. 山野小道

魏学士在小道上疲惫地走着，自言自语："玉叶，你是否脱险？是否平安？纵是走到天涯海角，我也要找到你……"

26. 京卫县城

三娃、铁蛋的军队进攻县城，奈何城门紧闭。

三娃对着城墙高喊："叫你们知县出来答话！"

乔知县站立城墙："叛贼有何话，快快讲来！"

三娃："我们是七殿下的部下，当今皇帝昏庸，忠良遭陷害，为保祖宗社稷千秋万代，黎民百姓安居乐业，七殿下被迫起兵。我军势若破竹，所向无敌，无坚不摧，无城不克。今日城下旌旗招展，你若投降，打开城门迎接我军，保你尽享荣华富贵。"

乔知县巍然挺立："呸！无耻叛贼！我京卫县乃是京城门户，守城如守京城。皇上隆恩，将本县从清平县调到此县，本官决不负皇上委任，誓死保卫城池，人在城在，城亡人亡！"

"我军兵强马壮，你却是老弱病残在守城。"

乔知县："我城固若金汤，军民同仇敌忾，援军就要来到！"

三娃："攻城！"

铁蛋带着队伍向城墙冲去。

守城军士万箭齐发，从城墙上射下来。

双方激烈鏖战……

27. 皇宫

宫廷一片慌乱。

"京城危在旦夕！"

"又乱了！城门失火，殃及池鱼！"

太子、皇后等人，换成百姓服装，拎着包袱急急逃难。

五皇子、五皇妃及侍从，背着、扛着包袱往外走。

五皇子发现太子，上前拉住："太子哥，你们往哪里走？我们和你一同走。"

"人多目标大，还是分散走好。"太子说完，急急拉着母亲走开。

五皇妃指着五皇子的额头："平时你跟着他闹，像他的狗，危难时，人家就把你甩了。"

五皇子："有啥了不起，他不愿意，我还不愿跟他一同走。"说着，故意大步朝与太子相反的方向走。

28. 玉叶寝宫

七皇妃及侍从慌忙来到。

七皇妃:"玉叶!玉叶!"

金娥慌乱出迎:"我也在找公主。"

七皇妃:"她到哪儿去了?"

"不知道。"

"你……"七皇妃生气。

七皇妃侍从:"你快去把玉叶公主找到,跟上我们。"说完,拉着七皇妃走了。

"快找!快逃!快逃!"七皇妃边走边说。

29. 新房

金娥慌张寻找玉叶,终于在玉叶和魏学士准备结婚的新房里找到了她。

玉叶正一笔一画描摹新房的一桌一椅,一器一物。

金娥:"公主,什么时候了,你还有心思作画。"

"正因为要逃难,我才要把新房的布置画下来。"

金娥拉玉叶:"快走!快走!叛军快打进城来了。"

玉叶仍握笔:"这个角落没画完,稍等一下。"

金娥如热锅上的蚂蚁,终于等玉叶画完。

"快走!快走!"金娥拉着玉叶往外走,"我们还要化装!"

30. 玉叶寝宫

玉叶、金娥女扮男装,背着包袱出了门。

31. 皇宫外

一辆马车停在附近,久候在那里的晏公公不耐烦道:"你们怎么才出来?"

金娥:"公主有事。"

"快上车,快上车!"晏公公催促二人上了车。

晏公公:"一路小心。"

玉叶:"晏公公和我们一同走吧。"

晏公公:"老奴留下给公主看好庭院,平叛后迎接公主还京。"

玉叶、金娥:"晏公公保重。"

晏公公:"大家都保重。"

玉叶问晏公公:"赶车人知道去梨树湾的路吗?"

晏公公:"知道,知道。只是京卫县在打仗,你们得绕路行。"

"嘚!"赶车人一扬鞭,车子很快出了城,绕着乡间路行进。

32. 小镇饭馆

魏学士饥肠辘辘来到饭馆,望着柜台上的食物垂涎欲滴。又见一桌客人酒足饭饱离去,桌上留下残羹剩饭,他走近桌子,打算用障眼法,故意将手巾掉落在一盘剩肉上,正欲伸手抓起剩肉,

"讨饭的!滚出去!"伙计呵斥。

魏学士悻悻出了饭馆,忽见一辆马车停下,从车上走下女扮男装的金娥、玉叶,两人朝饭馆走去。

魏学士发现玉叶,惊喜道:"玉叶!"

玉叶、金娥坐下点菜。

魏学士在门外偷看,自言自语:"莫非我在梦中,把男子看成了玉叶?"

金娥发现了魏学士,对玉叶道:"公主,那人偷看我们。"

玉叶朝门外一看,瘦骨嶙峋、蓬头垢面、衣衫褴褛的魏学士简直就是乞丐,她转身对金娥道:"给伙计一点银子,赶走这个乞丐。"

金娥给了伙计银子。

伙计出门打骂魏学士:"讨口要饭!快滚!快滚!"

魏学士被迫离开饭馆,仍不甘心,远远望着饭馆,他反复思考着:"那人是玉叶!是玉叶……不对,那人是男子呀……宫廷大乱,玉叶逃难,便女扮男装,对!……"

玉叶、金娥吃完饭,出了饭馆,上了马车。车夫一扬鞭,马车驶去。

魏学士紧跟马车跑去……

第三十五集

1. 密密山林

李贵与皇帝在山林中穿行，餐风饮露，两人形同野人。

"爱卿，我饿……饿了。"

"吃这个。"李贵指着旁边的野果。

皇帝摘了一个野果塞进嘴里。"呸！"他急忙吐掉，"又苦又酸。"

"嫌苦，你就饿着吧。"

皇帝饥饿难忍，只得摘下野果吃起来。

2. 田野

马车在小路上行进。

玉叶时时掀开帘子往外望："金娥，到梨树湾还要走几天呀？"

"公……"金娥刚张口，玉叶忙使眼色，金娥急忙改口："公子真是心急，恨不得插翅飞去。"她附在玉叶耳边，低声道："公子是想喜皇子了吧。"

"你不怕挨打？"

金娥调皮道："公主说过，到了民间，我们就以姐妹相待了，你是不会打我的。"

少顷，玉叶从怀里拿出描绘的图："我们的新房就照着这样布置。"

金娥惊讶："喜皇子民间的新房怎么能和你、魏学士在宫中的新房相比呀！"

"喜喜家虽然没有梨花木、楠木家具，但总有一般木头的床、桌子、椅子吧；没有丝绒的床上用品，总有粗布被套、枕套吧；物品不分粗细，只要按照这张图摆设就行了。"

"公主，原来你还没有忘记魏学士呀！"

玉叶深情道："怎么忘得了。"

金娥皱着眉："公主，我想了好久也没想明白，你是喜欢喜皇子本人呢，还是因为他变脸成了魏学士你喜欢他？"

"这个……"玉叶语塞，停一会儿，叹气道："唉！要不是三皇哥谋逆，我和魏学士早就结婚了。人死不能复生，喜喜哥变的魏学士还真像。他心地善良，人又风趣，跟他在一起很快乐。"

3. 深山密林

李贵、皇帝跌跌碰碰行走。

皇帝直叫："饿……饿……饿……"

李贵没好气道："没有野果吃，就吃草呗。"说罢，顺手掐起身旁的草吃起来。

皇帝也学着掐草吃。

渴了，二人捧起山泉水喝。

4. 梨树湾喜喜家

秋云在院子里哄孩子。

侯伯、师兄打柴归来。

秋云："石头娃，说爷爷、爸爸打柴辛苦了，饭菜给你们留在锅里了。"

侯伯、师兄放下柴火。

侯伯："喜妈，打柴回来了！"叫声无应，侯伯问秋云："喜妈到哪儿去了？"

秋云："自从喜喜被抓夫后，喜妈就像掉了魂似的，又到村口去望儿了。"

"我去看她。"侯伯正要出院门……

"不用了，我们回来了。"春英搀扶喜母回来。

侯伯迎上，劝慰喜母："看你吃不好，睡不好，把自己折磨成这样。我给你说了多少遍，喜喜这孩子脑瓜子灵，又是皇帝的义子，会随机应变、安全脱身的。"

"喜喜还有一张王牌，玉叶公主喜欢他。"师兄补充道。

听到"公主"二字，春英脸色骤变。

秋云推了师兄一掌："去，去，去，还没吃饭你就撑饱了！"

众人离去，院子里只剩下春英和秋云。

秋云："师兄是笨人，不会说话。"

春英笑了笑："没什么。"

秋云皱着眉："我就真想不通，玉叶是公主，她怎么会爱上喜喜？"

"听说她和未婚夫临举办婚礼时，未婚夫在叛乱中死了，她受此打击疯了。喜喜为了安慰她，变出了她未婚夫的脸。她的疯病好了，也就把喜喜当成未婚夫了。"

"这个喜喜也是，变什么脸不行，他偏要变公主未婚夫的脸。"

"你说错了，只有变出公主未婚夫的脸，恍惚中，她以为未婚夫活过来了，病自然就好了。"

秋云："她的病倒是好了，你们却惹上麻烦了。"

"什么麻烦？"

秋云："我也说不清楚，反正会有麻烦。"

喜母从屋内出来，对着苍天道："月亮还有圆的时候，我们一家人总是难相聚，这个回来了，那个又走了，这两年就没有吃顿团圆饭。"

春英愤愤道："还不是天下大乱！"

侯伯："城门失火，殃及池鱼。"

喜母："老天爷，祈求您保佑天下太平，保佑我喜儿平安！"

5. 丰城客栈

暮色苍茫，寒鸦归巢，天空淅淅沥沥下雨。

马校尉带着军士走进客栈。

店家忙恭迎："军爷住店？"

马校尉："我们搜查流寇，若窝藏罪犯，罪加三等！"

店家："军爷，小民守法，凡来我店投宿者，小民必仔细盘查，发现有可疑人，定向军爷报告。"

马校尉："外面下雨，给我们安排住宿。"

店家："军爷请！"

马校尉："弄点酒菜送来。"

店家："是，是。"

少顷，载着玉叶、金娥的车来到，车夫将车停下，金娥、玉叶下车走进客栈。

店家热情迎接："二位公子请。"

金娥:"还有个车夫。"

店家:"本店有专门给车夫住的房子,回头我就去安排。"

金娥、玉叶随店家进了房间。

魏学士顶着一捆稻草穿行在雨中,来到客栈,走到柜台前:"店家,住店。"

店家伸手:"银子。"

"我现在没有银子。"

店家没好气道:"没银子你想住店?"

魏学士:"店家,外面下雨,你就让我住一夜吧。以后我会加倍还你。"

"以后?你这以后是指什么时候?"

"就是天下太平,皇帝返京城,我也洞房花烛的时候。"

店家火冒三丈:"闯你的鬼!你这叫花子、疯子,滚!滚!滚!"

两个伙计上来,将魏学士打出了大门。

魏学士不甘心,躲在角落窥视,趁店家离开柜台,溜进了客栈,挨个房门窥听房内的动静,希望找到玉叶。

金娥从门缝里看到了魏学士的身影,她低声告诉玉叶:"公主,在饭馆偷看我们的那个乞丐,好像跟着我们到了客栈。"

公主惊诧:"在哪里?"

金娥指着门缝:"从这里看。"

玉叶贴近门缝往外看。

魏学士在外贴近门缝往里看。

两人蹲下、踮高。

玉叶忽见魏学士发光的眼睛,惊得大叫:"啊!"

魏学士慌忙逃跑。

金娥开门见魏学士背影,对玉叶道:"公主,是饭馆偷看我们的那个乞丐。"

"出什么事了?"店家闻声赶来。

金娥:"有人偷看我们。"

"人在哪里?"

"跑了。"

店家生气道:"可能是刚才那个叫花子、疯子!"他出门高声呵斥:"闲杂人员,不许随便出入我店!否则,按叛匪处置!"

惊魂未定的玉叶、金娥关上房门。

金娥:"公主,那个叫花子老跟着我们,不知安的什么心。兵荒马乱,店里人多眼杂,我们身边没有卫士,公主,我真为你的安全担心。"

玉叶:"这个叫花子一直跟着我们,准没安什么好心,想法甩掉他!"

金娥想了想:"公主,我这就找店家把账结了,我们半夜悄悄离开。"

玉叶:"好,你给车夫说定时辰。"

金娥出门,朝店台走去。

6. 丰城客栈外

魏学士逃到栈外躲雨,雨顺着屋檐往下滴,疑问萦绕着他的脑海:"他们到底是男是女……是不是玉叶女扮男装逃难……"

7. 丰城客栈后院

金娥叮嘱车夫:"……为了甩掉可疑的人,我们提前上路。"

车夫:"好的。"

金娥离去,车夫提灯朝马车停放处走去。

8. 丰城客栈外

车夫做出发前准备,仔细整理马车。

雨越下越大,短短屋檐难遮大雨,魏学士浑身湿透,夜风吹来,他冷得瑟瑟发抖。

车夫收拾完毕,提着灯离去。

魏学士看着车夫的灯渐渐消失,不由得眼睛一亮:"真是天无绝人之路!"他指着马车:"那不是遮风避雨的好地方吗?"说着,他跑到马车前,推开车门,坐进车里,脱去淋湿的外套,只穿着印有"囚"字的衣服。车内果然是安乐窝,魏学士很快进入了梦乡。

9. 丰城客栈内

车夫蹑手蹑脚走到玉叶、金娥的房间,轻轻敲门。

金娥醒来,急忙推醒玉叶:"该上路了。"

玉叶起身,匆匆收拾,急朝栈外停车处走去。

10. 丰城客栈外

车夫牵来马。

金娥、玉叶走到车旁，金娥推开车门，忽见车内一个黑东西，惊得大叫："啊！！"

车夫提灯一看，只见魏学士鼾声起伏，他高喊："有贼！"

金娥也叫："有坏人！有坏人！"

"有叛匪！有叛匪！"车夫高叫。

叫声惊动了店家、伙计及马校尉等人。

魏学士惊醒，见状，欲逃。

马校尉抓住了他："我们搜捕溃逃的叛匪，搜了一天没抓到人，没想到半夜三更送来一个。"

金娥搀扶玉叶进店避雨。

魏学士辩解："我不是叛匪！不是叛匪！"

马校尉指着魏学士身上的囚衣："你不是叛匪，也是盗匪！"

魏学士看到身上的囚衣，虽是百口莫辩，但也竭力申诉："我是被人陷害的！被人陷害的！……"

马校尉吩咐部下："捆绑起来！"

几个士兵上前捆绑魏学士。

魏学士挣扎："我不是叛匪，也不是盗匪，我是玉叶公主的驸马！"

"堂堂玉叶公主会有你这样的叫花子驸马？哈哈哈……"众人嘲笑，"真是个疯子！哈哈哈……"

11. 丰城客栈内

金娥听到此话，急奔店内，向公主道："公主……那个……那个……"

玉叶："究竟哪个？"

"那个叫花子，他……他……他说他是驸马。"

众人的嘲笑声传来："堂堂公主的驸马原来是叫花子……哈哈哈……"

玉叶羞得无地自容，她对金娥道："告诉抓捕叛匪的军士，玉叶的驸马早死了，此人是流氓！是疯子！是叛匪！"

12. 丰城客栈外

金娥领命出来，对马校尉道："我们是从京城来的，据我们所知，玉叶公主的驸马跳河死了。"

马校尉："对！我也听说驸马跳河死了，公主气疯了。"

魏学士还想澄清："没有……"他刚开口，就被几个军士堵了嘴，捆绑了。

金娥催促玉叶："公主，快离开这是非地！"

玉叶公主上了车，车夫一策鞭，马车急驶而去。

魏学士望着马车，吐了堵嘴的毛巾，愤愤道："这两个人，落井下石！"

马校尉："老实点！"

军士甲："把他捆在这树上，让大雨帮这个疯子清醒头脑。"

马校尉："嗯，你我回房接着睡觉，天明将他送进监狱。"

几个军士将魏学士捆在一棵大树上，转身回去睡觉了。

魏学士望着苍天呐喊："这是怎么回事？怎么回事？我堂堂状元，未来的驸马，对皇上忠心耿耿，却莫名其妙被指为叛匪投进监狱，好不容易逃出虎口，现在我又成了叛匪。这天下大乱，没有秩序，没有王法，没有公理，没有良心，随随便便整人。想说你是叛匪，你就是叛匪；想说某人是圣人，他就是圣人。那车上的两人竟落井下石，若那人是玉叶女扮男装，那就太狠心了！若不是，就是心太毒了！"

叛军甲在店门凶神恶煞道："你再叫，我就把你舌头割了！"

13. 密林

李贵拉住捆绑的皇帝行走在深山老林中，忽听有脚踏树叶的沙沙声，李贵急忙强拉皇帝躲避。

皇帝却故意咳嗽招来过路人，此招果真奏效，过路人循声而来。

李贵听见脚步声越来越近，拉起皇帝就跑。

"站住！"

"站住！"

……

李贵用力拉着皇帝跑，皇帝却有意拖后腿。

后面的人追上来，将李贵猛地按倒在地。

李贵哭着哀求："大人饶命，大人饶命！我李贵来生变牛变马为大人效命，大人……"

"李大人！"王虎及几个兵士急忙跪下。

李贵定睛一看，尴尬中带着惊喜："王虎！"

王虎："李大人！"

李贵："你怎么在这里？"

王虎惭愧道："唉！王虎带兵无能，吃了败仗，只好带着几个亲兵钻进这深山老林，寻找大人。"

李贵佯装精神："胜败乃兵家常事，王帅休要自责、丧气，你我兄弟来日东山再起！我们手中……"李贵指着手牵的皇帝："我们还有这个大宝贝、大本钱哪！"

王虎顿时精神焕发，对几个亲兵道："听到没有？我们有皇帝这个大本钱，我们要东山再起！"

几个亲兵高喊："我们有皇帝这个大本钱，我们要东山再起！"

14. 山野

喜喜及同伴搜寻皇帝、李贵，大家四处奔波，筋疲力尽。

喜喜望着莽莽山林，对领头的军士道："我们这样集中寻找，人多目标大，李贵他们在暗处，我们在明处，不容易找到。不如分散寻找，将网撒开，那鱼儿就难逃了。"

领头的军士："喜哥说得对，我也是这样想的。"

喜喜："那你快将人分开。"

领头的军士招呼大家："全体集中，听候安排！"

军士们向领头人跑来。

15. 密林山洞

夜幕降临，李贵、王虎和残兵们围在山洞口的火堆旁，烤食野猪肉。

王虎切下一块肉呈给李贵："李大人请。"

李贵接过肉一看："好腿肉！"他转递给兵士甲："这野猪是你一箭射死的，有功之臣理当重赏。"

"谢大人！"兵士甲接过猪腿肉吃起来。

王虎招呼其余兵士："两天没吃饭了，大家都来吃。"

兵士们一拥而上，撕扯着烧烤野猪肉狼吞虎咽。

皇帝被捆在一旁，望着香喷喷的野猪肉，垂涎欲滴。

李贵将手中一块啃剩的骨头像扔给狗一样扔给皇帝，皇帝拾起来津津有味地啃起来。

众人看着皇帝的狼狈相，哈哈大笑。

皇帝哪顾得笑声，旁若无人啃着骨头。

李贵吃得肠肥肚满后，起身朝洞内走去："今晚有人换我看守老东西了，我可得好好睡个囫囵觉了。"说毕，倒在树枝铺成的床上，像死猪一样呼噜大睡。

王虎也哈欠连天，吩咐兵士道："你们商量好，轮流值班警卫，看守老东西。"他指着洞外的火堆："夜来山中风大天冷，别让火灭了。"

兵士："是。"

王虎走到床前，倒头便睡。

几个兵士轮流值班、睡觉。

半夜三更，山风呼啸，野兽声此起彼伏。

皇帝躺在临洞口处，兵士丙担任警卫。

皇帝看准时机，对兵士丙道："小哥，我冷。"边说边打哆嗦："请帮我移点火过来。"

兵士丙不理。

皇帝愈发做出冷冻难耐的可怜相。

兵士丙往皇帝身边挪了几根柴火。

皇帝趁兵士丙打瞌睡，偷偷烧断捆在身上的绳索，挣脱束缚，溜出山洞，飞速逃跑。

兵士丙打盹猛醒，发现皇帝不见了，惊呼："皇帝跑了！皇帝跑了！……"

山洞内的人惊醒，李贵跳起来，狠扇了兵士丙几个耳光，命令："给我追！一定要把老东西抓回来！"

王虎指挥："一组跟随李大人，二组跟随我，分两路追捕！"

李贵、王虎带着众兵士冲出山洞，冲进密密山林。

16. 山林

皇帝仓仓皇皇、跌跌碰碰逃跑。

李贵、王虎各率领兵士追赶皇帝。

天边露出晨曦。

皇帝累得气喘吁吁，上气不接下气，只得瘫坐在崖石上。

"在那儿，在那儿！"李贵带领的追兵发现了皇帝。

"老贼！你跑不了！……"兵士丙朝着对面山头的皇帝高喊。

李贵赶快捂住他的嘴："别惊动他！"

然而，阻挡已迟，皇帝发现追兵赶来，拔腿就跑。

17. 原野

皇帝跑出了森林，寻找人家求助。

李贵带着兵士也跑出了森林。

皇帝发现远处有一座破庙，犹如溺水的人看到了救生圈，急朝破庙跑去。

李贵和兵士们发现远处的皇帝，急忙追赶。

18. 破庙

皇帝跑进庙里，丐七、丐八被惊醒，蒙眬的睡眼望着来人。

皇帝认出了老相识："丐七！丐八！"

丐七："你……黄伯！"

丐八："你怎么又来我们这里了？"

皇帝："奸臣追杀我，你们快救我！"

丐七："啊，黄伯……皇帝，好了伤疤你忘了疼，真是本性难改，你宠信岭西王那样的奸臣，遭此下场，活该！活该！"

皇帝求饶："你们救了我，我会重重报答你们，赏你们金银珠宝、良田美女。"

皇帝见两人未动，又说："你们若想当官，我也封你们官职……"

丐七："别再许愿了，上次我们救了你，你怎么没报答我们呢？"

皇帝尴尬道："你们没来找我呀！"

丐八跳起来："废话！你那皇宫我们进得去吗？"

"这次我派人来接你们。"皇帝从庙门往外看，远处一群人正朝破庙奔来，皇帝吓得给两个乞丐跪下，"求求小哥，救我一命！……"

丐七："你说好的要重重报答我们……"

丐八："要赏我们金银珠宝、良田美女，还要封我们官职。"

皇帝连连答应："是，是，是，一定，一定。"

远处突然传来叫喊声：

"那里有座破庙，老东西可能藏在那里！"

"快！抓到老东西有赏！"

……

追捕者声音越来越近，皇帝连连哀求："求求小哥发发慈悲，救救我！来日一定重重报答！求求小哥……"

丐七扶起皇帝："看你可怜，八弟，我们再救他一次。"

庙外高喊：

"老东西出来！"

"老东西！你若老实投诚，饶你不死！"

……

眼看追兵即到，丐七、丐八将皇帝塞进了他们做床垫和被子的稻草堆里，丐八装病睡在上面（皇帝被当成了床垫），丐七又在丐八身上撒满稻草（盖上被子）。刚收拾妥当，追兵即冲了进来。

军士甲恶狠狠地对丐七道："老东西在什么地方？"

丐七："什么老东西、小东西？我兄弟生病需要安静，再说，这里是庙，虽然破旧，可菩萨的灵在，你们进来就凶神恶煞，不怕菩萨降罪呀？"

"搜！"兵士甲发令。

众兵士对整个破庙仔细搜查，无果。

正在失望时，兵士甲发现了丐八，他发令道："叫他起来，掘地三尺搜！"

兵士乙上前踢丐八，欲推开他……

千钧一发之际，丐七指着李贵高声喊："嗨！是你呀！老相识！"

众人惊呆了。

兵士甲也吃惊地缩回手，愣愣地望着李贵和丐七。

李贵不屑道："谁和你是老相识呀？"

丐七："官爷，你真是贵人头上多忘事，三皇子叛乱时，你带着叛军来这里搜捕皇帝，还踢落我兄弟两颗门牙……我兄弟从此落下了病，嘴红肿、流血、流脓……全身发烧。我们无钱医病，我只得上山采草药给他治，但治不了根，时好时坏。看，我兄弟的病又犯了，不吃不喝躺了三天，我们要找你赔偿，可你侯门深似海。想不到今天你自己送上门来了,岭西王,你说该赔多少,我们也不讹你……"

丐七一步步逼近李贵。

李贵连连后退。

兵士甲上来推开丐七:"少啰唆!把老东西交出来!"

丐七:"什么老东西这么重要,劳你们这么多人找他?"

兵士丙冲口而出:"他是皇帝!"

"啊!闹了半天你们要找皇帝。"丐七嘲笑众人,"你们真是抱住孩子找孩子。"他指着李贵:"你们该问这位官爷呀!"

李贵发怒:"不许胡说!"

丐七:"我怎么是胡说呢?平叛以后,听说你被皇帝钦赐为'百官楷模',你还把这皇匾挂在府门上,你是皇帝的近臣、宠臣,你都不知道皇帝在哪里,我们乞丐外加讨口子、叫花子,怎么知道皇帝在哪里呢?"停顿片刻,丐七假装醒悟:"啊!现在你带人来找皇帝了,你是不是又变脸了?天哪!你才变得快嘞!"

丐八假装迷迷糊糊道:"七哥,你在跟谁说话呀?"

丐七:"就是踢落你门牙的那个官爷。"

丐八:"好哇!终于找到他了,七哥,抓住他,不让他走!一是要他赔偿我的两颗门牙,二是找他算账!他曾带领三皇子叛军来搜捕皇帝,是叛逆罪,把他扭送官府!"

"谁带叛军来搜捕皇帝了?疯子!骗子!讨口子!"李贵狼狈地逃出了破庙。

众兵士也跟着出了庙。

丐八跳了起来,两个乞丐胜利地笑了:"哈哈哈……"

笑着笑着,丐七突然醒悟:"黄伯呢?"

两人奔到皇帝身边,只见皇帝像死人般躺着。

"黄伯!黄伯!……"两个乞丐摇着皇帝,担惊受怕,"天哪!要是他被捂死了。我们是弑君之罪呀!"

"呜呜呜……"两个乞丐哭了。

皇帝出了口大气,慢慢睁开眼:"憋死我了!"

两个乞丐大喜:"黄伯,你醒来了,可把我们吓死了!"

皇帝缓过气来:"他们走了?"

丐八："是我们用计把他们骗走的。"

皇帝："好！我一定重重赏赐你们。"

丐八："别老说空话，要兑现呀！"

皇帝："你们先弄点吃的来，吃饱了，我找到唐老将军他们，他们送我回到京城，就给你们赏赐。"

丐七、丐八面面相觑："有啥吃的？"

丐七对皇帝道："你忍一忍，我到村里讨饭去。"

丐七拿了讨饭碗、打狗棍出了庙门。

19. 原野

喜喜寻找皇帝，他东张西望，看到了那熟悉的破庙，急忙走去。

20. 破庙内外

喜喜走到破庙，正好与讨饭归来的丐七相遇。

"七哥！"

"喜喜！你怎么来这里了，莫非又来买父亲了？这次我们可不能两贯钱就让你把黄伯买走了，这次我们要天价，因为黄伯就是皇帝！"

"黄伯在哪里？"喜喜抓住丐七问。

丐七指着庙内："在里面，刚才李贵又带人来抓他，我们巧用计，才把那帮人打发走。"

喜喜急往里面一看，看到了他历尽艰辛想要寻找的皇帝，可转念一想，诡计上来，他眨巴着眼睛对丐七说："那人骗你们，他不是什么皇帝，是军队里面烧饭的伙夫，偷了头领的银子，逃跑到你们这里来了。"

"啊！"丐七惊讶，"可他和黄伯一模一样啊。"

"怎么会一模一样？你们吃肉少，眼睛迷糊了。"

"真的？"

"黄伯在我们家住了几个月，还能看错？"

"好哇！"丐七冲进庙，抓住皇帝，"你这个骗子！"

皇帝："什么骗子？讨到吃的没有？"

"我让你吃！"丐七猛揍皇帝。

"七哥，你这是……"

"他是军队里烧饭的伙夫,偷了头领的银子,跑来骗我们。"

"好哇!你骗到我们叫花子这里来了,害得我们冒险救你这个小偷。"丐八挥拳打皇帝。

"哎哟!哎哟!……"皇帝喊叫。

喜喜偷着乐。

21. 山林

李贵、王虎等在山林逃窜。

唐老将军的军士搜寻皇帝。

李贵、王虎发现敌情,躲藏进了山洞。

22. 破庙

皇帝被吊在树上,发现躲在一旁的喜喜,忙呼救:"喜儿,快来救我!快……哎哟!哎哟!……"

喜喜假装糊涂,问两个乞丐:"你们为啥要吊打他?"

丐八:"他冒名皇帝来骗我们!"

喜喜慢悠悠道:"我来仔细辨辨真伪。"

"有啥好辨的,骗子就是骗子。"丐八说着,继续抽打皇帝。

"哎哟!哎哟!……喜儿,你快说话呀!哎哟!……"

在丐八的抽打声中,喜喜幸灾乐祸默念:"这第一打,是打你偏听偏信,宠信奸佞。"

"骗过了搜查官兵,你还要骗吃,让我们给你讨饭!"丐七又狠抽皇帝一鞭。

"哎哟!……喜儿救我呀!"

喜喜低声道:"这第二打,是打你为了九五之尊,你知错不改。"

"连叫花子都要骗的人,你肯定是个大骗子!不知骗了多少人,我代受害人打!"丐八骂着抽了皇帝一鞭。

"哎哟!……"皇帝呻吟。

喜喜默念:"这第三打,是打你将自己的面子看得比老百姓的苦难还重要!"

"打你……"丐八举鞭欲打。

喜喜挥手:"慢!"

丐八停手。

喜喜眯着眼贴近皇帝细看后，假装糊涂："我看有点像皇帝。"转问皇帝："你若真是皇帝，知不知道为何要遭此毒打？"

"知道，我有眼无珠，错信奸佞，所以奸贼谋反，我又逃难到这里来了，真是应了当初你在宫里说的话：'你还要被叛贼追杀流落民间。'这不，走投无路我又逃到这庙里来了。唉！人生如戏，旧的一幕又重演了。"

"还有呢？"

"为了自己的九五之尊，知错不改，把自己的面子看得比百姓生死还重要。"

"好，你说的句句是实，不是皇帝还说不出来。"喜喜转对两个乞丐，"他是真皇帝，真的。"

两个乞丐吃惊："刚才你不是说他是伙夫吗？"

喜喜："刚才是刚才，人家把做错的事说得清清楚楚，旁人能知情吗？"

丐八、丐七急忙将皇帝放下来。

丐七："皇帝，请恕罪，请恕罪。"他指着喜喜："刚才是他说你是骗子……"

丐八："皇帝，你说要赏赐我们……"

"皇上！"唐老将军等人赶来。

"皇上……你……"

两个乞丐吓得打战。

喜喜解围："误会，误会。"

皇帝："李贼刚从这里走，快去搜捕！"

唐老将军沉思："我们刚搜捕过，不见李贼的人影。"

"咳！我们在明处，叛军在暗处，不容易找到。"喜喜说。

皇帝："不能让李贼溜掉了，我要杀他！"

喜喜："我倒有个好办法。"

皇帝："快说！"

"引蛇出洞。"喜喜道，"不过……就要委屈父皇了。"

皇帝："我落难到民间，什么苦没有受过，还怕受点委屈？你小看朕了。"

"好！"喜喜将唐老将军拉到皇帝身边，悄声说着计谋……

唐老将军连连点头。

皇帝咬住牙下了决心："好！就这样。"

23. 山洞

李贵、王虎及残兵躲藏在山洞里。

两个便衣兵士从外归来:"报告,我搜寻了东边地带,没发现老东西。"

少顷,又有两个便衣兵士回来:"报告,我搜寻了西边地带,也没见到老东西。"

"找不到老东西算了,找到了说不定还是负担。"兵士丙道。

"胡说!找到老东西,我们才有大本钱,我们将他掌握在手中,让他替我们发号施令;我们还可以给当今朝廷讲价钱,要条件,开价码,我们不但能保全生命,还能东山再起!"李贵慷慨陈词。

24. 山林

皇帝一副惊慌落魄的样子在林中穿行,似杜鹃哀鸣般叫着:"唐爱卿,你们在哪儿呀?……你们在哪儿?……"

唐老将军的队伍和喜喜远远潜伏跟在后面。

"唐爱卿,你们在哪儿呀?……"

25. 山洞内外

王虎耳灵,听到了皇帝的声音,他命令道:"安静!"

"唐爱卿,你们在哪儿呀?……"

李贵等人兴奋:"是他!是老东西!"

众人振奋,欲扑出洞,李贵阻止,派一人侦察。

兵士甲着百姓服装出洞。

皇帝看在眼里,朝隐蔽的唐老将军示意,继续在山洞附近转悠。

唐老将军部署战略,将队伍分成几股,包抄了山洞。

"唐爱卿,你们在哪儿?……"

兵士甲观察后进洞报告:"大人,是老东西。"

李贵下令:"与我抓!"

众人正要行动,唐老将军带着军士冲进洞来:"李贼!你死到临头了!"

王虎及残兵还想垂死挣扎,但因寡众悬殊,一一被擒。

李贵想逃,被喜喜抓住。

皇帝指着李贵怒骂："你这无耻的变脸人！三逆贼叛乱你投靠他，他败了，你变脸回来效忠我，后来又与七贼谋反。你一张脸变来变去，变得快，变得出人意料，变得惊天动地。你以变脸求生，以变脸求荣，丧尽良心，不知耻辱！来人！与我拖下去斩首。"

"皇上！"李贵摇尾乞怜道，"皇上，我李贵出身贫寒，十年寒窗，平步青云，我立志追求富贵，光耀门庭，谁能实现我的梦想，我就效忠谁。可你们皇家争权夺位，朝廷风云变幻，为了我心中的志向，我一张脸只好多样用，哪里有富贵，我就朝哪儿变。皇上，这能怪我吗？如果你们皇家不变，我就忠心耿耿侍候一主，想当初，没有三皇子叛乱时，我侍候皇上是何等忠心耿耿。皇上，乱世中的臣子满腹苦衷，实在难当呀！至于良心？！你们皇家争权夺位，骨肉相残，良心何在？我一个臣子昧良心也是出于无奈呀！"李贵哀求："皇上，念在我多年侍候你的分上，你就饶了奴才吧！皇上……"

第三十六集

1. 山洞外

李贵跪地哀求:"皇上,念在奴才侍候皇上这么多年的分上,饶奴才一条命吧!皇上,饶了我……"

皇帝冷笑:"我念你一脸多变,祸国殃民!来人!拖下去斩了!"

两军士将李贵架走。

李贵边走边呼叫:"皇上,饶奴才一条命吧!我决不变脸了!皇上……"

唐老将军:"奸贼已除,皇上英明!"

众人欢呼:"皇上英明!万岁!万岁!"

一派普天同庆,皇帝沉浸在喜悦之中。

"皇上!皇上!……"一百姓冲到皇帝面前,"皇上,一股残匪逃到我们山里,像饿狼一样扑到乡民家中,杀猪宰羊,大吃大喝。就连我们耕地的牛,他们也宰了。百姓稍有不从,他们就鞭打残杀。听说皇上在此,乡民们掩护我逃出虎口,让我来求皇上救命!"

皇帝、唐老将军震怒!

唐老将军:"这都是李贵的残兵,待本帅将他们一举歼灭!"

皇帝:"爱卿劳苦,年岁已高,身体有恙,您先回京城休息,这个功劳就让朕来建吧。"

唐老将军还想争辩:"皇上,末将……"

皇帝:"此事就这样定了,老将军应听令。"

唐老将军:"末将听令,皇上保重。"

皇帝转身对身边的喜喜道:"喜喜!"

喜喜:"在!"

皇帝:"你是演戏的,就不要跟着我们去剿残匪了,你妈还在家里等你,快回去吧。"

喜喜:"皇上,我……"

皇帝:"听话,春英也在盼望你,早点回去早结婚。"

喜喜只得服从:"是。"

皇帝振臂高呼:"众儿郎!随朕乘胜追击,歼灭残匪!还天下太平!还百姓安康!"

众军士山呼海啸:"歼灭残匪!还天下太平!还百姓安康!……歼灭残匪!……"

2. 梨树湾喜喜家院

深夜,一片寂静,春英和喜母睡在北房。

春英在睡梦中,又见喜喜归来,她高兴地叫道:"喜喜!"乍一醒来,茫茫黑夜,唯见树影摇动。

3. 小路

喜喜归心似箭,急急赶路。

4. 梨树湾喜喜家院

喜喜回到家,走进院子,轻轻走到北房,叩了几下门。

春英:"谁?"

喜喜低声:"我。"

春英忙下床,贴门问:"你到底是谁?"

喜喜:"声音都听不出来了?"

春英急忙开了门,黑夜里,四目相望,欣喜万分。

春英:"你回来了,没伤着哪里吧?"

"没有,一根头发都没有伤着。"

"喜……"春英回头欲喊喜母,喜喜急忙捂住了她的嘴。

"我妈她们好吗?"

"好,一家人都好。"

喜喜:"快把衣服穿好,我有好多话要和你说。"

春英穿好衣服,喜喜拉着春英蹑手蹑脚朝外走去。

两人声音虽然小，仍惊醒了秋云。

5. 院外柳树下

春英、喜喜肩并肩坐在柳树下。

春英："你怎么半夜回来？"

"想你，想妈，想家，我就连夜往回赶。"

"叛军消灭了吗？"

"只剩下些残匪，黄伯带兵去围剿了。本来我要跟他们去，可黄伯不让我去，叫我回来跟你结婚。"

春英羞涩地低下头。

喜喜拉着春英的手："我们历经磨难，今天终于团聚了。"

6. 喜喜家院

秋云起床，出门见院外的柳树下坐着一对男女，忙走到北房，叫醒喜母："喜妈，怎么你一个人睡？春英呢？"

喜母用打火石点亮了灯："春英上茅厕了吧。"

秋云："没有，没有，在柳树下。"

"怎么会在柳树下？"喜母穿上衣服，跟着秋云来到院门。

秋云指着柳树下偎依着的一对男女："春英在那里。"

喜母怒睁双眼："那男的是谁？"

秋云："野汉子！"

喜母狐疑："哪儿来的野汉子？"

7. 院外柳树下

喜喜深情道："常言好事多磨，你我再不分离了。"

春英："难说，万一有人要争当皇帝，争当大官，打起仗来，城门失火，殃及池鱼，百姓哪有什么团聚。"她叹了口气："唉！我就不明白，那些皇子、大官，住着大宅院，吃着山珍海味，穿着绫罗绸缎，呼奴使婢，为什么还要争？"

喜喜："贪心！有了这，又争那，永远不满足，变着心要，变着脸要。"他感慨道："做人，还是要老实。贪婪、狡诈没有好下场。我亲眼看见李贵被抓到的那副可怜相，他跪在地上，向皇帝求饶，真没想到平日作威作福的岭西王，竟像狗一样摇尾乞怜。"

8. 喜喜家院

喜母听着树下传来的男女窃窃私语声，疑惑道："这男的是哪儿来的？"

秋云绘声绘色道："今天下午，有个过路男子来讨茶，春英端了碗茶给那个男子，两人还叽叽咕咕说了一会儿，没想到就勾搭上了。"

喜母："你看清楚中午讨茶的那个男子了吗？"

秋云肯定："是，就是，讨茶男子的背影和树下那个人一模一样。"

师兄闻声出门，凑前问："大半夜的，你们在这儿干什么？"

"嘘——"秋云指着柳树下偎依坐着的一对男女，得意道："我们在演捉奸戏。"

9. 院外柳树下

喜喜沉浸在幸福中："现在好了！叛乱平定了，变脸人李贵露出原形。皇帝吃了大亏，长了见识。那天丐七、丐八在破庙里狠揍了皇帝一顿，皇帝真心悔恨，下决心痛改前非，重用贤臣，远离奸佞，治理好国家，让百姓安居乐业，尽享太平。我们结了婚，男耕女织，孝敬我妈、侯伯，再生几个娃娃……"

春英害羞："哎哟！你说些啥哟！"

"大实话，不生娃娃，我们老了靠谁呀？"

春英："靠玉叶公主呀！她要招你为驸马，到京城去享福。"

"玉叶娇生惯养，恃宠骄横，她不是喜欢我，是喜欢她那死去的驸马，因为我变出了驸马的脸，她就喜欢上了我。这种喜欢算啥，你才是我患难相交、情投意合的女人，除了你我谁都不娶！"喜喜说着，将春英揽在怀里。

10. 喜喜家院

秋云、喜母、师兄见两个男女的黑影黏在了一起。

秋云骂："不要脸！"她低声吩咐师兄。

师兄转身朝厨房走去。

11. 院外柳树下

春英幸福地躺在喜喜怀里，撒娇问："你真的非我不娶？"

喜喜:"这还用问吗?"

"我不信。"

"我敢对天发誓。"喜喜望着黑蒙蒙的天空,失望道:"可惜没有牛郎织女星。"

春英调皮:"那你把它们叫出来呀!"

喜喜对着天空,压着嗓子道:"牛郎织女星,你们快出来呀!我老婆要我对着你们发……"

"啪!"师兄端来一盆水泼下,喜喜、春英被从头浇到脚。

"哎呀!"喜喜大叫,"谁这么缺德呀?"

"喜喜!"喜母听出喜喜的声音,扑上前,"儿呀!怎么会是你呀?"

喜喜委屈道:"我半夜三更赶回来,怕吵醒你们,便和春英在这里聊天,你们就这样欢迎我回家呀?"

喜母转头埋怨秋云。

秋云:"我们以为是贼。"

喜喜:"是贼该用棍子打,哪会用水泼,不会心中有贼吧?"

秋云尴尬。

喜母:"快!快进屋换衣服。"

喜喜不满地跺着脚朝屋内走去。

师兄惭愧地点亮了灯,迎接众人回了屋。

12. 原野

晨曦微露,玉叶、金娥坐的马车朝梨树湾行进。

金娥时时向后看。

玉叶:"你看什么呀?"

金娥:"我看那个乞丐是不是还跟着我们。"

"叛匪不是将他抓起来了吗?"

"公主,他说他是驸马,会不会……"

玉叶板着脸:"别提这事来恶心我了!驸马早就死了,我看见他跳进波浪滚滚的河里,他又不会游泳。跟着我们的那人是货真价实、地地道道的骗子!"

金娥只好闭嘴。

玉叶望着远方问车夫:"到梨树湾还有多远?"

车夫："为保安全我是绕着走，还有几天路。"

13. 喜喜家院

喜喜高喊："布置新房了！布置新房了！"

师兄、徒弟分别从西房、南房出来，朝北房走去。

喜母正在北房缝新被，见状："你们来干啥？"

徒弟："师傅说师奶奶和侯爷爷要办喜事，叫我们来布置新房。"

"你师傅和春英姐结婚，新房在那儿。"喜母指着东房道。

徒弟、师兄转去东房。

喜喜阻拦，指着北房："新房在那儿。"

徒弟、师兄又朝北房走去。

喜母挡在门口，指着东房："新房在那儿。"

喜喜指着北房："新房在那儿。"

喜母指着东房："那才是新房。"

徒弟、师兄被指挥得转来转去。

徒弟生气道："新房到底在哪儿？"

喜喜："百善孝为先，好事要先让老人，我和春英商量好了，先把妈和侯伯的喜事办了，我们再办。"

侯伯："年轻人结婚重要，我和喜妈老了，再说，又不是第一次结婚。"

喜母唰地变了脸："是，我老了，不是第一次结婚了，那猎户的女儿山花年轻，又是第一次结婚。"

侯伯赶快解释："我不是那个意思，你怎么又扯到山花了？"

"各人心里明白。"喜母说完，回到北屋，"砰"的一声关了门。

众人愣了。

喜喜："咦！我妈还争风吃醋呀！"

14. 驿道

玉叶公主乘坐的马车行进着。

玉叶焦灼地望着远方，又问车夫："到梨树湾还有多远？"

车夫："还有几天路。"

玉叶噘着嘴："怎么还有几天？"

车夫："公主千金之身，老奴怕遇到残匪，绕着走平安路，自然费时间。"

15. 喜喜家院

秋云、春英拿着缝制好的新娘服走进北房。

"喜妈，试一试这新娘服。"

喜母："慌什么，喜喜和春英的喜事都还没办哩。"

秋云："您和侯伯的事迟早要办，先试试新娘服不碍事。"

秋云与春英为喜母穿上新娘服，两人夸奖：

"喜妈，您穿上这身衣服年轻了十岁。"

"喜妈那天再戴上花，就更漂亮了。"

侯伯穿着新郎装喜滋滋走进屋，征询喜母："我穿这身衣服拜堂行不行？"

喜母酸溜溜道："你又不是没有穿过新郎服，莫非你和那个猎户女拜堂你也要问她行不行？"

侯伯沉下脸："你怎么又提山花，我不是给你说清楚了吗？"

喜母："你说得清楚吗？要不是喜喜把你抢走，你都和山花进洞房了。"

侯伯反唇相讥："你也说不清楚！"

"我有啥说不清楚？"

侯伯："那个黄伯！"

喜母："那是喜喜买回来的，我根本不知道。"

侯伯："你儿子亲亲热热叫他爹了，你说得清楚呀？"

"你……"喜母气愤地脱下新娘服。

侯伯也生气地脱下新郎装。

众人僵立。

喜喜："都怪我，都怪我，都怪我买来黄伯这个爹，才惹出这么多事来。"他示意秋云、师兄、春英出房间。

众人来到院中。

喜喜："想不到老人吃起醋来比年轻人还厉害。我妈和侯伯相好多年，都怪我买爹这件傻事，给二老带来痛苦，差点坏了他们的好事。"

秋云："现在两人见面就像斗鸡一样，啄来啄去。"

"不能让他们这样互相折磨，闹下去了，夜长梦多，万一他们的好事黄了，我可就成了不孝之子，落下骂名。快刀斩乱麻！赶快给他们把喜事办了，拜完堂成了亲，我们都放心、安心了。"喜喜说道。

秋云："两只斗鸡，怎么拜堂成亲？"

师兄："喜妈和侯伯相好了十多年，他们斗嘴是怕对方被人夺走，人家是亲热的表现。"

春英："师兄说得对，可现在喜妈、侯伯拧成这样，怎么让他们入洞房呢？"

喜喜："二老还非要让我和春英先办喜事，这不颠倒了长幼顺序吗？我们成了不孝。"

师兄、秋云、春英："那怎么办？"

喜喜神秘道："我想了个好办法，附耳过来。"

三人贴近喜喜，喜喜如此这般说出计谋。

春英听完，犹豫道："这样行吗？"

喜喜："有啥不行的，两人相好那么多年，早该结婚了。"

师兄："站在什么山头唱什么歌，遇到两个任性的老小孩只好用这个方法了。"

秋云："好吧，听喜喜的。"

喜喜高兴道："听我的就跟着来！"他转身对屋内大声说："妈！我和春英商量好了，听你的话，你说啥时结婚我们就啥时结婚。"

"这就好了！"喜母跑出北房，"我找算命先生算过了，十六日是黄道吉日，就在那天给你们办喜事。"

喜喜："好！听妈的！婚期将近，赶快收拾新房。"

师兄、秋云、春英、喜喜一同走进东房收拾新房。

16. 驿站

皇帝一行来到驿站用餐。

进餐后，王公公侍候皇帝休息。

玉叶的马车也来到驿站，玉叶下车进门，正好遇见王公公。

"王公公！"

王公公一愣，仔细一看，是玉叶公主："公主，你们怎么到这里来了？"

玉叶："父皇怎么到这里来了？"

王公公："皇上剿平了残匪，回京途中，带上几个侍卫，微服私访民情。"

王公公进内室报："皇上，玉叶公主来了。"

皇帝："玉叶怎么会到这里来？快传。"

玉叶进屋："父皇！"

"玉叶，你怎么来到这里？又怎么是这副打扮？"

"只因奸臣、逆子再次叛乱，父皇御驾亲征，宫廷一片混乱。乱世之中，皇儿女扮男装寻找父皇，老天不负有心人，终于找到父皇了。"

"叛乱刚定，父皇还有些事要办，你一个女孩子在外不安全，赶快回京城。"

"孩儿不愿离开父皇。"玉叶撒娇。

皇帝："听话，父皇派侍卫送你回去。"

玉叶想了想，计上心来："好吧，回去就回去吧，只是眼下残匪流窜，父皇微服私访只带了几个侍卫。父皇乃一国之君，身边的侍卫不能再少了，只恳求父皇赐给皇儿一个护身符。"

"什么护身符？"

"圣旨呀！"玉叶说着，命人拿来一张白圣旨。

皇帝正要下笔写字……

玉叶阻止："父皇，您签个名就行了。"

皇帝："空白圣旨？"

玉叶："父皇，皇儿回京城要跋山涉水，要是途中遇到了麻烦事，纵然父皇不在身边，我在父皇签名的圣旨上面填写旨意，各州府官吏，看到父皇的圣旨，定会帮助皇儿逢凶化吉，遇难呈祥。"

皇帝犹豫再三，终于迁就了爱女，在空白圣旨上签了名。

玉叶高兴地收起了空白圣旨。

皇帝："老王头。"

王公公："老奴在。"

"起程。"

王公公吩咐几个侍卫："起程。"

玉叶："皇儿恭送父皇。"

皇帝坐上民用车子离开驿站。

玉叶看着皇帝的车子远去，催促金娥："快走！"

赶车人："公主，到哪儿去？"

玉叶:"到梨树湾!"

赶车人:"不回京城了?"

玉叶:"哪来的那么多废话!"

赶车人只得一挥鞭子,马车朝着梨树湾急行。

17. 喜喜家院

(1) 院子

红红火火,热热闹闹。猪叫、鸡飞、狗跳,后院正忙着准备喜宴。

人逢喜事精神爽,喜母忙前忙后,乐得合不拢嘴。

来宾纷纷前来祝贺:

"恭贺老嫂子娶媳妇!"

"恭贺大婶娶媳妇!"

"恭贺大姐娶媳妇!"

丐七、丐八赶来凑热闹:"恭贺喜妈娶媳妇!"

喜母:"大家有喜!大家有喜!"

丐七、丐八:"新郎、新娘在哪儿?"

喜母:"等他们拜完堂,喜宴上会给亲友们敬酒的。"

(2) 西房

"新郎官,穿戴好没有?"喜母乐滋滋走进西房。

师兄、徒弟一副苦脸:"师傅不见了!"

喜母惊:"到哪儿去了?"

徒弟:"我们满院子、各房间都找了,就是不见人。"

"啊!"喜母急得跳起来,"再去找!再去找!马上就要拜堂了。"

徒弟、师兄出门找喜喜。

喜母:"暗暗找,不要声张。"

徒弟:"知道。"

(3) 院子

徒弟、师兄、喜母到处寻找喜喜。房内、房外、院内、院外都找遍了,仍不见喜喜。

(4) 西房

徒弟、师兄回到西房。

喜母急得火烧火燎："喜喜到哪儿去了？宾客来了满院子，就要拜堂了……"

秋云进来："新郎不见了？喜喜不见了？"

师兄、徒弟会意点头。

秋云故作惊慌："这才是出大丑！临拜堂新郎不见了，戏台上都没有的事，我们家发生了！"

喜母跺脚骂："喜喜，你从小就听妈的话，可自从你买来那个黄伯当爹，你就越来越不听话了！"

（5）院子

"太阳都快当中了，怎么还不拜堂？"丐七、丐八在院子里高叫。

"哇、哇、哇……"小孩子哭闹。

两个妇女抱着孩子走到喜母身边："喜妈，孩子待久了不安分，哭闹着要回去，吵得大家不安宁，我就先回去了，祝愿喜喜夫妇白头偕老。"

两个妇女刚走，一个小伙子搀扶着白发老人走来："喜妈，我爷爷坐久了头就痛，我陪他回去了。"

老人亲切道："祝愿新人花好月圆！"

喜母、徒弟送宾客到院门后，转回对大家道："抱歉！抱歉！让大家久等了，马上就拜堂！"

丐七："快拜堂！"

丐八："拜完堂好开席，我们肚子都饿得'咕咕'叫了！"

（6）西房

徒弟望着院中又有宾客离去，焦急道："再不拜堂，客人都要走光了。"

喜母急得像热锅上的蚂蚁："没有新郎，怎么拜堂？"

秋云："只有这样办了。"

"怎么办？"喜母急问。

"喜妈代喜喜拜堂。"

喜母连连推辞："不行，不行！"

徒弟："行！行！"

喜母没好气道："我这个样子，哪像新郎？"

秋云："喜妈，我们草台班子演出，您常反串男角，今天您就再反串一次，您穿上新郎装，戴上帽子，帽檐压低盖着脸，谁看得清楚呀！"

师兄帮腔："火烧眉毛，这可是个好办法呀！"

喜母："要找代新郎，也得找个男的。"她指着师兄："你来代新郎拜堂。"

秋云、师兄慌了："使不得！使不得！男人和女人拜完堂就是夫妻了。"

喜母点头。

徒弟指着院门："哈！又走了两个客人。"

丐七、丐八在院子里高叫："快拜堂！快开席！……"

喜母急得团团转。

徒弟："师奶奶，您就算是再上台反串一次吧。"

喜母无奈道："好吧。"

秋云："快打扮新郎！"

三人动手，为喜母穿衣戴帽。

（7）北房

师兄来到北房，低声对春英道："喜妈同意了。"

春英敲了几下柜子，喜喜从柜子里钻了出来。

师兄："秋云和黑娃在帮喜妈扮新郎，侯伯呢？"

喜喜指着床上熟睡的侯伯："我给他吃了睡药。"

师兄："快把他叫醒，马上就拜堂了。"

喜喜诡谲道："不能把他叫醒，迷迷糊糊才由我们使唤。"

喜喜、春英、师兄将侯伯扶起，为他穿上嫁衣、红鞋，搭上盖头……

秋云赶来："准备好没有？"

喜喜指着男扮女装的侯伯，众人笑了。

秋云："春英、喜喜，你们俩藏起来，我另找人搀扶新人。"

"是。"

（8）院子

秋云走出北房，高喊："拜堂开始——"

众人活跃。

丐七、丐八欢呼："拜完堂就喝喜酒了！"

喜乐奏起，傧相、司仪：

"东边一朵紫云开，西边一朵彩云来，两朵祥云合起来，新郎、新娘出堂来——"

秋云和另一女子搀扶"新娘"出堂。

师兄和另一男子搀扶"新郎"出堂。

宾客们欲走近看"新郎""新娘",徒弟驱离、遮挡来宾,掩护着一对假新人。

"一拜天地——"

"二拜高堂——"

众人看着空空的高堂座议论:"喜妈呢?喜妈呢?……"

徒弟急中生智:"喜妈不愿拜单高堂,要成双以后补拜,求吉利,求吉利!"

众人拍手:"好!"

傧相:"夫妻交拜——"

随着傧相的声音,拜堂干净、利索、快捷。

"新郎、新娘入洞房——"

(9)东房

"新郎""新娘"入了洞房,秋云立即将门关上。

师兄将喜棍交与"新郎"。

徒弟调皮道:"快挑新娘盖头,看看新娘漂不漂亮!"

"新郎"接过喜棍,挑开"新娘"盖头,惊愕得张大了口:"啊!"

"新娘"受惊,清醒过来,看着自己的装扮,十分窘迫。

"哈哈哈!"喜喜、春英从角落里出来。

众人高声:"给喜妈、侯伯贺喜!"

喜母恍然大悟,指着喜喜等人:"好哇!原来你们挽了个圈圈让我们来钻呀!"

喜喜:"不挽这圈圈,二老还不知什么时候拜堂哩!"

喜母又喜又急:"这像什么话,李代桃僵,宾客们是来恭贺你们年轻人拜堂的,我们却抢先拜了堂……"

喜喜:"爹、妈,不用羞,不用慌,好事成双,我和春英马上就拜堂。"他转对春英道:"快穿上新娘服!"

众人喜气洋洋帮助新郎、新娘换新装。

(10)院子

"拜完堂,该开席了。"丐八在院子里高喊。

徒弟走出房门大声道:"老少爷们,大姑大妈们、姐姐妹妹们,你们今天可是运气好,来一趟参加两个婚礼,刚才拜堂的是喜妈、侯伯。接下来才是喜喜和春英拜堂。"

众人惊讶！院子里一片寂静，随后即是狂欢：

"好哇！双喜临门！"

"两代人同办喜事，家门福星高照！"

"喜妈苦尽甘来，幸福安康！"

傧相赞礼："喜喜、春英拜堂开始——"

"新郎、新娘步出堂——"

喜乐高奏，欢笑声荡漾，新郎、新娘正要步出堂……

"慢——"玉叶高叫着闯进院子。

"你是谁？"众人惊诧。

金娥："她是皇上的女儿，玉叶公主！"

喜喜闻声出来："玉叶，你怎么到这里来了？"

玉叶深情道："为我们的好事来了！"说着，展开圣旨念道："皇帝诏曰：义子喜喜，心地善良，人品俱佳，甚慰朕心。朕有意结亲，命喜喜与朕爱女成婚。钦此。"

"啊！！"喜喜、春英及众人震惊。

玉叶得意地对春英道："你这身新娘服该脱下来了。"

喜喜护着春英："不能脱，我要和春英结婚。"

玉叶威胁："你敢抗旨？！"

第三十七集

1. 喜喜家院

"我去找皇上,问他为什么要乱下圣旨!"喜喜往外冲。

"皇上驾到——"王公公高喊。

众人跪迎:"恭迎皇上——"

"哈哈哈!"伴随着朗朗笑声,皇帝走进院子。

"来得早不如来得巧,朕微服私访路过此地,听说喜喜要举行婚礼,朕急忙赶来,唯恐主婚人被人抢走了。"

喜喜愤愤道:"哼!你才霸道,想当岳父又想当主婚人!"

皇帝莫名其妙:"我当岳父?"转念一想:"我是该当岳父,朕在患难中,春英和我亲如父女呀!"

"你别装了!"喜喜质问道:"真是说一套做一套,你明明知道我和春英有婚约,还劝我离开军队回来结婚。可为什么还要下圣旨,命我和玉叶成婚?"

皇帝越发糊涂了:"我什么时候下过圣旨命你和玉叶成婚?"

玉叶抢上,亮出圣旨:"父皇,这不是您赐给皇儿的圣旨吗?"

"你……你……你……"

皇帝气得晕了过去。

王公公等人:"快!快!快传御医!"

(1)饭堂

王公公等人将皇帝扶进饭堂。

御医飞速跑来。

宾客拥进饭堂围观。

王公公:"皇上平叛,出生入死;微服私访,历尽艰辛。大家散开,散开!让皇上安静!"

侍卫将围观人群驱离。

御医诊断完毕，从药箱里取出一颗药丸，皇帝服用后，渐渐苏醒，他震怒道："你们都出去，把玉叶给我叫来！"

众人退出。

玉叶撒着娇进来："父皇，您好了！可把皇儿吓坏了！"

"你好胆大！竟敢乱填圣旨！"

"父皇既然赐给我空白圣旨，就是让皇儿自己填写，我不写白不写。"

"我赐你空白圣旨，是为你回京途中安全，谁知你跑到梨树湾来赐婚。人家喜喜和春英患难相交，你非要拆散人家好姻缘。"

玉叶噘嘴："父皇后宫那么多美人，也不知拆散人家多少好姻缘。"

"你！"皇帝恼羞成怒，"把你惯坏了！"他呼叫："老王头！"

王公公："奴才在。"

"给我重拟一道圣旨，赐婚喜喜、春英，今日成婚。"

"父皇不可！"玉叶阻拦，"叛乱刚平，想当初父皇赐岭西王李贵为'百官楷模'，结果此人却是乱臣贼子。今日刚宣读您赐婚我与喜喜哥，又要改为赐婚喜喜和春英，似这般朝令夕改，父皇的威信何在？以后谁还听您的命令？"

"这……"皇帝迟疑。

"父皇！"喜喜闯进来，"赐婚这道圣旨，是您颁的吗？"

"不是。"皇帝刚说完，又改口："是……是。"

喜喜追问："到底'是'还是'不是'？"

皇帝纠结，最后，低声道："是。"

"你……"喜喜愤怒，"好个黄老头！当初见你可怜，我买了你当父亲，谁知我做了好事却遭雷打，你搅得我一家不安宁，差点搅黄了我妈和侯伯的姻缘。春英在你最困难的时候帮助你，你明明知道我和春英有婚约，可你偏偏要拆散我们，你瞎了？你聋了？你人心变狼心了？……"

皇帝低头难堪。

玉叶发飙："辱骂皇上，拿下他！"

王公公命人用毛巾堵住喜喜的嘴，捆绑后，推到北房角落里。

（2）院子

丐七、丐八从窗户里目睹室内发生的一切，两人路见不平，义愤填膺，骂道："昏君！"

"那天在庙里，我们该把他朝死里打！"

"对！打死昏君，百姓安居乐业；留下昏君，祸害百姓！"

皇家侍卫头目："胆大刁民！竟敢辱骂天子，来呀！与我拿下！"

两个侍卫上来，捆绑了丐七、丐八。

丐八叫屈："我们是皇帝的恩人，当初他逃难到我们的破庙里，我们讨回来的饭……"

侍卫用毛巾堵了丐七、丐八的嘴，拉出院子。

院内一片骚乱。

"不好了！官兵抓人了！"

宾客们纷纷逃走。

喜母上来对侍卫道："今天是我们家大喜的日子，你们为啥要作孽乱抓人？"

"赶快滚开！"侍卫呵斥。

"我要见皇帝，我要他收回圣旨！"喜母拼命朝厅堂冲。

侍卫一掌将喜母推开："皇上岂是你这个乡下老太婆随便见的。"

秋云高喊："黄伯，您做事要凭良心，不能拆散喜喜和春英！收回圣旨！"

"天子一言九鼎！颁发的圣旨岂能收回！"玉叶出厅堂，站在台阶上威严道。

秋云："公主啊！戏文里有'君子成人之美'，喜喜和春英饱经磨难，好不容易聚在一起，你为什么要拆散他们呢？"

玉叶："普天之下，莫非王土！你们都是父皇的臣民，我想招谁为驸马就招谁！"

"哈哈哈！"秋云讥笑，"你们皇家哪是在选驸马，是在选奴才！"

玉叶强辩："不是奴才！驸马可以当大官，锦衣玉食，尽享荣华富贵！"

"我们寻常百姓，家常饭，粗布衣，知冷知热是夫妻。喜喜才不稀罕你那锦衣玉食，给你当驸马，当奴才！"秋云回击。

玉叶怒，她抽出身旁侍卫的宝剑，刺向秋云："我杀了你！"

王公公拦着："公主，山野之民，不懂规矩。"

玉叶："看在王公公的面上，我饶了你。"

春英冲上来："我要见喜喜！"

"不行！"玉叶斩钉截铁。

春英："你关得了喜喜的身，却关不了喜喜的心。我说的话喜喜听，我劝他遵从圣旨当驸马。"

玉叶想了想:"算你知趣。"她吩咐侍卫:"放她进去。"

春英朝北房走去。

(3)北房

春英进屋:"喜喜哥!"

"春英!"

两人抱头痛哭。

春英:"喜喜哥,今生不能成婚配,但愿来世结连理。"

喜喜:"不!今世、来世,哪怕百世、千世,除了你,我谁也不娶!你不仅人漂亮,心眼好,又勤快,孝敬老人,你这样的姑娘哪儿去找?"

"可是皇帝下旨要招你为驸马。"

"我不答应!"

"抗旨是要杀头的。"

"我宁肯杀头,也要娶你!"

"我陪着你杀头,我们到那边成亲。"春英坚定地说。

"好!我们到那边成亲。反正都是死,与其让皇帝杀头,不如以死抗争!"

"对!我们以死抗争!"

"反正我妈和侯伯拜了堂,妈有人照顾了,我死了也放心。"他问春英:"怎么死?"

春英指着捆绑喜喜的绳索:"上吊!"

"好!"喜喜、春英分别将绳子搭在梁上,二人搬凳子站上去,喜喜刚将绳索套上脖子,忽然说道:"看我妈最后一眼。"他下凳子走到窗前看喜母。忽听"砰"的一声,春英已将凳子踢倒,人被吊在空中,喜喜赶紧跑过去抱着春英,高喊:"救命呀!救命呀!……"

众人忙入内,救下了春英。

皇帝:"传御医。"

御医赶来为春英号脉,庆幸道:"没事,幸亏抢救及时。"

秋云怒指皇帝、玉叶:"你们一张纸,就要两条人命呀!"

玉叶噘嘴:"我又没有让她上吊,是她自己投缳。"

皇帝:"春英,你怎么年纪轻轻就寻短见?"

春英:"是你皇帝下旨要拆散我和喜喜,我们约定,今生不能成夫妻,死后也要结连理。"

玉叶："喜喜哥舍不得我，才没有上吊。"

"不，不，不。"喜喜连连否认，"我是为了看我妈最后一眼，晚了一步。春英性子急，我见她舌头吐出来了，一急，就叫起来了。"

喜母："菩萨保佑我儿有孝心，多亏他最后看我一眼，不然，两条命就完了。"

秋云："黄伯……啊，皇帝，收回你的圣旨吧，不然，还要死人。"

喜喜："父皇，你不收回圣旨，我就抗旨，抗旨杀头，我不怕！"

春英："我们自己死，不劳你用刀来砍。刚才不是死过一回了吗？再死一回又何妨？"

皇帝自惭，他挥挥手："你们都出去，出去。"

喜喜、春英、秋云、侯伯、喜母出了饭堂。

侯伯："我看皇帝有些动心了，别再火上浇油了。"

室内，皇帝温和地对玉叶道："玉叶，你和喜喜是义兄、义妹。兄妹结婚，有悖伦理呀。"

玉叶："父皇，皇宫里悖伦理的事还少呀，皇爷爷的妃子中，最宠的妃子还是他的姑姑哩！更何况我和喜喜哥是义兄、义妹，没有血缘关系。"

"你闹！你闹！闹出人命来，让天下人骂父皇！"

"他俩死，你怕挨骂；我死了，你就不怕挨骂吗？！"玉叶说着就往墙上撞。

"拉住！拉住！"皇帝急叫。

金娥及王公公上前拉住玉叶。

玉叶挣扎、哭闹。

皇帝心疼，安慰玉叶："好，好，好，父皇不收回圣旨，父皇不收回圣旨。"

喜喜、春英听见此话，冲进门来："皇上，你不收回圣旨，我们也撞死！"二人说着，就往墙上撞。

皇帝："拉住！拉住！"

喜母、侯伯、师兄、秋云进来，拉住喜喜和春英。

"父皇，你要不收回圣旨，我撞死！"

"皇上，你不收回圣旨，我们撞死！"

……

饭堂内争吵得人声鼎沸。

晏公公飞马来到喜喜家院："我有要事向皇上禀报！"

侍卫带着晏公公直奔厅堂。

"老奴有要事禀报。"

皇帝:"讲!"

晏公公:"俘虏的叛军郑山招供,驸马魏学士投河以后得救,平定三逆贼后回到京城。七逆贼当时正为扩充军力拉拢唐老将军,欲将玉叶公主许给唐老将军续弦,便诬陷驸马是冒名的骗子,命人将他投进了江城监狱。七逆贼叛乱失败后,江城监狱的狱长、狱卒逃窜,关押的犯人也逃跑了,郑山说驸马也逃离了监狱。"

"啊!!"众人惊。

喜喜:"父皇,既然驸马还活着,赶快派人去找呀!找回驸马就不死人了。"

皇帝:"老王头。"

王公公:"老奴在。"

皇帝:"传旨各州各府张贴告示,速派人马寻找魏学士,找到魏学士者,朕要重赏。"

"是。"王公公领旨出门。

金娥拉着玉叶出门,走到角落,悄声道:"公主,我们在丰城客栈遇到的那人,该不就是驸马?"

玉叶如梦初醒:"难怪他一路跟着我们。"

金娥:"他为什么不叫我们?"

"笨蛋!我们扮成男人,躲躲闪闪,他怎么看得清楚?"

"不好!"金娥大叫,"我们控告那人是叛匪,王法定会严惩,万一……"

玉叶:"快!叫车夫备马,我们到丰城去!"

金娥转身朝大门跑去。

玉叶紧跟出门。

喜喜与王公公出院门,王公公命军士牵来马。

喜喜指着玉叶、金娥的背影对徒弟说:"跟着她们!"

徒弟骑上马,紧跟玉叶、金娥乘坐的马车而去。

2. 丰城监狱牢房

魏学士蜷曲在角落里,长吁短叹后,他又拿出玉佩愣愣地看着:"玉叶,你在哪儿?为了找你,我又被人诬陷为叛匪关到这里。只因在县城饭馆,看见两个男子,其中一人特别像你,我想看个清楚,就一路跟踪他们到了丰城客栈,结果被那两人诬陷为叛匪。想起来，这两人也够狠毒！同是天涯逃难人，本应互相帮助、互相搀扶，可那两人却迫害我，真是可恶、可恨！"

"咣当"一声，牢门开了，狱卒甲、乙将丐七、丐八推进牢房。

丐八骂："这个皇帝！坐上龙椅就翻脸不认人，悔当初在破庙我们就不该收留他，让他饿死，让他被三逆贼的人杀死！……"

丐七："可惜没有卖后悔药的。"

魏学士诧异："小哥，你们说的是哪朝哪代的皇帝呀？"

丐八："就是当今那个昏君！"

"嘘——"魏学士示意丐七、丐八，"骂皇帝是要杀头的。"

丐八："不骂，我这口恶气难消。"

魏学士："小哥恶气从何而来？"

丐七："梨树湾的喜喜和春英是患难相交，情投意合，历经磨难，正要结婚，那个叫什么玉叶的公主赶来，宣读圣旨，赐婚喜喜与公主，害得喜喜和春英生要同衾，死要同穴，双双上吊，要不是抢救及时，两人早去见阎王了。"

魏学士惊，急问："京城和梨树湾相隔那么远，又是兵荒马乱，玉叶公主怎么到了梨树湾？"

"嘿！"丐七不屑一顾，"玉叶和她的那个侍女，女扮男装，两个妖精女不女、男不男的，坐马车来的。"

"啊！"魏学士恍然大悟，怒火中烧，咬牙切齿，"怪不得要诬陷我，原来是有了新欢。"

丐八："谁是新欢？谁诬陷了你？"

魏学士："一言难尽。"

"咣当"，牢门又开了。

马校尉指挥两个狱卒端着酒肉进来。

"哈！"丐七、丐八高兴道，"想不到牢房还有酒肉吃。"说着欲抓肉。

马校尉："你们想挨刀？"

狱卒甲："这是上路饭。"

丐七、丐八急忙退缩。

狱卒甲将酒肉端到魏学士面前。

马校尉："吃吧，吃了好上路。"

魏学士惊骇："你们为什么要杀我？"

马校尉："你是叛匪！反叛朝廷，罪该万死！宫中两个逆贼先后叛乱，田园荒芜，民不聊生，粮食短缺，养着你们干什么？快点吃！黄泉路上别当饿死鬼。"

魏学士："我不是叛匪！我是皇宫内的学士……"

"别在这里叫喊什么学士、武士了！三皇子、七皇子、岭西王……他们在皇宫里的官比你还大，当了叛匪还不都杀头。"

"我不是叛匪！"

"不是？"马校尉冷笑，"我们乱抓你了？告诉你，我们有人证、物证，丰城客栈有人指控你是逃窜叛匪，还行不轨之事，你就别狡辩了。快吃，快吃，吃饱了好上路。"说完，出了门。

狱卒甲、乙随后出去关了门。

魏学士仰天长叹："天理何在？是非混淆，黑白不分。玉叶，你才是一条美女蛇呀！我们没有拜堂，算不得夫妻，你既有新欢，随他而去罢了，为何要杀人灭迹，置我于死地？我还有年老父母，要是我死了，谁给他们养老送终呀……"

丐七、丐八惊讶："原来你是驸马？"

魏学士："没有拜堂，不算，不算。"

丐八："那个玉叶真够狠的！"

丐七："常言'伴君如伴虎'，原来伴公主也是伴虎呀！"

魏学士心里滴血，眼中流泪："十载寒窗，皇榜高中，皇上赐我为学士，选我为乘龙快婿，只说青云直上，光宗耀祖，回报父母养育之恩。如今却成叛匪被斩，落得个不忠、不孝、不仁、不义……"

3. 丰城监狱大门

女扮男装的玉叶、金娥来到监狱大门。

徒弟尾随来到。

玉叶、金娥欲进，门卫将二人拦住："止步。"

"我们来看朋友。"金娥塞给门卫一锭银子。

门卫放行："别耽搁久了。"

徒弟机灵跟进。

玉叶、金娥朝内走。

狱卒甲问："你们探望谁？"

金娥："我们来探望丰城客栈抓捕的那个人。"

狱卒甲："你们来得正是时候，再晚就看不到人了。去吧，三号囚室。"

玉叶："为啥？"

狱卒甲："上方指令，口粮短缺，处决叛匪。"

玉叶、金娥惊讶，玉叶瘫软在地。

金娥赶快扶起玉叶。

狱卒甲："快去，快去，他正在吃上路饭，吃完了就绑缚刑场。"

4. 牢房

玉叶、金娥用面巾遮住脸，来到牢房，仔细观察。

徒弟紧跟窥视。

丐八："看啥？要看怪物拿镜子照自己。"

魏学士闻声抬头见来人，就像落水人抓住稻草。他喊冤："我不是叛匪！我是皇宫内的魏学士！"

"啊！"玉叶惊得又晕倒，金娥扶着她。

玉叶悄声对金娥道："快问他在什么地方被抓的。"

金娥学着男腔："请问大哥，您在什么地方被抓的？"

魏学士："是在丰城客栈被歹人诬陷的。"

"啊！"玉叶既惊又喜，忙拉住金娥朝外走。

"我不是叛匪！"魏学士望着玉叶、金娥的背影高喊。

"魏大哥看起来就不是叛匪！"丐七、丐八帮助叫冤。

5. 监狱长房间

玉叶、金娥揭去面巾，匆匆走进房间。

徒弟在外窃听。

马校尉吩咐解差："时辰快到了，要把囚犯平安押到刑场……"

玉叶上前："魏学士不是叛匪！他是皇上选中的驸马！"

马校尉上下打量玉叶、金娥："哈！就是你们俩在丰城客栈指控他是叛匪！"

玉叶尴尬，急忙辩解："我们看错人了。"

马校尉："既然是宫中的学士，为什么穿着囚犯衣服？"

玉叶："他是从监狱里逃跑出来的。"

马校尉："我们抓的就是逃跑的罪人！"他转身对解差道："去，去，去，各行其是！"

解差听令出门。

玉叶拦住大门："他是魏学士，是皇上的驸马！"

马校尉："阻挡行刑，该当何罪？"

玉叶示意，金娥亮出宫牌："我们是朝廷命官，今奉命巡查冤案！"

门外的徒弟听到此，急忙出门，骑上快马，奔向梨树湾。

马校尉见宫牌，口气缓和："二位钦差，当初是你们指控三号囚室的犯人是叛匪，我们查明后，登记在册，呈报上司备案。如今上司又令处决罪犯，你们又说他是宫中学士，是皇上的乘龙快婿。这种翻天覆地的变化，委实令人生疑。在下执行公务，不能只听从你们一张嘴，要有凭证。"

"凭证？"玉叶想了想，"你等着，我去找他拿凭证。"

解差望着马校尉。

马校尉："等着吧。"

6. 牢房

玉叶、金娥慌忙来到牢房。

玉叶装着男子的声音："魏大哥，您刚才喊冤，说您是宫中魏学士，有何凭证？"

魏学士沮丧道："你们是谁呀？"

玉叶："大路不平有人铲，我们是奉命巡查冤案的。"

魏学士："我这学士是皇上赐的，他就是证人。"

玉叶："皇上不在这里，您可有皇上赐的物品？"

"有，有。"魏学士欲掏出玉佩，可一触摸到玉佩，伤心事涌上来，又放下手，"唉！就是这个东西，差点要了我的命。"

玉叶趋前："大哥，什么东西？"

魏学士："伤心事，别提了。"

丐八在旁插话："准是与害人公主有关的东西。"

玉叶握着怀中的玉佩："大哥，您拿出玉佩，就能洗清冤屈。"

魏学士沉痛道："这心上滴血，怎么洗得清啊！"

马校尉高喊:"提刑!"
解差打开各牢房,推出囚犯。
三号牢房被打开,解差进门。
玉叶阻拦:"容我再细查。"
解差:"没有凭证,死罪难逃!"
玉叶恳求:"差哥,等一等,稍等……"

第三十八集

1. 梨树湾村头

喜喜在村头引颈远望,终于盼来骑马奔回的徒弟。

徒弟跳下马,气喘吁吁道:"师傅,驸马没有死,在丰城监狱,定为叛匪,马上就要绑缚刑场处死。玉叶和金娥她们阻刑,正与执刑官争吵。事关人命,刻不容缓,我飞马回来报告,师傅,快救驸马!"

喜喜推开徒弟,骑上快马:"我去找皇帝!"

2. 牢房

玉叶开导魏学士:"大哥,您只顾自己心上滴血,您就不为年迈的父母着想?可怜天下父母心,事亲为大,孝子之至,莫大乎尊亲。就算为您的父母,您也该拿出凭证呀!"

金娥:"大哥,时间紧迫,莫再犹豫。"

丐七:"大哥,您有父母,千万别赌气,拿出凭证,洗清冤案,才能给父母养老送终呀。"

父母亲情冲破了魏学士的心理防线,他从怀里拿出玉佩,递给牢外的玉叶:"这是皇上赐给我的玉佩。"

玉叶一见玉佩,激动地撩开面巾,摘去帽子,还原女儿模样。她拿出珍藏的另一块凤字玉佩,正好与魏学士那块玉佩龙、凤相配,她深情道:"魏郎——"

魏学士惊愕:"是你!"

玉叶:"是我,玉叶。"

魏学士怒火中烧:"你这贱人!滚蛋!……"

金娥:"你敢辱骂公主?"

魏学士:"我骂了又怎么样?"

金娥："辱骂公主是死罪！"

魏学士冷笑："哼！我本来就被你们诬陷为死罪，再死一次又何妨！"

玉叶："魏郎，您怎么变成这样了？"

魏学士："是我变，还是你变？你水性杨花，喜新厌旧，为了新欢，竟置我于死地！"

玉叶百口莫辩："我没有置您于死地，我今日来，就是为了救您。"

丐八："真是又当婊子又立贞节牌坊。"

魏学士悔恨："早知道娶公主有等级之分，夫妻间要仿君臣之礼，驸马是个受气包，可我万万没想到皇家这门亲事竟要了我的命！只恨我慕虚荣，恋富贵，才落得如此下场！"

丐八："劝世人千万莫娶公主呀，让她们老死在宫中！"

丐七、丐八同笑："哈哈哈！"

笑声如刀，刺向玉叶公主，她无地自容，狼狈逃跑。

3. 监狱过道

马校尉迎面走来，不耐烦地问玉叶："犯人拿出凭证没有？"

火气上的玉叶随口答道："没有！"

马校尉高喊："绑了三号囚室魏犯赴刑场！"

"遵令——"话音刚落，解差押着插死囚标的魏学士出了囚室，前往刑场。

玉叶见状，晕了过去。

"公主！公主！"金娥急呼。

……

"咚！咚！咚！"从远处传来法鼓声响，玉叶惊醒，"快！快！快去刑场！"

4. 刑场

魏学士躺在地上，喜喜将草席给他盖上。

马车驰来，玉叶、金娥跳下车，奔跑过来。

喜喜悲伤地指着草席："我们都来晚了。"

玉叶悲痛欲绝，扑向草席："魏郎！夫君！是我害了您，呜呜呜……"

"公主，人死不能复生，不要伤了玉体。"金娥劝慰玉叶。

"哭！伤伤心心地哭！把心里话说出来，公主心里坦然了，魏学士在那边也听得到，不再嫉恨公主。"

"呜呜呜……"玉叶哭诉，"魏郎！夫君！您跳河以后，我像掉了魂魄，日月无光，天昏地暗。酸甜苦辣，全都无味。良辰美景，惨淡凄凉……"

草席动了动，玉叶、金娥吃惊。

喜喜："黄泉路上，魏学士没有走多远，他听到你的话了，再哭，再说！"

"呜呜呜……"玉叶越哭越伤心，越诉越动情，"叛乱平定，回到宫中，看到我们准备办喜事的婚房，触景生情，我一日思君十二时辰，梦中常见您回来，醒来不见您，可您的身影总是在我眼前晃动。我认定您从水中走的，也会从水中回来。恍惚中，我就往宫中湖里跳，为的是迎接您回来。我疯疯癫癫闹得宫中不得安宁，父皇、母妃为我担惊受怕……"

草席又动了动。

玉叶、金娥惊。

喜喜调侃："魏学士听了玉叶的哭诉，一步三回头，他恋着心上人哩！"

金娥为玉叶擦干眼泪，玉叶又哭诉起来："多亏喜喜哥来到皇宫，他变脸变成您的模样，我以为您真的回来了，一场风波才平息。"

喜喜对着草席说："听到没有？我是替代品，人家心里装的，其实是你。"

玉叶哭诉委屈："魏郎，您走以后，我就万念俱灰，半疯半人了。唯有喜喜哥变出您的脸来，我才感到高兴、喜悦，生活才有希望。我想用这种方式自慰，假设您复活了，以此来度过余生，所以就假传圣旨，要和喜喜哥结婚。"

喜喜又对着草席大声说："听到没有？假传圣旨和我结婚，也是为了你！"

玉叶伏在草席上哭："魏郎呀！我想您，盼您，假装复活您，却偏偏害了您……您真的走了，这世上没有什么值得我留恋了。在生不能成夫妻，死后我们结连理。"玉叶说着，往大树上撞。

草席下突然跳起来一人拉住玉叶。

"打鬼！打鬼！"金娥高喊。

玉叶惊喜："是鬼我也不怕。"她倒在魏学士的怀里。

"哈哈哈！"喜喜笑着拿出圣旨，"徒弟回来报，驸马关在丰城监狱，即刻问斩。皇上下了圣旨，我飞马来到刑场，刀下救出驸马。为了解开驸马的心结，我让他躺下装死，让玉叶哭灵说出心里话。"

魏学士："多谢喜喜大哥救命之恩！"

喜喜抬头一望："太阳都快偏西了，你们都成双了，我要赶回去拜堂。"说毕，跨上马，朝梨树湾奔去，刚走一段，扭回头："你们也赶快到梨树湾，免得父皇悬望。"

玉叶："金娥，快叫车夫驾车！"

魏学士："公主。"

玉叶："叫玉叶。"

魏学士："玉叶，监狱里还有为我打抱不平的丐七、丐八，您要救救他们呀。"

玉叶："没问题。"

5. 喜喜家院

喜喜飞马归来。

皇帝急问："喜儿，魏学士怎么样？"

喜喜："救下了，我赶回来拜堂，太阳就要落坡了，选好的良辰吉日不能错过。玉叶和魏学士随后就到。"

"好，好，好。"皇帝欣慰。

喜喜踏进东房，师兄、秋云忙着给他换新装。

6. 驿道

马车急驰。

车上坐着玉叶、魏学士、金娥。丐七、丐八坐在两边车辕上。

"快点！快点！"玉叶不断催促车夫。

7. 喜喜家院

王公公宣布："皇上为喜喜、春英主持婚礼。"

满院的来宾和主人欢声沸腾："皇恩浩荡！"

皇帝："美满姻缘天作成，大吉大利喜盈门，祝夫妻恩爱，白头偕老！"

喜乐奏起，傧相、司仪："东边一朵紫云开，西边一朵彩云来，两朵祥云合起来，新郎、新娘出堂来——"

"慢——"玉叶跳下马车，跑进院子。

秋云骂道："又来捣乱了！"

玉叶直奔皇帝："父皇，我们也要在这里举行婚礼。"

皇帝:"皇儿的婚礼回宫举行。"

玉叶任性:"不!我要在这里举行婚礼!回到皇宫看到我们的新房,就想到三逆贼叛乱,想到宫廷一家人争权夺位,互相残杀,想到我和魏郎经历的苦难,哪有啥好心情结婚?皇宫是凶地,不吉利。在民间,百姓一家人和和睦睦,儿女孝敬父母,兄友弟恭。今天是良辰吉日,是喜喜哥和春英姐一对有情人结婚。这里是福地,在这里举行婚礼,沾他们喜事的光,图个吉利,我和魏郎也会甜甜蜜蜜到白头。"

王公公:"皇上就答应公主吧,公主在百姓家院举行婚礼,诏告天下皇上爱民如子,与百姓同心。"又悄声对皇帝说:"回宫后再给公主办一场婚礼。"

皇帝:"好吧。"转对公主、魏学士道:"你们快去打扮打扮。"

"遵命!"玉叶说完,拉着魏学士随金娥、王公公离去。

少顷,喜乐奏起,喜喜和春英、魏学士和玉叶步入喜堂。

傧相、司仪:"一拜天地——"

新人们同拜天地。

"二拜皇帝——"

新人们同拜皇帝。

"三拜高堂——"

新人们拜各自的父母。

喜喜将喜母、侯伯推上椅子坐下,和春英同拜高堂。

"夫妻交拜——"

新人们互相对拜。

喜乐声、欢笑声在院里回响,在乡间回响,在天地间回响……

(全剧终)

后　记

　　我国人民酷爱喜剧艺术，在中国传统文化中，喜剧琳琅满目，美不胜收，内容丰富，表现手法鲜明独特。以喜剧形式反映悲剧主题的表现手法，在我国传统喜剧中，举不胜举。比如封建统治者为满足骄奢淫逸的私欲，吞噬了无数美丽少女的青春，导致千家万户骨肉分离。唐代诗人白居易的诗歌《上阳白发人》，通过描写一位上阳宫女长达四十多年的幽禁遭遇，揭示了无辜少女的悲惨命运。川剧《拉郎配》构思新颖奇巧，在夸张、荒唐的情节中，通过喜剧性的冲突，反映了皇帝选美给民间带来的巨大灾难。

　　我学习、借鉴传统，希望能给艺术百花园增添一朵小花。在反映皇宫内钩心斗角、争权夺位的戏剧、影视作品中，一般是正剧或悲剧，本剧却以喜剧的形式表现宫斗悲剧。

　　主人公喜喜是一个善良、纯朴、机智的小伙子，但因其单纯、主观、片面，常常干出事与愿违、不合时宜的事情，使自己陷入困境，后又机智地跳出来。这些喜剧性格、喜剧情境，生发出一系列喜剧效果，必然会引起观众阵阵笑声。

　　该剧对权欲熏心，父子、兄弟相残的丑态，予以批判、鞭挞；对私欲膨胀的跳梁小丑，予以讽刺、嘲笑。

　　戏曲特技变脸名扬四海，深受国内外观众欢迎。但晚会上表演的变脸，多数是侧重于技巧表演。该剧将戏曲特技变脸融入人物形象刻画中，融入剧情发展中，既有观赏性，又有寓意性。

　　笑是喜剧的特征，笑能愉悦身心，有神奇的治病效果，我希望此剧能给读者、观众带来笑，在笑中享受生活，天天都是阳光和温暖。

胡世均
二〇二四年九月